KB100328

The Lord of the Rings
반지의 제왕

왕의 귀환
THE RETURN OF THE KING

THE LORD OF THE RINGS PART 3

J.R.R. 톨킨 지음

김보원 김번 이미애 옮김

arte

CONTENTS

반지의 제왕: 해설 APPENDIX

Three Rings for the Elven-kings under the sky,
Seven for the Dwarf-lords in their halls of stone,
Nine for Mortal Men doomed to die,
One for the Dark Lord on his dark throne
In the Land of Mordor where the Shadows lie.
One Ring to rule them all, One Ring to find them,
One Ring to bring them all and in the darkness bind them
In the Land of Mordor where the Shadows lie.

지상의 요정 왕들에겐 세 개의 반지,
　　돌집의 난쟁이 왕들에겐 일곱 개의 반지,
죽을 운명을 타고난 인간들에겐 아홉 개의 반지,
　　어둠의 권좌에 앉은 암흑의 군주에겐 절대반지
어둠만 살아 숨 쉬는 모르도르에서.
　　모든 반지를 지배하고, 모든 반지를 발견하는 것은 절대반지,
　　모든 반지를 불러 모아 암흑에 가두는 것은 절대반지
어둠만 살아 숨 쉬는 모르도르에서.

Synopsis

제1부 『반지 원정대』에서 회색의 간달프는 프로도가 가진 반지가 실은 모든 힘의 반지들을 지배하는 절대반지라는 것을 알게 된다. 제1부는 프로도와 그의 동지들이 무시무시한 모르도르의 암흑기사들에게 추격당하면서 평온한 고향 샤이어에서 도주하는 과정을 그린다. 그들은 절망적인 위험을 헤치며 에리아도르의 순찰자 아라고른의 도움을 받아 마침내 깊은골의 엘론드의 집에 당도한다.

그곳에서 엘론드가 주재하는 대회의가 열리고, 절대반지의 파괴를 기도(企圖)하기로 결정되며, 프로도는 반지의 사자로 지명된다. 그리고 프로도가 반지를 파괴할 수 있는 유일한 곳인 대적의 땅, 모르도르의 불의 산에 갈 수 있도록 그의 원정을 도울 반지 원정대가 꾸려진다. 이 원정대에 인간을 대표하여 아라고른, 곤도르 영주의 아들 보로미르, 요정을 대표하여 어둠숲 요정 왕의 아들 레골라스, 난쟁이를 대표하여 외로운산 글로인의 아들 김리, 그리고 호빗을 대표하는 프로도와 그의 하인 샘와이즈 및 그의 젊은 친척 메리아독과 페레그린, 마지막으로 회색의 간달프가 포함된다.

원정대는 깊은골에서 은밀히 출발하여 북부를 여행하고, 한겨울에 카라드라스의 높은 고개를 넘으려다 좌절한다. 이후 산맥 아래를 지나는 길을 찾기 위해 간달프의 인도로 방대한 모리아광산의 비밀 문으로 들어간다. 거기서 간달프는 지하 세계의 끔찍한 괴물과 싸우다가 어둠의 심연으로 추락한다. 그러나 이제 옛 서쪽나라 왕들의 숨겨진 후계자로 드러난 아라고른이 원정대를 이끌어 모리아의 동문에서 요정의 땅 로리엔을 지나 안두인대하를 거쳐 마침내 라우로스폭포에 이른다. 그들은 자신들의 여행을 첩자들이 감시하고 있고, 한때 절대반지를 소유했으며 지금도 반지에 대한 욕망에 사로잡힌 골룸이란 자가 그들을 뒤따르고 있음을 눈치채고 있다.

이제 그들은 동쪽으로 길을 돌려 모르도르로 갈 것인지, 아니면 다가올 전쟁에서 곤도르의 수도 미나스 티리스를 돕기 위해 보로미르와 함께 갈 것인지, 아니면 둘로 갈라서야 할지를 결정해야 하게 되었다. 반지의 사자는 적의 땅으로 가망 없는 여행을 지속하려는 결심이 확고하다는 것이 분명해졌을 때 보로미르는 완력으로 반지를 빼앗으려 한다. 보로미르가 반지의 유혹에 무너지고, 프로도와 그의 하인 샘와이즈가 몰래 탈출하여 사라지고, 모르도르의 암흑군주와 아이센가드의 배신자 사루만이 각각 보낸 오르크 병사들의 급습으로 원정대가 뿔뿔이 흩어지면서 제1부가 끝난다. 반지의 사자의 원정은 이미 재앙에 휩쓸린 듯이 보인다.

제2부『두 개의 탑』은 반지 원정대가 해체된 후 그들 각각의 행적을 기술한다. BOOK3는 보로미르의 후회와 죽음, 그의 시신을 배에 실어 라우로스폭포에 맡긴 장례식, 메리아독과 페레그린이 오르크 병사들에게 사로잡혀 로한의 동쪽 평원을 지나 아이센가드 쪽으로 끌려간 이야기, 그리고 아라고른과 레골라스, 김리가 그들을 추격하는 과정을 다룬다.

그때 로한의 기사들이 나타난다. 리더마크의 제3원수 에오메르가 이끄는 기마부대는 팡고른숲 경계에서 오르크들을 포위해 몰살한다. 그러나 호빗들은 숲속으로 달아나서 팡고른숲의 숨은 주인인 엔트 나무수염을 만난다. 그와 어울리면서 호빗들은 엔트들에게 일어난 분노와 아이센가드로의 행군을 목격한다.

그사이에 아라고른과 그의 일행은 전투에서 돌아오는 에오메르와 마주치고, 에오메르는 그들에게 말을 제공한다. 그들은 팡고른숲으로 말을 달린다. 그곳에서 호빗들을 찾으려고 애쓰던 도중에 다시 간달프를 만난다. 죽음에서 살아 돌아온 그는 이제 백색의 기사이지만 아직 회색 망토로 몸을 가리고 있다. 간달프와 함께 그들은 로한평원을 넘어 마크의 세오덴 왕의 궁전으로 간다. 그곳에서 간달프는 연로한 왕의 병을 치유하고, 왕의 사악한 조언자이자 사루만의 비밀 첩자였던 뱀혓바닥의 주술에서 왕을 구한다. 그 후 일행은 아이센가드의 세력에 대항하기 위해 왕과 그의 대군과 함께 출전하고, 나팔산성에서 필사적으로 승리를 거두는 데 기여한다. 그런 다음에 간달프는 그들을 아이센가드로 인도하는데, 그곳의 강력한 요새가 엔트들에 의해 파괴되었고 사루만과 뱀혓바닥은 난공불락의 오르상크 탑에 포위되었음을 알게 된다.

문 앞에서 담판을 벌였으나 사루만이 끝내 회개를 거부하자, 간달프는 그의 권능을 폐하고 그의 지팡이를 부러뜨린 후 엔트들에게 그를 감시하도록 맡긴다. 뱀혓바닥은 높은 창문에서 둥근 돌을 간달프를 향해 내던진다. 간달프를 맞히지 못하고 빗나간 그 돌을 페레그린이 집어 든다. 이것은 누메노르의 '천리안의 돌'로서 남아 있는 네 개의 팔란티르 중 하나라는 사실이 밝혀진다. 팔란티르의 유혹에 넘어간 페레그린은 밤늦게 그것을 훔쳐 내어 들여다보고, 그럼으로써 사우론에게 자신의 모습을 드러낸다. 날아다니는 반지의 악령, 나즈굴이 로한평원으로 날아와 임박한 전쟁을 암시하며 BOOK3가 끝난다. 간달프는 팔란티르를 아라고른에게 넘겨주고, 페레그린을 데리고 미나스 티리스로 질주한다.

BOOK4는 이제 에뮌 무일의 황량한 산지에서 길을 잃은 프로도와 샘와이즈 이야기로 돌아간다. 그들은 산지에서 탈출하고 스메아골-골룸의 공격을 받는데, 프로도는 골룸을 굴복시켜 그의 적대감을 거의 무력화시킨다. 골룸은 그들을 안내하여 죽음늪과 황량한 불모의 땅을 지나 모르도르의 북쪽 암흑의 성문, 모란논에 이른다.

그러나 이곳으로 들어가는 것이 불가능하다는 것을 안 프로도는 골룸이 알고 있는 '비밀 입구'를 찾으러 가자는 충고를 받아들여, 멀리 남쪽으로 모르도르의 서쪽 장벽인 어둠산맥을 향한다. 그러던 중에 그들은 보로미르의 동생 파라미르가 이끄는 곤도르 부대의 정찰대에 붙잡힌다. 파라미르는 원정의 목적을 알게 되지만 보로미르가 굴복했던 반지의 유혹에 넘어가지 않고, 그들이 키리스 웅골로 향하는 여정의 마지막 단계에 착수하도록 놓아준다. 그러면서 그곳이 치명적으로 위험한 곳이라고 프로도에게 주의를 준다. 그 위험에 대해서 골룸은 자신이 아는 바를 프로도 일행에게 다 알려 주지 않았던 것이다. 그들이 십자로에 이르러 미나스 모르굴의 섬뜩한 도시로 이어지는 길에 들어섰을 때 모르도르에서 거대한 어둠이 쏟아져 나와 온 땅을 뒤덮는다. 그 후 사우론은 반지악령들의 검은 왕이 이끄는 첫 번째 군대를 내보낸다. 반지전쟁이 시작된 것이다.

골룸은 미나스 모르굴을 피해 가는 비밀스러운 길로 호빗들을 안내한다. 어둠 속에서 그들은 마침내 키리스 웅골에 도착한다. 그곳에서 골룸은 다시 악의에 빠져 그 협곡을 지키는 괴물, 쉴로브에게 그들을 넘겨주려고 시도한다. 그러나 쉴로브의 공격을 물리치고 그녀에게 상처를 입힌 샘와이즈의 용감한 행동으로 골룸의 계획은 좌절된다.

제2부는 샘와이즈의 선택으로 끝을 맺는다. 프로도는 쉴로브의 침에 찔려 죽었거나, 적어도 그렇게 보인다. 그들의 원정은 완전한 실패로 끝나거나, 샘와이즈가 프로도를 대신해 그를 남기고 떠나야 한다. 결국 그는 자기 홀로 그 절망적인 원정을 계속하기로 결정하고, 절대반지를 몸에 지닌다. 그런데 그가 모르도르땅으로 넘어가려고 할 때, 고개 정상을 감시하는 오르크들이 고개 아래 미나스 모르굴과 고개 너머 키리스 웅골 탑에서 다가온다. 반지를 끼고 몸을 숨긴 샘와이즈는 오르크들의 말다툼을 엿듣고 프로도가 죽은 것이 아니라 독에 취했다는 사실을 알게 된다. 너무 늦었지만 그는 그

오르크들을 추격한다. 오르크들은 프로도를 탑의 뒷문으로 이어지는 굴로 끌고 간다. 샘와이즈는 철커덕 울리며 닫힌 문에 부딪쳐 그 앞에서 정신을 잃고 쓰러진다.

이제 마지막 제3부에서는, 간달프와 사우론의 전략 싸움으로 최종적인 파국과 거대한 암흑의 종말에 이르기까지가 펼쳐지게 된다. 먼저, 서부의 전장으로 돌아가 보자.

왕의 귀환

BOOK FIVE

Chapter 1

미나스 티리스

간달프의 망토에 감싸여 있던 피핀은 밖을 내다보았다. 무서운 속도로 질주가 시작된 후 너무 오랫동안 폭 싸여서 혼란스럽기 그지없는 꿈속을 헤매었기에, 지금도 꿈인지 생시인지 알 수 없었다. 어둠의 세계가 휙휙 밀려나고 바람이 귓전에서 큰 소리로 울부짖었다. 하늘에서 선회하는 별 말고는 아무것도 보이지 않았다. 오른쪽으로 멀리 남쪽 산맥이 길게 뻗어 내려간 곳에서 하늘을 배경으로 거대한 그림자들이 지나갔다. 잠이 덜 깬 상태에서 그는 시간이 얼마나 흘렀는지, 또 어디를 지나왔는지 헤아려 보려 했지만, 몽롱하고 모호한 기억뿐이었다.

처음에는 맹렬한 속도로 쉬지 않고 달렸고, 새벽녘에 흐릿한 금빛 광선을 보았으며, 고요한 도시에 이르러 언덕 위 커다란 빈집에 도착했다. 그러나 자리를 잡고 쉬기도 전에 또다시 날개 달린 그림자가 하늘을 덮고 지나가며 공포를 선사했다. 간달프는 다정하게 피핀을 달래 주었고, 피핀은 꿈결처럼 사람들이 오가며 두런거리는 소리, 간달프가 지시하는 소리를 어렴풋이 들으며 구석에서 지쳤지만 편치 않은 잠에 빠져들었다. 그러고 나서 어둠이 깔리자 다시 달리고 또 달렸다. 그가 팔란티르의 돌을 본 지 이틀째, 아니 사흘째 되는 밤이었다. 그 무서운 기억이 떠오르자 그는 완전히 정신을 차리고 몸을 떨었다. 바람 소리는 위협하는 목소리들로 가득했다.

하늘에 어떤 빛이 타올랐다, 시커먼 방벽 너머로 노란 불꽃이 피어올랐다. 피핀은 더럭 겁이 나서 몸을 움츠렸다. 간달프는 지금 나를 어떤 무시무시한 나라로 데려가는 걸까. 눈을 비비고 나서야 그것이 동쪽의 어둠 위로 떠오르는 달이라는 것을 알았다. 이제 보름달에 가까웠다. 그러면 아직 이슥하게 깊은 밤이 아니었고, 어둠 속에서 몇 시간 더 질주할 것이다. 그는 몸을 뒤척이며 물었다.

"지금 어디에 있는 거죠, 간달프?"

"곤도르 왕국. 지금 아노리엔 지방을 지나고 있지."

다시 침묵이 흘렀다. 얼마 후 피핀은 간달프의 망토를 움켜잡고 갑자기 소리쳤다.

"저게 뭐예요? 보세요! 불, 붉은 불이에요! 이 근처에 용이라도 있나요? 보세요, 저기 또 있어요!"

그러나 간달프는 대답하지 않고 샤두팍스에게 소리쳤다.

"가자, 샤두팍스! 서둘러야 해! 시간이 없구나. 봐라! 곤도르의 봉화가 타오르며 도움을 청하는구나. 전쟁의 불이 붙은 거야. 저기, 아몬 딘의 봉화! 에일레나크의 봉화! 점점 더 빨리 서쪽으로 전달되고 있군. 나르돌, 에렐라스, 민림몬, 칼렌하드, 그리고 로한의 국경 할리피리엔으로!"

그러나 샤두팍스는 속보를 멈추고 느릿느릿 걷다시피 하더니 고개를 쳐들고 울부짖었다. 그러자 어둠 저편에서 대답하듯 다른 말들의 울음소리가 들려왔다. 이내 말발굽 소리가 들리더니, 세 명의 기사가 휘몰아치듯 달려와서는 그들을 지나쳤고, 달빛에 날아다니는 유령처럼 서쪽으로 사라져 갔다. 그러자 샤두팍스는 전력을 다해 힘차게 질주했고, 어둠이 포효하는 바람처럼 그를 스쳐 지나갔다.

간달프는 곤도르의 풍습이라든가, 방대한 국경선을 따라 높이 솟은 외곽 산꼭대기들에 영주가 봉화대를 설치했다든가, 위급할 때는 북쪽의 로한이나 남쪽의 벨팔라스에 전령을 파견하기 위해 그곳에 초소를 두고 팔팔한 말을 늘 대기시켜 놓는다는 이야기를 들려주었다. 하지만 피핀은 다시 졸음이 쏟아져서 귀를 기울일 수 없을 지경이었다.

"북쪽의 봉화가 타오른 지 꽤 오래됐지. 그렇지만 고대의 곤도르에는 그런 것이 아예 필요 없었어. 그들에게는 일곱 개의 천리안의 돌이 있었으니까."

피핀은 이 말에 불안하게 몸을 뒤척였다.

"무서워할 건 없어. 잠이나 자게. 자넨 프로도처럼 모르도르로 가는 게 아니라 고작 미나스 티리스에 가고 있으니 말일세. 지금으로선 그만큼 안전한 곳도 없을 거야. 만일 곤도르가 함락되거나 반지를 빼앗기는 사태가 벌어진다면 샤이어도 더는 안전할 수 없겠지."

"아무래도 위로가 되는 이야긴 아니군요."

그래도 여전히 졸음이 쏟아졌다. 다시 깊은 꿈에 빠져들기 전에 마지막으로 본 것은, 서쪽으로 기우는 달빛을 받아 떠다니는 섬처럼 구름 위에서 희미하게 빛나는 높고 흰 산봉우리들이었다. 그는 프로도가 지금 어디 있을지, 혹시 모르도르에 도착했을지, 아니면 죽고 말았을지 궁금했다. 그날 밤 프로도도 멀리 떨어진 곳에서 날이 새기 전에 곤도르 저편으로 기우는 달을 바라보고 있었다는 사실을 그로서는 알 수 없었다.

피핀은 목소리들이 들리는 바람에 깨어났다. 낮에는 숨고 밤에는 말을 달리며 하루가 또 지나갔다. 어스름이 깔려 있었다. 곧 다시 차가운 새벽이 다가왔고, 냉기가 도는 잿빛 안개가 주위에 자욱이 깔려 있었다. 샤두팍스는 땀을 흘리며 서서 콧김을 내뿜었지만 여전히 목을 꼿꼿이 세운 채 피로한 기색을 전혀 내보이지 않았다. 두툼한 망토를 두른 키 큰 사람들이 샤두팍스 옆에 많이 몰려서 있었고, 그들 뒤로 돌로 쌓은 성벽이 안개 속에서 어렴풋이 드러났다. 성벽은 일부 파손되어 있었다. 아직 어둠이 채 걷히지 않았는데도 서둘러 복구하는 소리가 들려왔다. 망치 소리, 흙 바르는 소리, 바퀴 소리가 났다. 안개 속 여기저기에서 횃불과 너울거리는 불길이 흐릿하게 타오르고 있었다. 간달프는 앞을 가로막은 사람들과 이야기를 나누고 있었다. 피핀은 잠시 귀를 기울이다가 그들이 지금 자기에 대해 얘기하고 있다는 것을 알아차렸다.

그들 중 지휘자가 말했다.

"그럼요, 저희는 당신을 잘 압니다, 미스란디르. 당신은 일곱 개소 성문의 통과 암호도 알고 계시니 마음대로 들어가실 수 있지요. 하지만 저희는 당신과 동행한 자를 모릅니다. 어떤 존재이지요? 북쪽 산에서 내려온 난쟁이인가요? 요즘 저희는 이방인을 환영하지 않아요. 신의가 있고 우리를 도와주리라 믿을 수 있는 강력한 전사가 아니라면 말입니다."

"난 저 사람에 대해 데네소르 공 앞에서도 보증할 수 있소. 그리고 무용(武勇)이란 것이 반드시 체구에 비례하는 건 아니오. 그는 자네보다 더 많은 전투와 위험을 겪었소, 잉골드. 자네는 이 친구보다 두 배나 크지만. 또한 그는 우리가 소식을 전해 줄 아이센가드의 폭풍을 막 뚫고 온 길이라 무척 지쳐 있소. 그렇지만 않으면 그를 깨울 텐데 말이지. 그의 이름은 페레그린이고 아주 용감한 인간이오."

"인간이라고요?"

잉골드가 의심스러운 듯 반문하자 다른 이들은 웃음을 터뜨렸다. 피핀은 이제 완전히 정신을 차리고 외쳤다.

"인간이냐고요! 물론 아니에요! 난 호빗이에요. 난 인간도 아니고, 필요한 때만 빼곤 그리 용감하지도 않아요. 그래요, 간달프가 당신들을 속인 거예요."

그러자 잉골드가 말했다.

"위대한 업적을 이룬 이는 스스로를 드러내지 않는 법이지요. 그런데 호빗은 뭡니까?"

이번에는 간달프가 대답했다.

"반인족이오. 물론 전에 말했던 그 반인족은 아니고."

사람들의 얼굴에 놀라는 기색이 떠오르자 그가 덧붙였다.

"이 친구가 아니라 그 동족 중의 하나지."

그러자 피핀이 끼어들었다.

"그래요. 난 그와 함께 여행한 친구예요. 당신네 나라의 보로미르도 함께 있었지요. 그는 북쪽의 눈밭에서 날 구했고요. 결국에는 나를 많은 적들에게서 지키려다 살해되었지만."

"쉿! 슬픈 소식은 그의 부친에게 먼저 알려야지."

간달프가 이렇게 주의를 주자 잉골드가 말했다.

"이미 예상하고 있던 일입니다. 근래에 이상한 전조가 있었거든요. 하지만 이제 서둘러 건너가십시오. 미나스 티리스의 영주께선 아드님의 소식을 들려줄 사람을 애타게 기다리실 테니까요. 그가 인간이든 아니면……."

"호빗이에요. 당신들의 영주께 큰 도움은 못 되겠지만, 난 용감한 보로미르를 생각해서라도 최선을 다할 생각이에요."

"그럼 조심해 가시지요."

잉골드가 말했다. 사람들이 길을 터 주자 샤두팍스는 성벽 사이의 좁은 문으로 걸어 들어갔다. 잉골드가 뒤에서 외쳤다.

"요즘처럼 도움이 절실할 때에 데네소르 공과 우리 모두에게 좋은 조언을 해 주시기 바랍니다. 미스란디르! 당신은 습관처럼 늘 슬픔과 위험한 소식만 가져온다고들 하지만 말입니다."

"도움이 필요할 때만 오니까 그런 소리들을 하겠지. 자네에게 한 가지 조언을 하자면, 펠렌노르의 성벽을 수리하기에는 너무 늦었다고 말해야겠소. 이렇게 폭풍이 눈앞에 닥쳐왔을 때는 그대들의 용기가 가장 좋은 방어책이 될 거요. 그리고 난 희망을 가져왔소. 나쁜 소식만 가져오는 건 아니지. 자, 어서 흙손을 치우고 칼을 정비할 시간이오."

"이 일은 저녁 안에 끝날 겁니다. 여기가 방어선 성벽의 끝부분이니까요. 그리고 이쪽은 우방인 로한 쪽을 향하고 있으니까 공격당할 위험이 제일 적은 곳이지요. 그들 소식을 알고 계신가요? 그들이 도우러 올까요?"

"그렇소. 올 거요. 하지만 그들은 이미 자네들 후방에서 많은 전투를 치렀네. 이쪽 길이든, 어느 길이든 이제는 안전하지 않아. 방심하지 말게. 폭풍까마귀 간달프가 아니었다면 자네들은 로한의 기사는커녕 아노리엔에서 쏟아져 나오는 수많은 적들을 보았을 테지. 지금도 그럴 가능성이 없진 않고. 부디 안녕히! 졸지 마시오."

간달프는 이제 람마스 에코르를 지나 넓은 평원에 들어섰다. 이실리엔이 적의 공격으로 함락되자 곤도르인들은 숱한 노력을 들여 외벽을 건조했고, 그것을 람마스 에코르라고 불렀다. 성벽은 50여 킬로미터 이상 뻗어 있었는데, 산맥 기슭에서 시작해 펠렌노르평원을 감싸고 다시 돌아갔다. 펠렌노르는 안두인대하의 수심이 깊은 곳을 향해 비탈진 긴 언덕과 강안의 계단식 지형에 자리한 아름답고 비옥한 도시 평원이었다. 도시의 큰 성문에서 가장 먼 외벽은 북동쪽으로 시에서 20킬로미터 떨어져 있었는데, 그곳의 가파른 둑에서 보면 강 옆으로 긴 평원이 내려다보였다. 사람들은 그곳 강둑을 아주 높고 튼튼하게 쌓았다. 왜냐하면 오스길리아스의 여울목과 다리에서 이어진 길이 그곳에서 벽으로 둘러싸인 둑길로 들어왔고, 총안이 있는 탑들 사이에 경비대가 지키는 문을 거쳐 지나가기 때문이었다. 시에서 가장 가까운 곳은 5킬로미터밖에 떨어지지 않은 남동쪽 외벽이었다. 그곳에서 안두인대하는 남이실리엔의 에뮌 아르넨 언덕들을 넓게 돌아와서 서쪽으로 급히 방향을 틀었고, 바로 그 강 언저리에 외벽이 세워져 있었다. 그 밑에는 남쪽 영지에서 상류로 거슬러 온 배들이 정박할 하를론드부두와 선착장이 있었다.

도시평원은 넓은 경지와 많은 과수원이 있는 풍요로운 땅이었고, 농가에는 곡식 건조장, 창고, 가축우리, 외양간 등이 있었다. 고지대에서는 여러 갈래의 개울이 잔물결을 일으키며 푸른 들판을 지나 안두인으로 흘러갔다. 그러나 그곳에 거주하는 목자나 농부 들은 별로 많지 않았다. 곤도르 사람들은 대부분 도시의 일곱 개 원형구역 안에서 살았고, 일부는 롯사르나크의 변경에 있는 산속 깊은 골짜기나 훨씬 남쪽에 다섯 갈래의 급류가 흐르는 아름다운 레벤닌에서 살았다. 산맥과 바다 사이에는 거친 사람들이 살고 있었다. 그들도 곤도르인으로 인정되기는 했지만 여러 혈통이 뒤섞였고, 또 그들 중에는 곤도르 왕국이 세워지기 전의 암흑시대에 산속 음지에서 살아온 잊힌 사람들의 후손인 키가 작고 피부가 거무스레한 사람들도 있었다. 그러나 그 너머 벨팔라스의 드넓은 영지에는 임라힐 대공이 바다를 바라보는 돌 암로스성에 살고 있었다. 그는 고귀한 혈통을 가진 이였고 그의 종족도 그러해서 키가 크고 잿빛 바다색 눈을 가진 꿋꿋한 사람들이었다.

간달프가 한참 말을 달린 후에, 하늘에 빛이 퍼지기 시작했다. 피핀은 정신을 차리고 밖을 내다보았다. 왼쪽에는 바다처럼 깔린 안개가 동쪽의 음산한 어둠으로 솟아오르고 있었다. 그러나 오른쪽에는 서쪽에서 뻗어 온 거대한 산맥이 돌연히 가파르게 끊어져 머리를 높이 쳐들고 있었다. 마치 이 땅이 만들어질 때 강이 거대한 산의 장벽을 터뜨려서 앞으로 다가올 시대에 전쟁과 협상의 장이 될 장대한 계곡을 깎아 놓은 것 같았다. 그리고 저기 에레드 님라이스의 백색산맥이 끝나는 곳에서, 간달프가 장담했듯이, 시커멓고 거대한 민돌루인산과 그 높은 협곡의 짙은 자줏빛 그늘, 그리고 밝아오는 빛을 받아 하얗게 빛나는 높은 암벽이 보였다. 돌출된 산기슭 위에 일곱 겹의 석벽으로 방비된 도시가 자리 잡고 있었는데, 그 석벽은 너무 튼튼하고 오래되어 마치 인간이 축조한 것이 아니라 거인이 땅의 뼈를 깎아 만든 것처럼 보였다.

피핀이 놀라워하며 가만히 바라보는 동안에, 성벽은 흐릿한 잿빛에서 흰색으로 변했고 새벽 햇살을 받아 희미한 붉은빛이 감돌았다. 그러더니 갑자기 태양이 동쪽 어둠을 넘고 올라와서 도시 정면에 광선을 쏘았다. 그 순간 피핀은 탄성을 질렀다. 가장 높은 성벽에 우뚝 솟은 엑셀리온 탑이 진주와 순은으로 만든 뾰족한 기둥처럼 은은히 빛을 발했고 그 첨탑은 수정처럼 반짝이며 하늘을 향해 높고 아름답고 근사한 자태를 드러냈던 것이다. 흉벽에 꽂힌 하얀 깃발들이 아침의 선들바람에 펄럭였고, 은나팔 소리처럼 청명한 종소리가 멀리서 울려왔다.

간달프와 페레그린은 떠오르는 햇살을 받으며 곤도르의 큰 성문에 이르렀다. 그들이 다가가자 철제 대문이 안쪽으로 열렸다. 거기 모여 있던 사람들이 외쳤다.

"미스란디르! 미스란디르! 당신을 보니 정말로 폭풍우가 닥쳤다는 걸 알겠군요."

"바로 자네들 머리 위에 와 있지. 난 그 폭풍의 날개를 타고 왔네. 자, 비켜 주게. 데네소르 공께서 섭정의 권한을 갖고 계시니 먼저 그분을 뵈어야지. 어떤 일이 일어나든 간에, 자네들이 알고 있던 곤도르는 끝날 때가 되었다네. 자, 비켜들 주게."

사람들은 앞에 타고 있는 호빗과 말에 호기심의 눈길을 보냈지만, 간달프의 말에 순응하여 뒤로 물러섰고 더 이상 묻지 않았다. 이 도시 사람들은 말을 타는 일이 거의 없었기에, 영주의 전령마를 제외하면 길에서 말을 보기 어려웠다. 그들은 샤두팍스를 쳐다보며 서로 속삭였다.

"저 말은 로한의 왕이 소유한 명마 중 하나겠지? 이제 곧 로한인들이 달려와서 우리 힘을 키워 줄 거야."

그러나 샤두팍스는 길고 구불구불한 길을 당당하게 걸어 올라 갔다.

미나스 티리스는 그 자체의 축조 양식에 따라 언덕을 깊이 파고 든 일곱 개의 단 위에 세워져 있었고, 단마다 성벽이 세워져 있었으며, 성벽마다 성문이 있었다. 그런데 성문들은 일렬로 나 있지 않았다. 바깥 성벽의 가장 큰 성문은 원형도로의 동쪽에 있었지만, 그 다음 성문은 동남쪽, 세 번째는 동북쪽, 이런 식으로 위로 올라가면서 엇갈리게 세워져 있었다. 그래서 궁성으로 올라가는 포장도로는 처음에 이쪽으로, 다음에는 저쪽으로 언덕을 가로질러 돌아갔다. 그리고 큰 성문과 일직선에 있는 곳을 지날 때마다 아치 모양의 굴에 들어가서 방대하고 기다란 바위를 뚫고 나아갔다. 돌출된 그 거대한 바윗덩어리는 도시의 원형구역을 첫 번째만 제외하고 모두 양쪽으로 갈라 놓았다. 그 바위는 태곳적부터 생긴 언덕의 일부였고, 거기에 옛 사람들의 뛰어난 기술과 노동이 더해져, 큰 성문 안쪽 넓은 광장의 뒤로 돌의 각루가 드높이 서 있게 되었다. 동쪽을 향한 각루의 모서리는 배의 용골처럼 날카로웠다. 각루는 제일 높은 원형구역 높이에까지 솟구쳤는데, 그 꼭대기에 총안이 있는 흉벽이 둘려 있었다. 그래서 궁성에 올라간 사람들은 산더미만 한 배의 선원들처럼 꼭대기에서 수직으로 340미터 밑에 있는 성문을 내려다볼 수 있었다. 궁성의 입구도 동쪽으로 나 있었지만 바위 안쪽 방향으로 깊이 파고 들어갔고, 거기에서 등불을 밝힌 긴 비탈길을 오르면 일곱 번째 성문으로 이어졌다. 이렇게 해서 마침내 궁정과 백색탑 발치에 분수가 있는 광장에 이른다. 백색탑은 기단에서 첨탑까지 90미터나 되는 높고 아름다운 건물이었고, 평원에서 300미터 높이에 섭정의 깃발이 휘날리고 있었다.

이 성채는 실로 견고해서, 적이 배후로 돌아 민돌루인산의 낮은 기슭을 타고 '파수언덕'과 산괴가 만나는 좁은 산등성이로 들어오지 않는 한, 무기를 들 수 있는 최소한의 사람만 있어도 다수의 적이 와도 점령되지 않을 요새였다. 그러나 다섯 번째 성벽의 높이에 이르는 그 산등성이는 서쪽으로 맞닿은 절벽에 이르기까지 높은 성벽으로 둘러싸여 있었다. 그 공간은 산과 탑 사이에서 늘 고요한 곳이었기에 죽은 왕과 영주를 위한 집들과 반구형 무덤들이 있었다.

피핀은 아이센가드보다 더 장대하고 튼튼하며 아름다운, 아니 상상도 하지 못할 정도로 방대하고 인상적인, 그 돌로 지어진 도시를 경이감에 차서 바라보았다. 하지만 그 도시는 실은 해를 거듭하면서 조금씩 쇠락하고 있었다. 그곳에서 편안하게 살 수 있었을 인구의 절반이나 이미 부족했다. 어느 거리에나 큰 저택과 안뜰이 있고, 문과 아치형 출입구에는 고대 문자로 보이는 아름답고 이상한 모양의 글자들이 새겨져 있었다. 과거에 이 도시에 살던 위대한 사람들이나 그 친지들의 이름인 모양이라고 피핀은 생각했다. 그러나 지금 거리는 쥐 죽은 듯이 고요했다. 넓은 보도에서는 발소리가 거의 들리지 않았고, 건물에서는 사람들의 목소리가 나지 않았으며, 문이나 텅빈 창문에서 내다보는 얼굴도 없었다.

마침내 그들은 어두운 곳을 벗어나 일곱 번째 성문을 빠져나왔다. 프로도가 이실리엔의 숲속을 걸으면서 받던 따스한 햇살이 이곳의 부드러운 벽과 뿌리 깊은 기둥, 그리고 왕관을 쓴 왕의 머리 모양이 조각된 종석이 달린 거대한 아치도 비추고 있었다. 궁성 안에서는 말을 타는 것이 금지되었기에 간달프는 말에서 내렸다. 샤두팍스는 주인이 다정하게 뭐라 말하자 기꺼이 말 시종에게 끌려갔다.

검은 제복 차림의 궁성 경비대원들은 왕관을 연상시키는 이상한 모양이지만 모자 춤이 높고 얼굴에 꼭 맞게 긴 가리개가 달린 투구를 쓰고 있었다. 가리개 윗부분에는 흰 바닷새 날개 장식이 달려 있었다. 그 투구는 실제로 고대 곤도르가 누렸던 영화의 유물인 미스릴로 만든 것이었기에 은빛으로 빛났다. 검은 제복에는 은색 왕관과 다각형 별들 밑에 눈처럼 꽃이 만발한 나무가 하얀색으로 수놓여 있었다. 이 제복은 엘렌딜의 후계자의 제복이었고, 한때 백색성수가 서 있던 분수의 궁정을 지키는 경비대원 외에는 누구도 입을 수 없는 옷이었다.

그들이 도착하기 전에 이미 소식이 전해진 것 같았다. 그들은 아무 질문도 받지 않고 조용히 성문을 통과했다. 간달프는 하얗게 포장된 궁정 도로를 재빨리 걸어갔다. 아침 햇살을 받으며 분수에서는 상쾌하게 물이 솟았고 주위엔 밝은 녹색의 잔디가 깔려 있었다. 그런데 그 중앙에는 고사한 나무 한 그루가 분수대를 굽어보며 서 있었고, 그 말라비틀어진 가지에서 떨어지는 물방울이 슬픈 듯이 다시 맑은 물속으로 방울방울 흘러내렸다.

간달프를 서둘러 따르면서 피핀은 이 풍경을 보았다. 왠지 슬퍼 보이는 것 같았다. 저 말라 죽은 나무를 이렇게 모든 것이 잘 가꿔진 궁정에 왜 방치해 두는지도 궁금했다.

'별 일곱 개, 돌 일곱 개, 흰 나무 한 그루.'

전에 간달프가 중얼거리던 말이 떠올랐다. 어느새 피핀은 은은히 빛나는 탑 아래 큰 건물의 입구에 섰고, 말없이 서 있는 키 큰 문지기를 지나 차갑게 울리는 석조 저택의 그림자 속으로 마법사의 뒤를 따라 들어갔다.

그들은 길고 텅 빈 포장된 복도를 따라 걸었다. 간달프가 피핀에게 말했다.

"말조심하게, 페레그린. 지금은 호빗의 말재주를 부릴 때가 아니야. 세오덴은 친절한 노인이지만, 데네소르는 전혀 다르거든. 거만하고 음흉하지. 왕으로 불리지는 못하지만 고귀한 혈통과 권력을 지닌 사람이야. 어쨌든 자네가 보로미르에 대해 얘기해 줄 수 있으니 주로 자네에게 말을 걸고 많이 물어볼 걸세. 그는 보로미르를 무척 사랑했지. 지나칠 정도로 말이야. 서로 닮지 않아서 더 그랬을 거야. 그렇지만 데네소르가 아들에 대한 사랑을 내세워 자네에게 말을 시킨다면, 그건 자신이 원하는 것을 나보다는 자네에게서 알아내기 쉬울 거라는 계산에서일 거야. 그러니 필요 이상으로 떠벌리면 안 되네. 특히 프로도의 임무에 대해선 반드시 입을 다물어야 해. 그 문제는 적당한 시기에 내가 처리할 테니까. 또 꼭 필요한 경우가 아니면 아라고른에 대해서도 말하지 말게."

"왜요? 성큼걸이에게 뭐 잘못이라도 있어요? 그도 이리 온다고 했잖아요, 안 그래요? 어차피 곧 도착할 텐데요, 뭘."

피핀이 속삭이듯 말했다.

"아마 그렇겠지. 하지만 그가 온다면 누구도 예상하지 못한 방식으로 올 거라네. 데네소르도 포함해서 말이야. 그편이 더 낫겠지. 적어도 우리로 인해 그가 온다는 사실이 알려져선 안 돼."

간달프는 반짝이는 높은 금속 문 앞에서 멈췄다.

"자, 피핀, 이제 와서 자네에게 곤도르의 역사를 가르치기에는 너무 늦었지. 하긴 샤이어의 숲에서 새집이나 뒤지며 놀고 있었을 때 미리 배워 뒀더라면 좋았겠지만. 내가 일러 준 대로만 하게. 강력한 영주에게 그의 후계자 사망 소식을 알리면서 왕권을 주장할 사람이 올 거라고 떠벌린다면, 그건 그리 현명하지 못한 일이니 말이야. 이 정도면 무슨 소린지 알아듣겠지?"

"왕권이라고요?"

피핀은 깜짝 놀라 물었다.

"그래. 지금까지 오는 동안 귀를 닫고 세상사에 깜깜인 채로 자고 있었다면 이젠 깨어날 시간이야!"

그가 문을 두드렸다.

문이 열렸으나 열어 준 사람의 모습은 보이지 않았다. 피핀은 거대한 홀을 들여다보았다. 높은 기둥들이 홀 양쪽에 줄지어 늘어서서 지붕을 떠받치고 있었고, 그 옆의 넓은 복도에 깊이 파인 창문에서 스며든 햇빛이 홀 안을 비추고 있었다. 거대한 검은 대리석 기둥들은 기묘한 짐승들과 이파리 모양으로 조각된 커다란 기둥머리에 닿아 있고, 그 위의 어둑한 곳에서 커다란 아치형 천장들이 흐릿한 금빛으로 어슴푸레 빛났다. 바닥은 하얀 광택이 도는 매끄러운 돌이 깔려 있었는데 다채로운 색깔의 유려한 장식무늬가 새겨져 있었다. 그 길고 장중한 홀에는 벽걸이도, 유명한 이야기를 수놓은 태피스트리도 없었고, 엮어 만든 물건이나 목제 장식물도 보이지 않았다. 차가운 돌을 깎아 만든 큰 조각상들이 둥근기둥 사이에 말없이 늘어서 있을 뿐이었다.

오래전에 죽은 왕들의 조상을 보면서 피핀은 갑자기 아르고나스의 바위 조각상을 떠올리며 경외감을 느꼈다. 계단을 오르면 연단의 저쪽 끝에는 왕관 모양의 투구처럼 생긴 대리석 천개(天蓋) 밑에 높다란 옥좌가 놓여 있었고, 그 뒷벽에는 꽃이 만개한 나무 모양이 조각되고 보석으로 장식되어 있었다. 그러나 옥좌는 비어 있었다. 연단 맨 아래 널찍하고 두꺼운 계단에는 아무 장식도 없는 검은 돌의자가 놓여 있었고, 거기에 한 노인이 자기 무릎을 내려다보며 앉아 있었다. 그의 손에는 금색 손잡이가 달린 흰 지팡이가 들려 있었다. 그는 고개를 들지 않았다. 엄숙하게 그들은 그를 향해 긴 홀을 걸어갔고 그의 발의자에서 세 걸음 정도 떨어진 곳에 섰다. 간달프가 말했다.

"안녕하시오, 미나스 티리스의 영주이자 섭정이신, 엑셀리온의 아들 데네소르여! 이 암울한 시간에 충고와 소식을 전하러 왔소."

그러자 노인은 고개를 들고 쳐다보았다. 그의 위풍당당한 뼈대와 상앗빛 피부, 깊고 검은 두 눈 사이의 긴 매부리코를 본 피핀은 왠지 보로미르보다 아라고른을 떠올렸다. 노인이 입을 열었다.

"실로 암울한 시간이오. 당신은 늘 그런 때에 오곤 했지, 미스란디르. 곤도르의 종말이 임박했음을 알리는 온갖 징조들이 있지만 그 암울함이 지금 내게는 내 암울함보다 더하진 않소. 듣자 하니 당신이 내 아들의 죽음을 목격한 자를 데려왔다던데, 바로 이 친구요?"

"그렇소. 두 명 중 하나이지요. 한 명은 지금 로한의 세오덴 왕과 함께 있는데 머지않아 이리 올 거요. 보시다시피 반인족이오. 하지만 예언에서 말한 그 사람은 아니오."

"그래도 반인족이군." 데네소르가 음산하게 말했다. "나는 그 이름에 호감을 느끼지 않소. 그 저주받은 말들이 우리를 혼란에 빠뜨렸고, 내 아들을 그 무모한 일에 끌어들여 결국 사지로 몰아갔으니. 내 아들 보로미르! 지금 우리는 네가 필요한데! 너 대신 파라미르가 갔어야 했는데!"

그러자 간달프가 말했다.

"파라미르는 기꺼이 갔을 거요. 하지만 비탄에 젖어 공정함을 잃진 마시오! 보로미르는 그 임무를 자청했고, 다른 사람에게 맡기려 하지 않았소. 그는 지도력이 있는 인물이었고 또 자신이 원하는 바를 추구하는 사람이었소. 난 그와 먼 곳을 여행하며 그의 기질을 알게 되었지요. 그런데 공께서는 그의 죽음을 언급하셨는데, 우리가 오기 전에 그 소식을 들으셨소?"

"이걸 받았소."

데네소르는 들고 있던 지팡이를 내려놓고 자신이 바라보던 물건을 무릎에서 집어 들며 말했다. 반으로 쪼개진, 은으로 장식된 들소 뿔나팔을 양손에 하나씩 들고 있었다.

"저건 보로미르가 항상 걸고 있던 뿔나팔인데!"

피핀이 외치자 데네소르가 말했다.

"그랬겠지. 나도 그랬으니까. 우리 집안의 장자가 대대로 그래 왔듯이 말이야. 이 나팔은 곤도르의 왕가가 끊기기 전 아득한 과거에도, 마르딜의 부친 보론딜께서 멀리 룬평원에서 아라우의 들소를 사냥한 후부터 전해져 내려왔지. 열사흘 전 북쪽 국경에서 희미하게 울리는 이 나팔 소리를 들었는데, 대하를 타고 쪼개진 채 내게 흘러온 거요. 다시는 이 나팔 소리를 들을 수 없겠지.”

그는 말을 멈췄고, 잠시 무거운 침묵이 흘렀다. 갑자기 그는 검은 눈으로 피핀을 응시했다.

“그대는 이것에 대해 할 말이 있는가, 반인족?”

“열사흘, 열사흘…….”

피핀은 말을 더듬었다.

“예, 그쯤 되었을 것 같아요. 네, 그가 뿔나팔을 불 때 전 옆에 있었어요. 그런데 아무도 도우러 오지 않았어요. 오르크들만 더 많이 몰려왔죠.”

그러자 데네소르는 피핀의 얼굴을 날카롭게 주시하며 말했다.

“음, 그대가 거기 있었다? 더 말해 보게. 왜 아무도 도우러 오지 않았지? 그리고 내 아들처럼 용감한 사나이도 빠져나올 수 없는 위험에서 그대는 어떻게 빠져나왔지? 또 오르크 따위가 감히 어떻게 그를 해칠 수 있단 말인가?”

피핀은 얼굴이 확 달아올라 두려움도 잊고 말했다.

“더없이 용감한 사나이라도 단 한 대의 화살에 쓰러질 수 있는 법이지요. 게다가 보로미르는 수많은 화살을 맞았으니까요. 마지막으로 보았을 때 그는 나무 옆으로 쓰러지며 옆구리에서 검은 깃털이 달린 화살을 뽑아내고 있었어요. 전 기절해 버렸고 포로가 되었지요. 더는 그를 보지 못했고, 알지도 못합니다. 그렇지만 그는 매우 용감한 사람이었기에 그를 진심으로 추모합니다. 그는 암흑군주의 부하들에게 습격당한 저와 제 친구 메리아독을 구하려다 죽었어요. 비록 자신이 쓰러지는 바람에 우릴 구하진 못했지만, 그에 대한 고

마운 마음에는 변함이 없습니다."

그러고 나서 피핀은 노인의 눈을 들여다보았다. 노인의 차가운 목소리에 담긴 경멸과 의혹에 상처받은 그의 내면에서 묘한 자존심이 일어났던 것이다.

"물론 위대한 인간의 영주께서는 북쪽 샤이어의 반인족, 호빗이 그닥 쓸모없는 존재라고 생각하시겠지요. 그렇더라도 저는 제가 진 빚을 갚기 위해서 영주님께 봉사하겠노라고 맹세하겠습니다."

피핀은 회색 망토 자락을 옆으로 젖혀 작은 칼을 빼서는 데네소르의 발밑에 놓았다.

노인의 얼굴에 냉랭한 겨울 저녁의 차가운 햇살과도 같은 옅은 미소가 스쳐 지나갔다. 그렇지만 그는 고개를 숙여 부서진 뿔나팔을 내려놓고는 손을 뻗으며 말했다.

"칼을 달라!"

피핀은 칼을 들어 칼자루를 그에게 내밀었다.

"이 칼은 어디서 온 것이지? 무수한 세월을 거친 것이군. 틀림없이 먼 옛날 북쪽의 우리 혈족들이 만든 칼이렸다?"

"저희 고향의 경계에 있는 언덕에서 발견된 겁니다. 지금 그곳에는 사악한 것들만 살고 있어서 더 자세히 말씀드리고 싶지 않군요."

"자네는 기이한 이야기들에 엮여 있는 모양이군. 겉모습만 보고는 사람을, 아니, 반인족을 제대로 알 수 없다는 것을 다시 한번 보여 주는군. 자네의 봉사를 받아들이겠네. 몇 마디 말에 기가 꺾일 것 같지 않고 예의 바르게 말할 줄도 아니까. 말소리가 우리 남쪽 사람들에게는 약간 이상하게 들리긴 해도. 앞으로 닥쳐올 날에 대비해서 크든 작든 호의적인 모든 종족의 도움이 필요하겠지. 자, 충성 맹세를 하게!"

그러자 간달프가 말했다.

"자네 마음이 결정됐으면 이 칼자루를 잡고 공의 말씀을 따라 하게."

"결심했어요."

노인이 무릎 위에 칼을 올려놓자, 피핀은 칼자루에 손을 올려놓고 데네소르의 말을 천천히 따라 했다.

"이 자리에서 저는 곤도르와 곤도르의 섭정께 충성과 봉사를 맹세합니다. 지금 이 시간부터 영주께서 저를 풀어 주시거나 죽음이 저를 데려가거나 세상이 종말을 맞을 때까지, 궁핍하든 풍요롭든, 평화로운 시절이든 전시이든, 살아 있든 죽었든, 저는 오로지 주군의 명에 따라서 말하거나 말하지 않고, 행하거나 행하지 않고, 오거나 가겠다고, 반인족, 샤이어의 팔라딘의 아들 페레그린이 맹세합니다."

"나, 왕의 섭정이자 곤도르의 영주, 엑셀리온의 아들 데네소르는 충성 맹세를 듣고 결코 잊지 않을 것이며, 충성에는 사랑으로, 무용에는 명예로, 배반에는 복수로, 그대의 행위에 반드시 보답할 것을 약속하노라."

그런 다음 피핀은 칼을 돌려받아 칼집에 넣었다.

"자, 이제 그대에게 내리는 첫 명령이다. 내게 숨김없이 말하라. 모든 이야기를 들려주고 또 내 아들 보로미르에 대한 기억도 남김없이 말하라. 자, 여기 앉아서 시작하게."

데네소르가 발의자 옆에 있던 작은 은종을 흔들자 즉시 시종이 나타났다. 피핀은 들어올 때 보지 못했던 시종들이 문 옆의 양쪽 협실에 대기하고 있었음을 그제야 알았다.

"손님들께 포도주와 음식과 의자를 갖다드려라. 그리고 한 시간 동안 누구도 방해하지 못하게 하라."

그런 다음 데네소르는 간달프에게 말했다.

"신경 쓸 일이 너무 많아 지금은 시간을 그 정도밖에 낼 수 없소. 훨씬 더 중요한 일들이지만, 지금 내게 이게 가장 절박한 일이니. 그렇지만 하루를 마감할 무렵에 다시 이야기를 나눌 수 있을 거요."

"빠를수록 좋겠소. 내가 아이센가드에서 여기까지 650킬로미터가 넘는 길을 바람처럼 달려온 것이 그저 이 예의 바른 작은 전사 한 명을 데려오려 한 것은 아니니 말이오. 공께는 세오덴 왕이 대규모의 전투를 치렀고, 아이센가드가 격파되었고, 내가 사루만의 지팡이를 부러뜨린 일 따위는 아무것도 아니란 말이오?"

"물론 내게도 중요한 일이오. 하지만 동쪽의 위협에 대해서는 나스스로 계획을 세울 만큼 이미 충분히 알고 있소."

그는 검은 눈을 돌려 간달프를 보았다. 이제 피핀은 둘 사이에 어떤 공통점을 보았고 그들 사이의 긴장감이 느껴졌다. 그들의 눈과 눈에는 언제 불꽃을 내며 타오를지 모를 도화선이 연결된 것 같았다.

데네소르는 실로 간달프보다 더 위대한 마법사 같았고, 더 군주답고 아름답고 강력해 보였으며 나이도 더 많아 보였다. 그러나 피핀은 간달프에게서 더 큰 힘과 깊은 지혜와 감춰진 권위를 직감적으로 느낄 수 있었다. 실제로 나이도 간달프가 훨씬 더 많을 것이다. 도대체 그는 얼마나 나이를 먹었을까? 피핀은 갑자기 궁금해졌는데 지금까지 한 번도 그것에 대해 생각해 보지 않았던 것이 이상할 정도였다. 나무수염이 마법사들에 관해 뭐라고 얘기해 준 적이 있었지만 그때만 해도 간달프 역시 마법사라는 사실을 그리 실감하지 못했었다. 간달프는 어떤 존재일까? 어느 아득한 시간과 장소에서 이세상에 왔고, 언제 떠날 것인가? 이런 생각을 하다가 정신을 차리고 보니, 데네소르와 간달프는 서로의 마음을 읽고 있기라도 하듯 여전히 서로를 응시하고 있었다. 먼저 눈길을 돌린 사람은 데네소르였다. 그는 입을 열었다.

"그렇소. 팔란티르가 사라졌다고들 말하지만, 곤도르의 영주는 보통 사람들보다 예리한 눈을 갖고 있고 또 많은 소식을 접하고 있소. 자, 앉으시오."

곧 시종들이 의자 하나와 작은 걸상 하나를 가져왔다. 한 시종은 은병과 잔, 그리고 하얀 케이크를 쟁반에 받쳐 들고 왔다. 걸상에 앉은 피핀은 늙은 영주에게서 눈을 뗄 수 없었다. 실제로 그랬는지 아니면 느낌에 불과한 것인지 잘 모르지만, 영주가 팔란티르를 언급했을 때 갑자기 눈을 빛내며 피핀의 얼굴을 흘끗 쳐다본 것 같았다.

영주는 친절하기도 하고 조롱하는 것 같기도 한 목소리로 말했다.

"자, 이야기를 시작해 보게, 내 직속 기사여. 내 아들과 가깝게 지낸 이의 이야기를 몹시 듣고 싶으니."

피핀은 그 커다란 홀에서 곤도르 영주의 꿰뚫듯이 날카로운 눈길과 이따금 매서운 질문 공세를 받으며 이야기한 그 시간을, 더구나 바로 옆에 앉아 지켜보고 귀를 기울이며 (피핀이 느끼기에는) 치밀어 오르는 분노와 조급함을 애써 억누르고 있는 간달프를 내내 의식하면서 이야기를 해야 했던 그 시간을 결코 잊을 수 없었다. 마침내 그 시간이 지나 데네소르가 다시 종을 쳤을 때 피핀은 탈진한 느낌이었다.

'아홉시를 지났을 리 없어. 이제 아침을 내리 세 번이라도 먹을 수 있겠어.'

피핀이 이렇게 생각하고 있을 때 데네소르가 말했다.

"미스란디르 경을 준비된 숙소로 모셔라. 동행한 이 친구도 좋다면 당분간 같이 지내게 하고. 이 반인족이 내게 충성을 맹세했음을 모두에게 알려라. 팔라딘의 아들 페레그린이라고 소개하고 그에게 2급 암호를 알려 주게 하라. 대장들에게는 세시 종이 울리자마자 여기 모여서 나를 기다리라고 전하라."

데네소르는 다시 간달프에게 말했다.

"친애하는 미스란디르 경, 원한다면 언제든지 오시오. 내 짧은 수 면 시간을 제외하면 언제라도 좋소. 노인이 어리석음에 대한 분노를 흘려 버리고 다시 와서 위안이 되어 주시오."

"어리석다고? 천만에. 당신은 절대로 노망날 사람이 아니지. 당신은 슬픔도 방패로 이용할 수 있지 않소. 내가 바로 옆에 앉아 있는데도 아무것도 모르는 호빗에게 한 시간이나 질문을 한 목적을 내가 모른다고 생각하시오?"

"알고 있다면 그걸로 됐소. 아쉬울 때에 도움과 충고를 무시하는 자존심은 어리석음일 테니. 하지만 당신은 자신의 의도에 따라서 충고와 도움을 나눠 주고 있지 않소? 그러나 곤도르의 영주는 다른 사람들의 목적을 이루는 도구가 되지 않을 거요. 그 목적이 아무리 가치 있는 것일지라도. 그리고 곤도르의 영주에게 현재 상황에서 가장 가치 있는 목적은 곤도르의 이익이오. 곤도르를 통치하는 일은 다른 사람이 아닌 바로 내 일이오. 왕이 다시 출현하지 않는 한."

"왕이 다시 출현하지 않는 한이라고? 좋소, 경애하는 섭정. 지금은 누구도 기대하지 않는 그 사건에 대비해서 왕국을 보존하는 것은 당신의 임무이지요. 그 임무와 관련해서 당신은 청하기만 하면 어떤 도움이든 받게 될 것이오. 하지만 이 점을 분명히 밝혀 두겠소. 곤도르든 다른 나라든, 크든 작든, 어떤 나라를 통치하는 것은 내 일이 아니오. 내 관심사는 지금 세상이 직면한 위험에 처한 가치 있는 것들이라오. 그리고 앞으로 다가올 날에 여전히 아름답게 자라 열매 맺고 다시 꽃피울 것이 이 암울한 밤을 견뎌 낼 수 있다면, 곤도르가 멸망하더라도, 나는 내 임무가 완전히 실패했다고 생각하지 않을 거요. 왜냐하면 나 역시 섭정이기 때문이오. 아직 모르셨소?"

말을 마친 간달프는 돌아서서 성큼성큼 홀을 걸어 나왔고 피핀은 옆에서 뛰다시피 하며 따라갔다.

걸어가면서 간달프는 피핀을 바라보지도, 말을 걸지도 않았다. 안내인은 건물의 문에서부터 분수 궁정을 지나 큰 석조 건물들 사이의 길로 인도했다. 여러 번 모퉁이를 돌아서 그들은 북쪽 성벽에 가까운 건물에 이르렀다. 언덕과 산맥이 만나는 산허리에서 멀지 않은 곳이었다. 실내로 들어가 조각된 넓은 계단을 올라 거리보다 높은 2층에 이르자 안내인은 그들에게 밝고 공기가 잘 통하는 아름다운 방을 보여 주었다. 은은한 황금빛이 감도는 민무늬의 멋진 휘장이 드리워져 있었다. 가구는 별로 없어서 작은 탁자 하나와 의자 두 개, 그리고 긴 걸상 하나뿐이었다. 양쪽에 커튼이 내려진 벽감이 있었는데, 그 안에는 잘 정돈된 침대와 손을 씻을 수 있게 준비된 물병과 대야가 보였다. 길고 좁은 창문 세 개는 북쪽으로 나 있어 아직 안개에 잠긴 안두인대하의 큰 굽이 너머로 멀리 에뮌 무일산맥과 라우로스폭포가 보였다. 피핀은 돌로 쌓은 창문턱 너머로 밖을 내다보려고 걸상에 올라가야 했다. 안내인이 나가고 문이 닫히자 피핀이 말했다.

"제게 화나셨어요, 간달프? 하지만 전 최선을 다했어요."

"물론 그랬지!"

간달프는 갑자기 웃음을 터뜨리며 말했다. 그는 피핀에게 다가와 그의 어깨를 팔로 감싸고 창밖을 내다보았다. 피핀은 약간 어리둥절해서 바로 옆에 있는 그의 얼굴을 올려다보았다. 그 웃음소리가 유쾌하고 명랑했기 때문이었다. 그런데 처음에는 간달프의 얼굴에서 근심과 슬픔의 주름살밖에 보이지 않았다. 하지만 더 골똘히 들여다보니 그 아래 큰 기쁨이 깔려 있었다. 터져 나오기만 한다면 온 왕국을 웃게 할 만한 기쁨의 샘이었다.

"사실 자넨 최선을 다했어. 끔찍한 두 늙은이 사이에서 또다시 곤혹스러운 입장에 처하는 일이 없기를 바라네. 어쨌든 곤도르의 영주는 자네가 짐작하는 것 이상으로 더 많이 자네에게서 알아냈을 걸세, 피핀. 보로미르가 모리아에서부터 원정대를 지휘하지 못했다는 사실이나, 자네 일행 중에 앞으로 곤도르에 올 고귀한 인물이 있었다는 것, 그가 그 유명한 칼을 가진 사람이란 사실을 감출 수 없었지. 사람들은 곤도르의 옛 전설을 중요하게 생각하고 있네. 또 보로미르가 떠난 다음에 데네소르는 이실두르의 재앙이라는 말과 노래에 대해 오랫동안 숙고해 왔을 거야.

데네소르는 이 시대의 다른 인간들과는 좀 달라. 대대로 내려온 혈통이 어찌 되었든, 우연히도 서쪽나라 왕가의 고귀한 피가 그에게 흐르는 것이 거의 확실해. 그의 아들 파라미르도 그렇다네. 그가 가장 사랑한 아들 보로미르는 그렇지 않지만. 데네소르는 통찰력이 있어. 하려고 마음만 먹으면 아마 멀리 있는 사람들의 마음속까지도 꿰뚫어 볼 수 있을 걸세. 그를 속이는 건 아주 어려운 일인 동시에 위험한 일이라네.

꼭 명심해야 하네! 자넨 이제 그에게 충성을 맹세한 신하니까 말이야. 자네가 무슨 생각이 들어서, 무슨 마음에 그렇게 했는지 나로선 모르겠네만. 어쨌든 잘한 일이야. 너그러운 행위를 냉정한 충고로 억눌러서는 안 된다는 생각에서 자네를 제지하지 않았네. 그 일로 그는 마음도 동하고 기분도 좋아진 것 같았네. 게다가 이제는 근무 시간이 아닐 때는 미나스 티리스를 자유롭게 활보할 수 있게 되었지. 그렇지만 다른 일면도 있네. 자넨 그의 명령에 복종해야 해. 그는 그것을 잊지 않을 걸세. 언제나 방심하지 말게."

그는 말을 멈추고 한숨을 쉬었다.

"자, 내일 일까지 미리 걱정할 필요야 없겠지. 다만 내일은 오늘보다 더 고약한 사태가 전개될 거야. 앞으로 상당히 오랫동안 말이지. 그것을 피하기 위해 내가 더 할 수 있는 일은 없네. 이미 장기판은 짜였고, 말들이 움직이고 있어. 내가 몹시 찾아내고 싶은 말은 이제 데네소르의 후계자가 된 파라미르야. 그는 지금 이 도시에 있지 않은 것 같네. 아직 소식을 들을 만한 시간이 없었네만. 난 이제 가 봐야겠네, 피핀. 영주의 회의에 가서 알아낼 수 있는 걸 알아내야지. 대적은 이미 움직이기 시작했고 곧 전력을 다해 게임을 펼칠 거야. 장기판의 졸들도 다른 말들처럼 많은 걸 보게 될 걸세. 곤도르의 전사,

팔라딘의 아들 페레그린, 칼날을 버리게."

간달프는 문으로 걸어가다가 돌아섰다.

"난 지금 급하다네, 피핀. 밖에 나갈 때 부탁 좀 들어주게. 피곤하지 않으면 쉬기 전에 샤두팍스를 찾아가서 어떻게 있는지 좀 봐 주게. 곤도르인들은 친절하고 현명한 사람들이라 동물에게도 잘해 주겠지만, 말을 다루는 데에 일류는 아니니 말이지."

이렇게 말하며 간달프는 나갔다. 그때 성채의 탑에서 맑고 아름다운 종소리가 들려왔다. 은방울 같은 종소리가 세 번 공중에 울리더니 그쳤다. 일출 후 제3시를 알리는 소리였다.

잠시 후 피핀은 방문을 나섰고 계단을 내려가서 거리를 둘러보았다. 이제 화창하고 따스한 햇살이 내리비치자 탑과 큰 건물들의 그림자가 서쪽으로 늘어졌다. 푸른 하늘 높이 민돌루인산이 하얗게 눈 덮인 투구와 망토 모양의 거봉을 드러냈다. 궁성 안에는 무장한 사람들이 순번대로 임무 교대할 시간이 되었는지 이리저리 오가고 있었다. 피핀은 중얼거렸다.

"샤이어에서는 지금 아홉 시인데. 봄날의 따스한 햇살을 받으며 창문을 열고 맛있는 아침을 먹을 시간이지. 아, 맛있는 아침 식사! 저 사람들은 아침을 먹기나 하는 걸까? 아니면 벌써 먹었나? 그럼 점심은 언제, 어디서 먹는 걸까?"

그때 궁성의 중앙에서 자신을 향해 좁은 길을 따라오는 흑백색 옷차림의 사나이가 보였다. 피핀은 문득 외로운 느낌이 들어 그에게 말을 걸어 볼까 생각했지만 그럴 필요가 없었다. 그 사람이 곧바로 피핀에게 와서 말을 걸었던 것이다.

"당신이 반인족 페레그린이오? 당신이 섭정님과 이 도시에 충성을 맹세했다고 들었어요. 환영합니다."

그는 손을 내밀어 피핀과 악수했다.

"난 바라노르의 아들 베레곤드요. 오늘 아침에는 임무가 없기 때문에 당신에게 암호와 그 밖에 궁금해할 것들을 알려 주러 왔소. 나도 당신에 대해 알고 싶은 것이 많아요. 우리는 예전에 반인족을 본 적이 없거든요. 소문은 들은 적이 있지만, 우리가 아는 옛이야기에는 반인족에 관한 언급이 거의 없어요. 더구나 당신은 미스란디르의 친구라면서요. 그를 잘 아시오?"

"글쎄요. 짧은 기간이기는 하지만 평생 그분 이야기를 듣고 알아 왔다고 할 수 있겠지요. 최근 들어 함께 긴 여행을 했고요. 하지만 그분은 두꺼운 책과 같아서 내가 읽은 부분은 한두 페이지 정도밖에 안 될 거예요. 하긴 몇 사람만 빼면 누구보다도 내가 그분에 대해 많이 알고 있겠죠. 우리 원정대 중에서 그분을 실제로 아는 사람은 아라고른뿐일 거예요."

"아라고른? 그는 누굽니까?"

피핀은 말을 더듬었다.

"아…… 우리와 동행한 사람이에요. 아마 지금 로한에 있을 겁니다."

"당신이 로한에서 왔다고 들었소. 그 나라에 대해 묻고 싶은 게 많아요. 우리가 품고 있는 미미한 희망이나마 대부분 그들에게 걸고 있으니까요. 참, 당신의 궁금증을 풀어 주는 게 내 임무였다는 걸 잊었군요. 자, 뭘 알고 싶습니까, 피핀 씨?"

"음, 지금 좀 시급한 문제이긴 한데, 물어봐도 될까요? 아침 식사와 그 밖의 식사는 어떻게 하지요? 다시 말해서, 내 말뜻을 이해하신다면, 식사 시간은 언제고, 식당이 있다면 어디에 있느냐 하는 거예요. 그리고 주점은요? 여기까지 오면서 현명하고 사려 깊은 사람들이 사는 데 오면 맥주 한 잔 마실 수 있겠지 하는 기대감에 부풀어 사방을 둘러보았지만 한 군데도 보이지 않더군요."

베레곤드는 그를 진지하게 바라보았다.

"당신은 노병이군요. 노병들은 늘 돌아와서 먹을 음식과 술을 기대하며 전쟁터에 나간다고 하지요. 나 자신은 그럴 기회가 없었지만 말이오. 그럼 오늘 아무것도 먹지 못했소?"

"글쎄요. 예의를 갖춰 말하자면 먹긴 먹었죠. 그렇지만 당신들의 친절하신 영주님의 배려로 포도주 한 잔과 하얀 케이크 한두 조각 먹었을 뿐이에요. 그런데 그 대가로 영주님은 한 시간이 넘도록 질문 공세를 퍼부어서 진땀을 빼게 하셨어요. 아주 배고프게 만드는 일이었지요."

베레곤드는 웃으며 말했다.

"식탁에선 몸집이 작은 사람이 더 큰 일을 한다고 하지요. 당신도 이 궁성의 다른 사람들처럼 조금은 먹었군요. 그것도 아주 명예롭게 말이오. 여기는 요새이자 감시탑이고 곧 전쟁터가 될 곳입니다. 우린 해 뜨기 전에 일어나 침침할 때 한 입 먹고는 근무 시간에 일하러 갑니다. 그렇지만 실망할 건 없어요."

그는 피핀의 실망한 기색을 보고 다시 웃으며 말을 이었다.

"막중한 임무를 수행한 사람들은 오전 중반에 기운을 얻기 위해 뭘 좀 먹곤 합니다. 우린 임무에 따라 정오나 그 후에 가벼운 식사를 하고, 해가 질 무렵에 다들 모여서 식사를 하고 가급적 즐거운 시간을 갖지요.

자, 갑시다. 조금만 걸어가면 먹을 걸 찾을 수 있어요. 흉벽에 올라가서 먹고 마시며 맑은 아침 경치를 둘러봅시다."

피핀이 얼굴을 붉히며 말했다.

"잠깐만요. 내 식탐, 아니 좋게 말해서 허기 때문에 깜빡했군요. 당신들이 미스란디르라고 부르는 간달프가 샤두팍스를 찾아보라고 부탁했어요. 로한의 명마인데 그 군주께서 가장 소중하게 여기시던 말이지요. 그런데 간달프의 누군가에 대한 감사의 표시로 하사하셨다고 들었어요. 그 말의 새 주인도 그 말을 어떤 인간들보다 더 사랑하니까, 만일 간달프의 선의가 이 도시에 가치 있다고 생각하신다면, 그 말에게도, 가능하다면, 이 호빗에게 베푼 것보다 더 친절하게 극진히 대접해야 할 거예요.”

“호빗이라고요?”

베레곤드가 의아한 듯 물었다.

“우리 자신을 그렇게 부르죠.”

“그걸 알게 되어 즐겁소. 억양이 이상하다고 해서 아름다운 언어가 훼손되는 것은 아니라고 말할 수 있으니. 호빗은 구변이 좋은 종족이군요. 자, 이제 갑시다. 그 훌륭한 말을 내게 소개해 주세요. 나는 동물을 사랑하는데 이 석벽의 도시에서는 동물을 보기가 힘들어요. 우리 조상은 원래 깊은 산골짜기에서 살았고 그 전에는 이실리엔에서 살았어요. 그렇지만 걱정 말아요. 예의상 잠시 방문하는 데 지나지 않을 테니 곧바로 음식을 찾으러 갑시다.”

피핀은 샤두팍스가 좋은 마구간에서 세심한 보살핌을 받고 있음을 알 수 있었다. 여섯 번째 원형구역의 성벽 밖에는 준마를 몇 마리 키우는 마구간이 전령들의 숙소 바로 옆에 있었다. 전령들은 언제라도 데네소르나 다른 지휘관들의 긴급한 명령에 따를 준비가 되어 있었다. 그렇지만 지금은 말들과 기수가 멀리 나간 모양이었다.

샤두팍스는 피핀이 들어서자 고개를 돌리며 울음소리를 냈다.

“잘 있었나? 간달프도 시간 나는 대로 곧 오실 거야. 지금은 너무 바쁘셔서 내게 대신 안부를 전하라고 하셨어. 잘 있는지도 보고 말이야. 아주 편안한 것 같은데? 긴 여행이었으니 푹 쉬어야지.”

샤두팍스는 고개를 끄덕이며 발을 굴렸다. 그렇지만 베레곤드가 머리를 부드럽게 어루만지며 옆구리를 쓰다듬도록 내버려 두었다.

“이 친구는 긴 여행에서 막 돌아온 게 아니라 이제부터 한바탕 뛰고 싶어 하는 것 같군요. 정말 힘차고 당당한 말이에요! 마구는 어디 있지요? 틀림없이 값지고 무척 아름답겠지요?"

"이 말에 어울릴 만큼 값지고 아름다운 마구는 없어요. 게다가 마구가 필요 없어요. 만일 이 말이 당신을 태우겠다고 마음먹으면 그다음은 혼자 다 알아서 하거든요. 그렇지만 태우지 않겠다고 마음먹으면 어떤 굴레나 채찍이나 마구를 써도 이 말을 길들일 수 없어요. 안녕, 샤두팍스. 참고 기다리게. 전투가 곧 시작될 거야."

샤두팍스가 고개를 들고 울부짖었다. 목장 전체가 진동할 만한 큰 소리에 그들은 손으로 귀를 틀어막아야 했다. 그들은 구유에 가득 찬 여물을 보고 목장을 나섰다.

"자, 이제 우리 구유로 갈 시간이군."

베레곤드가 말했다. 그는 피핀을 다시 궁성으로 데리고 돌아가 큰 탑의 북쪽에 위치한 문으로 안내했다. 그들은 서늘한 기운이 감도는 긴 계단을 내려가 등불이 밝혀진 넓은 복도에 들어섰다. 옆 벽면에 들창문들이 있었고 그중 하나가 열려 있었다.

"여기가 내가 속한 경비대의 식료품 창고이자 저장실이오."

그는 이렇게 말하고 열린 문 안으로 소리를 질렀다.

"안녕, 타르곤. 아직 좀 이른 시간이지만 여기 영주께 충성을 맹세한 친구가 한 명 와 있다네. 이 친구는 허리띠를 졸라매고 아주 긴 여행을 한 데다 아침부터 너무 힘든 일을 해서 배가 고프다네. 뭐 먹을 것 좀 주게."

그들은 빵과 버터와 치즈, 그리고 작년 겨울에 저장해서 약간 시들었지만 아직 신선하고 맛있는 사과와 새로 빚은 맥주가 담긴 가죽 부대를 받아서 나무 접시, 컵과 함께 바구니에 담아 밖으로 나왔다. 베레곤드는 동쪽으로 뻗은 흉벽으로 안내했다. 성벽 턱 밑에 총안이 뚫려 있고, 돌의자가 놓여 있었다. 그들은 바깥세상의 아침 풍경을 한눈에 내려다볼 수 있었다.

그들은 먹고 마시면서 곤도르의 현재 상황과 관습, 생활방식에 대해, 그리고 샤이어와 피핀이 보았던 낯선 지방들에 대해 이야기를 주고받았다. 이야기를 나누면서 베레곤드는 점점 더 놀라워했고, 의자에 앉아 다리를 흔들어 대다가 가끔 발돋움해서 성 아래 세상을 내려다보는 호빗을 경이에 찬 눈으로 쳐다보았다.

"솔직히 말해 당신은 우리 기준으로 볼 때 어린이, 그것도 아홉 살 정도의 꼬마로밖에 보이지 않아요. 그런데도 세상을 꽤 안다는 우리 노인네들도 들어 보지 못한 위험을 겪고 놀라운 것들을 보았군요. 난 처음 우리 섭정께서 당신을 고대 의식에 따라 기사로 봉하셨다는 소식을 듣고 변덕스러운 기분에서 그러신 줄 알았어요. 그런데 내 생각이 틀렸어요. 내 어리석음을 용서해 주겠어요?"

"물론이지요. 사실 오해하신 게 아니에요. 난 호빗의 기준으로 보아도 소년에 지나지 않아요. 4년 더 있어야 샤이어에서 정한 성년이 되거든요. 그러니 신경 쓰시지 않아도 좋아요. 자, 이리 와서 저 아래 보이는 것들에 대해 더 얘기해 주세요."

해가 하늘 높이 솟으며 골짜기의 안개도 걷히기 시작했다. 아직 채 흩어지지 않은 안개는 흰 구름 조각처럼 머리 위로 흘러가고 있었다. 그 아래 동쪽에서 불어오는 산들바람이 점점 거세지면서 궁성의 깃발들과 흰 군기들을 펄럭였다. 어림잡아 25킬로미터쯤 떨어진 골짜기 저편에서 안두인대하가 은색으로 빛나며 서북쪽에서 흘러갔다. 그러고는 서남쪽으로 꺾어지며 세차게 흘러 250킬로미터도 더 돼 보이는 바다 쪽으로 어슴푸레하게 사라졌다.

피핀은 눈앞에 펼쳐진 펠렌노르평원을 모두 볼 수 있었다. 멀리 점점이 박힌 농가와 낮은 담, 헛간과 외양간 들은 보였지만 어디서도 소나 다른 짐승은 보이지 않았다. 녹색 평원을 가로질러 큰 도로와 작은 길이 나 있고, 큰 성문을 드나드는 수레들로 오가는 길이 혼잡했다. 이따금 말을 탄 기사가 안장에서 뛰어내려 급히 성안으로 들어오기도 했다. 그러나 대부분은 남쪽으로 향한 주도로를 따라 가다가, 대하보다 더 빨리 방향을 돌려 언덕 기슭을 돌아서는 곧 시야에서 사라졌다. 넓은 주도로는 잘 포장되어 있었고, 도로를 따라 동쪽 가장자리에는 말을 탄 사람들을 위한 넓은 풀밭이 있으며, 그 너머에 성벽이 세워져 있었다. 그 승마로에서 말을 탄 기사들이 질주하며 오갔지만, 모든 거리는 남쪽으로 내려가려는, 지붕이 덮인 큰 짐수레들로 꽉 막힌 것 같았다. 그러나 일견 혼잡스러워 보이는 것이 실은 질서 정연하다는 것을 피핀은 곧 알 수 있었다. 짐수레들은 세 줄로 움직이고 있었는데, 말들이 끄는 짐수레가 가장 빠르게 움직였고, 알록달록한 아름다운 덮개가 덮여 있고 더 천천히 움직이는 큰 짐마차는 황소가 끌었으며, 서쪽 길가를 따라가는 손수레는 터벅거리며 걷는 사람들이 힘겹게 끌고 갔다.

"저 길은 툼라덴과 롯사르나크의 골짜기와 산골 마을을 지나 레벤닌으로 갑니다. 저기 마지막 짐수레가 가는군요. 노인들과 아이들, 그들을 보살펴 줄 부녀자들을 태우고 피난 가는 겁니다. 모두 성 밖으로 나가야 하고, 정오까지는 성문 앞 5킬로미터까지 도로를 비워야 합니다. 명령이에요. 슬프지만 불가피한 일이지요."

베레곤드는 한숨을 쉬며 말을 이었다.

"지금 헤어진 사람들 중에 다시 만날 사람은 거의 없겠지요. 이 도시에는 워낙 아이들이 적었는데, 이젠 하나도 없군요. 떠나지 않겠다고 고집을 부리며 뭔가 할 일을 찾겠다는 소년들이 몇 명 있기는 하지요. 내 아들도 그중 하나고."

그들은 잠시 침묵에 잠겼다. 피핀은 당장에라도 들판에 쏟아져 들어오는 수천의 오르크들을 보게 될까 걱정스러운 듯이 동쪽을 바라보았다. 그러고는 큰 만곡을 이루며 흐르는 안두인대하의 중간 지섬을 가리키며 물었다.

"저기 보이는 건 뭔가요? 다른 도시인가요, 아니면 뭔가요?"

"도시였지요. 곤도르의 수도였고 여기는 일개 요새에 불과했어요. 저곳이 안두인대하 양안에서 무너져 버린 오스길리아스의 폐허랍니다. 오래전에 적들이 탈취해 불태웠지요. 하지만 데네소르 공의 젊은 시절에 우리는 저 도시를 되찾았어요. 저기서 거주하려는 것이 아니라 전초 기지를 세우고 무기를 보내기 위해 다리를 재건하려 했지요. 그런데 그때 미나스 모르굴에서 무시무시한 기사들이 공격해 온 겁니다."

"암흑의 기사들?"

피핀은 예전의 공포가 되살아나 검은 눈을 크게 뜨고 물었다.

"그래요. 검은 차림이었지. 당신도 그들을 좀 알고 있는 모양이군요. 그들에 관해 언급하지는 않았지만."

"그들을 알아요."

피핀이 속삭이듯 말했다.

"하지만 지금은 그들에 대해 말하지 않겠어요. 이렇게, 이렇게나 가까운데."

그는 말을 끊고 눈을 들어 강 너머를 바라보았는데, 온통 거대하고 위협적인 그림자만 보이는 것 같았다. 어쩌면 그것은 보일락 말락 어렴풋이 드러난 산이고 그 삐죽삐죽한 봉우리들이 100킬로미터쯤 깔린 안개에 가려진 것일지 모른다. 어쩌면 그저 구름들이 벽처럼 쌓여 있고 그 너머에 더 깊은 어둠이 덮인 것인지 모른다. 하지만 그것을 바라보는 동안 피핀의 눈에는 그 어둠이 점점 커지고 뭉치면서 천천히, 아주 천천히 올라가 태양이 있는 곳을 덮어 버리려는 것 같았다.

"모르도르에 아주 가깝다고요?"

베레곤드가 조용히 말했다.

"그래요, 바로 저기 있지요. 우리는 그것을 거의 언급하지 않지만, 그 어둠을 늘 보면서 살아왔어요. 어떤 때는 더 흐릿하고 멀게 느껴지기도 하고, 어떤 때는 더 가깝고 더 시커멓게 느껴지지요. 지금은 점점 더 커지면서 짙어지고 있어요. 그러니 우리의 불안과 공포도 커져 갑니다. 그 무시무시한 기사들이 교두보를 다시 점령하고 우리의 최고 전사들을 많이 학살한 지 1년도 채 안 되었어요. 여기 서쪽 강기슭에서 마침내 적을 몰아낸 사람은 보로미르였지요. 그래서 우린 지금 오스길리아스의 거의 절반을 차지하고 있는 거예요. 잠시 그렇겠지요. 저기서 또 다른 맹공을 기다리고 있으니까요. 다가올 전쟁의 대공세일 겁니다."

"언제쯤일 거라고 생각하세요? 그저께 밤에 봉화가 타오르고 전령이 달려가는 것도 보았거든요. 간달프는 그것이 전쟁이 시작되었다는 신호라고 하던데요. 그는 무섭게 서둘렀어요. 그런데 지금은 매사가 다시 느긋해진 것 같아요."

"모든 준비가 끝났기 때문일 겁니다. 폭풍 전야의 고요함일 뿐이죠."

"그런데 그저께 밤에 왜 봉화를 올렸죠?"

"포위당한 다음에 도움을 청하면 이미 늦으니까요. 하지만 영주님과 지휘관들의 회의 내용을 나는 모릅니다. 그분들은 여러 방법을 통해 소식을 받으시지요. 그리고 데네소르 공은 여타의 사람들과 달라요. 그분은 먼 곳을 보시거든요. 데네소르 공이 한밤중에 탑의 높은 방에 홀로 앉아 이리저리 생각을 돌리면, 미래를 어느 정도 읽을 수 있고 때로는 적과 씨름하면서 그 마음도 살펴본다고 하더군요. 그래서 나이보다 늙고 기력이 쇠진하셨다고요. 그 말이 사실이든 아니든 지금 우리 대장 파라미르께서 위험한 임무를 맡아 강을 건너가셨는데 어떤 소식을 보내셨을지도 모르지요.

그래도 봉화를 올린 것에 대한 내 생각을 알고 싶다면, 그저께 저녁에 레벤닌에서 온 소식 때문일 겁니다. 거대한 함대가 안두인하구에 다가오고 있는데, 남부에 사는 움바르의 해적들이 탄 배였답니다. 그들은 오래전부터 곤도르의 권세를 두려워하지 않았고, 적과 연합해서 지금 그를 위해 거세게 공격하고 있어요. 이 공격 때문에 우리가 기대하던 레벤닌과 벨팔라스의 원군이 다른 곳으로 가야 할 겁니다. 그들은 억세고 전사들도 많아요. 그래서 우린 북쪽 로한의 도움을 한층 더 기대하게 되었고, 당신이 가져온 승전보가 우릴 더욱 기쁘게 해 주었지요."

그는 말을 멈추고 일어서서 북쪽과 동쪽 그리고 남쪽을 둘러보며 다시 말을 이었다.

"하지만 아이센가드에서 일어난 사건에서 우리는 이제 거대한 그물과 계략에 사로잡혔다는 경고를 받은 겁니다. 이건 그저 여울목에서의 분쟁이나 이실리엔이나 아노리엔에서의 급습, 매복과 약탈 정도가 아닙니다. 오래전부터 계획된 대전이고, 우린 그 장기판의 졸에 불과합니다. 자부심으로 무슨 말을 하든 말이지요. 저 내해 너머 극동에서도, 북쪽의 어둠숲과 그 너머에서도, 그리고 남쪽 하라드에서도 뭔가 움직이고 있다고 합니다. 그러니 지금은 온 세상이 시험에 처한 것이지요. 저항하느냐 아니면 암흑에 굴복하느냐.

그렇지만 페레그린 씨, 우리는 암흑군주의 가장 큰 증오에 언제나 정면으로 맞서고 견디어 왔다는 명예가 있어요. 그의 증오는 태곳적부터 바다의 심연을 넘어왔으니까요. 여기가 가장 맹렬한 공격을 받을 겁니다. 그렇기 때문에 미스란디르가 급히 오셨겠지요. 우리가 무너진다면 누가 저항할 수 있겠소? 페레그린 씨, 우리가 끝까지 버틸 희망이 있다고 생각합니까?"

피핀은 대답하지 않았다. 그는 거대한 성벽과 탑들, 멋진 깃발, 하늘 높이 뜬 태양을 바라보고, 동쪽의 점점 커져 가는 어둠을 응시했다. 암흑의 긴 손가락, 숲과 산 속의 오르크들, 아이센가드의 배신, 사악한 눈을 가진 새들, 샤이어의 오솔길에도 나타난 암흑의 기사들, 그리고 날개 달린 공포의 사자 나즈굴이 떠올랐다. 몸이 부르르 떨리면서 희망이 시들어 버린 것 같았다. 그 순간 태양도 검은 날개가 지나가며 가리기라도 한 듯 한순간 흔들리며 어두워졌다. 하늘 저 높이 거의 들리지 않는 곳에서 아주 희미하지만 가슴을 찌르는 차갑고 잔인한 울부짖음이 들려온 것 같았다. 그는 얼굴이 하얗게 질려 성벽에 대고 몸을 웅크렸다.

"저게 뭐지? 당신도 뭔가 느꼈어요?"

베레곤드가 물었다.

"예. 우리의 몰락의 신호예요. 몰락의 그림자, 무서운 하늘의 기사!"

피핀이 더듬거리며 말했다.

"그래, 몰락의 그림자! 미나스 티리스가 몰락할까 두렵군요. 밤이 오고 있어요. 내 피가 식어 버린 느낌이에요."

잠시 그들은 고개를 푹 숙이고 앉아 아무 말도 하지 않았다. 그러다 갑자기 피핀은 고개를 들고 여전히 빛나고 있는 태양과 여전히 산들바람에 휘날리는 깃발을 보았다. 그는 몸을 떨며 말했다.

"지나갔어요. 아니, 나는 아직 절망에 빠지지 않겠어요. 간달프도 나락으로 떨어졌지만 돌아왔고 우리와 함께 있거든요. 우린 한 다리만 남아도, 아니 무릎을 꿇게 되더라도 반드시 저항할 거예요!"

"옳은 말이오!"

베레곤드는 일어나 이리저리 큰 걸음을 떼어 놓으며 외쳤다.

"시간이 지나면 결국 만물이 종말을 맞게 되더라도, 곤도르는 아직 멸망하지 않을 겁니다. 난폭한 적들이 몰려와 시체로 산을 쌓고 이 성벽을 탈취한다 해도 말이오. 우리에겐 아직 다른 요새도 있고, 산으로 도피하는 비밀 통로도 있어요. 초록 풀이 자라는 어딘가 비밀의 골짜기엔 희망과 기억이 계속 살아남을 겁니다."

"좋든 나쁘든 빨리 결판이 났으면 좋겠어요. 사실 난 전사도 아니고, 전투에 대한 생각은 하기도 싫어요. 그런데 피할 수 없는 전쟁으로 치닫는 상황에서 가만히 기다리는 게 최악이에요. 하루를 보내는 데만도 벌써 얼마나 지치는지 모르겠어요! 이렇게 꼼짝 못 하고 선제공격도 못 하면서 가만히 지켜봐야 하는 상황만 아니라면 더 좋겠어요. 로한에서도 간달프가 아니었더라면 공격하지 못했을 거예요."

"많은 사람들의 아픈 곳을 찌르는군요! 하지만 파라미르 공이 돌아오면 상황이 달라질 거예요. 그는 용감한 분이지요. 사람들이 생각하는 것 이상으로요. 요즘 사람들은 대장이 현명하고 두루마리에 기록된 학식과 노래에 두루 박식하면서도 동시에 전장에서는 용감하고 기민한 판단력을 가질 수 있다는 사실을 잘 믿지 않지요. 하지만 파라미르 공은 그런 분입니다. 보로미르만큼 저돌적이고 열성적이지는 않지만, 불굴의 정신은 절대 뒤지지 않아요. 그렇지만 지금 뭘 할 수 있으실까? 우린 저기, 저곳의 산을 공격할 수 없어요. 우리의 힘이 미치는 범위가 짧아졌기 때문에 적이 그 안에 들어올 때까지 칠 수 없는 거예요. 그때가 되면 육중한 손으로 내리쳐야지요!"

그는 칼자루를 찰싹 두드렸다.

피핀은 그를 쳐다보았다. 이 나라에서 본 다른 사내들처럼 키 크고 당당하며 고귀한 그 남자는 전쟁을 생각하며 눈을 반짝였다. '슬프게도! 내 손은 깃털처럼 가벼운데.' 피핀은 이런 생각을 했지만 소리 내어 말하지는 않았다. '간달프가 나더러 장기판의 졸이라고 했지? 그렇겠지. 그런데 엉뚱한 장기판에 놓였어.'

그들은 해가 중천에 오를 때까지 이야기를 나눴다. 갑자기 정오를 알리는 종이 울리자 요새는 소란스러워졌다. 감시병을 제외하고 모두들 식사하러 가고 있었다.

"나와 함께 가겠어요? 오늘은 내 부대 식당에 가도 좋습니다. 아직은 당신이 어느 중대에 배정될지 모르니 말이에요. 섭정께서 당신을 휘하에 두고 부리실지도 모르지요. 어쨌든 환영받을 겁니다. 아직 시간이 있을 때 가급적 많은 사람들을 만나는 게 좋겠지요."

"기꺼이 가겠어요. 솔직히 말하면 난 좀 외로우니까요. 제일 친한 친구를 로한에 두고 와서 지금은 말을 걸거나 농담을 나눌 사람이 없거든요. 당신의 중대에 들어갈 수 없을까요? 당신이 대장인가요? 그렇다면 날 받아 주세요. 아니면 날 위해 말씀해 주시든지."

그러자 베레곤드는 웃으며 말했다.

"아니, 아니에요. 난 대장이 아니에요. 나는 관직도, 지위도, 귀족 신분도 없고, 궁성 제3중대에 속한 평범한 병사에 불과해요. 하지만 페레그린 씨, 곤도르의 탑 경비대의 병사일 뿐이라도 이 도시에서는 소중한 존재로 여겨지고 온 나라에서 명예롭게 인정을 받는답니다."

"그렇다면 내겐 과분한 일이군요. 나를 숙소로 데려다주세요. 간달프가 돌아오지 않으면 당신의 초대에 기꺼이 응하지요."

간달프는 숙소에 없었고, 전갈을 보내지도 않았다. 그래서 피핀은 베레곤드를 따라가 제3중대의 사람들을 만났다. 피핀이 큰 환영을 받았기에 그를 데려간 베레곤드도 피핀만큼이나 뿌듯해했다. 벌써 궁성에서는 미스란디르의 동행과, 그가 데네소르와 긴 밀담을 나누었다는 것에 대한 이야기가 많이 오간 것 같았다. 또한 북쪽에서 온 반인족의 대공이 곤도르에 충성과 5천의 병력을 약속했다는 소문도 돌고 있었다. 어떤 사람들은 로한의 기사들이 올 때 체구는 작지만 용맹한 반인족 전사를 한 명씩 대동할 거라고 말하기도 했다.

피핀은 이런 희망찬 이야기들을 안타깝게도 부인하지 않을 수 없었지만, 보로미르와 친구가 되었고 데네소르 공이 예우한 사람에게 지당해 보이는 그의 새로운 위상에서 벗어날 수 없었다. 그들은 그가 와 준 것을 고마워했고, 그의 말과 바깥세상의 이야기를 진지하게 경청했으며, 그에게 음식과 맥주를 실컷 가져다주었다. 사실 피핀에게 단 한 가지 괴로운 일은 간달프의 조언에 따라 '조심하고', 호빗들이 친구들과 어울릴 때 늘 그렇듯이 혀가 마음대로 지껄이지 않도록 경계하는 것이었다.

마침내 베레곤드가 일어나서 말했다.

"자, 지금은 작별해야겠군요. 이제 일몰까지 근무 시간입니다. 여기 있는 다른 친구들도 마찬가지일 거예요. 그런데 아까 말한 대로 외롭다면, 이 도시를 구경시켜 줄 명랑한 안내인이 있는 게 좋겠지요? 내 아들이 기꺼이 함께 다닐 겁니다. 괜찮은 녀석이에요. 이 제안이 마음에 든다면, 맨 아래 원형구역에 내려가서 램프 장인의 거리, 라스 켈레르다인에 있는 오래된 객사를 찾아보세요. 아직 도시에 남아 있는 소년들 몇 명과 함께 거기 있을 겁니다. 큰 성문에서 문이 닫히기 전에 볼 만한 구경거리가 있을 거예요."

그는 밖으로 나갔고 다른 사람들도 곧 따라 나갔다. 실안개가 끼고 있기는 했지만 아직 화창한 날씨였고, 남쪽 지방이라고 해도 3월 치고는 더웠다. 피핀은 졸음이 밀려왔지만 숙소로 돌아가면 따분할 것 같아 아래로 내려가 도시를 둘러보기로 마음먹었다. 그는 샤두팍스를 위해 남긴 음식 몇 조각을 가지고 갔다. 사료는 넉넉해 보였지만 샤두팍스는 그 음식을 품위 있게 받아먹었다. 그 후에 그는 굽은 길을 여러 번 돌아 계속 아래로 내려갔다.

그는 길을 가면서 많은 사람들의 시선을 받았다. 그의 면전에서 사람들은 정중하고 예의 바르게 곤도르식으로 가슴에 손을 얹고 머리를 숙여 인사했다. 그러나 그가 지나가면 밖에 있던 사람들이 집 안에다 미스란디르와 동행한 반인족 대공을 보러 나오라고 외치는 소리가 빈번히 들려왔다. 공용어가 아닌 언어를 사용한 사람들도 많았지만 오래지 않아 피핀은 적어도 에르닐 이 페리안나스(반인족의 대공)가 무슨 뜻인지 알게 되었고, 자신의 칭호가 자기보다 먼저 도성에 전파되었음을 알았다.

그는 아치 모양의 거리와 아름다운 골목과 널돌이 깔린 도로를 많이 지났고 마침내 맨 아래 가장 넓은 원형구역에 이르렀다. 그곳에서 램프 장인의 거리를 찾았는데, 큰 성문 쪽으로 나 있는 넓은 거리였다. 그는 오래된 객사를 찾았다. 그것은 잿빛으로 풍화된 석조 건물로, 양옆에 딸린 부속건물 두 동은 길 뒤쪽으로 세워져 있고, 그 사이에 좁은 잔디밭이 깔려 있었다. 그 뒤에 창문이 많이 달린 집이 있었는데, 정면에는 기둥들을 세우고 지붕을 받친 현관이 있고 계단 몇 개를 내려오면 잔디밭으로 이어졌다. 소년들이 기둥들 사이에서 놀고 있었다. 피핀이 미나스 티리스에서 본 유일한 아이들이었다. 피핀은 멈춰 서서 그들을 바라보았다. 이내 아이들 중 한 명이 그를 보고는 소리를 지르며 잔디밭을 가로질러 거리로 달려오자 다른 아이들도 뒤를 따랐다. 그 소년은 피핀 앞에 서서 아래위로 훑어보았다. 소년이 먼저 입을 열었다.

"안녕하세요! 어디서 왔어요? 이 도시에선 못 보던 얼굴인데."

"그래. 하지만 내가 곤도르 사람이 되었다고 하더구나."

"아, 그래! 그렇다면 우린 모두 여기 사람이군요. 그런데 몇 살이세요? 이름은 뭐예요? 난 벌써 열 살이에요. 키는 곧 150센티미터가 될 거고. 당신보다 더 커요. 그런데 우리 아버진 경비대원인데 키가 제일 큰 사람에 속해요. 당신 아버지는 누구예요?"

"무엇부터 먼저 대답할까? 우리 아버진 샤이어의 툭지구 근처에 있는 흰우물마을에서 농사를 짓고 계시지. 내 나이는 스물아홉이나 되어 가고. 그 점에선 널 능가하지? 키는 120센티미터밖에 안 되는데 더 자라지는 않을 거야. 옆으로나 자랄까."

"스물아홉이라고!"

소년은 이렇게 외치며 휘파람을 불었다.

"나이가 아주 많군요. 우리 아저씨 요를라스처럼. 하지만 난 당신을 거꾸로 세울 수도 있고 넘어뜨릴 수도 있어요."

소년이 이렇게 덧붙이자 피핀도 웃으며 대꾸했다.

"내가 가만히 있으면 그럴 수 있겠지. 하지만 나도 네게 똑같이 해 줄 수 있을걸. 내 작은 마을에서는 다들 레슬링 기술을 알고 있단 말이야. 거기서는 내가 유난히 크고 힘도 세다고 알려져 있어. 난 아직까진 아무도 날 거꾸로 세우게 놔둔 적이 없었지. 그러니 만일 네가 그런 짓을 시도하는 데 달리 방도가 없으면 난 널 죽여야 할지 몰라. 네가 좀 더 나이를 먹으면 사람들의 겉모습과 실제가 같지 않다는 걸 알게 될 거야. 네가 날 나약한 낯선 꼬마나 손쉬운 노리갯감으로 생각한다면 하나 경고해 두지. 난 그렇지 않아. 난 잔인하고 대담하고 사악한 반인족이란 말이야!"

피핀이 이렇게 말하며 험악한 표정을 짓자, 소년은 놀라 한 걸음 물러났다. 그러나 곧 주먹을 꼭 쥐고 호전적인 눈빛을 띤 채 발을 내딛었다. 그러자 피핀은 다시 웃으며 말했다.

"아니야. 낯선 이의 말을 그대로 믿어서는 안 돼. 난 투사가 아니야. 그렇지만 어쨌든 도전할 땐 이름을 밝히는 게 예의겠지?"

그러자 소년은 당당하게 몸을 세우며 말했다.

"난 경비대원 베레곤드의 아들 베르길이에요!"

"그럴 줄 알았어. 네 아버지와 꼭 닮았거든. 네 아버님을 만났는데, 너를 찾아보라고 하시더구나."

"그럼 왜 처음부터 그렇게 말하지 않았어요?"

베르길은 갑자기 당황한 표정을 띠며 말했다.

"설마 아버지가 마음이 바뀌어서 저를 여자들과 같이 피난을 보내려는 건 아니겠죠? 아니, 안 돼요. 마지막 짐수레도 떠나 버렸거든요."

"네 아버지의 전갈은 그렇게 나쁘지는 않아. 좋지도 않겠지만. 네가 날 거꾸로 세우기보다 시내 구경을 시켜 주고 외로움을 달래 주는 게 더 좋다면 그렇게 하라고 전하시던데. 나는 그 보답으로 먼 나라의 이야기를 들려줄 수 있고."

베르길은 마음이 놓여 손뼉을 치며 웃었다.

"잘됐어요. 자, 가요. 우린 성문으로 구경 나가려던 참이었어요. 자, 가요."

"거기 무슨 일이 있니?"

"해가 지기 전에 외곽부대의 지휘관들이 남부대로로 올 거래요. 지금 가면 볼 수 있어요."

베르길은 좋은 말벗이었고, 메리와 헤어진 후 피핀이 만난 가장 좋은 말동무였다. 그들은 곧 웃고 명랑하게 이야기하면서 사람들의 많은 시선을 아랑곳하지 않고 도로를 따라 걸어갔다. 오래지 않아 그들은 큰 성문으로 향하는 군중 속에 묻혀 버렸다. 성문에 이르렀을 때 피핀이 이름과 암호를 말하자 경비병이 경례를 하고 통과시켜 주었을 뿐 아니라 동행인까지 데려가게 해 주었으므로, 피핀에 대한 베르길의 존중심은 한층 커졌다.

"잘됐어요! 우리는 요즘 어른과 동행하지 않으면 성문을 통과할 수 없거든요. 이제 더 잘 볼 수 있겠어요."

성문 밖에는 많은 군중이 길가를 따라서, 그리고 미나스 티리스로 통하는 길들이 모두 만나는 포장된 넓은 공간의 언저리에 서 있었다. 사람들은 모두 남쪽을 바라보았고, 곧 웅성거리는 소리가 커졌다.

"저기 먼지가 일고 있어! 그들이 오고 있어!"

피핀과 베르길은 조금씩 앞으로 나아가 군중 앞에 서서 기다렸다. 멀리서 나팔 소리가 들려오자 환호하는 소리가 몰려드는 구름처럼 울려왔다. 그리고 나서 나팔 소리가 요란하게 울리자 주위 사람들이 모두 환성을 질렀다.

"포를롱! 포를롱!"

피핀은 사람들이 외치는 소리를 듣고 베르길에게 물었다.

"뭐라고 하는 거지?"

"포를롱이 왔어요. 늙은 뚱보 포를롱, 롯사르나크의 영주예요. 우리 할아버지가 사는 곳이지요. 야호! 왔어요. 훌륭한 포를롱!"

선두에서 튼튼한 다리를 가진 커다란 말이 걸어왔다. 어깨가 넓고 몸집이 장대한 회색 수염의 노인이 타고 있었다. 비록 늙었지만 갑옷과 검은 투구를 착용하고 무겁고 긴 창을 들고 있었다. 그 뒤로 먼지를 뒤집어쓴 병사들이 무장하고 전투용 큰 도끼를 든 채 당당하게 줄지어 행진해 왔다. 단호한 얼굴의 그들은 피핀이 곤도르에서 본 사람들보다 더 작고 거무스레했다. 사람들이 계속 환호를 보냈다.

"포를롱! 진실한 마음, 진실한 친구! 포를롱!"

그러나 롯사르나크인들이 지나가자 그들은 이렇게 중얼거렸다.

"이렇게 적다니! 2백 명밖에 안 되잖아? 열 배는 기대했는데. 검은 함대에 관한 새 소식 때문일 거야. 그래서 전력의 10분의 1만 보내는 모양이야. 아주 조금이라도 없는 것보다는 낫지만."

지원부대들은 이렇게 환호와 갈채 속에서 속속 입성했다. 외지의 병사들이 위험에 빠진 곤도르시(市)를 수호하기 위해 행군해 왔다. 그러나 그들의 수는 너무 적었고, 기대했던 것보다 그리고 필요에 따라 요청했던 것보다 적었다. 링글로계곡 사람들은 영주의 아들, 데르보린의 인솔하에 도보로 3백 명이 입성했다. 거대한 검은뿌리계곡 모르손드산지에서는 장신의 두인히르가 두 아들 두일린, 데루핀과 5백 명의 사수를 인솔하고 왔다. 멀리 떨어진 긴해안의 안팔라스에서는 영주인 골라스길의 근위병을 제외하면 장비를 갖추지 못한 사냥꾼과 목동, 그리고 작은 마을에 사는 다양한 사람 들이 길게 줄지어 왔다. 라메돈에서는 단호한 산사람들 몇 명이 지휘자도 없이 걸어왔다. 어촌인 에시르에서는 배를 타지 않아도 되는 어부들 몇백 명이 왔다. 핀나스 겔린에서는 초록언덕의 아름다운 영주 히를루인이 녹색 갑옷으로 무장한 3백 명의 용사를 인솔해 왔다. 마지막으로 돌 암로스의 대공이자 데네소르의 친척인 임라힐이 배와 은색 백조의 문장이 그려진 황금빛 기치를 앞세우고 당당하게 입성했다. 그는 완전히 마구를 갖추고 회색 말을 탄 기사들의 호위를 받고 있었으며, 그 뒤로는 그 영주만큼이나 장대한, 회색 눈과 검은 머리의 전사 7백 명이 노래를 부르며 입성했다.

이것이 전부였다. 다 합쳐 봐야 3천 명도 되지 않았다. 더 올 병사도 없었다. 그들의 외침과 발소리는 도시로 들어가 사라져 갔다. 구경꾼들은 잠시 입을 다물고 서 있었다. 바람이 멎었고 잔뜩 안개가 깔린 저녁이라서 먼지가 공중에 그대로 남아 있었다. 벌써 성문을 닫을 시간이 되었고 붉은 해는 민돌루인산 저편으로 넘어가고 있었다. 어둠이 도시를 뒤덮었다.

피핀은 하늘을 올려다보았는데 마치 방대한 먼지와 연기에 뒤덮인 듯 하늘은 잿빛으로 변했고, 그것을 뚫고 내려온 빛이 흐릿하게 보였다. 그러나 서쪽에서는 지는 해가 연무에 온통 불을 붙여 놓아서 민돌루인산은 잔불이 얼룩덜룩 박혀 불타오르는 화염을 배경으로 검은 위용을 드러내고 있었다. 피핀은 옆에 소년이 있다는 사실도 잊은 채 중얼거렸다.

"아름다운 날이 분노로 끝나는구나!"

"성발 그틸 서예요. 지녁 종이 올리기 전에 돌아가지 않으면 말이죠. 가요! 성문을 닫는 나팔 소리가 들려요."

그들은 성문이 닫히기 전에 마지막으로 통과하여 손을 맞잡고 도시로 돌아왔다. 그들이 램프 장인 거리에 도착했을 때 탑들의 종들이 일제히 장엄하게 울렸다. 많은 창문에서 갑자기 불빛이 새어 나왔고, 성벽을 따라 늘어선 집들과 병사들의 막사에서 노랫소리가 들려왔다.

베르길이 말했다.

"이만 헤어져야겠어요. 아버지께 안부 전해 주세요. 보내 주신 친구에 대해서도 감사하다고요. 그리고 곧 다시 놀러 오세요. 이제 전쟁이 안 나면 좋겠어요. 아저씨와 즐거운 시간을 보낼 수 있을 테니까요. 롯사르나크의 할아버지 댁에 갈 수 있겠지요. 봄철에 거길 가면 아주 좋아요. 숲과 들판에 꽃이 가득 피고요. 그렇지만 언젠가 함께 가게 되겠지요. 적들은 우리 영주님을 절대로 이길 수 없을 테니까요. 게다가 우리 아버진 아주 용감하거든요. 안녕히, 다시 오세요."

소년과 작별하고 나서 피핀은 궁성을 향해 서둘러 돌아갔다. 길이 멀게 느껴졌고, 그는 배가 고프고 더웠으며, 시커먼 어둠이 재빨리 내려앉았다. 하늘에는 별 하나 박혀 있지 않았다. 그는 식당의 식사 시간에 늦었지만 베레곤드는 반갑게 맞이하면서 옆에 앉아 아들의 소식을 들었다. 피핀은 식사를 마치고 잠시 앉아 있다가 이상스레 울적한 기분이 들어 그들과 작별했다. 이제 간달프를 다시 보고 싶은 마음이 굴뚝같았다.

베레곤드는 그들이 앉아 있던 궁성 북쪽의 작은 건물 문 앞에서 물었다.

"길을 찾을 수 있겠어요? 달빛이 없는 캄캄한 밤인 데다 도시 안에서는 불을 어둑하게 밝히라는 명령이 내려왔기에 더 어두워요. 성벽에서는 절대로 불을 환히 켜 놓으면 안 됩니다. 참, 다른 소식이 있군요. 내일 일찍 데네소르 공께서 당신을 부르실 겁니다. 당신이 제3중대에 배속되지 않을 것 같아 섭섭하군요. 그렇지만 다시 만날 수 있을 겁니다. 안녕히 주무십시오."

숙소는 탁자 위에 놓인 작은 등불밖에 없어서 어두웠다. 간달프는 아직 돌아오지 않았다. 울적한 기분이 피핀을 더욱 짓눌렀다. 그는 걸상에 기어 올라가 창밖을 내다보았지만, 잉크를 쏟아 놓은 웅덩이를 들여다보는 것 같았다. 그는 내려와서 덧문을 닫고 침대로 갔다. 잠시 누워서 간달프의 발소리를 들으려고 귀를 기울이다가 편치 않은 잠에 빠져들었다.

한밤중에 그는 불빛 때문에 깨어났다. 간달프가 들어와서 이리저리 방 안을 서성대는 모습이 협실의 커튼 너머로 보였다. 탁자 위에는 촛불과 양피지 두루마리가 있었다. 마법사가 한숨을 쉬며 중얼거리는 소리가 들렸다.

"파라미르는 언제 돌아올까?"

피핀은 커튼 밖으로 고개를 내밀며 말했다.

"이보세요, 당신이 절 완전히 잊은 줄 알았어요. 다시 보니 마음이 놓여요. 오늘 낮은 아주 길었어요."

그러자 간달프가 말했다.

"하지만 밤은 너무 짧을 걸세. 난 혼자서 좀 평온한 시간을 보내야 해서 돌아왔네. 자넨 자 두는 게 좋을 거야. 침대에서 잘 수 있을 때 말이지. 해가 뜰 때 데네소르에게 자넬 데려가야 해. 아니, 해가 뜰 때가 아니라 그가 호출할 때. 암흑이 시작되었네. 이제 새벽은 오지 않을 걸세."

chapter 2
회색부대의 통과

간달프는 떠났고 샤두팍스의 말발굽 소리가 어둠 속에서 사라졌을 때 메리는 아라고른에게 돌아갔다. 파르스 갈렌에서 짐을 잃었기 때문에 가벼운 꾸러미 하나만 남았고, 거기엔 아이센가드의 잔해에서 건져 낸 몇 가지 쓸모 있는 물건들만 들어 있을 뿐이었다. 하주펠에게 이미 안장을 얹어 두었다. 레골라스와 김리는 말과 함께 옆에 서 있었다. 아라고른이 말했다.

"원정대에서 아직 네 명이 남아 있군. 우린 같이 가야지. 하지만 내가 생각했듯이 우리끼리만 가진 않을 것 같네. 세오덴 왕도 즉시 출발하기로 결정하신 모양이니까. 날개 달린 어둠이 출현한 후에 국왕께서는 어둠을 틈타 산으로 돌아가길 바라시네."

"그다음에는 어디로?"

레골라스가 묻자 아라고른이 대답했다.

"아직은 알 수 없네. 왕은 나흘 전에 지시하여 에도라스에 소집된 군대를 보러 가실 거야. 그곳에서 전쟁 소식을 들으시겠지. 그리고 로한의 기사들은 미나스 티리스로 진군하겠지. 하지만 나는, 그리고 나와 함께 갈 사람은……."

"나를 넣어 주세요."

레골라스가 말하자 김리가 외쳤다.

"김리도!"

"음, 그렇지만 내가 택할 길은 어두울 거야. 나 역시 미나스 티리스로 가겠지만, 아직은 길이 보이지 않네. 오랫동안 준비해 온 시간이

다가오고 있어."

그러자 메리도 말했다.

"날 남겨 두지 마세요. 내가 아직 큰 쓸모가 있었던 건 아니지만, 그래도 모든 일이 다 끝난 다음에야 돌아보는 짐 꾸러미처럼 처박혀 있기는 싫어요. 로한의 기사들은 지금 저 때문에 신경 쓰고 싶지 않을 거예요. 물론 왕께서는 궁정으로 돌아가실 때 내가 옆에 앉아서 샤이어에 대한 이야기를 들려줘야 한다고 말씀하셨지만요."

"그래, 자네는 왕과 같은 길을 가야 할 것 같아, 메리. 하지만 그 결말의 기쁨을 너무 기대하진 말게. 세오덴 왕이 다시 메두셀드의 옥좌에 편히 앉게 될 날은 아주 오래 걸릴 테니 말이야. 이 잔인한 봄엔 많은 희망이 스러져 가고 있거든."

곧 모두들 출발할 준비가 되었다. 스물네 필의 말이 정렬하고 김리는 레골라스 뒤에, 메리는 아라고른 앞에 올라탔다. 이내 그들은 어둠 속을 신속히 달려갔다. 아이센여울의 돌더미를 지난 지 얼마 되지 않아 어떤 기사가 행렬의 말미에서 전속력으로 달려와 왕에게 말했다.

"전하, 일단의 기사들이 우리 뒤를 쫓고 있습니다. 여울을 건널 때 그 소리가 들린 것 같았는데 지금은 확실합니다. 그들이 무섭게 달려오고 있으니 곧 우릴 따라잡을 것 같습니다."

세오덴은 당장 부대를 정지시켰다. 기사들은 말을 돌려 창을 움켜잡았다. 아라고른은 말에서 먼저 내려 메리를 내려 준 다음 칼을 빼 들고 왕 옆에 버티고 섰다. 에오메르와 왕의 부대는 후미로 달려갔다. 메리는 자신이 전보다 더 거추장스러운 존재로 느껴졌고, 싸움이 시작되면 어떻게 해야 할까 생각했다. 왕의 소규모 호위부대가 사로잡혀 패배한다면, 자신 혼자 어둠을 틈타 도망쳐서 어딘지도 모르는 로한의 끝없는 황야를 헤매게 된다면 어떻게 될까?

'절대 안 돼!'

그는 이렇게 생각하며 칼을 빼 들고 허리띠를 졸라맸다.

기울어 가던 달이 흘러가는 큰 구름에 가렸다가, 갑자기 구름을 뚫고 나와 다시 선명해졌다. 그들은 이제 말발굽 소리를 들을 수 있었고, 여울에서 이어진 길을 따라 빠르게 다가오는 검은 형체들을 보았다. 달빛이 창끝 여기저기에서 반짝였다. 추격자들의 숫자를 정확하게 알 수는 없었지만 적어도 왕의 호위부대보다 적지 않은 것 같았다.

그들이 쉰 걸음쯤 떨어져 있을 때 에오메르가 큰 소리로 외쳤다.

"정지, 정지! 그대들은 누군데 감히 로한의 평원에서 말을 달리는가?"

추격자들은 급히 말을 멈췄다. 정적이 흘렀다. 그러다가 어떤 기사가 말에서 내려 천천히 앞으로 걸어 나오는 것을 달빛 속에서 볼 수 있었다. 그가 화평의 표시로 손바닥을 바깥으로 향한 채 들어 올린 손이 하얗게 빛났지만, 왕의 근위기사들은 무기를 움켜잡았다. 열 걸음 앞에서 그는 멈춰 섰다. 달빛을 등진 그의 검은 몸체는 아주 컸다. 그의 맑은 목소리가 울렸다.

"로한? 로한이라고 했소? 반가운 말이군. 우린 아주 먼 곳에서 로한을 찾아 급히 달려왔소."

그러자 에오메르가 대답했다.

"그렇다면 제대로 찾았소. 저 여울을 건넜을 때 그대들은 로한에 들어서셨소. 하지만 여긴 세오덴 왕의 영토요. 왕의 허락 없이는 누구도 여기서 말을 달릴 수 없소. 그대들은 누구요? 그렇게 서둘러 온 이유가 뭐요?"

"난 북부의 순찰자 할바라드 두나단이오. 우린 아라소른의 아드님 아라고른을 찾고 있는데 로한에 계시다고 들었소."

그러자 아라고른이 외쳤다.

"그렇다면 그도 제대로 찾은 거요."

아라고른은 말고삐를 메리에게 건네고 앞으로 달려 나가 그를 껴안았다.

"할바라드! 이건 전혀 예상하지 못한 기쁨인걸!"

메리는 안도의 한숨을 쉬었다. 왕에게 호위부하들이 몇 명 없을 때 공격하려는 사루만의 마지막 흉계라고 생각했던 것이다. 그런데 아직은 세오덴을 위해 목숨을 바칠 필요가 없는 것 같았다. 그는 칼을 다시 칼집에 꽂았다.

아라고른은 왕에게 돌아서며 말했다.

"잘되었습니다. 이들은 내가 살던 먼 땅에서 온 동족들입니다. 그들이 왜 왔고 또 몇 명이나 되는지 할바라드가 말씀드릴 겁니다."

"저는 서른 명을 이끌고 왔습니다. 급히 모을 수 있는 친척은 그 인원밖에 없었지요. 하지만 엘라단과 엘로히르 형제가 함께 참전하러 왔습니다. 당신의 소환을 듣자마자 최대한 빨리 달려왔어요."

그러자 아라고른이 말했다.

"나는 자네들을 소환한 적이 없네. 그걸 바란 적은 있었지만. 자네들을 종종 생각했고 특히 오늘 밤에는 많이 생각했지만 말이지. 그렇지만 전갈을 보낸 적은 없어. 어떻든 이리 오게. 그런 문제는 천천히 생각해도 될 테니. 보다시피 우리는 위험한 상황에서 급히 달리고 있다네. 왕께서 허락하신다면 이제 우리와 함께 가세."

세오덴 왕은 이 소식에 실로 기뻐하며 말했다.

"좋소. 공의 친지들이 그대와 같은 사람들이라면, 아라고른 공, 이 서른 명의 기사는 수효로 판단할 수 없는 막강한 힘이 될 거요."

기사들은 다시 출발했다. 아라고른은 두네다인과 함께 말을 달리며 북쪽과 남쪽 지방의 소식들에 대해 이야기를 나눴다. 엘로히르가 그에게 말했다.

"아버님께서 당신께 보내는 전갈을 가져왔소. '짧은 나날이 남아 있다. 황급히 서둘러야 한다면 사자(死者)의 길을 기억하라.'는 전갈이오."

"내 소망을 이루기에는 하루하루가 늘 너무 짧다는 느낌이었소. 하지만 실로 화급한 경우가 아니라면 그 길을 택하기 어렵겠지."

그러자 엘로히르가 말했다.

"그건 곧 알게 되겠지요. 하지만 이렇게 사방이 탁 트인 길에서 그런 얘긴 그만하는 게 낫겠소."

"자네가 갖고 있는 건 뭔가, 친구?"

아라고른은 할바라드에게 물었다. 할바라드는 창 대신 긴 지팡이를 들고 있었는데, 군기라도 되는 양 검은 천에 싸여 촘촘히 접혀 있고 여러 가죽끈으로 묶여 있었다.

"깊은골의 영애께서 공에게 보내신 겁니다. 그분이 은밀히 오랜 시간에 걸쳐 만드셨어요. 전갈도 보내셨습니다. '이제 짧은 나날이 남았어요. 우리의 희망이 이루어지거나 아니면 모든 희망이 사라지겠지요. 그래서 그대를 위해 만든 것을 보냅니다. 안녕히, 요정석이여!'"

그러자 아라고른이 말했다.

"자네가 들고 있는 게 뭔지 알겠네. 당분간 나 대신 들어 주게."

그는 고개를 돌려 큰 별들 아래 북쪽을 바라보았다. 그리고는 입을 다물었고, 밤새 말을 달리는 동안 아무 말도 하지 않았다.

마침내 협곡의 분지를 빠져나와 나팔산성으로 돌아왔을 때 밤이 지나고 동쪽 하늘은 어슴푸레한 잿빛이었다. 그들은 그곳에 드러누워 잠시 쉬며 상의했다.

메리는 잠에 빠졌다가 레골라스와 김리가 깨우는 바람에 정신을 차렸다. 레골라스가 말했다.

"해가 중천에 떴어. 다들 일어나 일하고 있고. 자, 이곳을 볼 수 있을 때 잘 봐 두는 게 좋아, 굼벵이 양반아."

김리도 말했다.

"사흘 전에 여기서 전투가 벌어졌지. 레골라스와 내기를 했는데 내가 오르크 한 놈 차이로 이겼어. 가서 좀 보란 말이야. 그런데 저기에 동굴도 있어, 메리. 신비로운 동굴이지. 레골라스, 거길 가 보는 게 어떨까?"

"안 돼. 시간이 없어. 조급하게 돌아보면 신비로움도 깨지지 않겠어? 너와 함께 이곳에 다시 오기로 약속했잖아. 평화와 자유를 누릴 수 있는 날이 오면. 이제 정오가 다 됐어. 내가 듣기론 정오에 식사를 하고 떠난다고 했어."

레골라스가 말했다.

메리는 일어나 하품을 했다. 몇 시간의 수면으론 충분치 않았다. 그는 지쳤고 좀 울적했다. 피핀이 그리웠다. 자신이 잘 이해하지 못하는 일로 모두들 신속하게 계획을 세우고 있는 와중에 자신은 쓸데없는 짐처럼 느껴졌다.

"아라고른은 어디 있어요?"

레골라스가 대답했다.

"나팔산성의 높은 방에. 그는 쉬지도 않고 잠도 자지 않은 것 같아. 뭔가 숙고를 해야겠다며 몇 시간 전에 그리 올라갔어. 그의 친척인 할바라드만 따라갔지. 뭔가 알 수 없는 의혹과 근심에 휩싸여 있었어."

김리도 말했다.

"새로 온 사람들은 이상한 친구들이야. 하나같이 장대한 데다 품위가 있어서 로한의 기사들도 그 옆에 서면 어린애처럼 보일 정도거든. 게다가 비바람을 견디 낸 돌로 조각한 얼굴처럼 굳어 있단 말이야. 아라고른도 그렇지만. 하나같이 입이 무겁지."

"하지만 일단 말을 할 때는 아라고른처럼 정중하더군. 그런데 엘라단과 엘로히르 형제를 자세히 봤어? 그들의 복장은 다른 이들보다 덜 칙칙해. 고귀한 요정답게 아름답고 용감하고. 깊은골의 엘론드의 아들들에게 그건 놀랄 일이 아니지만 말이야."

레골라스가 이렇게 말하자 메리가 물었다.

"그들은 왜 왔을까요? 당신들은 알아요?"

이제 메리는 옷을 다 입고 어깨에 회색 망토를 둘렀다. 그들 셋은 나팔산성의 부서진 성문 쪽으로 걸어갔다. 김리가 대답했다.

"소환에 응해서 왔다고 자네도 들었잖아. 깊은골에 이런 전갈이 왔다는군. '아라고른에게 동족의 도움이 필요하다. 두네다인은 로한의 아라고른에게 달려가라!' 그런데 이 전갈이 어디서 온 건지 그들도 의아해하고 있어. 내 생각엔 간달프가 보낸 것 같은데."

레골라스는 그와 의견이 달랐다.

"아니, 갈라드리엘이야. 북쪽에서 회색부대가 올 거라고 간달프를 통해 말하셨잖아?"

김리는 그 의견에 동의했다.

"그래, 자네 말이 맞아. 숲의 여주인님! 그분은 많은 이들의 마음과 욕망을 읽으셨지. 그런데 우린 왜 친족들이 와 주길 바라지 않았지, 레골라스?"

레골라스는 문 앞에 서서 빛나는 눈동자를 저 멀리 북쪽과 동쪽으로 돌렸다. 그의 아름다운 얼굴에 고통스러운 기색이 역력했다. 그가 대답했다.

"올 수 있는 자가 아마 없을 거야. 우리 동족은 말 타고 참전하러 갈 필요가 없어. 우리 나라에서도 이미 전쟁이 일어났으니."

세 친구는 잠시 함께 걸으면서 전세가 엎치락뒤치락했던 사태에 대한 이야기를 나누었고, 부서진 문에서 내려가며 길옆의 풀밭에 산더미처럼 쌓인 전사자들을 지나, 마침내 헬름방죽에 서서 분지를 들여다보았다. 그곳에는 이미 시체를 높이 쌓아 올린 시커멓고 섬뜩한 '죽음의 언덕'이 있었다. 오르크들의 시체를 태운 재는 거대한 검은 돌로 덮여 있었고, 풀밭에는 후오른들이 마구 짓밟아 파인 자국이 선명하게 보였다. 던랜드인들과 나팔산성의 수비대원들이 헬름방죽과 들판에서 그리고 그 너머의 부서진 성벽 주위에서 일하고 있었다. 그런데 사방이 기이하게도 고요하게 느껴졌다. 엄청난 폭풍에 시달린 후 쉬고 있는 지친 골짜기 같았다. 곧 그들은 발길을 돌려 성안으로 점심 식사를 하러 갔다.

이미 자리 잡고 있었던 왕은 그들이 들어서자 메리를 불러 옆에 앉혔다. 왕이 말했다.

"이건 내가 바라던 것과는 다르네. 여긴 에도라스의 아름다운 궁전이 아니니까. 함께 있어야 할 자네 친구도 떠났고. 그대와 내가 메두셀드의 높은 식탁에 함께 앉을 날이 곧 오지는 않을 테지. 그리 돌아가더라도 연회를 베풀 시간이 없을 걸세. 그렇지만 자, 가능할 때 먹고 마시며 이야기를 나누도록 하세. 그러고 나선 나와 함께 말을 타고 가세."

"제가요? 정말 멋진데요!"

메리는 놀랍고 기뻐서 외쳤다. 친절한 말에 이처럼 고마운 마음을 느껴 본 적이 없어서 그는 더듬거렸다.

"전 늘 사람들에게 방해가 될 뿐이라고 걱정했어요. 하지만 제가 할 수 있는 일이 있다면 무엇이든 해내고 싶습니다."

"그건 추호도 의심치 않네. 그대를 위해 황야의 훌륭한 조랑말을 준비시켜 놓았지. 우리가 갈 길에서 자네를 태우고 어느 말보다도 빨리 달릴 걸세. 나팔산성부터는 평지가 아니라 산길로 갈 테고, 검산오름을 거쳐서 에오윈 왕녀가 기디리고 있는 에도라스로 갈 테니까. 그대가 원한다면 내 시종 무사로 임명하겠네. 내 종사에게 맞을 갑옷이 여기 있는가, 에오메르?"

"여기는 큰 무기고가 없습니다, 전하. 하지만 그에게 맞을 가벼운 투구는 찾을 수 있을 것 같습니다. 그의 신장에 맞는 갑옷이나 칼은 없습니다."

"칼은 제게 있어요."

메리는 자리에서 일어나 검은 칼집에서 빛나는 작은 칼을 뽑으며 말했다. 노왕에 대한 사랑이 갑자기 열렬히 타올라 그는 한쪽 무릎을 꿇고 왕의 손을 잡아 입을 맞추며 외쳤다.

"세오덴 왕이시여, 샤이어의 메리아독이 칼을 바쳐도 될까요? 괜찮으시면 제 충성을 받아 주십시오."

"기꺼이 받겠네."

왕은 길고 쭈글쭈글한 손을 호빗의 갈색 머리에 얹고 축복했다.

"자, 일어서게, 메리아독, 메두셀드의 직속 기사, 로한의 종사여! 이 칼을 받고 영원히 간직하라."

"저는 전하를 아버님으로 모시겠습니다."

"그러게. 얼마간."

세오덴 왕이 말했다.

그들은 음식을 들며 이야기를 나누었는데 곧 에오메르가 말했다.

"출발할 시간이 다 되었습니다, 전하. 나팔을 불라고 명령할까요? 그런데 아라고른은 어디 갔습니까? 그의 자리는 비어 있고 음식도 먹지 않았군요."

그러자 왕이 대답했다.

"말에 오를 준비를 갖추게 하라. 그리고 아라고른 공에게 시간이 됐다고 알리라."

왕은 그의 근위대와 메리를 대동하고 나팔산성의 성문을 지나 기사들이 모여 있는 풀밭으로 나왔다. 이미 많은 기사들이 말에 올라 있었다. 이젠 대부대였다. 왕이 이미 나팔산성에 수비대원 몇 명만 남겨 두고 나머지는 모두 에도라스의 무기고로 가도록 명령을 내렸던 것이다. 한밤중에 천 명의 창병이 떠났고, 왕을 모시고 가기 위해 5백 명가량이 남아 있었는데 이들 대부분은 웨스트폴드의 들판과 계곡에 살던 사람들이었다.

약간 떨어진 곳에 순찰자들이 창과 활, 칼로 무장한 채 열을 이루고 조용히 앉아 있었다. 그들은 짙은 회색 망토를 둘렀고, 머리와 투구를 두건으로 휘감고 있었다. 그들의 말들은 튼튼하고 당당했으며 거친 털을 갖고 있었다. 그중 아무도 타지 않은 말은 북쪽에서 데려온 아라고른의 말, 로헤륀이었다. 말들의 안장이나 마구는 보석이나 금으로 반짝이지도 않았고 장신구도 달려 있지 않았으며, 그 주인들도 망토의 왼쪽 어깨에 꽂은 빛나는 별 모양의 은브로치 외에는 배지나 표시를 일체 달지 않았다.

왕은 스나우마나에 올라탔고, 그 옆에서 메리는 스튑바라는 조랑말에 앉았다. 곧 에오메르가 아라고른과 함께 문을 나왔고, 할바라드도 검은 천에 감긴 지팡이를 안고, 젊지도 늙지도 않은 장신의 두 인물과 함께 걸어 나왔다. 엘론드의 두 아들인 그들은 매우 닮아서 거의 분간하기 어려웠다. 검은 머리칼에 회색 눈, 아름다운 요정의 얼굴을 가진 그들은 똑같이 은회색 망토 밑에 빛나는 갑옷을 입고 있었다. 그들 뒤로 레골라스와 김리가 걸어왔다. 메리는 아라고른에게서 눈을 뗄 수가 없었다. 단 하룻밤 사이에 긴 세월에 짓눌린 듯 그는 놀랍게도 달라 보였다. 지쳐 보이는 잿빛 얼굴이 비장했다. 그는 왕 옆에 서서 말했다.

"제 마음이 괴롭습니다. 이상한 전갈을 받은 후 멀리서 새로운 위험이 닥쳐오고 있음을 알게 되었지요. 오랫동안 고심했습니다만 이제 계획을 수정해야 할 것 같습니다. 세오덴 왕이시여, 이제 검산오름을 향해 출발하면 언제쯤 도착하실 수 있겠습니까?"

그러자 에오메르가 답했다.

"지금 정오에서 한 시간이 지났으니, 사흘째 되는 날 밤이 되기 전에 요새에 도착할 겁니다. 그러니 만월 다다음 날이 되겠지요. 왕께서 명하신 소집일은 바로 그다다음 날입니다. 로한의 전력을 모으려면 그 이상 서두를 수는 없습니다."

아라고른은 잠시 생각에 잠겼다.

"사흘이라." 그가 중얼거렸다. "그때야 소집이 시작된다고요. 지금으로는 더 앞당길 수 없겠군요."

그는 고개를 들었다. 그는 뭔가 결정을 내린 것 같았고, 얼굴에서는 근심스러운 기색이 줄어들었다.

"그렇다면 왕이시여, 허락해 주신다면 저는 저 동족들과 새로운 계획을 따라야겠습니다. 이제부터는 우리 길을 가야 하고 더 이상 숨지 않겠습니다. 제가 은밀히 행동할 시간은 지났습니다. 동쪽으로 지름길을 달려서, 사자의 길로 가겠습니다."

"사자의 길이라고!"

세오덴은 몸을 떨며 말했다. 에오메르도 몸을 돌려 아라고른을 바라보며 물었다.

"왜 그 길을 말씀하시는 겁니까?"

메리가 보기에 아라고른의 말을 들을 수 있었던 기사들은 모두 창백하게 질린 것 같았다. 세오덴이 말했다.

"그런 길이 실제로 존재한다면, 그 문은 검산오름에 있소. 그렇지만 살아 있는 사람은 통과할 수 없소."

에오메르 또한 말했다.

"아, 아라고른, 내 친구여! 우리가 함께 전장에 나가길 바랐소. 하지만 그대가 사자의 길을 택한다면 이별의 시간이 되었고, 우리가 이 태양 아래서 다시 만날 수 없을 것 같소."

"그렇더라도 난 그 길을 택할 거요. 하지만 우리는 다시 전장에서

만날 거라고 믿소, 에오메르. 모르도르의 전군이 우리를 가로막더
라도 말이오."

그러자 세오덴이 말했다.

"그대의 뜻대로 하시오, 아라고른 공. 다른 이들이 감히 발을 내딛
지 못하는 괴이한 길을 지나는 것이 그대의 운명인지 모르지. 이 이
별로 내 마음이 아프고, 내 힘도 약화되겠네. 하지만 이제 산길로 가
야겠소. 더 지체할 시간이 없구려. 자, 안녕히!"

"안녕히 가십시오, 왕이시여! 위대한 무훈을 빕니다! 안녕, 메리!
자넬 찾아 팡고른숲까지 오르크를 사냥하며 무사하길 빌었네만, 이
제 누구보다 안전한 보호자에게 자넬 맡기네. 바라건대, 레골라스
와 김리는 나와 사냥을 계속하겠지. 우리는 자네를 결코 잊지 않을
거야."

"안녕!"

메리는 더 이상 한마디도 할 수 없었다. 그는 몹시 왜소해진 느낌
이었고, 오가는 암울한 말들에 어리둥절하고 의기소침해졌다. 언제
나 명랑하기 그지없는 피핀이 전보다 더 그리웠다. 기사들은 떠날
준비를 끝냈고, 말들도 안절부절못하고 있어서, 차라리 빨리 출발
하고 끝내면 좋을 것 같았다.

세오덴이 에오메르에게 지시하자 그는 손을 쳐들고 크게 외쳤다.
그 소리와 함께 기사들은 출발했다. 그들은 헬름방죽 위를 달리다
가 분지로 내려갔고, 그런 다음에 동쪽으로 신속히 돌아서 산기슭
을 에워싼 길을 1.5킬로미터쯤 따라갔다. 마침내 그 길은 남쪽으로
굽어지며 언덕들 사이로 지나더니 시야에서 사라졌다. 아라고른은
방죽에 올라 왕의 부하들이 멀리 골짜기를 내려갈 때까지 바라보았
다. 그러고는 할바라드에게 돌아서며 말했다.

"저기에 내가 사랑하는 세 사람이 가고 있네. 제일 작은 친구를
제일 적게 사랑하는 건 아닐세. 그는 어떤 결말로 나아가는지 모르

고 있어. 그렇지만 알더라도 갈 거야."

"샤이어족은 체구는 작지만 대단히 훌륭한 친구들이지요. 우리가 그들의 경계 지역을 오랫동안 힘들여 지켜 온 것을 그들은 알지못하지만, 저는 억울하게 생각하지 않습니다."

"이제 우리의 운명은 함께 엮여 있네. 그렇지만 안타깝게도 여기서 헤어질 수밖에. 자, 난 뭘 좀 먹어야겠네. 우리도 곧 떠나세. 자, 레골라스와 김리! 먹으면서 자네들과 이야기를 나눠야겠네."

그들은 나팔산성 안으로 돌아갔다. 하지만 아라고른은 홀의 테이블에 앉아 한동안 아무 말도 하지 않았다. 다른 이들은 그가 입을 열기를 기다렸다. 마침내 레골라스가 참지 못하고 말했다.

"어서요! 터놓고 말하고 마음 편히 있으세요. 불안감을 떨쳐 내고요! 우리가 새벽에 이 음산한 곳으로 돌아온 후 무슨 일이 있었나요?"

"나로서는 나팔산성의 싸움보다 더 무서운 투쟁이었어. 오르상크의 돌을 보았다네."

"그 저주받은 마법의 돌을 봤다고요!"

김리가 공포와 경악에 질린 얼굴로 부르짖었다.

"그래, 뭐라고 말했어요? 그자에게? 간달프도 마주 보기 두려워하는 그에게?"

그러자 아라고른은 눈을 번득이며 엄중하게 말했다.

"자넨 지금 누구와 이야기하는지 잊었군. 내가 그에게 무슨 말을했을지 걱정되는가? 나는 이미 에도라스의 성문 앞에서 내 직함을터놓고 선포하지 않았는가. 아닐세, 김리."

그는 얼굴을 풀고 좀 더 부드러운 목소리로 말을 이었다. 그는 여러 날 밤을 새우며 힘겹게 일한 사람처럼 보였다.

"아니, 여보게, 나는 그 돌의 합법적인 주인이고, 그걸 사용할 권리와 힘을 갖고 있네. 적어도 그렇게 판단했지. 그 권리는 의심의 여지가 없네. 힘도 충분했지…… 거의."

그는 깊이 숨을 들이마셨다.

"치열한 싸움이어서 그 피로가 금방 가시지 않는군. 난 그자에게 아무 말도 하지 않았어. 끝에 가서 그 돌을 내 의지대로 잡아떼었지. 그자는 그것만으로도 참기 어려웠을 거야. 그런데 나를 보았지. 그래, 김리. 그자가 날 봤네. 지금과는 다른 차림새로 보았어. 그 일로 인해 그자가 이익을 보게 된다면 내가 잘못한 일이겠지. 하지만 그렇게 생각하지 않네. 내가 살아서 땅 위를 걸어 다닌다는 사실이 그의 심장을 강타했을 거야. 지금까지 몰랐을 테니까. 오르상크의 눈은 세오덴의 갑옷을 꿰뚫어 보지 않았네. 하지만 사우론은 이실두르와 엘렌딜의 검을 잊지 않았지. 이제 그의 거대한 계획이 실현되려는 바로 그 순간에 이실두르의 후계자와 그 검이 나타난 거야. 나는 다시 벼려 만든 이 검을 보여 줬지. 그는 아직 공포를 초월할 만큼 강력하진 못하다네. 아니, 의혹이 늘 그의 마음을 좀먹고 있을 거야."

"그렇지만 그는 엄청난 권력을 휘두르고 있어요. 그러니 이제 더 빨리 공격의 손길을 뻗치지 않을까요?"

김리가 묻자 아라고른은 대답했다.

"성급한 공격은 대개 빗나가는 법이지. 우리는 적에게 압박을 가해야 하네. 적이 움직이기를 더는 가만히 기다려선 안 돼. 보게, 친구들. 나는 그 돌을 조종하면서 여러 가지를 알게 되었네. 예상치 않았던 심상치 않은 위험이 남쪽에서 곤도르로 밀려오는 것을 보았네. 그러면 미나스 티리스의 방어력이 상당히 분산되겠지. 그것을 재빨리 막지 못하면, 미나스 티리스는 열흘 안에 함락될 걸세."

"그러면 함락될 수밖에 없겠네요. 그곳에 보낼 원군도 없고, 설사 있다 해도 어떻게 그 시간 내에 갈 수 있겠어요?"

김리가 다시 말했다.

"보낼 원군이 없으니 내가 직접 가야지. 그런데 안전히 함락되기 전에 연안지대로 갈 수 있는 유일한 길은 산속을 통과하는 것이라네. 바로 그것이 사자의 길이지."

김리는 다시 외쳤다.

"사자의 길이라! 기분 나쁜 이름인데. 아까 보니, 로한 사람들도 그 이름을 별로 좋아하지 않더군요. 살아 있는 사람이 무사히 갈 수 있기는 한 건가요? 그 길을 통과한다 해도 이렇게 적은 인원으로 모르도르의 공격을 어떻게 막아 낸다는 겁니까?"

"로한인들이 이 땅에 온 후에 산 사람은 누구도 그 길을 이용하지 못했네. 그 길이 그들에겐 닫혀 있으니까. 그렇지만 이실두르의 후계자는 이 암울한 때에 용기를 내면 그 길을 이용할 수 있어. 들어 보게. '아라고른에게 예언자의 말과 사자의 길을 기억하게 하라.' 이건 엘론드의 아들들이 깊은골에서 그들의 학식 깊고 현명한 부친으로부터 받아 온 전갈이야."

그러자 레골라스가 물었다.

"예언자의 말이 뭡니까?"

"포르노스트의 마지막 왕 아르베두이 시대에 예언자 말베스가 이렇게 말했지.

> 지상에 긴 어둠이 깔리고
> 서쪽으로 암흑의 날개에 닿는다.
> 탑이 흔들리고, 왕들의 무덤에
> 파멸이 다가온다. 사자들이 깨어난다,
> 맹세를 어긴 자들에게 때가 왔다.
> 에레크의 바위에 다시 서서,
> 산에 울리는 나팔 소리 들으리라.
> 누구의 나팔인가? 누가 그 잊힌 자들을
> 잿빛 어스름에서 불러내는가?
> 그들이 충성을 바치겠노라 맹세한 자의 후계자가,

북쪽에서 오리라, 위급한 상황에 몰려
그는 사자의 길에 들어서리라."

그러자 김리가 말했다.

"비밀의 길이겠군, 틀림없이. 그런데 이 시는 더 비밀스러워."

"자네가 더 잘 이해한다면 같이 가자고 하겠네. 이제 난 그 길로 갈 테니까. 물론 나도 흔쾌히 가는 건 아니야. 위급한 상황에 몰려서 가는 것뿐이지. 그러니 자네들은 자유롭게 자기 의사에 따라 선택하면 되겠네. 같이 간다면 큰 노고를 치르고 무서운 공포와 맞닥뜨려야 할 테니까. 더 나쁠 수도 있고."

"사자의 길이라도, 그 길이 어떤 종말에 이르더라도, 난 함께 가겠어요."

김리가 용감하게 말하자 레골라스도 말했다.

"나도 물론 함께 갑니다. 난 죽은 사람이 두렵지 않으니까."

"잊힌 자들이 싸우는 법을 잊어버리지 않았으면 좋겠는데. 그렇지 않다면 우리가 그자들을 성가시게 할 이유가 없을 테니까."

김리가 이렇게 덧붙이자 아라고른이 답했다.

"에레크에 도착하면 알게 되겠지. 하지만 그들은 사우론에 대항해 싸우겠다는 맹세를 깨뜨렸으니까, 맹세를 지키려면 다시 싸워야 해. 에레크에는 이실두르께서 누메노르에서 가져오셨다는 검은 바위가 아직 서 있네. 언덕 위에 있는데, 그곳에서 산의 왕은 곤도르가 개국될 때 이실두르에게 충성을 맹세했다네. 그런데 사우론이 돌아와 다시 강성해지자 이실두르께서 산사람들에게 맹세를 지키라고 소환하셨지만 그들은 따르지 않았다네. 그들은 암흑시대에 사우론을 숭배했던 거야.

그리자 이실두르께서 산외 왕에게 말씀하셨지. '그대가 마지막 왕이 되리라. 서쪽나라가 암흑군주보다 더 강력한 것이 증명된다면,

난 그대와 그대 종족에게 이 저주를 내리겠노라. 그대들은 맹세를 지킬 때까지 절대로 안식을 얻을 수 없으리라. 이 전쟁은 헤아릴 수 없이 긴 세월 동안 지속될 것이고, 전쟁이 끝나기 전에 그대들은 소환을 받으리라.' 그래서 그들은 격노한 이실두르 앞에서 달아났고, 감히 사우론 편에서 전쟁에 나갈 엄두를 내지 못했어. 그리고 산속의 은밀한 곳에 숨어 다른 인간들과 교류를 끊은 채 황량한 언덕에서 차차 줄어든 거야. 그런데 안식을 얻지 못한 사자들의 공포가 에레크언덕과 그들이 머물렀던 모든 곳에 퍼져 있다네. 그렇지만 나를 도와줄 살아 있는 사람이 없으니 그 길로 가야지."

그는 일어서 "가자!"하고 외치며 칼을 뽑았다. 칼은 나팔산성의 어슴푸레한 홀에서 번뜩였다.

"에레크의 바위로! 난 사자의 길로 간다. 뜻 있는 자는 날 따르라!"

레골라스와 김리는 아무 대답도 하지 않고 일어나 아라고른을 따라 홀을 나섰다. 풀밭에는 두건을 쓴 순찰자들이 굳어 버린 듯 고요히 기다리고 있었다. 레골라스와 김리는 말에 올랐다. 아라고른은 로헤륀에 올라탔다. 그러자 할바라드가 커다란 뿔나팔을 불었고, 그 소리는 헬름협곡에 메아리쳤다. 그 소리와 함께 그들은 껑충 내달아 천둥처럼 골짜기를 달려 내려갔다. 방죽과 나팔산성에 남아 있던 이들은 몹시 놀라서 그들을 바라보았다.

세오덴이 산길을 따라 천천히 전진하는 동안, 아라고른의 회색부대는 빠르게 평원을 질주해 다음 날 오후에 에도라스에 닿았다. 그들은 저기서 잠시만 멈추었고, 다시 계곡을 따라 올라가서 어둠이 깔릴 무렵에 검산오름에 이르렀다.

에오윈 왕녀는 그들을 매우 반갑게 맞이했다. 그녀는 지금껏 두네다인과 엘론드의 아름다운 아들들처럼 강인해 보이는 사람을 본 적이 없었다. 그러나 그녀의 눈길은 주로 아라고른에게 머물렀다. 그들과 식탁에 앉아 이야기를 나누며 그녀는 세오덴이 떠난 후 서둘러 보낸 짤막한 소식들만 받았던 모든 사건에 대해 자세히 들을 수 있었다. 헬름협곡에서 벌어진 전투와 적들의 대량 학살, 세오덴과 그 기사들의 돌격에 대해 들었을 때 그녀의 눈이 빛났다. 이윽고 그녀가 말했다.

"여러분, 피곤하실 테니 이제 숙소로 가셔서, 급하게 마련한 곳이지만 가급적 편안히 쉬십시오. 내일은 더 좋은 숙소를 준비하겠습니다."

그러나 아라고른이 대답했다.

"아닙니다, 왕녀. 우리 때문에 수고하실 필요는 없습니다. 우린 오늘 밤에 여기 누웠다가 내일 아침 요기만 하면 충분합니다. 몹시 긴급한 용무가 있어서 아침 햇살이 비치자마자 떠나야 합니다."

그러자 왕녀는 미소를 지으며 말했다.

"그렇다면 이 유배된 에오윈에게 소식을 전해 주시고 얘기를 나눠 주시려고 일부러 그 먼 길을 돌아오시다니 정말 친절하십니다."

"사실 누구도 그런 일을 시간 낭비라고 여기지 않을 겁니다. 하지만 왕녀, 사실 내가 가야 하는 길이 이 검산오름을 지나지 않는다면 이리 올 수 없었겠지요."

그러자 그녀는 아라고른의 대답이 별로 마음에 들지 않는다는 듯이 말했다.

"그렇다면 길을 잘못 드셨군요. 검산계곡에서는 남쪽이든 동쪽이든 나가는 길이 없습니다. 그러니 오셨던 길로 돌아가시는 게 좋겠어요."

"아니요, 왕녀. 길을 잃지 않았소. 난 당신이 태어나서 이곳을 아름답게 만들어 주기 전부터 이 땅을 걸어 다녔어요. 이 곰짜기에서 나가는 길이 딱 하나 있습니다. 그 길로 갈 겁니다. 내일 사자의 길로 갈 겁니다.”

그러자 왕녀는 뭔가에 찔린 사람처럼 하얗게 질린 얼굴로 그를 응시했고, 한참 아무 말도 하지 않았다. 다른 사람들 역시 입을 다물고 있었다. 마침내 왕녀가 입을 열었다.

“아라고른, 그러면 당신의 임무는 죽음을 좇는 것인가요? 그 길에서 찾을 수 있는 것은 죽음밖에 없으니까요. 그들은 살아 있는 사람을 보내 주지 않아요.”

“나는 보내 줄 겁니다. 어쨌든 난 위험을 무릅쓸 겁니다. 다른 길이 없으니까요.”

“하지만 그건 미친 짓이에요. 용명을 떨치고 무용을 갖추신 이분들을 그 어둠 속으로 끌고 가시면 안 돼요. 이분들의 도움이 절실하게 필요한 전장으로 인도하세요. 제발 여기 계시다가 제 오라버니와 함께 가 주세요. 그렇다면 우리 마음은 한결 즐겁고 희망도 더 커질 거예요.”

“미친 짓이 아닙니다, 왕녀. 난 약속된 길로 가는 겁니다. 그리고 나를 따르는 사람들도 자유로운 의지로 그렇게 하고 있어요. 여기 남아서 로한의 기사들과 함께 전장에 나가길 원한다면 그렇게 할 수 있습니다. 그러나 난 사자의 길로 가야 합니다. 어쩔 수 없으면 나 혼자서라도 말이지요.”

그러고 나서 그들은 더 이상 아무 말 없이 식사했다. 그러나 그녀의 눈길이 아라고른에게서 떨어지지 않았기에, 사람들은 그녀가 몹시 괴로워하고 있음을 느낄 수 있었다. 마침내 일행은 자리에서 일어나 왕녀의 배려에 대해 고맙다고 말하고 밤 인사를 나눈 뒤 침소로 갔다.

그러나 아라고른이 레골라스와 김리와 함께 머물기로 한 숙소로 향했을 때 그의 벗들은 이미 들어가고 없었는데 에오윈이 그를 따라와서 불렀다. 돌아보니 흰옷을 입고 있는 그녀는 어둠 속에서 희미하게 깜박이는 빛 같았다. 하지만 그녀의 두 눈은 열렬히 타오르고 있었다.

"아라고른, 왜 그 치명적인 길로 가려 하시나요?"

"그래야만 하기 때문입니다. 그렇게 해야만 사우론에 대항하는 전쟁에서 내 임무를 수행할 가능성이 조금이라도 엿보이기 때문입니다. 내가 위험한 길을 선택한 게 아니에요. 만일 내 마음이 원하는 곳에 갈 수 있다면, 지금 나는 저 북쪽 깊은골의 아름다운 계곡에서 노닐고 있을 겁니다."

잠시 그녀는 무슨 뜻인지를 생각하는 듯이 아무 말도 하지 않았다. 갑자기 그녀가 그의 팔에 손을 올려놓았다.

"당신은 엄격하고 단호한 군주이시군요. 그렇게 해서 사람들은 명성을 얻는 법이지요."

그녀는 잠시 말을 멈췄다가 다시 이었다.

"만일 꼭 가셔야 한다면 저도 따라가게 해 주세요. 저는 산에 숨어 있는 데 지쳤어요. 위험과 전투에 맞닥뜨리고 싶어요."

"당신에게는 백성들에 대한 의무가 있소."

"그 의무라는 말은 너무 많이 들어 왔어요. 그렇지만 저도 에오를 왕가의 후손 아닌가요? 보모가 아니라 여전사 아닌가요? 전 머뭇거리기만 하면서 아주 오래 기다려 왔어요. 이제는 비틀거리지 않으니, 제 인생을 제 뜻대로 살아갈 수 있지 않을까요?"

"그렇게 하면서 명예를 누릴 수 있는 사람은 거의 없습니다. 당신은 왕이 돌아오실 때까지 백성을 다스릴 책임을 맡지 않으셨소? 만일 당신이 선택되지 않았더라면 어떤 중장이나 대장이 그 책임을 맡았겠지요. 그는 그 일에 싫증이 났든 아니든 자기 책임에서 달아날 수 없을 거요."

그러자 그녀는 비통히게 외쳤다.

"전 언제나 그런 책임을 맡아야 하나요? 기사들이 출발할 때 저는 뒤에 남아 있고, 그들이 명예를 얻을 때 저는 집 안을 돌보고, 그들이 돌아올 때 음식과 침대나 마련해야 하나요?"

"누구도 돌아오지 못할 시간이 곧 올 수 있소. 그때가 되면 용기가 필요하겠지만 명예는 얻지 못하겠지요. 고향을 지키기 위한 마지막 무용을 기억할 사람이 하나도 남지 않을 테니까요. 그러나 칭송받지 못한다 해서 그 행위의 용맹성이 떨어지는 것은 아닙니다."

"당신의 말씀은 죄다 이런 뜻일 뿐이에요. 너는 여자다, 네 역할은 집 안에 있다, 그러나 남자들이 전장에서 명예롭게 전사해서 더 이상 집이 필요하지 않으면 그때 집에 남아 불에 타 죽어도 된다는 거죠. 하지만 전 에오를 왕가의 후손이지, 시중드는 여인네가 아니에요. 전 말을 탈 줄 알고 칼도 휘두를 수 있어요. 고통이나 죽음도 두렵지 않아요."

"당신은 무엇이 두렵소, 왕녀?"

"새장이요. 창살 뒤에 머물러 있는 것 말이에요. 위대한 일을 할 수 있는 기회가 돌이킬 수 없이 혹은 희망을 품을 수 없이 사라져 버리고, 습관이 굳어 버리거나 늙어서 그 창살을 순순히 받아들일 때까지 머물러야 하다니."

"그렇지만 당신은 위험하다는 이유로 내가 택한 길에서 모험을 감행하지 말라고 충고했지요."

"다른 사람에게는 그렇게 충고할 수도 있지요. 하지만 전 당신에게 위험에서 달아나라고 충고한 게 아니라, 당신의 칼로 명성과 승리를 얻을 수 있는 전장에 나가시라고 한 겁니다. 고귀하고 탁월한 능력이 헛되이 버려지는 것은 보고 싶지 않아요."

"나도 그렇소, 왕녀여. 그래서 남아 계시라고 말씀드리는 겁니다. 당신은 남쪽에는 볼일이 없으니 말이오."

"당신과 함께 가는 이들도 마찬가지지요. 그들은 오로지 당신과 헤어지고 싶지 않아서 함께 가는 겁니다. 당신을 사랑하니까요."

왕녀는 말을 마치고 돌아서서 어둠 속으로 사라졌다.

햇살이 하늘에 퍼지기는 했지만 해가 아직 동쪽의 높은 산등성이 위로 올라오지 않았을 때 아라고른은 출발 준비를 했다. 그의 일행은 모두 말에 올랐고, 아라고른이 안장에 오르려 할 때 에오윈이 작별 인사를 하기 위해 나왔다. 그녀는 기사의 복장으로 칼을 차고 있었다. 그녀는 술잔을 들고 와 쾌속을 기원하며 입술에 대고 약간 마신 다음 아라고른에게 넘겨주었다. 아라고른은 술을 마시고 나서 말했다.

"안녕히 계시오, 로한의 왕녀여! 난 그대의 가문과 그대, 그리고 그대 백성들의 안녕을 기원하며 마셨소. 에오메르에게 말을 전해 주시오. 어둠 너머에서 우리가 다시 만날 거라고!"

가까이 서 있던 레골라스와 김리의 눈에는 그녀가 울고 있는 듯이 보였다. 그토록 단호하고 당당한 여인의 울음은 더욱 비통하게 보였다. 이윽고 그녀는 말했다.

"정말 가시는 건가요, 아라고른?"

"그렇소."

"어제도 부탁드렸지만 제가 함께 가는 것을 허락하지 않으실 건가요?"

"안 됩니다. 왕과 그대 오빠의 허락도 없이 내가 그런 일을 허락할 수는 없습니다. 그들은 내일까지 돌아오지 못할 테지요. 그러나 난 지금 한시가 급합니다. 안녕히!"

그러자 그녀는 무릎을 꿇고 말했다.

"이렇게 간청합니다."

"왕녀님, 안 되오."

아라고른은 그녀의 손을 잡아 일으키며 말했다. 그리고 그녀의 손에 입을 맞추고는 안장에 뛰어올라 말을 달렸고 뒤를 돌아보지 않았다. 다만 그를 잘 알고 가까이 서 있던 이들만이 그가 큰 고뇌를 견디고 있음을 눈치챌 수 있었다.

그러나 에오윈은 꽉 쥔 손을 옆구리에 대고 돌로 깎은 조각처럼 꼼짝도 하지 않은 채, 그들이 사자의 문이 있는 '유령산', 검은 드위모르베르그 아래 깔린 어둠 속으로 사라질 때까지 지켜보았다. 그들이 시야에서 사라지자 그녀는 돌아섰고, 마치 눈먼 사람처럼 휘청거리며 자기 숙소로 돌아갔다. 그러나 그녀의 백성들은 이 작별의 광경을 보지 못했다. 그들은 두려움에 질려 숨어 있었고, 한낮이 되어 그 무모한 이방인들이 다 가 버릴 때까지 나오려 하지 않았던 것이다. 그들 중 누군가가 이렇게 말했다.

"그들은 요정인간들이야. 자기들이 원래 살던 어두운 곳으로 가 버리고 다시는 돌아오지 않으면 좋겠어. 그러지 않아도 흉흉한 시절인데 말이야."

그들은 아직 우중충한 빛 속에서 달렸다. 그들 앞에 우뚝 선 유령산의 시커먼 산등성이 위로 해가 아직 솟아오르지 않았던 것이다. 줄지어 늘어선 고대의 돌들 사이를 지나 딤홀트에 이르렀을 때도 두려움이 엄습했다. 레골라스도 오래 견디기 힘들어한 검은 나무들이 드리운 어둠 속에서 그들은 산자락에 벌어진 움푹 꺼진 곳을 보게 되었다. 바로 그 길 위에 운명의 손가락처럼 보이는 장대한 돌이 하나 있었다.

"피가 차갑게 식어 버리는 것 같아."

김리가 말했다. 그러나 아무도 대답하지 않아 그의 목소리는 발밑에 쌓인 축축한 전나무 바늘잎 위에서 사그라졌다. 말들이 그 위협적인 바위를 지나가려 하지 않았기에 기사들은 말에서 내려 끌고 가야만 했다. 이렇게 해서 그들은 마침내 깊은 협곡에 이르렀다. 그곳에는 깎아지른 듯한 암벽이 있었고, 벽에는 어둠의 문이 밤의 입처럼 열려 있었다. 문이 넓은 아치 위에 기묘와 도형 들이 조각되어 있었지만 너무 흐릿해 읽을 수 없었고, 무시무시한 기운이 잿빛 중 기처럼 문에서 흘러나왔다.

일행은 멈춰 섰다. 인간의 유령을 두려워하지 않는 레골라스를 제 외하고도, 모두들 곁에 질렸다. 할바라드가 말했다.

"이 문은 몹시 불길하군. 저 너머에 내 죽음이 있고, 그렇더라도 과감하게 이 문을 통과하겠어. 그렇지만 말들이 들어가려 하지 않 겠느데."

그러자 아라고른이 말했다.

"우리는 들어가야 해. 그러니 말들도 가야지. 이 어둠을 통과하다 라도 그 너머에 갈 길이 없어. 우리가 시간을 지체할수록 사우론의 승리는 점점 가까워질 거요. 자, 날 따르시오!"

아라고른이 앞장섰다. 이 순간 그의 의지가 워낙 강력했기에 두네 다인과 말들 모두 그를 따랐다. 실로 순찰자들의 말들은 주인을 매 우 사랑했기에, 옆에서 걷는 주인의 마음이 확고하다면 그 문의 공 포도 기꺼이 맞설 수 있었다. 그러나 로한의 말인 아로드는 앞으로 나아가기를 거부했고, 보기에 땀을 질질 흘리며 덜덜 떨고 있었다. 고 부들부들 떨었다. 그러자 레골라스가 말의 눈에 손을 얹고 어떤 노래를 불렀다. 어둠 속에서 은은히 퍼져 나간 그 노랫소리에 말은 고분고분 이끌려 갔고 레골라스는 문을 통과했다. 이제 문밖에는 난쟁이 김리만 남았다. 그는 무릎이 부들부들 떨리는 자신에게 화 가 났다.

"이건 듣도 보도 못한 일이야! 요정이 지하로 내려가는데 난쟁이 가 못 가다니!"

이렇게 외치며 그는 돌진했다. 그러나 문지방을 넘을 때 그의 발 은 마치 납덩이처럼 질질 끌리는 것 같았다. 그리고 당장 눈앞이 깜 깜했다. 세상의 깊은 땅속을 겁 없이 옆에 다녔던 글로인의 아들 김

081

리에게도 그러했다.

아라고른은 검산오름에서 가져온 횃불을 높이 쳐들고 맨 앞에서 전진했다. 맨 뒤에서는 엘라단이 횃불을 들고 따르고 있었다. 김리는 그 뒤에서 비틀거리며 엘라단을 따라잡으려 애썼다. 침침한 횃불의 불꽃 말고는 아무것도 보이지 않았다. 그러나 일행이 걸음을 멈추면 끊임없이 속삭이는 목소리들이 그를 에워싸는 것 같았다. 그가 들어 본 적 없는 언어로 중얼거리는 말이었다.

일행을 공격하거나 길을 가로막는 것은 없었으나 난쟁이가 느낀 공포는 걸음을 옮길수록 끝없이 더욱 커졌다. 무엇보다도 이제는 돌아갈 수 없다는 것을 알기 때문이었다. 뒤쪽 길마다 어둠 속에서 따라온 보이지 않는 무리가 우글거리고 있었다.

이렇게 시간이 헤아릴 수 없이 흘러갔는데, 그러다 김리는 훗날에도 떠올리고 싶지 않은 광경을 마주하게 되었다. 그가 판단하기에 길은 폭이 넓었는데, 이제 일행은 갑자기 큰 빈터에 들어섰고 양쪽에 더는 벽이 보이지 않았다. 길은 겨우 양쪽 벽을 가늠할 정도였는데 갑자기 일행은 양벽이 탁 트인 거대한 빈터에 이른 것이다. 이제 극심한 두려움에 짓눌려 난쟁이는 발을 떼어 놓기 어려울 지경이었다. 멀리 왼쪽의 어둠 속에서 아라고른의 횃불이 가까이 갔을 때 뭔가 반짝였다. 그러자 아라고른은 잠시 멈춰 섰다가 무엇인지 알아보려고 다가갔다. 난쟁이는 중얼거렸다.

"도대체 저 친구는 공포를 못 느끼나? 다른 동굴에서라면 나 글로인의 아들 김리가 황금의 광채를 보고 제일 먼저 달려가겠지. 그렇지만 여긴 아니야! 그냥 내버려 두자고!"

그렇지만 그도 가까이 다가갔고, 엘라단이 양손에 횃불을 쳐들고 있는 가운데 아라고른이 무릎을 꿇고 있는 모습을 보았다. 그 앞에는 장대한 남자의 유골이 있었다. 갑옷 차림이었고, 그의 마구는 아직도 온전히 남아 있었다. 동굴 안의 공기가 바싹 말라 있기 때문이었다. 금박을 입힌 그의 쇠사슬 갑옷은 빛을 발했다. 허리띠는 금과 석류석으로 만든 것이었고, 얼굴이 땅바닥에 박힌 뼈만 남은 머리에는 황금으로 화려하게 장식된 투구가 씌워져 있었다. 유골은 저 멀리서 이제 희미하게 보이는 동굴 벽 가까이에 쓰러져 있었고, 그 유골 앞에는 굳게 닫힌 석문이 있었다. 그의 손가락뼈는 석문의 갈라진 틈새를 아직도 움켜잡고 있었다. 그가 마지막 절망 속에서 바위를 내리친 듯 금이 가고 부러진 칼이 옆에 놓여 있었다.

아라고른은 그에게 손을 대지 않고 한참 말없이 바라보다가 일어서서 한숨을 쉬었다.

"세상이 끝날 때까지 심벨뮈네의 꽃들은 절대로 여기에 오지 않을 테지."

그는 이렇게 중얼거렸다.

"아홉 능과 일곱 능은 지금 푸른 잔디에 덮여 있고, 이 긴 세월 동안 그는 열 수 없는 문 앞에 누워 있었구나. 이 문은 어디로 통하는 걸까? 그는 왜 통과하려 했을까? 누구도 알 수 없으리라! 하지만 그건 내 볼일이 아니다!"

그는 이렇게 외치고는 돌아서서 후미를 따라온 속삭이는 어둠을 향해 외쳤다.

"그대들의 보물과 비밀은 저주받은 세월에 묻어 두라! 우리는 오로지 신속함을 요구한다. 우릴 지나가게 하고 날 따라오라! 나는 그대들을 에레크의 바위로 소환한다!"

아무 응답도 들려오지 않았다. 그렇지만 그 철저한 침묵은 앞서 들리던 속삭임보다 더 무서웠다. 그런데 차가운 바람이 한 줄기 밀려오더니 횃불이 깜빡거리다 꺼져 버렸고, 다시 불을 붙일 수 없었다. 한 시간인지 몇 시간인지 이어진 시간에 대해 김리는 기억하는 바가 거의 없었다. 다른 이들은 길을 재촉했지만, 그는 제일 뒤에 있었고 자신을 움켜잡으려는 듯한 무리에 대한 공포에 계속 시달렸다. 또한 유령의 수많은 발소리 같은 희미한 소음이 그를 따라왔다. 그는 비틀거리다가 넘어져 결국에는 짐승처럼 네 발로 기어갔고 더 이상은 도저히 견딜 수 없다는 기분이 들었다. 끝장을 내고 달아나는 방법을 찾거나 아니면 완전히 미쳐서 뒤돌아 돌진해서는 따라오는 공포와 대면하는 수밖에 없었다.

갑자기 물소리가 또르르 들려왔다. 악몽 같은 검은 그늘 속에 돌멩이가 하나 떨어진 듯 단단하고 또렷한 소리였다. 빛이 조금 더 들어왔고, 보라! 일행은 또 다른 문을 통과했다. 높은 아치형의 넓은 문이었다. 그들 옆으로 실개천이 흘러갔고, 그 너머에는 하늘을 배경으로 높이, 칼날처럼 예리하게 깎아지른 절벽들 사이로 한 갈래 길이 가파르게 경사져 내려갔다. 그 골이 너무 깊고 좁아서 하늘은 어둡게 보였고 작은 별들이 반짝였다. 하지만 김리가 나중에 알았듯이 해가 지려면 아직 두 시간이나 더 있어야 하고, 여전히 그들이 검산오름에서 출발한 바로 그날이었다. 그렇지만 당시 김리의 느낌으로는 그 상황은 몇 년이 지났거나 아니면 다른 세계에서 바라보는 황혼 같았다.

일행은 다시 말에 올랐고 김리는 레골라스에게 돌아갔다. 그들은 줄지어 나아갔고, 어스름이 몰려와 짙푸른 땅거미가 지고 있었다. 공포가 여전히 그들을 뒤쫓고 있었다. 김리에게 무언가 말하려고 고개를 돌리다가 레골라스는 뒤쪽을 돌아보았고, 난쟁이는 요정의 빛나는 눈에서 반짝이는 빛을 볼 수 있었다. 그들 뒤에서 오는 엘라단은 그들 일행의 마지막이었지만, 길을 따라 내려간 자들의 마지막은 아니었다.

레골라스가 말했다.

"사자들이 따라오고 있어. 인간들과 말들의 형체, 갈가리 찢어진 구름 같은 흐릿한 깃발, 안개 낀 밤의 겨울 덤불 같은 창들이 보여. 사자들이 따라오는군."

그러자 엘라단이 덧붙였다.

"그래, 사자들이 뒤에서 말을 타고 오고 있지. 그들은 소환되었으니까."

일행은 마침내 좁은 협곡에서 벗어났는데, 마치 벽의 틈새에서 튀어나온 듯 별안간 나오게 되었다. 그들 앞에는 큰 계곡이 펼쳐져 있었고, 옆에서는 냇물이 시원한 소리를 내면서 여러 단의 폭포를 이루며 흘러내렸다.

"도대체 여기가 어디지?"

김리가 말하자 엘라단이 대답했다.

"우린 모르손드강의 수원에서 내려온 거요. 그 차갑고 긴 강은 결국 바다로 흘러가서 돌 암로스의 성벽으로 밀려가지. 그러니 이곳의 이름이 어떻게 생겨났는지 앞으로는 물어볼 필요가 없겠지요. 사람들은 이곳을 검은뿌리라 부른다오."

모르손드계곡은 산맥 남쪽의 깎아지른 듯한 암벽 속으로 움푹 들어가 있었다. 그 가파른 비탈은 풀로 덮여 있었지만, 이미 해가 진 다음이라서 이 시간에는 온통 우중충하게 보일 뿐이었다. 멀리 저 아래 인간들의 집에서 불빛이 반짝였다. 이 계곡은 비옥한 곳이라서 많은 종족들이 살고 있었다.

그때 아라고른이 고개를 돌리지 않은 채, 모두 들을 수 있도록 크게 외쳤다.

"기운을 내게, 친구들! 자, 달리자, 달려! 오늘이 다 가기 전에 에레크의 바위에 도착해야 하네. 아직 갈 길이 멀어!"

그래서 그들은 뒤돌아보지 않고 산속 들판을 달렸고, 이윽고 물이 점점 불어나는 산골짝의 급류 위에 걸린 다리에 이르러서 평지로 내려가는 길을 발견했다.

그곳에 서 있던 집과 촌락에 그들이 다가가자 집의 불빛이 꺼지고 문이 잠겼다. 들판에 나와 있던 사람들은 공포에 질려 소리를 지르고 쫓기는 사슴처럼 있는 힘을 다해 도망쳤다. 그리고 점점 깊어 가는 어둠 속에서 똑같은 외침이 울려 퍼졌다.

"사자의 왕! 사자의 왕이 왔어!"

마을 저 아래에서는 종이 울렸고, 사람들은 아라고른의 얼굴이 보이면 모두 달아났다. 그러나 회색부대는 말이 지쳐 비틀거릴 때까지 서두르며 사냥꾼처럼 질주했다. 그래서 자정 바로 직전에, 산속 동굴처럼 온통 깜깜할 때, 그들은 결국 에레크의 언덕에 도착했다.

에레크언덕과 주위의 빈 들판들은 오랫동안 사자의 공포에 휩싸여 있었다. 언덕 꼭대기에는 검은 바위가 서 있었는데, 커다란 구체처럼 둥글고 반쯤 땅에 묻혀 있는데도 사람만 했다. 어떤 사람들이 믿었듯이 그 바위는 하늘에서 떨어진 것 같았고, 이 세상 것이 아닌 듯이 보였다. 하지만 서쪽나라의 구전 설화를 아직 잊지 않은 사람들은 그 바위가 누메노르의 폐허에서 온 것이고, 이실두르가 이곳에 왔을 때 세워 놓았다고 말했다. 그 계곡에 사는 사람들은 감히 그 바위에 접근하거나 그 근처에서 살려 하지 않았다. 그곳은 그림자 인간들의 밀회 장소라서, 공포의 시간이 오면 그들이 거기 모여 바위를 둘러싸고 웅성거릴 거라고 말했다.

한밤중에 일행은 그 바위에 다가가 멈춰 섰다. 엘로히르가 아라고른에게 은나팔을 건넸고, 아라고른이 나팔을 불었다. 가까이 서 있던 사람들은 그 소리에 답하는 나팔 소리가 저 멀리 깊은 동굴에서 울리는 메아리처럼 들려온 것 같았다. 다른 소리는 전혀 들리지 않았다. 그러나 자신들이 서 있는 언덕 주위에 거대한 무리가 모여 있다는 것을 알 수 있었다. 유령의 입김처럼 차가운 바람이 산 위에서 불어왔다. 아라고른은 말에서 내렸고 바위 옆에 서서 큰 소리로 외쳤다.

"맹세를 어긴 자들이여, 왜 왔는가?"

그러자 그에 대답하는 어떤 목소리가 아득히 멀리서 나오듯이 깜깜한 어둠 속에서 들려왔다.

"우리의 맹세를 이행하고 안식을 얻기 위해."

그러자 아라고른이 말했다.

"마침내 그때가 되었다. 난 안두인대하의 펠라르기르로 간다. 그대들은 날 따르라. 이 땅에서 사우론의 종복들이 깨끗이 소멸될 때 나는 그 맹세가 이행되었다고 여길 것이며, 그대들은 안식을 얻고 영원히 떠날 것이다. 나는 곤도르의 왕 이실두르의 후계자 엘렛사르이기 때문이다!"

이렇게 말하며 그는 할바라드에게 지금까지 들고 온 커다란 기장을 펼치라고 명령했다. 보라! 그것은 온통 새까맸다. 혹시 어떤 무늬가 있었더라도 그 검은색에 가려졌을 것이다. 그 순간 정적이 흘렀고, 밤새껏 속삭임이나 한숨 소리 하나도 들리지 않았다. 일행은 바위 옆에서 야영했으나 자신들을 둘러싼 그림자들에 대한 두려움 때문에 잠을 거의 이룰 수가 없었다.

차갑고 흐릿한 새벽이 밝아 오자 아라고른은 즉시 일어나 그 자신 외에는 누구도 경험해 보지 못했을 무서운 속도로 진을 빼는 여정을 이끌었다. 오로지 그의 의지가 그들을 계속 진군하게 만들었다. 북쪽의 두네다인과 난쟁이 김리 그리고 요정 레골라스를 제외하고 다른 보통의 인간이었다면 그 여정을 견딜 수 없었을 것이다.

그들은 타를랑지협을 지나 라메돈에 이르렀다. 뒤에서는 그림자 군단이 압박을 가하고 앞에서는 공포의 기운이 퍼져 나가는 가운데 마침내 그들은 키릴강변의 칼렘벨에 이르렀다. 해는 뒤편 서쪽으로 핀나스 겔린산맥 너머에 피처럼 붉은빛을 뿌리며 가라앉고 있었다. 키릴강변의 소읍들과 여울은 황량하게 비어 있었다. 많은 사람들이 이미 전장에 나갔고, 남아 있던 사람들은 사자의 왕이 온다는 소문에 산으로 도망쳐 버렸던 것이다. 이튿날에는 새벽이 밝아 오지 않았고, 회색부대는 모르도르의 폭풍의 어둠 속으로 들어가서 사람들 시야에서 사라졌다. 그러나 사자들은 뒤를 따랐다.

chapter 3

로한의 소집

이제 다가오는 전쟁과 어둠의 습격에 맞서기 위해 모두들 동쪽으로 달려가고 있었다. 피핀이 도시의 큰 성문에 서서 돌 암로스의 대공이 기치를 휘날리며 들어오는 것을 보았을 때, 로한의 왕은 산에서 내려왔다.

날이 저물고 있었다. 기울어 가는 마지막 햇빛이 로한의 기사들에게 드리운 길고 뾰족한 그림자가 그들 앞에서 걸어갔다. 가파른 산비탈을 뒤덮고 소곤거리는 전나무숲 밑으로 이미 어둠이 기어들었다. 왕은 이제 하루가 저물어 가는 시간에 천천히 말을 몰았다. 길은 풀 한 포기 없는 거대한 바위의 가장자리를 끼고 돌아 나지막이 한숨짓는 나무들의 어두운 그늘로 들어섰다. 그들은 길고 구불구불한 대열을 이루고 계속해서 내려갔다. 마침내 골짜기의 바닥에 이르렀을 때 그 깊은 곳엔 이미 밤이 찾아와 있었다. 해는 보이지 않았다. 폭포 위에 땅거미가 내려앉았다.

온종일 저 멀리 아래에서 시냇물이 급히 흘러내렸는데, 뒤쪽의 높은 산 고개에서 시작한 그 냇물은 소나무숲 사이의 좁은 길을 헤치며 흘러와 이제는 돌문을 지나 더 넓은 계곡으로 흘러들었다. 기사들은 그 물줄기를 따라갔는데 갑자기 그들 앞에 요란한 물소리와 함께 검산계곡이 저녁의 땅거미 속에서 모습을 드러냈다. 그곳에서 흰 눈내강이 작은 지류들과 합쳐 바위에 부딪혀 분무를 일으키며 세차게 흘러 에도라스와 푸른 언덕, 그리고 평원으로 나아가고 있었다. 멀리 오른쪽으로 그 골짜기의 꼭대기에는 거대한 스타크혼산이 구름에 덮인 방대한 돌출부 위로 어렴풋이 모습을 드러냈다. 만년설에 덮인 그 날카로운 거봉의 서쪽은 석양에 붉게 물들고 동쪽은 푸른 그림자를 드리운 채 이 세상을 넘어선 곳에서 은은히 빛을 발했다.

메리는 긴 여행 중에 많은 이야기를 들어온 이 낯선 땅을 바라보며 경이로움을 느꼈다. 그곳은 하늘이 보이지 않는 세상이었다. 어둑한 공기가 깔린 흐릿한 심연을 통해 그의 눈에 보이는 것은 끝없이 오르는 비탈들과 첩첩이 늘어선 거대한 바위벽들, 그리고 안개에 휘감긴 가파른 절벽들뿐이었다. 그는 잠시 앉아서 반쯤은 꿈에 잠기듯이 요란한 물소리와 검은 나무들의 속삭임, 바위 갈라지는 소리, 이 모든 소리 뒤에서 깊은 생각에 잠겨 기다리는 광활한 정적을 들었다. 그는 원래 산을 사랑했다. 아니 먼 이국 땅의 이야기에 나오는 첩첩이 이어지는 산맥을 좋아했었다. 그러나 지금 그는 견디기 어려운 가운데땅의 무게에 짓눌리고 말았다. 조용한 방의 난롯가에 앉아 이 광대한 풍경을 차단해 버리고 싶은 마음이 간절했다.

메리는 매우 피곤했다. 천천히 말을 달리기는 했지만 거의 쉬지 않았던 것이다. 거의 사흘간 지친 몸으로 아래위로 흔들리면서 고개를 넘고 긴 골짜기를 지나고 많은 냇물을 건너왔다. 때로 길이 넓어지면 왕 옆에서 말을 몰았다. 텁수룩한 회색 조랑말에 앉은 호빗과 큰 백마를 탄 로한의 군주가 나란히 가는 모습을 보고 많은 기사들이 빙그레 웃는 것을 알아채지 못했다. 그는 왕에게 자기 고향과 호빗들에 대해 이야기하기도 했고, 왕에게서 마크와 그 땅의 옛 용사에 관한 이야기를 듣기도 했다. 그러나 대체로는, 특히 이 마지막 날에는, 왕의 뒤에서 홀로 묵묵히 말을 달리며 뒤에서 로한 기사들이 느릿하고 낭랑한 언어로 나누는 대화를 들으며 이해해 보려고 애썼다. 샤이어에서보다 더 풍부하고 강하게 발음되기는 했지만 그가 알고 있는 단어도 많았는데, 그래도 그 단어들을 연결시켜 이해하기는 어려웠다. 때로 어떤 기사가 맑은 목소리로 신나는 노래를 부르기도 했고, 메리는 무엇에 관한 노래인지 잘 모르면서도 가슴이 뛰는 것을 느꼈다.

그는 내내 외로움을 느꼈지만, 하루가 저물 무렵에는 특히 심했다. 온통 낯선 땅에서 피핀은 어디로 갔을지 궁금했고, 아라고른과 레골라스, 김리는 어떻게 되었을지 걱정했다. 그러다 갑자기 심장에 찬 손이 닿은 것처럼 퍼뜩 프로도와 샘 생각이 났다.

"그들을 잊고 있었어!"

그는 스스로를 나무라듯 중얼거렸다.

"나머지 우리들보다 훨씬 더 중요한데. 난 그들을 도우러 왔어. 그런데 지금 그들은 수백 킬로미터나 떨어진 곳에 있겠지. 아직 살아 있다면 말이야."

그는 몸을 떨었다.

"아, 마침내 검산계곡에 이르렀군! 우리 여정도 거의 끝나 갑니다."

에오메르가 말했다. 그들은 멈춰 섰다. 좁은 협곡에서 빠져나오는 길은 아주 가팔랐다. 저 아래 어스름에 잠긴 방대한 계곡이 높은 창문을 통해 보이듯이 언뜻 보일 뿐이었다. 강가에서 한 줄기 작은 빛이 가물거리고 있었다. 세오덴이 말했다.

"이 여행은 끝난 것 같군. 하지만 내겐 아직 가야 할 길이 멀지. 이틀 전이 보름이었으니까 아침에는 마크의 기사들을 소집하기 위해 에도라스로 가야겠군."

그러자 에오메르가 낮은 소리로 말했다.

"하지만 제 간언을 좀 들어 주십시오! 소집이 끝나면 돌아오셔서 이기든 지든 전쟁이 끝날 때까진 여기 계셔 주십시오."

세오덴은 미소를 지었다.

"아니다, 내 아들아. 이제부터는 너를 이렇게 부르마. 내 늙은 귀에 뱀혓바닥처럼 달콤한 말을 속삭여서는 안 돼!"

그는 몸을 세우고 뒤쪽 어스름 속에서 긴 열을 이루고 있는 기사들을 돌아본 다음 말을 이었다.

"서쪽에서 달린 이후로 이 며칠의 시간이 긴 세월처럼 느껴지는군. 난 다시는 지팡이에 의지하지 않겠다. 만일 전쟁에서 진다면 산속에 숨는다 한들 무슨 소용이 있겠나? 그리고 이긴다면 쓰러져 죽는다 해도 마지막 힘까지 다했다면 그게 뭐 슬픈 일이겠나? 자, 어쨌든 다시 출발하자. 오늘 밤은 검산오름 요새에서 묵을 테니, 적어도 하룻밤의 휴식은 남아 있는 셈이지. 자, 달려가자!"

그들은 점점 짙어 가는 어둠 속에서 계곡으로 내려갔다. 여기서 눈내강은 골짜기의 서쪽 벽 가까이로 흘러갔다. 길을 따라가니 곧 얕은 물이 돌들 위에서 큰 소리를 내며 흐르는 여울에 이르렀다. 여울에는 경비대가 있었다. 왕이 다가가자 많은 이들이 그늘진 바위에서 튀어나왔고 왕을 보자 즐거운 목소리로 소리쳤다.

"세오덴 왕! 세오덴 왕! 마크의 왕이 돌아오셨다!"

그러자 누군가 뿔나팔을 길게 불었고, 그 소리는 계곡에 메아리쳤다. 이어 다른 뿔나팔 소리들이 이에 호응해 울리더니, 강 저편에서 불이 밝혀졌다.

갑자기 위쪽에서 나팔들의 큰 합주 소리가 울렸다. 그 소리는 마치 텅 빈 굴속에서 울리듯이, 여러 음을 하나의 소리로 모아 구르고 바위벽에 부딪히며 퍼져 나갔다.

이렇게 마크의 왕은 서쪽에서 승전하고 돌아와 백색산맥 기슭의 검산오름에 도착했다. 그곳에 와 보니 남은 전력이 이미 모여 있었다. 왕의 개선이 알려지자마자 남아 있던 지휘관들은 간달프의 전갈을 갖고 그를 맞기 위해 여울로 달려온 것이었다. 그들의 대표자격인 검산계곡의 수장 둔헤레가 말했다.

"전하, 사흘 전 새벽에 서쪽에서 샤두팍스를 타고 바람같이 에도 라스로 달려온 간달프에게서 승전보를 들었습니다. 저흰 더할 나위 없이 기뻤습니다. 간달프는 기사들의 소집을 서둘러야 한다는 전하의 명령도 전해 주었습니다. 그리고 나서 날개 달린 어둠이 찾아왔습니다."

그러자 세오덴이 말했다.

"날개 달린 어둠이라고? 우리도 그것을 봤네만 그건 간달프가 떠나기 전날 밤이었는데."

"그럴지도 모릅니다. 하지만 동일한 것인지 아니면 비슷한 다른 것인지 몰라도, 그날 아침에 괴물 새 모양의 날아다니는 어둠이 에도라스 상공을 날아 사람들을 공포에 몰아넣었습니다. 그것은 메두셀드의 지붕에 닿을 정도로 낮게 날아와 심장을 얼어붙게 하는 울부짖음을 토했지요. 그러자 간달프는 들판에 집결하지 말고 여기 산 밑 골짜기에서 전하를 기다리는 게 좋겠다고 충고했습니다. 또 정 필요한 때가 아니면 불을 붙이거나 피우지 말라고 했습니다. 믿음직한 말로 들렸기에 저희는 그대로 따랐습니다. 전하께서 계셨더라도 그렇게 지시하셨을 거라고 생각했으니까 말입니다. 여기 검산 계곡에서는 그런 끔찍한 것들을 보지 못했습니다."

"잘했네. 난 이제 요새로 가서 쉬기 전에 원수들과 지휘관들을 만나야겠네. 그러니 될 수 있는 대로 빨리들 오라고 전해 주게."

길은 이제 동쪽으로 곧게 뻗어 계곡을 가로질렀다. 이 지점에서 계곡의 폭은 채 1킬로미터도 되지 않았다. 이제 땅거미가 지면서 우중충해 보이는 거친 풀이 무성한 평지와 초원이 사방에 펼쳐져 있었지만, 앞쪽의 골짜기 저편에서 메리는 가파른 절벽을 볼 수 있었다. 그것은 스타크혼의 거대한 뿌리들 중에서 떨어져 나온 마지막 절벽으로 오랜 세월 강물에 깎여 있었다.

평평한 곳에는 어디나 수많은 사람들이 몰려 나와 있었다. 일부는 길옆에 몰려와서, 서쪽에서 돌아온 왕과 기사들을 즐거운 목소리로 환호했다. 그들 뒤쪽으로 막사와 가설 오두막 들이 정연하게 줄지어 멀리까지 넓게 펼쳐지며 세워져 있었고, 말들도 줄지어 말뚝에 매여 있었다. 무기들이 산더미처럼 쌓여 있고, 포개진 창들은 새로 심은 나무들의 관목숲처럼 빽빽이 쌓여 있었다. 이제 대규모 부대가 모두 어둠 속에 잠겼고, 고지에서 냉기가 도는 밤바람이 불어왔다. 그러나 등불 하나 타오르지 않았고, 화톳불 하나도 피어오르지 않았다. 두터운 망토를 걸친 위병들이 이리저리 순찰하고 있었다.

메리는 기사들이 얼마나 많이 모였을지 궁금했다. 점점 깊어 가는 어둠 때문에 그들의 수를 짐작할 수 없었지만, 어쨌든 수천 명의 강력한 대부대로 보였다. 그가 좌우로 응시하는 동안 왕의 일행은 계곡 동쪽의 어렴풋이 보이는 절벽 밑에서 올라왔다. 그곳에서 갑자기 오르막길이 시작되었는데, 위를 쳐다본 메리는 깜짝 놀랐다. 이제껏 본 적이 없는 형태의 길에 들어선 것이다. 노래도 전해지지 않는 아득한 시절에 인간의 손으로 만든 걸작이었다. 그 길은 구불구불 뱀처럼 휘어서 가파른 바위 비탈을 가로지르며 위쪽으로 올라갔다. 계단처럼 가파르지만 뒤쪽으로 그리고 앞쪽으로 고리 모양을 이루면서 올라가는 길이었다. 이 길에서는 말들도 걸어갈 수 있었고, 수레도 천천히 끌고 갈 수 있었다. 하지만 위쪽에서 수비를 한다면 어떤 적도, 공중으로 날아오지 않는 한, 이 길로 올라올 수 없었다. 길이 꺾이는 곳마다 사람 모습으로 깎아 놓은 거대한 선돌이 있었다. 이 석상들은 책상다리를 하고 쪼그리고 앉아 투박한 팔로 커다란 배를 감싼 자세였으며, 팔다리는 매우 크고 투박해 보였다. 오랜 세월을 지나면서 석상들의 얼굴은 지나가는 사람들을 서글프게 응시하는 듯한 검은 눈구멍을 제외하고는 거의 다 침식되어 있었다. 기사들은 그 석상에 눈길도 주지 않았다. 그들은 그 석상들을 푸켈맨이라 불렸고, 거의 관심을 기울이지 않았다. 그 석상에는 어떤 힘도, 공포도 남아 있지 않았다. 그러나 어스름 속에서 슬픔에 잠긴 듯이 보이는 석상들을 응시하던 메리는 놀라움과 연민에 가까운 감정을 느꼈다.

얼마 후 그는 뒤를 돌아보았고, 계곡에서 벌써 몇십 미터 올라왔다는 것을 알아차렸다. 그렇지만 아직 저 밑에는 여울을 건너 준비된 막사로 향하는 기사들이 길을 따라 구불구불하게 긴 대열을 이루고 있었다. 요새로 오르는 사람은 왕과 그의 근위대뿐이었다.

마침내 왕의 부대는 날카로운 절벽 가장자리에 이르렀다. 여기서 오르막길은 바위벽들 사이에 깎아낸 좁은 길로 이어졌고, 이 짧은 비탈길을 오르면 넓은 고지로 이어졌다. 피리엔펠드라 불리는 풀과 히스가 무성한 초록 산지였다. 뒤쪽 거대한 산맥의 무릎에 놓인 이곳은 깊이 파인 눈내강의 수로보다 훨씬 높았다. 남쪽으로는 스타크혼산에 맞닿았고, 북쪽으로는 톱니 같은 이렌사가의 봉우리가 있었으며, 저기 그 사이에서 기사들은 칙칙한 소나무들이 빽빽이 들어찬 가파른 경사지에서 솟아오른 유령산, 드위모르베르그의 험준한 검은 암벽을 마주 보게 되었다. 이 고지는 두 줄로 늘어선 형체 없는 선돌로 양분되어 있었는데, 그 선돌들은 땅거미 속으로 들어가면서 점점 작아지다가 나무들 속에서 사라졌다. 그 길을 따라갈 용기가 있는 사람은 곧 드위모르베르그산 아래 검은 딤홀트에 이르렀고, 위협적인 돌기둥과 입을 벌리고 있는 금지된 문의 그림자를 마주했다.

이곳이 바로 오래전에 잊힌 고대인들의 걸작품, 검산오름이었다. 이곳을 만든 이들의 이름은 잊혔고, 어떤 노래나 전설에도 등장하지 않았다. 그들이 무슨 목적으로 이곳을 건설했는지, 도시를 건설했는지, 비밀스러운 사원을 건설했는지, 아니면 왕들의 무덤을 만든 것인지 로한 사람들은 알 수 없었다. 그들은 서안으로 배가 들어온 적도 없을 때, 혹은 두네다인의 곤도르가 세워지기 이전의 암흑시대에 여기서 노고를 기울였다. 그러나 지금 그들은 흔적도 없이 사라졌고, 오직 푸켈맨이 남아서 아직도 모퉁이마다 앉아 있다.

메리는 줄지어 늘어선 선돌들을 바라보았다. 그것들은 풍우에 침식되어 시커멓고, 기울어진 것, 쓰러진 것, 금이 가거나 부서진 것도 있었다. 마치 굶주리고 늙은 이빨들이 줄지어 서 있는 것 같기도 했다. 메리는 이것들이 무엇일지 궁금했고, 왕이 이 석상들을 따라 그 너머 어둠 속으로 들어가지 않기를 바랐다. 그는 돌길 양쪽으로 세워져 있는 천막과 막사로 눈을 돌렸다. 그런데 이것들은 숲에서 될 수 있는 대로 멀리 떨어져 절벽 가장자리 쪽에 옹기종기 모여 있었다. 피리엔펠드의 넓은 오른쪽에 대다수가 몰려 있고, 왼쪽에는 높고 큰 막사를 중심으로 더 작은 야영지가 있었다. 이쪽에서 한 기사가 그들을 맞이하기 위해 나왔으며, 왕 일행도 그쪽으로 향했다.

가까이 다가가자 메리는 그 기사가 어스름 속에서 은은히 빛나는 머리칼을 길게 땋아 늘인 여인이라는 것을 알 수 있었다. 그녀는 전사처럼 투구를 쓰고 허리까지 오는 갑옷을 입었으며 칼을 차고 있었다. 가까이 다가온 그녀가 외쳤다.

"어서 오십시오, 마크의 군주여! 이렇게 돌아오셔서 정말 기쁩니다."

"그래, 너는 아무 일 없었겠지, 에오윈?"

세오덴이 물었다.

"아무 일 없었습니다."

이렇게 대답하는 그녀의 목소리에서 메리는 정말 아무 일이 없던 것이 아니라는 느낌과 함께, 이렇게 강인한 얼굴의 여인에게서는 잘 믿어지지 않는 일이지만, 그녀가 울고 있었다는 생각을 떨치기 힘들었다.

"아무 일 없었습니다. 물론 갑자기 집을 떠나 이리로 피난해야 했던 사람들에겐 힘든 길이었습니다. 전쟁 때문에 푸른 들판에서 쫓겨난 지 오래되어 불평하는 이들도 간혹 있었지만, 특별히 안 좋은 일은 없었습니다. 이젠 보시다시피 정돈이 되었습니다. 전하를 위해 숙소를 준비해 두었지요. 전 여기서 전하의 승전보와 또 돌아오실 날짜까지 모조리 듣고 있었으니까요."

"그럼 아라고른이 여기 온 모양이군. 아직 여기 계신가?"

에오메르가 물었다.

"아니에요. 그분은 떠나셨어요."

에오윈은 이렇게 말하며 눈을 돌려 동쪽과 남쪽의 검은 산맥을 바라보았다.

"어느 쪽으로 떠났지?"

에오메르가 물었다.

"모르겠어요. 그분은 한밤중에 오셨다가 어제 아침 해가 산 위로 오르기도 전에 떠나셨어요."

그러자 세오덴이 말했다.

"슬퍼하고 있구나, 내 딸아. 무슨 일이냐? 말해 봐라. 아라고른이 그 길에 대해 이야기를 하더냐? 저 사자의 길 말이다."

그는 드위모르베르그 쪽으로 줄지어 서 있는 검은 선돌들을 가리켰다.

"예, 전하. 그분은 아무도 돌아올 수 없는 저 어둠 속으로 들어가 버리셨어요. 전 말릴 수가 없었습니다. 그분은 가 버리셨어요."

"그렇다면 이제 우리의 길은 갈라졌군요. 그는 사라졌고요. 우린 그 없이 달려야 하고, 그만큼 희망도 줄었습니다."

에오메르가 말했다.

그들은 이제 입을 다물고 기 작은 히스기 무성한 풀밭을 지나 왕의 천막에 이르렀다. 거기서 메리는 모든 것이 완벽하게 갖춰져 있고, 자신에 대한 배려도 잊지 않았음을 알게 되었다. 왕의 침소 곁에 작은 천막이 세워져 있었다. 사람들이 왕에게 가서 자문을 받느라 왔다 갔다 하는 동안 그는 혼자 앉아 있었다. 밤이 깊어 서쪽으로 반쯤 보이는 산꼭대기 위에서 별이 반짝이기 시작했으나 동쪽은 캄캄하고 별 하나 없었다. 그 선돌들은 서서히 흐릿해지며 보이지 않았지만, 그래도 그 너머에 드위모르베르그의 웅크린 그림자가 어둠보다 더 시커멓게 뒤덮고 있었다.

메리는 혼자 중얼거렸다.

"사자의 길, 사자의 길이라고? 그게 뭘 뜻하는 걸까? 이제 모두들 날 두고 떠났어. 어떤 운명을 향해 나아갔지. 간달프와 피핀은 동쪽의 전장으로, 샘과 프로도는 모르도르로, 그리고 성큼걸이와 레골라스, 김리는 사자의 길로. 곧 내 차례도 올 거야. 사람들이 무슨 의논을 하고 있을까? 왕은 어떻게 하실 작정일까? 그분이 가시는 곳에 나도 가야 하는데."

이런 우울한 생각을 하다 보니 갑자기 배가 몹시 고프다는 생각이 들어 그는 일어섰고, 이 낯선 막사에 자기처럼 허기를 느끼는 사람이 또 있는지 찾아 나서려 했다. 그런데 바로 그 순간 나팔 소리가 울렸고 어떤 사람이 그를 부르러 왔다. 왕의 종사로서 식탁에서 왕의 시중을 들라는 것이었다.

천막 안쪽에는 수놓인 휘장으로 가려진 작은 공간이 있었고, 가죽이 깔려 있었다. 작은 탁자 주위에 세오덴과 에오메르, 에오윈 그리고 검산계곡의 수장 둔헤레가 앉아 있었다. 메리는 왕에게 시중을 들기 위해 그의 의자 옆에 서서 기다렸다. 깊은 생각에 잠겨 있던 노왕은 곧 정신을 차리고 그에게 얼굴을 돌리며 웃어 보였다.

"이리 오게, 메리아독. 서 있을 필요 없어. 내가 이 땅을 다스리는 한, 그대는 항상 내 옆에 앉아서 이야기를 들려주며 내 마음을 가볍게 해 주어야 하네."

왕의 왼편에 호빗을 위한 자리가 마련되었지만 누구도 이야기를 청하지 않았다. 실은 오가는 이야기도 거의 없이 그들은 대부분 침묵 속에서 식사를 계속했다. 마침내 메리는 용기를 내서 마음을 괴롭히던 문제를 물어보았다.

"전하, 전 두 번이나 사자의 길이라는 말을 들었습니다. 그건 대체 뭔가요? 성큼걸이, 아니, 아라고른 공은 어디로 간 겁니까?"

세오덴은 한숨을 내쉬었지만, 아무도 대답하지 않았다. 마침내 에오메르가 말했다.

"우리도 잘 모른다네. 그래서 마음이 무겁지. 그런데 사자의 길에 대해 말하자면, 자네도 이미 그 길의 첫 단에 발을 올려놓았네. 아니, 불길한 징조를 말하는 건 아니야. 우리가 올라온 길이 저 너머 딤홀트의 그 문으로 연결되는 길이라네. 그러나 그 너머에 무엇이 있는지는 아무도 몰라."

그러자 세오덴이 말했다.

"그래, 아무도 모르지. 그렇지만 지금은 거의 전해지지 않는 옛 전설 가운데 그곳에 대한 이야기가 좀 있네. 에오를 왕가의 아버지에게서 아들에게로 전해진 이 옛이야기가 사실이라면, 드위모르베르그 아래의 문은 산속 비밀 통로로 이어지고 어딘가 종착지로 간다는 거야. 그러나 브레고 왕의 아들 발도르가 그 문으로 들어갔다가 두 번 다시 돌아오지 못한 이래, 누구도 감히 그 비밀을 찾아내려 하지 못했다. 신축된 메두셀드를 축성하기 위해 브레고 왕이 개최한 연회에서 발도르는 술잔을 비우고 경솔한 맹세를 했어. 그래서 결국 자신이 이어받을 옥좌에 오를 수 없게 되었네.

사람들의 말에 의하면, 암흑시대부터 사자들이 그 길을 지키면서 살아 있는 사람들이 그들의 비밀 장소로 들어오지 못하게 막고 있다네. 때로 그들이 그림자처럼 문을 빠져나와 돌길을 내려가는 것이 보이기도 한다는 거야. 그러면 검산계곡 사람들은 문을 꼭 걸어 잠그고 창문을 덮어 가리고는 무서움에 떤다네. 그렇지만 죽은 자들이 자주 나오는 건 아니고, 큰 혼란과 죽음이 다가오는 시기에만 나타난다고 하지."

"검산계곡에 이런 얘기도 있더군요. 얼마 전 달이 비치지 않는 밤에 이상한 차림새의 대부대가 지나갔답니다. 그들이 어디에서 왔는지는 아무도 모르지만, 회합의 약속을 지키기 위해 가는 것처럼 돌길을 올라 산으로 사라졌다고 하더군요."

에오윈이 낮은 목소리로 말했다.

"그럼 왜 아라고른이 그 길로 간 거죠? 그 이유를 아세요?"

"우리가 모르는 사실을 친구인 자네에게도 말하지 않았다면, 이 땅의 살아 있는 사람 중에 그의 목적을 알 사람은 하나도 없겠지."

에오메르가 말했다. 그러자 에오윈이 말했다.

"제가 보기에 그분은 처음 궁에서 뵈었을 때와는 많이 달라지셨어요. 더 엄숙하고 더 나이 들어 보였지요. 그분은 주문에 걸려 있고, 마치 사자의 부름을 받은 사람 같았어요."

세오덴 왕이 말했다.

"아마 부름을 받았을 거야. 그를 다시 볼 수 없을 거라는 예감이 드는구나. 그렇지만 그는 고귀한 운명을 타고난 왕다운 인물이지. 그것을 위안으로 삼으렴, 내 딸아. 이 손님으로 인해 네가 느끼는 슬픔에 위안이 필요할 것 같으니. 옛날 우리 에오를가 사람들이 북쪽에서 나와, 험한 세월에 피난처가 될 만한 험준한 곳을 찾으려다 마침내 눈내강을 거슬러 올라갔을 때, 브레고와 그의 아들 발도르는 요새의 계단을 올라 그 문 앞에 이르렀단다. 문지방에는 도무지 나이를 짐작할 수 없는 노인이 앉아 있었는데, 키가 크고 왕다운 체모였지만 이제는 오래된 석상처럼 쇠락해 버렸지. 사실 그분들은 그가 움직이지 않았기에 진짜 석상인 줄 알았단다. 그들이 그를 지나 문을 넘으려 할 때까지 아무 말도 하지 않았거든. 그런데 그때 그에게서 목소리가 나왔는데 땅속에서 나온 소리 같았고, 또 놀랍게도 서쪽나라의 언어로 말했어. '이 길은 닫혀 있다.'

그래서 그들은 멈춰 서서 그를 보고는 아직 살아 있다는 걸 알게 되었지. 그러나 그는 그들을 쳐다보지도 않았어. '이 길은 닫혀 있다.' 다시 그의 목소리가 들렸지. '이 길은 사자들이 만들었고, 그 시간이 올 때까지 사자들이 지킨다. 이 길은 닫혀 있다.'

그래서 발도르가 물었지. '그 시간이 언제입니까?' 그러나 대답은 들리지 않았어. 바로 그 순간에 노인은 죽어 얼굴을 땅에 박은 채 쓰러졌거든. 그 산에 사는 고대인들에 대한 다른 소식은 들어 본 적이 없단다. 하지만 어쩌면 마침내 예언된 시간이 되었을지 모르고, 아라고른은 무사히 통과할지 모르지."

에오메르가 말했다.

"하지만 그 문에 들어가 보지 않고 그 시간이 되었는지 아닌지 어찌 알 수 있겠습니까? 저 같으면 모르도르의 전군이 제 앞에 있고 제가 단신으로 달리 피난할 곳이 없더라도 그 길로는 가지 않을 겁니다. 아, 이 어려운 때에 그렇게 용감한 사람이 그런 홀림에 빠지다니! 지금은 굳이 땅속으로 들어가 찾지 않아도 땅 위에 사악한 무리들이 수없이 많지 않습니까? 전쟁이 임박했는데요."

그때 밖에서 세오덴의 이름을 외치는 소리와 근위대가 저지하는 소리가 들려오는 바람에 에오메르는 말을 멈췄다.

곧 근위대장이 휘장을 젖히고 말했다.

"곤도르의 전령이라고 하는 기사가 여기 와 있습니다. 그는 즉시 전하를 뵙고자 합니다."

"들여보내라!"

세오덴이 말했다. 키가 큰 사람이 들어왔는데, 하마터면 메리는 소리를 지를 뻔했다. 한순간 보로미르가 다시 살아 돌아온 줄 알았던 것이다. 그렇지만 곧 그렇지 않다는 걸 알 수 있었다. 그는 보로미르의 친척인 양 키가 크고 잿빛 눈에 당당한 모습으로 보로미르와 비슷했지만 실은 낯선 사람이었다. 섬세한 쇠사슬 갑옷 위에 암녹색 망토를 걸친 기사 차림으로, 투구 앞쪽에 작은 은별이 달려 있었다. 그의 손에는 검은 깃과 강철 미늘 촉이 달린 화살 한 자루가 들려 있었다. 화살촉은 붉게 칠해져 있었다.

그는 한쪽 무릎을 꿇고 세오덴에게 그 화살을 바쳤다.

"곤도르의 우방 로한의 군주이시여! 저는 섭정 데네소르의 전령 히르곤으로 이 전쟁의 징표를 가져왔습니다. 곤도르는 큰 위기에 처해 있습니다. 지금까지 여러 번 로한은 우릴 도와주셨지만, 곤도르가 결국 쓰러지지 않도록 지금이야말로 전하의 전력을 최대한 신속하게 보내 주시기를 데네소르 공께서 요청하셨습니다."

"붉은 화살이라!"

세오덴은 오래 기다렸지만 막상 그때가 되자 무시무시한 부름을 받은 사람처럼 화살을 받으면서 말했다. 그의 손이 떨렸다.

"내가 재위하는 동안 마크에서 붉은 화살을 본 적은 한 번도 없었지. 정말 올 것이 오고야 만 것인가? 그런데 데네소르 공께선 내 전력과 신속한 도움을 어느 정도로 기대하고 계신가?"

"아마 전하께서 가장 잘 아시겠지요. 오래지 않아 미나스 티리스는 포위될 것입니다. 만약 전하께 많은 병력의 포위작전을 깰 만한 전력이 없으시다면, 로히림의 강력한 군대가 성 밖에서보다는 안에 들어와 싸우는 것이 유리할 거라고 데네소르 공께서 말씀하셨습니다."

"그렇지만 데네소르 공은 우리가 기마대라서 야외에서 싸우는 데 익숙하고, 또 우린 흩어져 사는 사람들이라 소집하는 데 시간이 걸린다는 사실을 알고 계실 거요. 하지만 미나스 티리스의 성주는 전갈에 담긴 내용보다 더 많이 알고 계신다는 소문이 사실인 모양이군, 히르곤? 왜냐하면 그대가 보다시피 우린 이미 전쟁을 치렀고, 준비가 안 된 상태는 아니니까. 회색의 간달프가 우리와 함께 있었고 지금도 우린 동쪽의 전쟁에 대비해 병사를 소집하고 있소."

"데네소르 공께서 이 일들에 대해 무엇을 알고 계신지, 또는 추측하고 계신지 저로서는 알 수 없습니다. 그러나 실로 우리 상황은 절박합니다. 우리 영주께서는 전하께 명령하는 것이 아니라 다만 오랜 우정과 오래전의 맹약을 기억해 주시고, 전하의 이익을 위해서 하실 수 있는 모든 일을 해 주십사 간청드리는 것입니다. 지금 동부의 여러 왕들이 모르도르에 봉사하기 위해 달려온다는 보고가 들어오고 있는 실정입니다. 북쪽에서부터 다고를라드평원까지 작은 접전과 전쟁의 소문이 무성합니다. 남쪽에서는 하라드인들이 움직이고 있고 우리의 해안 전역에 불안감이 조성되고 있어서, 그쪽에서는 조력을 거의 기대할 수 없는 상황입니다. 제발 서둘러 주십시오! 우리 시대의 운명은 바로 미나스 티리스의 성벽 앞에서 결정될 테니까요. 만일 거기서 형세가 저지되지 않는다면 그것은 로한의 아름다운 평원도 휩쓸어 버리겠지요. 그렇게 된다면 이 산속의 요새도 피난처가 될 순 없을 것입니다."

세오덴이 대답했다.

"암울한 소식이군. 그렇지만 전혀 예기치 못한 건 아니었지. 그러니 데네소르 공께 이렇게 전하게. 로한은 자신의 위기라고 느끼지 않더라도 그를 도우러 갈 거라고. 그러나 우린 배신자 사루만과의 전투에서 많은 손실을 입었고, 또 그의 소식에서 분명히 드러나듯이, 북부와 동부의 전선을 소홀히 할 수 없다네. 또한 암흑군주가 지금처럼 막강한 힘을 휘두른다면 미나스 티리스 앞 전투에서 우리를 견제하면서, 동시에 내군으로 대하를 건너 왕들의 성문을 치고 나갈 걸세.

그렇지만 이런 신중한 논의는 그만두겠네. 우리는 갈 걸세. 내일 아침에 소집하기로 되어 있네. 군기가 정비되는 대로 출발할 걸세. 난 적의 간담을 서늘케 할 창병 만 명을 평원 너머로 보낼 작정이었네. 그렇지만 내 요새를 비워 둘 순 없으니, 그보다 조금 줄어들 걸세. 어쨌든 적어도 6천 명의 병력은 확실하게 내 뒤를 따를 것이네. 그러니 마크의 왕이 몸소 곤도르로 간다고 데네소르 공에게 전하게. 다시 돌아오지 못할지도 모르지만. 그러나 길은 멀고 또 사람들과 짐승들은 도착해서도 싸울 힘이 남아 있어야 하니 적어도 내일부터 일주일 후에 그대들은 북쪽에서 온 에오를 후예들의 함성을 들을 수 있겠네."

"일주일이라! 정 그러시다면 할 수 없습니다만, 예상치 못한 뜻밖의 원군이 오지 않는 한, 전하께서 일주일 후에 도착하시면 폐허가 된 성벽만 남아 있을지 모릅니다. 그럼 전하께선 백색탑에서 벌어질 오르크와 검은 인간 들의 잔치 정도는 방해하실 수 있겠지요."

"적어도 그렇게 하겠네. 하지만 나는 전쟁과 긴 여행에서 막 돌아왔고, 지금은 좀 쉬어야겠네. 오늘 밤은 여기서 쉬게. 그럼 로한의 소집을 볼 수 있을 게고, 그 광경에 좀 더 기쁜 마음으로 빨리 돌아갈 수 있을 게야. 회의는 아침에 하는 게 제일 좋지. 밤에는 생각이 이리저리 바뀌기 쉬운 법이니까."

그 말과 함께 왕은 일어났고 다른 사람들도 모두 따라 일어섰다.

"자, 이제 각자 쉬러들 가서 숙면을 취해 두게. 그리고 자네, 메리아독, 오늘 밤에는 자넬 부르지 않을 걸세. 그렇지만 내일 날이 밝자마자 내 부름에 따를 준비를 하고 있게."

"그러겠습니다. 사자(死者)의 길로 함께 달려가자고 하시더라도."

"불길한 말은 하지 말게. 그 이름을 붙일 수 있는 길이 여럿일 수도 있으니까. 그렇지만 난 자네에게 어떤 길이든 함께 가자고 명령할 거라고 말한 적이 없네. 잘 자게!"

"난 다들 돌아온 다음에야 부름을 받을 생각은 없어. 혼자서 뒤에 남진 않을 거야! 난 남지 않을 거야, 절대로 남지 않아."

메리는 막사에서 이 말을 계속 중얼거리다가 결국 잠이 들었다. 그러다가 누가 흔들어 깨우는 바람에 잠에서 깨었다.

"일어나게, 일어나, 홀뷔틀라."

누군가 소리쳤다. 마침내 메리는 깊은 꿈에서 빠져나와 깜짝 놀라 일어나 앉았다. 아직 밖이 깜깜한 것 같았다.

"무슨 일이오?"

"왕께서 자넬 부르시네."

"그렇지만 아직 해가 뜨지 않았는데."

"오늘은 해가 뜨지 않을 거야, 홀뷔틀라. 이렇게 잔뜩 구름이 끼어 있으니, 다신 해가 안 뜰지도 모른다는 생각이 들 정도야. 그렇지만 해가 보이지 않는다고 시간도 정지한 건 아니야. 어서 서두르게."

옷을 서둘러 입으며 메리는 밖을 내다보았다. 세상은 어둠침침했다. 공기조차 갈색으로 보였으며, 주변의 사물이 어둡고 칙칙하고 그림자도 없이 정적이 감돌았다. 서쪽 저 멀리까지 기어가 계속 세력을 확장하고 있는 거대한 어둠의 손가락들 틈으로 새어 나온 약간의 빛이 아니었다면 구름의 형체도 보이지 않았다. 머리 위에는 거무칙칙하고 형체 없는 어둠의 묵직한 지붕이 걸려 있고 빛은 강해지기는커녕 더 약해지는 것 같았다.

메리는 하늘을 쳐다보며 나지막하게 속삭이고 있는 많은 사람들을 볼 수 있었다. 그들의 얼굴은 어둡고 슬퍼 보였으며, 어떤 사람은 겁에 질려 있었다. 메리는 무거운 마음으로 왕에게 갔다. 곤도르의 기사 히르곤이 왕 앞에 있었고, 옆에는 그와 비슷하게 생기고 같은 옷을 입었으나 키가 좀 작고 우람한 다른 사람이 앉아 있었다. 메리가 들어설 때 그는 왕에게 말하고 있었다.

"이건 모르도르에서 시작된 것입니다, 전하. 어제 일몰 무렵부터 시작됐습니다. 전하의 영토 이스트폴드 산악지대에서 검은 기운이 일어나 하늘을 덮는 걸 본 후, 제가 밤새 달려오는 동안 이 어둠은 별들을 삼키며 따라왔습니다. 이젠 거대한 구름이 이곳부터 어둠산맥까지 온 땅을 덮어 버렸고, 점점 더 어두워지고 있습니다. 전쟁이 이미 시작된 겁니다."

잠시 왕은 말없이 앉아 있었다. 마침내 그가 입을 열었다.

"이렇게 우린 마지막 순간에 이르렀군. 많은 것들이 사라져 갈 우리 시대의 가장 큰 전쟁이지. 그렇지만 적어도 숨을 필요는 없게 됐지. 우리는 가장 빠른 직선 길로, 개방된 도로를 전속력으로 달려갈 거야. 당장 군대를 소집하고, 지체하는 자는 기다리지 않겠네. 그런데 미나스 티리스엔 군비가 충분한가? 당장 서둘러 떠나려면 그곳에 도착할 때까지의 식량과 물 외엔 다른 짐이 없어야 하네."

"오랫동안 충분한 군량을 준비해 놓았습니다. 최소한의 짐으로 최대한 신속히 달려가 주십시오."

히르곤이 말했다.

"그렇다면 전령을 부르게, 에오메르. 기사들을 정렬시켜라."

세오덴이 말했다. 에오메르가 밖으로 나가자, 즉시 요새의 나팔이 울려 퍼졌으며, 아래에서는 거기에 답하는 많은 나팔 소리가 들려왔다. 그러나 그 소리는 어젯밤 메리가 들은 것처럼 맑고 용감하게 들리지 않았다. 무거운 공기 속에서 둔탁하고 거칠게 울려 불길하게 들렸다.

왕은 메리에게 말했다.

"난 전장으로 가네, 메리아독. 이제 곧 떠날 거야. 그대를 봉사의 서약에서 풀어 주겠네. 물론 우정의 서약은 그대로 남아 있다네. 그대는 여기 머물게. 원한다면 나 대신 이 땅을 통치할 에오윈 왕녀를 섬겨도 좋네."

"그렇지만, 그렇지만, 전하."

메리는 말을 더듬었다.

"전 전하께 제 칼을 바쳤습니다. 이렇게 전하와 이별하고 싶지 않습니다. 세오덴 왕이시여! 제 친구들 모두 전장에 나갔는데, 저만 뒤에 남는다면 부끄러울 겁니다."

"그러나 우린 크고 빠른 말을 타고 갈 거야. 그대의 용기는 물론 대단하지만 그런 말을 탈 순 없지 않은가?"

"그러면 저를 말 잔등에 묶거나 등자에 매달아 주십시오."

메리는 간청했다.

"달려가기에는 먼 길입니다. 하지만 제가 말을 탈 수 없다면, 뛰다가 발바닥이 다 닳아 없어지고 몇 주 후에 너무 늦게 도착하더라도 달려가겠습니다."

세오덴은 빙그레 웃으며 말했다.

"그보다는 나와 함께 스나우마나를 타고 가는 게 낫겠네. 적어도 에도라스까지는 같이 가서 메두셀드를 보세. 나는 그 길로 갈 테니까. 거기까진 스팁바가 그대를 태우고 갈 수 있을 거야. 평원이 나오기 전까지는 빨리 질주하지 않을 테니 말이야."

그때 에오윈이 일어나며 말했다.

"자, 이리 와요, 메리아독. 당신을 위해 준비한 옷을 보여 줄게요."

그들은 함께 밖으로 나갔다.

"아라고른이 내게 부탁한 것은 이것뿐이에요. 당신이 전장에 가려면 무장을 해야 한다고요. 난 그러겠다고 말했어요. 이상하게도 종말이 오기 전에 당신에게 그런 옷이 꼭 필요할 거란 생각이 들었거든요."

막사 사이를 지나며 에오윈이 말했다.

이제 그녀는 메리를 왕의 근위대 막사 가운데 있는 임시 숙소로 데려갔다. 거기에 있던 병기 담당자가 작은 투구와 둥근 방패, 그 밖의 장비를 가져왔다.

"우리에겐 당신한테 맞을 갑옷이 없어요. 지금 새로 만들 시간도 없고요. 대신 여기 아주 질긴 가죽 상의가 있어요. 또 허리띠와 단검도 있고요. 칼은 갖고 있지요?"

메리는 고개 숙여 인사했다. 그녀가 준 방패는 김리에게 준 것과 비슷했고 흰말의 문양이 그려져 있었다.

"다 가져가세요. 이렇게 무장하고 공훈을 세우기를 빌어요. 자, 이제 안녕, 메리아독! 그렇지만 당신과 난 다시 만나게 될 거예요."

그리하여 어둠이 점점 퍼져 나가는 가운데 마크의 왕은 그의 기사들을 동쪽 길로 인솔할 준비를 했다. 어둠 속에서 많은 이들은 마음이 무겁고 겁에 질려 있었다. 그러나 그들은 강건한 사람들이었고 왕에 대한 충성심이 깊어서 에도라스에서 피난 온 부인네와 어린이, 그리고 노인 들이 거주하는 막사에서도 울음소리나 불평 소리가 거의 들리지 않았다. 파멸의 운명이 그들에게 드리워져 있었지만 그들은 말없이 그것을 맞이하고 있었다.

두 시간이 빠르게 지나고 왕은 이제 어스름 속에서 은은히 빛나는 그의 백마에 올라탔다. 비록 그의 높은 투구 밑으로 흘러내린 머리칼은 눈처럼 희었지만 그는 위풍당당하고 자신만만하게 보였다. 많은 이들이 그를 보고 놀라워했고, 굴하지 않고 두려워하지 않는 그의 모습에 용기를 얻었다.

요란하게 흐르는 강 옆 넓은 들판에는 거의 5천5백 명에 이르는 기사들이 완전 무장한 채 여러 중대로 정렬해 있었고, 수백 명의 사람들이 가벼운 짐을 진 여분의 말들과 함께 서 있었다. 나팔 하나가 울렸다. 왕이 손을 들어 올리자 마크의 대군은 조용히 움직이기 시작했다. 선두에는 왕의 근위대 중 가장 명망 있는 열두 기사가 섰다. 그리고 왕은 오른쪽에 에오메르를 대동한 채 그 뒤를 따랐다. 그는 요새에서 에오윈에게 작별 인사를 했는데, 몹시 쓰라린 순간이었다. 그러나 이제 왕은 앞으로 가야 할 길에 마음을 쏟았다. 그의 뒤에서 스텝바에 탄 메리가 곤도르의 전령들과 나란히 가고 있었고, 그들 뒤로 왕의 근위대 중 다른 열두 기사가 따르고 있었다. 그들은 엄숙하고 확고부동한 표정으로 대기하고 있는 병사들의 긴 대열을 지나 내려갔다. 긴 대열의 끝자락에 이르렀을 때, 고개를 들어 예리하게 호빗을 쳐다보는 사람이 있었다. 그와 눈이 마주친 메리는 그가 다른 사람들에 비해 체구가 작은 젊은이라고 생각했다. 그의 맑은 회색 눈을 보자 온몸에 오싹하는 전율이 일었다. 아무 희망도 없이 죽음을 찾아가는 사람의 얼굴이라는 생각이 갑자기 스쳤던 것이다.

그들은 큰 돌들을 넘어 돌진하는 눈내강 옆에 나 있는 회색 길을 따라 검산아래와 강위라는 작은 마을들을 지났다. 마을에서는 슬픈 얼굴의 여인네들이 어두운 문가에서 그들을 내다보았다. 나팔도, 하프도, 사람들의 노랫소리도 없이 동쪽으로 나아가는 위대한 원정이 이렇게 시작되었다. 이후 세세 대대로 로한에서 앞다투어 노래한 이 원정이.

> 어둑한 아침 어두운 검산오름에서
> 셍겔의 아드님이 직속 기사들과 대장들을 데리고
> 에도라스로 떠나신다,
> 마크 통치자의 옛 궁전은 안개에 싸여 있고,
> 황금빛 들보는 어둠에 덮여 있다.
> 직별을 고하신다, 지유로온 백성들과
> 벽난로와 옥좌, 그리고 빛이 사라지기 전

오랫동안 연회를 열었던 신성한 곳에.
왕은 전진하신다, 뒤에는 공포가
앞에는 숙명이 자리한 채. 서약을 지키셨고,
맹세를 모두 이행하셨지.
세오덴께서 진군하신다, 닷새 낮과 닷새 밤을.
에오를의 후손은 동쪽으로 전진한다.
폴데와 펜마크와 피리엔숲을 지나,
6천의 창기병이 선렌딩으로,
민돌루인 아래의 강성한 성널오름으로,
적에게 포위되고 불길에 휩싸인
남쪽 왕국의 바다 왕의 도시로.
운명이 몰아갔고, 어둠이 삼켜 버렸다,
말들과 기사들을. 멀리 말발굽 소리가
정적 속에 가라앉았다. 이렇게 노래는 전한다.

왕이 에도라스에 도착했을 때 시간상으로는 정오였지만 어둠은 점점 깊어만 갔다. 거기서 왕은 아주 잠시만 머물렀고, 집결지에 늦게 도착한 60여 명의 기사들이 합류하면서 전력이 보강되었다. 식사를 마치고 그는 다시 떠날 채비를 하고는 그의 종사에게 다정하게 작별 인사를 하려 했다. 그러나 메리는 자신을 두고 떠나지 말아 달라고 마지막으로 간청했다. 세오덴이 말했다.

"이미 말한 대로 스튑바 같은 조랑말이 나설 여행이 아니라네. 그리고 우리가 곤도르의 평원에서 치르리라고 예상하는 전쟁에서, 비록 그대가 근위종사이며 몸집보다 훨씬 더 큰 용기가 있다고 하지만, 무엇을 할 수 있다고 생각하는가, 메리아독?"

"그건 아무도 알 수 없습니다. 그렇지만 전하, 절 곁에 두지 않으실 거라면 왜 저를 근위종사로 받아들이셨습니까? 전 후세의 노래에서 늘 뒤에 남는 녀석으로 전해지길 원치 않습니다."

"그대를 안전하게 보호하기 위해 받아들인 걸세. 그리고 내 명령에 따르라고 받아들인 거야. 기사들 중에 그대를 떠맡을 자가 없을걸세. 만약 전쟁이 내 성문 앞에서 벌어진다면 후세의 음유시인들이 그대의 무용을 기억하겠지. 그렇지만 데네소르가 다스리는 성널오름은 여기에서 510킬로미터나 떨어져 있단 말일세. 더 이상 말하지 않겠네."

메리는 고개를 숙여 절하고는 불행한 심정으로 물러났고, 기사들의 대열을 바라보았다. 부대들은 이미 떠날 준비를 하고 있었다. 사람들은 허리띠를 졸라매거나 안장을 살피기도 하고 말을 쓰다듬기도 했다. 점점 낮아지는 하늘을 걱정스럽게 쳐다보는 사람도 있었다. 사람들 눈에 띄지 않게 어떤 기사가 다가오더니 호빗의 귀에 나지막하게 속삭였다.

"의지가 부족하지 않으면 길이 열린다고들 하지. 나도 그렇게 생각하고."

메리는 그를 올려다보고 아침에 본 그 젊은 기사를 알아보았다.

"그댄 마크의 군주께서 가시는 곳으로 가길 원하지. 그대의 얼굴에서 읽을 수 있어."

"그래요."

"그렇다면 나와 같이 가세. 저 들판 멀리 나갈 때까지 그대를 내 망토 아래 감추고 내 앞에 태우고 갈 수 있어. 이 어둠은 점점 더 짙어지고. 이런 호의를 거부해서는 안 되겠지. 아무에게도 말하지 말고 어서 가세."

"정말 고맙습니다! 비록 성함은 모르지만 정말 감사드려요."

"모른다고?"

그 기사는 나지막하게 말했다.

"그러면 날 데른헬름이라 부르게."

이렇게 되어 왕이 출발했을 때 메리아독은 데른헬름 앞에 앉게 되었다. 그들을 태운 큰 회색 말 윈드폴라는 그들의 무게를 개의치 않는 것 같았다. 왜냐하면 데른헬름은 유연하고 잘 짜인 체격이긴 했지만 다른 기사들에 비해 가벼웠기 때문이다.

어둠 속으로 그들은 계속 달려갔다. 에도라스에서 동쪽으로 60 킬로미터 되는 곳에서 눈내강은 엔트강으로 흘러들었다. 그 옆의 버드나무숲에서 그들은 야영을 했다. 그러고는 다시 계속해서 폴데를 지나고, 펜마크(늪 접경지)를 지났다. 펜마크에서 그들의 오른쪽으로는 곤도르 국경 옆의 할리피리엔의 어두운 그림자 아래 산기슭을 따라 울창하게 우거진 참나무숲이 있었고, 왼쪽으로 멀리 엔트강 어귀의 늪지대에 안개가 끼어 있었다. 그들이 이렇게 달리고 있을 때, 북쪽의 전쟁에 대한 소문이 들려왔다. 외따로 질주하던 사람들이 오르크의 대부대가 황량한 로한고원으로 진군해 동쪽 국경을 침범하고 있다는 소식을 전했다. 그러자 에오메르가 외쳤다.

"달려라! 달려! 이제 돌아서기엔 너무 늦었다. 엔트강 어귀의 습지는 우리 측면을 방어해 줄 것이다. 이제 필요한 건 속력이다. 달려라!"

이렇게 세오덴 왕은 자신의 영토를 벗어났고, 길고 구불구불한 길들을 지나서, 칼렌하드, 민림몬, 에렐라스, 나르돌 등 봉화대가 있는 언덕들을 지나서 계속 전진했다. 그 봉화들은 이미 꺼져 있었다. 들판 전체가 잿빛으로 고요했다. 그들 앞에선 어둠이 끝없이 짙어졌고, 사람들 마음속의 희망은 점점 옅어졌다.

chapter 4
곤도르 공성

간달프는 피핀을 깨웠다. 창문으로 아주 희미한 빛만 들어왔기에 방에는 촛불이 켜져 있었다. 뇌우가 밀려오기 전처럼 무거운 공기가 감돌았다.

"지금 몇 시죠?"

피핀이 하품하며 물었다.

"제2시가 지났지. 일어나서 준비할 시간이야. 자넨 영주에게 불려 가서 새 임무를 받게 될 거야."

"그럼 아침 식사도 줄까요?"

"아니, 그건 내가 준비했지. 오늘 정오까지 더 이상의 식사는 없어. 식량은 이제 배급제가 되었거든."

피핀은 아주 유감스러운 얼굴로 작은 빵 덩어리와 (그의 생각에는) 터무니없이 작은 버터 한 조각, 그리고 묽은 우유 한 잔을 보았다.

"절 왜 이리 데려왔죠?"

피핀은 말했다.

"자네가 잘 알 텐데. 자네가 더 이상 장난치지 못하게 하기 위해서지. 그리고 여기 온 것이 마음에 안 든다 해도 다 자네가 자초한 것임을 잊어선 안 돼."

피핀은 더는 아무 말도 하지 않았다.

곧 그는 간달프와 함께 다시 차가운 회랑을 지나 탑이 홀로 내려 갔다. 거기엔 데네소르가 잿빛 어둠 속에 앉아 있었다. 피핀은 그가 끈질긴 늙은 거미처럼 보인다고 생각했다. 그는 전날 이후로 조금도 움직이지 않은 것 같았다. 그는 간달프에게 자리를 가리켜 앉으라고 손짓했다. 하지만 피핀은 잠시 무시된 채 그대로 서 있었다. 그러나 곧 노인은 그를 향해 말했다.

"그래, 페레그린. 어제 유익하고 즐겁게 시간을 보냈기를 바라네. 이 도시의 식탁이 그대의 기대에 미치지 못했으리란 염려는 들지만."

피핀은 자신의 말과 행동을 영주가 대부분 알고 있으며, 자신의 생각도 많은 부분 짐작하고 있다는 불안한 느낌이 들었다. 그는 대답하지 않았다.

"그래, 그대는 어떤 임무를 맡길 원하는가?"

"주군께서 임무를 지정해 주실 거라고 생각했습니다."

"그대가 어떤 자리에 적합할지 알게 되면 그렇게 하겠네. 그대를 내 곁에 두면 금세 알게 되겠지. 내 시종 무사가 야전 수비대로 이동시켜 달라고 상신을 해 왔으니 그대가 잠시 그 자리를 맡게. 내 시중을 들고, 심부름을 하고, 또 전쟁이나 회의로 바쁘지 않을 때면 내게 이야기나 들려주게. 노래 부를 줄 아나?"

"예, 우리 호빗들 중에서는 잘하는 편이지요. 하지만 저흰 이런 위험한 시절이나 이런 훌륭한 궁에 어울릴 노래는 모릅니다. 바람이나 비보다 거친 것들에 대해서는 노래하지 않거든요. 그러니 제 노래들도 대개 웃기는 것이거나 먹는 것에 관한 것뿐입니다."

"왜 그런 노래들이 내 궁이나 이런 시절에 어울리지 않는다고 생각하는가? 어둠의 그림자 밑에서 오랫동안 살아온 우리야말로 그 어둠에 시달리지 않은 땅의 메아리를 들을 자격이 있지 않을까? 그러면 비록 감사의 말은 듣지 못한다 해도 우리가 불철주야 노력한 일이 보람 없는 것은 아니었다고 느낄 테니 말이지."

피핀은 가슴이 철렁했다. 미나스 티리스의 영주 앞에서 샤이어의 노래를 부르는 것은 그리 달갑지 않은 일이었다. 그가 제일 잘 아는,

우스꽝스러운 노래는 더욱 그러했다. 이런 경우에는 맞지 않는 너무 촌스러운 노래들이었다. 하지만 그는 당분간 그 고역을 면할 수 있었다. 노래를 부르라는 명령을 받지 않았던 것이다. 데네소르는 간달프에게 몸을 돌리더니, 로한인들과 그들의 방책에 관해, 그리고 왕의 조카인 에오메르의 지위에 대해 물었다. 피핀은 데네소르가 직접 국외로 나가 본 지 무척 오래되었을 텐데 그 먼 곳에 사는 사람들에 대해 많이 알고 있다는 사실이 놀라웠다.

오래지 않아 데네소르는 피핀에게 잠시 나가 있으라고 손짓하며 말했다.

"궁성 병기고로 가서 탑의 제복과 장비를 받게. 준비가 되어 있을 거야. 어제 명령했으니까. 옷을 갖춰 입고 돌아오게."

그는 지시대로 했다. 피핀은 곧 흑색과 은색의 낯선 제복을 차려입은 자신을 보았다. 작은 사슬갑옷을 입었는데 그 사슬은 흑옥처럼 새까만 강철로 만든 것이었고, 춤이 높은 투구의 양옆에는 작은 까마귀 날개 장식이 달려 있고 중앙에 은별이 붙어 있었다. 갑옷 위엔 검은색의 짧은 코트를 걸쳤는데, 가슴 부분에 성수(聖樹)의 상징이 은으로 수놓여 있었다. 그의 낡은 옷은 잘 개어 치워 두었지만, 로리엔의 회색 망토만은 근무 시간에는 입을 수 없어도 갖고 있는 것은 좋다는 허락을 받았다. 그는 알지 못했지만 지금 그의 모습은 예전에 호빗들이 불렀듯이 에르닐 이 페리안나스, 즉 반인족의 대공처럼 보였다. 그렇지만 그의 마음은 편치 않았다. 게다가 어둠이 그의 기분을 짓누르기 시작했다.

온종일 어둡고 침침했다. 해가 뜨지 않은 새벽부터 저녁이 될 때까지 짙은 어둠이 점점 깊어만 갔고, 도시 사람들 모두가 무거운 압박감을 느끼고 있었다. 저 위에 거대한 구름이 암흑의 땅에서 일어난 전쟁의 바람에 실려서 빛을 삼키며 서쪽으로 서서히 밀려가고 있었다. 그 아래 땅 위의 공기에는 바람 한 점 없이 정적만 감돌아 마치 안두인대하의 모든 유역이 무시무시한 폭풍의 습격을 기다리는 것 같았다.

제11시 무렵 마침내 얼마간의 휴식 시간을 얻은 피핀은 밖으로 나왔고, 무거운 마음도 달래고 대기하는 일도 더 잘 참을 수 있도록 먹고 마실 것을 찾으러 갔다. 그는 식당에서 베레곤드를 만났다. 그는 펠렌노르평원 너머 방벽대로 위의 요새에 전령으로 갔다가 방금 돌아온 참이었다. 그들은 함께 성벽으로 걸어갔다. 피핀은 실내에서 감금된 느낌이었고, 우뚝 솟은 궁성 안에서도 숨이 막힐 듯한 느낌을 버릴 수 없던 것이다. 그들은 어제 음식을 먹으며 얘기를 나누었던, 동쪽을 향한 총안 아래에 다시 나란히 앉았다.

일몰 시간이었지만 그 거대한 어둠의 장막은 이제 서쪽으로 멀리 펼쳐져 있었다. 태양은 마침내 바닷속으로 가라앉을 때에야 간신히 밤이 되기 전의 짧은 작별의 빛을 내보냈다. 프로도가 십자로에 쓰러져 있는 왕의 머리를 만지며 본 것도 바로 그 석양빛이었다. 그러나 민돌루인산 그늘에 있는 펠렌노르평원은 그 빛마저 비치지 않아 음울한 갈색으로 보였다.

피핀은 어제 그곳에 앉아 있었던 것이 여러 해 전의 일처럼 여겨졌다. 까마득하게 느껴지는 그때만 해도 그는 호빗이었고, 그때까지 겪은 수많은 위험에도 상처받지 않은 명랑한 방랑자였다. 지금의 그는 당당하지만 칙칙한 경비대의 제복을 입고 엄청난 습격에 대비하는 이 도시의 작은 일개 병사였다.

다른 시간과 장소였더라면 피핀은 새 제복을 입게 되어 기뻐했을 것이다. 하지만 그는 지금 자신이 아무런 역할도 못 하고 있다는 사실을 잘 알고 있었다. 그는 더없이 위험한 시기에 음울한 주인의 시중을 열심히 들고 있는 하인일 뿐이었다. 갑옷은 거추장스러웠고, 투구는 머리를 짓눌렀다. 그는 망토를 옆 의자에 올려놓았다. 저 아래 어두워지는 평원에서 지친 시선을 돌리며 하품을 하고는 한숨을 쉬었다.

"오늘은 피곤한가 보군요?"

베레곤드가 물었다.

"그래요, 아주 많이요. 빈둥거리며 기다리는 데 진력이 났어요. 난 영주께서 간달프와 대공과 그 밖의 높은 분들과 의논하는 그 길고 지루한 시간 동안 영주님의 방문 앞에서 빈둥거리며 기다리기만 했어요. 더구나 난 다른 사람들이 음식을 먹는 동안 배고픈 채로 시중을 드는 데는 전혀 익숙하질 않거든요. 베레곤드, 그건 호빗에겐 너무 지독한 시련이에요. 아마 당신은 내가 명예를 더 영광스럽게 느껴야 한다고 생각하겠지요. 그렇지만 그 명예가 다 무슨 소용이죠? 사실 이 밀려오는 어둠 밑에서 음식도 다 무슨 소용이 있겠어요? 도대체 이게 무슨 징조일까요? 공기조차 자욱하고 갈색으로 보이다니 말이에요! 동쪽에서 바람이 불 때 이런 어둠을 종종 보았나요?"

"아니, 이건 자연적인 현상이 아닙니다. 그의 사악한 계략이지요. 그가 사람들을 낙담시키고 의논을 방해하려고 불의 산에서 뿜어져 나오는 시커먼 연기를 보내는 겁니다. 실제로 그렇게 되고 있어요. 파라미르 공께서 돌아오시면 좋을 텐데. 그분은 결코 낙담하지 않으실 겁니다. 하지만 이제 그분이 암흑을 빠져나와 강을 건너올 수 있을지 누가 알겠어요?"

"그래요. 간달프도 걱정하고 있어요. 여기서 파라미르를 보지 못해 실망하신 것 같았거든요. 그런데 그분은 또 어딜 가신 거지? 점심 식사 전에 영주의 회의석상을 떠났는데, 기분이 좋지 않은 것 같았어요. 나쁜 소식을 예감한 것 같아요."

이렇게 얘기를 나누다가 그들은 갑자기 너무 놀라 말문이 막혔고, 온몸이 돌멩이라도 된 듯 얼어붙어 버렸다. 피핀은 양손으로 귀를 틀어막은 채 몸을 웅크렸다. 그러나 흉벽에서 내다보며 파라미르 얘기를 하고 있던 베레곤드는 몸이 굳은 채 깜짝 놀란 눈으로 쏘아보았다. 피핀은 온몸을 오싹하게 하는 이 소리를 전에 들어 알고 있었다. 그가 샤이어의 구렛들에서 오래전에 들었던 바로 그 소리였다. 하지만 지금은 힘과 증오심이 더 커져서 듣는 이의 심장을 절망의 독으로 파고들었다.

얼마 후 베레곤드가 간신히 입을 열었다.

"그들이 왔어요! 용기를 내서 저것 좀 보시오! 저 아래 그 무시무시한 것들이 있군요."

피핀은 마지못해 다시 의자에 올라가 성벽 너머를 내다보았다. 펠렌노르평원은 저 아래 어둑하게 펼쳐져 있었고, 점점 희미해져서 저 멀리 보일 듯 말 듯한 대하의 경계선으로 사라져 갔다. 그러나 이제 피핀은 자신보다 아래쪽으로 중간쯤 되는 허공에서 때 아닌 밤의 그림자처럼 그 강을 가로질러 재빨리 선회하는 다섯 마리의 새 같은 형체를 볼 수 있었다. 썩은 고기를 먹는 새처럼 끔찍하지만 독수리보다 크고 죽음처럼 잔인했다. 그것들은 급강하하여 대담하게 흉벽 사정 거리 안으로 날아오기도 했고 빙빙 돌며 멀어지기도 했다.

피핀은 나지막하게 속삭였다.

"암흑의 기사들! 하늘을 나는 암흑의 기사들! 그런데 저것 좀 봐요, 베레곤드. 저것들은 분명 뭔가를 찾고 있지요? 계속 빙글빙글 돌다가 저기 한곳을 덮치잖아요! 저 들판에 뭔가 움직이고 있는 게 보여요? 검고 작은 점들 말이에요. 그래요, 말 탄 사람들이야. 넷인가 다섯인가? 아! 차마 더 이상 볼 수가 없어. 간달프! 간달프, 구해 줘요!"

날카로운 긴 소리가 또다시 들렸다가 사라졌다. 피핀은 추적당하는 짐승처럼 헐떡이며 벽에서 물러났다. 그 소름 끼치는 소리를 뚫고 저 밑에서 길고 높은 음조로 끝나는 나팔 소리가 먼 곳에서 들리듯이 희미하게 울려왔다. 그러자 베레곤드가 외쳤다.

"파라미르! 파라미르 공이시네! 이건 그분이 부르는 소리야! 용감하신 분! 그런데 어떻게 성문까지 오실 수 있을까? 저 더러운 지옥의 매들이 공포를 일으키는 것 말고 다른 무기를 가졌다면? 그렇지만 저길 봐요! 그분 일행은 달리고 있어요. 성문에 도달할 거요. 아, 말들이 미친 듯이 달리고 있군. 저걸 봐요! 사람들이 말에서 떨어졌군. 그래도 그들은 뛰고 있어요. 아니, 한 사람은 아직 타고 있는데, 다른 이들에게 돌아가고 있군. 틀림없이 저분이 우리 대장일 겁니다. 그는 사람과 동물을 다 통제할 수 있다오. 아! 저 더러운 것들 중 한 놈이 그분에게 덮치는군. 도와줘요! 도와줘! 아무도 도우러 나가지 않을 셈인가? 파라미르!"

이 말과 함께 베레곤드는 껑충 뛰어나가 어둠 속으로 달려갔다. 경비대의 베레곤드가 사랑하는 대장 생각에 여념이 없는 동안 피핀은 공포에 떨었던 것이 부끄러워 일어나 밖을 보았다. 바로 그 순간 북쪽에서 은백색의 섬광이 번쩍였다. 어두운 평원에 내려온 작은 별 같았다. 그 빛은 화살처럼 움직이며 점점 커져서 성문으로 달려오는 네 사람에게 집중되었다. 창백한 빛이 뿌려지자 그 음울한 어둠은 그 앞에서 움츠러드는 것 같았다. 그리고 나서 그 빛이 가까워졌을 때 성벽에 부딪혀 울리는 메아리처럼 큰 목소리가 들린 것 같았다. 피핀은 외쳤다.

"간달프! 간달프! 언제나 가장 암담한 순간에 나타나시지! 어서 달려요! 어서, 백색의 기사! 간달프, 간달프!"

그는 큰 경주에서 달리는 주자에게 들리건 말건 열심히 격려하는 구경꾼처럼 거칠게 소리쳤다.

그러나 내리 덮치던 그 검은 그림자들은 이제 새로 온 방해물을 의식했다. 한 마리가 빙빙 돌며 그에게 다가가자, 그는 한 손을 쳐들었다. 거기에서 한 줄기 흰 광선이 위쪽으로 쏘아진 것 같았다. 그 나즈굴은 긴 울음소리를 토해 내며 방향을 돌렸고, 다른 네 마리도 대오가 흔들렸다. 그러고 나서 그들은 나선형으로 빠르게 올라 동쪽으로 날아가더니 낮게 깔린 구름 사이로 사라졌다. 그러자 펠렌노르평원은 잠시 어둠이 옅어진 것 같았다.

피핀은 지켜보았고, 말을 탄 사람과 백색의 기사가 만나 걸음을 멈추고는 걸어오는 사람들을 기다리는 것을 볼 수 있었다. 그제야 사람들이 그들을 맞으려고 도시에서 쏟아져 나갔다. 얼마 지나지 않아 그들은 외벽 아래로 들어가 피핀의 시야에서 사라졌다. 피핀은 그들이 성문으로 들어서고 있음을 알 수 있었다. 그들이 곧바로 탑의 섭정에게 갈 것이라 짐작한 피핀은 급히 궁성 입구로 달려갔다. 거기서 그는 높은 성벽 위에서 그 질주와 구출을 지켜본 많은 사람들 속에 섞였다.

오래지 않아 바깥 원형구역에서 올라오는 거리들에서 떠들썩한 소리가 들려왔고, 파라미르와 미스란디르의 이름을 외치며 환호하는 소리가 요란했다. 곧 피핀은 횃불과 사람들에게 둘러싸여 천천히 말을 몰고 오는 두 기수를 볼 수 있었다. 한 사람은 흰색 옷차림이었지만 더 이상 빛을 발하지 않았고, 자신의 불을 다 써 버렸거나 아니면 감추고 있는 듯 어스름 속에서 흐릿해 보였다. 다른 사람은 어둡게 보였고 고개를 숙이고 있었다. 그들은 말에서 내려 샤두팍스와 다른 말을 마부에게 넘기고 문에 서 있는 보초에게로 걸어갔다. 회색 망토를 뒤로 젖힌 채 확고한 걸음걸이로 나아가는 간달프의 눈에는 아직 불꽃이 이글거렸다. 초록 일색의 옷차림을 한 다른 사람은 피곤하거나 부상당한 듯 약간 비틀거리며 천천히 걸었다.

그들이 성의 아치문에 걸린 등불을 지나갈 때 피핀은 앞으로 밀고 나갔고, 파라미르의 창백한 얼굴을 본 순간 숨이 멎는 느낌이었다. 그것은 무서운 공포와 고뇌에 시달렸으나 이젠 그것을 이겨 내고 다시 평정을 찾은 사람의 얼굴이었다. 그는 당당하고 진중한 모습으로 잠시 서서 경비병과 얘기를 나누었다. 그를 응시하던 피핀은 그가 그의 형 보로미르, 자신이 처음 본 순간부터 좋아했으며, 위풍당당하면서도 친절한 태도에 경탄하지 않을 수 없었던 그 대단한 인물과 꼭 닮았다고 생각했다. 하지만 갑자기 파라미르에 대해서는 예전에 알지 못했던 감정이 일어 이상하게 마음이 움직였다. 여기 있는 사람은 아라고른이 이따금 드러내는 지고의 고귀한 분위기를 갖고 있었다. 아라고른만큼 고귀하진 않겠지만, 또 그만큼 헤아릴 수 없거나 동떨어진 존재로 여겨지지는 않았었다. 후세에 태어난 인간의 왕족이었지만 요정 종족의 지혜와 슬픔이 배어 있는 그런 인물이었다. 베레곤드가 파라미르의 이름을 언급할 때 왜 그렇게 사랑이 넘쳤는지를 그는 이제 이해할 수 있었다. 파라미르는 검은 날개의 그림자 밑으로 들어가더라도 사람들이 기꺼이 뒤따를, 피핀 자신도 뒤따를 대장이었다.

"파라미르!"

그는 다른 사람들과 함께 크게 외쳤다.

"파라미르!"

그러자 도시 사람들의 함성 속에서 낯선 목소리를 포착한 파라미르는 고개를 돌려 그를 내려다보곤 놀라서 말했다.

"어디서 온 거요, 반인족? 더구나 탑의 제복을 입고. 어디에서?"

그러자 간달프가 옆으로 다가와 말했다.

"그는 나와 함께 반인족의 땅에서 왔소. 나와 함께 왔지. 그렇지만 여기서 더 지체하지 맙시다. 할 말과 할 일이 많은 데다 그대는 지쳤으니까. 그는 우리와 함께 갈 거요. 실로 그래야지. 그가 자신의 새 임무를 나보다 쉽게 잊지 않았다면, 한 시간 내로 다시 주인에게 시중들러 가야 한다는 걸 알고 있을 테니. 자, 피핀, 따라오게."

마침내 그들은 영주의 사실(私室)에 도착했다. 목탄화로 주변에

푹신한 의자들이 마련되어 있었고, 곧 포도주가 나왔다. 피핀은 거의 주목을 받지 않은 채 데네소르의 의자 뒤에 서 있었고, 이야기를 듣는 데 열중한 나머지 이번에는 지루한 줄 몰랐다.

파라미르는 흰 빵을 먹고 포도주를 한 잔 마신 후 부친의 왼쪽에 있는 낮은 의자에 앉았다. 간달프는 그 반대편으로 조금 떨어진 곳에 있는 조각된 나무 의자에 앉았다. 처음에 그는 잠든 것처럼 보였다. 파라미르가 처음에는 자신이 열흘 전에 맡았던 임무에 대해서만 얘기했던 것이다. 그는 이실리엔의 소식과 함께 적과 그 동맹군의 동태에 관한 정보를 가져왔다. 또한 하라드인들과 그들의 거수(巨獸)를 물리친 노상 전투에 대해서도 이야기했다. 일개 지휘관이 영주에게 이전에도 종종 들었던 문제들을 보고하는 식이었다. 국경 분쟁의 사소한 사건들이라서 이제는 유명세를 잃어 무익하고 하찮은 것으로 보였다.

그러다 갑자기 파라미르는 피핀을 보며 말했다.

"그런데 신기한 일도 있었습니다. 왜냐하면 북쪽의 전설에 나오는 반인족을 이 남쪽 땅에서 본 게 이번이 처음이 아니었으니까요."

이 말에 간달프는 똑바로 앉으며 의자 팔걸이를 움켜잡았다. 그러나 아무 말도 하지 않았고, 피핀의 입에서 터져 나오려는 탄성을 눈짓으로 막았다. 데네소르는 그들의 얼굴을 보고는 고개를 끄덕였다. 말로 표현되지 않았어도 그들의 얼굴에서 많은 것을 알아냈다는 듯이. 다른 이들이 말없이 가만히 앉아 있는 가운데 파라미르는 느릿느릿 이야기를 시작했다. 그의 눈은 주로 간달프를 주시하고 있었지만, 이따금 전에 만난 이들의 기억을 되살리기라도 하듯 피핀에게 눈길을 돌리기도 했다.

그가 프로도와 그의 하인을 만난 일과 헨네스 안눈에서 벌어진 사건들을 이야기하자 피핀은 조각된 의자를 움켜쥔 간달프의 손이 떨리는 것을 보았다. 그 손은 창백하고 몹시 늙어 보였는데, 피핀은 그 손을 바라보다가 갑자기 두려운 생각에 몸서리를 치면서 간달프도, 그 간달프마저 불안해하고 있으며, 아니 두려워하고 있음을 깨달았다. 방 안의 공기가 밀폐되어 움직이지 않는 느낌이었다. 마침내 파라미르는 그 여행자들과 작별했고 그들이 키리스 웅골로 가기로 결심했다는 얘기를 끝으로 말을 마쳤고 고개를 저으며 깊이 한숨을 쉬었다.

그러자 간달프가 벌떡 일어서며 외쳤다.

"키리스 웅골? 모르굴계곡 말이오? 언제요, 파라미르, 언제? 그들과 언제 헤어졌소? 그들이 언제쯤 그 저주받은 계곡에 도착하겠소?"

"그저께 아침에 그들과 헤어졌습니다. 그들이 일직선으로 남쪽을 향한다면, 거기부터 모르굴두인계곡까진 75킬로미터 정도이고 거기에서 서쪽의 저주받은 탑까지는 25킬로미터의 거리지요. 아무리 빨리 가더라도 오늘 이전엔 거기 닿기 힘드니까 아마 아직은 도착하지 못했을 겁니다. 당신이 무엇을 염려하시는지 압니다. 그런데 이 어둠은 그들의 모험과는 상관없습니다. 이 어둠은 엊저녁에 시작되었고, 어젯밤에는 이실리엔 전체가 어둠에 덮였지요. 제 생각에 적은 이미 오래전에 우리를 공격할 계획을 세웠고, 그 여행자들이 저와 헤어지기 전부터 그 시간은 이미 정해져 있던 것 같습니다."

간달프는 일어나서 서성거렸다.

"그저께 아침이라면 거의 사흘간 이동했겠군! 그들과 헤어진 곳은 여기서 얼마나 멀리 있소?"

"새처럼 직선으로 날아간다면 약 125킬로미터쯤 되는 곳이지요. 하지만 저는 더 빨리 올 수 없었습니다. 엊저녁에는 대하의 긴 하중도 카이르 안드로스에 있었어요. 말을 이쪽 강안에 매어 두고 북쪽을 경계하고 있었는데, 어둠이 밀려오기 시작하기에 서두르는 것이 좋겠다고 생각하고 말을 탈 수 있는 세 명과 함께 달려온 겁니다. 다른 사람들은 오스길리아스의 여울을 지키는 수비대를 보강하기 위해 그리로 보냈습니다. 제가 잘못한 걸까요?"

그는 아버지 쪽을 바라보았다. 데네소르가 갑자기 눈을 빛내며 말했다.

"잘못? 왜 그런 걸 묻는 거냐? 그들은 네 휘하에 있는 부하들인데. 아니면 네 행동 전체를 판단해 달라는 거냐? 너는 내 앞에선 겸손하게 행동하지. 하지만 아주 오랫동안 너는 내 충고에 따라 네 뜻을 굽히지 않았어. 그래, 넌 늘 그래 왔듯이 교묘하게 말했지. 그렇지만 네가 줄곧 미스란디르를 쳐다보면서 네가 말을 잘 하고 있는지 아니면 너무 많이 말한 건 아닌지 묻고 있었다는 걸 내가 모르고 있는 줄 아느냐? 그는 오랫동안 네 마음을 차지해 왔지.

아들아, 네 아버지는 늙었지만 아직 노망난 늙은이는 아니야. 난 늘 그랬듯이 보고 들을 수 있어. 네가 절반만 말했거나 아예 말하지 않은 것들 중에서 이제 내게 숨겨진 비밀은 거의 없을 게다. 난 많은 수수께끼의 답을 알고 있으니까. 아, 보로미르, 네가 가 버리다니……."

"아버님, 제 행동이 불쾌하셨다면 이런 엄한 꾸지람을 듣기 전에 아버님의 조언을 여쭐걸 그랬습니다."

파라미르가 조용히 말했다.

"그랬더라면 네 판단이 달라졌을까? 내가 보기에는 그래도 넌 네 뜻대로 했을 거야. 난 널 잘 안다. 언제나 넌 옛날의 왕처럼 위풍당당하고 너그러우며 고상하고 온유하게 보이길 원하지. 고귀한 혈통을 가진 사람이 평화로운 시대에 보좌에 앉는다면 그런 면모가 잘 어울리겠지. 그렇지만 이런 필사적인 때에 온유함은 곧 죽음으로 보상받는다."

"그렇겠지요."

파라미르가 말했다. 그러자 데네소르는 다시 외쳤다.

"그럴 거라고? 그러나 네 죽음뿐만이 아니지, 파라미르 경. 네 아비의 죽음, 그리고 이제 보로미르가 가 버린 이상 네가 책임지고 보호해야 할 네 백성들의 죽음이야."

"그렇다면 아버님께선 저희 형제의 처지가 바뀌었기를 바라십니까?"

파라미르가 물었다.

"그래, 진심으로 그랬으면 좋겠어. 보로미르는 내게 충실했고 또 마법사의 제자가 아니었으니 말이다. 그 애였다면 아비가 원하는 것을 잊지 않았을 테고, 운 좋게 손에 넣은 것을 내버리지 않았을 게다. 그 애라면 내게 막강한 힘을 선사했을 거야."

순간 파라미르의 자제심이 무너졌다.

"전 왜 형이 아닌 제가 이실리엔에 남았는지 기억해 주십사고 아버님께 청하고 싶습니다. 적어도 한 번은 아버님의 조언대로 이루어졌습니다. 그리 오래전 일도 아니죠. 그 임무를 형에게 맡긴 분은 바로 이 도시의 영주이십니다."

"내가 타 놓은 쓰디쓴 잔을 휘젓지 마라. 밤마다 나는 그 쓴맛을 맛보았고, 더 지독하게 쓴 것이 그 앙금에 아직 남아 있음을 예감하지 않았더냐? 지금 그 맛을 알게 되었듯이. 이렇지 않았어야 했는데! 그것이 내 손에 들어왔어야 했는데!"

그러자 간달프가 말했다.

"진정하시오. 어떤 일이 있어도 보로미르는 당신에게 가져오지 않았을 거요. 그는 죽었고 또 훌륭하게 죽었소. 그에게 안식이 있기를! 그러나 당신은 스스로를 기만하고 있소. 보로미르는 그것을 잡으려고 손을 뻗었을 테고, 그것을 잡으면서 몰락했을 거요. 그것을 자기 것으로 삼았을 테고, 그가 돌아왔을 때 당신은 예전의 당신 아들이 아니라는 것을 알게 되었을 거요."

데네소르의 얼굴은 차갑게 굳어졌다.

"당신은 보로미르가 호락호락하지 않다는 걸 알았겠지, 그렇지 않소?"

그가 나지막하게 말했다.

"그러나 난 그의 아비로서 그가 내게 그걸 가져왔으리라 확신하오. 당신은 지혜롭겠지, 미스란디르. 그러나 아무리 당신이 현명하다고 해도 모든 지혜를 다 가진 건 아닐 거요. 마법사들의 거미줄과 같은 계략이나 바보들의 성급함과는 다른 의도가 있을 수도 있소. 이 문제에 있어서 난 당신이 생각하는 것보다 더 많은 학식과 지혜를 갖고 있소."

"그렇다면 당신이 가진 지혜란 무엇이오?"

"피해야 할 두 가지 어리석음이 있다는 것은 적어도 알고 있지. 이 물건을 사용하면 위험하다는 것. 또 이런 시점에 그것을 지각없는 반인족들에게 맡겨서 적의 영토로 보낸 것은, 그건 바로 당신과 여기 있는 내 자식이 한 일이지만, 미친 짓이라는 거요."

"데네소르 공이라면 어떻게 했겠소?"

"아무것도 하지 않았을 거요. 그러나 적이 그걸 되찾게 된다면 우리에게 분명히 닥쳐올 파멸을 무릅쓰면서, 멍청이들이 아니라면 생각할 수도 없는 그런 희망을 가지고, 그것을 위험 속에 던져 넣는 일은 절대로 하지 않았을 거요. 그것을 깊이 잘 감추고 지켰어야 했소. 극도로 필요한 상황이 아니라면 사용하지 않고 그의 손아귀에서 멀리 떼어 놓는 거요. 그는 최후의 승리를 거둬서 무슨 일이 벌어지든 이미 죽은 우리가 고통받을 수도 없게 된 다음에야 그걸 되찾을 수 있겠지."

"당신은 늘 그렇듯 곤도르만 생각하시는군, 영주. 그러나 다른 사람들과 다른 생물들이 있고, 앞으로 다가올 시간이 있소. 나는 그의 노예들도 안쓰럽소."

"만일 곤도르가 몰락하면 사람들은 어디서 도움을 얻을 수 있겠소? 만일 내가 그 물건을 지금 이 궁성의 깊은 지하 보관소에 갖고 있다면 우린 이 어둠에 덮여 최악을 염려하며 두려움에 떨지 않아도 될 테고, 우리의 계획도 방해받지 않았을 거요. 내가 유혹을 견디지 못할 것이라 생각한다면, 당신은 아직 나를 모르고 있소."

그러나 간달프는 다시 말했다.

"그럼에도 불구하고 나는 당신을 믿지 않소. 만일 당신을 믿었다면, 그것을 여기로 보내서 당신에게 맡기고, 나와 다른 이들은 큰 고통을 덜었을 거요. 그런데 지금 당신의 말을 들으니 보로미르와 마찬가지로 당신도 더 신뢰할 수 없게 됐소. 잠깐, 분노를 참으시오. 이 문제에 있어서 나는 나 자신도 믿을 수 없소. 그래서 이 물건이 기꺼이 선물로 내게 제공되었을 때도 난 거절했소. 당신은 강한 사람이니 어떤 문제에서는 아직 스스로를 제어할 수 있으시겠지. 그러나 그것이 당신 손에 들어가면 당신을 압도했을 거요. 당신이 그걸 민돌루인산 아래 깊이 파묻는다 해도, 어둠이 커지면서 그 물건은 당신의 마음을 태워 버릴 테고, 더 고약한 일들이 이어져 곧 우리에게 닥쳤을 거요."

한순간 간달프를 바라보는 데네소르의 눈이 다시 활활 타올랐고, 피핀은 두 사람의 의지가 첨예하게 대립하고 있음을 다시 느낄 수 있었다. 이제 그들의 시선은 눈에서 눈으로 전달되는 칼날 같았고, 그들이 서로 말을 받아넘길 때마다 번뜩였다. 피핀은 어떤 무서운 공격이 일어날까 봐 두려움에 몸을 떨었다. 그러나 갑자기 데네소르가 긴장을 풀고 냉정을 되찾았다. 그는 어깨를 으쓱해 보였다.

"만일 내게 그것이 있었다면! 만일 당신에게 있었다면! 그런 말과 만일을 가정하는 것은 헛된 일이지. 그것은 이미 어둠 속으로 사라졌어. 그것 앞에, 우리 앞에, 어떤 운명이 기다리고 있는지는 오직 시간이 보여 주겠지. 그 시간은 그리 오래 걸리지 않을 거야. 남아 있는 전력에서, 자기 방식대로 적과 싸우는 모든 이들은 하나가 되고, 할 수 있는 한 희망을 갖고, 희망이 사라지면 그래도 자유롭게 죽겠다는 배짱이 있어야겠지.”

그는 말을 끊고 파라미르를 바라보며 물었다.

“오스길리아스의 수비대는 어떻더냐?”

파라미르는 대답했다.

“전력이 그리 대단치 못합니다. 그래서 아까 말씀드렸듯이 그곳을 강화하려고 이실리엔의 부대를 보냈습니다.”

“그것으로 충분치 않을 게야. 첫 공격을 받을 곳이 바로 거기니까. 용감한 대장이 거기 필요할 게다.”

“거기도 그렇고 다른 곳들도 마찬가지입니다.”

파라미르는 대답하고 한숨을 내쉬었다.

“아! 형님이 계셨더라면! 저도 형을 사랑했지요.”

그는 일어섰다.

“이제 물러가도 되겠습니까, 아버님?”

그는 몸을 휘청하며 아버지의 의자에 기댔다.

“그래, 지쳤구나. 내가 듣기론 네가 공중에 악의 그림자가 드리운 가운데 멀리서 급히 달려왔다더구나.”

“그 이야기는 하지 말아 주세요!”

파라미르가 말했다.

“그럼 그렇게 하지. 가서 가급적 쉬어라. 내일은 더 괴로운 일이 있을 테니.”

이제 모두들 영주에게서 물러나 아직 여유가 있을 때 쉬려고 갔다. 밖에는 별빛 하나 없이 깜깜했기에 간달프는 작은 횃불을 든 피핀을 데리고 그들의 숙소로 향했다. 그들은 방문을 닫을 때까지 아무 말도 하지 않았다. 문을 닫고 나서야 마침내 피핀이 간달프의 손을 잡으며 말했다.

"말해 주세요. 아직 희망이 있나요? 프로도에게 말이에요. 아니, 적어도 대체로 프로도에게요."

간달프는 피핀의 머리 위에 손을 올려놓으며 대답했다.

"원래 희망이 별로 없는 일이었잖은가. 아까 들은 대로 멍청이의 희망일 뿐이지. 더구나 키리스 웅골이란 말을 들으니……."

그는 말을 멈추고, 자신의 눈이 동쪽의 어둠을 꿰뚫을 수 있기라도 하듯 창가로 걸어갔다. 그는 중얼거렸다.

"키리스 웅골이라! 왜 그 길로 갔을까?"

그는 돌아섰다.

"방금 전에 그 지명을 들었을 때 난 낙심천만이었다네, 피핀. 그러나 실은 파라미르가 가져온 소식에 어떤 희망이 담겨 있다고 믿네. 우리 적은 프로도가 아직 자유롭게 움직이고 있는데 결국 전쟁을 시작했고 먼저 행동에 나선 것이 분명하거든. 그러니 그는 이제 여러 날을 이쪽으로, 저쪽으로 눈을 돌리느라 자기 땅은 신경 쓰지 않을 거야. 하지만 피핀, 난 그가 조급히 굴고 있고 무언가를 두려워하고 있음을 멀리서 느낄 수 있어. 그는 의도했던 것보다 빨리 시작했어. 그를 자극한 어떤 일이 일어난 거야."

간달프는 잠시 생각에 잠겼다가 중얼거렸다.

"어쩌면, 어쩌면 자네의 어리석은 짓도 도움이 됐을지 모르지. 자 보자, 그는 약 닷새 전에 우리가 사루만을 격파하고 팔란티르를 손에 넣었다는 걸 알았겠지. 그렇지만 그게 무슨 의미가 있을까? 우린 그것이 큰 도움이 되도록 쓸 수도 없고, 또 그가 모르게 쓸 수도 없는데. 아! 혹시, 아라고른이? 그의 시대가 다가오고 있지. 그에겐 속으로 감추고 있는 어마어마한 힘과 의지가 있다네, 피핀. 대담하고 단호하며, 필요하다면 자신의 판단으로 엄청난 모험도 감행할 수 있는 사람이지. 아마 그일 거야. 그가 팔란티르를 사용해서 적에게 자신을 보여 주고 도전했을 거야. 바로 그런 목적을 위해서 말이지. 궁금하군. 그래, 로한의 기사들이 올 때까지는 그 답을 알 수 없겠군. 그들이 너무 늦게 도착하지 않는다면 말이지. 우리 앞엔 끔찍한 날들이 놓여 있네. 지금 가능할 때 잠을 자 두게."

"그렇지만."

피핀이 말했다. 그러자 간달프가 물었다.

"그렇지만 뭔가? 오늘 밤엔 한 가지만 더 대답해 주지."

"골룸 말이에요. 대체 왜 그들이 놈과 함께, 아니 그놈을 따라갈 수 있어요? 그리고 당신과 마찬가지로 파라미르도 그놈이 그들을 데려가는 곳이 내키지 않는 것 같던데요? 뭐가 잘못된 건가요?"

"그건 지금 대답할 수 없네. 그러나 내 마음속에선 프로도와 골룸은 모든 것이 끝나기 전에 다시 만나리란 예감이 들었네. 좋든 나쁘든 간에 말이야. 그러나 키리스 웅골에 대해선 오늘 밤 더 이상 이야기하지 않겠네. 배반, 배반이 두렵네. 그 비열한 생물의 배반이. 그렇지만 그렇게 되어야 할지도 몰라. 배신자는 본심을 드러내고 자신이 의도치 않았던 선을 낳을 수 있다는 것을 기억하자고. 때론 그런 일이 일어날 수 있다네. 잘 자게."

다음 날 아침도 갈색 어스름 속에서 시작되어, 파라미르의 귀환으로 잠시 들떠 있던 사람들의 마음은 다시 무겁게 가라앉았다. 날개 달린 어둠은 그날 다시 보이진 않았지만 가끔 도시의 하늘 높은 곳에서 희미한 울부짖음이 들려와 많은 사람들은 잠시 공포에 질렸고 마음 약한 사람들은 떨며 흐느끼기도 했다.

그런데 이제 파라미르가 다시 떠났다. 사람들은 이렇게 수군거렸다.

"그분에게 조금도 쉴 시간을 안 주는군. 영주께선 그를 너무 몰아대는 것 같아. 이제 그는 다시 돌아오지 못할 형 몫까지 두 사람 몫을 해내야 해."

그리고 사람들은 항상 북쪽을 바라보며 말했다.

"로한의 기사들은 어디 있는 거지?"

사실 파라미르가 자신의 뜻에 따라 떠난 것은 아니었다. 그러나 위원회 의장은 그 도시의 영주였으며, 그는 그날 자신의 뜻을 다른 사람에게 굽힐 기분이 아니었다. 아침 일찍 위원회가 소집되었다. 거기 모인 지휘관들은 모두 남쪽에서 받는 위협 때문에 전력이 너무 약화되어 만약 로한의 기사들이 도착하지 않는다면 자신들이 공격할 힘이 없다는 데 의견을 모았다. 로한의 기사들이 올 때까지 성벽에 사람을 배치하고 기다려야 한다는 의견들이었다. 그러나 데네소르는 이렇게 주장했다.

"하지만 우리가 그렇게 공들여 만든 외벽의 방어선 람마스를 가볍게 포기해선 안 돼. 적은 강을 건너기 위해 대가를 톡톡히 치러야할 거야. 이 도시를 공격하려고 무력을 동원해도 북쪽의 카이르 안드로스는 늪지라 안 되고, 남쪽 레벤닌은 강이 넓어서 많은 배가 필요할 테니 할 수 없을 거야. 그가 힘을 쏟을 곳은 바로 오스길리아스지. 보로미르가 전에 그곳에서 놈들을 격퇴하지 않았나."

그러자 파라미르가 말했다.

"그건 시험 삼아 해 본 공격에 불과합니다. 지금은 그 통로를 지키기 위해 우리가 입을 손실의 열 배를 적에게 돌려준다 해도 후회할 상황입니다. 그는 우리의 일개 중대를 전멸시키기 위해 일개 군단이라도 희생시킬 수 있는 전력을 가졌으니까요. 그리고 그가 전력으로 밀고 들어온다면 멀리 내보낸 부대를 철수시키는 것도 너무 위험한 일입니다."

임라힐 대공도 말했다.

"그리고 카이르 안드로스는 어떻게 합니까? 오스길리아스를 방어하려면 그곳도 보강해야 합니다. 좌측의 위험을 잇으면 안 됩니다. 로한인들은 올 수도, 안 올 수도 있습니다. 또한 파라미르는 암흑의 성문에 거대한 전력이 집중되고 있다고 알려 주었습니다. 일개 군단 이상이 거기에서 몰려나와 그 통로 이외의 곳으로도 공격해 올 가능성이 큽니다."

그러나 데네소르는 주장을 굽히지 않았다.

"전쟁에선 많은 위험을 감수해야 하지. 카이르 안드로스엔 수비대가 있으니 더 이상 그렇게 멀리 전력을 보낼 순 없어. 그러나 대하와 펠렌노르를 싸우지도 않고 넘겨줄 순 없네. 혹시 여기 주군의 뜻을 따를 용기를 가진 지휘관이 아직 있다면 말이지."

그러자 모두 입을 다물었다. 그러나 마침내 파라미르가 말했다.

"전 아버님의 뜻에 반대하지 않습니다. 아버님은 형님을 잃으셨으니, 제가 형님 대신 가서 할 수 있는 일을 하겠습니다. 만일 아버님이 명령하신다면."

"난 그렇게 명령한다."

"그렇다면 안녕히 계십시오. 그러나 제가 돌아온다면, 절 더 좋게 보아 주십시오."

"그건 네가 돌아올 때의 태도에 달렸지."

데네소르가 말했다.

파라미르가 동쪽으로 떠나기 전에 마지막으로 이야기를 나눈 사람은 간달프였다.

"무모하게 쓰라린 마음으로 목숨을 내던져서는 안 되오. 그대는 전쟁 말고도 다른 일들 때문에 여기에 꼭 필요한 사람이니까. 그대 아버님은 그대를 사랑하시오, 파라미르. 모든 일이 끝나기 전에 그걸 깨닫게 되실 거요. 잘 가시오!"

이렇게 파라미르는 다시 떠났고, 그와 함께 가길 원하거나 또 도시에서 할애할 수 있는 병사들이 같이 떠났다. 성벽 위에서 어떤 사람들은 어둠을 통해 황폐한 도시를 바라보고는 그곳에서 대체 무슨 일이 벌어졌을지 의아해했다. 아무것도 보이지 않았기 때문이다. 또 다른 사람들은 북쪽을 바라보며 로한의 세오덴이 있는 곳까지의 거리를 계산했다.

"그들이 올까? 그들이 오래전의 동맹을 기억하고 있을까?"

그럴 때면 간달프가 대답했다.

"그래, 그들은 올 거라네. 너무 늦게 올지는 몰라도. 생각들 해 보게. 그가 붉은 화살을 받은 건 기껏해야 그저께쯤일 거야. 그리고 에도라스에서 여기까지는 아주 먼 길이지."

다시 밤이 되고 나서 소식이 전해졌다. 여울에서 급히 달려온 전령은 미나스 모르굴에서 대군이 쏟아져 나와 이미 오스길리아스 가까이 접근하고 있으며 또한 남쪽의 잔인하고 장대한 하라드인들이 그들과 연합하고 있다고 전했다.

"이번에도 그 암흑기사 대장이 그들을 지휘하고 있습니다. 그가 퍼뜨리는 공포는 그보다 먼저 강을 넘었습니다."

이 불길한 소식과 함께 피핀이 미나스 티리스에 온 지 사흘째 되는 날이 저물어 갔다. 이제는 파라미르라 할지라도 그 여울을 오래 지킬 수 있으리라는 희망을 가질 수 없었기에 사람들은 마음 편히 잠자리에 들지도 못했다.

다음 날 아침, 어둠은 이미 깊어질 대로 깊어져 더 이상 짙어지지는 않았으나, 사람들의 마음을 어제보다 더욱 무겁게 짓눌렀다. 엄청난 공포가 그들을 압도했다. 곧 나쁜 소식이 들려왔다. 안두인의 통로가 적에게 점령당했다는 소식이었다. 파라미르는 펠렌노르의 성벽으로 퇴각하여 병사들을 방벽대로의 요새에 재집결시켰으나, 적의 전력이 열 배가 넘는다는 것이었다. 진령은 말했다.

"파라미르께서 혹시 펠렌노르평원을 가로질러 온다 할지라도 아마 적이 곧 뒤따를 것입니다. 적은 통로를 차지하는 데 아주 비싼 대가를 치렀지만, 우리가 바란 만큼은 아니었지요. 치밀한 계획이 세워진 것 같습니다. 이제 보니 적들이 비밀리에 동오스길리아스에 수많은 뗏목과 거룻배를 준비해 놓았습니다. 그들은 딱정벌레들처럼 떼 지어 건너왔습니다. 그러나 우릴 격파한 건 바로 암흑의 대장이었습니다. 그가 온다는 소문만 들어도 배겨 낼 사람이 없을 지경이지요. 심지어 그의 부하들마저도 그에게 질려서 그의 명령이라면 자기네들끼리라도 서로 죽일 것 같았습니다."

"그렇다면 나는 여기보단 거기서 더 필요하겠군."

간달프는 이렇게 말하고는 당장 말에 올라 달려갔다. 그에게서 나오는 빛도 곧 시야에서 사라져 버렸다. 그날 밤 내내 피핀은 홀로 잠을 이루지 못하고 벽 위에 서서 동쪽을 바라보았다.

빛이 없는 어둠 속에서 비웃기라도 하듯 아침을 알리는 종소리가 울렸을 때, 피핀은 저 멀리서 불길이 솟아오르는 것을 보았다. 저 너머 펠렌노르성벽이 서 있는 어둠침침한 곳이었다. 감시병들이 큰 소리를 질렀고, 도시의 모든 남자들은 무장을 갖추었다. 이따금 붉은 불빛이 번쩍였고, 무겁게 깔린 공기 속으로 분명치 않은 우르릉 소리가 천천히 들려오기도 했다.

사람들은 울부짖었다.

"적들이 성벽을 점령했구나! 적들이 성벽을 부숴 구멍을 뚫었어! 적들이 몰려온다!"

베레곤드는 절망해서 부르짖었다.

"파라미르는 어디 계신가? 설마 전사하신 건 아닐 테지!"

처음 소식을 가져온 것은 다름 아닌 간달프였다. 그는 늦은 아침 무렵에 몇 명의 기사들과 함께 마차 대열을 호위하고 왔다. 마차에는 파괴된 방벽대로의 요새에서 간신히 구출한 부상병들이 실려 있었다. 그는 당장 데네소르에게 갔다. 영주는 백색탑 홀 위의 높은 방에서 피핀을 대동하고 앉아 있었다. 그는 북쪽, 남쪽, 동쪽으로 나 있는 침침한 창문을 통해 사방을 둘러싸고 있는 운명의 어둠을 꿰뚫어 보기라도 하듯 검은 눈으로 뚫어지게 보고 있었다. 대체로 그의 눈길은 북쪽을 향했으며, 고대의 비방에 의해 아주 먼 평원의 말발굽 소리들을 들을 수 있기라도 한 듯 이따금 귀를 기울이기도 했다.

"파라미르는 돌아왔소?"

그가 묻자 간달프가 대답했다.

"아니요. 하지만 내가 떠날 때 아직 살아 있었소. 그는 펠렌노르를 넘어 퇴각하는 부대가 궤멸되지 않도록 후방부대에 남기로 했소. 그가 부하들을 결집시켜 꽤 버틸 수 있을지 모르지만, 나는 의심스럽소. 그는 너무 강대한 적과 맞붙어 있으니까. 내가 우려하던 적이 나타났소."

그러자 피핀은 겁에 질려 자신의 직분도 잊고 외쳤다.

"암흑군주는 아니겠지요?"

데네소르가 씁쓸하게 웃었다.

"아니, 아직은 아니야. 페레그린! 그는 모든 전투에 이기고 나서 내 항복을 받아 내기 위해서가 아니면 나타나지 않을 거야. 그는 다른 이들을 무기로 사용하지. 위대한 군주들은 다 그렇게 한다네. 현명하다면 말일세, 반인족. 그렇지 않다면 내가 왜 아들까지 희생시켜 가면서 이 탑에 앉아 생각하고, 지켜보고, 기다리겠는가? 나도 아직 칼을 들고 싸울 수 있는데 말이지."

그가 일어서더니 검은색의 긴 망토를 열어젖혔다. 보라! 그는 망토 아래 사슬갑옷을 입고 있었고, 흑색과 은색의 칼집에 큰 칼자루가 달린 장검을 차고 있었다.

"이런 차림으로 나는 걸어 나녔고, 여러 해 동안 이런 차림으로 잠을 잤지. 내 몸이 나이와 더불어 쇠약해지고 나약해지지 않도록."

135

그러자 간달프가 받았다.

"하지만 지금은 바랏두르의 군주 아래 대장들 가운데 가장 흉포한 녀석이 그대의 외벽을 차지해 버렸소. 그가 바로 그 옛날 앙마르의 왕, 마술사, 반지악령, 나즈굴의 대장이자 사우론의 손에 들린 공포의 투창, 절망의 그림자요."

"그렇다면 미스란디르, 그대는 천적을 만났군. 나는 오래전부터 어둠의 탑의 군대에서 누가 대장인지 알고 있었지. 당신이 돌아와서 하려는 말이 이게 전부요? 아니면 적에게 압도되어 철수한 거요?"

피핀은 간달프가 분노를 터뜨리지나 않을까 걱정되어 떨었지만 그건 기우였다. 간달프는 나직하게 말했다.

"그럴지도 모르지. 그러나 우리가 힘을 겨룰 때는 아직 오지 않았소. 그리고 예부터 전해 오는 말이 맞는다면, 그는 인간 남자의 손에 쓰러지지 않을 운명이고, 그를 기다리는 운명은 현자들의 눈에도 보이지 않소. 어쨌거나 절망의 지휘관은 아직 전면에 나서지 않았소. 그는 아까 당신이 말한 그 지혜에 따라 뒤에서 지배하면서 광란에 빠진 노예들을 앞세워 몰아가고 있지.

아니, 내가 돌아온 것은 아직 치유할 수 있는 부상자들을 호송하기 위해서였소. 람마스의 성벽이 여기저기 부서져서 곧 모르굴의 대군이 여러 지점에서 침입할 테니까. 무엇보다도 이 말을 하러 왔소. 곧 평원에서 전투가 시작될 거요. 돌격대를 정비해야 하오. 기병들로 이루어진 돌격대 말이오. 그들에게 잠시나마 희망을 걸 수 있소. 적이 준비하지 못한 부분이 있는데, 그들에게 기병이 별로 없다는 거요."

"하지만 기병은 우리도 거의 없소. 이제 로한의 원군이 아슬아슬하게 때맞춰 오겠군."

데네소르가 대답하자 간달프가 다시 말했다.

"그들보다 먼저 다른 사람들을 보게 될 것 같소. 카이르 안드로스의 패잔병들이 이미 도착했으니까. 그 섬은 점령됐소. 암흑의 성문에서 나온 다른 군대가 동북쪽에서 오고 있소."

"어떤 사람들은 당신이 나쁜 소식을 전하면서 즐거워한다고 비난해 왔지, 미스란디르. 그렇지만 내게 이건 새로운 소식이 아니오. 어젯밤이 되기 전부터 알고 있었으니까. 돌격대에 대해서는 이미 생각해 보았소. 자, 내려갑시다."

시간이 흘렀다. 마침내 성벽 위 감시병들의 눈에 퇴각하는 야전부대가 보이기 시작했다. 제일 먼저 지치고 부상당한 사람이 많이 포함된 소부대가 무질서하게 들어왔고, 어떤 이들은 무언가에 쫓기는 듯 미친 듯이 달려왔다. 동쪽으로 멀리 떨어진 곳에서 불꽃이 깜박거리더니 이제는 들판 여기저기로 번져 나갔다. 집들과 외양간들이 불타고 있었다. 그러더니 많은 곳에서 붉은 불꽃이 작은 강처럼 급히 흘러갔고 어둠 속에서 굽이쳐 나아가 성문에서 오스길리아스로 이르는 넓은 길을 향해 모여들고 있었다.

사람들은 수군거렸다.

"적이야. 방벽이 무너졌어. 무너진 성벽을 통해 몰려오는 거야. 횃불을 들고 오는 모양이야. 우리 병사들은 어디 있지?"

시간상으로는 이제 저녁 무렵이었지만 사방이 너무나 어두워서, 궁성 위에서 가장 시력이 좋은 사람들이 봐도 평원에서 무엇 하나 분명히 보이지 않았다. 다만 불타고 있는 곳이 점점 늘어났고, 줄지어 늘어선 불길의 길이와 속도가 증가했을 뿐이었다. 이윽고 도시에서 1.5킬로미터도 채 떨어지지 않은 곳에서 비교적 정렬이 잘된 부대가 아직 함께 모여서 뛰지 않고 행진해 오는 모습이 보였다. 감시병들은 숨을 멈췄다.

"피리미르가 거기 있는 게 틀림없어. 그는 사람과 짐승을 통제할 수 있거든. 그분은 아직 해낼 수 있을 거야."

이제 퇴각하는 주력부대가 400 미터도 떨어지지 않은 곳에 이르렀다. 뒤쪽 어둠에서 후위부대의 잔존 인원인 소규모의 기병들이 질주해 오고 있었다. 그들은 또다시 궁지에 몰리자 돌아섰고, 다가오고 있는 불꽃의 대열과 마주했다. 그때 갑자기 사나운 함성이 요란하게 들려왔다. 적의 기병대가 휩쓸듯이 밀려왔던 것이다. 불꽃의 대열은 급류처럼 쏟아져 들어왔다. 줄줄이 이어진 횃불을 든 오르크들과 붉은 기를 든 사나운 남부인들이 거친 언어로 고함을 지르며 퇴각하고 있는 부대를 파도처럼 덮쳤다. 그리고 어두운 하늘에서 찌르는 소리를 토하며 날개 달린 어둠, 나즈굴이 살육의 현장으로 내리꽂듯 하강했다.

퇴각군은 궤멸하기 시작했다. 그들은 달아나고 있었고, 이리저리 미친 듯 내달리며 무기도 내던져 버리고 공포에 질려 울부짖으며 땅에 넘어졌다.

그때 궁성에서 나팔 소리가 울리더니 데네소르가 마침내 돌격대를 내보냈다. 성문 뒤 어두운 곳과 어렴풋이 보이는 외벽 아래 정렬해 있던 그들은 그의 신호를 기다리고 있었다. 도성 안에 남아 있던 기병 전원이었다. 이제 그들은 껑충 뛰어나가 대오를 만들고 속도를 내어 질주하면서 큰 소리를 지르며 돌진했다. 성벽 위에서 응원하는 함성이 들렸다. 돌격대 선두에서 돌 암로스의 백조 기사들이 그들의 대공과 더불어 대공의 문장이 든 푸른 깃발을 머리에 꽂고 달려 나갔던 것이다. 그들은 외쳤다.

"곤도르를 위해 암로스가 간다! 파라미르에게 암로스가 간다!"

그들은 번개처럼 달려 나가 퇴각군의 양 측면에 있는 적들을 공격했다. 그런데 그들 모두를 앞질러 풀밭의 바람처럼 빠르게 질주해 나간 한 명의 기사가 있었다. 샤두팍스를 탄 그는 다시 한번 베일을 벗고 빛을 발하고 있었는데 들어 올린 한 손에서 빛 한 줄기가 퍼져 나갔다.

나즈굴은 이 흰 불꽃의 적수와 대적할 그들의 대장이 아직 오지 않았기에 날카로운 비명을 토하며 물러갔다. 먹이에 눈이 팔려 있던 모르굴의 대군은 미친 듯이 질주하다가 불시에 저돌적인 공격을 당하자 대열이 무너지고 질풍 속의 불똥처럼 흩어졌다. 이제 힘을 얻은 야전부대는 돌아서서 추격자들을 휘몰아치기 시작했다. 사냥꾼들이 사냥감이 되었다. 퇴각이 맹공격으로 바뀌었다. 들판은 부상당한 오르크들과 사람들로 뒤덮였으며, 내던져진 횃불의 연기가 소용돌이치고 식식 소리와 함께 꺼져 가면서 악취가 올라왔다. 기병대는 계속 질주했다.

그러나 데네소르는 그들이 멀리 진격하는 것을 허락하지 않았다. 적은 저지당해 잠시 물러났으나 동쪽에서 여전히 대군이 밀려오고 있었다. 다시 나팔 소리가 울리며 퇴각을 알렸다. 곤도르의 기병들은 멈춰 섰다. 그들이 보호막이 되어 준 덕분에 그 뒤에서 야전부대가 재정렬할 수 있었다. 이제 그들은 흔들림 없이 성으로 행군해 왔다. 성문에 도착하여 입성하면서 당당하게 발걸음을 옮겼다. 곤도르의 시민들은 그들을 자랑스럽게 쳐다보며 큰 소리로 칭찬했다. 그러나 그들의 마음은 아직 불안했다. 부대 인원이 비통하게도 줄어든 것을 알 수 있었기 때문이다. 파라미르는 휘하 부대의 3분의 1의 손실을 입었다. 그런데 그는 어디 있는 것일까?

그는 맨 마지막으로 들어왔다. 그의 부하들이 먼저 입성했다. 기사들도 돌아왔고, 돌 암로스의 기치와 대공이 그 뒤를 따랐다. 말에 탄 대공이 자기 앞에 싣고 자기 팔로 부축하고 있던 사람은 그 살육의 들판에서 발견된 그의 친척, 데네소르의 아들 파라미르였다.

"파라미르! 파라미르!"

사람들은 거리에서 눈물을 흘리며 외쳤다. 그러나 그는 아무 대답도 하지 못했다. 사람들은 그를 싣고 굽어진 길을 올라 궁성에 있는 그의 부친에게 갔다. 나즈굴이 백색기사의 공격을 피해 옆으로 비켜 달아나던 순간 치명적인 화살이 날아왔고, 말에 탄 하라드의 전사를 궁지에 몰았던 파라미르가 맞아 땅에 떨어진 것이었다. 쓰러진 그를 베어 버렸을 남부의 붉은 칼에서 그를 구한 것은 바로 돌 암로스의 돌격이었다.

임라힐 대공은 백색탑으로 그를 데려가서 말했다.

"영주의 아들은 위대한 무용을 남기고 이제 돌아왔습니다."

그는 자신이 목격한 상황을 다 이야기했다. 그러나 데네소르는 일어나서 아들의 얼굴을 들여다보고는 아무 말도 하지 않았다. 그는 사람들에게 방에다 침대를 만들고 파라미르를 눕히라고 명령한 후에 방을 나섰다. 그러고는 탑의 꼭대기 밑에 있는 밀실로 홀로 올라갔다. 그 시간에 그곳을 올려다본 많은 사람들은 그 방의 작은 창문에서 흐릿한 빛이 잠시 반짝이고 깜박거리다가 섬광과 함께 사라지는 것을 볼 수 있었다. 그리고 데네소르가 내려와 파라미르에게 가서 그의 옆에 아무 말 없이 앉았을 때 그의 얼굴은 아들의 얼굴보다 더 죽은 사람처럼 잿빛으로 변해 있었다.

이렇게 되어 이제 도시는 마침내 포위되었고, 적에게 둥글게 둘러싸였다. 람마스는 파괴되었고, 펠렌노르평원 전체가 적의 수중에 들어갔다. 성벽 밖에서 온 마지막 소식은 성문이 닫히기 전 북쪽 길을 달려온 사람들이 전한 것이었다. 그들은 아노리엔과 로한에서 오는 길이 도시와 만나는 지점을 지키던 수비대의 잔존 인원이었다. 그들을 인솔하고 온 사람은 바로 닷새가 되기 전 아직 태양이 떠올랐고 아침 햇살 속에 희망이 남아 있을 때 간달프와 피핀을 맞아들인 잉골드였다.

"로한인들의 소식이 없습니다. 로한은 이제 오지 않을 겁니다. 그들이 온다 해도 우리에겐 도움이 되지 않겠지요. 우리가 소식을 들은 바로는, 새로운 대군이 안드로스를 거쳐 강을 건너 제일 먼저 왔다고 합니다. 그들은 강한 자들입니다. 눈 휘장을 단 오르크 대군과, 우리가 여태껏 보지 못한 새로운 인간들의 수많은 부대입니다. 키는 크지 않지만 체격이 당당하고 무자비하며, 난쟁이들처럼 수염을 기르고 큰 도끼를 사용합니다. 아마 드넓은 동부의 어떤 야만적인 땅에서 오지 않았나 생각됩니다. 그들이 북쪽 길을 장악했고, 많은 부대가 아노리엔으로 들어갔습니다. 로한인들은 오지 못합니다."

성문은 닫혔다. 밤새도록 성벽 위의 감시병들은 적들이 바깥 평원에서 돌아다니며 들판과 나무를 태우고, 죽었든 살았든 보이는 사람들을 무조건 난도질하는 소리를 들을 수 있었다. 이미 강을 건너온 적들의 숫자를 어둠 속에서 가늠할 수는 없었다. 그러나 아침이 되어, 아니, 그 어둑한 그림자가 평원에 스며들었을 때, 사람들은 밤중에 겁에 질려서 실제보다 더 많이 예상한 것이 아니었음을 알 수 있었다. 펠렌노르평원은 행군하는 그들 부대로 온통 시커멓게 뒤덮였고, 어둠 속에서 눈을 부릅뜨고 볼 수 있는 가장 먼 곳까지 검거나 검붉은 대규모 막사들이 포위된 도시 주위에 더러운 버섯이 자라듯이 돋아나 있었다.

오르크들은 개미처럼 부지런히 급하게 움직이며 성벽에서의 사정거리를 바로 벗어난 곳에 거대한 원을 그리며 둘러싸도록 깊은 참호를 팠다. 참호가 만들어졌을 때 각 참호에서 불이 타올랐는데, 어떻게 불을 붙였고 어떤 연료를 사용하는지, 기술인지 마술인지 도무지 알 수 없었다. 하루 종일 그 작업이 진행되었지만, 미나스 티리스의 사람들은 막을 도리가 없어 그냥 보고만 있었다. 참호열의 양 끝이 완성되면 커다란 수레들이 다가오는 것을 볼 수 있었다. 곧 더 많은 오르크 부대들이 각각 참호 뒤에 숨어서 커다란 투척기를 재빨리 설치했다. 그러나 성벽 위에는 거기에 이를 정도의 큰 투척기나 그 작업을 방해할 것이 없었다.

처음에 사람들은 비웃으며 그 기계에 대해 별다른 두려움을 느끼지 않았다. 그도 그럴 것이 도시의 가장 큰 성벽은 누메노르의 기술과 힘이 망명 생활로 사라지기 이전에 세워진 것으로 매우 높고 놀랍도록 두꺼웠기 때문이었다. 또한 그 외면은 오르상크의 탑처럼 단단하고 검고 매끄러워서 그것이 서 있는 땅을 갈라 놓을 이변이 없는 한, 어떤 강철이나 불로도 깨뜨릴 수 없었다.

"어림도 없지. 거명할 수 없는 대적이 직접 오지 않는 한. 또 그가 온다 해도 우리가 살아 있는 한은 여기 들어올 수 없을 거야."

그러나 누군가가 말했다.

"우리가 살아 있는 한? 그게 얼마나 될 것 같은데? 그는 이 세상이 시작된 이후 수많은 강국을 몰락시킨 무기를 갖고 있잖아. 바로 굶주림 말이야. 길은 차단됐고, 로한은 오지 않을 거야."

그러나 그 투척기는 무너뜨릴 수 없는 성벽에 탄환을 낭비하지 않았다. 모르도르 군주의 가장 큰 적에게 공격을 명령한 것은 약탈자나 오르크의 대장이 아니었다. 악의적 힘과 마음이 그것을 이끌었다. 커다란 투척기가 장치되자마자 고함 소리가 자자하고 밧줄과 축의 삐걱거리는 소리가 요란한 가운데 그들은 놀랍도록 높이 포탄을 발사하기 시작했다. 그래서 그것들은 흉벽 바로 위로 날아들어 첫째 원형구역에 거대한 울림과 함께 떨어졌다. 그 탄환들은 어떤 비밀스러운 기술로 만들어진 것인지 몰라도 떨어지면서 화염이 되어 터졌다.

곧 성벽 안에는 화재의 위험이 커져서, 틈을 낼 수 있는 사람들은 모두 여러 곳에서 타오르는 불길을 잡으려고 뛰어다녔다. 그리고 나서 더 큰 것이 날아오는 와중에 또 다른 것들이 우박처럼 쏟아졌다. 덜 파괴적이지만 더 끔찍한 것이었다. 성벽 안쪽의 거리와 작은 길마다 그것이 굴러다녔는데, 타오르지 않는 작고 둥근 탄환이었다. 그러나 달려가서 그것이 무엇인지를 확인한 사람들은 큰 소리로 울부짖으며 눈물을 흘렸다. 적들은 오스길리아스와 람마스, 평원에서 싸우다 쓰러진 사람들의 머리를 도시에 던져 넣은 것이다. 차마 볼 수 없으리만큼 끔찍했다. 어떤 것은 으스러져 형태가 없었고, 어떤 것들은 심하게 난도질을 당했다. 그렇지만 아직 형태를 식별할 수 있는 것도 많이 있었다. 그들은 큰 고통을 느끼며 죽은 것 같았다. 그리고 모두 다 눈꺼풀 없는 눈의 더러운 낙인이 찍혀 있었다. 이렇게 훼손되고 오욕을 당했지만, 누군가 예전에 알던 사람의 얼굴을 다시 보게 되는 경우도 종종 있었다. 살았을 때 당당하게 무장하고 걸었거나, 들에서 쟁기질을 했거나, 휴일이면 산의 푸른 골짜기에서 말을 타고 달렸던 얼굴들이었다.

사람들은 성문 앞에 벌 떼처럼 몰려든 비정한 적들을 향해 주먹을 휘둘렀지만 아무 소용도 없었다. 그 적들은 저주에도 개의치 않았고, 서부의 언어도 이해하지 못했으며 짐승이나 썩은 새매처럼 거친 소리로 악을 썼다. 그러나 오래지 않아 미나스 티리스에는 모르도르의 대군에 맞서 저항할 용기를 가진 사람이 얼마 남지 않았다. 암흑의 탑 군주에게는 굶주림보다 더 신속한 무기, 두려움과 절망이 있었던 것이다.

나즈굴이 다시 날아왔다. 그들의 암흑군주가 이제 힘을 증대시키고 비축했기에, 그의 의지와 악의만을 입에 올리는 자들의 목소리는 악과 공포로 가득 차 있었다. 그들은 죽어 가는 사람의 살로 배를 채우려고 기다리는 독수리처럼 도시 위에서 계속 빙빙 돌았다. 사람들의 시야와 사정거리를 벗어난 곳에서 날았지만 늘 거기 있었고, 치명적인 소리로 공기를 찢어 놓았다. 그들이 울부짖을 때마다 그 소리는 나아지기는커녕 점점 더 견디기 어려웠다. 결국에는 용감한 사람들도 그 숨은 위협이 그들 위로 지나가면 땅에 엎어지거나 아니면 그대로 선 채 마비된 손에서 무기를 떨어뜨렸는데, 그리는 동안 그들의 마음에는 암울한 기분이 흘러들었다. 그들은 더 이상

143

전쟁에 대해 생각하지 않았고, 오로지 숨거나 기어 들어갈 일을, 그리고 죽음을 생각했다.

이 비극적인 날에 파라미르는 온종일 백색탑 안의 침대에 누워 치명적인 열로 오락가락하고 있었다. 그가 죽어 가고 있다고 누군가 한 말이 성 전체와 거리에 퍼져 나갔다. 그의 아버지는 그 옆에 앉아 아무 말 없이 아들을 지켜보았고, 도시 방어에 더는 신경을 쓰지 않았다.

피핀은 이처럼 암울한 시간을 보낸 적이 없었고, 우루크하이의 손아귀에 잡혔을 때도 이보다 더 끔찍했던 것 같진 않았다. 그의 임무는 영주의 시중을 드는 것이라 영주 옆을 지켰으나, 거의 잊힌 상태로 불 꺼진 방문 옆에 서서 두려운 마음을 최대한 억누르는 것이 고작이었다. 그가 지켜보는 가운데 바로 그의 눈앞에서 데네소르는 폭삭 늙어 버린 것 같았다. 데네소르의 거만한 의지에서 무언가 꺾이고, 엄격한 마음이 혼란스러워진 것 같았다. 아마도 슬픔과 자책으로 그렇게 된 듯싶었다. 눈물을 흘리지 않던 그 얼굴에서 눈물이 비쳤는데, 그것은 데네소르의 분노보다 더 견디기 어려웠다.

그는 더듬거렸다.

"우, 울지 마십시오, 주군. 그는 좋아질 거예요. 간달프에게 여쭤보셨나요?"

"마법사에 대한 얘기로 위로하지 말게. 그 바보의 희망은 사라졌어. 적은 그걸 찾아냈어. 이제 그의 힘은 점점 커지고 있지. 그는 우리 생각도 읽을 수 있어. 우리가 무엇을 하든 파멸일 뿐이야.

난 내 아들을 불필요한 위험으로 내몰았어. 고마워하지도 않고, 축복해 주지도 않고. 그런데 이제 그 아이는 혈관에 독이 흐르는 채 여기 누워 있어. 아니야, 아니야, 이제 전쟁이 어떻게 되든 내 혈통은 끝나 가고, 섭정 가문도 종말을 맞은 거야. 그럼 비천한 족속이 인간

왕족으로 마지막 남은 사람들을 지배하겠지. 모두 내쫓길 때까지 산에 숨어서 말이야."

사람들이 문 앞에 와서 도시의 영주를 애타게 찾았다. 그러나 데네소르는 말했다.

"아니야, 난 내려가지 않겠다. 내 아들 곁에 있어야 해. 이 아이가 죽기 전에 무슨 말을 할지도 몰라. 종말이 가까워졌어. 그대는 아무나 좋은 사람을 따라가게. 그 회색의 바보라도. 그의 희망은 무너졌지만, 난 여기 남겠다."

그래서 곤도르시의 마지막 방어 명령을 내린 사람은 간달프였다. 그가 나타난 곳마다 사람들의 마음은 가벼워졌고, 날개 달린 어둠은 기억에서 사라졌다. 그는 쉬지 않고 궁성에서 성문까지, 성벽 남쪽에서 북쪽까지 계속 걸어 다녔고, 빛나는 갑옷을 입은 돌 암로스의 대공이 동행했다. 대공과 그의 기사들은 여전히 스스로를 누메노르인의 혈통이 이어진 영주들로 여겼던 것이다. 그들을 본 사람들은 속삭이듯 말했다.

"옛이야기가 맞는 모양이야. 저 사람들의 핏줄엔 요정의 피가 흐르는 게 분명해. 먼 옛날에 그 땅에 님로델의 요정들이 살았다고 하거든."

그리고 나서 누군가 어둠 속에서 님로델의 노래 몇 절을 읊조리기도 하고, 또 까마득히 사라져 간 시절의 안두인계곡의 노래를 부르기도 했다.

그러나 그들이 가 버리면 다시 어둠이 사람들을 뒤덮었고, 그들의 마음은 차갑게 식어 버렸으며, 곤도르의 용맹은 시들어 재로 스러지고 말았다. 이렇게 그들은 낮 시간의 침침한 공포에서 밤의 절망적인 어둠으로 서서히 빠져들었다. 이세 첫째 원형구역에서는 불길을 잡지 못해 여기저기서 맹렬히 타올랐다. 외벽의 수비대는 이미 여러 지점에서 퇴각로가 끊긴 상태였다. 그러나 자리를 지키는 충실한 이는 별로 많지 않았고, 대부분은 둘째 성문 안으로 달아나 버렸다.

전장 뒤쪽으로 저 멀리 대하에는 이미 신속하게 다리가 놓여서 온종일 더 많은 병력과 군수품이 쏟아지듯 강을 건너왔다. 마침내 한밤중이 되어서야 공격이 뜸해졌다. 적의 선두부대는 불타오르는 참호들 사이에 남아 있던 여러 갈래의 우회로를 통해 계속 진격해 왔다. 그들은 가까이 접근할 때의 손실도 아랑곳지 않고 무리를 지어 떼거리로 성벽 위 사수들의 사정거리 안으로 계속 몰려들었다. 그들의 불빛은 한때 곤도르가 자랑했던 솜씨가 뛰어난 사수들에게 많은 표적을 드러내 주었지만, 실은 그들에게 큰 손실을 입힐 만한 군세가 성벽 위에 남아 있지 않았다. 그러자 도시의 사기가 이미 저하된 것을 간파한, 보이지 않는 적의 대장은 공세를 강화했다. 오스길리아스에 세워진 거대한 공성탑이 어둠 속에서 천천히 굴러오고 있었다.

전령들이 백색탑의 방으로 다시 몰려왔다. 그들에게 아주 급박한 용무가 있어 보였기에 피핀은 그들을 들어오게 했다. 데네소르는 파라미르의 얼굴에서 눈을 떼고 천천히 고개를 들어 그들을 말없이 바라보았다.

"첫째 원형구역이 불타고 있습니다, 주군. 무엇을 명령하시겠습니까? 주군께선 아직 영주이자 섭정이십니다. 모든 사람이 미스란디르를 따르고 있진 않습니다. 사람들은 성벽에서 도망쳐서 수비벽을 공백 상태로 만들고 있습니다."

"왜? 그 바보들은 왜 도망치지? 기왕 다 타 죽어야 한다면 차라리 먼저 타 죽는 게 나을 텐데. 너희들의 불더미로 돌아가라! 나? 난 이제 내 화장대(火葬臺)로 가겠다. 내 화장대로! 데네소르와 파라미르 에겐 무덤이 필요 없다. 무덤이 아니야! 미라가 되어 긴 잠을 자진 않 겠어. 서쪽나라에서 여기로 배가 오기 전 시절의 이교도 왕들처럼 화장할 거야. 서쪽은 실패했어. 돌아가 불태워라!"

전령들은 인사도, 대답도 하지 않고 돌아서서 달아났다.

이제 데네소르는 일어서서 잡고 있던 파라미르의 뜨거운 손을 놓 으며 슬프게 말했다.

"그는 타고 있어, 벌써 타고 있어. 내 아들의 정신의 터전이 무너 졌어."

그러고는 조용히 피핀에게 다가와 그를 내려다보며 말했다.

"잘 가게나! 팔라딘의 아들 페레그린! 그대의 봉공은 짧았지만 이 제 끝나 가는 것 같군. 이제 얼마 남지도 않았지만 그대의 의무를 해 제하겠네. 자, 이제 가서 그대가 원하는 방식으로 죽게나. 그대가 원 하는 사람들과 함께. 그대를 이 사지로 끌어들인 어리석은 자네 친 구하고라도 말이지. 내 직속 기사들을 이리 보내고 가게나. 안녕히!"

"전 작별을 고하지 않겠습니다, 영주님."

피핀은 무릎을 꿇고 말했다. 그 순간 그는 갑자기 다시 한번 호빗 답게 일어나서 노인의 눈을 들여다보았다.

"전 잠시 주군을 떠나겠습니다. 지금 당장 간달프를 찾아야 하니 까요. 그렇지만 그는 바보가 아닙니다. 그리고 간달프가 삶을 포기 할 때까지 저는 죽음을 생각하지 않을 겁니다. 또한 주군께서 살아 계신 동안에는, 제 충성의 맹세와 주군에 대한 봉공에서 벗어나지 않겠습니다. 적들이 결국 이 궁성까지 온다면, 전 여기 주군 옆에 서 서 제게 주신 이 무기의 값어치를 다하고 싶습니다."

"그대 좋을 대로 하게, 반인족. 그러나 내 삶은 끝났네. 내 직속 기 사들 올 보내게."

그는 파라미르에게 돌아갔다.

피핀은 그 방에서 나와 직속 기사들을 부르러 갔다. 여섯 명의 튼튼하고 잘생긴 직속 기사들이 왔으나 그들은 이 부름에 떨고 있었다. 데네소르는 조용한 목소리로 파라미르에게 따뜻한 이불을 덮어주고, 그가 누운 침대를 들라고 그들에게 명령했다. 그들은 그 명령에 따라 침대를 들고 방을 나섰다. 열에 시달리는 환자가 가급적 불편하지 않도록 그들은 천천히 걸어갔고, 데네소르는 이제 지팡이에 의존하여 고개를 숙인 채로 그들을 따랐다. 피핀이 제일 뒤에서 따라갔다.

그들은 백색탑에서 나와 마치 장례식장으로 향하듯, 낮게 드리운 구름 밑에서 깜박이는 검붉은 불빛에 물든 어둠 속으로 천천히 큰 궁정 뜰을 걸어갔다. 그리고 데네소르의 한마디 명령에 따라, 시든 성수 옆에서 멈춰 섰다.

저 아래 도시에서 들려오는 전쟁의 소음 외에는 사방이 고요했다. 그들은 죽은 나뭇가지에서 검은 연못으로 떨어지는 구슬픈 물방울 소리를 들었다. 그런 다음 계속 걸어 궁성의 문을 지났다. 그곳 문지기들은 놀라고 경악한 눈길로 그들이 지나가는 것을 바라보았다. 서쪽으로 돌아 그들은 마침내 여섯째 원형구역의 뒤쪽 성벽에 있는 문에 이르렀다. 펜 홀렌이라 불리는 그곳은 장례식 때 외에는 늘 잠겨 있어서, 도시의 영주와 무덤의 표지를 가진 사람, 그리고 사자의 집을 관리하는 사람만이 지날 수 있었다. 그 문을 지나 굽어진 길을 따라 여러 번 굽이를 돌아서 내려가면 민돌루인의 절벽 그늘 아래 있는 좁은 땅이 나왔다. 그곳에 죽은 왕들과 섭정들의 무덤이 세워져 있었다.

길옆의 작은 집에 문지기가 앉아 있다가 공포에 질린 눈으로 등불을 들고 다가왔다. 영주의 명령에 그는 자물쇠를 끌러 조용히 문을 열어젖혔고, 그들은 그에게서 등불을 받아 들고 안으로 들어갔다. 흔들리는 등불 빛에 어렴풋이 보이는 오래된 벽들과 많은 기둥이 박힌 난간들 사이에 이어진 비탈길은 어두컴컴했다. 그들이 아래로, 아래로 천천히 옮기는 발소리가 메아리쳤다. 마침내 그들은 적막의 거리, 라스 디넨에 이르렀다. 흐릿한 빛을 발하는 원형 지붕과 텅 빈 건물, 오래전에 죽은 사람들의 조각상 들이 늘어선 거리에서 그들은 섭정의 집으로 들어가 침대를 내려놓았다.

거기서 피핀은 불안하게 주위를 둘러보았다. 아치형 천장이 있는 넓은 방에 들어왔음을 알 수 있었다. 그 방은 장막에 싸인 벽들에 작은 등불이 드리운 거대한 그림자에 덮여 있는 듯했다. 대리석으로 조각된 탁자들이 여러 줄로 늘어서 있는 것이 어렴풋이 보였다. 탁자마다 머리를 돌베개에 받치고 손은 가슴 위에 포개 놓은 잠자는 형체가 누워 있었다. 그러나 가까이 있는 넓은 탁자는 비어 있었다. 데네소르가 손짓하자 그들은 파라미르와 그 부친을 그 탁자에 나란히 올려놓았고, 한 이불로 두 사람을 덮고는, 임종의 침상 옆에서 애도하는 사람들처럼 고개를 숙였다. 그러자 데네소르가 낮은 소리로 말했다.

"우린 여기서 기다리겠다. 그러나 방부 처리하는 자들은 불러오지 말아라. 잘 타는 나무를 가져와서 이 주위와 밑에 쌓고 기름을 부어라. 내가 명령하거든, 횃불을 갖다 대거라. 이 명령대로 시행하고 내게 아무 말도 하지 말라. 이제 작별하자!"

"실례합니다, 영주님."

피핀은 이렇게 말하며 돌아섰고, 겁에 질려 그 죽음의 집에서 도망치듯 빠져나왔다. 그는 중얼거렸다.

"가엾은 파라미르! 간달프를 찾아야 해. 가엾은 파라미르! 그에게 필요한 건 눈물이 아니라 약이야. 아, 어디를 가야 간달프를 찾을 수 있을까? 바쁜 일에 둘러싸여 정신이 없겠지. 죽어 가는 사람이나 미친 사람에게 힐애힐 시간이 없을 거야."

문을 지나며 그는 아직 남아서 경비를 서고 있는 시종 한 명에게 말했다.

"당신의 주군은 지금 제정신이 아니에요. 최대한 천천히, 느릿느릿 하세요. 파라미르가 살아 있는 동안에는 불을 가져가선 안 돼요. 간달프가 올 때까진 아무 일도 하면 안 돼요."

"미나스 티리스의 주인이 누군데? 데네소르 공인가, 아니면 회색의 방랑자인가?"

"회색의 방랑자 외에는 아무도 없는 것 같아요."

피핀은 이렇게 말하고 재빨리 돌아서서 그의 발이 달릴 수 있는 최대한의 속도로 구불구불한 길을 올라갔고, 깜짝 놀란 문지기를 지나서 문을 빠져나온 다음에도 계속 달려 마침내 궁성의 성문 가까이에 이르렀다. 그가 지날 때 보초를 서던 사람이 소리를 질렀다. 베레곤드의 목소리였다.

"어딜 그렇게 달려갑니까, 페레그린?"

"미스란디르를 찾으러 가요."

피핀이 대답했다.

"영주님의 전령은 긴급한 것일 테니, 나 때문에 지체돼서는 안 되겠지요. 하지만 가능하면 재빨리 좀 말해 주시오. 무슨 일이 일어난 겁니까? 우리 주군은 어디로 가셨고요? 난 방금 근무에 들어왔는데, 영주님이 닫힌 문으로 가셨고 사람들이 파라미르를 모셔 갔다고 들었습니다."

"그래요. 적막의 거리로 갔어요."

베레곤드는 눈물을 감추려고 고개를 숙였다.

"그분이 죽어 가고 있다고 사람들이 말하더군요. 그러면 지금은 돌아가셨겠지요."

그는 한숨을 쉬었다.

"아뇨, 아직은 아니에요. 지금이라도 그의 죽음을 막을 수 있을 것 같아요. 그러나 영주께서는 그의 도시가 함락되기도 전에 먼저 무너지신 것 같아요, 베레곤드. 그는 무엇엔가 홀린 것 같고 위험해요."

그는 데네소르의 이상한 말과 행동에 대해 재빨리 이야기했다.

"난 당장 간달프를 찾아야 해요."

"그렇다면 전장으로 내려가야 하겠지요."

"알아요. 주군께선 날 의무에서 풀어 주셨어요. 그렇지만, 베레곤드, 가능하면, 끔찍한 일이 일어나지 않도록 막아 줘요."

"영주께서는 흑색과 은색의 제복을 입은 신하들에게 주군의 명령을 제외하고 어떤 이유에서도 자기 위치를 벗어나지 말라고 명령하셨어요."

"그렇다면 당신은 명령과 파라미르의 목숨 중에서 하나를 선택해야겠군요. 그런데 명령에 대해 말하자면, 당신이 상대할 사람은 영주가 아니라 광인 같아요. 난 즉시 달려가야 해요. 가능하면 돌아오겠어요."

피핀은 시의 외곽을 향해 아래로, 아래로, 계속 내달렸다. 화염에서 도망치는 사람들이 그를 지나쳤고, 그의 제복을 본 누군가는 돌아서서 소리쳤지만 그는 일체 관심을 두지 않았다. 마침내 둘째 성문을 통과했는데 그곳에는 성벽들 사이에 큰 불길이 솟구치고 있었다. 그런데 이상하리만치 고요했다. 어떤 소음도, 전투의 함성이나 무기의 소음도 들리지 않았다. 그러다 갑자기 끔찍한 비명과 큰 충격과 함께 쿵 하고 깊이 울리는 소리가 들려왔다. 그는 갑자기 밀려든 두려움과 공포로 무릎까지 후들후들 떨릴 지경이었지만 억제하려고 애쓰며 모퉁이를 돌았고, 성문 너머의 넓은 빈터로 들어섰다. 그러다 갑자기 딱 멈춰 섰다. 간달프를 발견한 것이다. 그러나 피핀은 뒷걸음질 쳤고, 몸을 웅크리고 어두운 곳으로 기어 들어갔다.

자정이 지난 후 대규모의 공격이 계속되었다. 북소리가 우르르 울렸다. 적의 부대가 연거푸 북쪽과 남쪽에서 성벽을 압박해 왔다. 단속적으로 빛나는 붉은빛속에서 움직이는 집채처럼 보이는 거대한 짐승들, 하라드의 무마킬이 불길에 휩싸인 좁은 길로 거대한 탑들과 기계를 끌고 올라왔다. 하지만 그들의 대장은 그들의 공격이나 얼마나 많이 살해할 것인지에 대해 그리 관심을 두지 않았다. 그의 목적은 다만 수비력을 시험해 보고, 곤도르인들을 여러 곳에서 분주하게 만드는 것이었다. 그가 가장 강력하게 공격할 곳은 성문이었다. 강철과 쇠로 만들어져서 대단히 튼튼하고, 불굴의 돌로 쌓은 탑과 각루로 방어되기는 하지만, 바로 그곳이 실마리였고, 그 높고 뚫을 수 없는 성벽 중에서 가장 취약한 부분이었다.

북소리는 더 크게 울렸다. 불길이 치솟았다. 거대한 기계가 들판을 가로질러 다가오고 있었다. 그 기계의 중간에는 길이가 33미터에 달하는 숲속의 나무처럼 거대한, 성벽을 부수는 공성망치가 강철 사슬에 매달려 흔들리고 있었다. 그것은 모르도르의 어두운 대장간에서 오랜 세월에 걸쳐 주조된 것이었다. 검은 강철로 주조된 그 흉측한 머리 부분은 잔인한 늑대와 비슷한 모양이었고 파멸의 저주가 새겨져 있었다. 그들은 옛날 지하 세계의 쇠망치를 기념하기 위해 그것을 그론드라고 불렀다. 큰 짐승들이 그것을 끌었고, 오르크들이 그 주위를 둘러싸고 호위했으며, 그것을 휘두를 트롤들이 뒤에서 따라왔다.

그러나 성문 주위의 저항은 아직 강력했다. 돌 암로스의 기사들과 가장 강인한 수비대원들은 거기서 막다른 골목에 몰려 있었다. 화살과 창이 비 오듯 날아들었다. 공성탑들이 와르르 무너지거나 횃불처럼 갑자기 화염에 휩싸이기도 했다. 성문 좌우의 성벽 앞은 잔해들과 시체들로 뒤덮여 있었다. 그러나 광기에 휘몰린 듯이 적들은 더더욱 몰려왔다.

그론드가 천천히 굴러왔다. 그것의 단단한 덮개 위에는 불이 붙지 않았다. 그것을 끌고 오는 큰 짐승들이 사납게 날뛰다가 이따금 그것을 호위하는 수많은 오르크들을 짓밟아 엉망으로 만들기도 했지만, 그 시체들은 길옆으로 던져졌고 다른 오르크들이 그 자리를 메웠다.

그론드가 천천히 굴러왔다. 북소리가 더욱 세차게 울렸다. 산더미처럼 쌓인 시체 위에 어떤 무시무시한 형체가 나타났다. 큰 키에 두건을 쓰고 검은 망토를 두른 기사였다. 그는 시체들을 짓밟으며 천천히 전진했고, 날아오는 창도 개의치 않았다. 그는 멈춰 서더니 흐릿하게 빛나는 장검을 뽑아 들었다. 그의 이런 몸짓이 수비자들과 적들 모두에게 엄청난 공포를 일으켰다. 사람들의 손이 옆으로 축 늘어져서 화살 하나 날리지 못했다. 한순간 모든 것이 정적에 휩싸였다.

북이 둥둥둥 울리며 덜컹거렸다. 거대한 손들이 그론드를 어마어마한 힘으로 세차게 내던졌다. 그것은 성문에 부딪쳐 휙 돌았다. 구름 속을 달리는 천둥처럼 쿵 소리가 온 도시에 우르르 울려 퍼졌다. 그러나 철문과 강철 기둥은 그 충격을 견뎌 냈다.

그러자 그 암흑의 대장이 등자에서 일어나 끔찍한 목소리로 크게 외쳤고, 사람의 가슴뿐만 아니라 돌마저 찢어 놓을 마력과 공포가 담긴 말을 어떤 잊힌 언어로 내뱉었다.

세 번 그는 부르짖었다. 세 번 그 거대한 공성망치가 우르르 울렸다. 그러자 갑자기 마지막 타격에 곤도르의 성문이 부서졌다. 마치 폭파의 주문에 걸린 것처럼 산산이 부서졌다. 타는 듯한 번개의 섬광이 일었고, 성문은 산산조각 나 땅 위에 굴러떨어졌다.

나즈굴의 군주가 안으로 들어왔다. 뒤에서 타오르는 불길을 배경으로 거대하고 검은 형체가 불쑥 나타나서 절망을 선사하는 엄청난 위협이 되었다. 나즈굴의 군주가 지금껏 어떤 적도 통과하지 못한 아치길 밑으로 들어왔고, 그의 얼굴 앞에서 모두들 도망쳤다.

오직 한 사람만 예외였다. 거기 성문 앞 빈터에서 말없이 꼼짝 않고 기다리며 간달프가 샤두곽스를 타고 앉아 있었다. 이 세상의 말 중에서 오직 샤두곽스만이 동요하지 않고 적막의 거리에 새겨진 그림처럼 확고부동하게 그 공포를 견뎌 냈다.

"너는 여기 들어올 수 없다."

간달프가 말했다. 그 거대한 어둠이 멈춰 섰다.

"너를 기다리고 있는 심연으로 돌아가라! 돌아가! 너와 네 주인을 기다리는 무(無)로 떨어져 버려라. 어서 가라!"

암흑의 기사는 두건을 젖혔다. 그러자 보라! 그는 왕관을 쓰고 있었는데 그것을 쓴 머리는 보이지 않았다. 왕관과 망토를 두른 넓고 시커먼 어깨 사이에서 붉은 불이 번쩍였다. 보이지 않는 입에서 죽음처럼 음산한 웃음이 새어 나왔다.

그는 말했다.

"늙은 멍청이! 늙은 멍청이! 지금은 내 시간이다. 죽음을 보고도 알아차리지 못하는가? 이제 죽어라. 악담을 퍼부어도 소용 없어!"

이 말과 함께 그는 칼을 높이 쳐들었고 칼날에서 불꽃이 흘러내렸다.

간달프는 움직이지 않았다. 그런데 바로 그 순간, 저 뒤편 도시의 어느 안뜰에서 수탉 한 마리가 울었다. 그 수탉은 마법이니 전쟁이니 하는 것은 개의치 않고 다만 죽음의 그림자 너머로 저 높은 하늘에서 새벽과 함께 오고 있는 아침을 환영하려고 소리 높여 쨍쨍하게 울었다.

그러자 마치 거기에 화답하듯 저 멀리서 다른 소리가 들려왔다. 나팔, 나팔, 나팔 소리였다. 민돌루인의 어두운 산기슭에서 그 소리가 희미하게 메아리쳤다. 사납게 불어 대는 북부의 큰 나팔 소리였다. 로한이 마침내 온 것이다.

Chapter 5
로한 기사들의 질주

날이 어두워 담요를 뒤집어쓰고 땅에 누워 있던 메리의 눈에는 아무것도 보이지 않았다. 밤의 공기는 무겁게 가라앉았고 바람도 불지 않았지만 주변의 보이지 않는 나무들이 조용히 한숨짓는 것 같았다. 그는 고개를 들었다. 그러자 그 소리가 다시 들려왔다. 마치 나무가 울창한 언덕과 산기슭에서 나는 희미한 북소리 같았다. 둥둥 울리는 그 소리는 갑자기 멈췄다가 다른 쪽에서 다시 울리기도 했고, 가까이 느껴졌다가 멀리 느껴지기도 했다. 그는 경비병들도 그 소리를 들었을지 궁금했다.

경비병들은 보이지 않았지만, 로한의 부대가 사방을 둘러싸고 있음을 그는 알고 있었다. 그는 어둠 속에서 말의 냄새를 맡을 수 있었고, 말들이 움직이며 솔잎이 깔린 땅에서 가볍게 발을 구르는 소리도 들을 수 있었다. 그들은 에일레나크봉화대 주변의 소나무숲에서 야영하고 있었다. 에일레나크는 동부 아노리엔의 큰길 옆에 있는 드루아단숲의 긴 능선에서 솟아오른 높은 언덕이었다.

메리는 피곤했지만 잠을 이룰 수 없었다. 이미 나흘이나 쉬지 않고 달려왔고, 끝없이 짙어만 가는 어둠이 서서히 그의 가슴을 짓눌렀다. 그는 뒤에 남아 있을 핑계도 충분했고, 더구나 왕의 명령까지 받았는데도 왜 자신이 그렇게 기를 쓰고 오려 했는지 의아했다. 또한 노왕이 자기가 명령을 어긴 것을 알고 있는지, 그래서 화가 나 있는지 궁금했다. 그렇지 않을 것 같았다. 메른롐름과 그들이 속한 에오레드를 통솔하는 원수 엘프헬름 사이에는 어떤 묵계가 있는 것

155

같았다. 그와 그의 부하들은 메리를 못 본 척했으며, 그가 말을 해도 못 들은 척했다. 그는 데른헬름이 싣고 가는 자루 하나에 불과한 것 같았다. 데른헬름도 위로가 되지 않았다. 그는 누구에게도 말을 걸지 않았다. 메리는 자기가 작고 불필요한 존재이고, 외롭다는 느낌이 들었다. 이제 불안한 시간이 다가왔고, 부대는 위험에 접근하고 있었다. 그들은 도시 지역을 둘러싼 미나스 티리스의 외벽까지 하루의 여정도 남지 않는 곳에 와 있었다. 척후병들이 미리 파견되었는데, 일부는 돌아오지 못했다. 급히 돌아온 다른 이들은 그들 앞의 도로가 봉쇄되었다고 보고했다. 적의 대군이 아몬 딘의 서쪽으로 5킬로미터 지점에 주둔해 있으며, 그들에게서 15킬로미터도 떨어지지 않은 길까지 일부 군세가 이미 진격해 오고 있다는 것이었다. 오르크들이 길옆의 산과 숲을 뒤지며 돌아다니고 있었다. 왕과 에오메르는 밤에 자지 않고 회의를 열었다.

메리는 누군가와 이야기하고 싶었고, 그래서 피핀을 생각했다. 하지만 그래 봐야 불안감만 커질 뿐이었다. 불쌍한 피핀, 거대한 돌의 도시에 갇혀서 외롭고 무서울 텐데. 메리는 자신이 에오메르처럼 대단한 기사가 되어 나팔이나 다른 걸 불며 전속력으로 달려가 그를 구출하고 싶었다. 그는 일어나 앉아 이번에는 좀 더 가까이에서 다시 울리기 시작한 북소리를 들었다. 곧 나지막하게 말하는 소리가 들려왔고, 나무들 사이로 지나가는 반쯤 가린 어둑한 등불이 보였다. 주위의 사람들이 어둠 속에서 불분명하게 움직이기 시작했다.

어떤 장신의 형체가 나타나서는 그의 몸에 걸려 넘어지면서 나무뿌리인 줄 알고 욕을 했다. 그 목소리를 들으니 원수 엘프헬름이었다.

"난 나무뿌리가 아니에요. 자루도 아니고요. 당신 발에 멍든 호빗이에요. 당신이 내게 해 주실 수 있는 최소한의 보상은 지금 어떤 상황인지 말씀해 주시는 거예요."

"이 악마의 어둠 속에 이렇게 숨어 있는 게 무엇이든 간에, 우리 왕께선 우리에게 만반의 준비를 갖추라는 분부를 내리셨지. 신속한 이동 명령이 떨어질 거야."

그러자 메리는 불안해서 물었다.

"그럼 적들이 오고 있나요? 저게 그들의 북소린가요? 누구도 저 소리에 주의를 기울이지 않는 것 같아서 내 상상인 줄 알았어요."

"아니, 아니야. 적은 길 위에 있지, 산 위에 있지 않아. 그대는 숲의 야인들인 우오즈의 소리를 들은 거야. 그들은 그런 식으로 멀리서 얘기를 나누거든. 아직 이 드루아단숲에 살고 있다네. 옛 시대의 유민으로 소수가 은밀히 살고 있는데, 야수처럼 사납고 경계심이 강하지. 곤도르나 마크와 함께 전쟁터에 나가진 않지만 그들도 지금 이 어둠과 오르크들의 출현에 동요하고 있어. 지금 상황으로 보면 거의 그렇듯이, 다시 암흑시대가 돌아올까 봐 겁내고 있는 거야. 사실 그들이 우릴 공격하지 않는 걸 고맙게 생각해야지. 그들은 독화살을 사용한다고 하거든. 또한 숲에서는 그 누구와도 비교할 수 없을 만큼 놀라운 재주를 갖고 있지. 그런데 그들이 세오덴 왕께 봉사하겠다고 제의해 왔어. 그들 족장 한 사람이 지금 왕을 알현하러 와 있지. 저쪽에 불빛이 보이지? 나도 그 이상은 몰라. 자 이제 나도 왕명을 수행하러 가야지. 짐을 꾸리게나, 자루 양반!"

그는 어둠 속으로 사라져 갔다.

메리는 야인이나 독화살 이야기가 마음에 들지 않았다. 하지만 그것과는 별개로, 지독한 두려움이 마음을 짓눌렀다. 기다리는 것은 견딜 수 없었다. 앞으로 어떤 일이 일어날지 무척 알고 싶었다. 그는 일어섰고, 나무들 사이로 사라지기 전에 마지막으로 보였던 등불을 쫓아 조심스럽게 걸어갔다.

오래지 않아 그는 커다란 나무 밑에 왕을 위해 설치된 작은 막사가 있는 빈터에 이르렀다. 위쪽에 갓을 씌운 큰 등불이 나뭇가지에 걸려서 그 밑에 희미한 빛을 둥글게 보내고 있었다. 세오덴 왕과 에오메르가 거기 앉아 있었고, 그들 앞에는 오래된 돌처럼 울퉁불퉁하고 이상하게 생긴 땅딸막한 남자가 땅바닥에 앉아 있었다. 혹투성이의 얼굴에는 듬성듬성 난 수염이 마른 이끼처럼 제멋대로 퍼져 있었다. 그는 짧은 다리에 팔이 굵고 나무 그루터기같이 생긴 뚱뚱한 사람으로, 허리 부근만 풀로 가리고 있었다. 메리는 전에 어디선가 그를 본 적이 있는 것 같았다. 갑자기 검산오름의 푸켈맨이 떠올랐다. 여기 있는 남자는 그 오래된 석상이 살아난 것이거나 아니면 오랜 옛날 잊힌 장인들이 모방했던 그 실물들이 순수한 혈통을 간직한 채 영겁의 세월을 통해 이어져 내려온 것 같았다.

메리가 가까이 기어갔을 때는 침묵이 흐르고 있었다. 곧 그 야인이 어떤 질문에 대답하는 듯 말을 하기 시작했다. 그의 말소리는 깊은 후음처럼 들렸는데 놀랍게도 공용어를 사용하고 있었다. 그러나 계속 끊기는 말투였고, 투박한 단어가 가끔 섞이기도 했다.

그가 말했다.

"아니야, 말 타는 사람의 아비. 우리는 싸우지 않는다. 사냥만 한다. 숲에서 고르군을 죽인다. 오르크족을 미워한다. 당신들도 고르군을 미워한다. 우린 할 수 있는 대로 돕는다. 야인은 멀리 듣고 멀리 본다. 길을 다 안다. 우리는 돌집들이 생기기 전부터 여기 살았다. 키 큰 사람들이 큰 바다에서 오기 전부터 여기 살았다."

그러자 에오메르가 답했다.

"그렇지만 우리는 전투에서 도움이 필요하다. 당신과 당신의 종족은 우릴 어떻게 돕겠는가?"

"소식을 가져온다. 우린 언덕에서 내다본다. 우린 큰 산에 올라가 내려다본다. 돌의 도시는 닫혔다. 거기 바깥에 불이 타고 있다. 이젠 안에도. 거기로 가고 싶은가? 그러면 빨리 가야 한다. 그런데 고르군과 멀리서 온 인간들이……."

그는 울퉁불퉁한 짧은 팔을 들어 동쪽을 가리키며 말했다.

"말 달리는 길에 앉아 있다. 아주 많이, 말 탄 사람들보다 더 많이."

"당신은 그걸 어떻게 알지?"

에오메르가 물었다.

그 노인의 넓적한 얼굴과 검은 눈은 아무것도 드러내지 않았으나 그의 목소리는 불쾌감으로 무뚝뚝했다.

"야인은 거칠고 자유롭다. 그러나 어린애는 아니다. 난 위대한 족장, 간부리간이다. 난 많은 것을 센다. 하늘의 별들, 숲의 나뭇잎들, 어둠 속의 인간들. 당신들은 스물의 열과 다섯 배의 스물이 있다. 그들은 더 많다. 큰 싸움이 나면 누가 이길까? 그리고 돌집 벽 주위에 걷고 있는 건 더 많다."

그러자 세오덴이 탄식했다.

"아! 너무나 예리한 말이로군. 정찰병이 보고한 바로는 그들이 길을 가로질러 참호를 파고 말뚝을 박아 놓았다네. 우리가 갑자기 공격해서 그들을 쓸어 버릴 수는 없겠어."

"그렇지만 우린 최대한 속도를 내야 합니다. 성널오름이 불타고 있습니다!"

에오메르가 말했다. 그러자 족장이 다시 덧붙였다.

"간부리간은 아직 다 말하지 않았다. 그 길만 알고 있는 건 아니다. 함정도 없고, 고르군도 다니지 않는, 우리와 동물들만 다니는 길을 안내하겠다. 돌집족이 더 강했을 때 많은 길을 만들었다. 그들은 사냥꾼이 짐승 살을 자르듯 산을 잘랐다. 야인들은 그들이 돌을 음식으로 먹었다고 생각한다. 그들은 드루아단에서 림몬까지 큰 짐수레로 갔다. 그들은 디는 오지 않는다. 길은 잊혔지만 야인은 잊지 않는다. 언덕 위와 언덕 뒤에 그 길은 수풀과 나무 아래 뚫려 있고, 그 너머에 림몬이 있고 내려가면 딘이 있다. 거기 끝에서 다시 말 타는 사람의 길로 나간다. 야인은 그 길을 알려 주겠다. 그럼 당신들은 고르군을 죽이고 빛나는 철로 나쁜 어둠을 물리치고, 우리는 거친 숲으로 돌아가 잠잘 수 있다."

에오메르와 왕은 자신들의 언어로 의견을 나눴다. 마침내 세오덴이 야인에게 말했다.

"그대의 제안을 받아들이겠다. 우리 배후에 적을 두고 가지만 무슨 상관이 있겠는가? 돌의 도시가 함락되면 우리는 돌아갈 수 없을 테니. 만일 그 도시를 구한다면, 오르크의 대군은 스스로 무너질 것이다. 간부리간, 만일 당신이 충직하다면 우린 그대에게 풍족하게 보상할 테고, 당신은 마크와 영원한 우정을 나누게 될 것이다."

"죽은 자는 산 자의 친구가 될 수 없고, 선물도 줄 수 없다. 그러나 당신이 암흑에서 살아난다면, 그땐 숲의 우리를 우리끼리 내버려 두고 더는 짐승처럼 사냥하지 말라. 간부리간은 당신들을 함정에 빠뜨리지 않는다. 그는 말 타는 사람들의 아비와 함께 갈 것이다. 만일 당신들을 잘못 이끌었다면 당신들은 그를 죽여도 된다."

"그렇게 하라!"

세오덴이 명령을 내리자 에오메르가 물었다.

"적의 옆을 지나서 다시 길로 나오려면 얼마나 걸리는가? 당신이 인도한다면 우리는 말을 천천히 몰 수밖에 없고 길도 좁지 않을까 생각하는데?"

간이 대답했다.

"우리는 걸어서도 빨리 간다. 저쪽 돌수레골짜기는 말 네 마리가 갈 정도로 길이 넓다."

그는 손으로 남쪽을 가리켰다.

"그러나 시작과 끝은 좁다. 우리는 여기서 딘까지 해 뜰 때에서 정오 사이에 간다."

　그 말을 듣고 에오메르는 세오덴에게 말했다.

　"그렇다면 우린 길잡이에게 최소한 일곱 시간은 줘야겠습니다. 하지만 다 해서 열 시간 정도는 잡는 게 좋을 거 같습니다. 예측하지 못한 일이 우릴 가로막을 수 있고, 또 만일 우리가 한 줄로 걸어가야 한다면 산에서 나왔을 때 다시 전열을 정비하는 데 상당한 시간이 걸릴 겁니다. 지금 시간이 어떻게 됐을까요?"

　"누가 알겠는가? 지금 사방이 깜깜한 한밤중인데."

　세오덴이 말했다. 그러자 간이 끼어들었다.

　"사방이 어둡지만 사방이 한밤중은 아니다. 해가 뜨면 가려져 있어도 우린 느낄 수 있다. 이미 해는 동쪽 산맥을 오른다. 하늘의 들판에서 하루를 시작한다."

　다시 에오메르가 말했다.

　"그렇다면 되는대로 빨리 출발해야겠습니다. 그래도 오늘 곤도르에 도착해서 도움을 줄 가능성은 별로 없겠지만."

　메리는 더 이상 들으려 하지 않고 살그머니 돌아와서 행군 소집을 위해 준비했다. 전투에 나가기 전의 마지막 행군이 될 것이다. 그 전투에서 살아남을 사람은 많을 것 같지 않았다. 그러나 피핀과 화염에 휩싸인 미나스 티리스를 생각하고는 두려움을 떨쳐 버렸다.

　그날은 매사 잘 진행되었고, 그들을 요격하려고 기다리는 적을 보지도, 듣지도 못했다. 야인들은 빈틈없는 사냥꾼들을 전위부대로 내보냈기 때문에, 오르크나 순찰감시병 들은 숲속의 동정을 전혀 알 수 없었다. 포위된 도시에 가까이 갈수록 주위는 점점 더 어두워졌고, 기사들은 마치 사람과 말의 시커먼 그림자처럼 긴 대열을 이루고 나아갔다. 부대마다 숲의 야인이 붙어 인도했으며, 늙은 간은 왕 옆에서 걸어갔다. 처음에는 예상보다 너 오래 걸렸다. 기사들이 말을 끌고 걸어가면서 야영지 뒤쪽의 울창한 숲의 능선을 넘고 돌수레골짜기로 내려가서 길을 찾느라 시간이 걸렸던 것이다. 늦은 오후가 되어서야 선두가 아몬 딘의 동쪽 기슭 너머로 길게 뻗은 넓은 회색 잡목숲에 이르렀다. 그 숲은 나르돌에서 딘까지 동서로 이어지는 산맥에 파인 거대한 틈새를 덮어 감추었다. 그 틈새를 통해 잊힌 수렛길이 오래전에 뚫렸고, 아노리엔을 지나서 말이 달리는 도시의 큰 도로로 연결되었다. 그러나 인간의 여러 세대가 지나는 동안 나무들이 제멋대로 자라났기에, 이제 그 길은 사라지기도 하고 군데군데 끊긴 데다 무수한 세월 동안 쌓인 낙엽들에 파묻혀 있었다. 하지만 그 잡목숲은 기사들이 탁 트인 전장으로 나가기 전에 그들을 숨겨 줄 마지막 희망이었다. 그 숲 너머에 도로와 안두인평원이 있었고, 동쪽과 남쪽으로는 풀 한 포기 없이 바위투성이인 언덕이 있었던 것이다. 그 구부러진 언덕들이 모여 첩첩이 쌓여 가며 민돌루인의 거대한 몸집과 허리를 이루고 있었다.

선두부대가 멈춰 섰다. 그들 뒤의 긴 대열이 돌수레골짜기의 골을 빠져나오자 그들은 여러 갈래로 흩어져서 잿빛 나무들 아래의 야영지로 이동했다. 왕은 지휘관들을 회의에 소집했다. 에오메르가 길을 염탐하기 위해 정탐병을 보냈지만, 간이 고개를 저으며 말했다.

"말 탄 사람을 보내야 소용없다. 야인은 이미 이 나쁜 공기에서 볼 수 있는 건 다 봤다. 그들이 곧 와서 내게 말할 것이다."

지휘관들이 모였다. 그런데 그때 메리의 눈에는 분간되지 않을 정도로, 간과 비슷한 푸켈맨 모습의 다른 야인들이 숲에서 조심스럽게 걸어 나왔다. 그들은 간에게 이상한 후음이 섞인 언어로 말했다. 곧 간은 왕에게 말했다.

"야인들은 많은 이야기를 한다. 첫째, 경계하라! 딘 저편으로 한 시간 거리에 아직도 많은 사람들이 주둔해 있다."

그는 어두운 봉화대를 향해 서쪽으로 팔을 흔들며 말을 이었다.

"그러나 여기서부터 돌족의 새 성벽까지는 아무도 없다. 거긴 아주 바쁘다. 성벽은 더 이상 서 있지 않다. 고르군이 땅의 천둥과 검은 쇠봉으로 그것을 부쉈다. 그들은 경계하지 않고, 주위를 둘러보지 않는다. 자기편이 모든 길을 감시한다고 생각한다."

이 말을 하며 늙은 간은 꿀룩꿀룩 희한한 소리를 냈다. 웃고 있는 것 같았다.

에오메르가 외쳤다.

"좋은 소식이오! 이렇게 암울한 가운데도 다시 희망이 비치는군요. 적의 책략이 의도치 않게 우리에게 도움이 되는 경우가 이따금 있습니다. 이 가증스러운 어둠이 우리를 숨겨 주었지요. 지금 곤도르를 파괴하고 돌덩이 하나하나까지 패대기치려는 그의 욕망 때문에, 그 오르크들이 제가 가장 걱정하던 바를 덜어 주었습니다. 그 외벽은 우리에게 오랫동안 대항할 수 있었습니다. 그러나 이제는 우리가 휩쓸고 지나갈 수 있습니다. 우리가 거기까지 갈 수만 있다면."

세오덴은 간에게 말했다.

"다시 한번 감사하오, 숲의 간부리간이여. 소식과 길 안내에 감사하며 행운이 함께하길 빌겠소."

"고르군을 죽여라! 오르크족을 죽여라! 다른 말은 야인을 즐겁게 하지 못한다. 이 나쁜 공기와 어둠을 빛나는 쇠로 몰아내라!"

간이 이렇게 외치자 세오덴 왕이 답했다.

"그 일을 하려고 우리가 멀리 달려왔소. 우리는 그것을 시도할 것이오. 그러나 우리가 무엇을 이룰 수 있을지는 오직 내일이 알려 줄 것이오."

간부리간은 웅크리고 앉아서 작별의 표시로 뿔처럼 단단해 보이는 이마를 땅에 댔다. 그러고는 떠날 것처럼 일어섰다. 그러나 갑자기 이상한 냄새를 맡고 깜짝 놀란 숲속 동물처럼 얼굴을 위로 쳐들었다. 그의 눈이 번쩍였다.

"바람이 바뀌고 있다!"

그는 이렇게 소리치고는 눈 깜짝할 사이에 자기 동료들과 함께 어둠 속으로 사라져 버렸다. 로한의 기사들은 다시는 그들을 볼 수 없었다. 오래 지나지 않아 멀리 동쪽에서 희미한 북소리가 울리기 시작했다. 야인들은 이상하고도 추한 모습이었지만 그들이 자신들을 속여 함정으로 이끌었을지도 모른다는 걱정은 아무도 하지 않았다.

엘프헬름이 말했다.

"우린 더 이상 안내자가 필요 없습니다. 우리 부대에는 평화롭던 시절에 성널오름까지 와 본 기사들이 있습니다. 저도 그중 하나입니다. 우리가 도로에 이르면 곧 남쪽으로 꺾이고, 거기서 도시 성벽까지는 35킬로미터 정도 됩니다. 그 길의 대부분은 양옆에 풀밭이 깔려 있어서 최고 속도를 낼 수 있다고 곤도르의 전령들이 전했습니다. 우리는 그 길로 신속하게, 큰 소음 없이 달려갈 수 있을 겁니다."

그러자 에오메르가 말했다.

"그렇다면 우린 이제 치명적인 일을 앞두고 있고 최대의 전력이 필요하니, 지금 휴식을 취한 다음 밤중에 출발할 것을 제안합니다. 그렇게 출발 시간을 맞춰서 내일 그래도 빛이 있을 때나 왕께서 전투 신호를 보낼 때 우리가 평원에 도착하도록 말입니다."

이 제안에 왕이 동의하자 지휘관들은 자리를 떴다. 그러나 엘프헬름이 곧 다시 돌아와서 말했다.

"정탐병들이 회색숲 너머에서 두 사람 말고는 아무것도 발견하지 못했습니다. 두 구의 시체와 두 마리 말뿐이었답니다."

에오메르가 물었다.

"그래, 어떤 자들이었소?"

"곤도르의 전령들이었습니다. 한 명은 히르곤 같았답니다. 손에는 아직 붉은 화살을 움켜잡고 있었습니다만 머리는 잘려 나간 상태였습니다. 또 정황으로 보아 그들은 죽기 전에 서쪽으로 달아났던 것 같습니다. 그들이 돌아왔을 때 이미 적들이 외벽을 차지했거나 아니면 공격 중이었던 모양입니다. 그들이 늘 그래 왔듯이 역참에서 새 말로 갈아탔다면 아마 이틀 밤 전이었겠지요. 그들은 도시로 가지 못하고 돌아오던 길인 것 같습니다."

"아아! 그렇다면 데네소르는 우리가 온다는 소식을 듣지 못했을 테니 우리의 출정을 비관적으로 생각하겠군!"

세오덴이 탄식했다. 그러자 에오메르가 위로하듯 말했다.

"긴급한 상황에서 지체되는 것은 참기 어려우나, 아예 없는 것보다는 늦는 것이 낫다고 하지 않습니까. 인간이 말을 하기 시작한 이후로 지금처럼 이 옛 속담의 진실성을 입증한 적도 없을 겁니다."

밤이 되었다. 길 양쪽에서 로한의 대군이 조용히 전진하고 있었다. 이제 길은 민돌루인산 기슭을 지나 남쪽으로 꺾어졌다. 곧바로 저 멀리 검은 하늘 아래 붉은빛이 타오르고 있었고, 큰 산허리들이 그 빛을 배경으로 어두운 윤곽을 드러냈다. 그들은 펠렌노르평원의 람마스외벽에 다가가고 있었고 아직 동이 트기 전이었다.

왕은 선두부대의 중간에서 말을 몰았고, 그의 직속 기사들이 그를 둘러쌌다. 엘프헬름 휘하의 에오레드가 그 뒤를 따랐는데, 메리는 데른헬름이 자기 위치를 벗어나 어둠 속에서 조금씩 꾸준히 앞으로 나아가 마침내 왕의 근위대 바로 뒤에서 달리고 있다는 것을 알아차렸다. 행군이 멈췄다. 메리는 전방에서 나직하게 말하는 목소리를 들었다. 그들에 앞서 외벽 가까이까지 위험을 무릅쓰고 다녀온 정찰병들이었다. 그들은 왕에게 보고했다.

"큰불이 나고 있습니다, 전하. 도시 전체가 화염에 휩싸였고 평원은 적들로 덮였습니다. 그러나 그들은 모두 공격에 관심이 쏠려 있는 것 같습니다. 지희 짐작으로는 외벽엔 남아 있는 사람이 거의 없습니다. 그놈들은 경솔하고 부수기에만 바쁜 것 같았습니다."

다른 사람이 말했다.

"야인의 말을 기억하십니까, 전하? 제 이름은 위드파라인데, 평화롭던 시절에 로한고원에 살았던 적이 있어서, 저도 공기에서 전갈을 받습니다. 이미 바람이 바뀌고 있습니다. 남쪽에서 불어오는 바람의 숨결이 있습니다. 희미하지만 바다 냄새가 실려 있습니다. 아침이 되면 새로운 소식이 올 것 같습니다. 전하께서 외벽을 통과하실 때쯤엔 연기 너머로 새벽이 올 것입니다."

"위드파라, 그대의 말이 사실이라면 그대는 오늘을 넘어 축복받은 세월을 누릴 수 있으리라!"

세오덴은 이렇게 말하고 가까이 있는 그의 직속 기사들을 향해 몸을 돌렸다. 그는 이제 제1 에오레드의 많은 기사들이 들을 수 있도록 또렷한 목소리로 말했다.

"자, 이제 때가 되었다, 에오를의 후손, 마크의 기사들이여! 적들과 화염이 그대들의 앞에 있고, 그대들의 집은 저 멀리 뒤에 있다. 그러나 그대들이 외지에서 싸운다 할지라도 거기서 얻는 영예는 영원히 그대들에게 돌아가리라! 그대들은 서약을 했으니 이제 그것을 이행하라! 왕과 나라와 동맹을 위해!"

사람들은 방패에 창을 부딪쳐 울렸다.

"에오메르, 내 아들아! 그대가 제1 에오레드를 이끌라. 중앙에서 왕의 기치를 뒤따르라. 엘프헬름, 그대의 부대는 성벽을 통과할 때 우익을 맡으라. 그림볼드는 좌익으로 부대를 인솔하라. 다른 부대들은 이 세 선두부대를 바짝 따르게 하라. 적이 모여 있는 곳은 어디든 공격하라. 아직 우린 평원의 상황을 잘 모르니 지금 다른 작전을 세우진 않겠다. 자, 이제 어둠을 두려워 말고 진격하라!"

위드파라가 어떤 변화를 예견했든 간에, 사방이 아직 깊은 어둠에 잠겨 있었기에 선두부대는 최대한 빨리 달렸다. 메리는 데른헬름 뒤에 앉아 달리면서 왼손으론 그를 붙잡고 다른 손으론 칼을 칼집에서 쉽게 뺄 수 있도록 느슨하게 했다. 그는 지금 노왕의 말이 진실이라는 것을 뼈저리게 절감하고 있었다.

'이번 전쟁에서 그대가 무슨 일을 할 수 있겠는가, 메리아독?'

그는 생각했다.

'바로 이거야. 한 기사에게 짐이나 되고, 기껏해야 말에서 떨어지지 않고 질주하는 말발굽에 밟혀 죽지 않기를 바라는 것 말이야.'

외벽까지 5킬로미터도 안 남았다. 그들은 곧 그곳에 도착했다. 메리에겐 너무 순식간이었다. 거친 함성이 터져 나왔고 무기들이 부딪쳤지만 잠시뿐이었다. 성벽 주위에서 분주하게 오가던 얼마 안 되는 오르크들은 깜짝 놀랐다. 그들은 재빨리 살해되거나 쫓겨 갔다. 람마스북문의 폐허 앞에서 왕은 다시 멈췄다. 제1에오레드는 그의 뒤와 양옆에서 그를 둘러쌌다. 엘프헬름의 부대는 오른쪽으로 떨어져 있었지만, 데른헬름은 계속 왕 가까이에 있었다. 그림볼드의 부하들은 옆으로 돌아서 더 멀리 동쪽 성벽의 큰 틈새로 갔다.

메리는 데른헬름 등 뒤에서 앞쪽을 응시했다. 저 멀리, 16킬로미터나 그 이상 되는 곳에서 큰불이 타오르고 있었다. 그곳과 지금 기사들이 있는 곳 사이에서 타오르는 불길들은 방대한 초승달 모양으로 이어져 있었는데, 가장 가까운 곳은 5킬로미터도 떨어져 있지 않았다. 그 외에는 어두운 들판에서 보이는 것이 거의 없었다. 그는 아직 아침의 희망도 보지 못했고, 바뀌었든 아니든 바람도 느끼지 못했다.

이제 곤도르의 평원으로 로한의 기사들은, 마치 사람들이 절대로 안전하다고 믿은 제방 틈새로 밀물이 흘러들듯, 천천히 그러나 꾸준히 쏟아져 들어갔다. 그러나 암흑의 대장은 오로지 도시 함락에 온 마음과 의지를 쏟고 있었고, 그의 계획에 결함이 있다고 경고하는 보고는 아직 받지 못했다.

잠시 후 왕은 대군을 공성의 화염과 외곽 평원 사이로 이끌어 가려고 약간 동쪽으로 길을 틀게 했다. 아직까지 그들은 공격을 받지 않았고, 세오덴은 아직 공격 개시의 신호를 보내지 않았다. 마침내 그는 다시 한번 멈춰 섰다. 이제 도시는 더 가까워졌다. 타는 냄새가 공기에 배어 있었고, 바로 죽음의 그림자가 깔려 있었다. 말들은 불안해했다. 스나우마나를 타고 있는 왕은 꼼짝하지 않고 갑자기 고뇌나 두려움이 엄습한 듯이 미나스 티리스의 고통을 응시했다. 고령의 그는 겁먹고 위축된 것 같았다. 메리 자신은 공포와 의혹의 엄청난 무게에 가슴이 짓눌리는 기분이었다. 그의 심장은 천천히 뛰었다. 불확실한 상황에 시간이 정지된 것 같았다. 그들은 너무 늦었다! 너무 늦으면 아예 없느니만 못하다! 세오덴은 겁에 질려 노구를 숙이고 살금살금 달아나서 산에 숨고 싶었을 것이다.

그 순간 갑자기 메리는 마침내 그것을 분명히 느꼈다. 어떤 변화를. 바람이 얼굴에 와 닿았다! 빛이 희미하게 깜박이고 있었다. 멀리, 저 멀리 남쪽에서, 희미한 회색 형체처럼 구름이 모습을 드러내고 떠가는 것을 볼 수 있었다. 그 너머에 아침이 온 것이다.

그러나 바로 그 순간에 마치 도시 밑 땅에서 번개가 치솟은 듯이 섬광이 일었다. 아주 짧은 순간 그것은 멀리서 흑백으로 눈부시게 빛났고, 일직선으로 솟아오른 그 꼭대기는 반짝이는 바늘처럼 보였다. 그러고 나서 다시 어둠이 덮였을 때, 엄청난 꽝 소리가 온 들판에 울려 퍼졌다.

그 소리에 왕의 굽은 몸이 갑자기 꼿꼿하게 펴졌다. 그는 다시 크고 당당해 보였다. 등자에서 몸을 일으킨 그는 어느 인간도 낸 적 없는 맑은 목소리로 크게 부르짖었다.

일어나라, 일어나라, 세오덴의 기사들이여!
사악한 행위에 분기하라, 불과 학살!
창은 흔들리고, 방패는 부서지니,
칼의 날, 붉은 날, 태양이 떠오르기 전에!
이제 달려라, 달려! 곤도르로 달려라!

이 외침과 함께 세오덴 왕은 기수(旗手) 구슬라프의 큰 뿔나팔을 움켜잡았고, 너무나 강한 힘으로 불었기에 나팔이 산산조각 나 버렸다. 그러자 곧바로 대부대의 모든 나팔이 하늘을 향해 합주를 시작했다. 이 시간에 울린 로한의 나팔 소리는 평원에서 폭풍처럼, 산지에서 천둥처럼 퍼져 나갔다.

이제 달려라, 달려! 곤도르로 달려라!

갑자기 왕이 스나우마나에게 소리치자 말은 질풍처럼 뛰어나갔다. 그의 뒤에서 푸른 초원을 달리는 백마가 그려진 그의 기치가 바람에 펄럭이며 쫓아갔으나 그를 따라잡지는 못했다. 그 뒤를 이어 그의 직속 기사들이 질풍처럼 달렸지만, 왕은 여전히 선두를 달렸다. 에오메르가 투구에 붙은 흰 깃털을 나부끼며 전속력으로 질주했고, 제1에오레드의 앞줄은 해안에 밀려가 거품을 일으키는 파도처럼 포효했지만, 왕을 따라잡을 수는 없었다. 왕은 마치 무언가에 홀린 것 같았고, 아니면 그의 선조들의 투혼이 그의 핏줄에서 새로 피어난 불길처럼 타오르는 것 같았다. 그는 고대의 신처럼, 심지어 세계가 젊었을 때 일어난 발라의 전투에서 용맹을 떨쳤던 위대한 오로메처럼 스나우마나에 버티고 앉아 있었다. 그의 금방패의 덮개가 벗겨졌다. 보라! 그것은 태양의 형상으로 빛을 빌렸고, 그의 준마의 하얀 발 주위의 풀잎들은 선명한 초록색으로 빛났다. 아침이 온 것이다. 아침이 왔고, 바다에서 바람이 왔다. 어둠이 걷혔다. 모르도르의 병사들은 울부짖었고, 공포에 사로잡혀 달아났고, 죽음을 맞았다. 분노의 말발굽이 그들을 짓밟고 달려갔다. 그러고 나서 로한의 대군은 노래하기 시작했다. 전투의 환희에 휩싸여 그들은 적을 살해하며 노래를 불렀다. 아름답고도 무시무시한 그들의 노랫소리는 성까지 퍼져 나갔다.

Chapter 6

펠렌노르평원의 전투

그러나 곤도르 공략을 지휘한 것은 오르크의 대장이나 강탈자가 아니었다. 어둠은 그의 주인이 계획한 날짜가 되기 전에 너무 일찍 흩어지고 있었다. 행운은 그 순간 그를 배신했고, 세상은 그에게서 등을 돌렸다. 승리는 그가 손을 뻗어 붙잡으려던 순간에 그의 손아귀에서 빠져나가고 있었다. 그러나 그의 팔은 길었다. 그는 아직도 대군을 지휘하며 엄청난 힘을 휘두를 수 있었다. 왕이자 반지악령이자 나즈굴의 군주인 그는 많은 무기를 갖고 있었다. 그는 성문을 떠나 사라졌다.

마크의 세오덴 왕은 성문에서 강으로 이어지는 길에 도착해서 이제 2킬로미터도 떨어져 있지 않은 도시로 향했다. 그는 새로운 적들을 찾으려고 속도를 약간 늦추었고, 그의 기사들이 왕의 주위로 몰려들었다. 데른헬름도 그들 가운데 끼어 있었다. 저 앞 성벽 가까이에서 엘프헬름의 부하들은 공성기계들 사이에서 적들을 찌르고 죽이며 불구덩이로 몰아가고 있었다. 펠렌노르평원의 북쪽 거의 절반이 회복됐으며, 적들의 막사가 불태워졌고, 오르크들은 사냥꾼에 쫓기는 짐승처럼 강으로 달아났다. 로한인들은 이리저리 임의대로 달리고 있었다. 그러나 그들은 아직 포위망을 완전히 와해시키지 못했고, 성문도 빼앗지 못했다. 성문 앞에는 많은 적들이 몰려 있었고, 평원의 절반에는 아직 싸우지 않은 대군이 여전히 우글거리고 있었다. 길 저편 남쪽으로는 하라드인들의 주력부대가 있었는데, 그들 대장의 깃발 주위에 기사들이 모여 있었다. 그 대장은 멀리 바라보다가, 밝아 오는 빛 속에서 왕의 깃발을 발견했고 그것이 격전지에서 훨씬 앞선 곳에 몇 명 되지 않는 기사들만으로 호위되고 있음을 알아챘다. 그는 강한 분노에 사로잡혀, 붉은 바탕에 검은 뱀이 그려진 자신의 기치를 펼치고 많은 부하들과 함께 초원 위의 백마를 향해 달려갔다. 남부인들이 뽑아 든 언월도는 별처럼 반짝였다.

그러자 세오덴도 그를 보았다. 왕은 적이 다가올 때까지 기다리지 않고 스나우마나에게 소리치며 적을 맞으러 황급히 돌진했다. 그들의 부딪침과 충돌은 실로 대단했다. 그러나 북부인들의 흰 분노는 더 뜨겁게 타올랐고, 기사들이 긴 창을 다루는 솜씨가 더 뛰어나고 맹렬했다. 그들은 수적으로 열세였지만 숲속에 떨어지는 벼락처럼 남부인들을 가르며 나아갔다. 공세의 정면에서 셍겔의 아들 세오덴이 앞장섰다. 그의 창은 적의 대장을 넘어뜨렸을 때 부르르 떨었다. 그는 칼을 뽑아 들고 적들의 기치로 급히 달려가 깃대와 기수를 베어 버리고 그 검은 뱀을 땅에 처박았다. 그러자 적의 기병들 중에 살아남은 자들은 모두 돌아서서 멀리 달아나 버렸다.

그러나 아! 한창 영예를 구가하던 그 순간에 왕의 금방패에 그늘이 졌다. 하늘의 새 아침 햇살이 가려졌다. 어둠이 그의 주위에 내려앉았다. 말들이 뒷다리로 일어나서 울부짖었다. 사람들은 말에서 떨어져 땅 위를 기어 다녔다. 세오덴이 외쳤다.

"내게 오라! 내게 오라! 에오를의 후손이여, 일어나라! 어둠을 두려워 말라!"

그러나 스나우마나는 공포에 사로잡혀 뒷발로 일어서서는 공중에서 앞발을 버둥거렸고 그러다가 큰 비명을 지르며 옆으로 쓰러져 버렸다. 검은 창이 말을 꿰뚫었던 것이다. 왕도 그 밑에 깔려 쓰러졌다.

거대한 어둠이 구름이 떨어지듯 가까이 내려왔다. 그런데 보라! 그것은 날개 달린 생물이었다. 그것을 새라고 말한다면 그 어떤 새보다도 컸다. 그런데 그것은 벌거숭이라서 큰 깃이나 깃털 하나 달려 있지 않았다. 그것의 거대한 날개는 뿔처럼 돌기가 있는 손가락들 사이에 가죽 갈퀴처럼 달려 있었고 악취를 풍겼다. 이것은 아마더 오래전 세계의 생물이었을 것이다. 그 종자는 달 아래 잊힌 차가운 산맥에 머물면서 그들의 시대를 넘어 오래도록 살아남았고, 흉측한 둥지에 살면서, 시대에도 걸맞지 않고 악에 물들기 쉬운 이 마지막 새끼를 낳았다. 그런데 암흑군주가 그 새끼를 붙잡아 썩은 고기를 먹여 키웠고, 마침내 그것은 날아다니는 다른 것들과는 비교할 수 없이 엄청나게 커졌던 것이다. 그는 그 생물을 자기 부하에게 탈것으로 주었다. 이 생물은 아래로, 아래로 내려왔다. 손가락에 달린 갈퀴를 접으면서 꺽꺽거리듯 울부짖고는 스나우마나의 몸에 올라앉아 털 하나 없는 긴 목을 구부리고 발톱으로 살을 헤집었다.

그 위에 어떤 형체가 앉아 있었다. 검은 망토를 걸친 거대하고 위협적인 형체였다. 그는 강철 왕관을 쓰고 있었으나 그 왕관과 옷 사이에 그 치명적인 눈빛 말고는 아무것도 보이지 않았다. 나즈굴의 군주였다. 어둠이 걷히기 전에 이 새를 불러 공중으로 돌아갔던 그는 이제 파멸을 안고 다시 돌아왔고, 희망을 절망으로, 승리를 죽음으로 바꾸어 놓았다. 그는 크고 검은 철퇴를 휘둘렀다.

그러나 세오덴이 완전히 버림받은 것은 아니었다. 그의 직속 기사들은 살해되어 주위에 쓰러져 있거나 아니면 말들이 미쳐 날뛰는 바람에 멀리 떨어져 있었지만, 한 사람이 아직도 거기 서 있었다. 두려움을 넘어선 충성심을 가진 젊은이 데른헬름이었다. 그는 자신의 군주를 아버지처럼 사랑했기에 울고 있었다. 돌격해 오는 동안 그는 메리를 뒤에 태운 채 안전하게 전투를 치러 냈다. 그러니 어둠이 다가오자 윈드폴라가 공포에 미쳐 날뛰며 그들을 내동댕이치고 들판으로 달아나 버렸다. 메리는 얼떨떨한 상태에서 짐승처럼 네 발로 기었고, 무시무시한 공포에 사로잡혀 앞이 보이지 않고 속이 메스꺼웠다.

메리의 마음은 속으로 이렇게 외치고 있었다.

'왕의 신하야! 왕의 신하야! 넌 그분 곁에 있어야 해. 군주를 아버님처럼 모시겠다고 말했잖아.'

그러나 그의 의지는 대답하지 않았고 몸은 부들부들 떨었다. 감히 눈을 뜰 수도, 얼굴을 들 수도 없었다.

그런데 마음속의 깜깜한 곳에서 데른헬름의 말소리가 들린 것 같았다. 하지만 지금 그 목소리는 이상하게 들렸고, 예전에 알던 다른 목소리를 연상시켰다.

"꺼져라, 더러운 드윔메를라익, 썩은 새매의 군주! 죽은 이를 가만히 놔둬라!"

그러자 차가운 목소리가 대답했다.

"나즈굴과 그 먹잇감 사이에 끼어들지 말라! 그러지 않으면 그대 차례가 되어도 그대를 죽이지 않고 모든 어둠 너머 비탄의 집까지 끌고 가서 거기에서 육체를 삼켜 버리고, 오그라든 정신이 '눈꺼풀 없는 눈' 앞에 벌거벗겨져 남게 만들 것이다."

칼이 뽑히는 소리가 울렸다.

"네 마음대로 해라. 그러나 할 수 있는 한 난 널 막겠다."

"날 막아? 이 바보. 어떤 살아 있는 남자도 날 막을 수 없다."

그러자 메리의 귀에 그 순간 가장 어울리지 않는 이상한 소리가 들려왔다. 데른헬름이 웃음을 터뜨리는 소리 같았는데, 그 맑은 목소리는 강철처럼 울렸다.

"난 살아 있는 남자가 아니야! 네가 보고 있는 건 여자이거든. 난 에오문드의 딸 에오윈이다. 네놈은 나와 내 군주이자 친척 사이를 가로막고 있어. 네가 불사의 몸이 아니라면 꺼져라! 살아 있는 놈이

174

든 죽지 않는 어둠이든 그분을 건드린다면 네놈을 쳐부수겠다."

날개 돋친 생물은 그녀를 향해 괴성을 질러 댔지만, 반지악령은 아무 대답도 하지 않았고 마치 어떤 의혹을 느낀 듯 잠자코 있었다. 메리는 그 순간 너무나 놀란 나머지 두려움도 잊었다. 그래서 눈을 번쩍 떴고 그러자 눈꺼풀에서 어둠이 걷혔다. 자신에게서 몇 걸음 떨어진 곳에 그 거대한 짐승이 앉아 있었고 그 주위에는 온통 어둠이 깔려 있었다. 그 짐승 위에 절망의 그림자처럼 앉아 있는 나즈굴의 군주가 희미하게 보였다. 약간 왼쪽에서 자신이 지금껏 데른헬름이라 불렀던 여자가 그들을 마주하고 서 있었다. 지금까지 그녀를 가려 주었던 투구가 벗겨져서, 매듭에서 풀려난 그녀의 빛나는 머리칼이 어깨에 흘러내려 은은한 금빛을 발하고 있었다. 바다처럼 잿빛을 띤 그녀의 눈은 단호하고도 사납게 빛났지만 그녀의 볼에는 아직 눈물이 흐르고 있었다. 손에 칼을 쥔 그녀는 적의 무시무시한 눈에 맞서 방패를 쳐들었다.

그는 에오윈이었고, 데른헬름이었다. 메리의 마음에 검산오름에서 출발할 때 보았던 그 얼굴의 기억이 섬광처럼 떠올랐다. 아무 희망도 없이 죽음을 찾아가는 사람의 얼굴. 그의 마음이 연민과 큰 경이감으로 채워지면서, 호빗 특유의 천천히 달아오르는 용기가 갑자기 일깨워졌다. 그는 주먹을 꽉 움켜쥐었다. 그녀가 죽어서는 안 된다. 저토록 아름답고, 저토록 필사적인데! 적어도 홀로, 아무 도움도 받지 못한 채 죽어서는 안 된다!

적의 얼굴이 자신을 향하지는 않았지만, 그 치명적 눈길이 자기에게 쏠릴까 두려워서 그는 감히 움직일 엄두도 내지 못하고 있었다. 천천히, 아주 천천히, 그는 옆으로 기어가기 시작했다. 그러나 의혹과 악의에 차서 자기 앞에 서 있는 여인에게 몰두한 암흑의 대장은 그를 진흙 속의 한 마리 벌레쯤으로밖에 여기시 않는 듯 수의를 기울이지 않았다.

갑자기 그 거대한 짐승은 그 흉측한 날개를 펄럭였고 그러자 더 러운 바람이 밀려왔다. 그것은 다시 공중으로 날아올랐고, 찢어지 는 소리와 함께 재빨리 내려와 에오윈을 덮치며 부리와 발톱으로 공 격했다.

그래도 그녀는 움찔하지 않았다. 로한의 처녀, 왕의 자손인 그녀 는 비록 가냘프지만 강철 칼날 같았고, 아름답지만 무시무시했다. 그녀는 재빨리 능숙하게 치명적인 일격을 가했다. 앞으로 뻗은 짐승 의 목을 갈라 잘라 내자, 잘린 머리가 돌처럼 땅에 떨어졌다. 그 거대 한 몸통이 커다란 날개를 펼친 채 땅에 떨어져 부서지고 늘어졌을 때 그녀는 날쌔게 뒤로 뛰어 물러났다. 그 짐승이 떨어지자 어둠이 물러났다. 그녀 주위에 빛이 쏟아졌고, 그녀의 머리칼은 떠오르는 아침 햇살에 반짝였다.

거대하고 위협적인 암흑의 기사가 그 짐승의 잔해에서 일어나 그 녀 위로 높이 솟았다. 마치 독처럼 귀를 찌르는 증오의 괴성을 지르 며 그는 철퇴를 내리쳤다. 그녀의 방패가 산산조각 났고 팔이 부러 졌다. 그녀는 비틀거리며 무릎을 꿇었다. 그가 그녀에게 몸을 숙여 구름처럼 덮을 때 그의 눈은 빛을 발했다. 그는 그녀를 죽이려고 철 퇴를 높이 쳐들었다.

그러나 갑자기 암흑의 기사도 날카로운 고통의 비명을 지르며 앞 으로 비틀거렸고, 그의 철퇴는 멀리 빗나가 땅에 꽂혀 버렸다. 메리 의 칼이 등 뒤에서 그의 검은 망토를 찢고 쇠사슬 갑옷 밑을 지나 그 의 단단한 무릎 뒤쪽의 힘줄을 꿰뚫었던 것이다.

메리는 소리쳤다.

"에오윈! 에오윈!"

그러자 그녀는 비틀거리며 애써 일어나 마지막 힘을 다해 그 거대 한 어깨가 자기 앞으로 기우는 순간 그의 왕관과 망토 사이에 칼을 찔러 넣었다. 칼은 불꽃을 튀기며 산산조각이 났다. 왕관은 덩그렁 울리며 굴러떨어졌다. 에오윈은 쓰러진 적 위에 엎어지고 말았다. 그러나 아! 그 망토와 갑옷 안에는 아무것도 없었다. 그것들은 이제 찢어지고 구겨진 채 볼품없이 땅바닥에 널려 있었다. 그러자 어떤 비명 소리가 전율하는 공기 속으로 올라갔고, 날카롭게 울부짖는 소리로 서서히 잦아들어, 이미 죽어 육신이 없는 가느다란 목소리가 바람과 함께 지나가 사라져 버렸고, 다시는 이 세상의 이 시대에서 들을 수 없었다.

거기 이 살상의 현장 한가운데에 호빗 메리아독이 서 있었다. 눈물이 앞을 가려 한낮의 올빼미처럼 눈을 껌벅거렸다. 부연 안개 사이로 그는 이제 쓰러져 움직이지 못하는 에오윈의 아름다운 머리를 보았고, 가장 영예로운 순간에 쓰러진 왕의 얼굴도 보았다. 그를 깔고 넘어진 스나우마나가 고통을 못 이겨 옆으로 굴러간 것이다. 하지만 그 말은 그 주인의 파멸의 원인이 되고 말았다.

메리는 몸을 굽혀 왕의 손을 잡고 입을 맞추었다. 그러자 아, 세오덴이 눈을 떴는데, 그 눈은 아주 맑았다. 그는 아주 힘겹게 조용히 말했다.

"안녕, 홀뷔틀라! 내 몸은 부서졌네. 나는 나의 선조들에게 가네. 이제는 강대한 그분들과 어울려도 부끄럽지 않을 걸세. 내가 검은 뱀을 쓰러뜨렸으니. 음산한 아침, 찬란한 낮, 그리고 황금빛 석양이라네!"

메리는 말을 할 수 없어 다시 울기 시작했다. 그는 마침내 말했다.

"용서하십시오, 전하. 제가 명령을 어긴 것과, 그러고도 헤어지는 이 순간에 울기만 하고 전하께 아무 도움도 드리지 못하는 것을요."

늙은 왕은 미소를 지었다.

"슬퍼하지 말게! 자넬 용서하네. 위대한 선심은 서설되지 않는 법이지. 이제 축복받은 삶을 누리게. 그리고 자네가 다시 담뱃대를 물고 편히 앉아 있을 날이 오면 날 생각해 주게! 이제는 전에 약속한 대로 자네와 함께 메두셀드에 앉아 있을 수도, 또 자네의 연초 이야기도 못 듣게 됐으니 말일세."

그는 눈을 감았다. 메리는 그의 옆에 고개를 숙이고 있었다. 곧 그가 다시 말했다.

"에오메르는 어디 있지? 내 눈이 캄캄해지는데, 가기 전에 그를 보고 싶구나. 그가 내 뒤를 이어 왕이 되어야지. 그리고 에오윈에게 전갈을 보내고 싶구나. 에오윈, 그 애는 날 보내지 않으려 했지. 그런데 이제 그 애를 다시 보지 못하겠구나. 딸보다 더 사랑하는 그 애를."

"전하, 전하!"

메리는 외쳤다.

"그녀는 지금……."

그러나 그 순간 떠들썩한 소리가 들렸고, 그들 주위에서 뿔나팔과 나팔을 불어 대고 있었다. 메리는 주위를 둘러보았다. 그는 전투를 잊었을 뿐만 아니라 온 세상을 잊고 있었다. 왕이 말을 달리다 쓰러진 후에 많은 시간이 지난 것 같았다. 하지만 실은 아주 짧은 시간에 불과했다. 그러나 이제 그는 곧 합세할 대규모 전투의 한복판에서 그들이 사로잡힐 위험에 처해 있다는 것을 깨달았다. .

적의 새로운 병력이 강에서 급히 길을 올라오고 있었고, 성벽 아래에서도 모르굴의 군단이 밀려오고 있었다. 남쪽 들판에서는 기병을 앞세운 하라드의 보병이 왔고 그들 뒤에서 전투탑을 짊어진 무마킬의 거대한 등판들이 다가오고 있었다. 그러나 북쪽에서는 흰 투구 깃을 꽂은 에오메르가 로한의 선진을 다시 모아 결집하고 이끌었으며, 성안에 남아 있던 모든 군세가 밀려 나왔고 그 선두에 선 돌 암로스의 은빛 백조가 성문에서 적을 몰아내고 있었다.

한순간 메리의 머리에 어떤 생각이 스치고 지나갔다.

'간달프는 어디 있지? 여기 있지 않은가? 그가 왕과 에오윈을 구할 수는 없었을까?'

그러나 잠시 후 에오메르가 급히 그곳으로 달려왔다. 그와 함께 살아남은 왕의 직속 기사들도 이제 말을 진정시키고 달려왔다. 그들은 거기 쓰러져 있는 죽은 짐승의 시체를 보고 경악했고, 그들의 말은 가까이 오려고 하지도 않았다. 에오메르는 말에서 내려 왕의 곁에 다가왔지만 슬픔과 절망에 압도당해 아무 말도 못 하고 서 있었다.

그러자 기사 한 명이 거기 죽어 쓰러진 왕의 기수 구슬라프의 손에서 왕의 기치를 뽑아내어 높이 세웠다. 천천히 세오덴은 눈을 떴다. 기치를 보자 그는 에오메르에게 넘겨주라는 몸짓을 하며 말했다.

"마크의 왕 만세! 이제 승리를 향해 돌진하라! 에오윈에게 내 작별 인사를 전해 주게!"

왕은 에오윈이 바로 옆에 쓰러져 있다는 것을 알지 못한 채 마침내 숨을 거두었다. 그러자 옆에 있던 사람들이 울며 외쳤다.

"세오덴 왕! 세오덴 왕!"

그러나 에오메르는 그들에게 외쳤다.

> *"너무 슬퍼 말라! 돌아가신 기사분은 용감했고*
> *종말은 위대했다. 그분의 무덤을 쌓으면*
> *여인네들이 눈물을 흘릴 것이다. 그러나 지금은 전쟁이 우릴*
> *부른다!"*

그러나 이렇게 외치면서 그도 울고 있었다.

"왕의 직속 기사들은 여기 남으라. 진투에 휘둔되지 않도록, 왕의 옥체를 정중하게 이 들판에서 옮기도록 하라. 그리고 여기 쓰러진 그의 직속 기사들도 영예롭게 모셔라."

그리고 그는 살해된 이들을 보며 그들의 이름을 불렀다. 그러다 갑자기 쓰러져 있는 자기 누이 에오윈을 보았고, 그녀를 알아보았다. 그는 소리를 막 지르려다 심장이 화살에 관통당한 사람처럼 한순간 가만히 있었다. 그러고 나서 그의 얼굴은 죽은 사람처럼 창백해졌으며 차가운 분노가 끓어올라 한동안 말을 할 수 없었다. 그는 완전히 흥분한 상태였다.

"에오윈! 에오윈!"

마침내 그는 부르짖었다.

"에오윈, 네가 어떻게 여기에 있지? 이 무슨 광기나 악마의 소행이란 말이냐! 죽음, 죽음, 죽음! 죽음이 우리 모두를 삼키는구나!"

그러더니 주위의 조언을 듣지도 않고, 또 도시의 사람들이 다가오는 것을 기다리지도 않고, 그는 황급히 박차를 가해 대부대의 선두로 돌아갔고, 뿔나팔을 불면서 큰 소리로 공격을 명했다. 온 평원에 그의 맑은 외침이 퍼져 나갔다.

"죽음으로! 달려라, 파멸과 세상의 종말을 향해 달려라!"

그의 외침과 함께 대부대는 전진하기 시작했다. 그러나 로한인들은 더 이상 노래하지 않았다. 그들은 크고 무시무시한 목소리로 '죽음'을 외쳤고, 거대한 파도처럼 점점 속도가 빨라지면서 왕의 시신 주변을 휩쓸고 지났고 함성을 지르며 남쪽으로 돌진해 갔다.

그런데 호빗 메리아독은 눈물로 범벅이 된 눈을 껌벅이며 여전히 그 자리에 서 있었다. 하지만 아무도 그에게 말을 걸지 않았고, 실은 관심을 기울이는 사람도 없었다. 그는 눈물을 훔치고 허리를 숙여 에오윈이 준 초록색 방패를 집어 등에 멨다. 그러고는 떨어뜨린 칼을 찾아보았다. 그가 일격을 가했을 때 팔이 마비되었던 것이다. 지금은 왼팔만 쓸 수 있었다. 그런데 보라! 저기 그의 칼이 있는데, 놀랍게도 불 속에 던져진 나뭇가지처럼 연기를 내고 있었고, 그가 쳐다보는 사이에 그것은 꼬이고 마르더니 다 타 버렸다.

이렇게 서쪽나라 사람의 작품인 고분구릉의 칼은 사라져 버렸다. 그러나 오래전 두네다인이 아직 초창기였고 그들의 주적은 앙마르의 죽음의 왕국과 그 마술사왕이었을 때, 북왕국에서 그 칼을 천천히 벼려 온 사람이 그것의 운명을 알았더라면 매우 기뻐했을 것이다. 더 강한 자가 휘둘렀더라도 다른 칼이었다면 그 적에게 이토록 치명적인 상처를 입힐 수 없었을 것이다. 그 칼은 죽지 않는 육체를 가르고, 보이지 않는 그의 근육과 그의 의지를 엮어 놓은 주문을 깨뜨렸던 것이다.

사람들은 왕의 시신을 들어 올렸고, 임시변통으로 창 자루에 망토를 펼쳐 만든 들것에 왕을 모시고 도시로 향했다. 다른 사람들은 에오윈을 조심스럽게 들어 올려 그 뒤를 따랐다. 그러나 죽은 직속 기사들은 아직 들판에서 옮길 수 없었다. 왕의 직속 기사 중 일곱이 거기 쓰러졌으며, 그중에는 그들의 대장인 데오르위네도 있었다. 사람들은 그 시신들을 적들과 잔인한 짐승에게서 분리해 그들 주위에 창을 쌓아 놓았다. 후에 모든 것이 다 끝났을 때 사람들은 돌아와 그 짐승의 시체를 불태웠다. 그러나 스나우마나는 무덤을 파고 묻었으며, 그 위에 곤도르와 마크의 글자로 새긴 비석을 세웠다.

> 충성스러운 신하이지만 왕의 재앙
> 날렵한발의 자손, 쾌속의 스나우마나 이곳에 잠들다.

스나우마나의 무덤에는 풀이 푸르게 잘 자랐지만, 그 짐승을 태운 낭은 언제까지나 검었고, 아무것도 자라지 않았다.

이제 메리는 슬픔에 잠겨 천천히 운구인들 옆을 걸어갔고, 전투에는 더 이상 관심을 두지 않았다. 그는 지쳤고 심한 고통을 느끼고 있었으며 그의 팔다리는 한기가 돌듯이 떨렸다. 바다에서 세찬 비가 몰려왔고, 세상 만물이 세오덴과 에오윈을 위해 우는 것 같았으며, 그 잿빛 눈물로 도시의 화염을 꺼 버리고 있었다. 곧 피어오른 안개 속에서 곤도르인의 선두부대가 다가오는 것이 보였다. 돌 암로스의 대공 임라힐이 달려와 그들 앞에서 고삐를 당겼다.

"그대들은 뭘 운반하고 있소, 로한의 친구들?"

그가 외쳤다. 그러자 로한인들이 답했다.

"세오덴 왕이오. 그분은 돌아가셨소. 그러나 이젠 에오메르 왕께서 전장으로 달려가셨소. 바람에 나부끼는 흰 투구 깃털을 단 분이오."

그러자 대공이 말에서 내렸고, 왕과 그의 위대한 전공을 기리기 위해 시신 곁에 무릎을 꿇고는 눈물을 흘렸다. 그리고 일어서서는 에오윈을 보고 놀라서 물었다.

"설마, 여기 여인이 있소? 로한의 여인들도 우리를 도우러 전장에 온 것이오?"

그러자 로한인들은 비통하게 답했다.

"아닙니다! 단 한 분입니다. 에오메르의 누이 에오윈 왕녀이십니다. 우린 지금까지 그녀가 참전한 줄 몰랐고, 그래서 더욱더 슬퍼하고 있는 겁니다."

그러자 대공은 비록 얼굴이 창백하고 차갑지만 아직도 아름다운 그녀를 더 자세히 보기 위해 고개를 숙이며 손을 만졌다. 그리고 나서 외쳤다.

"로한의 친구들! 그대들 중에 의사는 없는가? 이분은 치명상을 입었지만 내가 보기엔 아직 살아 있소!"

그리고 그는 자기 팔에 달린 반짝이는 팔목보호대를 그녀의 차가운 입술에 대 보았다. 그러자, 아! 거기엔 거의 보이지 않는 입김이 약간 서려 있었다.

"서두르시오!"

그는 도움을 요청하라고 자신의 기사 한 명을 신속히 성으로 돌아가게 했다. 그러나 자신은 쓰러진 이들에게 깊이 고개 숙여 작별을 고하고는 다시 말에 올라 전장으로 달려갔다.

이제 펠렌노르평원에서는 싸움이 맹렬히 달아오르고 있었다. 무기가 부딪치는 소리와 함께 사람들의 고함 소리, 그리고 말의 울음소리가 뒤섞여 요란했다. 뿔나팔과 나팔이 울렸고, 무마킬들도 전장으로 내몰리면서 큰 소리로 울부짖고 있었다. 도시의 남쪽 벽 아래에서는 이제 곤도르의 보병들이 그곳에 큰 군세를 형성하고 있던 모르굴 군단을 내몰고 있었다. 그러나 기병들은 에오메르를 돕기 위해 동쪽으로 달려갔다. 그중에 관문의 수장인 장신의 후린과 롯사르나크의 영주, 초록언덕의 히를루인 등과 함께 아름다운 임라힐 대공과 그의 기사들이 끼어 있었다.

그들의 도움이 로한인들에게는 늦은 감이 없지 않았다. 왜냐하면 행운은 에오메르에게 등을 돌렸으며, 그의 분노가 그를 함정으로 이끌었기 때문이다. 노기등등한 그의 저돌적인 공세는 적의 선진을 완전히 궤멸시켰고, 그의 기사들의 거대한 쐐기 모양의 대형은 남부인들의 대열을 흐트려 적의 기병을 물리치고, 보병들을 파멸의 구렁텅이로 몰아넣었다. 그러나 무마킬이 나타나는 곳마다 말들은 감히 접근하지 못하고 움츠러들거나 이리저리 도망쳐 버렸다. 그래서 그 거대한 야수는 싸우지도 않은 채 거대한 수성탑같이 버티고 섰고 그 주위로 하라드인들이 몰려들었다. 더구나 하라드인들만으로도 공격하는 로한인들의 세 배나 되었는데, 곧 사정은 더 악화되기 시작했다. 오스길리아스에서 새로운 석늘이 평원으로 쏟아져 들어오고 있었다. 그들은 도시를 약탈하고 곤도르를 유린하기 위해 소집되어 그곳에서 대장의 명령을 기다리고 있었다. 그 대장은 이제 사라졌으나, 모르굴의 부관 고스모그가 그들을 전장으로 내몬 것이다. 그들은 도끼를 든 동부인들과 칸드의 바리아그들, 그리고 진홍색 옷을 입은 남부인들, 흰 눈과 붉은 혀를 가진 반(半)트롤처럼 시커먼 원(遠)하라드의 인간들이었다. 일부는 로한인들의 후방으로 급히 밀려갔고, 또 일부는 서쪽으로 나아가 곤도르의 병사들을 물리치며 그들이 로한과 결합하지 못하도록 저지하고 있었다.

날씨마저 곤도르에 등을 돌리기 시작했고, 그들의 희망이 흔들리면서 도시에서 새로운 함성이 들려왔다. 오전 중반이었는데 큰 바람이 일더니 비를 북쪽으로 밀어냈고 해가 났다. 성벽 위에 있던 감시병들은 맑은 공기를 통해 저 멀리서 새로운 공포의 대상을 본 것이다. 그와 함께 그들의 마지막 희망도 스러져 버렸다.

안두인대하는 하를론드의 굽어진 곳부터 세로로 길게 흘러서 도시 사람들이 몇십 킬로미터를 내려다볼 수 있었고, 눈이 좋은 사람들은 다가오는 배를 다 볼 수 있었다. 그래서 그쪽을 쳐다보던 사람들이 경악하여 소리를 질렀던 것이다. 반짝이는 강물에 시커먼 선단이 바람을 타고 접근하고 있었다. 쾌속선들, 그리고 순풍에 불룩하게 부푼 검은 돛과 수많은 노 덕분에 빠르게 다가오는 큰 범선들이었다.

사람들이 소리쳤다.

"움바르의 해적! 움바르의 해적들이야! 봐! 움바르의 해적들이 오고 있어! 그러면 벨팔라스도 함락되었고, 에시르와 레벤닌도 넘어갔겠구나! 해적들이 밀려오고 있다! 이거야말로 종말의 마지막 일격이군!"

도시에서 명령을 내릴 지휘자를 찾을 수 없었기에 어떤 사람들은 제멋대로 종각으로 달려가 경종을 울렸다. 또 어떤 사람들은 퇴각을 알리는 나팔을 불기도 했다.

사람들은 외쳐 댔다.

"성안으로 돌아와! 성안으로! 완전히 패하기 전에 빨리 성안으로 돌아와!"

그러나 범선을 빠르게 몰고 온 바람이 그 떠들썩한 소리를 흩어 버리고 말았다. 로한인들은 사실 그런 소식이나 경고를 들을 필요가 없었다. 자신들의 눈으로 그 검은 돛들을 너무도 잘 볼 수 있었던 것이다. 에오메르는 이제 하를론드에서 1.6킬로미터도 떨어지지 않은 곳에 있었다. 그곳에서 부두까지 그가 처음 대적한 적들이 북새통을 이루고 있었고, 그의 뒤쪽에서는 새로운 적들이 회오리바람처럼 쏟아져 나와 그와 대공의 부대를 갈라 놓고 있었다. 이제 에오메르는 대하를 바라보았고, 희망이 그의 가슴에서 스러져 버렸다. 그가 앞서 축복했던 바람을 이제는 저주받은 바람이라 불렀다. 그러나 모르도르의 대군은 용기를 얻었고, 새로운 욕망과 분노에 사로잡혀 맹공의 함성을 지르며 달려들었다.

이제 에오메르는 비장한 기분이었고, 그의 마음은 다시 명료해졌다. 그는 가능한 모든 군세를 자신의 기치 아래 모으기 위해 뿔나팔을 불었다. 마지막으로 큰 방어벽을 구축해서 모두가 쓰러질 때까지 싸우고, 장차 노래로 불릴 만한 항전을 이 펠렌노르평원에서 치르려 했던 것이다. 마크의 최후의 왕을 기억할 사람이 서부에 하나도 살아남지 못하더라도. 그래서 그는 푸르른 작은 언덕으로 말을 몰아 그곳에 자신의 기치를 세웠고, 백마가 바람에 나부끼며 달렸다.

> *의혹에서 벗어나, 어둠에서 벗어나, 동이 트는 곳으로*
> *나는 칼을 뽑아 들고, 햇빛 속에서 노래하며 왔지.*
> *희망의 종말로 달렸다, 가슴이 찢어지도록,*
> *분노로, 파멸과 붉은 땅거미로 인해!*

그는 이 시를 읊었다. 하지만 이렇게 읊으면서 그는 웃었다. 다시 한번 전투에 대한 욕망을 느낀 것이다. 그는 아직 상처도 입지 않았고, 젊었고, 왕이었다. 사나운 종족의 군주였다. 그런데 아아! 그는 절망을 비웃으면서도 다시 검은 선단을 바라보았고, 그러고는 그들에 저항하기 위해 칼을 높이 들었다.

그런데 그 순간 경이로운 느낌이 그를 사로잡았고, 큰 기쁨이 솟아났다. 그는 칼을 햇살이 비치는 허공에 높이 던졌고, 다시 칼을 잡으며 노래를 불렀다. 모든 사람의 시선이 그의 눈길을 따랐다. 보라! 가장 앞장선 배에는 큰 기치가 접혀 있었는데, 배가 하를론드를 향해 방향을 돌렸을 때, 바람이 그 깃발을 펼쳐 주었다. 그 기치에는 꽃이 만발한 성수의 문양이 새겨져 있었다. 곤도르의 표지였다. 성수 주위에는 엘렌딜 이후 셀 수 없는 세월 동안 어떤 영주도 사용할 수 없었던 일곱 개의 별과, 그 위를 장식한 왕관이 수놓여 있었다. 그 별들은 엘론드의 딸 아르웬이 보석으로 수놓은 것이었기에 햇살을 받아 빛을 발했고, 왕관은 미스릴과 황금으로 만든 것이라서 아침 하늘 아래 눈부시게 반짝였다.

그리하여 아라소른의 아들인 아라고른, 엘렛사르, 이실두르의 후계자가 사자의 길을 벗어나 바닷바람에 실려 곤도르 왕국에 도착한 것이었다. 로한인들은 격렬하게 웃음을 터뜨리고 번쩍이는 칼을 휘두르며 기쁨을 표출했고, 도시에서는 나팔을 불고 종을 울리며 넘치는 즐거움과 놀라움을 드러냈다. 반면 모르도르의 대군은 어리둥절해서 어쩔 줄 몰랐고, 자기편 배에 적들이 타고 있다는 사실을 놀라운 마술로 여겼다. 이제는 그들이 암울한 두려움에 휩싸였다. 운명의 조류가 그들에게 등을 돌렸으며, 종말이 눈앞에 닥쳤다는 사실을 실감하지 않을 수 없었다.

돌 암로스의 기사들은 햇빛을 증오하는 트롤과 바리아그, 그리고 오르크 들을 몰아가며 동쪽으로 달려가고 있었다. 에오메르는 남쪽으로 달려갔고, 그의 코앞에서 달아난 적들은 곧 양쪽에서 협공을 당하게 되었다. 하를론드의 부두에 닿아 배에서 뛰어내린 병사들이 질풍처럼 북쪽으로 휩쓸고 간 것이다. 레골라스와 도끼를 휘두르는 김리가 왔고, 기치를 든 할바라드, 이마에 별을 달고 있는 엘라단과 엘로히르 형제, 그리고 북부의 순찰자인 정의의 손 두네다인이 레벤닌과 라메돈, 남쪽 영지의 대단히 용감한 전사들을 이끌고 질주했다. 맨 앞에서 아라고른이 서쪽나라의 불꽃, 새로 점화된 불처럼 빛을 발하는 안두릴, 옛날처럼 완전하게 다시 주조된 나르실을 들고 달려왔고, 그의 이마에는 엘렌딜의 별이 붙어 있었다.

그리하여 마침내 전장의 한복판에서 아라고른과 에오메르가 만났다. 그들은 칼에 기댄 채 서로를 바라보며 반가워했다.

"이렇게 다시 만났구려. 모르도르의 전군이 우리들 사이에 있었어도. 내가 나팔산성에서 그렇게 말하지 않았소?"

아라고른이 말하자 에오메르가 답했다.

"그렇게 말씀하셨지요. 하지만 희망은 종종 우릴 속이요. 또 그때는 당신이 예지력을 가진 사람인 줄 몰랐어요. 그러나 기대치 않았던 원군은 두 배나 더 반갑고, 또 이렇게 벗을 만나는 것보다 더 즐거운 일은 없습니다."

그들은 손을 꼭 맞잡았다.

"실로 이보다 더 시의적절한 때에 만난 적도 없었고요. 그렇지만 당신이 너무 일찍 온 건 아닙니다. 우린 많은 손실과 슬픔을 겪었으니까요."

에오메르가 말했다.

"그렇다면 그 얘기를 하기 전에 복수합시다."

아라고른이 말했고, 그들은 전장으로 같이 달려갔다.

그들은 맹렬한 전투와 긴 노고를 앞두고 있었다. 남부인들은 대담하고 잔인한 사람들이었으며 절망에 빠지면 흉포해졌다. 동부인들도 억세고 전쟁에 단련된 자들이라서 살려 달라고 애걸하지 않았다. 불타 버린 농가나 헛간 옆에, 작은 구릉이나 언덕 위에, 성벽 아래나 들판에 여기저기 모여서 그들은 계속 결집하고 날이 저물 때까지 싸웠다.

이윽고 태양이 민돌루인산 너머로 기울어 가면서 온 하늘을 타오르는 노을로 뒤덮어 산과 언덕을 모두 핏빛으로 물들였다. 안두인강은 불처럼 이글거렸고, 펠렌노르평원의 풀들도 황혼에 붉어졌다. 그 시간이 되어서야 곤도르벌판의 위대한 전투는 끝났다. 람마스외벽 안에는 살아 있는 적이 단 한 명도 없었다. 달아나다가 죽거나 대하의 붉은 거품에 빠져 죽은 자를 제외하면 모조리 살해되었다. 동쪽의 모르굴이나 모르도르로 돌아간 자는 거의 없었다. 하라드인들의 땅에는 멀리서 이야기가 들려왔을 뿐이다. 곤도르의 분노와 공포에 대한 소문이었다.

아라고른과 에오메르, 임라힐은 도시의 성문으로 돌아갔다. 이제 그들은 기쁨이나 슬픔도 느낄 수 없을 정도로 지쳐 있었다. 이 세 사람은 부상을 당하지 않았는데, 그들의 운명과 무기 다루는 힘과 기술이 워낙 특출했던 것이다. 실로 그들이 분노했을 때 감히 그들에게 맞서거나 그들의 얼굴을 쳐다볼 수 있는 사람은 거의 없었다. 그러나 많은 이들이 부상을 입었거나 불구가 되었고 혹은 들판에서 죽었다. 포를롱은 혼자 말을 잃은 채 싸우다 도끼에 살해되었고, 모르손드의 두일린과 그 동생은 무마킬의 눈을 쏘려고 사수들을 인솔해 그 괴수 가까이 접근하다가 깔려 죽고 말았다. 아름다운 히를루인은 핀나스 겔린으로 다시는 돌아갈 수 없게 되었고, 그림볼드도 그림슬레이드로 돌아갈 수 없으며, 정의의 팔을 가진 순찰자 할바라드는 북쪽 고향으로 다시 돌아갈 수 없었다. 유명한 자이든 무명의 전사든, 지휘관이든 병사든, 적지 않은 이가 쓰러졌다. 이는 실로 엄청난 대전이었고, 어떤 이야기에서도 그 총수를 다 헤아리지 못했다. 그래서 먼 훗날 로한의 시인은 '성널오름의 무덤'이라는 노래에서 이렇게 읊었다.

언덕에서 울리는 뿔나팔 소리를 들었네,
남쪽 왕국에서 칼들은 빛나고.
준마들은 돌의 땅으로 질주했지,
아침에 부는 바람처럼. 전쟁은 불붙었네.
세오덴이 쓰러졌지, 위대한 셍겔의 후손,
자신의 황금궁전과 푸른 초원으로,
북쪽 초원으로 결코 돌아가지 못했지,
대군의 고귀한 군주인 그는. 하르딩과 구슬라프,
둔헤레와 데오르위네, 대담한 그림볼드,
헤레파라와 헤루브란드, 호른과 파스트레드,
먼 나라에서 싸우다 쓰러졌네.
성널오름 언덕 흙 속에 누워 있다네,
동맹인 곤도르의 영주들과 함께.
아름다운 히를루인은 바다 옆 언덕으로,
노병 포를롱은 꽃 피는 계곡으로,
고국 아르나크로, 결코
승전가를 울리며 돌아가지 못했지. 장대한 사수들
데루핀과 두일린도 어두운 물결로,
산 그림자 아래 모르손드의 호수로 돌아갈 수 없었지.
아침의 죽음과 해 질 녘의 죽음이
귀인들과 천인들을 데려갔네. 이제 그들은
곤도르의 큰 강 옆 풀밭에서 긴 잠을 잔다네.
지금은 눈물처럼 잿빛, 은빛으로 빛나지만

그때는 붉은 물결이 포효하며 뒹굴었지.
피로 물든 물거품이 석양에 타올랐지,
봉화대가 밤중에 타오르듯,
람마스 에코르에 붉은 이슬이 떨어졌지.

Chapter 7
데네소르의 화장

성문에서 어둠의 그림자가 물러난 후에도 간달프는 여전히 꼼짝 않고 말에 앉아 있었다. 그러나 피핀은 자신을 짓누르던 커다란 중압감이 사라지기라도 한 듯이 벌떡 일어섰다. 그러고는 가만히 서서 뿔나팔 소리에 귀를 기울였다. 그 나팔 소리에 가슴이 기쁨으로 터질 것만 같았다. 후년에 가서도 그는 멀리서 뿔나팔 소리가 들려올 때마다 솟아나는 눈물을 억제할 수 없었다. 그러나 갑자기 자신의 볼일이 생각나서 그는 내달렸다. 그 순간 간달프는 몸을 움직였고 샤두팍스에게 뭐라 이르고는 성문을 지나가려 했다.

"간달프, 간달프!"

피핀이 외치자 샤두팍스가 멈춰 섰다.

"자넨 여기서 뭘 하고 있는 건가? 흑색과 은색의 제복을 입은 자들은 영주의 허락 없이 궁성에서 떠날 수 없다는 것이 이 도시의 규율 아닌가?"

"허락 받았어요. 그분이 절 쫓아내셨어요. 그런데 전 겁이 나요. 뭔가 끔찍한 일이 일어날 거예요. 영주님은 제정신이 아닌 것 같아요. 그분이 자살하지나 않을지, 혹시 파라미르까지 죽이려는 건 아닐지 두려워요. 어떻게 좀 해 볼 수 없으세요?"

간달프는 열린 성문으로 바라보고는 이미 들판에서 요란해지는 전투의 소음을 들었다. 그는 주먹을 꽉 쥐고 말했다.

"난 가아겠네. 암흑의 기사가 가 버리긴 했시만 그래노 우리에게 재앙을 몰고 올 걸세. 난 시간이 없어."

그러자 피핀이 외쳤다.

"하지만 파라미르는요! 그는 아직 죽지 않았어요. 누군가 말리지 않으면 그를 산 채로 태워 버릴 거예요."

"그를 산 채로 태운다고? 대체 무슨 소리인가? 빨리 말해 보게!"

"데네소르가 무덤에 갔어요. 그런데 파라미르를 데리고 갔어요. 우리 모두 타 버릴 거라면서 자기는 그때까지 기다리지 않겠다는 거예요. 직속 기사들에게 화장대를 만들어 자신과 파라미르를 태우라고 명령했어요. 장작과 기름을 가져오라고 시킨 사이에 전 빠져나왔어요. 오는 길에 베레곤드에게 말하긴 했지만 그는 자기 자리를 감히 벗어나지 못할 거예요. 근무 중이니까요. 그리고 그가 제지할 힘이 있겠어요?"

피핀은 이렇게 말을 쏟아 놓고 떨리는 손으로 간달프의 무릎을 잡았다.

"파라미르를 구해 주실 수 없어요?"

"어쩌면 할 수 있겠지. 하지만 내가 그렇게 한다면, 다른 사람들이 죽을 거라네. 그게 걱정이군. 그래, 아무도 그를 도울 수 없으니 내가 가야겠지. 하지만 이 일로 인해 재난과 슬픔이 이어지겠군. 우리 성채의 심장부에서도 적은 우리를 공격할 힘이 있다네. 지금 일어나는 일은 그의 의지가 작용한 것이니까."

간달프는 이렇게 결심하자마자 신속히 행동을 개시했다. 피핀을 잡아 올려 자기 앞에 태우고는 샤두팍스에게 방향을 바꾸라고 지시했다. 그들은 뒤에서 들려오는 전투의 소음을 들으며 미나스 티리스의 도로를 따라 달그닥 소리를 내며 올라갔다. 절망과 공포에서 되살아난 사람들이 무기를 잡고 서로 외쳐 대고 있었다.

"로한이 왔다!"

지휘관들은 소리치고, 부대가 정렬되고 있었다. 많은 사람들이 이미 성문으로 행진해 가고 있었다.

그들을 발견한 임라힐 대공은 소리쳐 불렀다.

"지금 어디 가십니까, 미스란디르? 로한인들이 곤도르의 평원에서 싸우고 있습니다! 우린 가능한 모든 전력을 모아야 합니다."

그러자 간달프가 답했다.

"모든 사람이, 아니 그 이상이 필요할 거요. 최대한 서두르시오. 난 할 수 있을 때 돌아오겠소. 지금은 데네소르 공에게 용무가 있소. 지체할 수 없는 일이오. 영주가 안 계시는 동안 대신 지휘권을 맡으시오."

그들은 계속 길을 따라 나아갔다. 궁성 가까이 올라갔을 때, 얼굴에 불어오는 바람이 느껴졌고, 저 멀리 남쪽 하늘에서 빛 한 줄기가 커지면서 아침이 흐릿하게 밝아 오고 있음을 알 수 있었다. 그래도 그들은 희망을 느끼지 못했다. 어떤 사악한 일이 자신들 앞에 벌어졌는지 알지 못하고, 또한 너무 늦게 갈까 봐 두려웠던 것이다.

간달프가 말했다.

"어둠이 지나가고 있군. 하지만 이 도시엔 아직 무겁게 드리워져 있네."

궁성 문에 경비병이 보이지 않았다.

"그럼 베레곤드가 간 거예요."

피핀은 약간 희망차게 말했다. 그들은 길을 돌아 금지된 문을 향해 황급히 나아갔다. 문은 활짝 열려 있었고, 문지기가 그 앞에 쓰러져 있었다. 누군가 그를 살해하고 열쇠를 가져간 모양이었다.

간달프가 말했다.

"적의 수작이야! 그는 이런 일을 좋아하거든. 친구와 친구가 싸우고, 마음이 혼란스러워 충성심이 갈라지는 일 말이지."

이세 그는 말에서 내려 샤두팍스에게 마구간으로 돌아가라고 일렀다.

"내 친구, 자네와 난 한참 전에 평원으로 달려갔어야 하는데, 다른 일 때문에 지체되는군. 내가 부르면 곧 달려오게!"

그들은 문을 지났고, 가파르고 구불구불한 길을 따라 내려갔다. 빛은 점점 밝아지고 있었고, 길옆에 서 있는 긴 둥근기둥들과 조상들이 회색 유령처럼 천천히 스쳐 지나갔다.

갑자기 정적이 깨지며 저 밑에서 고함 소리와 칼 부딪치는 소리가 들려왔다. 도시가 건설된 이후로 이 신성한 장소에서 한 번도 들린 적이 없는 소리였다. 마침내 그들은 라스 디넨에 이르러 거대한 둥근 지붕 아래 어스름 속에서 희미하게 빛나는 섭정의 집으로 급히 다가갔다.

"멈춰라! 멈춰! 이 미친 짓을 당장 멈추란 말이다!"

간달프는 문 앞의 돌계단을 뛰어오르며 외쳤다.

거기엔 칼과 횃불을 든 데네소르의 시종들이 있었고, 제일 높은 계단의 현관 앞에는 흑색과 은색의 경비대 제복을 입은 베레곤드가 홀로 서 있었다. 그는 시종들이 문으로 다가서지 못하게 막고 있었다. 시종 두 명이 이미 그의 칼에 쓰러져 신성한 장소를 피로 얼룩지게 했다. 다른 이들은 그를 저주하며, 범법자이자 영주에 대한 배신자라고 비난했다.

간달프와 피핀은 앞으로 가면서 사자의 방에서 흘러나오는 데네소르의 외침을 들을 수 있었다.

"빨리, 빨리! 내가 명령한 대로 시행하라! 이 변절자를 죽여라! 아니면 내가 직접 해야만 한단 말이냐!"

위쪽에서 베레곤드가 왼손으로 꽉 붙잡고 있던 문이 활짝 열리며 그 뒤에서 크고 무시무시해 보이는 영주가 나타났다. 그의 눈에는 불꽃같은 빛이 타올랐고 손에는 칼이 들려 있었다.

그러나 간달프가 계단을 뛰어오르자 사람들은 그에게서 쓰러지듯 물러나며 눈을 가렸다. 그가 들어오자 마치 어두운 곳에 하얀 빛이 밀려온 것 같았기 때문이었다. 그런데 그는 격노하고 있었다. 그가 손을 들어 올리자 데네소르의 손에 들려 있던 칼이 허공으로 날아가 뒤쪽 어둠 속에 떨어져 버렸다. 데네소르는 깜짝 놀라 간달프에게서 뒷걸음질 쳤다.

간달프가 말했다.

"이게 무슨 일이오, 영주? 죽음의 집은 산 사람에게 어울리는 곳이 아니오. 성문 앞에서 벌어지고 있는 전투로 만족하지 못한단 말이오? 왜 사람들이 이 신성한 곳에서 싸우는 것이오? 우리의 적이 여기 라스 디넨에 오기라도 했소?"

"언제부터 곤도르의 영주가 그대에게 대답할 의무가 있었소? 또 내가 내 시종들에게 명령도 할 수 없단 말이오?"

"명령은 할 수 있소. 그렇지만 당신의 의지가 광기와 해악을 향하고 있다면, 다른 사람들은 당신의 의지에 대항할 수 있소. 당신 아들 파라미르는 어디 있소?"

"안에 누워 있소. 타고 있소. 벌써 불타고 있단 말이오. 그들이 내 아들의 몸에 불을 붙였소. 그러나 곧 모두가 타게 될 거요. 서쪽 세계는 끝났소. 그 전체가 거대한 화염에 휩싸이고, 모든 것이 끝날 거요. 재! 재와 연기가 바람에 날려 갈 거요."

영주를 사로잡은 광기를 확인한 간달프는 그가 이미 흉악한 짓을 저지른 것은 아닌지 염려하면서 베레곤드와 피핀을 뒤따르게 하고 안으로 달려 들어갔다. 데네소르는 뒤로 물러서다가 결국 안에 있는 탁자 곁에 섰다. 그들은 열이 올라 혼수상태에 빠진 채 탁자에 누워 있는 파라미르를 발견했다. 그 아래와 주위에는 기름에 흠뻑 젖은 장작이 높이 쌓여 있었고, 파라미르의 옷과 담요에도 기름이 뿌려져 있었다. 하지만 아직 장작에 불이 붙지는 않았다. 간달프는 회색 망토 속에 그의 강력한 빛을 숨겨 놓았듯이 자기 내면에 숨겨져 있던 힘을 드러냈다. 그는 장작단 위로 뛰어올라 환자를 가볍게 들어 올리고는 다시 뛰어내려서 그를 문가로 데려갔다. 그러는 동안 파라미르는 신음 소리를 내면서 꿈속에서 아버지를 불렀다.

데네소르는 최면상태에서 깨어나는 사람처럼 흠칫 놀랐고 그의 눈에선 불꽃이 사라졌다. 그는 흐느끼며 말했다.

"내 아들을 데려가지 마오! 그 앤 날 부르고 있어."

그러자 간달프가 대답했다.

"그는 부르겠지. 그러나 당신은 아직 그에게 올 수 없소. 그는 죽음의 문턱에서 이제 치유를 받아야 하오. 어쩌면 못 받을지도 모르지. 반면에 당신이 할 일은 당신의 도시에서 벌어지고 있는 전장으로 곧장 가는 거요. 거기서 죽음이 당신을 기다리고 있을지 모르지. 당신도 마음속으로 그것을 알고 있겠지."

"파라미르는 다시 깨어나지 못할 거야. 전투는 헛된 짓이야. 왜 우리는 더 오래 살길 바라는 거지? 왜 우린 나란히 죽음으로 나아가면 안 되는 거지?"

"곤도르의 섭정, 당신의 권한은 당신이 죽을 시간을 결정하라고 주어진 것이 아니오. 그런 일을 저지른 사람은 암흑의 권능에 지배되었던 이교도 왕들밖에 없소. 오만과 절망 속에서 스스로를 죽이고, 자신의 죽음을 수월하게 하려고 자기 친족을 살해하는 그런 짓을 하오."

이렇게 말하며 파라미르를 안은 채 죽음의 집을 나선 간달프는, 현관 앞에 놓여 있던 파라미르를 싣고 온 침상 위에 그를 눕혔다. 데네소르는 그를 따라와서 멈춰 서서는 몸을 떨면서 아들의 얼굴을 갈망하는 눈으로 바라보았다. 한순간 모두들 입을 다물고 가만히 고뇌에 찬 영주를 지켜보는 가운데, 그는 머뭇거렸다.

간달프가 말했다.

"갑시다! 우리의 도움이 필요하오. 당신이 아직 할 수 있는 일이 많이 있소."

그러자 갑자기 데네소르는 웃음을 터뜨렸다. 그는 다시 몸을 당당하게 곧추세우고 방 안의 탁자로 재빨리 돌아가 그가 베개로 삼았던 것을 집어 들었다. 그리고 다시 문 쪽으로 돌아오면서 그 덮개를 벗겼다. 그러자, 아! 그의 손에 팔란티르 돌이 들려 있었다. 그가 들고 있는 동안 돌은 그 내부의 불꽃으로 타오르기 시작하는 것 같았다. 그래서 영주의 여윈 얼굴은 붉은 불에 비춰진 듯 붉어졌고, 단단한 돌로 깎은 듯한 그 얼굴은 검은 그림자와 선명하게 대비되어, 고귀하고 오만하며 무시무시해 보였다. 그의 눈은 번쩍였다.

"오만과 절망이라고? 그대는 백색탑이 눈멀었다고 생각하는가? 아니야, 난 그대가 아는 것보다 더 많은 것을 보아왔어, 이 회색 바보야. 그대의 희망은 무지일 뿐이야. 가서 힘껏 치료해 보시지! 가서 애써 싸우라고. 부질없는 짓이야. 하루쯤은 평원에서 작은 승리를 거둘 수도 있겠지. 그러나 지금 저기서 일어나는 힘에 대항한 승리란 있을 수 없어. 이 도시에 겨우 그 손의 첫째 손가락이 뻗쳤을 뿐이야. 동부 전체가 움직이고 있어. 지금 이 순간에도 그대의 희망이었던 바람이 그대를 속여 안두인대하의 강물 위로 검은 돛을 띄워 보내고 있어. 서부는 끝난 거야. 노예가 되고 싶지 않은 사람은 모두 떠나야 하는 시간이 되었어."

"그런 말은 적의 승리를 확실하게 만들어줄 뿐이오."

간달프가 이렇게 말하자 데네소르는 비웃듯 대답했다.

"그럼 희망을 계속 갖고 있게! 내가 그대를 모르는 줄 아는가, 미스란디르? 그대의 야망은 나 대신 통치하려는 것이지. 북쪽, 남쪽, 아니, 서쪽의 모든 권좌 뒤에서 조종하려는 것이지. 난 그대의 마음과 계략을 읽어 왔어. 그대가 이 반인족에게 입을 다물라고 명한 사실을 내가 모를 줄 아는가? 내 방에서 염탐을 하라고 들여보낸 것을 모를 줄 알아? 하지만 함께 대화를 나눌 때 나는 그대의 원성대 선원의 이름과 목적을 알아냈지. 그래! 그대는 왼손으로 나를 모르도르의 방패막으로 잠시 사용하면서 오른손으로는 북쪽의 그 순찰자를 내 자리에 앉히려는 거야.

그러나 분명하게 말하지, 간달프 미스란디르. 난 그대의 도구가 되진 않겠네. 난 아나리온 가문의 섭정이란 말이네. 벼락 왕족 밑에서 늙은 시종 노릇이나 하진 않겠어. 그가 설혹 자신의 권리를 입증할 수 있다 해도 그는 그저 이실두르의 후손일 뿐이야. 나는 이미 오래전에 권위와 왕권을 박탈당한 누더기 집안의 마지막 후손에게 고개를 숙이진 않겠어."

"그대의 의지가 그렇다면 앞으로 어떻게 할 생각이오?"

"난 내 평생 해온 대로, 아득히 먼 옛 선조들이 해 온 대로 해 나가겠어. 이 도시의 평화 속에서 군주로 행세하고, 마법사의 제자가 아닌, 자기 나름의 의지가 있는 아들에게 권좌를 물려주는 것이지. 그러나 운명이 이를 방해한다면 난 더 이상 아무것도 하지 않겠어. 실추된 삶도, 반쪽짜리 사랑도, 줄어든 명예도 갖지 않겠어."

"내가 보기에 자신이 위탁받은 것을 충실히 양도하는 섭정이라면 사랑이나 명예가 실추되지는 않을 것 같은데. 적어도 당신은 아직 생사가 의심스러운 아들에게서 선택을 박탈할 권리는 없소."

이 말을 듣자 데네소르는 다시 눈에 불을 켜고 팔란티르를 겨드랑이에 낀 채 작은 칼을 꺼내 들고 침상을 향해 달려들었다. 그러나 베레곤드가 뛰어들어 파라미르 앞을 가로막았다.

그러자 데네소르가 외쳤다.

"그래! 그대는 이미 내 아들의 사랑을 절반 훔쳤지. 그런데 이젠 내 기사들의 마음마저 훔쳐서 그들이 마지막에 내 아들을 완전히 훔쳐 가는구나. 그렇지만 적어도 내 마지막을 내 마음대로 하겠다는 의지만은 꺾을 수 없어."

그는 시종들을 향해 소리쳤다.

"이리 와라! 너희들 모두 배신자가 아니라면 이리 와!"

그러자 그들 중 두 명이 계단을 뛰어올라 그에게 갔다. 그는 한 사람의 손에서 재빨리 횃불을 뺏어 들고 다시 방으로 뛰어 들어갔다. 간달프가 말릴 겨를도 없이 그는 횃불을 장작더미에 던졌고, 그러자 탁탁 소리를 내며 금방 불길이 치솟기 시작했다.

데네소르는 탁자로 뛰어올라 화염과 연기에 휩싸인 채 발밑에 있던 섭정의 지팡이를 집어 들고는 무릎에 대고 부러뜨렸다. 지팡이 조각을 불 속으로 던지더니 그는 몸을 굽혀 탁자 위에 누웠고, 가슴 위에 올려놓은 팔란티르의 돌을 양손으로 움켜잡았다. 훗날 전해지기로는, 그 돌을 들여다본 사람은, 그것을 다른 목적으로 사용할 수 있을 만큼 강한 의지력이 있지 않은 한, 불꽃에 타 버린 늙은 두 손밖에 볼 수 없었다고 한다.

간달프는 슬프고 경악스러운 마음에 고개를 돌리고는 문을 닫았다. 잠시 그는 생각에 잠겨 조용히 문턱에 서 있었다. 바깥에 있는 사람들에게 안에서 불길이 탐욕스럽게 이글거리는 소리가 들려왔다. 그러고 나서 데네소르의 커다란 비명 소리가 들려왔다. 이후에는 아무 말도 없었고, 두 번 다시 살아 있는 사람들에게 보이지도 않았다.

간달프가 말했다.

"이렇게 엑셀리온의 아들 데네소르가 가버리는군."

그러고는 겁에 질려 서 있는 베레곤드와 영주의 시종들에게 돌아섰다.

"그리고 그대들이 알고 있던 곤도르의 시대도 이렇게 지나가고 있네. 이제 좋든 나쁘든 그날들이 끝났네. 여기서 악행이 일어나기는 했지만 이제 그대들 사이에 남아 있는 적대감은 날려버리게. 그건 적이 계획한 일이었고, 그의 뜻을 실현하는 일이었으니. 그대들은 그대들이 만들지도 않은, 서로 상충하는 의무의 덫에 갇혀 있었던 걸세. 그러나 맹목적으로 복종하는 영주의 가신 제군들, 생각해 보게. 만일 베레곤드가 반역하지 않았다면 백색탑의 대장, 파라미 르도 지금 불타 버리고 말았을 걸세. 이 불행한 곳에서 쓰러진 동료 들을 안고 나가게나. 우리는 곤도르의 새 섭정 파라미르 공을 평화 로이 쉴 수 있는 곳으로, 혹시 죽을 운명이라면 편히 죽을 수 있는 곳으로 모셔 갈 테니.”

간달프와 베레곤드는 침상을 들고 치유의 집으로 운반했다. 그 들 뒤에서 피핀이 고개를 숙인 채 걸어갔다. 그러나 영주의 시종들 은 겁에 질린 듯이 사자의 집에 서서 그들을 멍하니 바라보았다. 간 달프가 라스 디넨의 끝에 이르렀을 때 엄청난 소음이 들려왔다. 뒤 돌아보니 그 집의 둥근 지붕이 갈라지며 연기가 치솟았다. 그러더니 돌이 우르르 쏟아지면서 그 지붕이 휘몰아치는 불 속에 떨어졌다. 하지만 불길은 줄지 않고 떨어진 잔해들 사이에서 춤추듯 타올랐 다. 그러자 공포에 질린 시종들은 도망쳐 나와 간달프를 따랐다.

마침내 그들은 섭정의 문으로 돌아왔다. 베레곤드는 슬픈 얼굴로 문지기를 바라보며 말했다.

“난 이 일을 영원히 후회할 걸세. 하지만 내가 미친 듯이 서둘렀는 데 그는 내 말을 듣지 않으려 하고 내게 칼을 들이댔지.”

그는 죽은 문지기에게서 뺏은 열쇠를 꺼내 문을 닫아 잠근 후 말 했다.

“이 열쇠는 이제 파라미르 공께 드려야지.”

그러자 간달프가 말했다.

“돌 암로스의 대공이 영주의 부재중에 대신 통치하고 있네. 그러 나 그가 여기 없으니 내가 스스로 지휘권을 행사해야겠군. 이 도시 에 다시 질서가 잡힐 때까지 자네가 열쇠를 간직하고 잘 지키도록 하 게.”

이제 그들은 도시의 높은 구역으로 들어왔고, 아침 햇살 속에 치유의 집을 향해 걸어갔다. 그곳은 원래 위중한 병을 앓는 사람들을 위해 따로 세워진 아름다운 건물들이었는데, 지금은 전장에서 부상당한 사람들이나 죽어 가는 사람들을 돌보는 장소로 쓰이고 있었다. 그 건물들은 궁성 입구에서 멀지 않았고, 제6원형구역 안의 남쪽 성벽 가까이 있었는데, 그 주변은 도시에서는 유일하게 정원과 나무들이 심어진 잔디밭으로 둘러싸여 있었다. 그곳에는 미나스 티리스에 남아 있도록 허용된 여자들 몇 명이 있었는데, 치유를 하거나 치유사를 돕는 데 재주가 있기 때문이었다.

간달프와 그 일행이 침상을 들고 치유의 집 정문으로 가고 있을 때, 저 밑의 성문 앞 들판에서 찢어질 듯이 큰 비명 소리가 나더니 대기를 꿰뚫고 바람에 실려 멀어져 갔다. 그 비명이 너무 섬뜩해서 사람들은 잠시 멈춰 섰다. 하지만 그 소리가 사라졌을 때 갑자기 그들의 가슴에는 어둠이 동쪽에서 밀려온 이후 느껴 보지 못했던 희망이 솟아올랐다. 또한 빛이 더 선명해지고 태양이 구름 사이로 뚫고 나온 것 같았다.

그러나 간달프의 얼굴은 어둡고 슬퍼 보였다. 베레곤드와 피핀에게 파라미르를 치유의 집으로 데려가라고 지시하고 나서 그는 옆에 있는 성벽으로 올라갔고, 흰 조각상처럼 서서 새로운 햇빛을 받으며 저 아래를 내려다보았다. 그는 자신에게 주어진 투시력으로 들판에서 일어난 일을 모두 보았다. 에오메르가 전장의 선봉에서 달려 나와 들판에 쓰러진 사람들 곁에 섰을 때 간달프는 한숨을 쉬었고, 다시 망토로 몸을 가리고는 성벽에서 내려왔다. 치유의 집에서 나온 베레곤드와 피핀은 생각에 잠겨 문 앞에 서 있는 간달프를 보았다.

그들이 쳐다보자 간달프는 잠시 침묵을 지키다가 마침내 입을 열었다.

"친구들, 그리고 이 도시의 주민들과 서부의 모든 이들이여! 큰 슬픔과 위대한 무용이 일어났다네. 우린 울어야 할지 아니면 기뻐해야 할지? 우리가 감히 바라지도 못했던 일이 일어났어. 적들의 대장이 쓰러졌다네. 조금 전에 들었던 비명은 그의 마지막 절망의 울부짖음이었던 거야. 그러나 그는 재앙과 쓰라린 손실을 일으키고 사라졌어. 데네소르의 광기만 아니었던들 내가 막을 수도 있었을 텐데. 적의 손길이 이렇게 멀리 뻗칠 줄이야! 아! 그런데 그의 의지가 어떻게 이 도시의 심장부에 들어올 수 있었는지 이제는 알게 됐네.

섭정들은 자기들끼리만 알고 있는 비밀일 거라고 생각해 왔겠지만, 나는 여기 백색탑에 일곱 팔란티르 중 적어도 하나가 보관되고 있을 거라고 짐작했지. 데네소르가 지혜롭던 시절에는 자기 힘의 한계를 알고 있기 때문에 주제넘게 그 팔란티르를 사용해서 사우론에게 도전하려고 하지 않았겠지. 그런데 그의 지혜가 사라졌어. 자신의 영토가 점차 위험해지자 그는 팔란티르를 보고 결국은 속게 된 것 같네. 보로미르가 출발한 다음에는 훨씬 더 빈번히 들여다보았을 거야. 그는 대단히 강한 사람이라서 암흑의 권능에 굴복하지는 않았지만, 그럼에도 불구하고 그 힘이 그에게 보여 준 것만 보았던 걸세. 의심할 바 없이, 그가 얻은 지식이 종종 도움이 되기도 했겠지. 그러나 그에게 보인 모르도르의 막강한 힘의 환영은 그의 가슴에 절망감을 불어넣어서 결국 정신착란을 일으키고 말았네."

"이젠 저도 이상하게 보인 일들을 이해할 수 있어요."

피핀은 이렇게 말하면서 떠오르는 기억에 몸을 떨었다.

"파라미르가 누워 있던 방에서 영주님이 나갔다가 돌아왔는데 그때 그분이 갑자기 변했다고, 늙고 쇠약해졌다고 처음으로 느꼈어요."

그러자 베레곤드도 말했다.

"파라미르께서 탑으로 옮겨진 바로 그 시간에 많은 경비대원들이 탑의 제일 높은 방에서 나온 이상한 빛을 보았습니다. 그런데 전에도 그 빛을 본 적이 있었어요. 그래서 도시에서는 오래전부터 영주께서 때로 마음속으로 적과 싸움을 벌이신다는 소문이 돌고 있었지요."

"아! 그렇다면 내 추측이 옳았군! 그런 식으로 사우론의 의지가 미나스 티리스에 침투한 거야. 그래서 난 여기서 지체되었던 거지. 그리고 아직 여기에 더 남아 있어야 할 것 같군. 파라미르뿐 아니라 보살펴야 할 다른 일들이 곧 있을 것 같으니.

이제 나는 저기서 오는 사람들을 만나러 가야겠네. 저 평원에서 내 마음을 몹시 비통하게 만든 광경을 보았네. 더 슬픈 일이 일어날 수 있네. 자, 나와 같이 가세, 피핀! 하지만 베레곤드, 자네는 궁성으로 돌아가서 경비대장에게 무슨 일이 있었는지 말해야겠지. 그의 의무는 자네를 경비대에서 쫓아내는 것일 테지. 그렇지만 그가 내 조언을 받아들일 용의가 있다면, 자네를 치유의 집으로 보내라고 전하게. 자네 대장의 경호와 시중을 맡도록 말이야. 그리고 혹시 가능할지 모르지만 파라미르가 깨어난다면 자네가 그 옆에 있어야지. 그를 불에서 구해 낸 건 바로 자네니까. 자, 가게! 난 곧 돌아오겠네."

말을 마친 그는 돌아서서 피핀과 함께 도시의 낮은 지대로 내려갔다. 그들이 발을 재촉해 가고 있을 때 바람이 회색 비를 몰고 와서 불길을 다 꺼 버렸고 큰 연기가 솟아올랐다.

Chapter 8
치유의 집

미나스 티리스의 부서진 성문 앞에 이르렀을 때 메리의 눈은 눈물과 피로로 안개가 낀 듯했다. 그는 사방에 널려 있는 잔해와 시체들에 거의 신경을 쓰지 않았다. 불길과 연기, 그리고 악취가 공중에 만연했다. 불에 탔거나 불구덩이에 던져진 기계들이 많이 있었고, 시신들도 마찬가지였다. 거대한 남쪽의 야수들이 반쯤 타거나 돌에 맞아 부서지고 아니면 용감한 모르손드 궁수들의 화살에 눈이 관통된 채 여기저기에 나자빠져 있었다. 흩뿌리던 비가 잠시 멎더니 햇살이 저 높은 곳에서 반짝였다. 그러나 도시의 낮은 지대는 여전히 악취를 풍기는 연기에 휩싸여 있었다.

　벌써 사람들은 전투의 잔해를 치워 길을 정리하고 있었다. 성문에서 환자용 들것이 운반되어 왔다. 사람들은 부드러운 베개 위에 에오윈을 조심스럽게 눕혔다. 하지만 왕의 시신 위엔 큰 황금빛 천을 덮었고 그 옆에서 횃불을 들고 시신을 옮겼다. 햇빛 속에서 흐릿한 횃불이 바람에 흔들렸다.

　이렇게 세오덴과 에오윈은 곤도르시에 들어왔고, 그들을 본 사람들은 모두 두건을 벗고 고개를 숙였다. 그들은 불타 버린 원형구역의 잿더미와 자욱한 연기를 지나 돌길을 따라 계속 올라갔다. 메리에게 그 오르막길은 영원히 지속될 것 같았다. 불쾌한 꿈속의 의미 없는 이동이고, 도무지 기억해 낼 수 없는 희미한 목적지를 향해 끝없이 나아가는 것 같았다.

　그의 앞에 가던 횃불들은 서서히 깜빡이다가 사라지고 그는 어

204

둠 속을 걸었다. 그는 생각했다.

'이건 무덤으로 가는 굴이야. 거기서 우린 영원히 머물 거야.'

그런데 갑자기 그의 꿈속에 살아 있는 목소리가 끼어들었다.

"아! 메리! 고맙게도 널 찾아내다니!"

그는 눈을 들었는데 눈앞의 안개가 조금 걷혔다. 피핀이었다! 그들은 좁은 길에서 얼굴을 맞대었고, 그 길에는 그들 외엔 아무도 보이지 않았다. 그는 눈을 훔치고 나서 물었다.

"왕은 어디 계시지? 에오윈 왕녀님은?"

그러고는 비틀거리며 문턱에 주저앉아 다시 울기 시작했다. 피핀이 말했다.

"그들은 궁성으로 올라갔어. 네가 걷다가 잠이 들어 길을 잘못 든 줄 알았어. 네가 그분들과 함께 오지 않은 것을 알고는 간달프가 너를 찾으라고 날 보낸 거야. 불쌍한 메리! 널 다시 보니 얼마나 기쁜지 몰라. 하지만 몹시 지친 것 같으니, 더 이상 말 시켜서 피곤하게 하진 않을게. 그렇지만 이것만 말해 봐. 상처가 났거나 부상당한 곳이 있어?"

"아니. 글쎄, 아니, 다친 것 같지는 않아. 그렇지만 그를 찌른 후부터 오른손을 쓸 수가 없어, 피핀. 내 칼은 나뭇조각처럼 타 버리고 말았어."

피핀이 근심스러운 표정을 지었다.

"자, 가급적 빨리 가는 게 좋겠어. 널 안고 갈 수 있으면 좋겠는데. 넌 더 이상 걷는 것은 무리 같아. 이렇게 걸어오게 해선 안 되는데 말이야. 그렇지만 그들을 이해해 줘. 이 도시에서 끔찍한 일들이 너무 많이 일어났거든, 메리. 전장에서 돌아오는 가엾은 작은 호빗 한 명쯤은 쉽게 못 보고 지나칠 수 있어."

"못 보고 지나가는 게 항상 나쁜 건 아니야. 이끼도 날 못 보고 지나쳤거든, 그…… 아! 안 돼, 안 돼. 난 말할 수 없어. 도와 줘, 피핀! 눈앞이 다시 깜깜해지고 있어. 내 팔이 너무 차가워."

"내게 기대, 메리! 자, 가자! 한 발씩. 그리 멀지 않아."

"날 묻으러 가는 거니?"

"물론 아니야."

피핀은 가슴속으로 두려움과 연민에 짓눌렸지만 될 수 있는 대로 쾌활하게 들리도록 애쓰며 말했다.

"아니야, 우린 치유의 집으로 가는 거야."

그들은 큰 집들과 네 번째 원형구역 성벽 사이에 난 길에서 돌아 궁성으로 올라가는 큰 도로로 다시 접어들었다. 한 걸음 한 걸음씩 걸어 올라가는 동안 메리는 비틀거리며 뭔가 잠꼬대처럼 중얼거렸다.

'난 거기까지 데려갈 수 없겠어.' 피핀은 생각했다. '좀 도와줄 사람이 없을까? 여기 혼자 두고 갈 수도 없는데.'

그런데 놀랍게도 바로 그때 한 소년이 뒤에서 뛰어오고 있었다. 옆을 지나칠 때 보니 바로 베레곤드의 아들 베르길이었다.

피핀이 외쳤다.

"이봐, 베르길! 어디 가는 거지? 널 다시 보니, 또 아직 살아 있는 걸 보니 기쁘구나."

"난 지금 치유사에게 심부름을 가고 있어요. 지체할 시간이 없어요."

베르길이 말했다.

"그럴 필요는 없어. 거기 가거든 그들에게 내가 전장에서 돌아온 호빗을, 그러니까 '페리안'을 데리고 있다고 전해 주면 돼. 내 생각엔 그가 더 이상 걸을 수 없을 것 같거든. 만약 미스란디르가 거기 계시면 이 소식을 듣고 기뻐하실 거야."

베르길은 계속 달려갔다.

'난 여기서 기다리는 게 낫겠어.'

피핀은 이렇게 생각했다. 그래서 그는 메리를 조그만 볕이 드는 보도에 조용히 눕히고, 자신도 그 옆에 앉아 무릎으로 메리의 머리를 받쳐 주었다. 그는 친구의 몸과 팔, 다리를 부드럽게 쓸어 보고 손을 잡았다. 그의 오른손은 얼음장처럼 차가웠다.

그리 오래지 않아 간달프가 직접 그들을 찾으러 왔다. 그는 메리에게 몸을 굽혀 이마를 살짝 만져 보고는 조심스럽게 안아 들고 말했다.

"메리는 이 도시로 영예롭게 모셨어야 했어. 그는 내 믿음에 훌륭하게 보답했네. 만약 엘론드가 내게 양보하지 않았더라면 자네들 둘 다 보내지 않았을 테고, 그랬더라면 오늘의 해악은 더 통탄스러웠을 거야."

그는 한숨을 쉬고 다시 말을 이었다.

"지금 전세가 극히 불안정한 상태인데 내가 돌봐야 할 사람이 여기 또 있군."

이렇게 해서 마침내 파라미르와 에오윈과 메리는 치유의 집 침대에 눕혀졌다. 그리고 그들은 보살핌을 잘 받았다. 후대의 모든 학예는 고대의 전성기에 비하면 뒤떨어졌다고 할 수 있지만, 곤도르의 의술만은 여전히 발달하고 있었고 상처나 고통, 그리고 바다 동쪽의 필멸의 존재인 인간들이 겪어야 하는 질병을 치료하는 기술이 뛰어났다. 물론 노쇠만은 예외라서, 그것에 대해서는 어떠한 치료법도 발견하지 못했다. 사실 그들도 점차 다른 지역의 인간들보다 긴 수명을 누릴 수 있다고는 말할 수 없게 되었고, 그들 중에서 아주 순수한 혈통을 유지한 몇몇 가문을 제외하면 백 살 이상의 나이를 먹고도 여전히 원기를 유지하는 사람은 점차 줄어들었다. 그러나 지금 당면한 경우에 그들의 기술과 지식은 한계에 부닛지고 말았다. 치유될 수 없는 질병으로 고통받는 사람들이 많았던 것이다. 그 질병이 나즈굴에게서 온 것이기 때문에 그들은 암흑의 그림자라고 불렀다. 그 병에 걸린 사람들은 서서히 점점 더 깊은 꿈에 빠져들어 잠꼬대도 하지 않게 되고 죽은 듯 차가워지다 결국은 죽고 마는 것이었다. 치유사들이 보기에는 반인족과 로한의 왕녀에게 이 질병이 깊이 침투한 것 같았다. 아침나절이 지나는 동안에 그들은 아직 이따금 꿈속에서 중얼거리고 있었다. 그래서 간호인들은 혹시 그들의 상처를 이해하는 데 도움이 될 것을 알 수 있지나 않을까 하는 희망으로 그들이 중얼거리는 소리를 빼놓지 않고 들었다. 그러나 그들은 곧 깊은 어둠에 빠지기 시작했고, 해가 서쪽으로 기울기 시작할 무렵에는 얼굴에 잿빛 그림자가 덮이기 시작했다. 파라미르는 내릴 기미가 보이지 않는 열에 시달리고 있었다.

간달프는 근심스러운 표정으로 이 사람 저 사람을 돌아보았고, 간호인들은 자신들이 들은 바를 그에게 말해 주었다. 이렇게 하루가 지나갔고, 바깥에서는 변덕스러운 희망과 기이한 소문들과 함께 전투가 계속되고 있었다. 그런데도 간달프는 기다렸고, 지켜보았고, 나가려 하지 않았다. 마침내 붉은 황혼이 온 하늘을 채웠고, 창문을 통해 들어온 빛이 환자들의 잿빛 얼굴에 내려앉았다. 그러자 옆에 있는 사람들에겐 붉은 석양빛에 그들의 얼굴이 부드럽게 물들어 마치 건강을 되찾은 것처럼 보였지만 그건 희망의 조롱에 불과했다.

그때 치유의 집에서 일하는 여인 중에 가장 나이 많은 부인 요레스가 파라미르의 아름다운 얼굴을 보며 눈물을 흘렸다. 모두들 그를 사랑했던 것이다. 그녀는 말했다.

"아! 이분이 돌아가시면 어쩌나. 사람들의 말대로 옛날에 왕이 계셨듯이 곤도르에 지금 왕이 계시다면. 옛 전설에 말하길 '왕의 손은 치유자의 손'이라 했는데. 또한 그것으로 적법한 왕을 알 수 있다고 하는데."

그러자 그 옆에 서 있던 간달프가 말했다.

"사람들은 오래도록 당신의 말을 기억할 거요, 요레스! 당신의 말에 희망이 있으니. 왕이 곤도르에 정말로 돌아왔을지도 모르지. 도시에 전해진 이상한 소문을 듣지 못했소?"

"전 이런저런 일로 너무 바빠서 고함이나 비명에 관심을 기울일 수 없었어요. 제가 바라는 건 저 살인자 악마들이 이 집에 들어와 환자를 괴롭히지 않으면 좋겠다는 것뿐이에요."

그러자 간달프는 급히 밖으로 나갔다. 벌써 하늘의 노을은 다 타버려 황혼에 물들었던 언덕의 빛이 희미해지고 평원 위에는 잿빛 땅거미가 지고 있었다.

이제 해가 지고 있을 때, 아라고른과 에오메르와 임라힐은 그들의 지휘관들 및 기사들과 함께 도시 가까이 모여들었다. 성문 앞에 이르렀을 때 아라고른이 말했다.

"저 거대한 화염에 싸여 지는 해를 보시오! 저것은 많은 것들의 종말과 몰락의 표시이자, 세상의 흐름의 변화를 뜻하는 겁니다. 그러나 이 도시와 영토는 섭정의 통치하에 아주 오랫동안 평화로웠으니, 내가 초대받지 않고 들어간다면 전쟁 중에 절대로 있어서는 안될 의혹과 논란이 일어나지나 않을까 걱정이오. 우리 쪽이나 모르도르, 어느 한쪽의 승리가 확실해질 때까지 나는 입성하지도, 또 내 권리를 주장하지도 않겠소. 이 평원에 막사를 세우고 도시의 영주가 맞으러 올 때까지 여기서 기다리겠소."

그러나 에오메르가 말했다.

"이미 그대는 왕의 기치를 올렸고 엘렌딜 왕가의 기장을 펼쳐 보이지 않으셨습니까? 그대의 권리에 대한 도전을 허용하실 건가요?"

"아니요. 다만 시간이 아직 무르익지 않았다고 생각할 뿐이오. 그리고 적과 그 부하들이 아니라면 누구와도 싸울 마음이 없소."

그러자 임라힐 대공이 말했다.

"이 문제에 대해 데네소르의 친척인 사람이 조언을 해 드려도 된다면, 제 생각엔 공께서 현명하게 판단하신 것 같습니다. 데네소르는 의지가 강하고 오만한 사람이고 또 나이도 많습니다. 그리고 그 아들이 가 버린 이후 그의 심기가 이상해졌습니다. 하지만 저라면 공을 걸인처럼 이렇게 문간에 머물게 하지 않을 겁니다."

아라고른이 대답했다.

"걸인이 아니오. 도시와 돌집에 익숙하지 않은 순찰자들의 대장이라 여기시오."

그는 자신의 기치를 접어 넣으라고 지시했고, 북왕국의 별을 떼어 엘론드의 아들들에게 맡겼다.

임라힐 대공과 로한의 에오메르는 그와 작별하고 도시에 들어가서 몰려 있는 사람들을 지나 궁성으로 올라갔다. 그들은 탑의 홀에 이르러 섭정을 찾았다. 그러나 그의 의자는 비어 있었다. 단 앞의 의식대(儀式臺) 위에 마크의 세오덴 왕이 안치되어 있었다. 그 주위에는 열두 개의 횃불이 꽂혀 있고 로한과 곤도르의 기사 열두 명이 지키고 서 있었다. 의식대의 휘장은 녹색과 흰색이었으며 시신의 가슴까지 큰 황금색 천이 덮여 있었다. 그 위에 칼집에서 빼낸 칼이 올려져 있었고 발치엔 방패가 놓였다. 횃불 빛이 반사된 그의 백발은 마치 분수대의 물보라에 어린 햇살처럼 일렁였고, 그의 얼굴은 아름답고 젊어 보였다. 다만 그 얼굴에 깃든 평화로움은 젊음이 닿을 수 없는 것이었다. 그는 잠을 자고 있는 것 같았다.

잠시 왕 옆에 조용히 서 있다가 임라힐이 말했다.

"섭정은 어디 계신가? 또 미스란디르는 어디 가신 거지?"

경비대원 중 한 명이 대답했다.

"곤도르의 섭정께서는 치유의 집에 계십니다."

그러자 에오메르가 물었다.

"내 누이 에오윈은 어디 모셔 놓았는가? 분명히 왕 옆에 격식에 부족함 없이 모셨을 텐데? 그녀를 어디에 모셨나?"

그러자 임라힐이 말했다.

"하지만 에오윈 왕녀는 여기 모셔 올 때까지 살아 계셨소, 아직 모르고 계셨소?"

그러자 에오메르는 뜻밖의 희망으로 너무 갑자기 가슴이 벅차고 또 한편으로 새로운 걱정과 두려움에 휩싸여, 아무 말 없이 몸을 돌려 급히 홀에서 나갔다. 임라힐 대공도 그를 따랐다. 그들이 밖으로 나왔을 때 이미 밤이 저물어 하늘에 많은 별이 빛나고 있었다. 그때 그곳으로 간달프와 회색 망토를 휘감은 사람이 걸어오고 있었다. 그들은 치유의 집 문 앞에서 만났다. 그들은 간달프에게 인사하고 물었다.

"우린 섭정을 찾고 있는데 사람들은 그가 치유의 집에 있다고 합니다. 그가 어떤 상처를 입었습니까? 그리고 에오윈, 그녀는 어디 있습니까?"

그러자 간달프가 대답했다.

"그녀는 안에 누워 있고 아직 살아 있지만 죽음이 임박했소. 그렇지만 파라미르 공은 그대들이 들은 대로 악의 화살에 찔렸소. 지금은 그가 섭정이오. 데네소르는 가 버렸으니까. 그의 집은 잿더미가 되었소."

그들은 그의 이야기에 슬픔과 경악에 잠겼다. 그러나 임라힐이 말했다.

"곤도르와 로한이 같은 날 그들의 영도자를 잃었다면, 승리는 기쁨을 잃었고, 쓰라린 대가를 치른 것이지요. 에오메르 공이 지금 로한인을 통치하고 계십니다. 곤도르는 그럼 그동안 누가 다스리지요? 아라고른 공께 사람을 보내야 하시 않을까요?"

그러자 망토로 가리고 있던 사람이 말했다.

"이미 여기 왔소."

그러면서 문에 달린 등불의 빛 속으로 걸어 나오자 그들은 바로 아라고른을 알아보았다. 그는 갑옷 위에 로리엔의 회색 망토를 둘렀고, 갈라드리엘의 푸른 보석 외에는 다른 표식을 달고 있지 않았다.

"간달프께서 청하시기에 왔소. 그러나 지금의 나는 아르노르의 두네다인의 지도자일 뿐이오. 그러니 파라미르가 깨어날 때까지 돌 암로스의 대공이 도시를 통치하는 게 좋겠소. 그렇지만 앞으로 우리가 적을 상대하는 데 있어서 간달프가 우리 모두를 지휘할 것을 제안하겠소."

그러자 그들은 모두 그 말에 동의했다. 간달프가 입을 열었다.

"시간이 촉박하니 이렇게 서 있지 말고 들어갑시다. 치유의 집에 있는 환자들에게 남은 희망이 있다면 그건 오로지 아라고른께서 오시는 것뿐이오. 곤도르의 현명한 부인 요레스가 말했소. '왕의 손은 치유자의 손, 그것으로 적법한 왕을 알리라.'"

아라고른이 앞장서서 들어갔고 다른 사람들은 뒤를 따랐다. 문에는 궁성의 제복을 입은 경비병 두 명이 서 있었다. 한 명은 헌칠했으나 다른 한 명은 어린이 정도의 키밖에 안 되어 보였다. 그는 그들을 본 순간 놀람과 기쁨으로 크게 소리쳤다.

"성큼걸이! 얼마나 멋진 일이야! 제가 검은 배에 당신이 타고 있을 거라고 예상했다는 걸 알아요? 그런데 사람들은 모두 해적이라고 하면서 제 말을 듣지 않잖아요. 어떻게 그렇게 한 거죠?"

아라고른은 환하게 웃으며 호빗의 손을 잡았다.

"정말 반갑네! 그렇지만 지금은 여행 얘기 할 시간이 아닌 것 같아."

그러자 임라힐이 에오메르에게 말했다.

"우리 주군을 저렇게 부르는 모양이지요? 하지만 아마도 주군은 다른 이름으로 왕관을 쓰시겠지요."

그러자 아라고른이 그 말을 듣고 돌아서서 말했다.

"그렇소. 난 고대의 언어로는 엘렛사르, 즉 요정석이고 엔비냐타르, 즉 부활자요."

그러고는 가슴에 달린 녹색 돌을 손으로 들어 올리며 말을 이었다.

"그러나 내 왕가가 다시 세워질 수 있다면 그 이름은 성큼걸이가 될 것이오. 고대어로 하면 그리 나쁘게 들리지 않을 거요. 나와 내 후손들은 텔콘타르라 불릴 겁니다."

말을 마친 그들은 치유의 집 안으로 들어갔다. 그들이 병실로 가는 동안 간달프는 에오윈과 메리아독의 용감한 공적과 병세를 들려주었다.

"난 그들 곁에 오래 있었는데, 처음에는 꿈속에서 많은 이야기를 하더니 죽음 같은 어둠에 빠져들었소. 난 먼 곳의 많은 것을 볼 수 있었지."

아라고른은 먼저 파라미르에게 갔고, 그다음에 에오윈, 마지막으로 메리를 살펴보았다. 환자들의 얼굴과 상처를 다 보고 나서는 한숨을 쉬었다.

"내게 주어진 능력과 기술을 다 쏟아야 하겠소. 엘론드가 여기 계셨더라면 좋았을 텐데. 우리 동족 중에서 가장 연장자이자 더 큰 힘을 갖고 계시니."

그가 매우 지쳤으며 슬픔에 잠긴 것을 본 에오메르는 말했다.

"우선 공께선 좀 쉬어야겠소. 그리고 뭘 좀 드셔야 하지 않겠소?"

그러자 아라고른이 대답했다.

"아니요. 지금 이 세 사람, 특히 파라미르에겐 시간이 없소. 최대한 서둘러야 합니다."

그는 요레스를 불러 물었다.

"이 치유의 집에 약초가 저장되어 있소?"

"예, 있긴 있습니다만, 모두에게 돌아가기에는 좀 부족할 거예요.

게다가 앞으로 어디서 조달받을 길도 없어요. 이 끔찍한 날들에 모든 게 엉망이 되어 버렸거든요. 불에 타 버리기도 하고, 심부름할 아이들은 너무 적고, 게다가 길도 전부 막혀 버렸지요. 롯사르나크에서 이곳으로 운송이 끊긴 지 이제 셀 수도 없이 오래되었으니까요! 하여튼 공께서도 잘 아시겠지만 저흰 이 집에 갖고 있는 것으로 최선을 다하고 있지요."

"때가 되면 그건 알게 되겠지. 부족한 게 하나 더 있군. 수다 떨 시간이지. 아셀라스를 갖고 있소?"

"전 모르겠습니다. 적어도 그런 이름의 약초는 모릅니다. 제가 가서 약초사에게 물어보고 오지요. 그 사람은 옛날 약초 이름도 다 아니까요."

"그건 일명 임금님풀이라고도 하오. 아마 그 이름은 알겠지. 요새 시골 사람들은 그렇게 부르는 모양이니까."

"아, 그거요! 그럼요. 처음부터 귀인께서 그렇게 말씀하셨으면 제가 알았지요. 그런데 그 풀은 저희에게 없습니다. 확실합니다. 저흰 그 풀이 무슨 약효가 있다는 소리는 들어보질 못했거든요. 사실 전 숲에서 자라는 그 풀을 보면 제 동생들에게 이렇게 말했답니다. '임금님풀이라니, 참 이상한 이름이야. 왜 그렇게 불리는지 모르겠어. 내가 왕이라면 내 정원에 더 아름다운 꽃들을 심을 텐데 말이야.' 하지만 그 풀은 찢어 보면 냄새가 달콤하지요. 달콤하다는 게 적당한 표현이라면 말이에요. 어쩌면 '몸에 좋은'이라고 말하는 편이 더 나을지도 모르지요."

"아주 몸에 좋지. 자, 이제 부인, 당신이 정말 파라미르 공을 사랑한다면, 그리고 이 도시에 그 약초가 있다면, 당신이 입을 놀리듯이 재빨리 임금님풀을 가져오시오."

그러자 옆에 있던 간달프가 끼어들었다.

"만일 없다면, 내가 요레스를 내 뒤에 태우고 롯사르나크까지 가겠소. 부인이 날 그 숲으로 안내해야지. 물론 동생들한테 가는 것이 아니고. 샤두팍스는 '빨리'라는 말의 참뜻을 부인에게 가르쳐 줄 거요."

요레스가 나가자 아라고른은 다른 부인들에게 물을 데우라고 지시했다. 그리고 한 손으로 파라미르의 손을 잡고 다른 손으로는 이마를 짚었다. 이마는 땀으로 흠뻑 젖어 있었다. 그러나 파라미르는 미동도 하지 않았고, 거의 숨도 쉬지 않는 것처럼 보였다.

아라고른은 간달프에게 말했다.

"그는 기력이 거의 고갈되었소. 그렇지만 이건 부상에서 온 것이 아닙니다. 이걸 보십시오! 상처는 아물었거든요. 그대가 생각하듯이 그가 나즈굴의 화살에 맞았다면 그는 아마 그날 밤에 죽었을 겁니다. 이 상처는 내 생각엔 남부인의 화살을 맞아 생긴 것 같습니다. 누가 그걸 뽑았소? 누가 갖고 있지 않은가?"

그러자 임라힐이 대답했다.

"제가 뽑았습니다. 그리고 상처를 지혈했습니다. 하지만 전 다른 일이 급했기에 그 화살을 보관하지 못했습니다. 제가 기억하기에도 남부인들이 쓰는 화살 같았습니다. 하지만 그 상처는 그리 심하거나 치명적인 게 아니었습니다. 제 생각엔 날개 달린 그림자가 남긴 것 같습니다. 그렇지 않다면 이런 열과 고통은 이해가 안 되거든요. 이 문제를 어떻게 생각하시는지요?"

아라고른이 대답했다.

"탈진, 부친의 심기에 대한 슬픔, 부상, 그리고 무엇보다도 암흑의 입김, 이런 것들이 다 합쳐진 것 같소. 그는 확고한 의지를 가진 사람이었소. 이번 외성의 전투에 나가기 전에도 이미 어둠 밑에 가까이 갔으니. 아마 그가 외곽 요새를 지키려고 싸우고 있었을 때도 암흑은 서서히 그를 잠식해 왔을 거요. 내가 조금 더 빨리 올 수 있었더라면 좋았을 것을!"

그때 약초사가 들어왔다.

"귀인께서 흔히 시골 사람들이 임금님풀이라 부르는 약초를 찾으신다고 들었습니다만, 그건 전문용어로는 아셀라스라고 하는 것이고 또 발리노르어를 아는 사람들은……."

아라고른이 말을 가로챘다.

"내가 찾고 있소. 그대가 그걸 '아세아 아라니온'이라 하든 '임금님풀'이라 하든 그걸 갖고 있기만 하다면 무슨 문제겠소."

"죄송합니다. 공께서 단순한 전투지휘관이 아닌 전승의 대가라는 걸 알겠습니다. 그렇지만, 송구하오나 저흰 여기서 아주 심하게 다친 사람들이나 병자만 돌보고 있기에 그런 것은 가지고 있지 않습니다. 그 풀이 탁한 공기를 향기롭게 한다든가, 아니면 일시적인 무력증을 없애는 것 외에 다른 약효가 있는지는 알지 못하니까요. 물론 선량한 요레스 같은 여인네들이 뜻도 잘 모르고 되풀이하는 고대의 시구에 관심이 있으시다면 별문제겠습니다만.

> 암흑의 입김이 불어올 때,
> 죽음의 그림자가 드리울 때,
> 모든 빛이 사라질 때,
> 아셀라스여 오라! 아셀라스여 오라!
> 죽어 가는 이에게 생명을
> 왕의 손에 네 몸을 누이고!

이건 제 생각엔 노파들의 기억 속에서 잘못 전해져 온 엉터리 시가 아닐까 의심스럽습니다만, 그 시에 정말 무슨 의미가 있는지는 귀인의 판단에 맡기겠습니다. 그렇지만 지금도 어떤 노인들은 그 약초의 향기를 두통에 쓰기도 합니다."

"그렇다면 왕의 이름으로 명하니 그대는 즉시 가서, 그 약초를 갖고 있는, 그대보다 학식은 없을지 몰라도 더 현명한 그 노인을 찾아보라."

간달프가 소리쳤다.

이제 아라고른은 파라미르 옆에 무릎을 꿇고 앉아 그의 이마에 한 손을 올려놓았다. 지켜보는 사람들에겐 어떤 큰 투쟁이 진행되고 있는 것처럼 보였다. 왜냐하면 아라고른의 얼굴은 무척 지친 듯이 잿빛으로 변했던 것이다. 이따금 그는 파라미르의 이름을 불렀는데 그때마다 점점 목소리가 작아져서 마치 아라고른이 그들에게서 떨어져 나가 멀리 어두운 골짜기를 헤매면서 잃어버린 사람을 부르고 있는 것 같았다.

마침내 베르길이 뛰어 들어와 천에 싸 온 여섯 장의 풀잎을 내놓았다.

"임금님풀이에요. 그렇지만 그리 신선한 것 같진 않아요. 이 풀들은 적어도 두 주 전에 딴 것이거든요. 그래도 약효가 있겠지요?"

그는 파라미르를 보고 울음을 터뜨렸다. 그러나 아라고른은 미소를 지었다.

"그래, 효력이 있을 게다. 최악의 상태는 지났으니까. 자, 이제 안심하거라."

그가 풀잎 두 장을 들어 손바닥에 올려놓고 입김을 분 다음 그것을 으깨자 그 즉시 아주 신선한 향기가 풍겨 방 안을 가득 채웠다. 마치 공기 그 자체가 깨어나서 진동하며 기쁨으로 반짝이는 듯한 향기였다. 그 잎들을 끓는 물이 담긴 사발에 넣자 당장에 사람들의 기분이 가벼워졌다. 각자에게 닿은 그 향기는 봄철의 아름다운 세상을 보면 한순간 떠오르는 어떤 대지 위에서 구름 한 점 없는 햇살 아래 이슬에 젖은 신선한 아침의 기억을 떠올렸던 것이다. 아라고른은 새 힘을 얻은 사람처럼 일어나 웃음 띤 눈으로 물이 담긴 사발을 파라미르의 꿈꾸는 얼굴 앞에 놓았다.

요레스가 옆에 있는 한 여인네에게 말했다.

"자, 봐! 누가 이걸 믿을 수 있었겠어? 이 약초는 내 생각보다 훨씬 더 낫네. 내가 처녀였을 때 본 임로스 멜루이의 장미꽃을 생각나게 하네. 어느 왕도 그보다 더 아름다운 꽃은 바랄 수 없지."

갑자기 파라미르가 몸을 뒤척이더니 눈을 떴고, 자기에게 몸을 숙이고 있는 아라고른을 보았다. 그러자 그를 알아보고 흠모하는 눈빛이 떠올랐다. 그는 나직하게 말했다.

"주군, 주군께서 절 부르셨습니다. 제가 왔습니다. 왕께서 내리실 명령은 무엇입니까?"

"더 이상 어둠 속을 헤매지 말고 깨어나게! 그대는 지쳤으니 휴식을 취하고 음식을 든 후에 내가 돌아올 때를 준비하고 있게!"

"그렇게 하겠습니다, 주군. 왕께서 돌아오셨는데 누가 빈둥거리며 누워 있겠습니까?"

"그럼 잠시 쉬게나. 난 날 필요로 하는 다른 이들에게 가 보아야겠소."

아라고른은 이렇게 말하고 간달프, 임라힐과 함께 방을 나섰다. 베레곤드와 그 아들은 거기 남아 기쁨을 감추지 못했다. 피핀은 간달프를 따라 나가서 문을 닫으며 요레스가 외치는 소리를 들었다.

"왕이시다! 너도 들었지? 내가 뭐라고 했어? 치유자의 손이라고 했잖아!"

왕이 정말로 자신들에게 돌아왔으며 전투 후에는 치유의 손길을 가져왔다는 말이 곧 치유의 집 밖으로 새어나가 온 도시에 퍼졌다.

그러나 아라고른은 에오윈에게 갔을 때 이렇게 말했다.

"이건 심각한 상처와 아주 강한 타격으로 입은 부상이오. 부러진 팔은 적절히 치료가 됐으니 그녀가 살아가려는 힘만 있으면 시간이 지나면서 나을 거요. 부러진 건 방패를 들었던 팔이지만, 사실 더 심각한 건 칼을 썼던 팔이오. 부러지지는 않았지만 이 팔은 아예 생명을 잃은 것 같소.

아! 그녀는 자신의 몸과 마음의 힘을 훨씬 능가하는 적과 겨루었소. 그런 적을 상대하려는 사람이 충격 그 자체로 파괴되지 않으려면 강철보다 단단한 몸을 가져야만 하지. 그녀를 그 악령과 맞닥뜨리게 한 것은 정말 사악한 운명이었소. 왕녀들 중에서도 가장 아름다운 여인인데. 그렇지만 난 아직도 그녀에 대해 뭐라고 말해야 할지 모르겠소. 처음 그녀를 보고 또 그녀의 슬픔을 알았을 때는 한 송이 백합처럼 꼿꼿하고 당당하게 서 있는 하얀 꽃을 본 것 같았지만, 나는 그녀가 보석세공요정들이 강철로 만든 꽃처럼 강인하다는 것을 알았소. 아니면 서리를 맞아 수액이 얼음으로 바뀌어서 쓰디쓴 달콤함으로, 보기에는 여전히 아름답게 서 있지만 병에 걸려 이제 곧 떨어져 죽게 된 것은 아니었을까? 그녀의 병은 오늘보다 훨씬 전에 시작되었지, 그렇지 않소, 에오메르?"

"내게 그걸 물으시다니 놀랍습니다. 이 문제에 있어서, 모든 일에서도 그렇듯이, 나는 그대를 탓하지 않습니다. 그렇지만 내가 알기로는, 내 동생 에오윈은 그대를 처음 보기 전까지는 어떤 서리에도 상처받은 일이 없었습니다. 뱀혓바닥이 있던 시절에 선왕께서 그의 유혹에 빠지셨을 때도 내 동생은 저와 걱정과 고통을 나누었으며 점점 커지는 두려움 속에서도 선왕을 돌봐 드렸지요. 그러나 그것 때문에 그녀가 이렇게까지 된 건 아닙니다."

그러자 간달프가 말했다.

"친구여! 그대는 마음대로 타고 다닐 말도 있고, 무용도 세웠고, 들판을 돌아다닐 자유도 있소. 그러나 그녀는 여인의 몸으로 태어났어도 적어도 그대에게 비길 만한 기개와 용기를 갖고 있소. 하지만 노인의 시중을 들어야 할 운명이었지. 아버지처럼 사랑한 그 노인이 비열한 음모에 걸려 불명예스러운 노망에 빠지는 것을 지켜보았고, 자신의 역할이 그가 기대는 지팡이만도 못하다는 느낌을 맛보아야 했소. 그대는 뱀혓바닥이 오로지 세오덴의 귀에만 독약을 흘려 넣었으리라 생각하오? '망령 든 늙은이 같으니! 에오를 왕가란 게 고작 도적놈들이 악취 속에 술을 퍼마시고 그 새끼들은 땅바닥에서 개들과 함께 뒹구는 초가 헛간 아니더냐?' 그대는 이런 말을 전에 들어 본 적이 없소? 바로 뱀혓바닥의 스승, 사루만의 말이오. 뱀혓바닥이 그보다 더 교활하게 이 말을 돌려서 했으리라는 건 의심할 바 없소. 만일 오빠에 대한 사랑과 자기 임무에 대한 책임감이 그녀의 입을 막지 않았다면 그대는 이미 오래전에 그 말을 들었을 게요. 그러나 자신의 삶이 전부 무의미해지고 규방의 벽이 마치 야수를 가둔 토끼 우리마냥 자신을 사방에서 옭죄는 듯이 여겨지는 쓰라린 밤을 홀로 지새우며 그녀가 무어라 외쳤을지 누가 알겠소?"

그러자 에오메르는 입을 다물었고, 자신들이 함께 살아온 삶을 회고하는 듯 조용히 동생의 얼굴을 바라보았다.

아라고른이 말했다.

"나 역시 그대가 본 것을 보았소, 에오메르. 이 세계의 불운 중에서도, 보답할 수 없는 아름답고 용감한 여인의 사랑을 보는 것처럼 쓰라리고 부끄러운 일은 아마 없을 것이오. 절망에 빠진 그녀를 두고 검산오름을 떠나 사자의 길에 들어선 이후 난 슬픔과 연민을 떨쳐 버릴 수 없었소. 또한 그 길에서도 그녀에게 닥칠지 모를 위험에 대한 두려움보다 큰 공포는 느낄 수 없었소. 그렇지만, 에오메르, 난 그녀가 나보다 그대를 진정으로 사랑한다고 말할 수 있소. 그녀는 그대를 알고 사랑하지만 나에 대해 그녀가 느끼는 감정은 허상과 관념에 불과한 것이오. 영예와 위업 그리고 로한의 평원에서 멀리 떨어진 외지에 대한 동경, 그런 것에 지나지 않소. 아마 난 그녀의 몸을 치료해 어둠의 골짜기에서 불러낼 힘은 갖고 있을지 모르겠소. 그렇지만 그녀가 깨어나서 무엇을 느낄지, 희망일지, 망각일지, 절망일지 그건 나로서는 알 수 없소. 만일 절망이라면, 나로서는 할 수 없는 다른 치유를 할 수 있는 사람이 있으면 몰라도, 그렇지 않으면 그녀는 죽게 될 것이오. 아! 그녀의 무용은 가장 용감한 여왕의 대열에 오를 만한 것인데!"

아라고른은 몸을 굽혀 그녀의 얼굴을 바라보았다. 그 얼굴은 백합처럼 희고 서리처럼 차가웠으며 돌로 깎아 놓은 듯이 굳어 보였다. 그는 고개를 숙여 그녀의 이마에 키스하고 그녀의 이름을 조용히 불렀다.

"에오문드의 딸 에오윈이여, 일어나라! 그대의 적은 이미 사라졌다!"

그녀는 몸을 뒤척이진 않았으나 숨을 깊게 내쉬기 시작했고 흰 린넨 이불 아래서 오르내리는 가슴이 보였다. 아라고른은 아까처럼 아셀라스 잎 두 장을 비벼 끓는 물에 넣고 그 물로 그녀의 이마와 이불 위에 놓인 차갑고 무감각한 오른팔을 문질렀다.

그러자 정말로 아라고른에게 어떤 잊힌 서쪽나라의 치유력이 있었는지, 아니면 에오윈 왕녀를 부른 그의 목소리의 힘이었는지, 약초의 달콤한 기운이 방 안에 퍼져 옆에 서 있던 사람들은 창을 통해 살을 에는 듯한 바람이 스며드는 느낌을 받았다. 그러나 그것은 냄새가 없었고, 아주 맑고 깨끗하고도 여린 공기였으며, 마치 별들의 천장 아래 눈 덮인 높은 산맥이나 저 멀리 바닷물에 씻긴 은빛 해안에서 새로 만들어져 아무도 마셔 보지 못한 그런 공기 같았다.

"일어나시오, 에오윈, 로한의 왕녀여!"

아라고른은 다시 부르면서 그녀의 오른손을 잡았고, 생명이 돌아와 그 손에 온기가 도는 것을 느꼈다.

"일어나시오! 어둠은 물러갔고, 모든 암흑은 다시 정화되었소."

그리고 그녀의 손을 에오메르에게 넘겨주고 물러서며 말했다.

"부르시오!"

그는 조용히 방을 빠져나갔다.

"에오윈, 에오윈!"

에오메르는 눈물을 흘리며 외쳤다. 그러자 그녀는 눈을 뜨고 말했다.

"에오메르! 오라버니를 보니 얼마나 기쁜지 모르겠어요. 사람들이 오라버니가 살해되었다고 했거든요. 아니, 그건 그저 내 꿈속의 어두운 목소리였나 봐요. 제가 얼마나 오래 잠을 잤지요?"

"그리 오래되지는 않았어, 내 동생아! 그렇지만 더 이상 그런 생각은 마라."

"이상하게 피곤하군요. 좀 쉬어야겠어요. 그렇지만 이건 말해 줘요. 마크의 왕께선 어떻게 되셨지요? 아! 그게 꿈이었다고는 말하지 마세요. 그게 꿈이 아니란 걸 잘 아니까요. 그분은 예견하신 대로 돌아가셨지요."

"그래, 그분은 돌아가셨어. 그렇지만 그분은 딸보다 더 사랑하는 에오윈에게 작별 인사를 전해 달라고 하셨단다. 지금 곤도르의 궁성 안 큰 홀에 영예롭게 누워 계셔."

"슬픈 일이에요. 그렇지만 예전에 에오를의 왕가가 양치기의 헛간보다도 못하게 추락한 듯이 보였을 때 내가 감히 바랐던 것보다는 훨씬 나을지도 모르지요. 그런데 왕의 시종 반인족은 어떻게 됐나요? 에오메르, 오라버니께선 그를 리더마크의 기사로 삼아야 해요. 아주 용감하거든요."

그러자 간달프가 말했다.

"그는 지금 옆방에 누워 있소. 내가 곧 가 볼 거요. 에오메르 공은 잠시 여기 계시오. 그리고 그대가 다시 건강해질 때까진 전쟁이나 적들에 대해서 얘기하면 안 되오. 그대가 다시 깨어나 건강과 희망을 되찾는 것을 보게 되어 아주 기쁘오, 용감한 왕녀님."

"건강이요? 아마 그렇겠지요. 적어도 제가 채울 수 있는, 어떤 쓰러진 기사의 빈 안장이 있고 또 할 일이 있는 동안은요. 그렇지만 희망? 그건 모르겠어요."

간달프와 피핀은 메리의 방으로 가 이미 침대 옆에 서 있는 아라고른을 보았다.

"가엾은 메리!"

피핀은 울며 침대 옆으로 달려갔다. 그가 보기에 메리의 상태는 더 나빠진 것 같았다. 그의 얼굴은 마치 슬픔의 세월에 짓눌리고 있는 듯이 어두워 보였다. 갑자기 피핀은 메리가 죽을지도 모른다는 두려움을 느꼈다. 그러나 아라고른이 말했다.

"두려워할 건 없네. 난 제시간에 왔거든. 그를 다시 불렀지. 그는 지금 지치고 슬픔에 잠겨 있어. 에오윈 왕녀가 받은 상처, 그 끔찍한 것을 용감하게 공격하면서 입은 상처를 그도 입었거든. 그렇지만 이건 치료될 수 있네. 그는 아주 강하고 낙천적인 정신을 가졌거든. 그의 슬픔이 쉽게 잊히지는 않겠지. 그렇지만 그것이 그의 마음을 어둡게 하진 못할 테고, 아마 그에게 지혜를 줄 거야."

그리고 아라고른은 손을 메리의 머리에 올려 갈색 머리칼을 부드럽게 쓸다가 눈꺼풀을 살짝 만지며 이름을 불렀다. 아셀라스의 향취가 과수원의 향기나 벌들이 날아다니는 햇빛 속의 헤더 꽃처럼 풍겨 나오자 갑자기 메리가 깨어나더니 말했다.

"배가 고픈데, 몇 시나 되었지요?"

피핀이 대답했다.

"저녁 시간이 지났어. 네게 먹을 걸 갖다 주는 게 여기서 허용되는지는 잘 모르지만."

그러자 간달프가 말했다.

"허용될 걸세. 그리고 그의 명성이 자자한 이 미나스 티리스에서 찾을 수 있는 거라면 이 로한의 기사가 원하는 건 무엇이든 가능할 걸세."

메리가 외쳤다.

"좋아요! 그럼 먼저 저녁 식사를 하겠어요. 그리고 그 후에 담뱃대."

그 순간 그의 안색이 변했다.

"아니, 담뱃대는 아니에요. 전 다신 담뱃대를 들 수 있을 것 같지 않아요."

"왜 그래?"

피핀은 묻자 메리는 천천히 대답했다.

"음, 그분은 돌아가셨어. 이제 모두 다 생각났어. 그분은 나와 함께 연초 이야기를 할 수 없게 돼 미안하다고 하셨어. 그건 그분의 마지막 말씀이나 다름없었어. 난 이제 그분을 생각하지 않고는, 그리고 그날, 피핀, 그분이 아이센가드에 오셔서 우리에게 친절하게 대해 주셨던 날을 생각하지 않고는 연초를 피울 수 없을 것 같아."

그러자 아라고른이 말했다.

"그렇다면 연초를 피우고 그분을 생각하게나. 다정한 마음을 가졌던 분이고, 또한 위대한 왕이자 동맹의 서약을 이행하신 분이니까. 그분은 어둠에서 마지막 아름다운 아침으로 달려 나오신 거라네. 자네가 그분을 그리 오래 모시진 않았지만 그건 끝까지 기쁘고 영광스러운 기억이 될 걸세."

메리는 미소를 지었다.

"음, 그럼, 성큼걸이가 줄 수 있다면 저는 연초를 피우고 생각하겠어요. 제 짐 속에 사루만의 고급 연초가 들어 있었는데 전쟁통에 어떻게 됐는지 잘 모르겠거든요."

"메리아독 군, 만일 내가 전쟁통에 자기 소지품도 내팽개치는 그런 경솔한 전사에게 연초를 주려고 산을 넘어 화염과 칼이 난무하

는 곤도르 영토까지 왔다고 생각한다면 그건 오산이야. 자네 집을
다시 찾지 못한다면 이 집의 약초사를 부르러 보낼 수밖에. 그러면
그는 자네에게 그런 약초가 무슨 효용이 있느냐고 물을 것이고 그
약초를 시골 사람들은 서인초라 부르고 고상한 말로는 갈레나스라
하고, 또 더 학식 있는 언어로는 또 뭐라고 한다고 얘기할 거야. 또 자
기도 잘 모르는 반쯤 잊힌 시구를 덧붙일 거고. 그러고 나서야 자네
한테 실망을 안겨 주며 이 집에 그런 약초는 없다고 하곤, 자네에게
언어의 역사에 대해 숙고하게 만들고 갈 걸세. 하지만 나도 지금은
가야겠네. 검산오름을 떠난 뒤엔 이런 침대에서 자 본 적도 없었고,
새벽이 되기 전부터 지금까지 먹은 것도 없으니 말이지."

메리는 그의 손을 쥐고 입을 맞췄다.

"정말 미안해요. 바로 나가 보세요. 브리에서의 그날 밤 이후 우린
당신한테 정말 짐만 되었거든요. 그렇지만 이런 때 가볍게 이야기하
고 의도보다 적게 말하는 게 우리 습관이에요. 우린 말을 너무 많이
할까 봐 걱정하지요. 농담이 적절하지 않을 때에는 제대로 말을 못
해요."

"나도 잘 알지. 그렇지 않았으면 내가 같은 방식으로 자네를 놀렸
을 리 있나. 샤이어가 영원히 번성하길!"

이렇게 말한 아라고른은 메리의 손에 입을 맞추고 방에서 나갔
다. 간달프도 같이 갔다.

방에 남아 있던 피핀이 말했다.

"저런 사람이 또 있을까? 물론 간달프는 빼고 말이야. 난 그들이
서로 친척이 아닌가 하는 생각이 들어. 이 사랑스러운 얼간이야, 네
침대 옆에 네 꾸러미가 있잖아. 내가 널 만났을 때 넌 꽁무니에 그걸
매달고 있었어. 물론 성큼걸이도 아까부터 그걸 봤어. 어쨌든 내 것
도 있으니까. 자, 어서. 지른골산(産)이야. 내가 가서 음식을 찾아볼

동안 파이프에 채워 둬. 그다음에 좀 편안히 있자고. 아아! 우리 툭과 강노루 집안은 이 고상한 차원에서는 오래 견딜 수 없지."

그러자 메리가 대꾸했다.

"그래, 어쨌든 아직까진 그래. 그렇지만 피핀, 적어도 이제는 그 고귀한 분들을 볼 수도 있고 또 존경할 수도 있지. 내 생각엔, 우선 사랑하기에 알맞은 것을 먼저 사랑해야 해. 누구나 어딘가에서 삶을 시작해야 하고 뿌리를 내려야 하지. 그리고 샤이어의 흙은 깊어. 그래도 더 깊고 더 고귀한 것들도 많은 것 같아. 그들에 대해서 알든 모르든 간에 그들이 없었다면, 어떤 시골 영감도 이른바 평온하게 자기 과수원을 가꿀 수 없을 거야. 난 이제 그들을 조금은 안 것 같아 기뻐. 그런데 지금 내가 왜 이런 소릴 하고 있는 거지? 담뱃잎은 어디 있어? 그리고 깨지진 않았는지 모르지만 내 짐 속에서 담뱃대를 꺼내 줘."

아라고른과 간달프는 이제 치유의 집 원장에게 가서 파라미르와 에오윈이 거기 머물러 오랫동안 세심한 보살핌을 받아야 한다고 말했다. 먼저 아라고른이 말했다.

"에오윈 왕녀는 곧 일어나 떠나려 할 거요. 하지만 그것을 허용해서는 안 되오. 어떻게 해서든 적어도 열흘은 머무르게 해야 하오."

그러자 간달프도 말했다.

"파라미르로 말하면 그는 곧 부친의 죽음을 알게 될 거요. 그러나 그가 완전히 회복해서 일을 볼 수 있을 때까진 데네소르의 광증에 관한 이야기를 전부 해 주면 안 되오. 지금 저기 있는 베레곤드나 페리안이 아직은 그런 이야기를 하지 않도록 조치를 취해 주시오!"

"그럼 지금 제가 돌보는 또 다른 페리안, 메리아독은 어떻게 해야 할까요?"

원장이 물었다. 그러자 아라고른이 대답했다.

"그 친구는 아마 내일쯤 얼마간이라도 일어날 수 있을 거요. 그가 원하는 대로 하게 놔두시오. 자기 친구가 돌봐 주면 걸을 수도 있을 테니까."

원장도 고개를 끄덕이며 말했다.

"그들은 정말 놀라운 종족입니다. 아주 강한 체질을 가진 것 같습니다."

치유의 집 문 앞에는 이미 많은 사람들이 아라고른을 보기 위해 몰려와 있어서 그들이 나서자 그 뒤를 따랐다. 그가 저녁 식사를 마치자 사람들이 몰려와 부상을 당했거나 암흑의 그림자에 잠식된 친척이나 친구를 고쳐 달라고 사정했다. 아라고른은 일어나서 밖으로 나와 엘론드의 아들들을 불러 그들과 함께 밤늦도록 사람들을 치유했다. 그러자 도시 전역에 '정말로 왕께서 돌아오셨다'는 소문이 퍼져 나갔다. 그들은 그가 녹색 돌을 달고 있기에 그를 요정석이라 불렀으니, 그가 태어날 때 앞으로 얻을 이름이라고 예언되었던 일이 그의 백성들에 의해 실현된 셈이었다.

더는 일을 할 수 없게 되자 그는 망토를 걸치고 도시를 빠져나가 새벽녘에 막사에 도착했고, 아주 짧은 시간 동안 잠을 잤다. 아침이 되어 푸른 물 위에 떠 있는 백조처럼 생긴 흰 배, 즉 돌 암로스의 기치가 탑에서 휘날리자 그것을 본 사람들은 왕이 돌아온 것이 꿈이었던가 하고 의아해했다.

Chapter 9

마지막 회합

전투 이튿날 아침이 밝았다. 가벼운 구름이 떠 있고 서풍이 부는 아름다운 날씨였다. 레골라스와 김리는 일찍 일어나 도시로 가도 좋다는 허락을 받았다. 그들은 메리와 피핀이 매우 보고 싶었다. 김리가 말했다.

"그들이 살아 있다니 정말 기쁘군. 우린 로한까지 오면서 그들 때문에 큰 고생을 치러야 했는데, 그걸 헛수고로 만들고 싶지 않으니까 말이야."

요정과 난쟁이가 함께 미나스 티리스로 들어가자, 사람들은 이 이상한 동행을 놀란 눈으로 바라보았다. 그도 그럴 것이 인간의 상상을 초월한 아름다운 얼굴의 레골라스가 맑은 목소리로 요정의 노래를 부르며 아침 거리를 걸어가는 한편, 그 옆에서 김리는 수염을 쓰다듬으며 주위를 빤히 쳐다보고 성큼성큼 걸어갔기 때문이다.

김리가 성벽을 바라보며 말했다.

"여긴 괜찮은 석조물들이 좀 있군그래. 하지만 잘 다듬어지지 못한 것들도 있고 또 길도 더 잘 놓을 수도 있겠는데. 아라고른이 이 도시로 돌아오면 내가 산의 석공 기술을 제공해야겠어. 그럼 우린 자랑스러워할 만한 도시를 만들 수 있을 거야."

그러자 레골라스도 말했다.

"여기엔 정원이 더 필요한걸. 집들이 너무 썰렁해. 자라나면서 기쁨을 주는 것들이 너무 부족해. 아라고른이 이 도시에 돌아오면 숲의 요정들이 노래를 불러 줄 새들과 죽지 않는 나무를 선물하겠어."

마침내 그들은 임라힐 대공의 거처에 도착했다. 대공을 본 레골라스는 깊이 고개를 숙여 인사했다. 여기서 실로 요정의 피가 흐르는 인간을 발견한 것이었다.

레골라스가 외쳤다.

"반갑습니다, 영주님! 님로델의 주민들이 로리엔의 숲을 떠난 것은 아주 오래전 일인데, 아직 암로스의 부두에서 바다 건너 서쪽으로 떠나지 않은 분을 뵙게 되었습니다!"

그러자 대공이 대답했다.

"우리 고향 전설도 그렇게 전하고 있소. 그러나 거기서는 벌써 오랫동안 아름다운 종족을 한 명도 볼 수 없었소. 이 슬픔과 전투의 한복판에서 그대를 보게 되니 정말 놀랍소. 그대는 뭘 찾고 있소?"

"저는 임라드리스에서 미스란디르와 함께 떠난 아홉 원정대원 중 하나입니다. 제 친구인 이 난쟁이도 그렇습니다. 우린 아라고른 공과 함께 왔지요. 지금은 친구 메리아독과 페레그린을 찾고 있습니다. 그들이 공의 보호를 받고 있다고 들었습니다만."

"치유의 집에서 그들을 볼 수 있을 겁니다. 내가 그리 안내하지요."

"안내자 한 사람만 보내 주시면 됩니다, 공이시여. 아라고른이 대공께 보내는 전갈도 있으니까요. 그분은 지금 다시 도시로 들어오길 원치 않습니다. 그런데 즉시 지휘관 회의를 열어야 해서, 대공님과 로한의 에오메르께서 자신의 막사로 내려오시길 바라고 있습니다. 최대한 빨리 말이죠. 미스란디르는 이미 거기 있습니다."

레골라스가 말했다.

"그리 가겠소."

임라힐은 이렇게 말하고 정중히 인사하고는 그들과 헤어졌다.

레골라스는 김리에게 말했다.

"저 사람은 인간의 아름다운 군주이자 위대한 대장이야. 이 어려운 시절에도 곤도르에 저런 사람이 있다면, 전성기엔 그 영화가 정말 대단했겠는데."

"하긴 저 훌륭한 돌 조각품들도 다른 것들보다 오래된 것이고, 또 처음에 만든 작품들일 거야. 인간들이 시작한 일들이 다 그렇듯이 말이야. 봄에 서리가 내리질 않나, 여름에 안개가 끼질 않나. 그들은 항상 자신들의 약속을 못 지키지."

"그렇지만 그들이 뿌린 씨가 싹트지 않는 경우는 드물어. 폐허와 부패 속에서도 그 씨앗들은 항상 숨어 있다가 언젠가 기대치 않았던 시간과 장소에서 다시 피어난단 말이야. 인간의 행적은 우리의 행적보다 더 오래갈 거야, 김리."

"그렇지만 '될 수도 있었다'는 기대 외엔 결국 수포로 돌아갈 거야."

난쟁이가 말하자 레골라스도 덧붙였다.

"그것에 대해 요정들은 답을 알지 못해."

그때 대공의 시종이 와서 그들을 치유의 집으로 안내했다. 그들은 정원에서 친구들을 만났다. 그들의 만남은 즐거운 것이었다. 잠시 그들은 함께 걷고 이야기를 나누며 바람 부는 원형구역 안에서 아침 햇살 아래 짧으나마 평화로운 한때를 즐길 수 있었다. 메리가 피곤함을 느끼자 그들은 치유의 집 풀밭을 뒤로하고 성벽 위에 앉았다. 남쪽으로 안두인대하가 햇빛에 반짝이며 흘러가 레골라스의 시야에서도 벗어날 정도로 멀리 레벤닌과 남이실리엔의 넓은 여울과 녹색 실안개 속으로 사라지고 있었다.

다른 친구들이 이야기를 나누는 동안 레골라스는 잠시 태양을 바라보며 조용히 앉아 있었다. 그는 대하 위로 날개를 퍼덕이며 날아가는 흰 바닷새들을 보고 소리쳤다.

"봐! 갈매기야! 저들은 먼 내륙으로 날아가고 있어. 저들을 보면 난 경이로움과 함께 가슴이 울리는 것을 느낄 수 있어. 우리가 펠라르그르에 가기 전까진 저들을 한 번도 본 적이 없었는데, 거기서 해전을 벌이러 나갈 때 저들의 울음소리를 들었어. 그때 난 이 가운데 땅의 전쟁을 완전히 잊어버리고 몸이 굳어 버린 듯 가만히 서 있었지. 저들의 울부짖음은 바다를 얘기해 주는 것 같았거든. 바다! 아! 난 아직 본 적이 없어. 그렇지만 우리 종족들의 마음속 깊은 곳에는 바다를 향한 깊은 동경이 숨 쉬고 있지. 그 동경을 일깨우면 위험해. 아! 갈매기! 난 너도밤나무 밑에서나 느릅나무 밑에서 다시는 평온을 얻지 못할 거야."

그러자 김리가 말했다.

"그런 소리 하지 마! 이 가운데땅에는 아직 우리가 못 본 것이 수없이 많고, 또 우리가 해야 할 큰일도 있어. 그런데 아름다운 종족이 모두 부두로 달려간다면 남아 있어야 하는 이들은 더 삭막한 세상을 봐야 하잖아."

그러자 메리도 말했다.

"정말 단조롭고 삭막하겠죠! 레골라스, 당신은 부두로 가선 안 돼요. 크든 작든 다른 친구들이, 심지어 김리처럼 현명한 일부 난쟁이들도 이곳에서 늘 당신을 필요로 한단 말이에요. 적어도 나는 그러기를 바라요. 이 전쟁의 최악은 아직 오지 않았다는 느낌을 받고 있기는 하지만요. 이 전쟁이 완전히 끝나고, 게다가 아주 잘 끝난다면 얼마나 좋을까!"

그러자 피핀이 소리쳤다.

"그렇게 우울해하지 마! 지금은 햇빛이 비치고 있고 또 우린 적어도 하루 이틀은 여기 함께 있을 수 있잖아. 난 모두의 이야기를 듣고 싶어. 어서요, 김리! 당신과 레골라스는 오늘 아침에만 벌써 열 번은 족히 성큼걸이와 함께한 이상한 여정에 대해서 얘기했잖아요. 그런데 자세하게는 말하지 않았어요."

김리가 대답했다.

"여긴 지금 태양이 비치고 있지. 하지만 그 길에는 다시는 생각하고 싶지 않은 어둠의 기억이 있어. 앞에 놓인 길이 어떤 것인지 미리 알았더라면 난 아무리 우정을 위해서라도 그 사자의 길로는 가지 않았을지 몰라."

피핀이 다시 물었다.

"사자의 길? 아라고른이 그 말을 하는 걸 들었는데, 그래서 그게 무슨 말인지 궁금했어요. 당신이 더 자세히 말해 주겠죠?"

"내키지는 않아. 그 길에서 내가 망신을 당했거든. 나, 글로인의 아들 김리가, 인간보다 억세다고 생각해 온 내가, 땅속에서라면 어떤 요정보다도 강인하다고 믿어 온 내가 말이야. 그 어느 것도 입증할 수 없었어. 오로지 아라고른의 의지에 이끌려 그 길을 견딜 수 있었어."

그러자 레골라스가 끼어들었다.

"또 그에 대한 사랑에 의해서였지. 그를 알게 된 이들은 한결같이 자기 나름대로 그를 사랑하게 되니까. 심지어 그 차가운 로한의 왕녀도 말이야. 우리가 검산오름을 떠난 건 자네가 거기 도착하기 전날 이른 새벽이었어, 메리. 사람들은 모두 지독한 공포에 사로잡혀서 우리가 떠나는 걸 감히 내다볼 엄두도 못 냈지. 저 아래 집에 부상으로 누워 있는 에오윈 왕녀만 예외였어. 헤어질 때 무척 슬퍼했어. 그걸 본 나까지 슬퍼질 정도로."

"아! 난 내 생각밖엔 할 여유가 없었어. 아니! 그 여행 얘기는 못 하겠어."

김리는 입을 다물었다. 그러나 피핀과 메리가 몹시 궁금해했기에, 마침내 레골라스가 이야기를 꺼냈다.

"자네들의 궁금증을 풀어 줄 만큼만 얘기해 줄게. 난 공포를 느끼지 않았으니까. 인간의 그림자들은 힘도 없고 약할 것 같아서 두렵지 않았지."

그러고 나서 그는 산맥 아래 유령이 출몰하는 길과 에레크에서의 음울한 회합, 그리고 안두인대하를 따라 펠라르기르에 이르기까지 470킬로미터나 되는 대장정에 대해 재빨리 이야기했다.

"그 검은 바위에서부터 항구까지 나흘 밤낮을 달리고 닷새째 날에 도착했지. 그런데 아! 난 모르도르의 어둠 속에서도 희망이 피어나는 것을 느낄 수 있었어. 왜냐하면 그 어둠 속에서 그림자 군단은 보기에도 점점 강해지고 점점 더 무시무시해지는 것 같았거든. 내가 보니 일부는 말을 타고 있었고 일부는 그냥 뛰고 있었는데 모두 다 엄청난 속도로 움직이고 있었지. 그들은 아무 소리도 내지 않았지만 눈들은 빛났어. 라메돈의 고지에 이르러서는 그들이 우리를 거의 따라잡아 둘러쌌는데, 아마 아라고른이 제지하지 않았다면 우리를 앞질렀을 거야.

그의 명령에 그들은 다시 뒤로 물러섰지. 심지어 인간의 그림자들도 아라고른의 의지에 복종할 수밖에 없구나, 그리고 그들이 아직은 그의 명령에 복종하겠구나 하고 생각했지.

하루는 빛이 있는 가운데 달렸는데, 그다음 날에는 새벽이 오지 않았어. 그래도 우린 계속 달렸지. 우린 키릴과 링글로를 지나 사흘째 되는 날 길라엔하구 위쪽의 린히르에 도착했지. 그곳에선 라메돈 사람들이 강을 따라 올라온 움바르와 하라드의 사악한 무리들과 여울을 서로 차지하려고 싸우고 있더군. 그렇지만 수비대나 적들이나 우리를 보고는 사자의 왕이 왔다고 소리를 지르며 싸움을 포기하고 달아나 버렸지. 라메돈의 영주 앙보르만 우리를 견뎌 낼 배짱이 있더군. 아라고른은 그에게 회색 군단이 지나간 후에 용기가 있다면 부하를 모아 뒤따르라고 명령했지.

'이실두르의 후계자가 펠라르기르에서 그대의 도움을 기다리노라.' 하고 아라고른이 말했어.

이렇게 우리는 길라엔을 가로지르면서 모르도르의 동맹군들을

궤멸시켜 몰아냈고, 그러고 나서 잠시 쉬었어. 그런데 곧 아라고른
이 일어나 외쳤지. '보라! 미나스 티리스가 벌써 공격당하고 있다. 우
리가 도우러 가기 전에 함락될까 두렵다.' 그래서 우린 밤이 새기 전
에 다시 말에 올라 레벤닌의 평원으로, 말들이 달릴 수 있는 한 최대
속도로 달려온 거야."

레골라스는 말을 멈추고 한숨을 쉰 다음 남쪽으로 눈을 돌리며
나지막하게 노래 부르기 시작했다.

> 켈로스에서 에루이로 은빛 물결 흐른다,
> 레벤닌의 푸른 초원에서!
> 그곳 풀은 무성하게 자라지. 바닷바람 속에서,
> 흰 백합이 살랑거리고,
> 말로스, 알피린의 금종이 울린다,
> 레벤닌의 푸른 초원에서,
> 바닷바람 속에서!

"우리의 노래에서 그 초원은 푸르렀어. 하지만 그때 초원은 어두
웠고, 우리 앞에 펼쳐진 어둠 속에서 칙칙한 황무지처럼 보였지. 그
드넓은 초원의 풀과 꽃 들을 무심히 짓밟으며 우리는 하루 밤과 하
루 낮을 적을 쫓아 달려서 마침내 대하의 하구에 이를 때까지 끝장
을 보았지.

그때 난 대해에 가까이 왔다고 마음속으로 생각했어. 어둠 속에
서 강물은 광대하게 보였고 수많은 바닷새들이 강가에서 울어 대고
있었거든. 아! 그 갈매기들의 울음소리! 숲의 여주인께서 내게 갈매
기들을 주의하라고 하셨잖아? 이제 난 그것을 못 잊을 거야."

그러자 김리가 끼어들었다.

"나로 말하자면, 새들에 대해서는 전혀 신경도 쓰지 않았지. 그때

우리가 마침내 본격적인 전쟁터에 이르렀으니까. 거기 펠라르기르에는 움바르의 주력함대가 있었어. 커다란 전선이 50척쯤 됐고, 그보다 작은 배들은 수없이 많더군. 우리에게 쫓겨 달아난 적들이 먼저 그 부두에 닿아서 공포를 전해 주었지. 그래서 어떤 배들은 달아나려고 이미 닻을 올려 강을 내려가거나 먼 기슭에 닿으려 하고 있었고, 수많은 작은 배들은 불길에 휩싸여 있었어. 하지만 하라드인들은 이제 기슭에까지 쫓기자 궁지에 몰려 우리를 향해 돌아섰지. 절망에 빠지면 사나운 자들이었어. 그런데 우리를 보더니 웃더군. 그들의 군세가 아직 대단했거든.

하지만 아라고른이 멈춰 서서 큰 목소리로 외쳤지. '이제 오라! 검은 바위의 이름으로 그대들을 소환한다!' 그러자 제일 뒤에 처져 있던 그림자 군단이 갑자기 잿빛 밀물처럼 밀어닥쳐서, 앞에 있는 모든 것을 휩쓸어 버렸어. 희미한 비명 소리가 들렸고, 아득한 나팔 소리, 그리고 먼 곳에서 수많은 목소리들이 속삭이는 듯한 소리가 들렸어. 오래전 암흑시대에 일어난 어떤 잊힌 전투의 메아리 같았지. 희끄무레한 칼들이 칼집에서 뽑혔어. 그렇지만 난 그 칼날들이 아직도 잘 베이는지는 모르겠어. 사실 그 사자들에게는 공포 외에 다른 무기가 필요 없었지. 누구도 그들을 배겨 내지 못했으니까.

사자들은 정렬된 모든 배 위로 몰려갔다가 물을 건너서 정박하고 있는 배 위까지 밀려갔어. 그러자 쇠사슬로 노에 묶여 있던 노예들을 제외한 선원들 모두가 겁에 질려 미친 듯 바다 위로 몸을 던져 버렸지. 우리는 도망가는 적들 사이로 쉴 틈을 주지 않고 달려들어 가랑잎처럼 날려 버리고 마침내 강안에 이르렀어. 아라고른은 남아 있는 큰 전선 한 척마다 두나단 한 사람씩 보내서 배에 남아 있던 포로들을 안심시키고, 두려움을 떨치고 자유롭게 행동하라고 일러 주었어.

그 어둠의 날이 지나기 전에 우리에게 대항하려고 남은 적은 하나도 없었지. 모두 빠져 죽었거나 아니면 걸어서라도 자기네 나라로 도 망갈 작정으로 남쪽을 향해 달아나 버린 거야. 모르도르의 계략이 그런 공포와 어둠의 유령에 의해 뒤집혔다는 게 정말 이상스럽고도 놀라운 일이더군. 그 자신의 무기가 치명타가 되어 돌아간 거지.”

그러자 레골라스도 거들었다.

“정말 이상한 일이었어. 바로 그 시간에 난 아라고른을 보고 생각했지. 그가 그 반지를 가졌더라면 그 강인한 의지로 해서 얼마나 위대하고 무서운 군주가 될 수 있었을까 하고 말이야. 모르도르가 그를 두려워한 것은 그만한 이유가 있던 거야. 하지만 그의 정신은 사우론의 지력보다 훨씬 고귀하지. 그는 루시엔의 자손이니까. 그 가계는 셀 수 없이 긴 세월이 흘러도 결코 몰락하지 않을 거야.”

김리도 말했다.

“그런 예언은 난쟁이의 눈으로는 볼 수 없어. 그렇지만 그날 아라고른은 정말 막강했어. 아! 모든 검은 선단이 그의 손에 들어왔거든. 그는 가장 큰 전선을 자신의 것으로 정하고 올라섰어. 그러고는 적에게서 뺏은 나팔들을 다 같이 크게 불게 했어. 그러자 어둠의 대군이 강안으로 물러서더군. 거기에서 그들은 불타는 배의 화염에 어린 눈동자의 붉은빛 외에는 아무것도 보이지 않는 채 조용히 서 있었지. 아라고른은 그 사자들에게 큰 목소리로 외쳤어.

‘이제 이실두르의 후계자의 말을 들으라! 그대들의 맹세는 이행되었도다. 이제 돌아가서 다시는 그 계곡을 소란스럽게 하지 말라. 이제 떠나 안식을 취하라!’

그러자 사자의 왕이 그 대군 앞에 나서서 자기 창을 꺾어 내던졌어. 그러고는 정중하게 절하고 돌아섰고, 그러자 그 회색부대 전체가 재빨리 물러나 갑작스러운 바람에 날려 흩어지는 연기처럼 사라져 버렸지. 난 그때 꿈에서 깬 듯한 느낌이었어.

그날 밤 우린 다른 사람들이 일하는 사이에 잠시 쉬었어. 왜냐하면 거긴 풀려난 포로가 많았고, 또 습격을 받아 잡혀 온 많은 곤도르인들이 노예로 있다가 해방됐거든. 게다가 오래지 않아 레벤닌과 에시르의 주민들이 많이 모여들었고, 라메돈의 앙보르가 모을 수 있는 모든 기병들을 데리고 왔지. 이제 사자들에 대한 공포에서 벗어나자 그들은 우리를 돕고 또 이실두르의 후계자를 보러 온 거야. 이미 그 이름에 대한 소문이 어둠 속에서 불길처럼 번져 갔거든.

이제 우리 얘기의 막바지에 이르렀군그래. 그날 저녁과 밤 사이에 많은 배들이 출항할 준비를 갖추고 사람들이 승선했어. 그래서 아침에 선단이 출발했지. 지금은 그게 오래전 일처럼 아득하게 느껴지는데, 실은 바로 그저께 아침이었고 또 우리가 검산오름에서 떠난 지 엿새째 되는 날이었어. 그런데도 아라고른은 시간이 너무 촉박하다는 걱정에 시달렸지.

'펠라르기르에서 하를론드정박지까지는 210킬로미터나 돼. 우린 하를론드에 내일까진 가야 하네. 그러지 못하면 다 끝나고 말 걸세.' 그래서 풀려난 사람들이 노에 붙어서 힘껏 저었지만, 배는 대하에서 천천히 움직였어. 물살을 거슬러 올라가는 것이기도 하고, 남쪽에선 물살이 그리 세지 않았지만 바람의 도움을 받을 수 없었으니까. 그래서 부두에서 거둔 승리에도 불구하고 마음이 무거웠는데 갑자기 레골라스가 웃으며 말했지.

'네 수염을 들어 봐, 두린의 아들아! 이런 말이 있잖아. 모든 희망이 사라졌을 때 종종 희망이 솟아난다고.' 그렇지만 그가 무슨 희망을 보았는지는 말하지 않았어. 밤이 되어 어둠이 점점 더 깊어졌는데, 우리 가슴은 불타오르기 시작했어. 왜냐하면 북쪽 멀리 구름 아래서 붉은 화염을 보았거든. 그때 아라고른이 말했어. '미나스 티리스가 불타고 있다.'라고 말이야.

그런데 한밤중에 희망이 실로 다시 솟아났어. 남쪽을 바라보고 있던 에시르의 숙련된 선원들이 대해에서 불어오는 신선한 바람으로 어떤 변화가 오고 있다고 말했거든. 그래서 날이 새기 훨씬 전에 범선들은 돛을 올렸고 우리는 점차 속도를 얻어서 마침내 새벽빛이 이물에 부딪는 포말을 하얗게 만들어 줄 때까지 배를 몰았던 거야. 그래서 너희들도 알다시피 우린 순풍을 타고 아침 제3시에 어둠이 걷힌 햇빛 속에서 도착했고, 전투에서 그 위대한 깃발을 펼쳤지. 앞으로 어떻게 될지 모르지만 정말 위대한 날이자, 위대한 시간이었어."

레골라스가 말했다.

"앞으로 어떤 일이 벌어지든, 위대한 행위의 가치는 줄어들지 않아. 사자의 길을 통과한 것은 위대한 일이었어. 앞으로도 그렇게 남을 거야. 훗날 그것을 노래로 불러 줄 사람이 곤도르에 단 한 명도 남지 않더라도."

그러자 김리가 다시 말했다.

"그런 일이 닥칠지도 몰라. 아라고른과 간달프의 얼굴이 아주 침울해 보였거든. 저 아래 막사에서 그들이 지금 무슨 논의를 하는지 궁금하군. 나도 메리처럼 이 전쟁이 우리의 승리로 이제 끝났으면 좋겠거든. 그렇지만 앞으로 할 일이 무엇이든, 난 외로운산의 동족들의 명예를 위해서라도 내 몫을 다하고 싶어."

레골라스도 말했다.

"나도 위대한 숲의 동족들을 위해, 그리고 백색성수의 영주를 위해서 그렇게 하겠어."

그러고 나서 그들은 입을 다물었고, 지휘관들이 회의를 하고 있는 동안 각자 열심히 생각을 이어 가며 그 높은 곳에 잠시 앉아 있었다.

임라힐 대공은 레골라스, 김리와 헤어지자 곧 에오메르를 부르러 보냈다. 그들은 함께 도시에서 내려갔고, 세오덴 왕이 전사한 곳에서 멀지 않은 들판에 세워진 아라고른의 막사로 갔다. 거기에서 그들은 간달프, 아라고른 그리고 엘론드의 아들들과 함께 의견을 나눴다. 간달프가 먼저 말했다.

"공들, 곤도르의 섭정이 돌아가시기 전에 한 말을 먼저 들어 보시오. '하루쯤은 평원에서 작은 승리를 거둘 수도 있겠지. 그러나 지금 저기서 일어나는 힘에 대항해서 승리란 있을 수 없어.' 난 공들에게 그분처럼 절망에 빠지라는 것이 아니라 이 말 속에 담긴 진실을 생각해 보자는 뜻으로 말하는 거요.

팔란티르는 절대로 거짓을 보여 주지 않소. 바랏두르의 군주라 할지라도 그렇게 할 수 없소. 아마 그는 자신의 의지로 자기보다 약한 사람에게 무엇을 보여 줄지를 선택하거나 아니면 그들이 본 것의 의미를 오해하도록 유도할 수는 있을 거요. 그럼에도 불구하고 데네소르가 팔란티르를 통해 자신에게 대적하는 엄청난 군세가 모르도르에 집결했으며, 또 더 많이 모이는 중이라는 걸 보았을 때, 그가 사실을 본 것만은 틀림없을 거요.

첫 번째 대공세를 물리치는 데도 우리의 힘이 충분했다고는 말할 수 없소. 다음 번 공세는 더욱 엄청날 거요. 그렇다면 이 전쟁은, 데네소르가 생각했던 대로, 마지막 희망도 걸 수 없소. 그대들이 여기 앉아서 이어지는 포위작전을 견뎌 내든, 아니면 대하 너머로 무모하게 전진하여 제압되든 간에, 무력을 통해서는 승리를 얻을 수 없소. 그대들 앞엔 고약한 선택만 남았을 뿐이오. 신중하게 조언하자면, 지금 견지하고 있는 강력한 요새를 더욱 강화해 공세를 기다리라고 말하겠소. 그렇게 함으로써 종말이 오기 전의 시간을 조금 늦출 수 있을 것이오."

그러자 임라힐이 말했다.

"그럼 우리가 미나스 티리스나 돌 암로스 또는 검산오름으로 물러나 거기서 모래성 안에 앉은 어린애처럼 파도가 다가오기를 기다리라는 말씀입니까?"

"그것은 새로운 제안이라고 할 수도 없소. 그대는 이미 데네소르의 시대에 그와 비슷한, 아니면 그 정도의 일들을 해 오지 않았소? 그러나 아니오! 그것이 신중한 계획일 거라고 말했소. 나는 그런 신중론을 제안하지 않소. 승리는 무력으로 얻을 수 없다고 말했지. 난 여전히 승리를 바라지만, 무력에 의한 승리는 아니오. 왜냐하면 이 온갖 정략들의 한가운데에 바랏두르의 근원이자 사우론의 희망인 그 권능의 반지가 끼어 있기 때문이오.

그 반지에 관해서라면 이제 공들 모두 우리의 곤경과 사우론의 곤경을 이해할 만큼 알고 있소. 만일 그가 그걸 되찾는다면 공들의 용맹은 허사가 되고 그는 신속하고 완벽한 승리를 거둘 거요. 이 세계가 지속되는 동안 누구도 그의 종말을 예측할 수 없을 정도로 완벽한 승리이겠지. 그러나 만일 그 반지가 파괴된다면 그는 추락할 거요. 너무나 깊은 심연으로 추락해서 그의 재기를 혹시라도 예측하는 일은 있을 수 없을 정도겠지. 그는 애초에 그가 갖고 태어난 힘의 특별한 능력을 잃을 테고, 그 권능을 발휘하여 만들어졌거나 시작된 모든 것이 허물어져 그는 영원히 중상을 입을 거요. 그저 어둠 속에서 스스로를 좀먹는 작은 악령이 되어 다시는 성장하지도, 형태를 갖추지도 못할 거요. 그리하여 이 세상의 거대한 악이 제거되겠지.

또 다른 악이 올 수도 있소. 사우론 자신도 종복이나 밀사에 지나지 않으니까. 그러나 우리의 일은 세계의 모든 흐름을 통제하는 것이 아니니. 우리의 역할은 우리가 살고 있는 시대를 구하기 위해 우리의 내면에서 시키는 일을 하는 것이고, 우리가 사는 들판에서 악의 뿌리를 뽑는 것이오. 우리 후손들이 깨끗한 땅을 경작할 수 있도록 말이오. 우리 후손들의 시대에 날씨가 어떨까 하는 것은 우리가 결정할 문제가 아니지.

지금 사우론은 이 모든 것을 알고 있소. 자기가 잃어버린 그 귀한 물건이 다시 발견된 것도 알고 있고. 하지만 그것이 어디 있는지는 아직 모르고 있소. 아니, 그러기를 우리는 바라고 있지. 그러므로 그는 지금 큰 의혹에 빠져 있소. 만약에 우리가 그것을 발견했다면, 우리 가운데 그걸 다룰 만한 힘이 있는 사람이 있다는 말이오. 그는 그것도 알고 있소. 아라고른, 내가 잘못 추측한 것이 아니라면, 그대가 오르상크의 돌을 통해 그에게 그대의 모습을 보여 준 것 같소만?"

그러자 아라고른이 대답했다.

"나팔산성을 떠나기 전에 그렇게 했습니다. 시간이 무르익었다고 생각했고, 또 바로 그런 목적을 위해 그 돌이 내게 왔다고 생각했지요. 그건 그러니까 반지의 사자가 라우로스에서 동쪽으로 떠난 지 열흘째 되던 날이었고, 그래서 사우론의 눈을 그의 영지 밖으로 끌어내야 한다고 생각한 겁니다. 그는 그의 탑으로 돌아간 후 도전을 받은 적이 거의 없었지요. 하지만 그 도전에 대한 응답으로 그의 공세가 그렇게 신속히 전개될 줄 알았더라면 감히 내 모습을 보여 주지 않았을 겁니다. 그대에게 충고를 구하기엔 너무 시간이 없었지요."

에오메르가 말했다.

"그런데 이건 어떻게 생각하십니까? 그가 반지를 찾게 되면 모든 일이 허사라고 하셨지요. 만일 우리가 그걸 갖고 있다면 그는 왜 자신의 공격이 허사라고 생각하지 않을까요?"

간달프가 대답했다.

"그는 아직 확신하지 못하고 있소. 그리고 그는 우리와 달리, 자신의 적이 안심할 때까지 기다림으로써 자신의 힘을 구축한 것이 아니오. 더구나 우린 그것의 완전한 힘을 휘두르는 법을 하루 만에 배울 수 없소. 사실 그것은 여럿이 아닌 단 하나의 주인만 사용할 수 있소. 그러니 그는 우리 가운데 가장 강한 자가 다른 이들을 누르고 그 반지의 주인이 되기 위해 다툼을 벌일 시간을 예상할 거요. 그럴 때에 그가 돌연히 행동을 취한다면 그 반지는 그를 돕겠지.

그는 지금 살피는 중이오. 그는 많은 것을 보고 들을 수 있으니까. 그의 나즈굴들은 아직도 하늘에 떠 있소. 사람들은 지치고 졸려서 보지 못했지만 그것들은 오늘 해 뜨기 전에 이 평원 위를 지나갔소. 그는 여러 징후를 연구하고 있소. 그에게서 보물을 빼앗아 간 검이 다시 벼려진 것, 행운의 바람이 우리에게로 돌아선 것, 그의 첫 공세가 예기치 못한 패배를 당한 것, 그리고 그의 강한 대장이 파멸된 것을 말이오.

우리가 여기서 이야기를 나누는 동안에도 그의 의심은 점점 커져 가고 있소. 그의 눈은 이제 똑바로 우릴 향하고 있어서, 다른 움직임에는 눈길을 거의 돌리지 않고 있소. 우리는 계속 그렇게 되도록 해야 하오. 우리의 모든 희망은 거기에 달려 있소. 그러니 내 제안은 이렇소. 우린 반지를 가지고 있지 않지. 현명함인지 무모한 어리석음인지는 몰라도, 우리는 이미 그 반지를 파괴하러 보냈소. 그것이 우리를 파멸시키지 않도록. 반지가 없으면 우린 무력으로 그의 힘을 꺾을 수 없소. 그러니 우린 어떤 희생을 치르더라도 그의 시선을 그의 진짜 위험에서 떼어 놓아야 하오. 우린 무력으로 승리를 얻을 수 없지만, 무력을 통해 반지의 사자에게 유일한 기회를 줄 수 있소. 미미한 기회일지라도 말이지.

아라고른이 이미 시작한 것과 마찬가지로 우리도 나서야 하오. 사우론이 마지막 승부수를 던질 때까지 밀어붙여야지. 그의 영지가 텅 비도록 그의 숨은 힘을 다 불러내야 하오. 당장 진격해 가서 그와 맞서야 하오. 그에게 물리는 한이 있더라도 우리 자신이 미끼가 되어야 하는 거요. 그는 야망과 탐욕으로 인해 그 미끼를 덥석 물 거요. 우리의 성급한 공격에서 새 반지군주의 자만심을 엿볼 수 있다고 생각하겠지. 그러면서 말할 거요. '보라! 저 녀석은 자기 목을 너무 빨리, 너무 멀리 내밀었구나. 가까이 와서 보라! 저 녀석이 도저히 빠져나갈 수 없는 덫에 갇힐 테니. 거기서 저 녀석을 뭉개 버리고 저 녀석이 오만하게도 차지한 것을 다시 영원히 내 것으로 하리라.'

우린 두 눈을 뜬 채 자진해서 그 덫으로 들어가야 하오. 용기를 내야겠지만 우리 자신을 위한 희망은 그리 크지 않을 거요. 왜냐하면 공들, 우린 살아 있는 땅에서 멀리 떨어진 채 이 암흑의 전쟁에서 완전히 소멸할지도 모르기 때문이오. 혹시 바랏두르가 무너진다 하더라도 우린 살아서 새 시대를 보지 못할 수도 있소. 그러나 이것이 우리의 의무라고 나는 생각하오. 여기 가만히 앉아 있어도 틀림없이 멸망할 텐데 그렇게 죽는 편이, 차라리 새 시대가 영원히 오지 않을 거라는 걸 인식하며 죽는 것보다는 낫기 때문이오."

잠시 침묵이 흘렀다. 이윽고 아라고른이 말했다.

"난 이미 시작한 대로 계속 해 나가겠소. 우리는 희망과 절망이 맞붙은 벼랑 끝에 와 있소. 머뭇거리다가는 떨어질 거요. 이제 간달프의 제안을 모두 받아들입시다. 사우론에 대항한 그의 오랜 노고가 이제 결정적인 시험대에 올랐소. 이분이 없었다면 이미 오래전에 모든 것이 사라졌을 거요. 그렇지만 난 누구에게도 명령할 권리가 없소. 다들 자신의 뜻대로 선택합시다."

그러자 엘로히르가 말했다.

"우리는 그 목적을 위해 북쪽에서 여기까지 왔소. 그리고 우리 아버님 엘론드께서도 바로 그런 제안을 보내셨소. 우리는 돌아서지 않습니다."

에오메르가 말했다.

"나로 말하면 이런 심각한 문제에 대해선 아는 바가 별로 없소. 그러나 알 필요도 없소. 내가 아는 것은 이것 하나이고 그것으로 충분한데, 내 친구인 아라고른께서 나와 내 백성을 구해 주셨다는 것이오. 그러니 난 그분이 청할 때 그를 도울 겁니다. 난 가겠소."

임라힐도 말했다.

"저로 말하면 아라고른 공께서 왕권을 주장하시든 안 하시든 간에 그분이 나의 군주라고 여기고 있습니다. 그분의 바람은 제겐 명령입니다. 저도 가겠습니다. 그러나 당분간 저는 곤도르의 섭정이라는 위치에 있고, 그 백성을 먼저 생각해야 할 의무가 있습니다. 아직 신중론에 관심을 기울일 필요가 있습니다. 좋은 결과든 나쁜 결과든 모든 가능성에 대비해야 하니까요. 우리가 승리를 거둘 수도 있고, 그 희망이 조금이라도 남아 있는 한 곤도르를 방비해야 합니다. 전 승리를 거둔 후에 폐허가 된 도시, 황폐한 땅으로 돌아오고 싶지 않으니까요. 그리고 우리 북방 측면에 아직 접전하지 않은 적이 있다는 것을 로한인들에게서 들었으니 말입니다."

간달프가 말했다.

"맞는 말이오. 난 이 도시를 무방비 상태로 두고 가자고 제안한 것은 아니오. 사실 우리가 동쪽으로 이끌 병력은 모르도르에 본격적인 공세를 가할 정도의 대부대일 필요는 없소. 싸움을 걸기에 충분한 규모이면 되니까. 그리고 우린 곧 움직여야만 하오. 그래서 지휘관들을 부른 거요. 늦어도 이틀 내로 소집하고 이끌 수 있는 병력이 얼마나 되겠소? 물론 위험을 알면서도 기꺼이 갈 만한 강인한 사람들이어야겠지."

그러자 에오메르가 대답했다.

"병사들은 다 지쳤고, 가볍든 위중하든 간에 많은 이들이 부상을 당했습니다. 또한 많은 말을 잃었는데 그건 감내하기 어려운 손실입니다. 우리가 곧 떠나야 한다면 2천 명도 동원하기 어려울 것입니다. 하지만 도시 방어를 위해 그 정도의 인원을 남겨 두어야겠지요."

아라고른이 말했다.

"이 평원에서 싸웠던 사람들만 계산할 필요는 없소. 해안지방에서 적을 몰아냈으므로 남부 영지에서 지금 새로운 군세가 오는 길이오. 이틀 전에 롯사르나크를 지나 여기로 오도록 펠라르기르에서 4천 명을 보냈소. 두려움을 모르는 앙보르가 인솔하고 있으니 이틀만 기다리면 우리가 떠나기 전에 그들이 당도할 거요. 또한 많은 사람들에게 구할 수 있는 어떤 배라도 타고 대하를 따라 날 따르라고 명령했소. 이런 바람이면 그들이 곧 당도할 테고, 이미 하를론드에 여러 척이 들어왔소. 내가 판단하기로는 우리가 7천의 기병과 보병을 데려갈 수 있겠소. 그래도 이 도시는 공세가 시작됐을 때보다 더 잘 수비될 거요."

임라힐이 다시 물었다.

"성문이 파괴되었습니다. 지금 그것을 재건하고 새로 세울 기술자들을 어디서 구할 수 있을까요?"

그러자 아라고른이 대답했다.

"다인의 왕국 에레보르에 그런 기술이 있소. 우리의 희망이 소멸돼 버리지 않는다면, 그때 내가 그 산의 장인들을 초청하러 글로인의 아들 김리를 보내겠소. 그렇지만 사람이 성문보다는 나은 법이지. 사람들이 성문을 버리고 달아난다면 어떤 성문도 적에 대항해서 견뎌 내지 못할 겁니다."

이것이 영주들의 회의에서 합의된 결과였다. 그들은 그날부터 이틀째 되는 날 아침에 가능하면 7천 명의 병력으로 진격하기로 한 것이다. 그들이 가려는 곳은 험난한 땅이기에 병력 대다수는 보병이 될 것이었다. 아라고른은 남쪽에서 확보한 약 2천 명의 군사를 이끌기로 했고, 임라힐은 3천5백 명을 인솔하며, 에오메르는 말을 타진 않지만 보병으로 훌륭한 몫을 담당할 5백의 인원을 보내는 동시에 자신은 정예기병 5백 명을 직접 지휘하기로 했다. 또한 다른 5백의 기병이 엘론드의 아들들과 두네다인, 그리고 돌 암로스의 기사들과 함께 가기로 했다. 모두 보병 6천 명과 기병 천 명이었다. 그러나

말도 아직 있고 전투도 가능한 약 3천 명의 로한 주력부대는 엘프헬
름의 지휘하에 아노리엔에 있다는 적을 막기 위해 서부대로에서 잠
복하기로 했다. 곧 쾌속의 기마정찰대가 적의 동향을 탐지하기 위해
북쪽으로, 동쪽으로는 오스길리아스에서 미나스 모르굴에 이르는
도로 쪽으로 파견되었다.

마침내 전력을 일일이 점검하고 공격작전을 숙의하고 진격로
를 정하게 되었을 때, 갑자기 임라힐 대공이 큰 웃음을 터뜨리며 말
했다.

"정말이지, 이건 곤도르 역사상 가장 우스운 농담거리입니다. 전
성기를 생각하면 그 당시 선봉부대 정도밖에 안 될 7천의 병력으로
산맥을 넘고 암흑의 땅 난공불락의 성문으로 돌격하다니요! 마치
어린아이가 실과 버들가지로 만든 활을 들고 철갑기사를 위협하는
거나 다름없지요. 만일 말입니다, 미스란디르. 말씀하신 대로 암흑
군주가 그렇게 많은 것을 알고 있다면, 우리를 보고 두려움을 느끼
기는커녕 비웃으며 마치 침을 갖고 덤비는 파리에게 하듯 새끼손가
락으로 뭉개 버리지 않을까요?"

그러자 간달프가 말했다.

"아니요, 그는 파리를 사로잡아 침을 뺏으려 할 거요. 그리고 우리
중에는 각각 천 명의 철갑기사에 값할 만한 이름을 가진 이들이 있
지 않소? 아니요, 그는 웃지 못할 거요."

아라고른도 말했다.

"우리도 웃지 않소. 만일 이것이 농담거리라면, 웃어 버리기엔 너
무 쓰라린 농담이 되겠지요. 아니요. 이건 극한의 위험에 처해서 두
는 마지막 수가 될 겁니다. 어느 편이든 이번 일은 게임의 종말을 뜻
하게 될 거요."

그러면서 그는 안두릴을 뽑아 높이 들고 햇빛 속에 광채를 뿌리
며 말했다.

"너는 마지막 전투가 치러질 때까지 다시는 칼집에서 쉬지 않을 것이다."

Chapter 10

암흑의 성문 열리다

이틀 후 서부의 군세는 펠렌노르 평원에 모두 집결했다. 오르크들과 동부인들의 군단은 아노리엔에서 돌아왔으나, 자신들이 지난번에 격파한 로한인들에게 유린당하고 흩어져 변변히 싸움도 못해 보고 카이르 안드로스를 향해 도주했다. 그래서 그쪽의 위협도 해소되었으며, 남쪽에서 새로운 군세가 당도해 도시의 방어는 충실해졌다. 정찰병들은 쓰러진 왕의 석상이 있는 십자로에 이르기까지 모든 도로에 적이 하나도 남아 있지 않다고 보고해 왔다. 이제 마지막 공세의 모든 준비가 갖추어졌다.

레골라스와 김리는 다시 아라고른, 간달프의 부대에서 함께 떠나게 되었고 두네다인과 엘론드의 아들들과 함께 선봉에 섰다. 메리는 그들과 함께 갈 수 없어서 치욕스럽게 여겼다.

아라고른은 이렇게 말했다.

"자넨 이런 여행을 할 만한 상태가 아니야. 하지만 수치스러워할 건 없네. 자네가 이 전쟁에서 더 이상 아무 일도 하지 않는다 해도 이미 위대한 명예를 얻었으니 말이지. 페레그린이 가서 샤이어 주민들을 대표할 거라네. 그 친구도 지금껏 기회가 주어지는 대로 잘해 왔지만 자네의 행위에 비견될 만한 위업을 이루지는 못했으니, 자넨 그에게 위험의 기회를 주는 데 인색해서는 안 되겠지. 그렇지만 사실 지금은 모두가 위험한 상황이라네. 모르도르의 성문 앞에서 비참한 최후를 맞는 것이 우리의 역할일지 모르지만, 만일 그렇게 된다면 여기에서든 아니면 검은 파도가 자네를 덮치는 어디에서든 자네도 마지막 막다른 곳에 부딪치게 될 거라네. 자, 잘 있게!"

그래서 메리는 의기소침하게 서서 군대의 소집을 바라보고 있을 수밖에 없었다. 베르길이 옆에 있었는데 그도 역시 풀이 죽어 있었다. 왜냐하면 그의 아버지가 지금 도시 부대를 이끌고 출정할 예정이기 때문이었다. 그는 그의 사건에 대한 판결이 날 때까지 경비대에 합류할 수 없었다. 피핀은 곤도르의 병사로서 베레곤드와 같은 부대에 소속돼 출정했다. 메리는 그가 장신의 미나스 티리스인들 사이에서, 키는 작지만 몸을 꼿꼿이 세운 채 정렬해 있는 것을 그리 멀지 않은 곳에서 볼 수 있었다.

마침내 나팔이 울리고 부대가 행군하기 시작했다. 분대마다 그리고 중대마다 그들은 방향을 바꿔 동쪽으로 전진해 갔다. 그들이 방벽대로로 이어지는 큰길로 나아가 시야에서 사라져 버린 뒤에도 오랫동안 메리는 거기 서 있었다. 아침 햇살을 받아 번쩍이는 창과 투구가 사라져 버린 후에도 그는 이제 친구 하나 없이 외롭다고 생각하며 무거운 마음으로 고개를 숙이고 서 있었다. 그가 아끼는 모든 이들이 이제 멀리 동쪽 하늘에 걸려 있는 어둠 속으로 가 버리자, 그의 마음에는 그들을 다시 볼 수 있으리라는 희망이 거의 사라졌다.

절망감 때문에 되살아나기라도 한 듯 팔의 통증이 다시 시작되면서 그는 허약해지고 늙어 버린 느낌이었고, 햇빛도 약해진 것 같았다. 베르길이 손으로 그를 잡아 정신을 차리게 하며 말했다.

"가요, 페리안 님. 내가 보기에 당신은 아직 아픈 것 같아요. 내가 치유사들에게 데려다줄게요. 하지만 걱정할 건 없어요. 그들은 다시 돌아올 거예요. 미나스 티리스인들은 절대로 지지 않으니까요. 더구나 이제 그들에게는 요정석 님이 계시잖아요. 또 경비대의 베레곤드도 있고요."

정오가 되기 전에 군대는 오스길리아스에 이르렀다. 거기에선 징집할 수 있는 노동자와 기술자 들이 바삐 움직이고 있었다. 어떤 사람들은 적이 만들었다가 도망가면서 일부 파괴한 나룻배와 선교를 수리하고 있었고, 전리품과 다른 비품들을 모으고 있는 사람들도 있었다. 강 동쪽에서는 나머지 사람들이 방어벽을 서둘러 구축하고 있었다.

선두부대는 옛 곤도르의 폐허를 지나 넓은 대하를 건너, 고대의 영화로웠던 시대에 지어진 아름다운 태양의 탑에서부터 지금은 저주받은 골짜기의 미나스 모르굴이 되어 버린 높은 달의 탑까지 이어지는 긴 직선도로에 이르렀다. 그들은 오스길리아스에서 8킬로미터쯤 되는 지점에서 첫날 행군을 마치고 정지했다.

그러나 기병들은 계속 진군해 저녁이 되기 전에 십자로의 거대한 원형 숲에 이르렀다. 사방이 고요했다. 어떤 자취도 볼 수 없었고, 외침이나 군호도 들리지 않았다. 또 길가의 바위나 잡목숲에서 화살이 날아오지도 않았다. 그러나 앞으로 나아갈수록 그들은 대지의 경계가 강화되고 있음을 느꼈다. 나무와 돌, 풀잎과 나뭇잎 들도 다 듣고 있는 것 같았다. 어둠은 걷혔고, 저 멀리 서쪽 안두인계곡 위에 황혼의 해가 걸려 있어서 산맥의 흰 봉우리들이 대기 속에서 홍조를 띠고 있었지만, 에펠 두아스에는 어두운 그림자가 고요히 모든 것을 덮고 있었다.

아라고른은 원형 숲으로 이어지는 네 갈래 길 모두에 나팔 주자를 세워 큰 소리로 팡파르를 불게 했으며 전령들은 크게 외쳤다.

"곤도르의 영주들께서 돌아오셨다. 이제 그분들께 속한 이 땅을 다시 회수하신다."

이제 조각상 위에 올려졌던 끔찍한 오르크 머리를 끌어 내려 산산이 부서뜨렸고, 고대 왕의 두상을 다시 제자리에 올려놓았다. 그 두상은 아직도 흰색과 금색의 꽃으로 왕관을 두르고 있었고, 사람들은 오르크들이 그 위에 갈겨 놓은 더러운 낙서를 힘들여 닦고 깎아 냈다.

곧 열린 회의에서 누군가 미나스 모르굴을 먼저 공격해야 하며 그곳을 점령하면 철저히 파괴해야 한다고 주장했다.

임라힐 대공이 말했다.

"아마도 그곳에서 위쪽 고갯길로 가는 편이 암흑군주를 공격하기에는 북쪽 성문보다 더 쉬울 겁니다."

그러나 간달프는 이 의견에 극력 반대했다. 왜냐하면 그 계곡엔 사람들을 광기와 공포로 몰아가는 지독한 악이 존재하며, 또한 파라미르가 가져온 소식도 있었기 때문이었다. 반지의 사자가 정말로 그 길을 택했다면, 무엇보다도 모르도르의 경계를 그쪽으로 돌려서는 안 된다. 그래서 다음 날 주력부대가 도착했을 때, 그들은 모르도르가 모르굴고개로 새로운 군대를 보내거나 남쪽에서 그의 동맹군을 보낼 경우에 대비하여 십자로를 수비하도록 강력한 경계병들을 배치해 놓았다. 그 경계부대에는 이실리엔의 길을 잘 알고 있고 십자로 주변의 숲이나 비탈에 잠복할 수 있는 사수들을 주로 배치했다. 그러나 간달프와 아라고른은 모르굴 계곡의 입구 쪽으로 선두부대와 함께 전진해 그 악의 도시를 살펴보았다.

그곳은 어두웠고 생기가 없었다. 그도 그럴 것이 거기 살던 오르크들과 모르도르의 열등한 생물들은 전투에서 전멸했고 나즈굴은 떠나 있었기 때문이다. 그러나 계곡의 대기는 공포와 적의로 가득 차 있었다. 그들은 악의 다리를 부숴 버리고 그 악취 나는 들판에 불을 지른 후 떠났다.

다음 날, 즉 그들이 미나스 티리스에서 출발한 지 사흘째 되는 날, 군대는 길을 따라 북쪽으로 행군하기 시작했다. 그 길을 따라가면 십자로에서 모란논까지 수백 킬로미터의 거리였지만, 그들에게 무슨 일이 닥칠지는 직접 가 보기 전까지 아무도 알 수 없었다. 그들은 공개적으로 행군했지만 경계를 게을리하지 않고 전진하면서, 앞길에는 기마 정찰병들을 보내고 길 양편으로는 보병들을 보내 정찰하게 했다. 특히 동쪽 측면을 경계했는데, 그쪽에는 어두운 잡목숲이 우거져 있고 바위투성이의 협곡과 험준한 바위 덩어리들이 뒹구는 언덕이 있었으며 그 너머로 에펠 두아스의 길고 음침한 비탈이 위로 뻗치고 있기 때문이었다. 날씨는 여전히 좋았고 바람은 서쪽에서 불어오고 있었지만, 그 무엇도 어둠산맥 주위에 들러붙은 어둠과 슬픈 안개를 흩날려 버릴 수 없었다. 그들 뒤편에서 때때로 큰 연기가 일어나 상층 바람 속에서 맴돌았다.

가끔 간달프는 나팔을 불게 했고 전령들은 "곤도르의 영주들이 오셨다! 모두 이 땅을 떠나거나 아니면 항복하라!"고 외치곤 했다. 그러자 임라힐이 말했다.

"곤도르의 영주들이라 하지 말고 엘렛사르 왕이라 외치는 게 어떻습니까? 아직 즉위하신 건 아니지만 그건 엄연한 사실이니까요. 또한 전령들이 그 왕호를 사용한다면 적은 좀 더 생각해야만 할 테니 말입니다."

그래서 그 후엔 하루 세 번씩 엘렛사르 왕께서 오셨다고 외치게 했다. 그러나 그 도전에 응답하는 소리는 들려오지 않았다.

비록 외견상으론 아무 동요 없이 전진하는 것 같았지만, 최고 지휘관에서부터 최하급 병졸에 이르기까지 그들의 마음은 의기소침했고, 북쪽으로 1킬로미터씩 나아갈수록 악에 대한 예감이 그들의 마음을 점점 더 무겁게 짓눌렀다. 십자로에서 행군한 지 이틀이 지날 무렵에 그들은 처음으로 전투의 도전을 받았다. 오르크와 동부인들의 강력한 군세가 매복해 있다가 선두를 공격한 것이었다. 그곳은 바로 파라미르가 하라드인들을 요격했던 곳으로, 동쪽 언덕의 돌출된 곳을 깊게 깎아 낸 길이었다. 그러나 서부군 지휘관들은 마블룽이 지휘하는 헨네스 안눈 출신의 능숙한 정찰병들에게서 이미 충분한 정보를 얻었기에, 매복병들이 도리어 덫에 걸려들고 말았다. 기병들이 서쪽으로 널리 우회하여 적의 측면과 후면으로 육박해 들어갔기 때문에 그들은 살해당하거나 동쪽 산속으로 달아나 버렸다.

그러나 그 승리가 지휘관들의 마음을 밝게 해 주진 못했다. 아라고른이 말했다.

"이건 가장된 공격에 불과할 뿐이오. 내 생각에 이 공격의 주목적은 우리에게 큰 피해를 주려는 것이라기보다는 적을 얕보게 해 유인하려는 것인 듯싶소."

그리고 그날 밤부터 나즈굴이 출몰해 군대의 모든 움직임을 주시하며 따라다녔다. 아주 높이 떠 날고 있어서 레골라스를 제외한 다른 사람의 눈에는 보이지 않았지만, 사람들은 어둠이 짙어지고 햇빛이 흐려지는 것을 통해 그들의 존재를 느낄 수 있었다. 비록 반지 악령들이 적을 향해 낮게 날아 내려오거나 울부짖지는 않았지만, 그들에 대한 두려움은 떨쳐 낼 수 없었다.

이렇게 시간이 흐르고, 희망 없는 여행이 계속되었다. 십자로를 떠난 지 나흘째 되는 날, 그러니까 미나스 티리스를 출발한 지 엿새째 되는 날, 마침내 그들은 살아 있는 땅의 끝에 이르렀고, 키리스 고르고르 고개의 성문들 앞에 펼쳐진 황량한 땅에 들어서게 되었다. 에뮌 무일까지 북쪽과 서쪽으로 뻗어 있는 늪지와 황야가 어렴풋하게나마 눈에 들어왔다. 그곳이 너무나 황량하고 거기에 깔려 있는 공포가 너무도 깊어서, 일부 병사는 용기를 잃고 더 이상 북쪽을 향해 걷지도, 말을 몰지도 못했다.

그들을 본 아라고른의 눈에는 분노보다 연민의 정이 어렸나. 그들은 로한이나 저 멀리 웨스트폴드에서 온 젊은이들이거나 아니면 롯사르나크 출신의 농부들이었기 때문이다. 그들에게 모르도르는 어릴 때부터 악의 대명사였으며, 그들의 소박한 삶과는 어울리지 않는 비현실적 전설 같은 것이었다. 그런데 지금 그들은 현실로 나타난 악몽 속을 걸어가고 있었던 것이다. 또한 그들은 이 전쟁을 이해하지도 못할뿐더러, 어떤 운명으로 인해 이런 곳에 이끌려 왔는지도 모르는 사람들이었다.

아라고른은 그들에게 말했다.

"돌아가라! 그러나 명예를 지켜서 뛰지는 말고! 그대들도 할 일이 있을 터이니 부끄러워할 건 없다. 카이르 안드로스에 이를 때까지 계속 서남쪽으로 가라. 만일 그곳이 적의 수중에 떨어졌다면, 내 생각엔 그럴 가능성이 클 것 같은데, 또 그대들이 할 수 있다면, 그곳을 탈환하라. 그리고 곤도르와 로한을 위해 끝까지 사수하라!"

그러자 그의 자비로운 마음에 감복한 일부 병사는 두려움을 떨쳐 내고 계속 전진했으며, 나머지 병사들도 자신들이 해낼 수 있을 것 같은 임무를 듣고는 새로운 희망을 안고 떠났다. 이미 십자로에 많은 사람을 남겨 두었기에 서부의 지휘관들은 채 6천 명도 안 되는 병사를 이끌고 마침내 모르도르의 세력에 도전하기 위해서 암흑의 성문으로 나아갔다.

그들은 매순간 도전에 대한 응답을 기다리며 천천히 전진했다. 이제 주력부대에서 정찰병이나 소부대를 파견하는 것은 병력 낭비에 불과했으므로 다 함께 모여서 전진했다. 모르굴계곡에서 진군한 지 닷새째 되는 날 해 질 녘에 그들은 마지막 야영을 준비했고, 막사 주위에 죽은 나무와 히스를 모아 불을 놓았다. 그들은 거의 뜬눈으로 밤을 지새웠다. 희미하게 보이는 많은 것들이 그들 주변을 어슬렁거리며 배회하는 것을 느낄 수 있었고, 멀리서 늑대가 울부짖는 소리도 들을 수 있었다. 바람도 잠들어 주위의 공기는 전혀 움직이지 않았다. 구름도 없었고 초승달이 된 지 나흘이 지났지만 땅에서 연기와 김이 솟아올라 하얀 초승달은 모르도르의 안개에 가려져 거의 보이지 않았다.

날씨는 차가워졌다. 아침이 되자 바람이 다시 일기 시작했지만 이번에는 북쪽에서 불어와 점점 거세어지는 산들바람으로 상쾌해졌다. 밤에 배회하던 것들은 이제 모두 사라져 주위는 텅 빈 것 같았다. 북쪽으로는 악취 나는 구덩이들 사이에 화산암과 부서진 바위, 메마른 흙이 쌓인 거대한 무더기와 둔덕, 더러운 모르도르 추종자의 토사물이 널려 있었다. 남쪽으로는 이제 가까이 있는 키리스 고르고르의 거대한 성벽이 희미하게 모습을 드러냈다. 그 한가운데에 암흑의 성문이 있었고, 그 양쪽으로 삐죽 솟은 이빨탑 두 개가 높이 시커멓게 서 있었다. 이제 지휘관들은 마지막 행군에 임해서, 동쪽으로 굽은 옛길에서 방향을 돌려 잠복의 위험이 있는 언덕을 피해 프로도가 그랬던 것처럼 서북쪽에서 모란논으로 접근하고 있었다.

위압적인 아치 아래, 암흑의 성문의 거대한 강철 문 두 짝은 굳게 닫혀 있었다. 흉벽 위에는 아무것도 보이지 않았다. 모두 조용히 지켜보고 있었다. 이제 그들은 이 어리석은 여행의 마지막 종말에 이르러, 이른 아침의 회색빛 여명 속에 한기를 느끼며 도저히 희망을 갖고 공격해 볼 수 없는 탑과 성벽 앞에 외로이 서 있었다. 그들이 엄청난 위력이 있는 공성 기계를 가져왔다거나, 혹은 적에게 성문과 성벽을 지키는 데 필요한 인원 외에 다른 병력이 없다 하더라도, 희망이 없기는 매한가지였을 것이다. 더구나 그들은 모란논 주변의 언덕과 바위마다 적들이 잔뜩 숨어 있다는 것을, 그 뒤쪽의 어둡고 좁은 골짜기에는 구멍과 굴이 뚫려 있어 더러운 무리들이 우글거리며 잠복하고 있다는 것을 알 수 있었다. 또한 그들은 모든 나즈굴이 모여들어 이빨탑 상공을 독수리마냥 선회하고 있는 것을 보았고, 자신들이 감시당하고 있다는 것을 알았다. 그러나 여전히 적은 아무런 움직임도 보이지 않았다.

그들에게는 끝까지 자신의 역할을 수행하는 것 이외에 다른 선택의 여지가 없었다. 그래서 아라고른은 이제 생각할 수 있는 최선의 진형으로 병사들을 배치하여 오르크들이 여러 해의 노역으로 발파된 돌과 흙을 쌓아 만든 거대한 두 개의 구릉에 자리 잡게 했다. 모르도르를 향한 그들 앞쪽에는 해자(垓字) 모양으로 김이 나는 거대한 진흙탕과 더러운 냄새를 풍기는 수렁이 가로놓여 있었다. 모든 진형이 갖추어지자 지휘관들은 암흑의 성문을 향해 기병들과 기수들, 전령들과 나팔 주자들로 이루어진 대부대의 호위를 받으며 진격을 개시했다. 간달프가 주 전령관으로 나섰고, 아라고른은 엘론드의 아들들과 로한의 에오메르 그리고 임라힐과 함께 진격했다. 레골라스와 김리, 페레그린도 역시 진군 명령을 받아서, 모르도르의 모든 적들에게 보란 듯이 모습을 드러냈다.

그들은 소리가 들릴 정도로 모란논에 접근해 기치를 펼치고 나팔을 불었다. 전령들도 버티고 서서 모르도르의 흉벽 너머로 울리도록 소리 높이 외쳤다.

"나오라! 암흑의 땅의 군주는 앞으로 나오라! 그로 하여금 정의의 심판을 받게 하라! 부정하게 곤도르를 침략하고 그 영토를 약취한 자! 이제 곤도르의 왕께서 그가 악행을 속죄하고 영원히 사라질 것을 요구하신다. 나오라!"

긴 침묵이 이어졌고, 성벽과 성문에서는 그에 응하는 어떤 고함이나 소리도 들려오지 않았다. 그러나 사우론은 이미 계획을 세워 놓았고, 이 생쥐들을 몰살하기 전에 먼저 잔인하게 희롱하려고 마음을 먹었다. 그리하여 지휘관들이 막 돌아서려는 순간 갑자기 정적이 깨졌다. 산에서 천둥소리처럼 큰 북소리가 길게 울리더니, 바위를 뒤흔들고 사람의 귀를 멀게 할 정도의 나팔 소리가 들려왔다. 그러자 암흑의 성문이 큰 소리와 함께 활짝 열리더니 안에서 암흑의 탑의 사절단이 모습을 드러냈다.

제일 선두에 몸집이 크고 사악하게 생긴 형체가 시커먼 말을 타고 나왔다. 그걸 말이라 할 수 있다면. 그가 타고 있는 동물은 몸집이 아주 크고 끔찍하게 생겼으며 머리는 흉측한 모양이어서 살아 있는 동물의 머리라기보다는 해골처럼 보였고, 눈구멍과 콧구멍에서는 불을 뿜고 있었다. 그 기사는 온통 검은색으로 뒤집어썼고 높은 투구도 검은색이었다. 그러나 그는 반지악령이 아닌 살아 있는 인간이었다. 바랏두르의 부관인 그의 이름은 어느 기록에도 전해지지 않았고, 그 자신도 자기 이름을 잊어 이렇게 말했다.

"나는 사우론의 입이다."

그러나 그는 원래 검은 누메노르인이라 불리던 종족 출신이었으며, 변절자라는 말이 있었다. 그들은 사우론이 통치하던 시절에 가운데땅에 거점을 마련하고는 그를 숭배하며 악의 지식에 탐닉한 종족이었다. 처음 암흑의 탑이 일어섰을 때 그는 그의 종복으로 들어갔고, 교활한 계략으로 점점 군주의 총애를 받게 되었다. 그는 엄청난 마술을 익혔으며, 사우론의 마음을 상당 부분 간파하여 그 어떤 오르크보다도 잔인해졌다.

지금 걸어 나온 기사가 바로 그였는데, 검은 갑옷을 입은 소부대와 붉은 악의 눈이 그려진 검은 기치 하나만 대동했을 뿐이었다. 이제 서부 지휘관들의 몇 걸음 앞에 멈춰 선 그는 그들을 아래위로 훑어본 다음 웃으며 말했다.

"이 오합지졸 중에 나를 상대할 만한 자격을 지닌 자가 있는가? 아니면 나를 이해할 만한 지혜를 가진 자가 있는가? 적어도 그대는 아니야."

그는 아라고른을 향해 냉소를 흘리며 비웃었다.

"왕이 되려면 요정의 유리 조각이나 이런 어중이떠중이 집단보다 더 나은 뭐가 있어야 하거늘. 아무렴, 산에 사는 화적 떼도 이 정도의 졸개들은 거느릴 수 있단 말이야!"

아라고른은 아무 대꾸도 하지 않고 상대의 눈을 응시하며 계속 쏘아보았다. 잠시 그들은 그렇게 힘을 겨루었다. 그런데 아라고른이 전혀 움직이지도 않고 무기로 손을 뻗지도 않았는데 상대는 겁을 먹었고 마치 무력으로 위협당한 것처럼 물러서며 비명을 지르듯 외쳤다.

"난 전령이자 사절이니 공격해서는 안 된다!"

그러자 간달프가 말했다.

"그런 법이 있다면 사절이 무례하게 굴지 않아야 한다는 것도 관습이지. 하지만 누구도 그대를 위협하지 않았다. 네 볼일을 다 끝낼 때까지 우릴 겁낼 필요는 없어. 그렇지만 그대의 주인이 새로운 지혜를 얻지 못한다면 그의 모든 종복들과 함께 그대는 큰 위험에 빠질 것이다."

"그래, 그럼 그대가 대변인인가, 회색 수염 늙은이? 우린 그대에 대한 소문을 때때로 듣지 않은 줄 아는가? 그대가 여기저기 돌아다니며 안전하게 멀리 떨어진 곳에서 늘 음모와 골칫거리를 꾸며 내는 걸 말이야. 그렇지만 이번엔 코를 너무 멀리 내밀었는걸, 간달프 선생. 그대는 감히 위대한 사우론의 발 앞에 어리석은 그물을 친 자가 어떤 결과를 맞는지 보게 될 거야. 난 그대에게 증거물을 보여 주라는 지시를 받았지. 특히 그대에게 말이야. 이리로 감히 다가올 용기가 있다면 와 보라."

그가 지시를 보내자 경호원으로 보이는 이가 검은 천으로 싼 꾸러미를 들고 앞으로 나왔다.

사절은 그것을 옆에 놓았다. 지휘관들에게는 놀랍고 절망스럽게도, 그 안에서 먼저 샘이 갖고 다니던 작은 칼을 꺼냈고, 다음에 요정의 브로치가 달린 회색 망토를 꺼냈고, 마지막으로 프로도가 해진 옷 속에 입고 있던 미스릴 갑옷을 꺼냈다. 그들은 눈앞이 깜깜해 졌고, 그 정적의 순간에 온 세상이 정지된 느낌이었다. 그들의 심장이 멎고 마지막 희망이 사라져 버렸다. 임라힐 대공 뒤에 서 있던 피핀이 비통한 외침과 함께 앞으로 달려 나갔다. 그러자 간달프가 그를 뒤로 밀치며 단호하게 말했다.

"조용히!"

그러자 사절은 큰 소리로 웃어 젖혔다.

"흥, 당신들에게 꼬마가 또 있었군그래. 당신이 그들에게서 무슨 쓸모를 찾았는지 모르겠군. 그렇지만 그들을 모르도르에 밀정으로 보낸 건 당신이 늘 저지르던 바보짓을 능가하는 멍청한 짓이었지. 어쨌든 저 꼬마가 적어도 이 증거물들을 전에 본 적이 있다는 것은 확실하군. 당신들이 부정해 봐야 소용없게 되었으니 난 저 꼬마에게 감사해야겠는걸."

그러자 간달프가 대답했다.

"그것을 부인할 생각은 없다. 사실 난 그것들 모두와 그 내력까지 잘 알고 있지. 그대, 사우론의 더러운 입이 비웃고 있지만 실은 모르고 있는 것까지도 말이야. 그런데 그대는 왜 그것들을 이리 가져온 건가?"

"난쟁이의 갑옷, 요정의 망토, 멸망한 서쪽나라의 칼, 그리고 샤이어의 생쥐마을에서 온 밀정, 흥, 놀라지 말게. 우린 잘 알고 있어. 이건 음모의 증거들이야. 자, 이것들을 지녔던 자는 당신이 잃어도 아깝지 않은 생물이었을 수도 있지. 아니면 반대로 당신에게 아주 소중한 생물이었을지 모르고. 만약 그렇다면 당신에게 남아 있는 변변치 않은 지혜라도 모아 빨리 의논해 보지 그래. 사우론께서는 밀정을 별로 좋아하지 않으시고, 그의 운명이 어떻게 될 것인지는 당신의 선택에 달려 있으니 말이야."

누구도 그의 말에 대답하지 않았다. 그러나 그는 그들의 얼굴이 공포에 질려 잿빛으로 변하고 눈에 경악한 기색이 감도는 것을 보고는 다시 웃었다. 그가 보기엔 게임이 잘 풀려 나가는 것 같았기 때문이다. 그는 다시 말을 이었다.

"좋아, 좋아! 그 녀석이 당신들에게 소중한 놈이었군그래. 아니면 당신들은 그 녀석이 맡은 임무가 실패하지 않길 바랐군. 그건 실패했어. 그래서 이제 그 녀석은 우리의 위대한 탑에서 고안해 낼 수 있는 최고의 기술로 아주 천천히, 오랜 세월 고문을 받아야 할 테고, 절대로 풀려날 수 없을 거야. 그가 변하거나 만신창이가 되지 않는 한 말이지. 그렇게 되어야 그놈은 당신에게 돌아갈 수 있을 게고, 그러면 당신은 자기가 무슨 짓을 했는지 보게 될 거야. 만일 당신이 우리 주군의 조건을 수락하지 않는다면 반드시 그렇게 되겠지."

"조건을 말해 보라."

간달프가 흔들리지 않는 목소리로 말했으나 가까이 있는 사람들은 그의 얼굴에서 고뇌를 읽을 수 있었다. 이제 그는 마지막 순간에 꺾이고 패배하고 늙고 시들어 버린 사람처럼 보였다. 그들은 그가 조건을 수락할 것을 의심하지 않았다.

"조건은 이렇다."

사자는 웃음을 지으면서 그들 하나하나를 둘러보며 말했다.

"곤도르의 천민들과 그들에게 현혹된 동맹군들은 우선 위대한 사우론에게 다시는 공공연히 혹은 비밀리에 무력으로 대들지 않을 것을 서약하고 당장 안두인대하 너머로 물러가라. 안두인 동쪽의 모든 땅은 영원히 사우론의 소유가 될 것이다. 안두인 서쪽은 안개산맥과 로한관문까지 모르도르의 속국이 될 것이며, 그곳 시민들은 무기를 가질 수 없고, 그들 자신의 일을 처리하는 데 허락을 받아야 한다. 그리고 무엄하게도 파괴해 놓은 아이센가드를 재건하는 데 협조해야 하며, 그곳은 사우론의 소유가 될 것이다. 거기에는 그의 부관이 거주할 것이다. 물론 사루만이 아니라 더 믿을 만한 자이지."

사절의 눈을 보고 그들은 그의 생각을 알 수 있었다. 그가 바로 그 부관일 것이며, 서부에 남은 모든 인간을 자기 지배하에 넣을 것이다. 그는 폭군이 될 것이고 그들은 그의 노예가 될 것이다. 그러나 간달프가 말했다.

"이건 졸개 한 명을 인도하는 대가로는 너무 엄청나군. 당신 주인은 많은 전투에서 이겨야 얻을 수 있는 것을 이 교환의 대가로 원하고 있단 말인가! 아니면 곤도르평원에서 전투에 지고 낙심하여 이제 말장난에나 매달리겠다는 건가? 그리고 우리가 그 포로의 가치를 그렇게 높이 친다면, 사기술의 대가인 사우론이 자기 약속을 지키리라고 우리가 어떻게 믿을 수 있단 말인가? 포로는 어디 있는가? 그를 이리 데리고 나와 우리에게 인도하라. 그런 다음에야 그 제안을 검토해 보겠다."

그 치명적인 적의 말을 받아넘기면서 뚫어지게 상대를 지켜보던 간달프는 그때 아주 짧은 순간이나마 사절이 당황한 기색을 간파할 수 있었다. 그러나 그는 재빨리 다시 웃었다.

"사우론의 입과 무례한 말장난을 하려 들지 말라! 확신이 필요하다고? 사우론은 아무런 확신도 주지 않는다. 만일 그대가 사우론의 관용을 간청한다면 먼저 그의 명령을 이행하라. 이것이 그의 조건이다. 받아들이거나 아니면 그만둬라!"

"우리가 받아들이는 건 이것이다."

갑자기 간달프가 소리치며 망토를 젖히자 어둠 속으로 마치 칼날 같은 하얀 섬광이 빛을 발하며 쏟아져 나왔다. 그의 치켜든 손 앞에서 추한 사절이 뒤로 물러서자, 간달프는 와락 달려들어 증거물들 즉 갑옷과 망토와 칼을 낚아채며 말했다.

"우리 친구를 기념하기 위해 이걸 가져가마. 그러나 네가 말한 제안은 단호히 거부한다. 이제 사자로서의 임무는 끝났고 죽음이 임박했으니 어서 꺼져라. 우린 여기에 신의 없고 저주받은 사우론과 말장난을 하러 온 게 아니다. 게다가 그의 노예는 더 말할 나위조차 없다. 꺼져 버려라!"

모르도르의 사자는 더 이상 웃지 못했다. 그의 얼굴은 경악과 분노로 인해 마치 먹이에 다가서다가 가시 돋친 막대로 콧등을 얻어맞은 야수처럼 일그러졌다. 격렬한 분노로 이글거리며 입으로는 침을 질질 흘리고 목구멍으로는 형언할 수 없는 분노의 소리를 간신히 내보내고 있었다. 그러나 지휘관들의 사나운 얼굴과 맹렬한 눈을 보았을 때 그는 분노를 능가하는 공포를 느껴야 했다. 그는 큰 비명을 지르며 돌아섰고, 타고 온 생물에 뛰어올라 부하들과 함께 키리스 고르고르를 향해 미친 듯 달렸다. 그 부하들이 달려가면서 긴 나팔을 불어 신호를 보내자, 그들이 채 성문에 닿기도 전에 사우론이 덫을 작동시켰다.

북이 울리고 불길이 치솟았다. 암흑의 성문들이 활짝 열렸다. 성문에서는 마치 수문을 올렸을 때 격류가 소용돌이치며 쏟아져 나오듯이 대군이 쏟아져 나왔다. 지휘관들이 다시 말에 올라 뒤로 물러나자 모르도르의 대군에서 조롱하는 고함 소리가 크게 일었다. 멀리 서 있는 망루 뒤편 에레드 리수이의 어둠 속에서 신호를 기다리고 있던 동부인 군세가 가까이 밀려오자 먼지가 대기를 뒤덮었다. 모란논 양쪽의 언덕에서 셀 수 없으리만치 많은 오르크들이 쏟아져 내려왔다. 서부인들은 포위되었고, 곧 그들이 서 있던 회색 구릉들은 그들보다 백 배는 더 많아 보이는 적들의 바다로 온통 둘러싸여 버렸다. 사우론은 강철 덫 속에 달아 놓았던 미끼를 거두어들인 것이었다.

아라고른은 전열을 배치할 시간조차 거의 없었다. 그는 간달프와 함께 구릉 위에 서 있었고, 거기엔 성수와 별의 기치가 아름답고도 결사적으로 펄럭이고 있었다. 다른 구릉에는 로한과 돌 암로스의 기치, 즉 백마와 은빛 백조가 굳건하게 세워져 있었다. 각 구릉 주위로 사방을 향해 둥글게 방어선이 구축되었고, 창과 칼이 빽빽이 늘어섰다. 그러나 가장 강력한 첫 공세가 예상되는 모르도르의 정면 쪽으로 왼쪽에는 엘론드의 아들들이 두네다인과 함께 버티고 있었고, 오른쪽은 장신의 아름다운 돌 암로스인들을 이끈 임라힐 대공과 탑의 경비대 중에서 선발된 기사들이 맡고 있었다.

바람이 불자 나팔이 울리면서 화살이 울음을 토하기 시작했다. 그러자 남쪽을 향하던 태양은 모르도르의 뿌연 매연에 뒤덮였고, 위협적인 연기 속에서 마치 하루의 종말이라도 온 듯, 아니면 빛의 세계의 종말이라도 온 듯, 멀리서 음산한 붉은빛을 던지고 있었다. 그러자 짙어 가는 어둠 속에서 나즈굴이 차가운 목소리로 죽음을 외치며 날아와 모든 희망을 꺼 버리고 말았다.

피핀은 간달프가 그 제안을 거절함으로써 프로도가 그 탑에서 고문받을 운명에 처한 것을 들은 순간 공포에 질려 몸을 움츠렸다. 그러나 곧 마음을 가다듬고 임라힐의 부하들과 함께 곤도르의 최전선에 베레곤드와 나란히 섰다. 모든 것이 다 끝장난 지금, 빨리 전사해서 자기 삶의 쓰라린 이야기를 끝내는 것이 최선인 것 같았다.

"메리가 여기 있었으면 좋았을걸."

그는 자기도 모르게 중얼거렸다. 공격하려고 진군해 오는 적들을 보면서도 마음속에서 여러 생각들이 재빨리 스쳐 지나갔다.

'그래, 그래. 이제 어쨌든 그 가엾은 데네소르를 조금은 이해할 수 있겠어. 어차피 죽어야 하니, 메리와 함께 죽을 수 있으면 좋았을 텐데. 하지만 메리는 여기 없으니, 나보다 편안한 종말을 맞이하길 빌 수밖에. 어쨌든 난 최선을 다할 거야.'

그는 칼을 뽑아 칼날에 새겨진 붉은색과 황금색이 뒤얽힌 형상들을 바라보았다. 유려한 누메노르의 문자들이 칼날 위에서 불처럼 반짝였다.

'이 칼은 바로 이런 때를 위해 만들어졌다지. 그 더러운 적의 사자를 이 칼로 칠 수 있었으면 나도 메리와 막상막하일 텐데. 그렇지만 다 끝나기 전에 그런 짐승 몇 마리는 잡을 수 있겠지. 아, 다시 서늘한 햇빛과 푸른 풀밭을 볼 수 있다면!'

그가 이런 생각을 하고 있을 때 첫 공세가 닥쳐왔다. 구릉 앞에 있는 진흙탕 때문에 지체되자 오르크들은 거기 정지해서 이쪽 수비대를 향해 화살을 퍼부어 댔다. 그러나 그들 사이로, 야수처럼 울부짖으며 대부대의 고르고로스 트롤들이 성큼성큼 다가왔다. 그들은 인간보다 크고 건장했으며 꽉 끼는 뼈 비늘로 짠 옷만 입고 있었다. 어쩌면 그것은 옷이 아니라 그들의 소름 끼치는 가죽인지도 몰랐다. 그들은 울퉁불퉁한 손에 커다란 검은색의 둥근 방패와 묵직한 망치를 들고 있었다. 그들은 주저하지 않고 진흙탕에 뛰어들어 건너오면서 고함을 질러 댔다. 폭풍처럼 몰려온 그들은 곤도르인들의 수비선으로 뛰어들어 투구와 머리를 가릴 것 없이, 또 팔과 방패를 가릴 것 없이 마치 달구어진 굽은 쇠를 내리치는 대장장이처럼 마구 망치를 휘둘러 댔다. 피핀 옆에 있던 베레곤드도 세게 얻어맞아 쓰러졌고, 그를 내리친 거대한 트롤 대장은 손톱을 뻗치고 그에게 몸을 숙였다. 이 끔찍한 괴물들은 흔히 쓰러뜨린 적의 목구멍을 잡아 뜯었기 때문이었다.

그 순간 피핀이 위쪽으로 칼을 찔렀다. 서쪽나라의 문자가 새겨진 칼이 거인의 가죽을 꿰뚫고 치명적으로 깊이 파고들자 검은 피가 쿨럭이며 뿜어져 나왔다. 그러자 거인은 그들을 덮치며 마치 바위가 굴러떨어지듯 앞으로 넘어져 버렸다. 피핀에게는 암흑과 함께 악취와 몸이 부서지는 고통이 엄습하면서 거대한 어둠 속으로 떨어지는 느낌이 들었다.

'내 예상대로 이렇게 끝나는구나.' 그의 생각은 날개를 펄럭이며 날아가려는 순간에 이렇게 말했다. 날아가기 전에 마음속에서 조금 웃기도 했다. 마침내 온갖 의혹과 걱정과 공포를 다 내던져 버리니 즐겁기까지 했다. 그런데 그것이 날아올라 망각 속으로 들어가고 있을 때 어떤 목소리가 들린 것 같았다. 저 위 잊힌 세계에서 외치는 소리 같았다.

"독수리가 오고 있다! 독수리가 오고 있다!"

피핀의 생각은 한순간 더 맴돌았다.

'빌보! 하지만 그게 아니야! 독수리는 아주, 아주 오래전의 그분 이야기에 나왔어. 이건 내 이야기고, 이젠 끝난 거야. 안녕!'

이제 그의 생각은 멀리 날아갔고, 그의 눈은 더 이상 아무것도 보지 못했다.

왕의 귀환

BOOK SIX

Chapter 1
키리스 웅골 탑

샘은 땅바닥에서 간신히 몸을 일으켰다. 순간 자신이 어디 있는지 알 수 없었지만, 곧 온갖 절망과 고통이 되살아났다. 그가 지금 있는 곳은 오르크들 요새의 아래쪽 문밖, 짙은 어둠 속이었다. 요새의 놋쇠 문은 굳게 닫혀 있었다. 아마도 그 문에 있는 힘을 다해 부딪치고는 정신을 잃었던 것이리라. 하지만 얼마나 오랫동안 쓰러져 있었는지 알 수 없었다. 그때는 절망과 분노로 온몸이 불덩이같이 뜨거웠지만, 지금은 추워서 몸이 덜덜 떨렸다. 샘은 문으로 기어가 바싹 귀를 갖다 댔다.

요새 안 저 멀리서 오르크들이 떠들어 대는 소리가 어렴풋이 들리더니 곧 잠잠해졌다. 소동을 멈춘 것인지 더 멀리 가 버린 것인지, 정적만이 감돌았다. 머리가 지끈지끈 아파 오고 어둠 속에서 환영의 불빛이 어른거렸다. 그는 생각을 계속하면서 몸을 가누려 애썼다. 저 문을 통해 오르크들의 요새 안으로 들어갈 가망은 없었다. 문이 저절로 열릴 때까지 며칠이고 기다려야 할지도 몰랐다. 그러나 그렇게 기다리고 있을 수만은 없었다. 한시가 급했다. 이제 자신에게 주어진 임무가 무엇인지에 대해서는 한 점의 의혹도 없었다. 프로도를 구출해야 한다. 아니면 적어도 그러려고 노력하다 죽어야 한다.

"아마도 죽게 되겠지. 그렇게 되기가 더 쉬울 거야."

그는 단호한 어조로 중얼거리며 스팅을 칼집에 꽂고 놋쇠 문에서 돌아섰다. 어둠 속에서 갈라드리엘의 빛을 꺼내 볼 엄두도 내지 못하고 샘은 손으로 더듬으며 천천히 왔던 길을 되돌아갔다. 그러면서

프로도와 함께 십자로를 떠난 이후에 겪었던 사건들을 꿰맞춰 보려
고 애썼다. 몇 시나 되었을지 궁금했다. 대충 하루와 그다음 날 사이
의 언제쯤일 것 같았다. 그러나 오늘이 며칠인지는 도무지 헤아릴
수가 없었다. 일단 들어오기만 하면 세상의 시간은 잊히고, 그 안에
발을 들인 자들도 모두 잊히고 마는 암흑의 대지에 그는 지금 와 있
는 것이다.

"친구들이 우리 생각이나 하는지 모르겠어. 멀리 있는 그들에겐
무슨 일이 일어나고 있을까."

샘은 눈앞의 허공에다 힘없이 손을 흔들었다. 그러나 사실 지금
그는 서쪽이 아니라 남쪽을 향하고 있었다. 어둠 속에서 쉴로브의
굴로 되돌아왔던 것이다. 한편 저 바깥의 서부는 지금 샤이어력으
로 3월 14일 정오에 가까운 시간이었다. 이 시간, 아라고른은 펠라르
기르에서 검은 함선들을 이끌고 있었고, 메리는 로한인들과 함께 돌
수레골짜기를 달려가고 있었다. 이 무렵 미나스 티리스에서는 불길
이 솟구쳤으며, 피핀은 데네소르의 눈에서 이글대는 광기를 보고
있었다. 온갖 걱정과 두려움 속에서도 친구들의 생각은 늘 프로도
와 샘에게서 떠나지 않았다. 프로도와 샘, 그들은 결코 잊히지 않았
다. 하지만 멀리 있는 친구들의 걱정이 지금 무슨 소용이란 말인가.
생각만으로는 햄패스트의 아들 샘와이즈에게 아무 도움도 되지 않
았다. 샘은 완전히 혼자였다.

마침내 샘은 오르크들 통로의 바위 문에 돌아왔다. 문의 손잡이
나 빗장을 찾을 수 없어, 전에 했던 대로 바위 문을 타고 올라가 가볍
게 땅바닥에 뛰어내렸다. 그런 다음 쉴로브의 굴 출구 쪽으로 살금
살금 다가섰다. 쉴로브의 거대한 거미줄은 찢긴 채 여전히 차가운
공기에 나부끼고 있었다. 악취 나는 어둠 속을 뚫고 나온 뒤라 샘에
게는 공기가 차갑게 느껴졌다. 하지만 그 찬 공기를 마시자 기운이

솟았다. 샘은 조심스럽게 밖으로 기어 나갔다.

으스스할 정도로 사방이 적막했다. 빛 같은 것이 보였는데, 그것은 어두운 낮이 종말을 고할 때의 어스름이었다. 모르도르에서 만들어져 김을 내며 서쪽으로 흘러가는 거대한 연기가 머리 위로 낮게 지나가고 있었다. 소용돌이치는 거대한 구름과 연기 덩어리의 아래쪽이 다시 음산한 붉은빛으로 물들었다.

샘은 고개를 들어 오르크들의 탑을 올려다보았다. 갑자기 좁은 창마다 일제히 불이 밝혀져 마치 작고 빨간 눈동자처럼 보였다. 그것이 무슨 신호일지 궁금했다. 분노와 절망으로 잠시 잊고 있었던 오르크들에 대한 두려움이 되살아났다. 아무리 생각해 보아도, 자신이 선택할 수 있는 길은 오로지 하나뿐이었다. 이대로 계속 가서 그 무서운 탑의 정문을 찾아야 한다는 것이다. 그러나 무릎에 힘이 없었다. 그제야 자신이 떨고 있음을 느꼈다. 샘은 벼랑 사이로 보이는 탑과 고개의 두 뿔 같은 산마루에서 시선을 거두고는 내키지 않는 발걸음을 재촉하며 천천히 걷기 시작했다. 걸으면서 길옆 바위를 감싼 짙은 어둠 속을 찬찬히 살피며 귀를 바짝 곤두세웠다. 프로도가 쓰러져 있던 곳을 지날 때 아직도 쉴로브의 악취가 풍겨 왔다. 계속 걸어 위로 올라갔다. 마침내 그는 절대반지를 끼고 샤그랏 일당에게서 몸을 숨겼던 바로 그 고개에 이르렀다.

샘은 주저앉았다. 그 순간 그는 더 나아가도록 스스로를 재촉할 수 없었다. 일단 이 고개에서 모르도르의 땅으로 한 발짝 내디딘다면 그 걸음을 돌이킬 수 없으리라는 느낌이 들었다. 다시는 돌아올 수 없는 길이 되고 말리라. 샘은 별다른 생각 없이 절대반지를 꺼내어 다시 손가락에 끼었다. 그 즉시 엄청난 반지의 무게를 느꼈고, 모르도르의 눈에 어린 적의가 새롭게, 그러나 전보다 훨씬 강하고 무시무시하게 느껴졌다. 그 눈은 스스로를 방어하기 위해 쳐 놓은 어둠을 꿰뚫어 보려 하고 있었지만, 지금 그 어둠은 불안과 의혹에 가득 찬 그 눈의 탐색을 가로막고 있었다.

반지를 끼자 예전처럼 청각은 날카로워진 것 같았지만 눈에 비친 사물은 어느 것이나 윤곽이 선명하지 않고 흐릿했다. 길 양쪽의 암벽은 마치 안개에 덮인 것처럼 희끄무레하게 보였다. 그러나 멀리서 쉴로브가 고통스러워하며 거품을 내뿜는 소리까지 들려왔다. 또한 금속이 부딪치는 소리와 거친 고함 소리가 바로 옆에서 나는 것처럼 또렷하게 들렸다. 갑자기 샘은 벌떡 일어나 길옆의 벽에 몸을 바싹 붙였다. 반지를 낀 것이 천만다행이었다. 오르크들이 이쪽으로 행군하는 것 같았다. 적어도 처음엔 그렇게 생각했다. 그러나 곧 그렇지 않다는 것을 알았다. 탑 안에서 들려오는 오르크의 고함 소리를 듣고 착각을 일으킨 것이다. 고갯길 왼편으로 샘의 머리 바로 위에 가장 높은 탑 꼭대기가 보였다.

샘은 몸서리를 치면서 억지로 움직여 보려고 애썼다. 오르크들이 무슨 극악한 짓을 저지르고 있는 게 분명했다. 명령이 내려왔을 테지만 그 어떤 명령일지라도 잔혹한 오르크들이라면 꺼릴 게 없을 것이다. 지금 프로도를 고문하고 있을 것이다. 어쩌면 잔인하게 토막 내고 있을지도 모른다. 그는 귀를 기울였다. 그러는 동안 한 가닥 희망이 다가왔다. 탑 안에서 오르크들 간에 싸움이 벌어지고 있는 게 분명했다. 샤그랏과 고르바그가 서로 주먹질을 하고 있었다. 이런 추측만으로 희망을 품기엔 너무 성급했지만, 일단 샘에게는 큰 용기를 주는 사건이었다. 어쩌면 기회가 있을지도 모른다. 프로도에 대한 사랑이 다른 생각을 모두 물리쳐 버렸다. 그는 자신이 처한 위험도 잊은 채 큰 소리로 외쳤다.

"프로도 씨, 제가 갑니다!"

샘은 곧장 뛰어올라 고개를 훌쩍 넘었다. 그러자 길은 즉시 왼쪽으로 꺾이며 가파른 내리막으로 변했다. 샘은 이제 모르도르에 들어선 것이었다.

샘은 손가락에서 반지를 뺐다. 더 선명하게 보고 싶기 때문이라고 속으로 생각했지만 어쩌면 어떤 위험에 대한 불길한 예감 때문이었는지도 모른다. 그는 중얼거렸다.

"최악이라도 제대로 볼 수 있는 게 낫겠지. 안개 속에서 더듬거려 봐야 아무 소용없어."

샘의 눈앞에 펼쳐진 모르도르의 대지는 거칠고 잔인하며 냉혹했다. 정면에는 에펠 두아스산맥의 가장 높은 산등성이로부터 내려온 깎아지른 절벽이 저 아래 어두운 계곡을 향해 내리꽂고 있었다. 계곡 반대쪽은 좀 더 낮은 산맥이 솟아 있었다. 멀리 붉은빛을 배경으로 시커멓게 보이는 등성이는 송곳니처럼 삐죽한 바위들로 들쭉날쭉했다. 이 봉우리들이 바로 모르도르를 둘러싼 내벽인 험준한 모르가이연봉이었다. 그 연봉 너머 저 멀리, 거의 곧바로 앞쪽으로, 작은 불꽃들이 점점이 비치는 광활한 호수 같은 어둠 너머에서 타오르는 거대한 불길이 보였다. 거기서 나온 연기가 소용돌이치며 거대한 기둥을 이루었는데, 아랫부분은 암홍색을 띠었지만 위로 갈수록 검어졌다. 위로 올라간 연기는 자욱하게 피어오른 거대한 지붕 같은 덩어리에 합쳐져서 이 저주받은 땅을 뒤덮었다.

샘이 지금 바라보고 있는 것은 바로 불의 산 오로드루인이었다. 이따금 잿빛 원추형 화산체 속 심연의 용광로가 뜨겁게 달아올라 굉음을 일으키며 높이 용솟음치고는 산비탈의 터진 틈새로 녹은 암석 용액을 쏟아냈다. 용암 일부는 넓은 유역으로 퍼져 이글거리며 바랏두르 쪽으로 흘러갔다. 어떤 용암은 굽이치며 암석투성이의 평지로 흘러들어, 고문당한 대지가 토해 낸 용처럼 뒤틀린 모습으로 식어 버리기도 했다. 바로 그 화산 폭발의 순간에 샘은 운명의 산을 본 것이었다. 서쪽에서는 아무리 높이 올라가도 에펠 두아스산맥에 가로막혀 운명의 산에서 터져 나오는 불빛을 온전히 볼 수 없었다. 그러나 이제 그 빛이 황량한 바위 표면에 이글거리면서 그 바위들은 피에 젖은 것처럼 보였다.

그 무시무시한 불빛을 받으며 서 있던 샘은 갑자기 기겁하고 말았다. 바로 왼편에 키리스 웅골 탑이 위용을 과시하고 서 있었던 것이다. 그가 반대쪽에서 보았던 뾰족한 꼭대기는 맨 위에 얹힌 망루에 불과했다. 그 탑의 동쪽 면은 저 아래 산벽의 기반암에서부터 세 개의 거대한 단으로 이루어져 있었다. 탑은 뒤쪽의 큰 절벽에 등을 대고 있었고, 그 절벽에서 돌출하도록 만든 뾰족한 각루들은 위로 올라갈수록 크기가 작아졌다. 뛰어난 석공의 솜씨로 만들어진 각루들의 가파른 옆면은 북동쪽과 남동쪽을 향했다. 샘이 지금 서 있는 곳에서 60미터쯤 아래 있는 제일 낮은 단에는 흉벽이 좁은 뜰을 에워싸고 있었다. 그 문은 거의 남동쪽으로 나 있는데 넓은 길 위에 열려 있었다. 그 길의 바깥쪽 난간은 절벽의 가장자리를 따라 이어졌고, 그러다가 남쪽으로 방향을 틀어 어둠 속에서 구불구불 내려가서 모르굴고개를 넘어온 도로와 만났다. 그런 다음 그 길은 모르가이의 들쑥날쑥 갈라진 틈을 지나 고르고로스계곡으로 들어간 다음 멀리 바랏두르로 이어졌다. 샘이 서 있는 좁은 윗길은 계단과 가파른 길로 내리 치달아 위압적인 흉벽 밑에서 큰 도로와 만났다. 거기에서 탑문까지는 가까웠다.

탑을 지켜보던 샘은 갑자기 중요한 사실을 깨달았다. 그것은 가히 충격적이었다. 이 요새는 적들을 모르도르에 들어오지 못하게 막기 위해서가 아니라 가둬 두기 위해 세워졌다는 사실이었다. 이 탑은 사실 곤도르의 요새 중 하나였는데, 오래전 요정과 인간의 최후 동맹 이후 서쪽나라 사람들이 사우론의 잔당을 감시하기 위해 이실리엔방어벽의 동쪽 전초 기지로 세운 것이었다. 그러나 이빨탑 나르코스트와 카르코스트의 경우와 마찬가지로, 여기도 감시가 소홀했던 탓에 배신자에 의해 반지악령의 군주에게 넘어가고 말았던 것이다. 그래서 지금까지 오랫동안 악의 무리들이 요새를 장악해 왔다.

모르도르로 돌아온 사우론은 이 요새가 쓸모 있음을 알았다. 당시만 해도 그의 부하는 얼마 되지 않았고 겁먹은 노예들이 많았기 때문에, 예전처럼 이 요새는 모르도르에서 탈출하는 자들을 막을 목적으로 사용되었다. 또한 무모한 적이 은밀히 모르도르로 잠입하려 할 때, 그가 설사 모르굴과 쉴로브의 경계를 뚫을 수 있다 하더라도, 이 요새가 불철주야로 침입자를 막는 마지막 경비탑 역할을 해왔다.

곳곳에서 감시하고 있을 저 벽 아래로 기어가서 빈틈없이 경계할 탑문을 통과하는 것은 불가능하다는 사실을 샘은 너무나 명확히 깨달았다. 설령 그곳을 통과할 수 있다 하더라도 그 너머 감시가 삼엄한 대로에서는 멀리 갈 수도 없었다. 불빛이 닿을 수 없는 곳에 어둠이 짙게 깔려 있어도, 어두운 데서 눈이 밝은 오르크들은 샘을 쉽게 발견할 수 있을 것이다. 하지만 그 대로가 아무리 절망적으로 보일지라도 지금 그가 해야 할 일은 훨씬 더 절망적이었다. 그 문을 피해서 달아나는 것이 아니라 그 안으로 들어가야 하는 것이다. 그것도 혼자서.

샘은 다시 절대반지를 생각했다. 하지만 공포와 위험만 느껴질 뿐 아무 위안도 되지 않았다. 멀리서 폭발하는 불의 산을 본 순간 그는 반지에 변화가 생겼음을 의식하게 되었다. 머나먼 옛날 그 반지를 벼려 만들었던 바로 그 화산의 분화구에 가까워질수록 반지의 힘은 점점 더 커졌고, 급기야 어떤 강력한 의지가 아니고는 도저히 제어할 수 없는 무시무시한 힘이 되었다. 그렇게 서 있는 동안 샘은 반지를 끼지도 않고 줄에 매어 목에 걸고 있는데도 자신이 더 커진 느낌이 들었다. 마치 자신의 거대하고 비틀린 그림자를 몸에 걸치고 있는 것 같았고, 그 그림자가 모르도르성벽 위에 드리워져 막대하고 불길한 위협을 가하는 느낌이었다. 샘은 이제부터 두 가지 선택밖에

없다고 느꼈다. 반지가 그를 괴롭히더라도 절대반지를 끼지 않든지,
아니면 반지를 자기 것이라 주장하며 암흑의 골짜기 너머 지하 요새
에 앉아 있는 권력에게 도전하는 것이다. 그런데 이미 반지는 그의
의지와 이성을 좀먹으며 샘을 유혹하고 있었다. 그의 머릿속에서 무
모한 환상들이 걷잡을 수 없이 일어났다. 시대의 영웅, 최강자 샘와
이즈가 불칼을 들고 암흑의 땅을 성큼성큼 가로질렀고, 그의 명령
에 몰려든 수많은 군사들이 뒤따르는 가운데 그는 전진하여 바랏두
르를 전복했다. 다음 순간 구름이 걷히고 흰 태양이 빛났다. 그의 명
령에 따라 고르고로스계곡은 꽃과 수목의 동산이 되어 열매를 맺
었다. 그가 절대반지를 끼고 자기 것이라 주장하기만 하면 이 모든
일이 이루어질 수 있었다.

이 시험의 순간에 샘이 의연하게 버틸 수 있었던 것은 무엇보다도
프로도에 대한 사랑 때문이었다. 그리고 그의 내면 깊숙한 곳에는
평범한 호빗의 분별력이 아직 정복되지 않은 채 남아 있었다. 설사
그 환상이 그저 자신을 기만하는 속임수가 아니더라도, 샘은 자신
이 그런 짐을 감당할 만한 큰 인물이 아님을 마음속 깊이 알고 있었
다. 그가 바라는 것, 그에게 적절한 것은 자유로운 정원사의 작은 정
원이지, 왕국으로 불어난 큰 정원이 아니었다. 자기 손으로 가꾸어
야 하는 곳이지 남들의 손에 명령을 내리는 곳이 아니었다. 그는 중
얼거렸다.

"어쨌든 이런 잡생각은 다 속임수일 뿐이야. 놈은 내가 소리 지를
틈도 없이 날 찾아내서 위협할 거야. 여기 모르도르에서 반지를 끼
면 당장 발각되겠지. 봄날의 서리처럼 희망이 없는 상황이군그래.
지금이야말로 남의 눈에 띄지 않아야 할 때인데, 반지를 낄 수 없다
니! 그런데 조금이라도 나아가려면, 발을 옮길 때마다 질질 끌리고
천근만근 무거워져. 그러니 어떻게 해야 하지?"

사실 그는 망설일 것도 없었다. 이제 더 이상 지체하지 말고 문으

로 내려가야 한다는 걸 알고 있었다. 그래서 그는 그림자를 털어 내고 환상을 떨쳐 버리려는 듯이 어깨를 한번 으쓱하고는 천천히 내려가기 시작했다. 한 걸음씩 내디딜 때마다 몸이 작아지는 느낌이었다. 얼마 가지 않아 그는 아주 작고 겁에 질린 호빗의 본모습으로 돌아왔다. 탑의 벽 바로 아래를 지나고 있을 때 그는 반지의 도움 없이도 싸우는 소리를 들을 수 있었다. 그 순간 그 소리는 외벽 뒤의 뜰에서 들려오는 것 같았다.

샘이 그 길을 절반쯤 내려갔을 때 시커먼 입구에서 오르크 둘이 붉은빛이 있는 곳으로 달려 나왔다. 다행히도 그들은 샘이 있는 쪽이 아닌 대로를 향했는데, 갑자기 넘어지면서 땅바닥에 쓰러져 꼼짝도 하지 않았다. 샘의 눈에는 화살이 보이지 않았지만 누군가 흉벽이나 문 뒤에 숨어서 그들을 쏜 모양이었다. 샘은 왼편 벽에 딱 붙어서 계속 걸어갔다. 위를 한번 올려다보니 벽을 타고 올라갈 만한 가능성은 전혀 없었다. 그 석조물은 9미터나 올라가야 거꾸로 된 계단처럼 돌출된 층이 있을 뿐, 그 사이에는 갈라진 틈이나 바위 턱 하나 없었다. 길은 정문뿐이었다.

샘은 살금살금 나아갔다. 탑 안에서 샤그랏과 살아가는 오르크들이 얼마나 많을지, 고르바그의 일당은 얼마나 되는지, 그리고 그들이 싸우고 있다면 무엇 때문에 싸우는 것인지 궁금했다. 전에 본바로는 샤그랏의 편이 한 마흔 명쯤 되었고, 고르바그는 그 두 배가 넘는 부하를 거느리고 있었다. 물론 샤그랏의 순찰대는 그의 수비대의 일부에 지나지 않을 테지만. 그들이 프로도와 전리품을 놓고 싸우고 있을 것이 거의 확실했다. 한순간 샘은 걸음을 멈췄다. 두 눈으로 똑똑히 본 듯, 상황이 불현듯 선명해진 것이다. 그래, 미스릴 갑옷! 물론 프로도는 그것을 입고 있었고, 그 녀석들은 그것을 보았을 테지. 샘이 엿들었던 바로는 고르바그가 그걸 몹시 탐낼 것이 분명했다. 그렇다면 바랏두르의 명령만이 현재로서는 프로도의 생명을 지켜 줄 수 있는데, 그것을 무시하고 오르크들이 언제라도 프로도를 죽일지 모를 일이었다. 샘은 중얼거렸다.

"서둘러, 이 게으름뱅이야! 자, 지금이 절호의 기회야."

샘은 스팅을 뽑고 열린 문을 향해 달려갔다. 그런데 그 문의 큰 아치 밑을 막 지나려는 순간 그는 충격을 느꼈다. 마치 눈에 보이지 않는 쉴로브의 거미줄에 걸려든 것 같았다. 장애물은 보이지 않았지만, 그의 의지로 극복할 수 없는 강력한 무언가가 길을 막고 있음이 분명했다. 자세히 살펴보니 문 뒤쪽의 어둠 속에 두 명의 파수병이 있었다.

그들은 왕좌에 앉아 있는 거대한 형상 같았다. 각각은 세 개의 몸체가 붙어 있었는데, 세 개의 머리는 각각 바깥쪽과 안쪽, 그리고 정문 맞은편을 보고 있었다. 머리에 독수리처럼 생긴 얼굴이 달려 있었고 넓은 무릎 위에 놓인 손 역시 독수리 발톱 같았다. 괴물들은 거대한 돌덩이로 깎은 것 같았는데 움직일 수 없었지만 의식이 있었다. 그들의 몸속에는 무시무시한 경계의 악령이 깃들어 있어 적을 알아보았다. 보이든 보이지 않든 그 누구도 무사히 통과할 수 없었다. 그가 들어가든 나가든 이 괴물들이 그를 저지할 것이다.

샘은 마음을 굳게 먹고 다시 한번 돌격했다. 그러다가 딱 멈추고는 가슴과 머리를 한 대 얻어맞은 것처럼 비틀거렸다. 그 순간 달리 어찌할 방도가 없었기에, 갑자기 떠오른 생각에 따라 대단히 과감하게도, 그는 갈라드리엘의 유리병을 천천히 꺼내 높이 쳐들었다. 그 흰 빛은 신속히 밝아지면서 시꺼먼 아치 밑의 어둠을 밀어냈다. 괴물 파수병들은 충격을 받아 가만히 앉아서 끔찍한 모습을 드러냈다. 시꺼먼 눈알에서 빛이 번득이는 순간 그 악의적인 눈빛 때문에 샘은 움츠러들었다. 그러나 서서히 그것들의 의지가 흔들리면서 무너져 내려 두려움에 빠져드는 것을 알 수 있었다.

샘은 쏜살같이 달려 그것들을 지났다. 그러나 달리면서 유리병을 품에 집어넣는 순간, 등 뒤에서 쇠 빗장이 탕 소리를 내며 걸리듯 괴물들의 감시가 되살아났다는 것을 알 수 있었다. 그 사악한 머리들에서 귀가 째지는 듯한 비명이 터져 나와 그의 눈앞에 있는 위압적인 탑 전체에 쩌렁쩌렁 울렸다. 그러자 저 위 높은 곳에서 답신하듯이 거친 종소리가 한 번 울렸다.

"일 저질렀군! 자, 초인종을 눌렀으니 누구든 나와라! 샤그랏에게 위대한 요정의 전사가 요정의 칼을 들고 찾아왔다고 일러라!"

샘은 부르짖었다. 하지만 반응이 없었다. 샘은 전진했다. 손에 든 스팅에서 푸른빛이 번득였다. 안뜰은 칠흑 같은 어둠에 휩싸여 있었지만 보도 위에 널려 있는 시체들이 보였다. 오른쪽 발치에 단검을 등에 맞은 궁수 둘이 있었고 그 너머에 더 많은 시체들이 흩어져 있었다. 칼에 베여 넘어지거나 화살을 맞아 혼자 쓰러진 것도 있었지만 서로 칼로 찌르고 목을 조르다가 물어뜯기도 하면서 죽어 자빠진 시체들이 둘씩 엉켜 있기도 했다. 시커먼 피로 물든 돌바닥은 미끄러웠다.

제복을 입은 시체 두 구가 눈에 띄었다. 하나는 붉은 눈을 표지로 달았고, 다른 하나는 죽음의 섬뜩한 얼굴로 더럽혀진 달을 표지로 달고 있었다. 그러나 샘은 그걸 자세히 보려고 멈추지 않았다. 뜰을 가로지르자 탑의 발치에 있는 큰 출입문이 반쯤 열려 있었고 붉은 빛이 새어 나왔다. 덩치 큰 오르크 하나가 문지방에 쓰러져 있었다. 샘은 그 시체를 뛰어넘어 안으로 들어갔다. 그러고는 어찌할 바를 몰라 주위를 돌아보았다.

소리가 울리는 넓은 복도가 문에서부터 산비탈 쪽으로 뻗어 있었다. 벽에 걸린 받침대에서 타오르는 횃불들이 어슴푸레하게 빛을 발했지만 저 멀리 안쪽 끝은 어둠에 잠겨 있었다. 양쪽으로 수많은 문과 입구 들이 있었지만 바닥에 뻗어 있는 두어 구의 시체 외에는 아무것도 보이지 않았다. 아까 들었던 우두머리들의 말을 생각하면 프로도는 죽었든 살았든 탑 꼭대기 방에 있을 가능성이 많았다. 그런데 그곳으로 올라가는 길을 찾으려면 꼬박 하루가 걸릴지도 모를 일이었다. 샘은 중얼거렸다.

"뒤쪽일 거야. 탑 전체가 뒤쪽을 정점으로 솟아 있거든. 어쨌든 우선은 이 불빛을 따라가는 수밖에 없지."

샘은 복도를 따라 나아갔다. 하지만 이제는 천천히 걸었고, 발을 내딛을 때마다 더욱 내키지 않았다. 다시금 공포가 엄습했다. 적막 속에서 그의 발소리만이 점점 크게 울려 퍼졌고 그 소리는 마치 큰 손바닥으로 돌을 철썩 때리는 소리 같았다. 시체들, 적막함, 횃불 아래서 피를 뚝뚝 흘리는 듯한 시커멓고 축축한 벽, 문간과 어둠 속에서 튀어나올지 모를 죽음의 공포, 출입문에서 기다리고 있는 악의에 찬 경계의 눈길, 이런 것들은 억지로라도 용기를 내어 맞닥뜨릴 수 있는 종류의 것들이 아니었다. 불확실하고 무시무시한 이런 상상보다는 차라리 싸우는 게 더 나을 것 같았다. 물론 한 번에 너무 많은 적들과 싸우지 않을 때의 말이지만. 샘은 이 끔찍한 탑 어딘가에 결박당해 있거나 고통에 빠져 있을, 아니면 죽었을지도 모를 프로도에게로 생각을 돌렸다. 그리고 계속 앞으로 나아갔다.

횃불들을 지나 복도 끝의 커다란 아치문 가까이 이르자 이곳이 바로 지하 통로의 출입구라는 생각이 들었다. 바로 그때, 머리 위 저 멀리서 소름 끼치는 비명이 들려와 샘은 그 자리에 멈춰 섰다. 그러고 나서 발소리가 들려왔다. 바로 머리 위에서 누군가 계단을 쿵쿵거리며 급히 내려오고 있었다.

자기 손을 억제하기에는 그의 의지가 너무 약했고 굼떴다. 샘의 손은 벌써 줄을 잡아당겨 반지를 움켜쥐었다. 그러나 가슴 쪽으로 움직인 손이 반지를 막 잡아채려는 순간 오르크 하나가 퉁탕거리며 계단을 내려오는 바람에 그는 미처 반지를 끼지 못했다. 오르크는 오른쪽의 컴컴한 출입구에서 샘 쪽으로 달려 나왔다. 여섯 걸음 정도 떨어진 곳에서 고개를 들어 샘을 보았다. 샘은 오르크의 가쁜 숨소리를 듣고 충혈된 눈에서 번뜩이는 광채를 보았다. 오르크는 소스라치게 놀라서 그 자리에 얼어붙었다. 그의 눈에 들어온 것은 손에 단검을 쥔 채 떨지 않으려고 애쓰는 겁에 질린 호빗이 아니었다. 뒤쪽의 어른거리는 불빛에 어렴풋이 드러난, 회색 그림자에 가려진 거대하고 소리 없는 형체였다. 한 손에 칼을 들고 있었는데 그 칼에서 나오는 빛은 그 자체만으로도 견디기 어려운 고통이었다. 다른 한 손은 가슴에 대고 꽉 움켜쥐고 있었는데 마치 막대한 힘으로 파멸을 가져올, 알 수 없는 무기를 감추고 있는 것 같았다.

잠시 몸을 웅크렸던 오르크는 공포에 질린 듯 비명을 내지르며 왔던 길로 달아났다. 적이 꽁무니를 뺐을 때 순간적으로 용감해지는 개라도, 이 순간의 샘보다 더 용맹스러울 수는 없을 것이다. 샘은 고함을 지르며 뒤를 쫓았다.

"자, 요정 전사를 가로막을 자 아무도 없다! 내가 간다. 네놈은 올라가는 길을 안내만 하면 돼. 그렇지 않으면 네놈의 거죽을 벗겨 버리겠다!"

그러나 오르크는 식사를 배불리 했는지 행동이 민첩했고 길에도 익숙했다. 하지만 샘에게는 낯선 길이었고, 게다가 배고프고 지쳐 있었다. 계단은 높고 경사가 급했으며 휘어져 돌아갔다. 샘은 숨이 가빠 헐떡거리기 시작했다. 오르크는 곧 보이지 않았고 계속 올라가는 발소리만 희미하게 들릴 뿐이었다. 이따금 그놈이 질러 대는 비명이 벽을 타고 메아리가 되어 울려 퍼졌다. 하지만 서서히 모든 소리가 사라져 갔다.

샘은 터벅터벅 걸어 올라갔다. 이제 길을 제대로 찾은 거라고 느꼈고, 꽤 기운이 났다. 샘은 반지를 다시 집어넣고 허리띠를 졸라매며 중얼거렸다.

"놈들이 스팅과 나를 보고 저렇게 몸서리를 친다면 이건 기대보다 훨씬 희망적인걸. 어쨌든 샤그랏과 고르바그의 부하들이 내가 할 일을 대신 다 해 놓은 것 같군. 겁에 질린 저 쥐새끼 말고는 살아남은 놈이 하나도 없는 게 분명해."

순간 샘은 돌벽에 머리를 부딪치기라도 한 듯 그 자리에 딱 멈춰 섰다. 자신의 말에 한 대 얻어맞은 듯 정신이 번쩍 들었던 것이다. 살아남은 놈이 하나도 없다! 그렇다면 아까 그 소름 끼치는 죽음의 비명은 누가 지른 것일까? 샘은 울부짖듯 외쳤다.

"프로도 씨다. 프로도 씨! 놈들이 그분을 죽였으면 어쩌지? 어쨌든 이제 곧장 꼭대기까지 올라가서 어떻게 할지 봐야겠어!"

샘은 계속 위로 올라갔다. 계단참이나 위층으로 이어지는 입구에 켜진 횃불 외에는 온통 어두웠다. 샘은 계단의 숫자를 세어 보았으나 200이 넘자 잊어버리고 말았다. 그런데 머리 위 어디에선가 말소리가 들려오는 듯했다. 그는 발소리를 죽이고 조심스럽게 걸었다. 살아남은 놈은 쥐새끼 한 마리 말고도 또 있는 모양이었다.

더는 숨을 쉴 수도, 무릎을 굽힐 수도 없겠다 싶을 때 계단은 끝이 났다. 샘은 그 자리에 멈춰 섰다. 목소리가 이제 가깝게 들려왔다. 주위를 살펴보니 지금 서 있는 곳은 바로 탑의 맨 윗단인 세 번째 단의 평평한 지붕이었는데, 폭이 20미터쯤 되는 탁 트인 공간에 나지막한 난간이 달려 있었다. 지붕 한가운데에 있는 계단 입구 위에는 둥근 천장이 씌워져 있었고, 지붕으로 나가는 낮은 문이 동쪽과 서쪽으로 나 있었다. 동쪽으로 저 밑에 광막한 어둠에 싸인 모르도르 평원이 보였고 저 멀리 불타는 산도 눈에 들어왔다. 깊은 분화구에서 이제 막 솟구친 화염의 강이 활활 타올라 멀리 떨어진 이 탑 꼭대기까지 붉게 비쳤다. 서쪽으로는 지붕 뒤쪽에 자리 잡은 커다란 망루의 아랫부분이 시야를 가로막고 서 있었다. 뾰족하게 솟아오른 꼭대기는 주위를 에워싼 산마루보다도 높았다. 길고 좁은 창문에서는 빛이 어른거렸다. 샘이 서 있는 곳에서 10미터도 채 안 되는 곳에 문이 있었다. 문은 열려 있었지만 어두웠다. 바로 그 어둠 속에서 목소리가 흘러나왔다.

처음에 그 소리를 듣지 못한 샘은 동쪽 문에서 돌아서서 주위를 둘러보았다. 이 높은 곳에서 몹시 격렬한 싸움이 벌어졌음을 알 수 있었다. 주위엔 온통 오르크의 시체가 널려 있었고, 절단된 머리와 사지가 곳곳에 흩어져 나뒹굴었다. 죽음의 냄새가 코를 찔렀다. 일격을 가하고 으르렁대는 소리와 비명 소리가 들려오는 바람에 샘은 쏜살같이 움직여 몸을 숨겼다. 분노에 찬 오르크의 목소리가 높아졌다. 거칠고 난폭하며 냉혹한 그 목소리를 샘은 당장 알아차렸다. 이 탑의 대장 샤그랏의 목소리였다.

"다시 가지 않겠다고? 이 빌어먹을 놈, 스나가! 내가 큰 상처를 입어서 날 업신여겨도 된다고 생각한다면 큰 오산이야. 이리 와 봐! 조금 전에 라드부그란 놈에게 해 준 것처럼 네놈 눈알도 뽑아 버리고 말겠다. 그리고 새로 신병이 들어오면 그땐 널 쉴로브에게 보내 주지."

그러자 스나가가 퉁명스럽게 대답했다.

"대장이 죽기 전에는 아무도 오지 않을 거요. 내가 두 번이나 말했듯이 고르바그의 부하가 먼저 입구로 나갔고 우리 편은 아무도 나가지 않았어요. 라그두프와 무즈가쉬가 달려 나갔지만 화살에 맞고 말았죠. 창문으로 봤다니까요. 그들이 마지막이었어요."

"그렇다면 이젠 네놈이 가야지. 난 여기 남아 있어야 해. 다쳤단 말이야. 더러운 반역자 고르바그란 놈은 바랏두르의 지하 토굴에 처넣어야 해!"

샤그랏의 목소리는 점점 잦아들고 더러운 이름과 저주의 소리만 반복해서 울려 퍼졌다.

"난 그놈한테 내 것보다 좋은 걸 줬는데 놈은 날 찔렀어. 내가 놈의 목을 조르기 전에 말이야. 그러니 네가 가야 해! 내 말 안 들으면 잡아먹고 말 테다. 이 소식을 바랏두르에 전해야 한단 말이야. 안 그러면 우리 모두 지하 토굴로 가게 된다고. 네놈도 마찬가지야. 여기서 슬그머니 빠져나갈 수는 없어."

그러자 스나가가 소리쳤다.

"당신이 대장이든 아니든 나는 저 계단으로 다시 내려가지 않겠어요. 난 안 가요! 단검에서 손을 떼요. 안 그러면 당신 창자에다 화살을 박아 줄 테니. 여기서 벌어진 일들이 그들의 귀에 들어가면 당신은 더 이상 내 대장이 아닐걸요. 난 지금껏 이 탑을 지키기 위해 구린내 나는 모르굴의 변절자들과 싸웠는데, 당신들 높은 대장 둘이 약탈품을 놓고 싸우는 바람에 쑥대밭이 되고 말았잖아요."

그러자 샤그랏은 버럭 소리를 질렀다.

"그만해! 난 명령대로 따랐어. 먼저 시작한 건 고르바그야. 저 근사한 갑옷을 슬쩍 챙기려 했잖아."

"당신이 그자를 부추긴 셈이죠. 기세등등하게 만들었잖아요. 어쨌든 그자가 당신보다는 눈치가 빨랐어요. 염탐꾼 중에 위험천만한 자가 아직 잡히지 않았다는 말을 그자가 여러 번 했지만 당신은 들으려 하지 않았잖아요. 지금도 듣지 않고. 정말이지, 고르바그가 옳았어요. 무시무시한 전사가 돌아다니고 있어요. 손에 피가 묻은 요정이거나 더러운 타르크(해설 F '오르크와 암흑어' 참조—역자 주)일 거예요. 그가 이리 오고 있어요. 당신도 종소리를 들었죠. 파수병을 무사히 통과했는데, 그건 타르크만 할 수 있는 일이죠. 지금 그놈은 계단에 있어요. 난 놈이 계단을 떠날 때까지는 내려가지 않겠다는 거예요. 당신이 나즈굴이더라도 안 가요."

"그래? 네놈 마음대로 하겠단 말이지? 그놈이 이리로 오면 나만 버리고 달아나겠단 말이지? 안 돼! 그렇게는 안 되지! 그 전에 네놈

배때기에 시뻘건 구멍을 뚫어 줄 테다!"

몸집이 작은 오르크가 쏜살같이 망루 문밖으로 달려 나왔다. 그 뒤로 몸집이 큰 샤그랏이 쫓아 나왔는데 몸을 웅크리고 있어 긴 팔이 바닥에 닿을 정도였다. 한 팔을 축 늘어뜨린 채 피를 흘리고 있는 듯했다. 다른 팔로는 커다란 검은 꾸러미를 꼭 껴안고 있었다. 그가 지나갈 때 계단 출입문 뒤에 웅크리고 있던 샘은 그의 흉악한 얼굴을 언뜻 보았다. 피로 얼룩진 그의 얼굴엔 손톱으로 할퀸 듯한 상처가 나 있었다. 비어져 나온 송곳니에서 침이 뚝뚝 흘렀고, 짐승처럼 으르렁거렸다.

샘이 바라보는 동안 샤그랏은 지붕을 돌며 스나가를 쫓아갔다. 이윽고 덩치가 작은 오르크가 고개를 숙여 샤그랏을 피하고는 소리를 지르며 망루 속으로 다시 들어갔다. 그러자 샤그랏이 멈춰 섰다. 난간 옆에 서서 헐떡거리며 왼손을 힘없이 쥐었다 폈다 하는 모습을 동쪽 문을 통해 볼 수 있었다. 그는 들고 있던 꾸러미를 바닥에 놓고 오른손으로 붉은 단검을 뽑아 들고 칼날에 침을 뱉었다. 그러고는 난간으로 가서 몸을 기대어 멀리 아래쪽 뜰을 내려다보고 두 번 소리를 질렀다. 하지만 응답이 없었다.

샤그랏이 흉벽 위로 몸을 굽히고 등을 지붕 꼭대기로 향했을 때, 쓰러져 있던 시체 중 하나가 꿈틀거리는 것을 보고 샘은 흠칫 놀랐다. 그놈은 기어가더니 손을 뻗어 꾸러미를 잡아챘고, 비틀거리며 일어섰다. 그러고는 한 손에 자루가 짧게 잘려 나간 뭉툭한 창을 들고 공격 자세를 취했다. 그러나 고통 때문인지 아니면 증오 때문인지 쉿 하는 소리가 이빨 사이로 새어 나왔다. 순간 샤그랏은 뱀처럼 날렵하게 몸을 돌려 적의 목에 칼을 찔러 넣으며 외쳤다.

"고르바그! 아직 죽지 않았군! 이제 완전히 마무리 지어 주마."

샤그랏은 쓰러진 몸 위로 달려들어 미친 듯이 발로 짓밟았다. 그리고 몇 번이고 허리를 숙여 칼로 찌르고 난도질해 댔다. 그러다가 이윽고 만족한 듯 머리를 뒤로 젖히고는 소름 끼치도록 쿨럭거리는 소리를 내며 환성을 내질렀다. 잠시 후 피 묻은 칼을 핥아 이빨 사이에 물고 꾸러미를 집어 들고는 계단 출입문 쪽으로 성큼성큼 달려왔다.

샘은 생각할 여유가 없었다. 다른 쪽 문으로 빠져나갈 수도 있었지만 그랬다간 분명 발각될 것이다. 그렇다고 오랫동안 괴물 같은 오르크와 숨바꼭질을 할 수 있는 것도 아니었다. 어쩌면 그는 할 수 있는 최선의 방법을 택한 것이다. 샘은 샤그랏과 대적하기 위해 고함을 지르며 뛰쳐나갔다. 샘은 반지를 쥐고 있지 않았지만, 그가 숨기고 있는 힘은 그것만으로도 모르도르의 종복들에게 위협적이었다. 그리고 그는 여전히 스팅을 손에 움켜쥐고 있었다. 칼날에서 반짝이는 빛은, 무시무시한 요정 나라의 무자비한 별빛같이 오르크의 눈을 찔렀다. 샤그랏의 종족에게 그 나라는 생각만 해도 차가운 공포를 일으키는 곳이었다. 게다가 샤그랏은 보물을 들고서 싸울 수가 없었다. 그는 멈춰서 송곳니를 드러내며 으르렁거렸다. 다시금 오르크들의 방식대로 옆으로 펄쩍 뛰었다. 샘이 달려들자 묵직한 꾸러미를 방패 겸 무기로 삼아 얼굴을 향해 세게 휘둘렀다. 샘은 비틀거렸다. 샤그랏은 그 틈을 타 계단 아래로 뛰어 달아나고 말았다.

샘은 욕을 하며 그 뒤를 쫓았지만 얼마 안 가 멈추고 말았다. 프로도를 생각한 것이었다. 또 오르크 한 놈이 망루 안으로 되돌아간 사실이 기억났다. 또 한 번 양자택일을 해야만 했다. 깊이 생각할 시간이 없었다. 샤그랏이 빠져나가면 얼마 안 가서 원군을 이끌고 돌아올 테고, 만일 그를 뒤쫓는다면 탑 위에 남은 저 오르크가 끔찍한 일을 저지를지 모른다. 이대로 따라간다고 해도 샤그랏을 놓칠 수 있고 어쩌면 그의 손에 죽게 될지도 모르는 일이었다. 샘은 잽싸게 돌아서서 계단을 다시 달려 올라갔다. 그는 탄식하며 중얼거렸다.

"또다시 잘못하고 있는 것 같아. 하지만 나중에 어찌 되건 우선 꼭대기로 올라가 보는 게 내가 할 일이야."

멀리 저 밑에서 귀중한 꾸러미를 안은 샤그랏이 계단을 뛰어내려 마침내 뜰을 지나 출입문으로 내달렸다. 만일 샘이 그를 볼 수 있고 또 그에게 닥친 불행을 알았다면 그는 전율하지 않을 수 없었을 것이다. 그러나 지금 샘의 정신은 온통 추적의 마지막 단계에 쏠려 있었다. 샘은 망루의 문으로 조심스럽게 다가가 안으로 들어섰다. 문이 열리자 어둠뿐이었다. 그러나 뚫을 듯이 응시하던 그의 눈은 곧 오른쪽에서 희미한 빛을 감지할 수 있었다. 그 빛은 또 다른 계단으로 이어지는 입구에서 새어 나오고 있었다. 계단은 어둡고 좁아 보였으며 둥근 외벽의 안쪽을 따라 휘돌아 망루로 오르고 있었다. 저 위의 어딘가에서 횃불 하나가 희미하게 깜박이고 있었다.

샘은 조용히 계단을 오르기 시작했다. 도중에 왼쪽으로 문이 있었고, 문 위에 걸린 횃불이 탁탁 타고 있었다. 맞은편에는 서쪽을 내다보는 좁고 긴 창이 있었다. 언젠가 프로도와 함께 저 아래 터널 입구에서 올려다본 적이 있는 붉은 눈 중 하나가 바로 이 창이었던 것이다. 샘은 재빨리 그 문을 지나 위층으로 올라갔다. 언제 공격당할지 모르는 상황이었다. 등 뒤에서 누군가 자신의 목을 잡아 조를 것 같은 느낌 때문에 두려웠다. 샘은 이제 동쪽으로 난 창문에 이르렀고, 또 다른 횃불이 망루의 중앙을 지나는 통로의 문 위에 걸려 있었다. 열려 있는 문으로 들여다보니, 흔들리는 횃불과 기다란 창문을 통해 스며든 바깥의 불그스레한 빛을 제외하면 통로는 어두웠다. 그런데 계단은 여기서 끝났고, 더 이상 오르는 길이 없었다. 샘은 살그머니 통로로 들어갔다. 통로 양옆으로 난 나지막한 문은 모두 잠겨 있었고 아무 소리도 들리지 않았다. 샘은 중얼거렸다.

"기껏 올라왔는데 막다른 길이라니! 여긴 탑 꼭대기가 아닌데. 이제 어떻게 하지?"

아래층으로 다시 내려가 문을 열어 보려 했지만 *끄떡*도 하지 않았다. 그는 다시 올라갔다. 얼굴에서 땀이 줄줄 흘렀다. 단 몇 분도 낭비할 시간이 없는데 아까운 시간이 1분 1분 흘러갔다. 그는 아무 것도 할 수 없었다. 샤그랏이라든가 스나가, 그 밖의 어떤 오르크에 게도 관심이 없었다. 오로지 프로도 생각뿐이었다. 얼굴 한 번 보고 손 한 번 잡을 수 있기를 간절히 원했다.

마침내 지치고 결국 낙담한 샘은 통로보다 아래쪽 계단에 앉아 양손으로 머리를 감싸 쥐었다. 주위는 고요했다. 무시무시할 정도 로 적막했다. 그가 왔을 때 이미 힘없이 타고 있던 횃불이 탁탁 소리 를 내다가 꺼져 버렸다. 어둠이 조수처럼 밀려와 그를 덮쳤다. 오랜 추적과 슬픔이 허무하게 끝나는 순간, 가슴속에 밀려온 뭐라 말할 수 없는 어떤 감상에 젖어 샘은 노래를 부르기 시작했다.

어둡고 냉랭한 탑 안에서 그의 목소리는 가냘프게 떨렸다. 외롭 고 지친 호빗의 목소리를 요정의 군주가 부르는 노랫소리로 착각할 오르크는 아무도 없을 터였다. 그는 옛날 샤이어의 동요와 고향 마 을의 풍경처럼 갑자기 머릿속에 떠오른 빌보의 시 한 토막을 웅얼거 렸다. 그러자 갑자기 새로운 힘이 샘솟으며 목소리가 커졌다. 단순 한 곡조에 잘 어울리는 가사가 저절로 흘러나왔다.

> *태양 아래 서쪽 땅에서*
> *봄에는 꽃들이 피어나고*
> *나무에는 싹이 트고, 시냇물이 흐르고,*
> *멋쟁이 새들이 즐겁게 노래하지.*
> *구름 한 점 없는 밤이면*
> *흔들리는 너도밤나무*
> *갈라진 머리카락 사이에*
> *흰 보석 같은 요정의 별이 열린다.*

긴 여정이 끝난 여기,
　　깊이 깔린 어둠 속에 내 비록 있지만
높고 튼튼한 탑들을 넘어
　　가파른 산들을 넘어
온갖 어둠 위로 태양은 떠오르고
　　별들은 영원토록 머무른다.
그러나 낮이 끝났노라 말하지 않을 것이며
　　별에게 작별을 고하지도 않으리라.

'높고 튼튼한 탑들을 넘어.'라고 노래를 이어 가려다가 그는 갑자기 그쳤다. 그의 노래에 응답하는 희미한 음성이 들린 것 같았기 때문이다. 그러나 다시 아무 소리도 들려오지 않았다. 아니, 들렸다. 무슨 소리인지 들리기는 했는데 목소리는 아니었다. 발소리가 가까워지고 있었다. 위 통로의 문이 살며시 열리면서 돌쩌귀가 삐걱 소리를 냈다. 샘은 몸을 웅크리고 귀를 기울였다. 쿵 하는 둔탁한 소리가 나면서 문이 닫히고 오르크의 고함 소리가 울려 퍼졌다.

"야! 거기 있는 놈, 이 더러운 쥐새끼 같은 놈아! 찍찍 소리를 그치지 않으면 내가 올라가 처치해 주겠다. 듣고 있냐?"

대답이 없었다. 스나가는 다시 외쳤다.

"좋아. 그렇다면 내가 직접 가서 네놈이 무슨 짓을 하고 있는지 알아보지."

돌쩌귀가 다시 삐걱거렸다. 샘은 열린 문틈으로 명멸하는 빛과 밖으로 나오는 오르크의 희미한 형상을 보았다. 그는 사다리를 들고 있는 듯했다. 갑자기 모든 문제가 일시에 밝혀졌다. 탑의 맨 꼭대기 방은 통로 천장의 들창을 통해 연결되는 것이었다. 스나가는 들고 있던 사다리를 위쪽을 향해 고정시키고 기어 올라가 샘의 시야에서 사라졌다. 빗장을 푸는 소리가 들렸다. 끔찍스러운 목소리가 다시 울려 퍼졌다.

"조용히 자빠져 있어. 시키는 대로 하지 않으면 혼내 줄 테다! 이렇게 편안하게 자빠져 있는 것도 그리 오래가지 않을 게야. 지금 당장 재미를 보고 싶지 않으면 아가리 닥쳐. 알아들어? 정신 좀 차리게 주의를 주지!"

채찍 소리가 났다.

순간 샘의 가슴속에 분노의 불꽃이 타오르기 시작했다. 벌떡 일어선 샘은 한 마리 날쌘 고양이처럼 사다리를 타고 올라갔다. 머리를 내밀어 보니 크고 둥근 방의 한가운데였다. 천장에는 빨간 등불이 매달려 있고 서쪽을 향한 창은 높고 어두웠다. 창 아래 벽 옆에 어떤 물체가 엎어져 있었고 그 위로 시커먼 오르크가 양다리를 벌리고 서 있었다. 그는 두 번째로 채찍을 들어 올렸지만 내리치지는 못했다.

스팅을 움켜쥔 샘이 소리를 지르며 바닥을 가로질러 달려갔던 것이다. 오르크는 빙빙 돌며 피하려 했지만 미처 움직이기 전에 샘은 채찍을 든 오르크의 손을 내리쳐 버렸다. 오르크는 손이 날아가 버려 고통과 두려움으로 울부짖으면서도 머리를 숙인 채 필사적으로 덤벼들었다. 샘의 다음번 공격은 표적에서 많이 빗나가서 그는 균형을 잃고 뒤로 넘어지고 말았으나 오르크가 자기 몸 위에서 비틀거릴 때 그놈을 움켜잡았다. 애써 일어서려 하는데 비명과 함께 쿵 소리가 났다. 황급히 빠져나가려던 오르크가 사다리 꼭대기에서 발을 헛디뎌 뻥 뚫린 작은 문으로 떨어져 버렸던 것이다. 샘은 아랑곳하지 않고 바닥에 웅크리고 있는 이에게 달려갔다. 프로도였다.

그는 알몸으로 더러운 넝마 더미 위에 기절한 듯이 누워 있었다. 팔을 위로 올려 머리를 감싸고 있었고, 옆구리에는 끔찍한 채찍 자국이 가로로 길게 나 있었다.

"프로도 씨! 프로도 씨!"

샘이 외쳤다. 눈물이 앞을 가렸다.

"샘이에요! 제가 왔어요!"

샘은 프로도를 반쯤 일으켜 가슴에 꼭 끌어안았다. 그러자 프로도가 눈을 뜨며 중얼거렸다.

"아직도 꿈인가? 조금 전의 꿈은 끔찍했는데."

"꿈이 아니에요. 진짜예요. 저예요. 제가 왔어요."

프로도는 샘을 꼭 붙잡으며 말했다.

"믿을 수 없군. 조금 전까지 채찍을 든 오르크가 있었는데 갑자기 샘으로 변하다니. 저 아래서 나는 노랫소리를 듣고 신호를 보내려 했었어. 그건 꿈이 아니었겠지? 그게 자네였나?"

"네, 프로도 씨. 저는 거의 절망했었어요. 당신을 찾을 수 없었거든요."

"이제 됐어, 샘. 사랑하는 샘!"

프로도는 샘의 포근한 품에 안겨 눈을 감았다. 마치 자다가 놀란 어린아이가, 다정한 목소리나 손길에 두려움을 떨치고 안도하는 모습 같았다.

샘은 그렇게 앉아 있는 것이 한없이 행복하기만 했다. 하지만 마냥 앉아 있을 수만은 없었다. 프로도를 찾긴 했지만 일이 끝난 것이 아니다. 그를 구출해야 한다. 샘은 프로도의 이마에 입을 맞추고 말했다.

"프로도 씨! 일어나세요!"

샘은 여름날 아침에 골목쟁이집에서 커튼을 걷으며 그랬듯 쾌활한 목소리를 내려고 애쓰며 말했다.

프로도는 한숨을 쉬며 일어나 앉아 물었다.

"여기가 어디지? 내가 어떻게 여기 온 거지?"

"길게 이야기할 시간이 없어요. 어디 딴 곳으로 가야 해요, 지금 이곳은 프로도 씨께서 붙잡히기 전에 터널 근처에서 함께 보았던 그 탑 꼭대기예요. 그 후로 시간이 얼마나 지났는지 모르겠어요. 하루는 더 지난 것 같은데요."

"그 정도밖에 안 됐어? 몇 주일은 지난 것 같은데. 기회가 있을 때 전부 얘기해 주게. 내가 무언가에 얻어맞지 않았나? 암흑 속에 쓰러져 더러운 꿈을 꾸었어. 그러다 깨어 보니 꿈보다 나쁘더군. 오르크들이 나를 둘러싸고 있지 않겠어? 지독하게 독한 술을 내 목에 부어넣었던 것 같아. 점차 정신이 들었는데 머리가 아프고 기운이 없었어. 그들은 내 옷을 벗기고는 그중 두 놈이 다가와 자세히 살피다가 흡족해서 웃기도 하고, 칼을 만지작거리면서 계속 질문을 했어. 난 정말이지 미치는 줄 알았지. 놈들의 손톱과 눈은 절대로 잊지 못할 거야."

"놈들 얘길 하고 있는 한은 잊을 수가 없죠. 놈들을 두 번 다시 보고 싶지 않으면 어서 떠나야 해요. 걸으실 수 있겠어요?"

프로도는 천천히 일어서며 말했다.

"그래. 걸을 수 있어. 다치진 않았어, 샘. 너무 지쳤을 뿐이야. 여기가 좀 아프긴 한데."

그는 등 뒤 왼편 어깨를 가리켰다. 그가 자리에서 일어서자 등불에 비친 벌거벗은 몸이 마치 불길에 휩싸인 듯이 새빨갛게 보였다. 그는 한두 걸음 떼어 보았다. 약간 기운이 나는 듯 말했다.

"한결 좋아. 혼자 있을 때나 감시병이 있을 때는 움직여 볼 생각도 못 했어. 고함을 지르며 싸움이 벌어지기 전까지는 말이야. 굉장히 덩치가 큰 두 놈이 싸움을 벌인 것 같아. 나하고 내 소지품 때문에 말이야. 난 여기서 떨고 있었지. 얼마 후에 죽은 듯이 잠잠해졌는데, 그게 더 불안하더군."

"네. 싸움이 벌어진 것 같아요. 원래 2백 명 정도 있었던 것 같거든요. 감지네 샘이 감당하기엔 좀 벅찬 숫자라고 할 수 있었죠. 그 많은 놈들이 자기네들끼리 다 죽이고 죽은 거예요. 운이 좋았어요. 그 얘기를 여기서 다 하자면 한이 없겠어요. 이제 어떻게 해야 한담? 이렇게 벌거벗은 채 암흑의 땅을 걸어가실 수는 없는데.”

“내게 있던 건 모조리 빼앗겼어, 샘. 알겠어? 모조리 말이야.”

프로도는 고개를 숙인 채 바닥에 주저앉았다. 프로도는 자신의 말에서 자신이 당한 불행을 또다시 뼈저리게 느끼며 절망감에 사로잡혔던 것이다.

“원정은 실패로 끝났어, 샘. 여기서 나간다 해도 우린 달아날 수 없어. 요정만이 탈출할 수 있겠지. 멀리, 가운데땅 밖으로, 바다 건너 아주 멀리. 어둠을 막아 낼 수 있을 만큼 먼 곳일지는 모르지만 말이야.”

“아니에요, 프로도 씨. 그놈들이 전부 다 빼앗지는 못했어요. 원정은 아직 실패하지 않았다고요. 제가 그것을 빼냈어요. 정말 죄송해요. 지금 제가 보관하고 있어요. 목에 매달고 있는데 엄청나게 무겁군요.”

샘은 반지와 줄을 더듬어 찾았다.

“이제 프로도 씨께서 다시 보관하셔야지요.”

그러나 샘은 프로도에게 다시 무거운 짐을 지우는 것이 썩 내키지는 않았다. 프로도가 놀란 나머지 큰 소리로 외쳤다.

“자네가 갖고 있다고? 지금 갖고 있어? 샘, 자넨 정말 굉장한 친구야!”

그러나 다음 순간 그의 어조가 싹 바뀌었다.

“이리 줘!”

프로도는 일어서서 떨리는 손을 내밀며 소리쳤다.

“당장 이리 내놔! 네가 갖고 있어선 안 돼!”

샘은 깜짝 놀라 말했다.

“그러죠, 프로도 씨. 여기 있어요.”

샘은 천천히 반지를 꺼내 줄을 머리 위로 **빼냈다**.

"그렇지만 지금 우리가 있는 곳은 모르도르예요. 여기서 나가면 불의 산이 보여요. 그래서 이 반지는 무척 위험하거든요. 무게도 대단하고요. 곧 아시게 될 거예요. 지니시기 너무 힘들면 제가 좀 거들어도 되지 않을까요?"

"안 돼!"

프로도는 줄에 매달린 반지를 샘의 손에서 낚아챘다.

"안 돼! 절대 안 돼! 이 날강도 같은 놈!"

프로도는 두려움과 적개심이 가득한 눈으로 샘을 노려보며 헐떡였다. 그러다가 갑자기 한 손으로 반지를 꽉 움켜쥐더니 소스라치게 놀랐다. 이제야 시야가 밝아지는 모양이었다. 한 손으로 지끈거리는 이마를 쓸었다. 상처와 두려움으로 여전히 멍한 상태이긴 했지만 조금 전에는 어떤 무시무시한 환상에 사로잡힌 모양이었다. 프로도의 눈앞에서 샘이 추악한 오르크로 변해 탐욕스러운 눈으로 침을 질질 흘리면서 자신의 보물을 툭툭 건드리는 것이었다. 그러나 이제 환상은 사라졌다. 눈앞에 샘이 무릎을 꿇고 앉아 있었다. 가슴에 비수가 꽂힌 듯 그의 얼굴은 고통으로 일그러져 있었다. 눈에서는 눈물이 흘러내렸다. 프로도가 외쳤다.

"샘! 내가 무슨 말을 했지? 내가 어떻게 했어? 용서해 줘! 자네가 이렇게 날 위해 모든 일을 잘해 놓았는데 말이야. 반지의 무서운 위력 때문이었어. 이 반지가 절대 발견되지 않았더라면 좋았을 것을! 하지만 날 걱정하진 말게, 샘. 이 짐은 내가 끝까지 져야 해. 달라질 순 없는 거야. 나와 이 운명 사이에 자네가 끼어들어서는 안 돼."

소매로 눈물을 닦으며 샘이 말했다.

"알고 있어요, 프로도 씨. 하지만 제가 도울 수는 있겠죠? 우선 여기서 모시고 나가야겠어요, 지금 당장. 아시겠어요? 당장 말입니다. 그러자면 우선 옷이 필요하고, 음식도 좀 구해야겠는데 옷은 문제가 없겠어요. 모르도르에 있으니 모르도르식으로 차려입으면 되겠죠. 달리 방도가 없어요. 아무래도 프로도 씨와 제가 오르크 옷을 입을 수밖에 없겠어요. 자, 이걸 두르고 계세요."

샘은 회색 망토를 벗어 프로도의 어깨에 걸쳐 주었다. 보따리를 내려 바닥에 놓은 뒤 칼집에서 스팅을 빼냈다. 칼날은 이제 거의 빛을 발하지 않았다.

"이걸 잊고 있었군요. 그놈들이 모조리 빼앗아 간 건 아니에요. 기억하시는지 모르지만 스팅과 유리병은 제게 빌려주셨잖아요. 그래서 제가 갖고 있었어요. 이건 잠시만 더 빌려주실 수 있겠죠? 지금 가서 좀 찾아보고 오겠어요. 여기서 조금씩 걸으면서 다리를 풀고 계세요. 금방 돌아올 테니까요."

"조심해, 샘! 서둘러 다녀오고. 살아남은 오르크가 있을지도 모르니까."

"운에 맡기고 해 보죠, 뭐."

샘은 들창으로 가서 사다리를 내려갔다. 잠시 후 그의 머리가 다시 나타나더니 긴 칼을 바닥으로 던지며 말했다.

"쓸 만한 게 있군요. 그 자식은 죽었어요. 채찍질하던 놈 말이에요. 허둥대더니 목이 부러졌나 봐요. 자, 이 사다리를 위로 끌어 올려 두세요. 제가 신호를 보내기 전에는 절대로 사다리를 내리시면 안 돼요. 제가 '엘베레스.'라고 말할게요. 요정들 말이니, 오르크들은 그 말을 절대로 하지 못할 거예요."

잠시 프로도는 그대로 앉아 있었지만 온갖 두려움이 걷잡을 수 없이 일어나 온몸이 떨렸다. 그래서 그는 일어서서 회색 요정 망토를 몸에 두르고 정신을 띤 데 쏟기 위해 걷기 시작했다. 왔다 갔다 하면서 방 구석구석을 살피기도 했다.

그리 긴 시간은 아니었으나 두려움 때문에 적어도 한 시간은 지난 느낌이 들었다. 그때 저 밑에서 샘이 나지막하게 "엘베레스, 엘베레스." 하고 부르는 소리가 들렸다. 프로도는 즉시 사다리를 내렸다. 샘은 커다란 꾸러미를 머리에 인 채 가쁜 숨을 내쉬며 올라와서는 바닥에 쿵 하고 내려놓았다.

"서두르세요, 프로도 씨! 우리한테 맞을 만한 작은 옷을 찾아다녔는데 이것으로 때워야겠어요. 서둘러야 해요. 살아 있는 놈이라곤 한 놈도 보지 못했지만 왠지 기분이 좋지 않아요. 감시당하는 느낌이에요, 뭐라고 설명하긴 어렵지만. 날아다니는 추악한 그 기사 놈들 중 하나가 캄캄한 이 어둠 속 어딘가 높은 데서 지켜보는 것 같아요."

샘은 꾸러미를 풀었다. 프로도는 내용물을 보자 구역질이 났지만 어쩔 도리가 없었다. 알몸으로 가지 않으려면 이것들을 입어야만 했다.

프로도는 털이 긴 지저분한 모피 바지와 더러운 가죽 윗옷을 입고 그 위에 탄탄한 쇠사슬 갑옷을 걸쳤다. 오르크한테는 좀 짧았을 테지만 프로도에겐 너무 길고 무거웠다. 그 위로 날이 넓은 칼이 든 짧은 칼집이 매달린 허리띠를 졸라맸다. 오르크가 쓰는 투구도 몇 개 있었는데 그중에 쇠 테두리를 두른 검은 투구가 프로도에게 맞았다. 쇠 테두리는 가죽으로 싸여 있었고 부리 모양의 코 덮개 위에 악마의 눈이 새빨갛게 그려져 있었다. 샘이 말했다.

"모르굴의 물건인 고르바그의 칼이 더 낫지만, 여기서 이런 일이 벌어진 뒤에 그놈의 소지품을 갖고 모르도르로 가는 건 좋지 않을 것 같아요. 자, 다 됐어요, 프로도 씨. 이제 얼굴에 가면을 쓰고 팔을 길게 늘어뜨리고 다리를 안짱다리처럼 걷기만 하면 완벽한 오르크가 되겠는데요. 자, 이렇게 하면 감쪽같을 거예요."

샘은 커다란 검은 망토를 프로도의 어깨에 둘러 주었다.

"자, 이제 다 됐어요! 방패는 가면서 골라도 되겠지요."

"샘, 자넨 어쩌고? 똑같이 옷을 입어야지?"

"계속 생각해 봤는데요. 제가 입던 옷을 여기에 조금이라도 남겨 놓으면 안 될 것 같아서요. 그렇다고 없애 버릴 수 있는 방법도 없고요. 이 옷 위에 오르크 갑옷을 껴입을 수도 없잖아요? 어떻게든 가리긴 가려야겠는데 말이죠."

샘은 꿇어앉아서 자기의 요정 망토를 조심스럽게 말았다. 놀랍게도 망토는 아주 작은 뭉치가 되어 자루 속에 들어갔다. 샘은 일어나 짐을 등에 짊어진 다음 오르크 두건을 쓰고 어깨에 검은 망토를 걸쳤다.

"자, 이만하면 다 됐겠지요. 빨리 나가야겠어요."

쓴웃음을 지으며 프로도가 말했다.

"샘, 난 계속 걸어갈 수는 없을 것 같아. 가는 길에 주막이 몇 군데 있는지 알아봤겠지? 아니면 요기할 것을 구한다고 하더니 잊은 건가?"

샘은 당황스러워하며 말했다.

"맙소사, 내 정신 좀 봐! 이걸 어쩌죠? 하지만 저도 당신께서 잡혀 가신 후에 얼마나 굶었는지 몰라요. 물이나 음식이 제 입으로 들어간 게 언제였는지 기억도 안 나요. 당신을 찾아 헤매느라 먹는 것도 잊고 있었어요. 잠깐, 가만있어 보세요. 파라미르가 위급한 경우에 먹으라고 우리한테 준 음식 말고도 요정의 여행식이 충분히 남아 있었는데. 그런대로 두 주 정도는 버틸 수 있을 정도였어요. 하지만 지금 물통에 물이 있더라도 한 모금밖에 남지 않았을 거예요. 우리 두 사람의 목을 적시는 데도 부족할 거예요. 오르크는 먹지도 마시지도 않나요? 아니면 그놈들은 더러운 공기와 독만 먹고 사나요?"

"놈들도 먹고 마시지. 그들을 길러 낸 어둠은 흉내만 낼 줄 알지, 만들어 낼 줄은 모르거든. 진정으로 새로운 것은 만들지 못하는 기야. 어둠은 오르크에게 생명을 준 게 아니라 망치고 일그러뜨려 놓앉을 뿐이지. 놈들도 살려면 다른 생물들처럼 살아가는 수밖에 없어. 먹을 게 없으면 썩은 물, 썩은 고기라도 먹을 거야. 하지만 독은 먹지 않을걸. 놈들이 내게 먹을 걸 줬었어. 그러니 자네보다는 내가 낫겠지. 여기 어딘가에 음식과 물이 있을 거야."

"하지만 그걸 찾을 시간이 없어요."

"자네가 생각하는 것보다 상황이 심각하진 않아. 자네와 헤어져 있는 동안 난 조금은 운이 좋았어. 놈들이 전부 다 가져간 건 아니거든. 바닥에 흩어진 쓰레기 가운데서 식량 주머니를 찾았단 말이야. 물론 놈들이 샅샅이 뒤지긴 했지만 아마 렘바스 생김새와 냄새가 비위에 몹시 거슬렸던 모양이야. 골룸이 역겨워했던 것 이상으로 말이지. 여기저기 흩어져 있고 또 짓밟혀 뭉개진 것도 있지만 어쨌든 다 주워 모았어. 아마 자네가 갖고 있는 양보다 많이 모자라진 않을 거야. 하지만 파라미르가 준 음식은 그들이 먹어 버렸고 내 물통도 박살을 냈어."

"그렇다면 더 할 말이 없지요. 그 정도면 충분합니다. 하지만 물 때문에 좀 고생이 되겠는데요. 자, 프로도 씨, 이제 나가요! 더 이상 지체하면 호숫물을 통째로 준대도 우리에게 아무 소용도 없겠어요."

"샘, 자네가 한 입이라도 먹지 않으면 난 여기서 꼼짝도 않겠어. 자, 이 요정 과자를 먹고 자네 물통의 물을 마셔. 지금 상황은 절망적이야. 그러니 내일 음식까지 걱정해 봐야 무슨 소용이 있겠나. 내일은 영영 오지 않을지도 모르는데."

마침내 그들은 출발했다. 사다리에서 내려온 샘은 떨어져 죽은 오르크의 시체 곁에 사다리를 내려놓았다. 계단은 어두웠으나 불의 산에서 비쳐 온 불빛이 지붕 꼭대기에 여전히 반사되고 있었다. 이제 그 불빛은 암적색으로 꺼져 가고 있었다. 그들은 완벽한 변장을 위해 각자 방패를 주워 들었다.

그들은 큰 계단을 터벅터벅 걸어 내려갔다. 조금 전에 떠나온, 그들이 다시 만난 작은 탑의 그 방이 포근하게 느껴질 정도였다. 이제는 다시 밖으로 나온 것이고, 무시무시한 공포가 벽을 따라 울렸다. 키리스 웅골 탑의 모든 생물이 죽었을지 몰라도 그 탑은 여전히 공포와 악에 잠겨 있었다.

마침내 그들은 바깥뜰로 통하는 문에 이르러 걸음을 멈췄다. 모르도르의 번쩍이는 빛이 희미하게 비치는 정문 양쪽에, 시커멓게 버티고 선 적의에 가득 찬 파수병들이 벌써부터 자신들을 압도하는 느낌이었다. 여기저기 널브러진 끔찍한 오르크의 시체 때문에 한 걸음 한 걸음 떼어 놓기도 힘들었다. 아치에 닿기 전에 그들은 멈춰 서고 말았다. 이제 한 발자국도 떼어 놓을 수 없을 정도로 몸도 마음도 고통스러웠고 피로했다.

프로도는 그런 투쟁을 치를 힘이 없었다. 그는 바닥에 주저앉으며 중얼거렸다.

"샘, 난 못 가겠어. 졸도할 것 같아. 내게 무엇이 엄습했는지 모르겠네."

"전 알아요, 프로도 씨. 일어서세요. 정문이에요. 저기서 악마가 장난질을 쳐요. 하지만 전 통과했고 이제 다시 나갈 거예요. 전보다 위험할 리 없겠죠. 자, 지금이 기회예요!"

샘은 다시 갈라드리엘의 유리병을 꺼냈다. 그의 강인함에 경의를 표하는 듯이, 그리고 놀라운 일을 해낸 그 충실한 호빗의 갈색 손을 찬란하게 빛내 주려는 듯이 유리병은 갑자기 눈부신 빛을 쏟아냈다. 그러자 어둠에 잠겨 있던 안뜰이 번개처럼 휘황한 빛으로 환해졌다. 그 빛은 사라지지 않고 계속 남아 있었다.

"길소니엘! 오 엘베레스!"

샘이 외쳤다. 왠지 모르게 그는 샤이어에서 만난 요정들과 함께 숲에 숨어 있던 암흑의 기사들을 물리쳤던 그 노래가 생각났던 것이다. 프로도도 외쳤다.

"아이야 엘레니온 앙칼리마!"

줄이 툭 끊기듯 갑자기 파수병들의 의지가 풀리는 순간 프로도와 샘은 앞으로 고꾸라질 듯이 내달렸다. 눈을 번득이는 거대한 괴물들을 지나 정문을 통과했다. 갑자기 쿵 소리가 들려왔다. 바로 그들 발뒤꿈치에서 아치의 종석이 무너져 내렸고 그 위의 벽도 허물어지고 있었다. 머리카락 한 올 차이로 위험에서 벗어난 것이었다. 종소리가 울렸다. 파수병들의 높고 소름 끼치는 통곡 소리가 공중으로 울려 퍼졌다. 그러자 어둠 저 높은 곳에서 응답하는 소리가 들려왔다. 시꺼먼 하늘에서 날개 달린 형상이 소름 끼칠 정도로 날카로운 소리를 지르며 구름을 가르고 쏜살같이 내리꽂혔다.

chapter 2

암흑의 대지

샘은 정신을 차리고 유리병을 재빨리 품에 넣고 외쳤다.

"달리세요, 프로도 씨! 아니, 그쪽이 아니에요. 그쪽 벽 너머에 낭떠러지가 있어요. 절 따라오세요."

샘은 길 아래쪽으로 달려갔다. 낭떠러지에 돌출한 각루를 재빨리 돌아서 쉰 걸음 정도 달리자, 탑에서는 이미 그들의 모습이 보이지 않았다. 당장은 위기에서 벗어난 것이었다. 그들은 바위에 등을 기대고 웅크린 채 숨을 가다듬고는 가슴을 움켜잡았다. 이제는 부서진 정문 옆 성벽에 내려앉은 나즈굴이 괴성을 질러 대자 낭떠러지 전체가 울렸다.

공포에 질려 그들은 비틀비틀 걸어갔다. 얼마 안 가서 길은 다시 동쪽으로 급히 꺾였고 잠시 동안이지만 탑에서 그들의 모습이 보였다. 노출된 길을 재빨리 지나면서 그들은 흉벽 위에 앉은 커다란 검은 형체를 보았다. 곧이어 그들은 암벽 사이에 깎아 낸 길로 거꾸러지듯 달려 내려갔다. 그 길은 급경사를 이루며 내려가 모르굴도로와 이어졌다. 그들은 길을 내려가 합류점에 이르렀다. 여전히 오르크의 기척도 보이지 않았고 나즈굴의 울부짖음에 응답하는 징후도 없었다. 그러나 정적이 오래가지 않으리란 것은 분명했다. 당장이라도 추적이 시작될 것 같았다. 프로도가 말했다.

"이러면 안 될 것 같아, 샘. 우리가 진짜 오르크라면 달아날 게 아니라 탑으로 들어가야 하잖아. 누구라도 우릴 보면 당장에 정체를 알아챌 거야. 어쨌든 이 길에서 벗어나야 해."

"하지만 어떻게요? 날개 없이는 벗어날 수가 없는데요."

에펠 두아스산맥의 동쪽 면은 절벽과 벼랑으로 몹시 가파르게 떨어져 내렸고, 절벽과 안쪽 산마루 사이의 깊은 계곡은 어둠에 잠겨 있었다. 가파른 경사길을 한 번 더 내려가면, 길들이 합류하는 곳을 지나 가까운 곳에 임시 돌다리가 협곡 위에 걸려 있었고, 다리와 교차하는 길은 모르가이연봉의 급경사면과 협곡으로 향했다. 프로도와 샘은 필사적으로 달려 다리를 건넜다. 거의 다리 끝에 이르자마자 추적의 고함 소리가 들려왔다. 그들 뒤로 저 멀리, 이제는 산비탈 높은 곳에서 키리스 웅골 탑이 어렴풋이 보였고 그 암벽은 칙칙한 붉은색으로 타오르고 있었다. 갑자기 탑에서 거친 종소리가 울리더니 고막을 찢는 듯한 소리로 퍼져 나갔다. 나팔 소리도 들렸다. 이제 다리 끝 너머에서 응답하는 소리가 들려왔다. 오로드루인의 꺼져가는 불빛조차 차단된 암흑의 계곡에서 프로도와 샘은 앞을 볼 수가 없었다. 하지만 벌써 무거운 철군화 소리가 들려왔고 길 위에서 빠른 속도로 달려오는 말발굽 소리가 울렸다.

"빨리, 샘! 여기를 넘어가자!"

프로도가 외쳤다. 그들은 나지막한 다리 난간으로 기어올랐다. 다행히도 이 지점에서는 모르가이의 비탈이 길과 거의 비슷한 높이에 있었기에, 깊은 계곡으로 무섭게 떨어질 위험은 없었다. 그러나 너무 어두워서 그들은 얼마나 깊이 떨어져야 할지 짐작도 할 수 없었다.

"자, 갑니다, 프로도 씨, 그럼, 안녕!"

샘은 이렇게 외치고 먼저 뛰어내렸다. 프로도가 그 뒤를 따랐다. 그들은 뛰어내리면서도 말 탄 기수들이 다리 위를 질주하는 소리와 뒤에서 달려오는 오르크들의 요란한 발소리를 들었다. 샘은 감히 용기를 낸다면 큰 소리로 웃고 싶었을 것이다. 이러다가 보이지 않는 바위에 떨어져 박살 나는 게 아닌가 하는 두려움도 반쯤 있었지만, 호빗들은 결국 4미터도 안 되게 추락했고, 쿵 하고 바스락 소리를 내며 전혀 예상하지 못했던 곳에 떨어졌다. 가시덤불이었다. 샘은 그대로 꼼짝 않고 누워, 긁힌 손을 가만히 핥았다.

말발굽 소리와 사람의 발소리가 지나가자 샘이 나지막히 말했다.

"맙소사! 모르도르에서도 식물이 자라는 줄은 몰랐는데요. 미리 알았더라면 무엇보다도 이걸 찾아봤을 텐데. 이 가시는 느낌으로 보아 길이가 30센티미터는 되는 것 같아요. 내 옷을 다 뚫고 들어와 박혔어요. 나도 그 갑옷을 입는 건데."

"오르크 갑옷에도 가시가 뚫고 들어온걸. 가죽 윗옷도 별수 없고 말이야."

그들은 덤불에서 빠져나오려고 발버둥쳤다. 하지만 가시덤불은 철사처럼 질길 뿐 아니라 갈고리처럼 끈질기게 들러붙었다. 마침내 그들이 빠져나왔을 때 망토는 갈가리 찢어져 있었다. 프로도가 속삭였다.

"샘, 아래쪽으로 가자. 최대한 빨리 계곡 아래로 내려가서 북쪽으로 가는 거야."

바깥세상에는 다시 날이 밝아오고 있었다. 모르도르의 어둠 너머 저 멀리 가운데땅 동쪽 먼 곳에서 태양이 떠오르고 있었다. 하지만 이곳은 여전히 한밤중인 듯 캄캄하기만 했다. 화산이 마지막 연기를 내뿜으며 불이 잦아들었다. 번뜩이던 빛은 절벽에서 사라졌다. 그들이 이실리엔을 떠난 후로 줄곧 불어오던 동풍도 이제 멎었다. 그들은 어둠 속에서, 손으로 더듬고 넘어지며 가시덤불을 헤치고 말라 버린 삼목숲을 헤매기도 하고, 또 바위를 기어오르기도 하면서 힘겹게 천천히 내려갔다.

이윽고 그들은 걸음을 멈추고 바위에 등을 기대고 나란히 앉았다. 땀이 흘렀다.

"샤그랏이 물 한 컵을 준다면 기꺼이 악수하겠어요."

샘이 먼저 말을 꺼냈다.

"그런 소리 하지 마! 갈증만 심해질 뿐이야."

프로도는 지치고 현기증이 나 바닥에 몸을 뻗고 누웠다. 잠시 그렇게 누워 있던 그는 억지로 몸을 일으켰다. 놀랍게도 샘은 잠이 들어 있었다.

"일어나, 샘! 어서 일어나! 다시 떠나야 할 시간이야."

겨우 몸을 일으킨 샘이 말했다.

"아이구 깜짝이야! 잠이 들었나 봐요. 제대로 잠을 자 본 지 하도 오래돼서 눈이 저절로 감겨 버렸어요."

이번에는 프로도가 앞장섰다. 깊은 협곡 바닥에 두텁게 깔린 돌과 바위 사이에서 가급적 북쪽을 가늠하며 계속 걸어갔다. 그러다 갑자기 멈춰 서면서 말했다.

"이건 아무 소용 없어, 샘. 도저히 못 견디겠어. 이 갑옷 말이야. 지금 같으면 필요도 없잖아. 피로할 때는 미스릴 갑옷도 무겁게 느껴졌는데 이건 그것보다 훨씬 더 무거워. 사서 고생할 필요가 있겠어? 우린 싸워 이기지도 못할 텐데 말이야."

"하지만 무슨 일이 일어날지 몰라요. 칼이 들어올 수도 있고 화살이 날아올 수도 있어요. 무엇보다 골룸이 아직 살아 있어요. 이 어둠 속에서 칼에 맞을지도 모르는데 프로도 씨께서 가죽옷 한 장만 걸치고 있다는 건 말도 안 돼요."

"이봐, 샘. 난 이제 지쳤어. 피곤해. 사실 희망도 없어. 하지만 내가 몸을 움직일 수 있는 한은 그 화산까지 가려고 계속 노력해야 해. 반지 하나만 해도 벅찬데 이런 짐까지 걸치고 가자니 죽을 지경이야. 벗어 버려야겠어. 그렇다고 자네에게 고마워하지 않는다고 생각하지는 마. 자네가 날 위해 이걸 구하느라 시체 속을 누비고 다닌 걸 생각하면 내가 다 소름이 끼칠 정도야."

"그런 말씀 마세요, 프로도 씨. 아! 할 수만 있다면 제가 당신을 업고 가고 싶어요. 정 그러시면 벗으세요."

프로도는 망토를 벗은 뒤 오르크의 쇠사슬 갑옷을 벗어 던져 버렸다. 그는 몸을 부르르 떨었다.

"정말 필요한 건 따뜻한 옷이야. 날씨가 추워진 건지 아니면 오한이 든 건지 모르겠어."

"제 망토를 드릴게요."

샘은 짐을 풀어 요정의 망토를 꺼냈다.

"괜찮지요, 프로도 씨? 오르크의 옷으로 몸을 단단히 싸고 허리띠를 맨 다음 이걸로 몸을 덮으세요. 오르크식은 아니지만 따뜻할 거예요. 그리고 당신을 보호하는 데는 다른 어떤 무기보다 나을 거예요. 귀부인께서 만드신 거니까요."

프로도는 망토를 받아 걸치고 브로치를 채웠다.

"훨씬 나은데! 가볍기도 하고. 이젠 갈 수 있겠어. 그런데 이 칠흑 같은 어둠이 가슴속까지 파고드는 것 같아. 탑에 갇혀 있을 때 브랜디와인강과 끝숲, 그리고 호빗골의 물방앗간으로 흐르는 물강을 기억해 내려고 했었지. 이제 그것들을 다시 볼 수도 없을 텐데."

샘이 대답했다.

"이번엔 프로도 씨께서 물 얘길 꺼내시는군요. 귀부인이 우릴 볼 수만 있다면, 우리 얘길 들을 수만 있다면, 그분께 이렇게 말하겠어요. '부인, 우리에게 필요한 것은 빛과 물이에요. 그 어떤 보석보다도 그저 깨끗한 물과 평범한 햇빛을 원해요. 도와주세요.' 하지만 여기서 로리엔까지는 너무 먼 길이군요."

샘은 한숨을 쉬며 에펠 두아스산맥의 정상을 향해 손을 흔들었다. 이제 에펠 두아스는 어두운 하늘을 배경으로 더 시커멓게 보이는 곳으로 짐작할 수 있을 뿐이었다.

다시 출발했지만 얼마 안 가 프로도가 멈춰 섰다.

"암흑의 기사가 우리 머리 위에 있는 것 같아. 잠시 멈추는 게 좋겠어."

그들은 커다란 바위 밑에서 웅크리고 서쪽을 향해 앉았다. 한동안 말없이 있다가 마침내 프로도가 안도의 한숨을 내쉬며 말했다.

"지나갔어."

그들은 일어서다 깜짝 놀라 눈이 휘둥그레졌다. 왼쪽 저 멀리 남쪽에서 잿빛으로 변해 가는 하늘을 배경으로 길게 뻗은 큰 산맥의 어둡고 검은 봉우리들과 높은 산등성이가 보이기 시작했던 것이다. 그 산맥의 뒤에서 빛이 밝아지고 있었다. 서서히 빛줄기는 북쪽으로 뻗어 왔다. 저 위 하늘 높은 곳에서 전쟁이 벌어졌다. 살아 있는 세계에서 불어온 바람이 악취와 매연을 휘몰아 그것들의 발원지인 암흑의 땅으로 몰아넣으면서, 소용돌이치던 모르도르의 구름들이 가장자리가 찢긴 채 물러나고 있었다. 음침한 덮개의 가장자리가 살짝 들리면서 흐릿한 빛이 모르도르에 스며들었다. 감옥의 더러운 유리창으로 들어온 흐릿한 아침 햇살처럼. 샘이 말했다.

"저걸 보세요, 프로도 씨! 저길 좀 봐요. 바람이 바뀌었어요. 심상찮은 일이 벌어지고 있나 봐요. 이제 사우론도 제 마음대로 할 수 없는 거예요. 저기 어둠이 흩어지고 있잖아요. 무슨 일이 벌어지고 있는지 볼 수 있으면 좋으련만."

때는 3월 15일 아침이었다. 안두인의 골짜기 너머로 태양은 동쪽에 드리워진 어둠을 넘어 솟아올랐고 서남풍이 불어왔다. 이 시각 펠렌노르평원에서는 세오덴이 쓰러져 죽어 가고 있었다.

프로도와 샘이 지켜보는 동안 빛은 에펠 두아스산맥의 능선을 타고 퍼져 나갔다. 바로 그때 서쪽에서 대단히 빠르게 다가오는 물체가 보였다. 처음에는 산꼭대기 위에서 희미하게 비치는 긴 빛줄기를 배경으로 검은 점처럼 보였지만 점점 커지더니, 번개처럼 어두운 연기구름 속으로 뛰어들었고 그들의 머리 위 높은 곳에서 지나갔다. 그것은 날아가면서 긴 비명을 질렀다. 바로 나즈굴의 비명이었다. 그러나 그 비명이 이제는 그들에게 공포를 안겨 주지 못했다. 그건 암흑의 탑 바랏두르에 비보를 전하는 경악과 비탄의 울부짖음이었다. 반지악령의 군주가 죽은 것이다. 샘이 외쳤다.

"제가 뭐랬어요. 심상찮은 일이 벌어지고 있다고 그랬잖아요. 샤그랏은 전쟁이 문제없다고 그랬지만 고르바그는 믿지 않았지요. 역시 고르바그가 옳았어요. 일이 잘돼 가나 봐요. 프로도 씨, 그래도 희망을 갖지 못하시겠어요?"

프로도는 한숨을 지었다.

"그래도, 대단한 희망은 못 돼, 샘. 저 산맥을 넘어 먼 곳이야. 우린 지금 서쪽이 아니라 동쪽으로 가고 있어. 게다가 난 너무 지쳤어. 반지가 너무 무거워, 샘. 그것이 눈앞에 또다시 나타나기 시작했어. 불타오르는 거대한 수레바퀴 말이야."

신이 났던 샘은 다시 풀이 죽고 말았다. 그는 근심스러운 표정으로 프로도를 바라보며 손을 잡았다.

"기운을 내세요, 프로도 씨. 저는 바랐던 것 하나를 얻었어요. 한 줄기 빛 말이에요. 우리에게 도움이 될 정도로요. 하지만 위험이 되기도 하겠지요. 조금 더 가서 남의 눈에 띄지 않는 곳에서 쉬어요. 우선 음식을 한 입 드세요. 요정들의 음식이니까 기운이 나실 거예요."

그들은 렘바스 한 조각을 나눠 바싹 마른 입에 넣고 억지로 씹으면서 터벅터벅 걸어갔다. 잿빛 어스름 정도에 불과한 빛이었지만 자신들이 산과 산 사이의 깊은 계곡에 있다는 것은 충분히 알 수 있었다. 계곡은 북쪽으로 완만한 경사를 이루고 있었고 바닥은 원래 강바닥이었지만 지금은 바싹 말라 있었다. 그들이 걷고 있는 돌길 저편으로 서쪽 절벽 아랫단에 꼬불꼬불한 오솔길이 이어져 있었다. 호빗들이 사정을 알았더라면 그 길에 더 빨리 이를 수 있었을 것이다. 그 길은 다리 서쪽 끝에서 더 큰 모르굴도로를 벗어나 바위를 깎아만든 긴 계단을 내려와서 계곡 바닥에 이르렀던 것이다. 그것은 키리스 웅골에서 철의 턱 카라크 앙그렌, 즉 아이센마우스협로 사이의 작은 초소나 북쪽의 요새로 급히 가려는 순찰병과 전령 들이 이용하던 지름길이었다.

호빗들이 이 길로 간다는 건 위험천만한 일이었지만 그들에게는 빨리 가는 것이 더 중요했다. 게다가 프로도는 모르가이의 길 없는 협곡에서나 큰 바위들 사이에서 기어가는 고통을 더는 견딜 수 없을 것 같았다. 또한 추적자들은 그들이 북쪽으로 방향을 잡으리라고는 예상하지 못할 것으로 판단했다. 그들은 평지로 이어지는 동쪽이나 서쪽 고갯길을 먼저 철저하게 수색할 것이다. 프로도는 탑의 북쪽으로 한참 올라간 후에 동쪽으로 방향을 잡을 생각이었다. 동쪽으로 그들 원정의 절망적인 마지막 단계에 들어설 것이다. 그래서 그들은 강바닥을 가로질러 오르크의 길에 들어섰고 얼마간 길을 따라 걸어갔다. 왼편으로 절벽이 머리 위에 돌출해 있었기 때문에 위에서는 그들을 볼 수가 없었다. 그러나 굽이굽이 돌아가는 길이었기에 굽은 곳을 돌 때마다 그들은 칼자루를 움켜쥐고 경계 태세를 취해야만 했다.

빛은 더 환해지지 않았다. 오로드루인에서 여전히 엄청난 연기가 뿜어져 나오고 있기 때문이었다. 위로 솟구친 연기는 대립하는 공기층에 밀려 한없이 높이 올라갔고, 바람이 미치지 못하는 곳에 이르러 사방으로 퍼져 크기를 짐작할 수 없는 지붕을 형성했다. 지붕을 받친 중앙 기둥은 보이지 않는 어둠의 심연에서 솟아올랐다.

그들은 한 시간이 넘도록 터벅터벅 걷다가 갑자기 무슨 소리가 들려 멈춰 섰다. 믿을 수 없지만 잘못 들을 리 없는 소리였다. '똑똑' 하고 떨어지는 물소리였다. 왼쪽의 작은 도랑에서, 너무나 날카롭고 좁은 도랑이라서 마치 거대한 도끼로 시커먼 절벽을 쪼개 놓은 것 같았는데, 물이 방울방울 떨어지고 있었다. 햇빛이 내리쬐는 바다에서 모인 달콤한 빗물이 운 나쁘게도 결국 이 암흑의 땅의 벽 위에 떨어져 부질없이 헤매다가 흙먼지 속으로 스며들고 있었던 것이다. 물은 마치 작은 실개천처럼 바위틈에서 나와 길을 가로질러 흘러서는 남쪽으로 돌아 순식간에 메마른 돌 틈에서 사라졌다. 샘은 잽싸게 달려가면서 말했다.

"귀부인을 다시 뵙게 되면 이렇게 말하겠어요. '빛을 주시더니 물도 주셨군요.'라고 말이에요. 프로도 씨, 제가 먼저 마실게요."

"좋아, 둘이 마실 만큼은 충분히 되겠는데 뭐."

"그런 뜻이 아니에요. 제 말은요, 이 물에 독이 있다거나 무슨 이상이 있을까 봐 먼저 마셔 보겠다는 거예요. 아시겠어요?"

"그래, 하지만 우리 함께 행운을 믿어 보자. 아니면 우리의 축복을 말이야. 아, 그래도 조심해! 아주 찰 거야."

물은 그리 차지 않고 시원했지만 맛은 그리 좋지 못했다. 집에서라면 쓰고 기름기가 있다고 불평했을 것이다. 그러나 여기서는 이 물도 이루 형언할 수 없을 만큼 달디달았다. 두려움이나 조심성이 끼어들 틈도 없었다. 그들은 실컷 마셨고, 샘은 물통을 가득 채웠다. 그 후에 프로도는 훨씬 편안해져서, 그들은 쉬지 않고 몇 킬로미터를 걸어갔다. 마침내 길이 넓어지고 길가를 따라 거친 담벼락이 이어지기 시작했다. 또 다른 오르크들의 요새가 근처에 있다는 증거였다.

프로도는 계곡 너머 어둑어둑한 산등성이를 바라보면서 한숨을 지으며 말했다.

"자, 여기서 방향을 바꿔야 해. 동쪽으로 말이야. 난 저 위 어딘가에서 구덩이를 찾을 만큼의 기운만 남은 것 같아. 그러고 나서 쉬어야겠어."

　강바닥이 이젠 길보다 조금 아래 있었다. 그들은 기어 내려가서 바닥을 건너기 시작했다. 놀랍게도 거기엔 어둠에 덮인 웅덩이가 여럿 있었다. 계곡 위쪽 어디에선가 흘러온 가느다란 물줄기가 웅덩이로 모여들었다. 서쪽 산맥 아래 외곽의 변두리에서 모르도르는 죽어 가는 땅이었지만, 아직 죽은 것은 아니었다. 이곳의 식물은 거칠고 비틀리고 모질게 살아남으려고 발버둥치며 자라고 있었다. 모르가이협곡의 계곡 건너편에는 키 작은 관목들이 숨어서 땅에 바짝 붙어 있고, 무리 지어 자라는 억센 잿빛 풀은 바위와 자리를 다투었고, 바위 위에는 시든 이끼가 덮여 있었다. 어디에나 비틀리고 뒤엉킨 가시덤불이 제멋대로 뻗어 나갔다. 침처럼 찌르는 긴 가시가 있는가 하면, 칼처럼 살을 찢는 갈고리 모양의 가시도 있었다. 지난해의 퇴색하고 오그라든 이파리가 붙어 있어서 서글픈 바람에 부딪치며 사사삭 소리를 냈지만, 구더기에 시달리면서도 싹이 막 돋아나고 있었다. 암갈색인지 회색인지 검은색인지 모를 파리들이 오르크처럼 붉은 눈 모양의 반점을 달고 붕붕거리며 침을 쏘아 댔다. 가시덤불 위에서는 굶주린 각다귀들이 구름처럼 떼를 지어 날아다니며 맴돌았다. 샘이 팔을 내저으며 투덜거렸다.

　"오르크의 갑옷도 소용없고, 차라리 오르크의 가죽이 있으면 좋겠어요."

　마침내 프로도는 더 나아갈 수 없게 되었다. 그동안 둘은 좁고 완만한 비탈길을 올라왔는데, 마지막의 뾰족한 산마루를 볼 수 있으려면 아직 먼 길을 가야 했다. 프로도가 말했다.

　"샘, 난 지금 쉬어야겠어. 가능하다면 잠도 좀 자고."

　주위를 둘러보았지만 이 음울한 곳에는 쥐새끼 한 마리도 얼씬거릴 것 같지 않았다. 지칠 대로 지친 그들은 나지막한 바위에 가시덤불이 발처럼 늘어져 막을 쳐 준 곳으로 기어들었다.

거기 앉아서 그들은 가능한 대로 식사를 했다. 앞으로 남은 최악의 날들을 위해 귀중한 렘바스는 아껴 두고, 샘의 꾸러미에 있던 파라미르가 준 음식을 절반만 먹었다. 그들은 말린 과일과 훈제육 작은 한 조각, 그리고 물을 조금 마셨다. 계곡 웅덩이에서도 물을 마셨지만 몹시 목이 말랐다. 모르도르의 공기에는 입안을 마르게 하는 독특한 쓴맛이 있었다. 물을 생각하자 샘의 희망찬 기분마저 풀이 죽었다. 모르가이연봉을 넘으면 무시무시한 고르고로스대평원이 그들을 기다리고 있었다. 샘이 말했다.

"먼저 주무세요, 프로도 씨. 다시 어두워지는데요. 이제 밤이 거의 가까워진 것 같아요."

프로도는 한숨을 쉬더니 샘의 말이 채 끝나기도 전에 곯아떨어졌다. 샘은 피로를 떨치려고 몸부림쳤고, 프로도의 손을 잡은 채 밤이 깊어질 때까지 가만히 앉아 있었다. 그러다가 결국에는 졸음을 쫓으려고 은신처에서 기어 나와 밖을 내다보았다. 그 땅은 삐걱거리는 소리나 부딪치는 소리, 그 밖의 은밀한 소리로 가득 찬 것 같았지만 목소리나 발소리는 전혀 들려오지 않았다. 에펠 두아스산맥 너머 서쪽 밤하늘에는 아직 어슴푸레한 빛이 남아 있었다. 시커멓게 높이 솟은 바위산 위 구름 조각 사이로 흰 별 하나가 잠시 반짝이는 것이 보였다. 황폐한 땅에서 올려다본 그 아름다운 별은 샘을 감동시키기에 충분했고, 샘은 얼마간 희망을 되찾을 수 있었다. 한 줄기 선명하고 차가운 광선처럼 어떤 생각이 샘의 뇌리를 찔렀다. 결국 암흑은 언젠가 지나갈 하찮은 것에 불과하고, 그것이 닿지 못하는 곳에 빛과 지고힌 아름다움이 영원히 존재한다는 생각이었다. 탑에서 불렀던 그의 노래는 희망이라기보다는 도전이었다. 그땐 자신만을 생각하고 있었기 때문이었다. 그러나 지금은, 한순간, 자신의 운명도, 심지어 프로도의 운명도, 큰 걱정거리가 아니었다. 샘은 가시덤 불로 기어들어 프로도 곁에 누웠고, 온갖 두려움을 떨쳐 버리고는 깊고 편안한 잠에 빠져들었다.

둘은 손을 잡은 채 동시에 깨어났다. 샘은 상쾌하게 하루를 맞을 기분에 가까웠지만 프로도는 한숨을 쉬었다. 밤새도록 불에 대한 꿈을 꾸며 뒤숭숭한 상태로 잠을 잤기에 깨어나도 개운치 않았던 것이다. 그래도 잠을 자고 나니 치유의 효과가 전혀 없는 것은 아니라서 조금 기운이 났고 자신의 짐을 한 단계 더 견뎌 낼 수 있게 되었다. 그들은 시간을 알 수 없었고, 얼마나 잤는지도 몰랐다. 그렇지만 약간의 음식을 먹고 물을 마신 뒤 계속 협곡을 올라갔다. 마지막으로 자갈들과 미끄러지는 돌로 덮인 가파른 비탈을 오르자 드디어 협곡을 벗어날 수 있었다. 마지막으로 살아 있던 것들도 몸부림을 포기한 곳이었다. 모르가이의 꼭대기는 풀 한 포기 없이 뾰족한 바위투성이로, 그저 석판처럼 황량했다.

한참 헤매고 탐색한 후 그들은 올라가는 길을 찾았다. 양손으로 헤치고 기어서 마지막 백 걸음쯤 올라갔다. 그들은 시커멓고 험준한 두 바위 사이의 갈라진 틈에 이르렀고 그곳을 지나자 모르도르의 마지막 장벽 끝에 와 있음을 알게 되었다. 그들 밑으로 500미터쯤 떨어진 바닥에 내륙 평원이 드넓게 펼쳐져 있었는데, 그들 눈에 보이지 않는 무정형의 어둠 속으로 뻗어 나갔다. 바깥세상의 바람은 이제 서쪽에서 불어왔고, 큰 구름들이 높이 떠서 동쪽으로 흘러가고 있었다. 그러나 음산한 고르고로스평원에는 회색빛만 드리워졌다. 안개가 땅 위로 길게 나부꼈고 움푹 꺼진 곳에 숨어 있었으며 땅의 갈라진 틈새로 증기가 새어 나오기도 했다.

아직도 저 멀리, 적어도 64킬로미터 정도 떨어진 곳에서 운명의 산이 보였다. 그 발은 잿더미에 서 있고, 그 거대한 원추형 봉우리는 높이 치솟았으며, 연기를 내뿜는 그 머리는 구름에 감싸여 있었다. 그 불빛은 어제 어두워졌고, 산은 연기를 뿜으며 잠들어 있었다. 마치 잠든 야수처럼 위험스럽고 위협적인 존재였다. 그 뒤로 방대한 어둠이 마치 천둥구름처럼 불길하게 걸려 있었다. 그 바깥두르의 장막은 저 멀리 잿빛산맥에서 남쪽으로 뻗어 내려가는 긴 산줄기 위로 솟아 있었다. 암흑의 권능은 깊은 생각에 잠겨 있었고, 눈길을 안으로 돌려서 의혹과 위험을 일깨우는 소식들, 번쩍이는 칼과 직접 보았던 근엄하고 제왕다운 얼굴에 대해 숙고하고 있었다. 그래서 얼마간 그것은 다른 문제에 거의 신경을 쓰지 않았고, 그것의 모든 거대한 요새는 문마다, 탑마다, 음울한 어둠에 에워싸여 있었다.

프로도와 샘은 혐오와 경이가 뒤섞인 감정을 느끼며 이 역겨운 땅을 바라보았다. 그들이 선 곳에서부터 연기를 내뿜는 산까지, 그리고 그 산을 둘러싼 북쪽과 남쪽의 모든 것이 폐허가 되어 죽은 것 같았다. 불에 타 말라 버린 황무지였다. 이 땅의 군주가 노예와 병사들을 무슨 수로 먹이고 유지하는지 의아한 생각이 들었다. 어쨌든 그는 수많은 부하를 거느리고 있었다. 그들의 눈이 닿을 수 있는 한, 모르가이연봉의 기슭을 따라서 그리고 멀리, 남쪽으로 막사들이 있었다. 일부는 천막이었고 일부는 작은 마을처럼 조직되어 있었다. 그중에서 가장 큰 막사 중 하나가 그들 바로 아래에 있었다. 평원에서 채 1.5킬로미터도 들어가지 않는 곳에, 거대한 벌레 소굴처럼 곧게 뻗은 황량한 도로에 오두막들과 길고 나지막하며 칙칙한 건물들이 다닥다닥 붙어 있었다. 그 주위로 여러 족속들이 분주하게 오갔고, 그곳에서 넓은 길이 동남쪽으로 이어져 모르굴도로와 만났다. 그 길을 따라 작고 검은 형체들이 많은 줄을 지어 급히 행군하는 것이 보였다. 샘이 말했다

"정말 마음에 들지 않는 곳이에요. 가망 없는 곳이라고 말해야겠죠. 저렇게 많은 족속이 있으니, 음식은 물론 샘이나 물이 있겠지만

요. 그런데 내 눈에 이상이 없다면 저들은 분명 사람이지, 오르크가 아니에요."

샘도, 프로도도 연기를 내뿜는 산 너머 이 광활한 대지 남쪽으로 검고 충충한 누르넨호수 옆에 노예들이 일하는 큰 경작지가 있다는 사실을 알 리 없었다. 또한 동쪽과 남쪽으로 공물을 조달하는 지역에까지 대로가 뚫려 있어 탑의 군사들이 여러 가지 물품과 전리품, 그리고 새로 포획한 노예들을 긴 수레 행렬로 실어 나른다는 사실도 알 리 없었다. 이곳 북부 지역에는 광산들과 대장간이 있었고, 오랫동안 준비해 온 전쟁을 위해 소집한 병사들의 집결지가 있었다. 여기서 암흑의 권능은 장기판의 말을 다루듯 군대를 움직이면서 병사들을 긁어모으고 있었다. 그것의 힘을 처음 타진해 볼 첫 선발대가 서쪽 국경의 남쪽과 북쪽에서 저지당하자 그들을 잠시 후퇴시킨 다음, 새로 정비한 병력을 내놓았고 보복 공격을 하기 위해 키리스 고르고르 주변에 병력을 집결시키고 있었던 것이다. 그 산에 접근하지 못하도록 차단하려는 목적도 있었다면, 이보다 더 완벽한 배치는 없을 것 같았다. 샘이 말했다.

"이런! 저들이 뭘 먹고 마시든 우리는 손도 댈 수 없겠어요. 내려갈 길이 없잖아요. 그리고 내려간다 해도 적들이 우글거리는 훤히 트인 평원을 어떻게 가로지르겠어요?"

"그래도 시도는 해 봐야지. 내가 예상했던 것보다 나쁘진 않아. 난 평원을 가로지르겠다는 희망도 품지 못했거든. 지금도 희망이 없긴 마찬가지지. 하지만 할 수 있는 한 최선을 다해야지. 지금으로서 최선은 될수록 오래 붙잡히지 않는 거야. 그러니 우리는 계속 북쪽으로 가야 하고, 평원이 좁아진 곳은 사정이 어떤지 살펴봐야지."

"하지만 뻔한 일이에요. 평원이 좁은 곳에는 오르크와 인간 들이 더 빽빽하게 들어차 있겠죠. 곧 알게 될 거예요, 프로도 씨."

"그렇겠지. 우리가 그곳까지 가게 된다면 말이야."

프로도는 이렇게 말하고 돌아섰다.

그들은 오래지 않아 모르가이산마루나 혹은 어디든 높은 곳을 따라서는 계속 갈 수 없다는 것을 깨달았다. 길이 없는 데다 깊은 협곡들이 파여 있었던 것이다. 결국 그들은 올라왔던 협곡을 다시 내려가 계곡을 따라가는 길을 찾을 수밖에 없었다. 계곡을 건너 서쪽의 오솔길로 되돌아갈 엄두가 나지 않았기 때문에 그들은 험한 길을 계속 가야만 했다. 1.6킬로미터 정도 걸어가자 짐작했던 대로 절벽 자락의 우묵한 골짜기에 옹기종기 모여 있는 오르크들의 요새가 보였다. 시커먼 동굴 입구에 돌로 쌓은 오두막이 몇 채 모여 담장에 둘러싸여 있었다. 쥐새끼 한 마리 얼씬하지 않았지만, 그래도 그들은 옛 수로의 양쪽을 따라 이 지점에서는 빽빽이 자란 가시덤불에 몸을 바싹 붙이고 조심스럽게 기어갔다.

3, 4킬로미터쯤 가자 오르크의 요새는 등 뒤로 보이지 않게 되었다. 그러나 이제 마음을 놓고 편하게 숨을 쉬려는 순간 거칠고 큰 오르크의 음성이 들려왔다. 둘은 제대로 자라지 못한 갈색 관목 뒤로 재빨리 몸을 숨겼다. 그 소리가 점점 가까워졌다. 곧 오르크 둘이 나타났다. 그중 하나는 갈색 누더기를 걸치고 짐승의 뿔로 만든 활을 들고 있는데, 작은 체구에 피부가 검고 커다란 콧구멍을 벌름거리는 게 영락없는 정탐병이었다. 또 한 놈은 샤그랏 일당들처럼 몸집이 큰 전투대원으로 사악한 눈 표지를 달고 있었다. 그는 등에 활을 메고 끝이 뭉툭한 짧은 창을 들고 있었다. 그들 역시 말다툼을 하고 있었는데, 종족이 다른 놈들이었으므로 각자 자기들 방식으로 공용어를 사용했다.

호빗이 숨은 곳에서 스무 걸음도 채 떨어지지 않은 곳에서 왜소한 오르크가 갑자기 멈춰 서더니 계곡 너머 오르크 요새를 가리키며 말했다.

"에이! 난 돌아가겠어. 돌에다 코를 아무리 갖다 대고 혹사시켜 봐야 소용없는 짓이야. 흔적이 없잖아. 네가 우기는 바람에 냄새를 놓친 거야. 놈들은 계곡을 따라간 게 아니라 산 위로 올라갔단 말이야. 내 말을 들었어야지."

"네놈 같은 꼬마 정탐병은 별 쓸모가 없지, 안 그래? 네놈의 건방진 코보다는 눈이 훨씬 낫지."

몸집이 큰 오르크가 말하자 작은 녀석이 외쳤다.

"그러면 네놈은 그 눈깔로 뭘 봤는데? 바보 같은 소리 마! 네놈은 뭘 찾고 있는지도 모르잖아."

"누구 탓인데? 내 탓은 아니야. 상부에서 내려온 지시 사항이니까. 처음에는 번쩍이는 갑옷을 입은 커다란 요정이라고 하더니 나중에는 작은 난쟁이 인간이랬다가, 다음엔 또 반역자 우루크하이 떼거리라고 했잖아. 그놈들 모두 다일지 모르지."

"정신이 나간 거야. 들리는 소문이 맞는다면 대장 몇쯤은 머리가 날아갈 거라던데. 탑이 공격당해서 네놈 같은 전투병 몇백 명이 나자빠지고 포로가 달아났다니까. 너희들 전투병들이 하는 짓이 그 모양이니 싸움터에서 좋지 않은 소식이 들려오는 게 당연하지."

"좋지 않은 소식이 있다니, 누가 그래?"

전투병 오르크가 외쳤다. 그러자 정탐병도 지지 않고 소리쳤다.

"뭐야? 없다고는 누가 그래?"

"그건 못된 반역자나 할 소리야. 닥치지 않으면 죽여 버리고 말겠어!"

"알겠어. 알겠단 말이야! 입 다물고 생각 좀 해 봐야겠어. 그런데 살금살금 돌아다니는 그 시꺼먼 놈은 무슨 상관이 있지? 칠면조같이 손을 펄럭거리는 그놈 말이야?"

"내가 어떻게 알아? 하지만 그놈은 아무것도 아닐걸. 여기저기 냄새나 맡고 다니는 아무짝에도 쓸모없는 놈이야, 틀림없어. 염병할!

놈이 우리 손에서 빠져나가자마자 빨리 생포하란 지시가 떨어졌단 말이야."

"지시만 하지 말고 자기네들이 놈을 직접 잡아 보시지 그래. 내가 도착했을 땐 벌써 그놈이 그 버려진 쇠사슬 갑옷을 헤집어 놓은 데다 그 근방을 사방 돌아다녀 놔서 냄새도 맡을 수 없게 됐단 말이야."

정탐병이 투덜거리자 전투병도 말했다.

"어쨌든 그래서 그놈이 목숨은 건졌지. 난 말이야, 그놈을 잡으라는 지시가 있기도 전에 화살을 쐈단 말이야. 쉰 걸음 정도 떨어진 거리에서 정확하게 놈 등에다 쐈는데 그냥 달아나고 말았어."

"얼간이 같은 놈! 그렇게 놓치다니. 네놈은 표적에서 빗나가게 쏘는 데다 너무 느려서 쫓아가질 못한단 말이야. 그래서 꼭 우리 정탐병을 불러오게 만들지. 이게 한두 번이야?"

이렇게 말하고 정탐병 오르크는 달려가 버렸다.

"돌아오지 못해? 상부에 보고할 거다!"

전투병이 외쳤다.

"누구한테? 네 그 높으신 샤그랏한테? 그는 이제 대장도 아니야."

"나즈굴한테 네 이름과 번호를 보고할 테다. 나즈굴 중 하나가 지금 탑을 감독하고 있단 말이야."

전투병은 소리를 낮춰 이렇게 말했다. 그러자 정탐병은 멈춰 섰다. 그는 두려움과 분노가 섞인 목소리로 외쳤다.

"이 협잡꾼 같은 놈! 넌 임무도 제대로 수행 못 해! 네놈 일당들한테 끝까지 충실하지도 못할 거고! 악이나 쓰는 그 더러운 놈들에게어서 가 봐. 그들은 네놈을 그 자리에서 얼어붙게 만들걸. 적이 그들을 먼저 해치우지 않았다면 말이야. 그들이 '일인자'를 이미 해치웠다던데. ㄱ 소문이 맞았으면 좋겠군."

그러자 손에 창을 들고 있던 큰 체구의 오르크가 그를 잡으려고 달려갔다. 그러나 바위 뒤로 뛰어간 정탐병은 달려오는 전투병 오르크의 눈에 화살을 쏘아 명중시켰다. 오르크가 쿵 하며 쓰러지자 정탐병은 그대로 골짜기를 건너 달려가 버렸다.

호빗들은 한참 동안 가만히 앉아 있었다. 이윽고 샘이 일어나며 말했다.

"아주 정확하게 명중시켰는데요. 이렇게 멋진 전우애가 모르도르 전체에 쫙 깔려 있다면 우리의 문제도 절반은 줄어들 텐데 말이에요."

"쉿, 조용히 해, 샘. 또 다른 놈들이 있을지 몰라. 지금까지 우리가 붙잡히지 않은 건 정말 놀라운 일이야. 우리가 방심한 사이에 놈들은 뒤를 바짝 쫓고 있었던 거야. 하긴 저렇게 서로 싸워 대는 게 바로 모르도르의 정신이지. 그 정신이 모르도르의 구석구석까지 퍼졌고. 듣기로는 오르크들은 그냥 내버려 두면 자기편끼리도 항상 싸운다는 거야. 하지만 샘, 우린 마음을 놓아선 안 돼. 왜냐하면 그들은 우리의 예상 이상으로 우리를 증오하고 있거든. 그것도 줄기차게 말이야. 아까 두 녀석도 우릴 발견했다면 말다툼을 그치고 당장 우릴 먼저 죽이려고 했을 거야."

한참 동안 침묵이 흘렀다. 이윽고 샘이 낮은 소리로 말했다.

"그들이 칠면조같이 생긴 놈이라고 하던 말 들으셨지요, 프로도 씨? 골룸이 아직 살아 있다고 말씀드렸잖아요, 기억하세요?"

"그래, 기억나. 자네가 그걸 어떻게 알았는지 궁금했어. 그건 그렇고, 샘, 완전히 어두워질 때까지 여기서 나가지 않는 게 좋겠어. 그러니 자네가 그걸 어떻게 알았는지, 지난 일을 모조리 말해 줘. 소리를 낮춰 조용히."

"알겠어요. 하지만 그놈을 생각하면 열이 나서 목소리가 커질 것 같아요."

호빗들이 가시덤불 밑에 앉아 있는 동안 모르도르의 음산한 빛마

318

저 다시 저물어 별 하나 보이지 않는 밤이 되었다. 샘은 골룸의 배신
과 쉴로브의 공포, 그리고 자신이 직접 오르크와 상대했던 모험담
을 들려주었다. 이야기를 마치자 프로도는 아무 말 없이 샘의 손을
꼭 잡았다. 그러고는 한참 만에 몸을 일으키며 말했다.

"자, 이제 떠나야지. 이렇게 고생하며 도망치다 결국 붙잡혀서 모
두 헛수고로 끝나게 될 날이 언제일지 모르지만 말이야. 어둡지만 유
리병을 쓸 수 없으니 자네가 계속 보관해, 샘. 난 손바닥 말고는 갖고
있을 데도 없는데 이렇게 어두울 때는 두 손 모두 비워 두는 게 좋겠
지. 스팅은 자네에게 줄게. 난 오르크의 칼이 있으니까. 하지만 내가
다시 적을 내리치는 일은 없을 것 같군."

어둠 속에서 길도 없는 땅을 걸어가기란 여간 힘들고 위험한 일이
아니었다. 하지만 수없이 넘어지고 비틀거리면서도 그들은 천천히
북쪽을 향해 걸어갔다. 돌이 깔린 골짜기의 동쪽 기슭을 따라 몇 시
간을 걸었을 때 서쪽 고개 너머에 잿빛 어스름이 깔렸다. 그 너머 땅
에서는 하루가 시작된 지 오래 지난 시간이었다. 호빗들은 다시 숨을
곳으로 들어가 교대로 잠을 청했다. 샘은 눈을 뜨자마자 음식 생각
이 간절했다. 이윽고 프로도가 일어나 식사 문제와 앞으로의 계획 등
에 관해 이야기를 꺼내자 샘은 가장 걱정스러웠던 문제에 대해 물어
보았다.

"프로도 씨, 말씀 도중에 죄송하지만, 앞으로 얼마나 더 가야 하
는지 알고 계신 거예요?"

"아니, 정확히는 몰라, 샘. 깊은골을 떠나기 전에 모르도르의 지
도를 봤지만 기억이 희미해. 그 지도는 적이 모르도르에 돌아오기
이전에 만들어진 거였어. 하지만 분명히 기억나는 건 북쪽 어딘가에
서쪽 산줄기와 북쪽 산줄기가 만나는 곳이 있다는 거야. 그곳은 탑
옆에 있던 다리에서 최소한 100킬로미터 정도 떨어져 있었어. 거기

가 건너기 좋은 지점 같더군. 물론 그곳에 도착하면 여기 있을 때보다 산에서 더 멀어지겠지. 거기서 산까지는 100킬로미터 정도 될 거야. 아마도 우리는 다리에서부터 북쪽으로 60킬로미터는 올라왔을 테고. 별일 없더라도 일주일 내로 운명의 산에 닿기는 힘들겠어. 모르긴 몰라도 가까이 갈수록 반지는 더 무거워질 테고, 따라서 내 걸음은 더 느려지겠지."

프로도의 말에 샘은 한숨을 쉬었다.

"제가 염려했던 대로군요. 어떻게 하죠? 물은 말할 것도 없고 식사도 줄여야겠어요. 아니면 좀 더 빨리 가든지요. 지금까지 이 계곡에서 빠져나가지 못했으니 말이에요. 한 번 먹을 식량과 요정의 여행식밖에 안 남았어요."

프로도는 숨을 들이쉬며 말했다.

"좀 더 빨리 걷자, 샘. 자, 가자! 또 걷는 거야."

날은 아직 그리 어둡지 않았다. 그들은 열심히 걸었다. 어느새 밤이 깊어 도중에 몇 번 잠시 쉬기는 했지만 지친 발로 비틀거리면서도 계속 걸어갔다. 시커먼 하늘 끝자락이 회색으로 물들기 시작했을 때 그들은 바위 밑 어둑한 구멍으로 숨어들었다.

서서히 빛이 밝아지더니 전보다 훨씬 선명하게 빛났다. 서쪽에서 불어오는 강풍이 상층 기류에서 모르도르의 연기를 몰아내고 있었다. 곧 그들은 주변 몇 킬로미터 이내의 형세를 살펴볼 수 있었다. 산맥과 모르가이 사이에 움푹 파인 계곡은 오르막을 따라 가면서 좁아졌다. 안쪽 산능선은 이제 에펠 두아스의 가파른 사면에 비하면 바위 턱 정도로밖에 보이지 않았다. 그러나 동쪽에서 그 산능선은 거의 수직으로 떨어져 고르고로스평원으로 들어갔다. 앞에 있는 수로는 깨진 바위 턱들에 가로막혀 있었다. 큰 산맥에서 동쪽으로 뻗어 나온 높고 황량한 지맥이 장벽을 만들었던 것이다. 그 지맥

은 북쪽의 안개 자욱한 잿빛 에레드 리수이산맥에서 길게 뻗어 나
온 지맥과 마주쳤고, 양쪽 지맥이 끝난 곳 사이에 좁은 틈이 있었다.
그곳이 바로 카라크 앙그렌, 즉 아이센마우스였고, 그곳 너머에 깊
은 우둔계곡이 펼쳐졌다. 모란논 뒤에 자리한 그 계곡에는 암흑의
성문을 방어할 목적으로 모르도르의 종복들이 파 놓은 수많은 굴
과 지하 무기고가 있었다. 그곳에서 지금 모르도르의 군주는 서부
지휘관들의 총공세에 맞설 대규모의 부대를 급히 소집하고 있었다.
바깥으로 뻗은 지맥 위에는 보루와 탑들이 세워졌고, 횃불이 타올
랐다. 두 지맥 사이의 좁은 틈을 가로질러 흙벽이 세워져 있었고, 그
앞에 깊이 파인 해자를 건널 수 있는 곳은 다리 하나뿐이었다.

북쪽으로 수 킬로미터 멀리, 서쪽 지맥이 큰 산맥에서 뻗어 나가
는 모퉁이가 있는데, 이곳에 두르상이라는 오래된 성이 서 있었다.
그 성은 우둔계곡 근방에 운집한 수많은 오르크 요새 중 하나였다.
그 성으로부터 휘돌아 내려오는 도로가 벌써 환해지는 빛 속에서
선명하게 보였다. 도로는 호빗들이 쉬고 있는 곳에서 2, 3킬로미터
떨어진 지점에서 동쪽으로 방향을 바꾸었다. 거기서부터 지맥 비탈
에 깎인 바위 턱을 따라가다가, 평지로 내려가 아이센마우스까지 이
어졌다.

주위를 살펴본 호빗들은 북쪽으로 올라온 것이 소용없는 일이라
고 생각했다. 오른쪽의 평지는 어둠침침하고 연기가 자욱해서 막사
나 군대의 이동을 볼 수 없었다. 하지만 그 지역은 온통 카라크 앙그
렌 요새의 감시망 속에 있었다. 프로도가 말했다.

"샘, 우린 막다른 길에 이른 것 같네. 우리가 계속 간다면 저 오르
크 탑으로 올라가는 수밖에 없겠지. 되돌아가지 않는 한 우리가 택
할 수 있는 건 저 탑에서 내려오는 도로밖에 없단 말이야. 그렇다고
서쪽으로 갈 수도 없고 동쪽으로 내려갈 수도 없으니."

"그렇다면 지 길로 가야죠, 프로도 씨. 운에 맡기는 거예요. 모르

도르에서도 운이 따를지 모르지만. 이제 더 헤매고 돌아다니거나 되돌아가느니, 차라리 죽기 살기로 덤비는 게 낫겠어요. 식량도 다 떨어져 가요."

"좋아, 샘! 자네가 앞장서. 자넨 아직도 희망을 간직한 모양이니. 난 희망을 완전히 잃었는데 말이야. 샘, 난 달릴 수도 없어. 그저 자네 뒤를 따라 걸어가야겠어."

"떠나기 전에 뭘 좀 드시고 주무셔야 해요. 자, 이리 오세요."

샘은 프로도에게 얇은 여행식 한 조각과 물을 먹게 하고 자기 망토를 말아 머리 밑에 받쳐 주었다. 프로도는 너무 기진맥진한 나머지 아무 말도 하지 못했다. 그런 프로도에게 샘은 지금 마시게 한 물이 마지막 한 모금이었다는 것과 렘바스도 자기 몫을 더 주었다는 사실을 말하지 않았다. 그가 잠들자 샘은 그의 숨소리를 들으며 얼굴을 유심히 들여다보았다. 야윈 얼굴에 주름이 있었지만 잠든 얼굴은 평온하기 그지없었다. 샘은 혼자 중얼거렸다.

"다녀올게요, 프로도 씨. 잠시만 혼자 계셔요. 물을 구하지 못하면 우리는 어디에도 가지 못할 테니까요."

샘은 살며시 기어 나와 날렵하게 돌길을 뛰어 계곡 바닥으로 내려갔고, 말라 버린 수로를 따라 북쪽으로 거슬러 올라갔다. 얼마 가다 보니 바위 턱이 나타났다. 오래전에 그곳에서 샘이 분출하여 작은 폭포를 이루었음이 분명했다. 지금은 말라붙어 정적이 감돌고 있었지만 샘은 한 가닥 희망을 걸고 몸을 숙여 귀를 기울였다. 놀랍게도 물이 똑똑 떨어지는 소리가 들렸다. 몇 발짝 기어 올라가자, 산비탈에서 흘러 내려온 가늘고 시커먼 물줄기가 작은 웅덩이로 모여들고, 거기서 넘쳐 나온 물이 메마른 돌 틈으로 사라지고 있었다.

물은 마실 만했다. 샘은 양껏 마시고 물통에 가득 채워 넣었다. 그가 돌아서는 순간 그림자 같은 시커먼 형체가 프로도가 숨어 있는 바위 근처에서 움직이는 것이 언뜻 보였다. 입에서 터져 나오는 비명을 삼키며 샘은 물가에서 뛰어내려 미친 듯 달려갔다. 놈은 눈치 빠르게 숨어 버렸지만 샘은 분명히 보았다. 그놈의 덜미를 잡고 싶었지만 그놈은 이미 샘이 오는 소리를 듣고는 자취도 없이 사라져 버린 뒤였다. 샘이 마지막으로 본 것은 동쪽 낭떠러지를 넘어 달아나기 전에 흘끗 뒤돌아보던 그놈의 눈이었다. 샘은 중얼거렸다.

"휴우, 운이 좋았어. 하마터면 큰일 날 뻔했네. 수천 명이나 되는 오르크 놈들만 해도 충분한데 킁킁거리고 돌아다니는 저 냄새나는 놈까지 상대해야 한다니 이게 무슨 일이람! 놈은 화살에 맞아 죽어 버렸어야 하는 건데!"

샘은 프로도 곁에 와 앉았다. 프로도를 그대로 자게 놔두었다. 그러나 자신은 잠을 잘 엄두도 낼 수 없었다. 하지만 시간이 흐를수록 눈꺼풀이 무거워졌고 더 이상 참기 어려워지자 그는 조용히 프로도를 깨웠다.

"프로도 씨, 골룸이 근처에 있어요. 제가 본 놈이 골룸이 아니라면 쌍둥이일 거예요. 물을 구하러 잠깐 나갔었는데 막 돌아오려는 순간에 그놈이 킁킁거리며 돌아다니는 걸 봤어요. 우리 둘 다 잠들면 위험할 것 같아요. 죄송하지만 더는 졸음을 이길 수가 없네요."

"이런! 가엾은 샘, 어서 누워 눈 좀 붙여. 내 생각엔 오르크보다는 골룸이 나을 것 같아. 어쨌든 골룸은 우릴 오르크에게 넘기진 않을 테니까. 자신이 잡히기라도 하면 몰라도."

"하지만 그놈도 강탈과 살인을 서슴지 않을 거예요. 프로도 씨, 잠들면 안 돼요! 물통에 물이 가득 있으니까 실컷 드세요. 가다가 다시 채우면 되니까요."

말을 마치기가 무섭게 샘은 곯아떨어졌다.

샘이 잠에서 깼을 때 날은 다시 어두워지고 있었다. 프로도는 뒤쪽 바위에 등을 기댄 채 자고 있었다. 물통은 비어 있었다. 골룸이 다녀간 흔적은 없었다.

모르도르의 밤이 다시 찾아왔고 산마루 위에는 횃불이 붉은빛으로 맹렬하게 타오르고 있었다. 호빗들은 다시 출발했다. 이제 그들의 여정에서 가장 위험한 단계에 들어선 것이다. 그들은 먼저 작은 샘에 들렀다가 조심스럽게 도로로 올라갔다. 그들이 들어선 곳에서 길은 동쪽으로 꺾여져 30킬로미터가량 떨어진 아이센마우스로 향했다. 넓지 않은 길 언저리에 담장이나 난간이 없었고, 길가의 낭떠러지는 갈수록 깊어졌다. 사방이 괴괴했다. 잠시 귀를 기울여 인기척이 없는 것을 확인한 후에 그들은 일정한 속도로 동쪽을 향해 걸었다.

20킬로미터 정도 갔을 때 그들은 멈춰 섰다. 조금 전부터 길은 약간 북쪽으로 굽었고, 이미 지나온 직선 도로는 이제 가려서 보이지 않았다. 위험은 바로 거기에 도사리고 있었다. 그들은 잠시 쉬고 나서 다시 걷기 시작했다. 걸음을 많이 떼지도 않았을 때 갑자기 밤의 정적을 깨고 소리가 들려왔다. 그들이 계속 속으로 두려워했던 소리, 바로 행군하는 발소리였다. 아직은 뒤에 떨어져 있는 것 같았지만 뒤를 돌아보자 1.6킬로미터도 떨어지지 않은 모퉁이를 돌고 있는 반짝이는 횃불이 보였다. 그들은 빨리 움직이고 있었다. 다가오는 속도가 너무도 빨라 프로도가 달아나 도망가는 것은 불가능해 보였다.

"내가 두려워했던 일이야, 샘. 모든 걸 운에 맡겼는데 우리에겐 운이 따르지 않나 봐. 우린 덫에 갇혔어."

프로도는 당황한 눈으로 위압적으로 버티고 선 벽을 올려다보았다. 오래전에 몇 길이나 되도록 수직으로 암벽을 깎아 이 길을 닦은 모양이었다. 이번에는 다른 쪽으로 가서 벼랑 너머로 어둠에 잠긴 깜깜한 구덩이를 내려다보았다. 프로도는 암벽 밑의 길바닥에 털썩 주저앉아 고개를 숙이며 말했다.

"우린 마침내 덫에 갇혔어."

"그런 것 같군요. 할 수 없지요. 앉아서 기다릴 수밖에."

샘도 절벽의 그림자가 드리워진 어둑한 곳에 프로도와 나란히 앉았다.

오래 기다릴 필요도 없었다. 오르크들이 무서운 속도로 달려오고 있었다. 맨 앞줄의 오르크들이 횃불을 들고 있었다. 그들이 다가오자 어둠 속의 붉은 불꽃이 점점 더 크게 보였다. 횃불이 다가왔을 때 얼굴을 가릴 수 있기를 바라며 샘도 고개를 숙였다. 그러고는 무릎 앞에 방패를 놓아 자신들의 발도 가렸다.

'놈들이 제발 서둘러 달려가고 지친 놈 둘만 남으면 좋을 텐데.'

샘은 이렇게 생각했다.

그런데 정말 그럴 것 같았다. 선두의 오르크는 고개를 숙인 채 헐떡거리며 성큼성큼 달려왔다. 이들은 암흑군주의 전쟁에 마지못해 끌려 나온 왜소한 종족이었다. 이들이 바라는 것은 오로지 행군을 끝내고 채찍질에서 벗어나는 것뿐이었다. 이들 옆에서 몸집이 크고 사나운 우루크 둘이 채찍을 휘두르고 소리치면서 대열 앞뒤로 왔다 갔다 하고 있었다. 대열이 한 줄씩 지나갔다. 환하게 비치던 횃불은 이미 저만큼 앞서고 있었다. 샘은 숨을 죽였다. 이제 대열의 반 이상 지나간 것 같았다. 그때 갑자기 노예 몰이꾼들 중 하나가 길옆에 웅크린 그들을 보고는 채찍을 휘두르며 소리쳤다.

"이놈들! 일어서!"

그들이 움직이지 않자 그는 큰 소리로 대열을 멈추게 했다.

"어서 일어서, 굼벵이 같은 놈들아! 축 늘어져 앉아 있을 때가 아니란 말이야!"

그는 그들 쪽으로 한 발 다가왔고, 어둠 속에서도 그들 앞에 놓인 방패의 무늬를 알아보았다.

"탈주병들인가? 아니면 그럴 생각인가? 네놈들 부대는 어제저녁

이전에 우둔계곡에 집결하기로 되어 있었잖아? 그걸 모르진 않겠지. 이놈들, 일어서서 정렬해! 말 안 들으면 번호를 상부에 보고할 테다!"

이 말에 호빗들은 억지로 몸을 일으켰고, 몸을 굽힌 채 발이 아픈 병사처럼 발을 질질 끌며 대열 후미로 걸어갔다. 그러자 오르크가 다시 외쳤다.

"거기가 아니야! 세 줄 앞! 그 자리를 지키지 않으면 그땐 정말 쓴맛을 보여 줄 테다!"

그는 호빗들 머리 위로 긴 채찍을 휘둘렀다. 그러고 나서 다시 채찍을 휘두르고 고함을 지르며 부대를 다시 빠른 속도로 출발시켰다.

이미 지칠 대로 지친 가엾은 샘에게도 견디기 힘든 행군이었지만, 프로도에게는 말할 나위 없는 고문이자 악몽이었다. 프로도는 이를 악물고 머릿속을 비우려 애쓰며 필사적으로 버텼다. 땀에 젖은 오르크들의 몸에서 풍기는 악취가 코를 찔렀다. 프로도는 갈증으로 헐떡거리기 시작했다. 행군은 계속되었고, 그는 숨을 쉬고 두 다리를 계속 움직이는 데 있는 힘을 다 쏟고 있었다. 도대체 어떤 지독한 결말로 나아가려고 이 고생을 하며 참고 있는지 생각할 엄두도 내지 못했다. 몰래 빠져나갈 희망은 전혀 없었다. 이따금 오르크 몰이꾼이 뒤로 빠져서 그들을 놀려 댔다.

"자, 간다!"

그는 큰 소리로 웃으며 그들 다리에 채찍을 갈겼다.

"채찍 맛을 보면 힘이 벌떡 솟지, 이 굼벵이들아. 보조를 맞춰! 지금 네놈들 정신을 번쩍 들게 해 주고 싶지만, 네놈들이 부대로 지각 귀환할 때 살갗이 남아나지 않을 만큼 채찍질을 당할 테니까. 그게 네놈들에게도 보탬이 될 거다. 지금 전쟁 중이란 걸 모르나!"

그렇게 몇 킬로미터를 달리자 길은 긴 비탈길을 내려가 평원으로 들어갔다. 마침내 프로도는 남은 기력마저 다 소진했고 그의 의식도 오락가락했다. 그러다가 휘청거리며 발을 헛디뎠다. 샘은 자신도 보조를 맞추기 힘든 지경이었지만 프로도가 쓰러지지 않도록 떠받치려고 애썼다. 이제는 어느 순간에라도 모든 것이 끝장날 거라고 생각했다. 프로도가 기절하거나 쓰러지면 모든 것이 들통날 테고, 그렇게 되면 그들의 모든 노력은 허사가 될 것이다.

'저 큰 몰이꾼 놈을 어떻게든 내 손으로 죽여 버리자.'

샘은 이렇게 마음을 먹었다.

그러나 샘이 칼자루에 손을 댄 순간 예기치 못했던 구원이 찾아왔다. 대열은 이미 평지로 나와 우둔계곡 입구 쪽으로 다가가고 있었다. 그 입구에 들어가기 조금 전에 다리 끝의 관문 앞에서, 서쪽에서 오는 길과 남쪽에서 오는 길, 그리고 바랏두르에서 오는 길이 서로 만나고 있었다. 어느 길에서나 병사들이 이동하고 있었다. 서부의 지휘관들이 진격해 오고 있었기에 암흑군주는 병사들을 서둘러 북쪽으로 이동시키고 있었다. 그래서 우연히도 각 부대의 대규모 인원이 교차로에서, 벽 위에 밝힌 횃불 빛이 닿지 않는 어두운 곳에서 한꺼번에 마주치게 된 것이었다. 각 부대가 서로 먼저 문으로 들어가서 행군을 끝내려고 하면서 밀치고 욕설을 퍼붓는 통에 순식간에 아수라장이 되고 말았다. 몰이꾼들은 고함을 지르고 채찍을 휘둘러 댔지만 싸움이 벌어졌고 칼을 뽑아 든 병사들도 있었다. 중무장을 하고 바랏두르에서 온 우루크족이 두르상 부대를 향해 공격을 개시하자 대열은 아비규환의 수라장이 되었다.

샘은 기진맥진해 현기증이 날 지경이었지만 이 기회를 놓칠세라 재빨리 프로도를 끌고 바닥에 엎드렸다. 그러자 그들 몸 위로 오르크들이 엉겨 넘어지며 욕설을 퍼부었다. 호빗들은 손과 무릎으로 천천히 기어서 아수라장을 벗어났고, 마침내 눈에 띄지 않게 길 가장자리 너머로 떨어졌다. 길가에는 칠흑 같은 밤이나 안개가 짙을 때 대장들이 길을 찾는 데 도움이 되도록 만들어 놓은 높은 연석이 있었는데 평지보다 몇 미터 높게 단을 쌓아 놓은 것이었다.

그들은 잠시 가만히 누워 있었다. 너무 어두워 달리 숨을 만한 곳을 찾을 수도 없었다. 하지만 샘은 적어도 큰길에서 더 멀리 벗어나 횃불이 비치지 않는 곳까지 가야 한다고 생각했다.

"자, 프로도 씨, 조금만 더 기어가면 쉴 수 있어요."

프로도는 마지막으로 죽을힘을 다해 두 손을 짚고 몸을 일으켜 20미터쯤 기어갔다. 그러고 나서 갑자기 앞에 나타난 얕은 구덩이 속으로 곤두박질쳐 죽은 듯 꼼짝도 하지 못하고 누워 있었다.

Chapter 3

운명의 산

샘은 누더기가 된 오르크 망토로 프로도의 머리를 받쳐 주고는 로리엔의 회색 망토를 펼쳐 둘의 몸을 덮었다. 샘은 저 아름다운 요정의 땅을 생각했다. 요정들이 짠 이 옷이 마술이라도 부려서 이 섬뜩한 황야에서 자신들을 감쪽같이 숨겨 준다면 얼마나 좋을까. 싸우고 고함치는 소리가 점점 잦아드는 걸로 보아 병사들이 아이센마우스를 통과한 모양이었다. 수많은 병사들이 뒤섞여 혼잡할 테니 당분간은 자신들이 없어졌다는 사실이 발각되지 않을 것 같았다.

샘은 물을 한 모금 마시고 프로도에게도 억지로 마시게 했다. 프로도가 좀 정신을 차리자 샘은 소중한 여행식 한 조각을 전부 프로도에게 주었다. 그들은 너무도 지쳐서 두려움도 그리 느끼지 못하고 그대로 잠이 들었다. 그러나 땀이 식은 데다 딱딱한 바위의 냉기가 온몸을 파고들어 제대로 잘 수가 없었다. 북쪽에서 암흑의 성문을 지나 키리스 고르고르 고개를 넘어온 차고 희박한 공기가 땅 위를 흐르며 속삭였다.

아침이 되자 다시 잿빛 어스름이 감돌았다. 높은 산 위에는 서풍이 불었지만, 모르도르의 암흑의 땅 방벽을 넘어 돌바닥 위를 감도는 공기는 살을 에는 듯 차갑고 숨 막히는 죽은 공기였다. 샘은 구덩이에서 밖을 내다보았다. 주위는 온통 황량하기 그지없고 평평하며 메마른 담갈색을 띠고 있었다. 근처의 길 위에는 쥐새끼 한 마리 보이지 않았다. 하지만 샘은 불과 200미터 북쪽에 있는 아이센마우스성벽 위에서 노려보고 있을 감시의 눈을 생각하고 가슴이 섬뜩해졌다. 저 멀리 남동쪽으로 운명의 산이 마치 서 있는 어두운 그림자 처럼 어렴풋이 보였다. 거기서 연기가 뿜어져 나오고 있었다. 하늘 높이 올라간 연기는 동쪽으로 끌려갔지만, 너울거리는 거대한 구름 이 산비탈을 떠돌며 땅 위에 퍼졌다. 북동쪽으로는 몇 킬로미터 채 안 되는 곳에 잿빛산맥의 산기슭 구릉들이 우울한 잿빛 유령처럼 서 있었다. 그 너머 안개 낀 북쪽의 고산들은 찌푸린 하늘만큼이나 어두운 구름들이 멀리서 줄지어 있는 것처럼 솟아 있었다.

샘은 거리를 어림잡아 보고 어느 쪽으로 가야 할지도 생각해 보 려고 애썼다. 위협적인 운명의 산을 바라보면서 그는 우울한 목소리 로 중얼거렸다.

"한 걸음 한 걸음씩 걸어서 80킬로미터는 가야 할 거야. 만일 하 루 걸리는 거리라면, 지금 프로도 씨의 몸으론 걸어서 꼬박 일주일 은 걸릴 거야."

샘은 고개를 가로저었다. 이런저런 생각을 하다 보니 예전에 알 지 못했던 어두운 생각이 서서히 머릿속에 떠올랐다. 그의 튼튼한 마음엔 여태껏 희망이 오랫동안 사라진 적이 없었다. 지금까지 그는 언제나 돌아갈 일도 생각해 왔다. 그러나 이제 드디어 쓰라린 진실 을 깨닫게 된 것이다. 식량은 기껏해야 목적지에 도착할 때까지 견 딜 만큼만 남았다. 임무를 완수하면, 그들은 그 끔찍한 황야 한가운 데서 집도, 먹을 것도 없이 결국은 외롭게 죽을 수밖에 없을 것이다. 고향으로 돌아간다는 것은 생각조차 못 할 일이었다.

샘은 생각했다.

'떠날 때 내가 해야 한다고 느꼈던 일이 바로 그거였나? 프로도 씨를 끝까지 돕고 그다음에 함께 죽는 거? 그래, 그게 내 일이라면, 그걸 해야지. 하지만 강변마을을 몹시 보고 싶군. 초막골네 로지와 그 오라비들, 그리고 아버지와 여동생 마리골드도 모두 보고 싶어. 그런데 정말로 돌아갈 희망이 없었다면 간달프가 프로도 씨에게 이런 임무를 맡겨 보내지 않았을 거야. 간달프가 모리아에서 떨어진 다음에 모든 게 빗나가고 말았어. 그가 떨어지지 않았더라면 좋았을 것. 그가 살아 있었으면 뭔가 해 줬을 텐데.'

그러나 샘의 마음속에서 희망이 사라지자, 아니 사라지는 것처럼 보이자, 그건 새로운 힘으로 바뀌었다. 샘의 평범한 호빗 얼굴은 안으로 다져진 의지로 인해 엄숙하고도 단호한 표정으로 바뀌었다. 그는 온몸에 전율이 이는 것을 느꼈다. 마치 자신이 절망과 피로, 그리고 끝도 없이 가야만 하는 황야, 이 어떤 것에도 굴하지 않을 돌과 강철의 존재로 바뀌고 있는 듯이.

샘은 전혀 새로운 책임감을 느끼며 눈길을 돌려 가까이 있는 땅을 보고 다음에 할 일을 생각했다. 날이 좀 밝아 오면서 놀라운 사실을 확인할 수 있었다. 멀리서 보았을 때는 그냥 멋없이 광활하고 밋밋하게 보였던 대지가 실은 온통 부서지고 파괴된 땅이라는 것이었다. 사실 고르고로스평원은 물렁물렁한 진흙땅이었을 때 소낙비처럼 쏟아진 거대한 바위와 벼락을 무수히 맞은 듯, 커다란 구덩이가 곳곳에 파여 있었다. 그중에서도 유독 큰 구덩이의 가장자리에는 부서진 바위들이 둔덕을 이루고 있었고, 구덩이에서 갈라진 넓은 틈들이 사방으로 뻗어 나갔다. 이 땅은 정말 날카로운 눈을 가진 감시병만 없다면 기어가서 숨고 또 기어가서 숨을 수 있는 곳이었다. 적어도 기력이 왕성하고 빨리 갈 필요도 없는 사람에게라면 안성맞춤의 조건이었다. 그러나 허기지고 지친 데다 목숨을 부지하는 동안 갈 길이 먼 그들에게는 이 땅이 견디기 힘든 형벌처럼 여겨졌다.

이런 것들을 생각하면서 샘은 프로도에게 갔다. 깨울 필요도 없이 프로도는 이미 일어나 앉아 바위에 등을 기댄 채 구름 덮인 하늘을 물끄러미 바라보고 있었다.

"저, 프로도 씨, 죽 둘러보고 생각을 좀 해 봤는데요. 길에는 쥐새끼 한 마리 얼씬하지 않던데요. 기회가 있을 때 달아나는 게 좋겠어요. 가실 수 있겠어요?"

"갈 수 있어. 가야지."

프로도가 말했다.

그들은 또다시 출발했다. 이 구덩이에서 저 구덩이로 재빨리 몸을 날려 숨었다가 다시 기어갔다. 하지만 그들은 북쪽 산기슭쪽 엇비스듬한 방향으로 나아갔다. 가장 동쪽으로 난 길이 줄곧 그들을 따라왔지만 마침내 산자락을 끼고 돌아 저 멀리 짙은 어둠 속으로 사라져 버렸다. 지금은 길게 뻗은 그 평평한 잿빛 길을 따라서 이동하는 인간도, 오르크도 없었다. 암흑군주는 병력의 이동을 이미 끝냈던 것이다. 더군다나 그는 자기 왕국의 요새에서도 남몰래 밤 시간을 이용했다. 자신에게 대항하며 자신이 쳐 놓은 장막을 찢어 놓은 세상의 바람이 두렵고, 또 자기 방비벽을 뚫고 들어온 대담한 첩자들에 대한 소식으로 골치가 아팠던 것이다.

호빗들은 지친 몸을 끌고 몇 킬로미터를 가서 멈추었다. 프로도는 거의 탈진한 상태였다. 발각될까 두려워 기어가다가, 구부정하게 걷다가, 어정쩡하게 아주 천천히 나아가다가 갑자기 빠른 속도로 달음박질쳐야 하는 이런 방식으로는 프로도가 오래 버틸 수 없겠다고 샘은 생각했다.

"프로도 씨, 어두워지기 전에 도로로 돌아가야겠어요. 다시 한번 운에 맡겨 보죠. 지난번에는 거의 운이 없었지만 완전히 없었다고는 할 수 없잖아요. 곧장 몇 킬로미터만 더 가서 쉬어요."

샘은 자신의 생각보다 큰 모험을 시도하고 있었다. 프로도는 자신의 무거운 짐과 마음속 갈등에 너무나 짓눌려 있었고 또 너무나 절망적인 심정이었기에 어떻게 되든 상관없다고 생각했다. 그들은 둔덕으로 올라가 바로 암흑의 탑으로 이어지는 고행의 길을 따라 터벅터벅 걸어갔다. 다행히 운이 좋게도 그날은 도중에 살아 있거나 움직이는 방해물을 만나진 않았다. 밤이 되자 그들은 모르도르의 어둠 속으로 숨어들었다. 거대한 폭풍이 몰아닥칠 것처럼 천지가 온통 괴괴했다. 서부의 지휘관들이 이미 교차로를 지나 임라드 모르굴의 죽음의 들판에 불을 질렀던 것이다.

이렇게 필사적인 원정은 계속되어, 절대반지가 남으로 가는 동안 왕의 깃발들은 북으로 진군하고 있었다. 호빗들에게는 하루하루가, 한 걸음 한 걸음이 이전보다 더욱 고통스러웠다. 기력이 점점 떨어지는 데다 땅은 점점 지독해졌다. 낮에는 적을 볼 수 없었지만, 밤이 되면 이따금 길옆 후미진 곳에 들어가 불편하게 쭈그리고 앉아 있는 동안 수많은 발소리와 달려가는 말발굽 소리가 들려왔다. 하지만 무엇보다도 두려운 것은 끊임없이 다가오는 위협적인 힘이었다. 무시무시하게 위협적인 악의 힘이 어두운 장막 뒤 왕좌에 앉아 깊은 생각과 끊임없는 악의에 잠겨 그들을 기다리고 있었던 것이다. 그 위협은, 세상의 종말을 고할 때 밤의 장막이 밀려오듯이, 점점 가까이 그리고 점점 시커멓게 다가왔다.

마침내 무시무시한 밤이 천지를 뒤덮었다. 서부의 지휘관들이 살아 있는 땅의 끝에 거의 이르렀을 때, 두 호빗은 공허한 절망의 시간에 이르렀다. 오르크의 대열에서 빠져나온 지 이제 겨우 나흘이 되었지만 그들에게는 기나긴 악몽과 같은 시간이었다. 그동안 프로도는 말 한마디 없이 구부정하게 몸을 숙인 채 비틀거리며 걷기만 했다. 그의 눈에는 더 이상 발밑의 땅이 보이지 않는 것 같았다. 샘이 보기에 프로도는 자기들이 여태껏 겪은 어떤 고통보다도 지독한 고통에 시달리는 것 같았다. 반지는 점점 더 무거워져서 신체적으로 엄청난 짐이 되었을 뿐 아니라 정신적으로도 견디기 힘든 고문이었다. 샘은 프로도가 상대의 주먹질을 피하려는 듯, 아니면 자신을 사세히 들여다보려는 무시무시한 눈에서 겁먹은 자신의 눈을 가리려는 듯 왼손을 들어 올리는 모습을 몇 번이나 보았다. 프로도는 때로 오른손을 슬그머니 가슴께로 가져가 움켜쥐었다가는 의지를 되찾아 천천히 내리기도 했다.

밤이 깊어지자 프로도는 주저앉아 양 무릎 사이에 머리를 파묻고 두 팔은 축 늘어뜨렸다. 힘없이 매달린 그의 양손에 미미한 경련이 일어났다. 사방이 칠흑같이 어두워질 때까지 샘은 프로도를 지켜보았다. 뭐라 할 말도 떠오르지 않았다. 샘은 혼자 깊은 생각에 잠겼다. 샘도 지치고 두려웠지만 그래도 아직 견딜 만한 힘이 남아 있었다. 렘바스가 큰 힘이 되어 준 것이다. 그것마저 없었다면 그들은 벌써 죽었을 것이다. 물론 그것이 식욕을 충족해 주진 못했다. 이따금 샘은 평범한 빵과 고기 생각이 간절했다. 그러나 이 요정들의 여행식은 여행자들이 다른 음식을 먹지 않고 그것만으로 지탱해 나갈 때 효과가 더 컸다. 즉 의지력과 인내심을 강화시키고 근육과 뼈에 인간의 한계를 뛰어넘는 힘을 불어넣어 주는 것이다. 그러나 이 순간 그들은 새로운 결정을 내려야만 했다. 그들은 이 길을 더 이상 따라갈 수 없었다. 길은 동쪽으로 이어져 어둠 속으로 들어갔지만 운명의 산은 그들 오른편, 즉 거의 정남쪽에서 어렴풋이 모습을 드러내고 있었다. 그들은 그쪽으로 가야 하는 것이다. 하지만 아직 그 산 앞에는 연기가 피어오르고 황량하며 재에 뒤덮인 넓은 땅이 펼쳐져 있었다.

"물! 물!"

샘이 중얼거렸다. 그동안 샘은 스스로 물 마시길 극도로 자제해 왔다. 이제는 바싹 말라 버린 입안의 혀가 부어서 굳어 버린 것 같았다. 그러나 그의 자제에도 불구하고, 갈 길이 며칠 더 남아 있는 지금 물통의 물은 절반밖에 남아 있지 않았다. 그래도 위험을 무릅쓰고 오르크들의 길로 오지 않았더라면 오래전에 물은 바닥이 나 버렸을 것이다. 물을 구할 수 없는 지역인지라 급히 군대를 이동시켜야

할 경우에 대비해 노상에 긴 간격을 두고 물탱크를 비치해 두었던
것이다. 샘은 그중 한 물탱크에서 물을 찾아냈다. 오르크가 흙탕물
로 만들어놓은 물은 탁한 색깔로 썩어 가고 있었지만 그들 처지에
선 그것조차 감지덕지했다. 하지만 그것도 하루 전의 일이었고, 앞
으론 그런 희망도 전혀 없었다.

이런 근심을 하다가 지쳐서 샘은 졸기 시작했다. 내일 일은 내일
일이고, 지금 할 수 있는 일이라곤 아무것도 없었다. 꿈을 꾸다 불안
하게 깨어나곤 했다. 그는 히죽거리며 웃는 눈빛 같은 것을 보았고
기어오는 검은 형체를 보았다. 들짐승이 울부짖는 소리 같기도 하고
고문받는 생물이 지르는 듯한 끔찍한 소리도 들었다. 샘이 깜짝 놀
라 깨어 보면, 사방은 짙은 어둠에 잠겨 있고 주위에는 텅 빈 어둠뿐
이었다. 딱 한 번, 그가 일어나 주위를 사납게 두리번거렸을 때, 눈빛
같은 흐릿한 빛을 여전히 볼 수 있었다. 그건 잠에서 깬 뒤 본 것이
틀림없었다. 그러나 그 빛은 깜박거리다가 이내 사라지고 말았다.

그 지긋지긋한 밤은 내키지 않는 듯이 천천히 지나갔다. 이어서
아침 빛이 들기는 했지만 여전히 어둡고 침침했다. 운명의 산이 가까
워지자 공기가 매우 탁했을 뿐 아니라 암흑의 탑에서 사우론이 만
들어 낸 어둠의 장막이 점점 짙게 퍼져 나갔다. 프로도는 꼼짝도 않
고 누워 있었다. 샘은 그 곁에 섰지만 말을 하고 싶지 않았다. 물론
무슨 말을 해야 할지는 알고 있었다. 프로도가 다시 노력을 할 수 있
게 그의 의지를 부추겨야 했다. 한참 후 샘은 몸을 굽혀 프로도의 이
마를 어루만지며 귀에 대고 말했다.

"프로도 씨, 일어나세요. 떠날 시간이에요."

마치 갑작스러운 벨 소리에 놀라 깬 듯이 프로도는 벌떡 일어서
서 저 멀리 남쪽을 바라보았다. 운명의 산과 황무지를 보자 그는 다
시 겁에 질린 것 같았다.

"견딜 수가 없어, 샘. 말할 수 없이 무거워. 정말 너무 무거워."

샘은 그런 소릴 해 봤자 소용이 없고 오히려 해가 될 거라는 사실을 알고 있었지만, 프로도가 가엾어서 가만히 있을 수가 없었다.

"그럼 제가 대신 가지고 갈게요, 프로도 씨. 정말 기꺼이 그러고 싶어요. 제게 힘이 남아 있는 한."

그러자 갑자기 프로도의 눈에 광기가 번득였다.

"저리 비켜! 내게 손대지 마! 이건 내 거야! 저리 꺼져!"

그는 그렇게 외치며 칼자루에 손을 댔다. 그러나 곧 목소리가 변하더니 애처롭게 말했다.

"아니야, 그게 아니야, 샘. 자넨 이해해야 돼. 이건 내가 맡아야 할 짐이야. 나 아니면 누구도 질 수 없어. 그리고 이젠 너무 늦었고. 샘, 이 문제에서는 날 도와줄 수 없어. 난 지금 반지의 힘에 거의 사로잡혔어. 이젠 포기할 수 없어. 자네가 이 반지를 가져가려고 하면 난 미쳐 버리고 말 거야."

샘은 고개를 끄덕이며 말했다.

"알겠어요. 하지만 프로도 씨, 가만 생각해 보니 필요 없는 짐들이 있어요. 조금이라도 짐을 줄여야겠어요. 이제부턴 저곳으로 곧장 갈 테니, 필요하지 않은 것들을 가지고 있어 봤자 무슨 소용이 있겠어요?"

이렇게 말하며 샘은 운명의 산을 가리켰다. 프로도도 그쪽을 바라보았다.

"그래, 자네 말이 맞아. 그 길에서 필요한 것은 거의 없어. 그 끝에 가면 아무것도 필요 없겠지."

프로도는 오르크의 방패를 집어던지고 투구도 벗어 버렸다. 그러고는 회색 망토를 벗고 단검이 꽂힌 무거운 허리띠도 풀어 바닥에 내팽개쳤다. 누더기가 다 된 검은 옷마저 찢어 버리고는 소리쳤다.

"자, 이제 난 오르크가 아니야. 정당한 것이든 아니든 무기는 갖지 않겠어. 그놈들이 잡아가겠다면 그러라지 뭐."

샘도 프로도처럼 오르크의 물건들을 벗어 던지고는 자루에 든 물건도 모두 꺼냈다. 지금까지 힘들게 이토록 멀리 끌고 다녔던 만큼, 하나하나가 그에게는 소중한 것이었다. 가장 아까운 것은 조리 기구들이었다. 버릴 생각을 하니 눈물이 핑 돌았다.

"프로도 씨, 그 토끼 고기 생각나세요? 우리가 파라미르 대장의 땅에서 따스한 강둑 아래 앉아 있던 곳은요? 그날 제가 올리폰트를 봤지요."

"아니, 잘 생각이 나질 않아, 샘. 그런 일이 있었다는 건 알겠는데 자세하게 기억하진 못하겠어. 음식의 맛, 물의 감촉, 바람 소리, 나무, 풀, 꽃, 달과 별, 이런 것들이 전혀 기억나질 않아. 샘, 지금 난 벌거벗은 채 어둠 속에 있어. 나와 불꽃 바퀴 사이에 있던 가리개도 완전히 걷혀 버렸어. 이제는 맨정신으로 눈을 뜨고 있어도 그것이 보이기 시작해. 다른 것들은 모조리 사라져 버렸어."

샘은 그에게로 가서 손에 입을 맞췄다.

"그럼 그걸 빨리 없앨수록 더 빨리 쉴 수 있어요."

하지만 그 밖에 어떤 위로의 말도 떠오르지 않았다.

'말을 해 봤자 아무 도움도 안 돼.'

샘은 아무렇게나 던져 놓았던 물건들을 다시 주워 모으며 이렇게 중얼거렸다. 그로서는 아무나 볼 수 있게 물건들을 황야에 방치해 놓고 싶지 않았다.

'그 냄새나는 놈이 오르크 갑옷을 주운 모양이지. 하지만 칼까지 줍게 하진 않겠어. 그놈은 빈손일 때도 위험한 놈이니까. 내 프라이팬을 더럽히게 하지도 않겠어.'

이렇게 생각하며 샘은 그 땅에 입을 벌리고 있는 수많은 틈새 중 하나에 물건들을 끌고 가서 모두 던져 넣었다. 자신이 소중하게 간직해 온 조리 기구가 어둠 속으로 떨어지는 소리는 마치 죽음의 조종처럼 슬프게 들려왔다.

그는 다시 프로도에게 갔고, 허리띠로 쓰려고 요정의 밧줄을 조금 잘라 회색 망토를 입힌 후 꼭 묶어 주었다. 남은 밧줄은 다시 잘 감아 자루에 넣은 다음 남은 여행식과 물통을 챙겼다. 스팅은 허리띠에 그대로 매달려 있었고, 가슴팍의 윗옷 주머니엔 갈라드리엘의 유리병과 그녀가 준 작은 상자가 숨겨져 있었다.

마침내 그들은 운명의 산을 똑바로 바라보며 출발했다. 이제는 몸을 숨기겠다는 생각조차 하지 않고, 피로감과 약해지는 의지를 오로지 앞으로 나아가야 한다는 한 가지 일에 쏟았다. 경계가 삼엄한 곳이지만 을씨년스러운 날에 사방이 어둑했기에 아주 가까이서가 아니면 그들을 발견할 수 없었다. 암흑군주가 거느리는 종복 중에서 오로지 나즈굴만이, 작지만 꺾일 줄 모르는 의지로 그가 지키는 영역의 심장부를 파고드는 치명적 위험을 알릴 수 있었을 것이다. 그러나 마침 나즈굴과 그들의 검은 날개들은 다른 용무로 출동해 있었다. 그들은 모르도르 외곽에 모여서 서부 지휘관들의 행군을 미행하고 있었고, 암흑의 탑도 그쪽으로 관심을 쏟고 있었다.

그날 프로도는 새로 힘을 조금 얻은 것 같아 보였다. 그의 짐이 다소 가벼워지긴 했지만 사실 그 이상으로 힘이 나는 것 같았다. 처음에 그들은 그의 예상보다 더 멀리, 더 빨리 걸었다. 땅은 무척 험하고 걷기 어려웠지만 그들이 상당한 진척을 이뤘기에 운명의 산은 점점 더 가까워졌다. 하지만 날이 저물고 흐릿한 빛마저 너무나 빨리 자취를 감추기 시작하자 프로도는 다시 축 늘어져 비틀거리기 시작했다. 그날 새로운 노력을 기울인 탓에 남아 있던 힘을 다 써 버린 것 같았다.

마지막 휴식 때 프로도는 앉아서 말했다.

"목이 말라, 샘."

그러고는 더 이상 말이 없었다. 샘은 그에게 한 모금의 물을 주었다. 이제 한 모금의 물만 남아 있었다. 샘은 한 방울의 물도 마시지 않았다. 이제 다시금 모르도르의 밤이 그들을 에워싸면서, 온갖 생각 중 물에 대한 기억이 떠올랐다. 그가 본 적이 있는 온갖 시냇물과 개천, 샘이 떠올랐다. 푸른 버드나무 그늘 아래로 흐르던 물이나 햇빛을 받아 반짝거리던 시냇물이 감은 두 눈 뒤에서 춤추고 잔물결을 일으키며 그를 고문했다. 초막골네 졸리, 톰, 닙스 형제와 그들의 누이 로지와 함께 강변마을의 연못에서 수영할 때 발끝에 느껴지던 차가운 진흙의 감촉이 다시 생생하게 되살아났다. 샘은 한숨을 지었다.

'하지만 오래전 일이야. 더구나 거긴 너무 먼 곳이고. 돌아가는 길이 있다 해도, 저 산을 통과해야만 하는 거야.'

샘은 잠이 오지 않아 혼자 토론이라도 하듯 중얼거렸다. 그는 씩씩하게 말했다.

'이봐, 우린 예상보다 잘 해냈어. 어쨌든 시작이 좋았어. 우리가 멈추기 전에 그 먼 길을 절반은 온 것 같거든. 이제 하루만 더 버티면 해낼 수 있어.'

그러고 나서 멈추자 자신의 목소리가 대답했다.

'바보 같은 소리, 감지네 샘. 프로도 씨가 몸을 움직일 수 있다고 해도 하루를 더 그렇게 걸을 순 없어. 그리고 너도 그렇지. 남은 물과 대부분의 음식을 다 드리고 네가 오래 버틸 것 같아?'

'그래도 나는 꽤 걸어갈 수 있어. 갈 거야.'

'어디로?'

'그야 물론 운명의 산이지.'

'그다음엔 어떻게 할 거야, 감지네 샘? 그다음엔 말이야. 목적지에 도착하면 뭘 어떻게 할 건데 그래? 프로도 씨 혼자서는 아무 일도 못 하실 텐데 말이야.'

샘은 이 질문에 대답할 말이 없다는 것을 깨닫고 매우 당혹스러웠다. 사실 그는 명확히 알고 있지 못했다. 프로도가 자신의 임무에 대해 자세하게 말해 준 적이 없었기 때문에 샘은 막연히 반지를 어떻게든 불 속에 던져 넣어야 한다는 것만 알고 있었다. 그는 오래된 그 이름이 떠올라 중얼거렸다.

'운명의 틈이라! 글쎄, 프로도 씨가 그곳을 찾아낼 수 있을지 모르겠어.'

'그것 봐, 전부 헛된 일이야. 프로도 씨도 그렇게 말했잖아. 넌 공연히 이리저리 뛰어다니면서 힘만 들이는 바보란 말이야. 네가 그렇게 고집만 부리지 않았더라면 벌써 며칠 전에 함께 드러누워서 잘 수 있었을 텐데. 하지만 어찌 됐든 넌 죽게 될 거야. 아니면 더 비참한 꼴이 되든가. 이제라도 그대로 드러누워서 다 포기하는 편이 나을걸. 어쨌든 정상에는 절대로 이르지 못할 테니까.'

'나는 가고 말 거야. 내 뼈다귀만 빼고 나머지를 다 버리는 한이 있더라도 말이야. 내 등과 심장이 박살 나는 한이 있더라도, 프로도 씨를 업고라도 갈 거야. 그러니 말싸움은 그만두자고!'

바로 그 순간 샘은 땅속에서 어떤 미진을 느꼈다. 그리고 땅속에 가둔 천둥이 울리듯이 멀리서 깊은 울림이 들려오는 듯했다. 구름 밑에서 빨간 불길이 잠깐 깜박이다가 이내 사라졌다. 운명의 산도 편치 않은 잠에 빠진 것이다.

오로드루인으로 향하는 원정의 마지막 단계가 시작되었다. 그런데 그것은 샘이 견딜 수 있으리라고 예상했던 것보다 훨씬 가혹한 고문이었다. 그는 온몸이 아팠고, 입이 너무 말라 한 입의 음식도 넘길 수가 없었다. 사방은 여전히 암흑에 잠겨 있었다. 산의 연기 때문만은 아니었다. 폭풍이 밀려오는 것 같았고, 멀리 남동쪽으로 검은 하늘 아래 번갯불이 가물거렸다. 무엇보다 견디기 힘든 것은 사방에 퍼져 있는 독한 연기였다. 숨 쉬기가 힘들고 고통스러웠다. 현기증이 나서 그들은 비틀거리며 쓰러지기도 했다. 하지만 그들의 의지는 꺾이지 않았기에 몸부림치며 계속 전진했다.

운명의 산은 점점 가까이 다가오다가 마침내 그들이 무거운 머리를 들었을 때 방대하게 드러난 산세가 그들의 시야를 완전히 메웠다. 엄청난 양의 재와 화산암 그리고 불탄 바위들이 깔려 있고, 그 가운데에 가파른 화산추가 구름을 뚫고 솟아올라 있었다. 어스름한 낮 시간이 지나고 다시 칠흑처럼 캄캄한 밤이 오기 전에 그들은 엉금엉금 기고 넘어져 가면서 산기슭에 이르렀다.

프로도는 헐떡거리며 땅바닥에 드러누웠다. 샘은 그 곁에 앉았다. 놀랍게도 샘은 약간의 피로만 느낄 뿐 머리는 다시 맑아지는 것 같았다. 더 이상 마음속의 토론으로 마음이 심란해지지도 않았다. 비관적인 주장을 모르는 바 아니었지만 그런 것에는 이제 귀를 기울이지 않기로 했다. 의지가 확고해졌으므로, 그 의지를 꺾을 것은 죽음밖에 없었다. 이제는 자고 싶은 욕망도 없었고, 잘 필요도 없었다. 오히려 경계심만 가중되었다. 온갖 위험이 이제 정점을 향해 집중되고 있다는 것을 샘은 알았다. 바로 내일이 운명의 날이 될 것이다. 최후의 노력을 바치는 날 혹은 재앙의 날, 마지막으로 숨 막히는 날이 될 것이다.

하지만 그 순간은 언제 올 것인가? 밤은 한도 끝도 없이 지속되는 것 같았다. 1분 1분이 뚝뚝 떨어져 나가서 흐르는 시간에 아무것도 보태지 못하고 아무런 변화도 가져오지 못할 것만 같았다. 두 번째 어둠이 시작되어서 낮이 다시는 돌아오지 못하는 것이 아닌지 궁금해지기 시작했다. 샘은 프로도의 손을 더듬었다. 싸늘하게 떨고 있었다. 프로도의 온몸이 떨리고 있었다. 샘은 중얼거렸다.

"담요를 버리지 않았어야 했는데."

그는 드러누워 자신의 몸으로 프로도를 감싸듯 부드럽게 안았다.

그러다 그도 잠이 들었다. 나란히 잠든 그들에게 원정의 마지막 날이 어둑한 빛으로 찾아들었다. 바람은 전날 서풍으로 바뀌기 전에 잦아들었는데, 이제는 북쪽에서 일기 시작했다. 보이지 않는 햇빛이 호빗들이 누워 있는 어둠 속으로 서서히 스며들었다.

"자, 그날이야! 마지막으로 헐떡거릴 그날이 온 거야!"

샘은 이렇게 소리치며 억지로 몸을 일으켰다. 그가 몸을 숙여 프로도를 조용히 깨우자 프로도는 신음 소리를 냈다. 프로도는 의지를 짜내어 비틀거리며 일어섰지만 다시 무릎을 꿇으며 쓰러지고 말았다. 그리고 간신히 두 눈을 들어 높이 솟은 운명의 산의 검은 비탈을 쳐다보고 측은하게도 두 손을 대고 기기 시작했다.

이를 본 샘은 가슴속에서 눈물을 흘렸지만 말라 버려 따끔거리는 그의 두 눈에서는 아무것도 흘러내리지 않았다. 샘은 중얼거렸다. '내 등이 부러지는 한이 있더라도 프로도 씨를 모시고 가겠다고 말했지. 그렇게 하겠어.' 샘은 외쳤다.

"자, 프로도 씨! 제가 대신 그 반지를 갖고 갈 수는 없지만, 당신과 반지를 함께 지고 갈 수는 있어요. 일어나세요! 자, 제 등에 업히세요. 어디로 가야 하는지만 일러 주세요."

프로도를 등에 업고 두 팔을 자기 목 옆으로 축 늘어뜨린 채 두 다리를 자기 겨드랑이 아래서 꽉 잡고 나서 샘은 비틀거리며 일어섰다. 그런데 놀랍게도 무게는 가볍게 느껴졌다. 사실 샘은 프로도만이라도 업을 힘이 있을지 걱정이었다. 그러면서도 한편으로는 그 저주받은 반지의 질질 끌어당기는 그 엄청난 무게를 자신이 나눌 수 있기를 바랐다. 그러나 그런 걱정과는 달리 예상 밖의 무게였다. 프로도가 칼에 찔리고 독침에 찔리며 오랜 고통에 시달렸을 뿐 아니라 슬픔과 공포와 객지에서의 오랜 방랑에 너무 쇠약해진 것인지, 아니면 샘 자신에게 누군가 마지막 기운을 선사한 것인지는 알 수 없지만,

어쨌든 샘은 고향 땅 샤이어의 풀밭이나 건초 들판에서 호빗 꼬마를 등에 업고 장난치며 뛰어놀 때처럼 어렵지 않게 프로도를 업을 수 있었다. 샘은 심호흡을 한 번 하고 출발했다.

그들은 북쪽 산기슭에 도착했다. 약간 서쪽으로 긴 회색 비탈길이 있었는데 더러 끊기긴 했지만 그리 가파르진 않았다. 프로도는 아무 말도 없었다. 샘은 기력이 다하고 의지마저 꺾이기 전에 어서 빨리 높이 올라가야 한다는 일념으로, 있는 힘을 다해 걸어 올라갔다. 경사가 심한 곳을 피해 이리저리 돌아가기도 하고 가끔씩 비틀거리기도 하면서 쉬지 않고 올라갔다. 그러다 결국은 등에 무거운 짐을 진 달팽이처럼 기기 시작했다. 결국 팔다리가 말을 듣지 않아 더 이상 갈 수 없게 된 샘은 업고 있던 프로도를 가만히 내려놓았다.

프로도는 눈을 뜨고 숨을 들이쉬었다. 산 아래쪽에 퍼져 있던 독한 연기에서 벗어나자 숨 쉬기가 훨씬 수월했던 것이다. 쉰 목소리로 프로도는 말했다.

"고마워, 샘. 얼마나 더 가야 하지?"

"모르겠어요. 우리가 어디로 가는 건지 전 모르니까요."

샘은 뒤를 돌아보고 나서 다시 위를 올려다보았다. 자신의 노력으로 상당히 높이 올라왔다는 것을 알고는 꽤 놀랐다. 불길하게 우뚝 선 운명의 산은 밑에서 올려다보았을 때는 무척 높아 보였는데, 여기까지 와서 보니 프로도와 함께 올랐던 에펠 두아스의 높은 고개보다 낮은 듯했다. 그 방대한 기저의 산허리는 엉망으로 무너져 내렸지만 평지에서 약 1000미터 높이로 솟아 있었고, 그 위에 그 절반 정도의 높이로 중앙 화산추가 솟아올라 마치 거대한 가마나 굴뚝에 들쭉날쭉한 분화구가 얹어진 모양새였다. 샘은 이미 산 기저부의 절반 이상을 올라온 셈이었다. 저 아래 고르고로스평원은 연기와 어둠에 뒤덮여 거의 보이지 않았다. 위를 올려다보니 목구멍이 다 말라 버렸기에 망정이지 하마터면 탄성을 지를 뻔했다. 머리 위로 부서진 바위 언덕과 능선 사이에 오솔길인지 도로인지 몰라도 길이 분명히 있었던 것이다. 그 길은 서쪽에서 올라오는 허리띠처럼 점점 높아졌고 뱀처럼 산을 감돌아 동쪽 편에서 화산추의 기슭에 닿은 후 돌아가면서 보이지 않았다.

샘의 머리 위에서는 그 길이 보이지 않았다. 그곳이 가장 낮은 부분이었지만, 샘이 서 있는 곳에서부터 비탈의 경사가 심해졌기 때문이었다. 하지만 몹시 애를 써서 조금만 더 올라가면 그 길로 들어설 수 있으리라고 짐작했다. 한 줄기 희망이 다시 솟았다. 그들은 이제 산을 정복할 수 있으리라. 샘은 혼자 중얼거렸다.

"그래, 길이 있는 것도 다 무슨 목적이 있어서겠지. 만일 저 길이 없었다면 내가 결국 패했다고 말할 수밖에."

그 길이 샘을 위해 만들어진 것은 물론 아니었다. 샘은 알지 못했지만, 그가 본 것은 바랏두르에서 삼마스 나우르, 즉 불의 방까지 이어진 사우론의 길이었다. 암흑의 탑의 거대한 서문에서 시작된 그 길은 큰 쇠다리를 통해 깊은 구렁을 넘고, 평원에 들어와서는 연기를 피우는 두 수렁 사이를 5킬로미터쯤 지나, 드디어 운명의 산 동쪽으로 이어진 길고 비탈진 둑길에 이르렀다. 거기서부터 넓은 산을 둘러싸고 남쪽에서 북쪽으로 휘감아 돌며 오르는 그 길은, 연기를 뿜어내는 꼭대기까지는 여전히 멀리 떨어져 있지만 화산추의 상단 부분에 있는 어두운 입구로 이어졌다. 그 입구에서 동쪽을 보면 암흑에 둘러싸인 사우론 요새의 눈의 창이 일직선으로 보였다. 산의 용광로가 요동치면 길은 종종 막히기도 하고 파괴되기도 했지만 그때마다 수많은 오르크가 동원되어 복구되고 치워졌다.

샘은 깊이 숨을 들이쉬었다. 길은 있는데 어떻게 비탈을 올라 그곳에 가야 할지 알 수 없었다. 우선 쑤시는 등을 풀어야만 했다. 그는 프로도 곁에 잠시 드러누웠다. 둘 다 아무 말도 하지 않았다. 빛이 서서히 밝아 왔다. 갑자기 샘은 알 수 없는 긴박감을 느꼈다. 누군가 자신을 부른 것 같았다.

'지금이다! 지금이야. 그러지 않으면 너무 늦어!'

샘은 마음을 다잡고 일어섰다. 프로도 역시 그런 외침을 들은 듯 무릎을 대고 일어서려고 애썼다. 그는 숨찬 목소리로 말했다.

"기어서 가겠어, 샘."

그들은 마치 작은 회색 곤충처럼 한발 한발 기어서 비탈을 올라갔다. 마침내 길을 찾았다. 깨진 돌조각과 재로 다져진 넓은 길이었다. 프로도는 기어서 그 길까지 올라가서는, 마치 어떤 충동에 의해 움직이는 듯이 천천히 몸을 돌려 동쪽을 바라보았다. 저 멀리 사우론의 그림자가 드리워져 있었다. 그런데 바깥 세계에서 불어온 돌풍에 찢겼는지, 아니면 내부의 큰 불안으로 말미암아 동요한 탓인지, 어둠을 덮은 구름이 소용돌이를 치더니 잠시 흩어졌다. 바로 그 순간 프로도는 바랏두르의 무자비한 첨탑들과 가장 높은 탑의 철관이 그 주위의 광막한 어둠보다 더 어둡고 더 시커멓게 솟아오르는 것을 보았다. 한순간 그것은 그저 응시하기만 했다. 그러나 측정할 수 없이 높은 거대한 창문에서 찌르듯이 붉은 불꽃, 꿰뚫어 보는 눈의 깜박이는 빛을 북쪽으로 쏘아 댔다. 그러고 나서 어둠이 다시 펼쳐지면서 무시무시한 환영은 사라졌다. 그 눈은 그들을 향하지 않았다. 그것은 서쪽의 지휘관들이 막다른 골목에 몰려 있는 북쪽을 바라보고 있었고, 암흑의 힘이 치명적인 공격을 가하기 위해 이동하자 그 눈의 온갖 악의도 그쪽으로 쏠리고 있었다. 하지만 프로도는 그 끔찍한 시선에 치명적인 상처를 입은 듯 쓰러졌다. 그는 손으로 목을 더듬어 줄을 찾았다.

샘은 그의 옆에 무릎을 꿇었다. 프로도는 들릴락 말락 하게 속삭였다.

"도와줘, 샘! 도와줘, 샘! 내 손을 잡아 줘! 막을 수가 없어."

샘은 프로도의 두 손을 손바닥이 맞붙게 모아 잡고 입을 맞추고 나서 자신의 손으로 감싸 쥐었다. 그때 갑자기 어떤 생각이 떠올랐다. 샘은 중얼거렸다.

'그가 우릴 발견했어! 이제 끝장이야. 아니 곧 끝장나겠지. 이봐, 감지네 샘, 이젠 정말 끝 중에서도 끝인 모양이야.'

샘은 프로도를 다시 업고 자기 가슴 쪽으로 그의 손을 끌어당겨 잡았다. 그러자 프로도의 두 다리는 허공에 매달려 달랑거렸다. 그런 다음에 샘은 고개를 숙이고 전력을 다해 오르막길을 따라갔다. 길은 처음에 보기보다 쉽지 않았다. 다행히도 키리스 웅골에서 본 큰 요동으로 쏟아져 나온 불길이 흘러내린 곳은 주로 남쪽과 서쪽 비탈일 뿐 이쪽 길은 막히지 않았다. 하지만 곳곳에 길이 허물어졌거나 가로로 갈라진 틈이 있었다. 얼마간 동쪽으로 오르던 길은 갑자기 예각으로 꺾여서 한동안 서쪽을 향했다. 길이 꺾인 부분은 오래전 산의 분화구가 토해 낸 암석이 풍화되어 깊이 깎인 옛 암반이었다. 무거운 짐에 짓눌려 숨을 헐떡이면서 샘은 그 길을 돌았다. 바로 그때 그는 무언가 울퉁불퉁한 바위에서 떨어져 나가는 것을 곁눈으로 흘깃 보았다. 그가 지나가면서 넘어뜨린 검은 돌멩이 같았다.

갑자기 무거운 물체가 그를 강타하는 바람에 그는 앞으로 고꾸라졌다. 아직 프로도의 손을 꼭 잡고 있던 샘의 손등이 찢겼다. 머리 위에서 증오로 가득 찬 소리가 들려왔다. 그제야 그는 무슨 일이 일어난 것인지 알아차렸다.

"나쁜 주인! 우릴 속였어! 스메아골을 속였어, 골룸. 그 길로 가면 안 돼! 그 보물에 해를 입히면 안 돼! 스메아골한테 내놔! 우리에게 줘! 내놓으란 말이야!"

간신히 몸을 일으킨 샘은 즉시 칼을 뽑았다. 그러나 그는 아무것도 할 수 없었다. 골룸과 프로도가 한데 엉겨 붙어 있었던 것이다.

골룸은 프로도를 마구 할퀴며 반지와 줄을 낚아채려고 안간힘을 쓰고 있었다. 완력으로 보물을 빼앗아 가려는 이 공격이 프로도의 내면에서 꺼져 가던 의지의 불씨에 불을 붙인 게 틀림없었다. 프로도가 갑자기 격분하며 대항했던 것이다. 골룸은 물론이고 샘조차 놀랄 정도였다. 골룸이 변하지 않고 예전 그대로였다면 싸움의 결과는 달라졌을 것이다. 그러나 강렬한 욕망과 무서운 공포에 내몰린 골룸은, 갈증과 배고픔 그리고 고독에 시달리면서 걸어온 험난한 길 때문에 가혹한 변화를 감수해야만 했다. 그는 뼈와 가죽만 남은 형편없는 말라깽이가 되어 있었다. 그의 두 눈에는 맹렬한 분노의 불길이 타올랐다. 그러나 그에게 남은 힘은 적에 대한 적의에 미치지 못했다. 프로도는 그를 내동댕이치고 나서 몸을 부르르 떨면서 일어섰다.

"떨어져라! 떨어져!"

프로도는 가슴팍으로 손을 가져가 가죽 윗옷 아래 있는 반지를 움켜쥐고 외쳤다.

"떨어져라! 이 비열한 놈! 썩 꺼져 버려! 넌 끝장이야. 더 이상은 날 속이거나 죽일 수 없어!"

그때 갑자기 샘은, 전에 에뮌 무일의 처마 밑에서 그랬듯이, 이 두 적수가 다른 환영으로 보였다. 몸을 웅크리고 있는 한 형체는 생명체의 그림자에 지나지 않았고, 완전히 망가지고 패배하긴 했지만 여전히 사악한 욕망과 분노로 가득 차 있었다. 그 앞에 선 흰옷을 입은 형체는 지금 동정심이라곤 찾아볼 수 없이 잔인한 표정을 짓고 있었는데 그 가슴팍에서 불의 바퀴를 쥐고 있었다. 그 불에서 명령하는 목소리가 울려 퍼졌다.

"썩 꺼져! 날 더 이상 괴롭히지 마라! 다시 날 건드린다면 너는 스스로 운명의 불 속에 던져질 것이다!"

그러자 웅크리고 있던 형체는 깜박이는 두 눈에 공포가 어린 채 물러났지만 동시에 눈에는 채울 수 없는 욕망이 이글거렸다.

다음 순간에 환영이 사라지고 프로도가 보였다. 가슴에 손을 얹은 채 그는 가쁜 숨을 몰아쉬고 있었고, 그 발치에서 골룸이 무릎을 꿇고 양 손바닥을 펼쳐 땅바닥에 대고 있었다.

"조심하세요! 덤벼들지도 몰라요."

샘이 소리치고 칼을 휘두르며 걸어갔다. 그는 다시 외쳤다.

"빨리요, 프로도 씨! 가세요! 가요! 시간이 없어요. 이놈은 제가 맡을 테니 어서 가세요!"

프로도는 멀찍이 선 사람을 바라보듯 샘을 바라보며 말했다.

"그래, 가야겠어. 샘, 안녕! 이제 마침내 끝이군. 운명의 산에 종말이 올 거야. 안녕!"

이 말을 남기고 프로도는 돌아서서, 느린 걸음이지만 몸을 꼿꼿하게 세우고 오르막길을 따라갔다.

"자, 드디어 네놈을 처치할 수 있게 되었군!"

샘은 소리치며 칼을 뽑아 싸울 준비를 하고 앞으로 껑충 뛰어올랐다. 그러나 골룸은 덤벼들지 않았다. 골룸은 바닥에 픽 쓰러지며 우는소리로 말했다.

"우릴 죽이지 마. 비정한 칼로 우릴 베선 안 돼. 제발 살려 줘. 조금만 더 살아 있게 해 줘. 항복이야. 우리가 졌어. 보물이 가 버리면 우리도 죽고 말아. 죽어서 먼지가 될 거야."

그는 앙상한 긴 손가락으로 길의 재를 움켜쥐며 쉿쉿 소리를 냈다.

"먼지!"

샘의 손이 머뭇거렸다. 그의 마음은 분노와 험악한 기억으로 끓어올랐다. 수천 번 죽여 마땅한 이 기만적인 살인마를 죽이는 것은 천번 만번 옳은 일일 터였다. 또 그렇게 해야만 안전할 것이다. 하지만 가슴 깊은 곳에서 무엇인가가 그를 억눌렀다. 몰락하여 몹시 비참하게 홀로 이 잿더미에 쓰러져 있는 놈을 향해 칼을 휘두를 수는 없는 일이었다. 샘도 잠시 동안이긴 했지만 절대반지를 갖고 있었다. 그래서 지금 그는 그 절대반지에 예속된 운명으로서 살아 있는 동안 다시는 평화와 안락을 누릴 수 없을 쇠락한 골룸의 영혼과 몸의 고뇌를 어렴풋이나마 짐작할 수 있었다. 하지만 자신의 감정을 표현할 적절한 말은 찾을 수 없었다.

"에이, 저주받은 놈! 구린내 나는 놈! 썩 꺼져 버려! 난 네놈을 발로 차 버릴 수 있을 때가 아니면 널 믿지 않아. 꺼지지 않으면 이 무자비한 칼로 네놈을 베어 버리겠어."

골룸은 두 팔 두 다리로 일어서서 몇 발짝 뒷걸음질 쳤다. 샘이 발길질을 하려 하자 그는 길 아래로 뛰어 달아났다. 샘은 그에게 더 이상 관심을 두지 않았다. 갑자기 프로도가 궁금해져 위쪽을 쳐다보았지만 모습이 보이지 않았다. 샘은 걸음을 재촉해 길을 따라 올라갔다. 만일 뒤를 돌아보았더라면 그리 멀지 않은 곳에서 돌아선 골룸이 뒤따라오고 있는 것을 알 수 있었을 것이다. 골룸은 두 눈에 거친 광기를 발산하며 잽싸게, 그러면서도 아주 신중하게 바위틈에 몸을 숨기며 살그머니 그를 뒤따라 산을 기어오르고 있었다.

길은 오래지 않아 다시 굽었다. 샘은 마지막으로 동쪽을 향해 원추형의 산세를 따라 깎아 놓은 좁은 길을 지나 산비탈에 자리한 검은 문에 이르렀다. 그것이 바로 삼마스 나우르의 문이었다. 이제 저 멀리서 남쪽을 향해 오르던 태양이 연기와 안개를 꿰뚫고 우중충하고 흐릿한 붉은 원반처럼 불길하게 타올랐다. 그러나 산 주위의 모르도르는 온통 죽은 대지처럼 고요히 어둠에 잠겨, 뭔가 무서운 일격을 기다리는 것 같았다.

샘은 벌어진 입구에 이르러 안을 들여다보았다. 내부는 칠흑같이 어두웠고 뜨거웠으며 우르르 울리는 요란한 소리가 공기를 뒤흔들고 있었다. 그는 소리쳐 불렀다.

"프로도! 프로도 씨!"

그러나 응답이 없었다. 잠시 서 있는 동안 미칠 듯한 공포로 심장이 두근거렸다. 샘은 뛰어들었다. 한 그림자가 그 뒤를 따랐다.

처음에는 아무것도 보이지 않았다. 그는 다급한 나머지 갈라드리엘의 유리병을 꺼냈는데, 그 병은 떨리는 그의 손에서 차갑고 흐릿하게 보였을 뿐 이 숨막힐 듯한 어둠 속에 빛을 밝히지 못했다. 그가 서 있는 이곳은 사우론의 영토에서 심장부에 해당되는 곳으로, 가운데땅에서 가장 강대한 그의 옛 권능으로 벼려 만든 대장간이었다. 그래서 다른 힘들은 여기서 기세를 펴지 못했다. 겁에 질린 샘은 어둠 속에서 몇 발짝 더듬거리며 나아갔다. 그런데 갑자기 한 줄기 붉은 섬광이 튀어 올라서 높고 검은 천장을 강타했다. 그제야 샘은 여기가 화산추 안으로 이어지는 긴 터널이거나 동굴 속이라는 것을 알게 되었다. 그런데 조금만 더 앞으로 가면 바닥과 양쪽 벽에 갈라진 큰 틈들이 있어서, 그곳에서 붉은 섬광이 솟아올랐다가 어둠 속으로 스러지곤 했다. 저 밑에서는 쉬지 않고 돌아가는 기계 소리 같은 요란한 굉음이 끊임없이 들려왔다.

또다시 빛줄기가 솟아올랐다. 그런데 저기, 바로 운명의 틈, 그 깊은 틈의 가장자리에 프로도가 서 있었다. 빛을 등지고 있어 검게 보이고 긴장하여 몸을 꼿꼿이 세우고 있었지만 그는 마치 돌로 변하기라도 한 듯이 꼼짝하지 않았다. 샘이 외쳤다.

"프로도 씨!"

그러자 프로도는 몸을 움직이며 또렷한 소리로 말했다. 그런데 그 목소리는 지금껏 샘이 그에게서 들어 본 적 없는 또렷하고 힘찬 목소리여서 운명의 산에서 터져 나오는 굉음을 압도하며 지붕과 벽에 울려 퍼졌다.

"내가 왔다. 하지만 내가 여기 와서 하려고 했던 바를 이제는 하지 않기로 선택한다. 나는 그 행위를 하지 않을 것이다. 반지는 내 것이다!"

이렇게 외치면서 반지를 손가락에 낀 순간 프로도는 샘의 눈앞에서 사라져 버렸다. 샘은 입을 딱 벌렸지만 소리칠 사이도 없이 순식간에 많은 일이 벌어졌다.

등 뒤에서 무언가 그를 후려치는 바람에 샘은 무릎을 꿇고 넘어지다가 머리를 바닥에 부딪치고 나동그라졌다. 검은 물체가 그를 덮친 것이었다. 샘은 꼼짝도 하지 못했다. 사방은 잠시 어둠에 잠겼다.

프로도가 바로 사우론 영토의 심장부인 삼마스 나우르에서 절대반지를 자기 것이라고 주장하며 손가락에 낀 순간, 저 멀리 바랏두르의 권능이 요동쳤다. 암흑의 탑은 그 토대에서부터 오만하고 무자비한 꼭대기에 이르기까지 뒤흔들렸다. 암흑군주는 갑자기 그의 존재를 의식하게 되었고, 모든 어둠을 꿰뚫는 그의 눈은 평원을 가로질러 자신이 만들었던 문을 보았다. 눈 깜박할 사이에 자신이 저지른 엄청난 실수가 명료하게 드러났고, 적들의 온갖 책략이 마침내 까발려졌다. 그러자 그의 분노가 맹렬한 불꽃으로 치밀어 올랐고, 한편으로는 두려움이 방대한 검은 연기처럼 솟아올라 질식할 것 같았다. 그는 지금 자신이 치명적인 위험에 처했으며, 자신의 운명이 위태로운 줄타기를 하고 있다는 사실을 깨달았던 것이다.

그의 마음은 자신의 온갖 술수, 공포와 기만의 덫, 온갖 책략과 전쟁에서 떨어져 나왔다. 그의 영토 전역에 미진이 일었고, 그의 노예들은 겁에 질렸고, 그의 군대는 멈춰 섰고, 그의 대장들은 갑자기 지휘자를 잃고 전의도 상실해서 머뭇거리고 절망했다. 자신들이 주인에게 잊혔기 때문이었다. 그들을 장악했던 권능은 이제 너무도 강력하게 운명의 산에 온 마음과 목적을 쏟았다. 그의 소환을 받은 반지악령, 나즈굴들이 하늘을 찢는 괴성을 지르면서 마지막 힘을 다해 필사적으로 바람보다 빨리 날았고 날개로 돌풍을 일으키며 운명의 산을 향해 남쪽으로 돌진했다.

샘은 일어섰다. 어질어질했고 머리에서 흘러내린 피가 두 눈으로 들어갔다. 더듬거리며 앞으로 나아가자 이상하고 끔찍한 광경이 눈에 들어왔다. 벼랑 끝에서 골룸이 보이지 않는 적과 미친 듯이 싸우고 있었다. 그는 이리저리 흔들리며, 벼랑 가까이에서 굴러떨어질 뻔하고, 뒤로 물러서고, 바닥에 쓰러지고, 일어나고, 다시 넘어졌다. 그러면서 내내 쉿쉿거리기만 할 뿐 말은 없었다.

아래쪽에서 불길이 분노로 깨어나 붉은빛이 눈부시게 빛났다. 동굴 전체에 환한 빛과 열기가 가득했다. 그 순간 갑자기 골룸이 긴 손을 입으로 끌어 올리는 것이 보였다. 하얀 어금니가 번득이는가 싶더니 무엇인가를 딱 물어뜯었다. 프로도의 비명 소리가 들렸다. 거기 벼랑 끝에서 무릎을 꿇고 쓰러진 프로도가 보였다. 골룸은 미친 듯 춤을 추며 반지를 치켜들었다. 그 반지에는 아직 손가락이 끼워져 있었다. 참으로 반지는 살아 있는 불로 만들어진 것인 양 이제 빛을 발했다.

"보물! 보물! 보물! 내 보물! 아, 내 보물!"

골룸이 외쳐 댔다. 이렇게 소리를 지르며 눈을 들어 자신의 포획물을 흡족해하며 바라보다가 그는 벼랑 쪽으로 너무 가까이 다가갔다. 벼랑 끝에서 넘어지고는 한순간 버둥대더니, 비명을 지르며 떨어졌다. 저 깊은 구렁에서 "보물!"이라는 그의 마지막 비명이 울려왔다. 그리고 그는 사라져 버렸다.

엄청난 진동과 굉음이 사방에서 터져 나왔다. 불길이 치솟아 천장에 닿았다. 쿵쿵 소리는 이제 거대한 폭음으로 변했고, 산 전체가 요동을 쳤다. 샘은 프로도에게 달려가 그를 안고 문밖으로 옮겼다. 모르도르평원보다 훨씬 높은 삼마스 나우르의 어두운 문턱에서 너무나 놀랍고 두려운 나머지 샘은 다른 것을 다 잊고 가만히 서서 돌로 변한 듯이 멍하니 응시했다.

그는 잠시 소용돌이치는 구름의 환영을 보았다. 그 구름 한가운데에 언덕만큼 높은 탑들과 흉벽들이 헤아릴 수 없이 깊은 구덩이 위에 강력한 산의 권좌를 자랑하며 세워졌다. 큰 궁정과 지하 토굴, 절벽처럼 깎아지른 창 없는 감옥, 그리고 강철과 금강석으로 만들어진 입 벌린 성문들이 보이는가 싶더니 이내 모든 것이 사라져 버렸다. 탑들이 무너져 내렸고 산들이 허물어졌다. 성벽이 부서지고 녹아내리며 붕괴했다. 엄청난 연기와 분출하는 증기가 소용돌이치며 위로, 위로 피어오르다가 마침내 위압적인 파도처럼 무너졌고, 그 거친 꼭대기가 둥글게 말리더니 땅 위에 거품을 쏟아 내며 흘렀다. 그러자 마침내 몇 킬로미터에 걸쳐서 전달된 쿠르릉 소리가 고막을 찢는 듯한 굉음으로 폭발했다. 땅이 흔들렸고, 평원은 들썩이다가 갈라졌고, 오로드루인이 휘청거렸다. 그 갈라진 산꼭대기에서 불을 토해 냈다. 하늘은 번개에 그을린 천둥을 터뜨렸다. 후려치는 채찍처럼 검은 비가 빗발치며 쏟아졌다. 구름을 가르고 온갖 다른 소리들을 찢어 놓는 비명을 지르며 나즈굴이 번개처럼 빠른 속도로 폭풍의 중심부로 날아들었다. 산과 하늘에서 불타오르는 폐허에 사로잡혔기에 반지악령들은 탁탁 소리를 내며 타올랐고, 불길에 오그라들었고, 그러고 나서 스러졌다.

"자, 이것이 끝이군, 감지네 샘."

옆에서 목소리가 들렸다. 프로도는 지칠 대로 지쳐서 창백했지만 다시 본래의 자신으로 돌아와 있었다. 긴장감도, 광기도, 두려움도 모두 사라지고 이제 그의 두 눈에는 평화가 깃들었다. 무거운 짐도 이제는 사라져 버렸다. 그는 고향 샤이어에서 즐겁게 지내던 때의 다정한 프로도였다.

"프로도 씨!"

샘은 소리치며 무릎을 꿇었다. 세상이 파멸에 처한 바로 그 순간 샘은 오로지 기쁨을, 큰 기쁨을 맛보았다. 짐은 사라졌다. 프로도 씨도 구출되었고 다시 자유로운 예전의 모습을 되찾았다. 그 순간 피를 흘리는 그의 손이 눈에 들어왔다.

"가엾은 손! 동여맬 것도 없고, 약도 없어요. 차라리 그놈한테 내 손을 전부 주는 건데. 하지만 그놈은 다시는 돌아올 수 없는 곳으로 영원히 가고 말았어요."

"그래. 그런데 간달프의 말을 기억하고 있나? 골룸도 할 일이 남아 있을지 모른다던 말 말이야. 샘, 그가 없었다면 난 그 반지를 파괴하지 못했을 거야. 그 쓰라린 최후의 순간까지 와서 우리의 원정이 수포로 돌아갈 뻔했어. 그러니 그를 용서하기로 하지. 원정은 성공했고 이제 모든 게 끝났으니까. 자네가 지금 나와 함께 있어서 얼마나 기쁜지 모르겠네, 샘. 모든 것이 다 끝난 이 순간에 말이야."

Chapter 4

코르말렌평원

언덕을 둘러싼 모르도르의 대군이 미친 듯이 날뛰고 있었다. 서부
군의 지휘관들은 밀려드는 파도에 침몰하고 있었다. 태양이 붉게 타
오르는 가운데 나즈굴의 날개 밑으로 죽음의 그림자가 어둡게 드리
워졌다. 아라고른은 오래전 일이나 멀리 떨어진 곳의 일에 대한 생
각에 잠긴 사람처럼 말없이 단호한 얼굴로 자신의 기치 아래 서 있
었다. 하지만 그의 눈은 밤이 깊어 갈수록 밝게 빛나는 별처럼 빛을
발했다. 언덕 위에 서 있는 간달프는 희고 싸늘하게 보였고 그의 몸
위에는 어두운 그림자가 내려앉지 못했다. 서부인들을 포위한 모르
도르군은 밀어닥치는 물결처럼 언덕을 향해 돌진해 왔고, 무기가
부딪치거나 깨지는 요란한 소리 사이로 고함을 지르는 목소리들이
파도처럼 포효했다.

그때 갑자기 어떤 환영이라도 본 듯 간달프가 몸을 움직였다. 그
는 고개를 돌려 어슴푸레한 빛이 감도는 청량한 북쪽 하늘을 바라
보았다. 그리고 두 손을 들어, 요란한 소음을 압도하는 쩌렁 울리는
목소리로 외쳤다.

"독수리들이 온다!"

그러자 그에 응답하는 목소리들이 소리쳤다.

"독수리들이 온다! 독수리들이 온다!"

모르도르군은 하늘을 올려다보며 대체 무슨 징후인지 몰라 어리
둥절했다.

북쪽의 모든 독수리들 중에서 가장 위대한 바람의 왕, 과이히르

와 그 형제 란드로발이 날아온 것이었다. 가운데땅의 생성 초기에 에워두른산맥의 범접하기 어려운 높은 봉우리에 둥지를 틀었던 늙은 소론도르의 가장 강력한 후계자들이었다. 그들 뒤로는 북쪽 산맥에서 온 그의 부하들이 신속하게 긴 대열을 이루며 밀려오는 바람을 타고 속력을 더해 날아오고 있었다. 그들은 공중에서 급강하해서 나즈굴을 향해 곧바로 날아갔다. 그들이 비행하면서 넓은 날개를 펄럭이자 돌풍이 이는 것 같았다.

그러나 나즈굴은 몸을 돌려 날아가 모르도르의 어둠 속으로 사라져 버렸다. 갑자기 암흑의 탑에서 들려온 무서운 소리를 들었던 것이다. 바로 그 순간 모르도르의 대군은 겁에 질려 후들후들 떨었다. 의혹이 와락 마음을 움켜잡았고, 웃음은 사라졌고, 손이 떨리고 팔다리에서 힘이 빠졌다. 그들에게 분노와 증오심을 불어넣어 조종해 온 권능이 흔들리자, 그들은 그 의지에서 풀려난 것이었다. 이제야 자신들이 상대하는 적들의 눈에서 치명적인 빛을 보게 된 모르도르의 졸개들은 공포에 질렸다.

그러자 서부군의 지휘관들은 암흑의 한가운데서 새로 솟아오른 희망으로 가슴이 부풀어 크게 외쳤다. 포위되었던 언덕에서 곤도르와 로한의 기사들, 북방의 두네다인, 그리고 주위에 몰려 있던 부대들이 전투적인 창병들을 앞세워 압박을 뚫으면서 동요하는 적들을 밀어붙였다. 그러나 간달프가 다시 한번 손을 들며 우렁찬 소리로 외쳤다.

"멈추라, 서부의 용사들이여! 멈춰 기다리라! 운명의 시간이다!"

그의 외침과 동시에 발밑의 대지가 흔들리기 시작했다. 산 위에 높이 솟은 암흑의 첨탑들 위로 거대한 어둠이 신속히 일어나 하늘로 솟아오르며 불빛을 깜박거렸다. 땅이 신음하며 마구 흔들렸다. 이빨탑들이 흔들리고 휘청거리더니 깨어져 부서져 내렸다. 위력적인 성벽이 허물어졌다. 암흑의 성문이 쓰러져 부서졌다. 그러자 멀리서 북소리 같기도 하고 포효하는 소리 같기도 한 파멸의 굉음이 길게 메아리치며 울려왔다. 처음엔 미약했던 그 소리는 점점 커지더니 구름에까지 이르렀다.

간달프가 외쳤다.

"사우론의 왕국은 이제 끝났다! 반지의 사자가 자신의 임무를 완수했다!"

지휘관들은 남쪽 모르도르를 바라보았다. 구름의 장막을 배경으로 어떤 거대한 그림자 형체가 시커멓게 솟아올랐고, 번개를 머리에 두른 그 불가해한 형체는 온 하늘을 덮어 버릴 것 같았다. 어마어마하게 방대한 그것은 세상 위에 우뚝 서서 그들에게 거대하고 위협적인 손을 뻗쳤다. 끔찍하긴 하지만 무력한 손이었다. 그것이 그들 위로 상체를 구부리려 했을 때 큰 바람이 그것을 낚아챘던 것이다. 그것은 바람에 불려 흩어졌고, 사라졌고, 그러고는 정적이 내려앉았다.

지휘관들이 숙였던 머리를 들어 다시 올려다보았을 때, 보라! 적은 달아나고 있었고, 모르도르의 군세는 이미 바람에 날리는 먼지처럼 흩어지고 있었다. 개미들이 우글거리는 굴을 지배하고 있던, 부풀어 오른 배에 알을 가득 품은 여왕이 갑자기 죽음을 당하면, 개미들 역시 의지도 목적도 없이 헤매다 힘없이 죽어 버리게 된다. 그처럼 사우론의 피조물, 주문에 걸렸던 오르크와 트롤, 짐승 들은 정신없이 이리저리 날뛰었다. 일부는 스스로 죽음으로 돌진했고, 어떤 놈들은 구덩이 속에 몸을 던졌으며, 또는 가망 없는 구멍이나 빛이 없는 음지에 숨으려고 울부짖으며 달아났다. 그러나 룬과 하라드인들, 동부인들과 남부인들은 자신들의 패배와 서부 지휘관들의 위풍과 영광을 보았다. 그들 중에서도 사악한 노역에 가장 오래 깊이 종사했고 서부인들을 뿌리 깊이 증오한 거만하고 대담한 자들은 이제 최후의 결전을 위해 대오를 정비하려고 애썼다. 그러나 대부분의 인간들은 사력을 다해 동쪽으로 도주하고 있었고, 일부는 무기를 던진 채 자비를 구걸했다.

이제 간달프는 전투와 지휘를 아라고른과 다른 영주들에게 맡기고 언덕 꼭대기에 올라 소리를 질렀다. 그러자 거대한 독수리, 바람의 왕 과이히르가 날아와 그의 앞에 앉았다. 간달프가 먼저 입을 열었다.

"내 친구 과이히르, 그대는 나를 두 번이나 태워 주었지. 세 번째가 모든 것을 보상해 줄 걸세. 물론 그대가 내킨다면 말이지. 내 옛 생명이 소진되었던 지락지길에서 그대가 구해 주었을 때보다 더 무겁지는 않을 걸세."

"당신 몸이 돌로 만들어졌다 해도 당신이 원하는 곳 어디든지 태워다 드릴 겁니다."

과이히르가 말했다.

"그렇다면 가세. 그대 동생과 가장 빠른 이를 하나만 더 데리고 가세! 우리는 지금 나즈굴의 날개를 능가하는, 바람보다 더 빠른 속도가 필요하니 말일세."

"지금은 북풍이 불고 있지만 우린 그보다 빨리 날아갈 수 있을 겁니다."

과이히르는 이렇게 대답한 후 간달프를 태우고 란드로발과 젊고 재빠른 메넬도르와 함께 남쪽으로 온 속력을 다해 날아갔다. 그들은 우둔과 고르고로스를 지나면서 파멸과 혼란에 빠진 저 밑의 대지를 보았다. 그들 앞에는 운명의 산이 불을 내뿜으며 타오르고 있었다.

"자네가 지금 나와 함께 있어서 얼마나 기쁜지 모르겠네, 샘. 모든 것이 다 끝난 이 순간에 말이야."

프로도가 말했다.

"네, 제가 함께 있어요."

샘은 프로도의 다친 손을 부드럽게 자기 가슴에 올려놓으며 말을 이었다.

"프로도 씨도 저와 함께 있고요. 이제 긴 여행이 끝났네요. 그런데 그 험난한 길을 걸어온 후에도 아직은 포기하고 싶지 않아요. 그건 왠지 저답지 않은 것 같아요. 이해하시겠지요."

"그래, 그럴 거야. 그렇지만 세상일이란 게 다 그렇지. 희망이 사라지고 종말이 오는 거야. 우리는 이제 기다릴 시간도 얼마 남지 않았어. 우린 파멸과 붕괴 속에 갇혔고, 달아날 길이 없어."

"하지만 여기 위험한 곳에서, 이른바 이 운명의 틈에서 적어도 조금은 벗어날 수 있지 않을까요? 자, 프로도 씨, 어쨌든 길을 따라 내려가 보시지요."

"좋아, 샘. 자네가 원한다면 가겠어."

그들은 일어서서 구불구불한 길을 따라 천천히 내려갔다. 마구 흔들리는 암흑의 산 기슭을 향해 내려가는 동안, 엄청난 연기와 증기가 삼마스 나우르에서 뿜어져 나왔다. 갈라지고 벌어진 화산추의 사면에서 토해 낸 엄청난 뜨거운 용암이 우레처럼 울리며 폭포처럼 서서히 동쪽 산비탈로 흘러내렸다.

프로도와 샘은 더 이상 나아갈 수 없었다. 몸과 마음에 남아 있던 마지막 힘이 급속히 빠져나가고 있었다. 그들은 산기슭에 재가 쌓인 나지막한 언덕에 이르렀다. 그곳에서의 탈출은 불가능했다. 그 언덕은 이제 고통으로 몸부림치는 오로드루인에서 오래 견딜 수 없는 작은 섬에 불과했다. 그 주위의 땅은 모두 입을 벌렸고, 갈라진 깊은 틈과 구덩이에서 연기와 불꽃을 분출했다. 그들 뒤에서 암흑의 산은 경련을 일으켰다. 그 사면이 찢기며 큰 틈들이 벌어졌다. 화염의 강이 그들을 향해 긴 비탈을 서서히 내려왔다. 곧 그들은 완전히 에워싸일 것이다. 뜨거운 재가 비 오듯이 쏟아져 내렸다.

그들은 이제 가만히 서 있었다. 샘은 아직도 프로도의 손을 잡고 어루만지며 한숨을 쉬었다.

"우리는 정말 굉장한 이야기 속에 남겠지요, 프로도 씨? 그 이야기를 들을 수 있으면 좋을 텐데. '자, 이제 아홉 손가락의 프로도와 운명의 반지에 관한 이야기가 시작된다.'라고들 말할까요? 그러면 우리가 깊은골에서 외팔이 베렌과 위대한 보석 이야기를 들었을 때처럼 모두들 숨을 죽일 거예요. 참 듣고 싶은데! 우리 이야기의 다음은 어떻게 될지 궁금해요."

마지막 순간까지 두려움을 떨치려고 이런 말을 하면서도 그의 눈은 계속 바람이 불어오는 북쪽을 향하고 있었다. 멀리 그곳의 하늘은 마치 차가운 바람이 돌풍이 되어 암흑과 파멸의 구름을 몰아내 버린 듯 청명하게 개어 있었다.

바로 그때 바람처럼 날아온 과이히르가 멀리 볼 수 있는 예리한 눈으로 그들을 발견하고는 거친 바람 밑으로 내려왔다. 그러고는 하늘의 큰 위험을 무릅쓰고 공중에서 선회했다. 두 작은 형체가 서로 손을 잡고 외로이 나지막한 언덕 위에 서 있는 모습이 보였다. 그들 밑에서 온 땅이 흔들리며 헐떡거렸고 불의 강이 밀려 내려오고 있었다.

과이히르는 그들을 발견하고 급강하하면서, 그들이 쓰러지는 것을 보았다. 힘이 소진되어서인지, 아니면 연기와 뜨거운 공기에 질식했는지, 그도 아니면 마침내 절망에 압도되어 죽음으로부터 눈을 가린 것인지 알 수 없었다.

그들은 나란히 누워 있었다. 과이히르와 란드로발, 재빠른 메넬도르는 급히 내려갔다. 어떤 운명이 닥쳐온 줄도 모르고 꿈속에서 반지의 사자들은 암흑과 불에서 멀리 떨어진 곳으로 실려 갔다.

샘은 깨어났을 때 자신이 부드러운 침대에 누워 있는 것을 알았다. 머리 위로 넓은 밤나무 가지가 부드럽게 흔들리고, 그 어린잎 사이로 햇살이 들어와 연녹색과 금빛으로 반짝였다. 공기는 여러 가지 달콤한 향기로 그윽했다.

그는 그 냄새, 이실리엔의 향기를 기억하고 있었다.

'맙소사! 얼마나 오랫동안 잠을 잔 거지?'

그는 그렇게 생각했다. 그 향기로 인해 그는 양지바른 강둑 아래 조그만 모닥불을 피워 놓았던 시절로 되돌아갔고, 그사이 일어났던 모든 일들이 깨어나는 그의 기억에서 지워졌던 것이다. 그는 몸을 쭉 뻗고 깊은 숨을 내쉬었다.

"참 굉장한 꿈을 꾸었구나. 깨어나서 다행이야!"

그는 그렇게 중얼거리며 일어나 앉았고, 자기 옆에서 평화롭게 잠들어 있는 프로도를 보았다. 그의 한 손은 머리 뒤에, 다른 한 손은 담요 위에 놓여 있었다. 그런데 담요 위에 올려진 오른손에 셋째손가락이 없었다.

그 순간 기억이 완전히 되살아나서 샘이 크게 소리쳤다.

"그건 꿈이 아니었어! 그럼 우리가 어디 있는 거지?"

그러자 뒤쪽에서 부드러운 목소리가 들려왔다.

"이실리엔 땅에, 왕의 보호 아래 있지. 그리고 왕께서 자넬 기다리고 계신다네."

이 말과 함께 나뭇잎 사이로 반짝이는 햇빛 속에서 하얀 옷차림에 하얀 눈처럼 빛나는 수염을 늘어뜨린 간달프가 나타나 그의 앞에 섰다.

"자, 샘와이즈 군, 기분이 어떤가?"

그러나 샘은 침대에 다시 벌렁 드러누워 입을 벌린 채 멍하니 쳐다보기만 했다. 놀랍기도 하고 너무 기뻐서 대답할 수 없었다. 마침내 그는 숨을 헐떡이며 말했다.

"간달프! 당신이 돌아가신 줄 알았어요! 하긴 저 자신도 죽은 줄 알았지만요. 슬픈 일들은 모두 사라진 건가요? 세상이 어떻게 되었지요?"

"거대한 그림자가 사라져 버렸지."

간달프는 이렇게 말하며 크게 웃었다. 그 웃음소리는 음악 같기도 하고 말라붙은 땅 위에 흐르는 물소리 같기도 했다. 그 소리를 듣자 샘은 셀 수 없이 많은 날 동안 웃음소리를, 순수한 기쁨의 소리를 듣지 못한 채 지내 왔다는 생각이 들었다. 그 소리는 그가 지금까지 느꼈던 모든 기쁨의 메아리처럼 들렸다. 그러나 샘 자신은 울음을 터뜨렸다. 그러고는 마치 달콤한 비가 봄바람을 몰고 온 후 태양이 더 화창하게 빛나듯, 그는 울음을 멈추었고 웃음이 솟아올라 활짝 웃으면서 침대에서 뛰어내렸다.

"기분이 어떠냐고요? 글쎄, 어떻게 말해야 할지 모르겠어요. 제 기분은, 글쎄……."

그는 허공에 팔을 내저으며 말을 이었다.

"겨울이 지난 후의 봄 같고, 나뭇잎 위의 햇살 같고, 나팔과 하프 그리고 제가 들어 봤던 모든 노래들 같아요!"

그는 말을 멈추고 프로도를 돌아보았다.

"그런데 프로도 씨는 어떤가요? 손이 저렇게 되다니 너무 딱해요! 그렇지만 다른 데는 아무 이상 없기를 바라요. 잔혹한 고통을 겪으셨어요."

그러자 프로도가 일어나 앉아 웃으며 말했다.

"그래, 다른 곳은 다 괜찮아. 자네가 깨어나길 기다리다가 다시 잠이 들었어. 샘, 이 잠꾸러기야. 난 오늘 아침 일찍 일어났었는데 지금은 정오쯤 됐을걸."

"정오라고요? 도대체 어느 날 정오란 말씀이세요?"

샘은 날짜를 계산해 보려 애쓰며 말했다.

"새해 14일이라네. 샤이어력(샤이어력에서는 3월, 또는 레세가 30일이었다)으로는 4월 8일이지만 앞으로 곤도르에서는 사우론이 멸망하고 자네들을 불구덩이에서 왕 앞으로 데려온 날, 즉 3월 25일에 새해가 시작될 걸세. 왕께서 자네들을 고쳐 주셨고 지금 자네들을 기다리고 계신다네. 자네들은 그분과 함께 식사를 하게 될 거야. 준비가 되면 내가 그분께 안내하지."

간달프가 대답했다.

"왕이라고요? 어떤 왕 말입니까? 누구신데요?"

"곤도르의 왕이자 서부왕국의 군주이시지. 그분은 자신의 옛 영토를 되찾으셨다네. 곧 대관식이 있겠지만 지금은 자네들을 기다리시지."

"우린 뭘 입어야 할까요?"

샘이 물었다. 왜냐하면 그들이 여행 중에 입었던 낡고 떨어진 옷이 침대 옆 바닥에 개어져 있는 것을 볼 수 있었기 때문이었다.

"물론 자네들이 모르도르로 가는 길에 입었던 옷이지. 프로도, 자네가 암흑의 땅에서 입었던 오르크의 누더기도 길이 보존될 걸세. 물론 나중에 다른 옷을 마련해 주겠지만, 아무리 값비싼 비단옷이나 아마천도, 갑옷이나 으리으리한 문장이 새겨진 옷이라도 그 옷보다 더 명예로울 수는 없지."

그런 다음, 그는 그들에게 두 손을 내밀었다. 뭔가 빛나는 물체가 보였다.

"도대체 뭘 들고 계시는 거죠? 그것이 설마……?"

프로도가 물었다.

"그래, 자네들의 두 보물을 가져왔지. 자네들이 구조되었을 때 샘에게 있더군. 갈라드리엘의 선물 말이야. 프로도, 자네의 유리병과 샘, 자네의 상자야. 이것을 무사히 되찾게 되어 기쁠 테지."

그들은 몸을 씻고 옷을 입은 다음 가볍게 요기를 하고 간달프를 따라갔다. 그들이 누워 있던 너도밤나무숲을 빠져나와서, 햇빛을 받아 눈부신 긴 연녹색 잔디밭에 들어섰다. 그 경계에 진홍빛 꽃이 잔뜩 피어 있고 암녹색 잎이 무성한 당당한 나무들이 서 있었다. 그 나무들 뒤에서 흐르는 물소리가 들려왔는데, 그들 앞에 꽃이 만발한 둑 사이로 개울이 흘러내려, 잔디밭 끝에 있는 푸른 숲에 이르렀고, 거기서 아치를 이루고 있는 나무들 밑으로 흘러가 멀리서 희미한 물빛이 일렁였다.

그들이 숲의 입구에 도착하자 놀랍게도 빛나는 갑옷으로 무장한 기사들과, 은색과 검은색 제복을 입은 키 큰 호위병들이 늘어서서 정중하게 절하며 그들을 맞아들였다. 그런 다음 누군가 길게 나팔을 불었다. 그들은 노래하는 시냇물 옆으로 복도처럼 늘어선 나무들을 따라 계속 걸어갔다. 이윽고 넓은 풀밭에 이르렀는데 그 너머에 은빛 실안개에 잠긴 넓은 강이 보였다. 나무가 울창한 긴 섬이 강위에 솟아 있었고, 그 기슭에는 많은 배들이 정박해 있었다. 그러나 그들이 지금 서 있는 들판에는 대군이 햇빛 속에 반짝이며 지위와 부대에 따라 정렬해 있었다. 호빗들이 가까이 가자 그들은 칼을 뽑고 창을 흔들며 뿔나팔과 나팔을 불었고 수많은 목소리들이 여러 언어로 소리쳤다.

반인족 만세! 최고의 찬사로 그들을 칭송하라!
쿠이오 이 페리아인 아난! 아글라르니 페리안나스!
최고의 찬사로 칭송하라, 프로도와 샘와이즈를!
다우르 아 베르하엘, 코닌 엔 안눈! 에글레리오!
그들을 칭송하라!

에글레리오!
아 라이타 테, 라이타 테! 안다베 라이투발멧!
그들을 칭송하라!
코르마콜린도르, 아 라이타 타리엔나!
그들을 칭송하라! 반지의 사자들, 최고의 찬사로 그들을
칭송하라!

프로도와 샘은 얼굴이 발갛게 상기되고 놀라움으로 눈을 빛내면서 앞으로 나아갔다. 떠들썩한 대군의 한가운데 푸른 뗏장으로 만든 높은 의자가 셋 놓여 있었다. 오른쪽 의자 뒤에는 녹색 바탕에 흰색으로 잔디 위에서 자유로이 뛰노는 커다란 말이 그려진 깃발이, 왼쪽 의자 뒤에는 푸른색 바탕에 은색으로 바다에서 항해하는 백조 모양의 배가 그려진 깃발이 각각 꽂혀 있었다. 그러나 중앙의 가장 높은 권좌 뒤에는 빛나는 왕관과 일곱 개의 빛나는 별 아래 검은 들판에 꽃이 만발한 백색성수가 그려진 커다란 깃발이 바람에 휘날리고 있었다. 권좌 위에는 갑옷 차림에 투구를 쓰지 않은 한 사람이 커다란 칼을 무릎에 올려놓고 앉아 있었다. 그들이 가까이 다가가자 그가 일어섰다. 그러자 호빗들은 그를 금방 알아보았다. 비록 많이 달라지긴 했지만, 기품 있고 즐거운 얼굴에 위풍당당한, 회색 눈에 검은 머리카락을 가진, 인간들의 군주였다.

프로도가 그에게 달려가자 샘도 그 뒤를 바짝 쫓으며 외쳤다.

"아니, 이게 정점을 찍는 일 아니야? 성큼걸이라니! 그렇지 않다면 내가 아직도 꿈을 꾸고 있거나!"

그러자 아라고른이 말했다.

"그래, 샘. 바로. 성큼걸이라네. 자네가 내 인상을 마땅찮게 여겼던 그 브리에서부터 무척 긴 여정이었네. 그렇지 않나? 우리 모두에게 길고 험난한 길이었지만, 자네들의 여정이 특히 암울한 길이었어."

　다음 순간 아라고른이 무릎을 굽혀 그들에게 절을 하자, 샘은 놀랍고도 몹시 당혹스러웠다. 아라고른은 오른손으로는 프로도를, 왼손으로는 샘을 잡고 권좌로 이끌어 앉힌 다음, 주위에 서 있던 사람들과 지휘관들에게 몸을 돌리고 모두에게 들릴 만큼 큰 소리로 외쳤다.

　"이들을 최고의 찬사로 칭송하라!"

　즐거운 환성이 울려 퍼졌다가 사라지자, 곤도르의 한 음유시인이 앞으로 나와 무릎을 꿇고 한 곡 부르겠다고 청했다. 샘의 기쁨은 절정에 달했다.

　보라! 시인은 이렇게 시작했다.

　"오! 한 점 부끄럼 없이 용감한 제후와 기사 들이시여, 왕과 대공들이시여, 곤도르의 가인들이시여, 로한의 기사들이시여, 그대 엘론드의 아들들이시여, 북부의 두네다인이시여, 요정과 난쟁이시여, 샤이어의 용감한 이들이시여, 서부의 모든 자유민들이시여, 이제 내 노래를 들어 보시오. 아홉 손가락의 프로도와 운명의 반지라는 노래를 불러 드리겠습니다."

　이 말을 들은 샘은 너무 기쁜 나머지 크게 웃음을 터뜨리며 일어나 외쳤다.

　"아, 위대한 영광과 명예! 내 모든 꿈이 실현되다니!"

　그리고 나서 그는 눈물을 흘렸다.

　그러자 온 대군이 함께 웃고 울었다. 그처럼 흥겨워하고 눈물을 흘리는 와중에 음유시인의 낭랑한 목소리가 은구슬과 금구슬처럼 솟아오르자 사람들은 숨을 죽였다. 그는 가끔은 요정의 말로, 때로는 서부의 언어로 노래했는데, 상처 입은 사람들의 마음을 파고드는 아름다운 단어들로 감정이 넘쳐흘렀고 칼날처럼 예리한 기쁨을 느꼈다. 그들의 생각은 고통과 기쁨이 함께 어우러져 흐르고 눈물이 곧 축복의 포도주인 영역으로 나아갔다.

마침내 해가 정오를 지나 나무들의 그림자가 길어질 때 그는 노래를 끝냈다.

"그들을 최고의 찬사로 찬양하라!"

그는 무릎을 꿇으며 이렇게 말했다. 그러자 아라고른을 비롯한 전 대군이 일어섰고, 준비되어 있던 커다란 천막으로 가서 먹고 마시며 어두워질 때까지 즐겼다.

프로도와 샘은 무리에서 떨어져 막사로 안내되었다. 거기서 낡은 옷을 벗자 그들의 옷은 차곡차곡 개켜져 명예롭게 보관되었고 깨끗한 아마 옷을 받았다. 그러고 나서 간달프가 들어왔는데 놀랍게도 그의 손엔 프로도가 모르도르에서 빼앗겼던 칼과 요정의 망토 그리고 미스릴 갑옷이 들려 있었다. 샘에게는 금박 입힌 갑옷과 요정의 망토를 갖다주었다. 망토의 얼룩지고 찢어진 부분은 깨끗하게 수선되어 있었다. 그는 그들 앞에 칼 두 자루를 내려놓았다. 그러자 프로도가 말했다.

"전 더 이상 칼을 원하지 않아요."

"적어도 오늘 밤만은 차야 하네."

간달프가 말하자, 프로도는 원래 샘의 것이었으나 키리스 웅골에서 자신이 찼던 작은 칼을 집으며 말했다.

"스팅은 자네에게 주겠어, 샘."

"안 돼요, 프로도 씨! 빌보 어른이 그걸 당신께 주셨잖아요. 스팅은 그분의 갑옷과 잘 어울려요. 빌보 어른은 다른 이가 이 칼을 차는 것을 원치 않으실 거예요."

결국 프로도는 샘의 말을 듣기로 했다. 간달프는 그들의 시종처럼 무릎을 꿇고 검대를 매어 주고는 일어서서 그들의 머리에 가느다란 은관을 씌워 주었다. 이렇게 차려입은 후 그들은 대향연에 참석했다. 그들은 왕의 식탁에 앉았다. 그곳엔 간달프와 로한의 왕 에오메르, 임라힐 대공, 주요한 지휘관들과 김리와 레골라스가 있었다.

그런데 묵념이 끝난 후 포도주가 나왔을 때, 왕의 시중을 드는 두 종사가 들어왔다. 아니, 종사처럼 보였다. 한 명은 미나스 티리스 경비병들의 은색과 흑색의 제복을 입었고 다른 하나는 흰색과 녹색으로 된 제복을 입고 있었다. 샘은 이 건장한 장정들의 군대에서 이런 어린 소년들이 뭘 하고 있는지 의아했다. 그런데 갑자기 그들이 가까이 다가와서 똑똑히 보였을 때 샘은 깜짝 놀라 소리쳤다.

"아니, 보세요, 프로도 씨! 여길 보세요! 피핀 아니에요? 툭 집안 페레그린 씨라고 해야겠지요. 그리고 메리 씨! 저런, 키가 많이 자랐군요. 우리보다 얘깃거리가 더 많겠는데요."

그러자 피핀이 샘에게 돌아서면서 말했다.

"정말 많아요. 연회가 끝나는 대로 얘기해 줄게요. 그동안 간달프께 여쭤보세요. 간달프가 예전처럼 비밀스럽게 굴진 않거든요. 요즘엔 말을 하기보다는 웃는 시간이 더 많지만. 메리와 난 지금 좀 바빠요. 보시다시피 각자 곤도르시와 마크의 기사이니까요."

마침내 그 즐거운 날도 저물었다. 해가 지고 둥근 달이 안두인대하의 안개 너머로 서서히 떠올라 흔들리는 이파리들 사이에 반짝일 때, 프로도와 샘은 아름다운 이실리엔의 향기가 퍼져 나가는 가운데 속삭이는 나무들 아래 앉았다.

그들은 메리와 피핀, 간달프와 밤늦도록 이야기를 나눴고 얼마 후 레골라스와 김리도 동석했다. 그 자리에서 프로도와 샘은 라우로스폭포가 있는 파르스 갈렌에서 우정이 깨어졌던 그 불운한 날 이후 친구들에게 일어난 숱한 사건들을 알게 되었다. 그래도 서로 묻고 대답할 것은 여전히 많았다.

샘은 오르크들과 말하는 나무들, 거대한 평원, 질주하는 기사들, 찬란한 동굴, 백색탑과 황금궁전, 항해하는 커다란 배, 전투 등등이 모든 것에 귀를 기울이다가 머릿속이 혼란스러워졌다.

　그러나 온갖 놀라운 일들 중에서도 가장 놀라운 것은 메리와 피핀의 키가 컸다는 사실이었다. 샘은 그들을 세워 놓고 프로도와 함께 직접 등을 맞대 보고는 머리를 긁적이며 말했다.

　"이 친구들 나이에 이렇게 크다니 도대체 이해가 안 된단 말이에요! 정상보다 8센티미터나 더 크다니. 그렇지 않으면 내가 난쟁이든가."

　그러자 김리가 말했다.

　"물론 자넨 난쟁이가 아니지. 몇 번이나 말해 줬잖아. 엔트의 음료를 계속 마시면 맥주를 마신 것과는 다른 일이 벌어진다고 말이야."

　그러자 샘이 말했다.

　"엔트의 음료라고요? 또 그 엔트에 관한 얘기예요? 도대체 엔트란 게 뭔지 상상할 수가 없군요. 우리가 모든 걸 제대로 이해하려면 몇 주일은 걸리겠어요."

　그러자 피핀이 말했다.

　"몇 주일은 걸리죠. 그렇지만 그다음엔 미나스 티리스의 탑에 프로도 씨를 가둬 놓고 겪은 일을 모두 적으라고 해야 할 거예요. 그렇지 않으면 절반쯤 잊어버릴 테고, 그러면 가엾은 빌보 어른께서 몹시 실망하실 테니까요."

　마침내 간달프가 일어서며 말했다.

　"왕의 손은 치유의 손길이라네, 친구들. 그분이 온 힘을 쏟아부어서 자네들을 죽음의 문턱에서 불러내셨네. 그 덕분에 자네들은 모든 걸 잊고 달콤한 망각의 잠에 빠져들 수 있었지. 자네들은 축복을 받아 오랫동안 푹 자긴 했지만 이제 또 잘 시간이야."

　그러자 김리도 말했다.

　"샘과 프로도뿐 아니라 피핀 자네도 자야 해. 자네로 인해 내가 겪은 그 잊을 수 없는 고통 때문에라도 난 자네를 사랑한다네. 그 마지막 전투를 치른 언덕에서 자네를 찾아낸 것을 잊을 수 없을 거야. 이 난쟁이 김리가 아니었다면 자네는 그때 죽었겠지. 하지만 이제는 한 무더기의 시체 밑에서 발만 보여도, 적어도 이제 난 호빗의 발을 찾아낼 수 있어. 그 거대한 시체를 들춰내고 자네를 발견했을 때 난 꼭 자네가 죽은 줄 알고 내 수염을 모조리 뽑아 버릴 뻔했지. 자네가 일어나 걸을 수 있게 된 지 하루밖에 지나지 않았으니 이제 잠자리에 들게나. 나도 자러 가겠어."

그러자 레골라스도 말했다.

"난 이 아름다운 숲을 거닐겠어. 그것만으로도 충분한 휴식이 되니까. 우리 요정의 영주께서 허락하신다면, 앞으로 우리들 중 일부는 이곳으로 이주하게 될 거야. 우리가 오게 되면 이곳은 얼마간 축복받은 땅이 되겠지. 얼마간이 인간에게 한 달일지, 한평생일지, 백년일지는 몰라도. 하지만 안두인대하가 가까이 있고 안두인은 바다로 통하지. 바다로!"

> 바다로, 바다로! 흰 갈매기 우짖고
> 바람이 불고, 흰 포말이 흩날리네.
> 서쪽으로, 서쪽으로, 둥근 해가 지고 있네.
> 잿빛 배, 잿빛의 배여, 그대는 듣는가,
> 나보다 먼저 떠난 내 동족이 부르는 목소리를?
> 떠나리, 떠나리, 날 낳아 준 숲을.
> 우리의 날은 끝나고, 우리의 시대는 저물어 가니,
> 외롭게 저어 넓은 바다를 건너가리.
> 마지막 해안에서 긴 파도가 구르고,
> 잊힌 섬에서 부르는 목소리는 달콤하네.
> 인간은 찾을 수 없는 요정의 고향 에렛세아.
> 낙엽이 지지 않는 영원한 우리들의 땅.

이렇게 노래하며 레골라스는 언덕을 내려갔다.

그러자 다른 이들도 자리를 떴고, 프로도와 샘도 잠자리에 들었다. 아침에 다시 희망차고 평온한 기분으로 깨어났다. 그들은 이렇게 이실리엔에서 많은 날들을 보냈다. 대군이 야영하고 있는 코르말렌평원은 헨네스 안눈과 가까운 곳이기에, 밤이면 폭포에서 떨어지는 물이 바위가 많은 그곳 입구를 통해 세차게 흐르는 소리를 들을 수 있었다. 그 시냇물은 꽃이 만발한 풀밭을 지나 카이르 안드로스섬을 안고 흐르는 안두인강에 합류했다. 호빗들은 자신들이 전에 지났던 곳 여기저기를 다시 둘러보며 다녔다. 샘은 숲의 그늘이나 빈터에서 단 한 번만이라도 그 거대한 올리폰트를 볼 수 있기를 바랐다. 곤도르 공략 당시에 그 거수(巨獸)도 상당수 동원되었지만 모두 살해되었다는 것을 듣고는 애석해하며 슬픈 손실이라고 생각했다.

"글쎄, 동시에 여러 곳에 있을 수는 없는 일이지만, 어쨌든 난 아깝게도 많은 것을 놓친 것 같아."

그동안에 대군은 미나스 티리스로 귀환할 준비를 마쳤다. 지친 사람들은 휴식을 취했고 부상자들은 완쾌되었다. 그중 일부는 동부인과 남부인들을 완전히 진압할 때까지 많은 전투를 치렀고, 모르도르의 북쪽 성채를 진압한 병사들이 이제 막 돌아왔다.

마침내 5월이 가까워지자 서부의 지휘관들은 출발 명령을 내렸다. 그들은 부하들과 함께 배에 올라 카이르 안드로스부터 안두인 대하를 따라 내려가 오스길리아스로 향했고 거기서 하루를 지냈다. 다음 날 그들은 펠렌노르평원에 이르러 거대한 민돌루인산 아래의 백색탑들을 다시 보게 되었다. 서부인들의 마지막 유물로서 암흑과 화염을 겪고 새로운 날을 맞이한 곤도르인의 도시였다.

　그 평원 한복판에서 그들은 커다란 천막을 치고 아침을 기다렸다. 그날은 4월의 마지막 날이었으며 왕은 해가 뜰 무렵 그의 성으로 입성할 예정이었다.

Chapter 5
섭정과 왕

곤도르의 수도 미나스 티리스에는 의혹과 두려움이 짙게 드리워져 있었다. 매일매일 희망 없이 아침을 맞으며 몰락의 소식을 기다리던 사람들에게 밝은 태양과 화창한 날씨는 자신들을 조롱하는 것 같았다. 그들의 영주는 불에 타 죽었으며, 로한의 왕도 전사해 성안에 안치되어 있었다. 한밤중에 그들에게 돌아왔던 왕은 어떤 무력이나 용기로도 정복할 수 없는 끔찍한 암흑의 세력과 전쟁을 벌이기 위해 다시 떠났고, 그 후 아무런 소식도 들려오지 않았다. 대군이 모르굴 계곡을 떠나 산 그림자 밑 북쪽으로 간 이후 단 한 사람의 전령도 오지 않았고, 어둠에 덮인 동쪽에서 무슨 일이 벌어지고 있는지 소문조차 들을 수 없었다.

지휘관들이 떠난 지 이틀째 되는 날에 에오윈은 자신을 돌봐 주던 여자들에게 옷을 갖다달라고 하고는 만류를 뿌리치고 자리에서 일어났다. 그들이 옷을 입히고 아마천 붕대로 팔을 고정시키자 그녀는 치유의 집 원장에게로 갔다.

"원장님, 마음이 불안해서 더 이상 한가하게 누워 있을 수 없습니다."

그러자 원장이 말했다.

"하지만 왕녀님은 아직 치료가 끝나지 않았습니다. 그리고 저는 왕녀님을 특별히 주의 깊게 보살피라는 명령을 받았지요. 적어도 일주일은 더 누워 계셔야 합니다. 그렇게 명령을 받았거든요. 제발 다시 돌아가 누우십시오."

"전 완쾌되었어요. 왼팔만 빼고 적어도 몸은 다 나았습니다. 이 팔도 이제 편안하고요. 하지만 아무 일도 하지 않으면 다시 아플 겁니다. 그런데 전황은 어떻습니까? 간호하는 이들은 아무 말도 해 주지 않는군요."

"새로운 소식이 전혀 없습니다. 영주들께서 모르굴계곡으로 떠났다는 것 말고는 아무 소식도 오지 않았습니다. 북쪽에서 오신 새 영주께서 총지휘관이라고 하더군요. 그분은 위대한 영주이자 치유자라고 합니다. 치유의 손이 칼도 휘두를 수 있다는 사실이 제겐 이상하게 들리긴 합니다만, 옛이야기가 사실이라면 과거에도 그런 일이 있었다고 합니다. 하지만 근래 곤도르에서는 그런 일이 없었거든요. 오랫동안 우리 같은 치유사들은 기사들이 입은 상처를 꿰매는 일에 종사해 왔지요. 사실 그들이 없더라도 우리가 할 일은 여전히 많을 겁니다. 세상은 불운과 재난으로 인해 상처투성이가 되고 있으니 굳이 전쟁으로 배가시키지 않아도 충분하지요."

"원장님, 전쟁을 일으키는 데는 둘이 아닌 단 하나의 적만 있어도 충분합니다. 칼이 없는 사람들도 칼에 찔려 죽을 수밖에 없게 되지요. 암흑군주가 군대를 일으켰는데, 곤도르인들에게 약초나 뜯으라고 하시겠습니까? 몸의 병이 낫는 것이 언제나 좋은 일은 아니지요. 극심한 고통 속에서 죽더라도 전장에서 죽는 것이 항상 나쁜 일도 아니고요. 허락된다면 전 이 암흑의 순간에 후자를 택하겠습니다."

원장은 그녀를 바라보았다. 창백한 얼굴에 눈을 빛내며 우뚝 선 그녀는 오른손을 움켜쥔 채 동쪽 창문 밖을 내다보았다. 그는 한숨을 쉬며 고개를 저었다. 잠시 후 그녀는 다시 그에게로 몸을 돌렸다.

"제가 할 일이 전혀 없을까요? 누가 이 도시를 지휘하지요?"

"정확히는 모릅니다. 그런 일은 제 소관이 아니니까요. 듣기로는 로한의 기사들을 지휘하는 이가 있고, 곤도르인들은 후린 공이 통제한다고 하더군요. 그렇지만 법적으로는 파라미르 공이 이 도시의 섭정입니다."

"그분을 어디서 뵐 수 있지요?"

"여기 계십니다. 그분은 심하게 부상당하셨지만 지금은 쾌유되고 있습니다. 하지만 그분께서 뭐라 하실지……."

"절 그분께 데려다주시겠어요? 그러면 알게 되겠지요."

파라미르는 치유의 집 정원을 홀로 거닐고 있었다. 햇살이 따스하게 비춰 그의 혈관에 다시 흐르는 생명의 피를 느끼게 해 주었다. 그러나 그는 무거운 마음으로 동쪽을 바라보았다. 원장이 다가와서 부르자 그는 돌아서서 로한의 왕녀 에오윈을 보았다. 그는 그녀의 부상을 보고 연민을 느꼈고 예리한 눈으로 그녀의 슬픔과 불안을 알아차렸다. 원장이 소개했다.

"영주님, 이분은 로한의 에오윈 왕녀이십니다. 왕과 함께 오셨다가 심한 부상을 입으시고 지금은 제 보호를 받고 계시지요. 하지만 마음이 편치 않으셔서 이 도시의 섭정과 면담하기를 원하십니다."

그러자 에오윈이 말했다.

"영주님, 원장님의 말씀을 오해하지 말아 주십시오. 제가 불편하게 느끼는 건 보살핌이 부족해서가 아닙니다. 치유를 바라는 이들에게 여기보다 적합한 곳은 없을 겁니다. 하지만 이렇게 나태하게 빈둥거리며 새장에 갇혀서 지낼 수는 없습니다. 저는 전장에서의 죽음을 바랐지만 죽지 않고, 전쟁은 지금도 계속되고 있습니다."

파라미르가 신호를 보내자 원장은 절을 하고 물러갔다.

"제가 어떻게 해 드리면 좋겠습니까? 저 또한 이 치유의 집에 갇혀 있을 뿐입니다."

그는 연민의 정이 깊은 사람이었기에 그녀를 바라보는 순간 그 비탄에 잠긴 아름다움에 심장이 찔린 듯한 느낌을 받았다. 그녀는 그의 진지하고도 다정한 눈을 보았다. 기사들 사이에서 성장한 왕녀는 그 눈빛에서 직감적으로 이 사람이야말로 마크의 어느 기사와도 능히 대적해 물리칠 수 있을 만한 사람이라는 것도 알았다.

"무엇을 원하십니까? 만일 제가 해 드릴 수 있는 일이라면 기꺼이 도와드리겠습니다."

파라미르가 말하자 에오윈은 대답했다.

"저를 내보내도록 원장에게 명령을 내려 주셨으면 합니다."

이렇게 대답하는 에오윈의 목소리는 여전히 당당했지만 그녀의 마음은 흔들렸고, 처음으로 자신에 대한 의혹을 품게 되었다. 장신의 이 남자, 강하면서도 유연한 이 사람이 자신을 그저 제멋대로인 여자나 단조로운 일을 끝까지 견딜 만한 굳건한 마음을 갖지 못한 어린애로 생각할지도 모른다는 생각이 들었다.

파라미르가 대답했다.

"저도 원장의 보호하에 있습니다. 또한 저는 이 도시에서 제 권한을 아직 행사한 적이 없습니다. 하지만 그렇지 않더라도 저는 원장의 충고에 귀 기울일 테고, 긴급한 경우가 아니라면 치료에 관한 한 그의 뜻을 거스르지 않을 것입니다."

"하지만 저는 치료를 바라지 않아요. 저는 제 오라버니 에오메르처럼, 아니 그 이상으로 세오덴 왕처럼 전쟁에 나가고 싶어요. 이제 그분은 돌아가셔서 명예와 평화를 누리고 계시니, 저보다 훨씬 나은 처지라 할 수 있습니다."

"당신이 기운을 차렸더라도 다른 지휘관들을 따라가기엔 너무 늦었습니다. 하지만 바라든 바라지 않든 머지않아 전쟁에서의 죽음은 우리 모두에게 닥쳐올 테지요. 아직 시간이 있는 동안에 치유사가 지시하는 대로 하신다면 당신 나름의 방식으로 죽음에 대면할 준비를 더 잘할 수 있겠지요. 당신과 나, 우리는 참을성 있게 기다림의 시간을 견뎌야 합니다."

에오윈은 아무 대답도 하지 않았다. 그러나 그가 그녀를 바라보는 동안, 마치 어렴풋한 봄의 첫 전조에 모진 서리가 녹듯, 그녀 내면의 무언가가 부드러워진 것을 느꼈다. 반짝이는 빗방울처럼 그녀의 눈에서 눈물이 고여 뺨을 타고 흘렀다. 당당한 그녀의 머리가 약간 숙여졌다. 그러고는 조용히, 그에게 말하기보다는 혼자 중얼거리듯이 말했다.

"하지만 치유사들은 아직 일주일이나 더 침대에 누워 있으라고 합니다. 그리고 창문은 동쪽으로 나 있지도 않아요."

이제 그녀의 목소리는 슬픔에 잠긴 젊은 처녀의 목소리였다. 파라미르의 마음은 연민으로 가득했지만 그는 미소를 지었다.

"창문이 동쪽으로 나 있지 않다고요? 그건 바꿀 수 있습니다. 이 문제는 원장에게 명을 내리겠습니다. 만일 당신이 이 집에서 보살핌을 받으며 휴식을 취하시겠다면, 원하시는 대로 이 정원에서 햇빛 속을 거니실 수 있습니다. 우리의 모든 희망이 가 버린 동쪽을 바라보실 수 있고요. 여기서 저도 걷고 기다리며 동쪽을 바라보고 있습니다. 이따금 저와 함께 거닐며 이야기를 나눠 주신다면 제 근심도 줄어들 것입니다."

그러자 그녀는 고개를 들고 그의 눈을 바라보았다. 그녀의 창백한 얼굴에 홍조가 떠올랐다.

"영주님, 제가 어떻게 당신의 근심을 덜어 드릴 수 있습니까? 그리고 저는 살아 있는 사람들의 이야기를 원치 않습니다."

"솔직한 대답을 듣고 싶습니까?"

"그렇습니다."

"그렇다면 로한의 에오윈 왕녀, 당신이 아름답다고 말씀드려야겠소. 우리의 산과 계곡에는 아름답고 빛나는 꽃과 그보다 더 아름다운 처녀들이 있습니다. 하지만 지금까지 저는 곤도르에서 당신처럼 아름답고 슬픔에 찬 꽃이나 여인을 본 적이 없습니다. 아마 암흑이 우리 세상을 지배할 날이 이제 며칠 남지 않았기에 그렇게 느껴지는지도 모르겠습니다. 암흑이 닥쳐올 때 저는 동요하지 않고 그것을 직시하길 바랍니다. 하지만 태양이 아직 빛나고 있을 때 당신을 볼 수 있으면 제 마음이 한결 편안해질 것입니다. 당신과 나, 둘 다 암흑의 그림자 밑을 지나왔고, 한 사람의 손길이 우리를 그곳에서 끌어내 주었으니까요."

그러나 에오윈이 말했다.

"저는 그렇지 않습니다. 암흑의 그림자는 아직도 제 위에 드리워져 있습니다. 제게 치유를 기대하지 마십시오. 저는 여전사이고, 제 손은 무기로 거칠어졌습니다. 하지만 최소한 방에 갇혀 있지 않아도 되게 해 주셔서 감사합니다. 섭정께서 허락해 주셨으니, 이제부턴 가끔 바깥을 산책하겠습니다."

에오윈은 정중하게 절을 하고 안으로 들어갔다. 하지만 파라미르는 오랫동안 정원을 혼자 거닐었다. 이제 그의 눈길은 동쪽 성벽보다는 치유의 집 안을 향하는 일이 더 많아졌다.

그는 안으로 들어가자 원장을 불렀고, 에오윈에 관해서 그가 알고 있는 사실을 모두 들었다. 원장이 말했다.

"하지만 영주님, 우리와 함께 있는 호빗에게서 더 자세히 들으실 수 있을 겁니다. 그는 왕과 함께 출정했고, 나중에 그 왕녀님과 함께 있었다고들 하니까 말입니다."

그래서 파라미르는 메리를 불렀고, 그날이 지나기 전에 많은 이야기를 나누었다. 파라미르는 메리가 말로 옮겨 놓은 것보다 더 많은 사실을 짐작했고, 이제 로한의 왕녀 에오윈의 슬픔과 불안에 대해 이해하게 되었다고 생각했다. 그 청명한 저녁나절에 파라미르와 메리는 정원을 산책했지만 그녀는 나오지 않았다.

다음 날 아침 파라미르가 밖에 나왔을 때 성벽 위에 서 있는 에오윈이 보였다. 흰옷을 입은 그녀는 햇빛을 받아 은은히 빛나고 있었다. 그가 부르자 그녀가 내려왔다. 그들은 침묵하기도 하고 이야기를 나누기도 하면서 풀밭을 거닐다가 그늘에 앉았다. 이후로 그들은 매일 이렇게 시간을 보냈다. 원장은 창문으로 내다보며 내심 기뻐했는데, 치유사로서 근심을 덜 수 있기 때문이었다. 당시 상황에 대한 두려움과 불길한 전조가 사람들의 마음을 늘 무겁게 짓눌렀지만, 그가 돌보는 두 사람이 잘 지내며 매일 기운을 얻고 있다는 것은 분명했다.

에오윈이 처음 파라미르를 찾아간 이후 닷새가 지났다. 그들은 도시의 성벽에 함께 서서 먼 곳을 바라보고 있었다. 전쟁에 관한 소식이 전혀 들려오지 않아 모두들 침울한 마음으로 기다리고 있었다. 날씨도 이제는 화창하지 않고 쌀쌀했다. 밤부터 일기 시작한 바람이 북쪽에서 살을 에일 듯이 불어왔고 점점 거세어지고 있었다. 주위의 대지는 잿빛으로 황량해 보였다.

그들은 따뜻한 옷과 두툼한 외투를 입고 있었다. 에오윈은 깊고 푸른 여름밤 같은 짙푸른 망토를 걸치고 있었는데, 그 가장자리와 목둘레는 은빛 별로 장식되어 있었다. 파라미르는 그 옷을 가져오게 해 그녀를 감싸 주고는, 옆에 선 그녀의 자태가 실로 여왕처럼 아름답게 보인다고 생각했다. 그 망토는 일찍이 돌아가신 자신의 어머니, 즉 암로스의 핀두일라스를 위해 만들어진 것이었다. 어머니에 대한 기억은 아득한 옛날의 아름다움과 그의 첫 번째 슬픔을 간직한 것이었기에, 그 옷이야말로 에오윈의 아름다움과 슬픔에 더할 나위 없이 잘 어울려 보였다.

그러나 에오윈은 별 장식이 있는 망토를 걸치고도 몸을 떨었다. 그러고는 잿빛 땅 너머에서 불어오는 차가운 바람을 맞으며 맑은 북쪽 하늘을 바라보았다.

"에오윈, 무엇을 찾소?"

"암흑의 성문이 저 너머에 있지 않아요? 그리고 그분은 지금쯤 그곳에 도착하시지 않았을까요? 그분이 떠나신 지 이레가 되었어요."

"이레가 되었다! 이런 말을 한다고 나쁘게 생각하진 말아 줘요. 지난 이레는 내가 알게 되리라 생각하지도 못했던 기쁨과 고통을 가져다주었습니다. 당신을 보는 기쁨과, 이 사악한 시간의 공포와 의혹이 실로 암울해진 고통이지요. 에오윈, 이 세상이 지금 당장 종말을 고하지 않기를, 그리고 내가 발견한 것을 그렇게 빨리 잃지 않기를 바랍니다."

그녀는 그를 진지하게 바라보았고 그녀의 눈빛은 친절했다.

"당신이 발견한 것을 잃으신다고요? 요즘 같은 시절에 무엇을 발견하고 또 잃을 수 있다고 하시는지 모르겠군요. 하지만 이런 얘기는 그만두는 게 좋겠어요. 아니, 아무 말도 하지 않기로 해요! 전 지금 무시무시한 벼랑 위에 서 있고, 발밑은 어두운 심연이에요. 내 뒤에 빛이 조금이라도 있는지 모르겠어요. 아직 돌아볼 수 없으니까요. 파국의 일격을 기다리고 있는 셈이지요."

"그렇소, 우리는 파국의 일격을 기다리고 있소."

파라미르가 말했다. 그리고 그들은 더 이상 이야기를 나누지 않았다. 그들이 성벽 위에 서 있는 동안 바람이 잦아들고 빛이 희미해지더니, 태양도 침침해지고 도시와 주변의 모든 소리들도 침묵한 것 같았다. 바람 소리도, 목소리도, 새들의 지저귐이나 나뭇잎이 바스락거리는 소리도, 그리고 그들의 숨소리마저 들리지 않았다. 그들의 심장 고동마저 잠잠해지고 시간이 정지한 것 같았다.

그렇게 서 있던 그들은 자기도 모르게 서로 손을 붙잡고 꼭 쥐었다. 그들은 알 수 없는 무언가를 계속 기다렸다. 그때 갑자기 저 멀리 산등성이 너머에서 거대한 암흑의 산이 세상을 삼켜 버릴 듯 파도처럼 솟아오르고 그 주위에서 번쩍이는 번개가 보였다. 다음 순간, 땅이 흔들리고 도시의 성벽이 진동했다. 한숨 같은 소리가 그들 주위에서 올라오고, 갑자기 그들의 심장도 다시 뛰기 시작했다.

"누메노르를 연상시키는군요."

파라미르는 이렇게 말했다. 그러고는 스스로 자신이 한 말에 놀라움을 금치 못했다.

"누메노르라고요?"

에오윈이 물었다.

"그렇소, 침몰한 서쪽나라 사람들의 땅 말이오. 푸른 평원과 언덕 위로 기어오르던 거대한 어둠의 파도, 그 피할 수 없는 암흑을 연상시키는군요. 종종 그 꿈을 꾸었지요."

"그렇다면 어둠이 몰려오고 있다고 생각하세요? 피할 수 없는 암흑이?"

에오윈은 이렇게 말하며 그에게 바싹 다가섰다. 그녀의 눈을 들여다보며 파라미르가 말했다.

"아니요, 그것은 마음속의 그림에 불과해요. 무슨 일이 일어나고 있는지 모르니까요. 깨어나는 내 이성은 거대한 악이 들이닥쳐서 우리가 이 세상의 마지막 날을 맞았다고 말하지만, 내 감정은 그렇지 않다고 말하고 있어요. 내 팔다리에는 기운이 넘치고, 어떤 이성도 거부할 수 없는 희망과 기쁨이 찾아왔어요. 에오윈, 에오윈, 로한의 백의의 왕녀여, 이 순간 나는 어떤 암흑도 오래 지속되지 않으리라고 믿어요!"

그는 고개를 숙여 그녀의 이마에 입을 맞췄다.

그들은 그렇게 곤도르의 성벽 위에 서 있었다. 한 줄기 거센 바람이 일더니 그들의 검은색과 황금색 머리카락을 휘날려 공중에서 뒤섞였다. 그러자 암흑의 그림자가 떠나고 태양을 가렸던 그림자가 사라지면서 빛이 쏟아졌다. 안두인의 강물은 은처럼 빛을 발하고 도시의 모든 집들에서 사람들이 왠지 모를 기쁨을 느끼며 노래를 불렀다.

정오를 지나 해가 기울기 전에 동쪽에서 거대한 독수리가 날아와

서부 지휘관들의 희망찬 소식을 전했다.

> 이제 노래하라, 그대 아노르 탑의 사람들이여,
> 사우론의 제국은 영원히 종말을 고했고,
>   암흑의 탑이 무너졌으니.

> 노래하고 기뻐하라, 그대 감시탑의 사람들이여,
> 그대들의 경계는 헛되지 않아
> 암흑의 성문은 부서지고,
> 그대들의 왕이 승리를 거둬
>   그 문을 통과하셨으니.

> 노래하고 즐거워하라, 그대 서부의 모든 자손들이여,
> 그대들의 왕이 돌아오시리니,
> 그리하여 그대들 가운데서
>   평생 머무르실 것이니.

> 시들어 버린 성수는 되살아날 것이며
> 왕께서 고귀한 장소에 심으시고
>   이 도시를 축복하시리라.

>   모든 이들이여 노래하라!

그러자 곤도르의 거리마다 사람들이 나와서 노래를 불렀다.

이어진 날들은 금빛 찬란했고, 봄과 여름이 합쳐져 곤도르의 평원에서 함께 향연을 열었다. 카이르 안드로스에서 발 빠른 기사들

이 달려와 그간의 소식을 전하자, 도시는 왕의 입성을 준비했다. 메리는 명을 받아 물건을 실은 짐마차를 몰고 오스길리아스로 갔고 거기에서 카이르 안드로스로 배를 타고 갔다. 하지만 파라미르는 가지 않았다. 이제 완쾌되었으므로 그는 도시의 섭정으로서 일하고 있었던 것이다. 비록 그것이 잠시 지속될 일이고 그 임무는 자신을 대신할 자를 위해 준비하는 것이었지만.

에오윈도 오라버니에게서 코르말렌평원으로 오라는 전갈을 받았지만 가지 않았다. 파라미르는 그것을 의아하게 생각했지만 여러 가지 일로 바빴기에 그녀를 볼 시간이 거의 없었다. 그녀는 여전히 치유의 집에 머물며 홀로 정원을 산책했고, 그녀의 얼굴은 다시 창백해졌다. 온 도시에서 오로지 그녀만 홀로 괴로워하고 슬퍼하는 것 같았다. 치유의 집 원장은 이를 염려해 파라미르에게 알렸다.

얼마 후 파라미르는 그녀를 찾아왔고, 두 사람은 다시금 함께 성벽 위에 올랐다.

"에오윈, 당신의 오라버니께서 기다리시는 코르말렌평원으로 가서 함께 기쁨을 나누지 않고 왜 여기 남아 계시나요?"

그러자 그녀는 대답했다.

"그 이유를 모르시나요?"

"두 가지 이유가 있을 것 같소. 하지만 어느 것이 진실인지 나로서는 알 수 없군요."

"저는 수수께끼를 하고 싶지 않습니다. 그냥 솔직하게 터놓고 말씀해 주세요."

"원한다면 말씀드리겠소. 첫째로, 당신이 가지 않는 이유라고 내가 짐작하는 바는 당신을 부른 사람이 오라버니일 뿐이고, 이제 엘레딜의 후계자로서 전쟁에 승리한 아라고른 공을 보는 것이 기쁨을 주지 않기 때문이오. 또 다른 추측은 내가 가지 않았기에 당신도 내 가까이 머물러 있고 싶었던 것이 아닌가 하는 거요. 어쩌면 둘 다 맞아서 당신 스스로도 어느 쪽인지 모를 수도 있겠지요. 에오윈, 당신은 나를 사랑하지 않나요? 앞으로도 그럴까요?"

"전 다른 분으로부터 사랑받기를 원했어요. 하지만 누구의 동정도 바라지 않아요."

"그것은 알고 있소. 당신은 아라고른 공의 사랑을 원했지요. 그분은 고귀하고 강대한 분이며 당신은 명성과 영광을 누리게 되기를, 또한 지상의 평범한 이들보다 높이 오르기를 바랐기 때문이지요. 어린 병사의 눈에 비친 위대한 지휘관처럼 그분은 당신에게 위대해 보였겠지요. 사실 위대한 분이고, 모든 인간들의 군주이자 가장 뛰어난 분입니다. 그런데 그분은 당신에게 연민과 이해심만을 보여 주었기에, 당신은 전장에서의 용감한 죽음 이외에는 아무것도 바라지 않았던 거지요. 에오윈, 나를 보세요!"

에오윈은 파라미르를 오랫동안 찬찬히 바라보았다. 파라미르가 말했다.

"에오윈, 다정한 심성의 선물인 연민을 경멸하지 말아요! 하지만 나는 당신에게 연민을 베푸는 것이 아닙니다. 당신은 고귀하고 용감한 여인이며 잊히지 않을 명성을 스스로 이룩했어요. 그리고 당신은 요정들의 언어로도 표현할 수 없을 만큼 아름답소. 나는 당신을 사랑합니다. 한때 당신의 슬픔을 동정했지요. 하지만 지금, 당신이 슬픔을 모르고 두려움이나 결핍이 없는 여성이라 하더라도, 또 당신이 곤도르의 축복받은 왕비라 할지라도, 나는 여전히 당신을 사랑할 겁니다. 에오윈, 당신은 날 사랑하지 않소?"

그 순간 에오윈의 마음에 동요가 일었다. 마침내 그녀는 자신의 마음을 이해하게 된 것이다. 갑자기 그녀의 얼굴에서 겨울이 사라지고 햇살이 빛났다. 그녀는 입을 열었다.

"전 지금 미나스 아노르, 태양의 탑에 서 있습니다. 보세요! 암흑의 그림자가 사라졌어요. 이제는 여전사가 되지 않겠어요. 또 위대한 기사들과 겨루지도 않을 테고 학살의 노래를 즐겨 부르지도 않겠어요. 저는 치유자가 되어 땅에서 자라나고 열매를 맺는 모든 것을 사랑하겠어요."

마지막으로 그녀는 파라미르를 똑바로 쳐다보며 말했다.

"더 이상 여왕이 되기를 바라지 않겠어요."

그러자 파라미르는 유쾌하게 웃었다.

"그것참 잘됐군요. 나는 왕이 아니니까. 하지만 로한의 백의의 왕녀가 원한다면 나는 그녀와 결혼하겠소. 그리고 그녀가 바란다면 강 건너 아름다운 이실리엔에 살면서 정원을 만들고 더 행복한 나날을 보내겠어요. 백의의 왕녀만 같이 간다면 그곳에서 모든 것들이 기쁨으로 자랄 겁니다."

"그러면 전 제 동족을 떠나야 하는 겁니까, 곤도르의 사나이시여? 또한 당신의 당당한 동족들이 '저기 북쪽의 거친 여전사를 길들인 영주가 지나간다. 그래 우리 누메노르족에서는 선택할 여인이 없었단 말인가?' 라고 뒤에서 수군거리게 하실 건가요?"

"기꺼이 그렇게 하겠소."

파라미르가 대답했다. 그는 그녀를 안고 햇살이 화창한 하늘 아래에서 그녀에게 입을 맞췄다. 그들은 많은 사람들이 볼 수 있는 성벽 위에 서 있었지만 그는 개의치 않았다. 실제로 많은 사람들이 그들을 보았고, 그들이 손을 잡고 성벽에서 내려와 치유의 집으로 들어갈 때 그 주위에서 발하는 빛을 보았다.

파라미르는 치유의 집 원장에게 말했다.

"여기 로한의 에오윈 왕녀가 오셨소. 이분은 이제 완치되었소."

그러자 원장이 답했다.

"그렇다면 저는 왕녀님을 제 보호에서 풀어 드리고 작별을 고하겠습니다. 다시는 상처나 질병으로 고생하지 않으시길 바랍니다. 또한 왕녀님의 오라버니께서 돌아오실 때까지 이 도시의 섭정이신 파라미르 공의 보살핌을 추천하겠습니다."

그러자 에오윈이 말했다.

"이제 떠나도 좋다는 허락을 받았지만 저는 여기 머물겠어요. 이곳이 제게는 가장 축복받은 곳이니까요."

그녀는 왕이 돌아올 때까지 그곳에 머물렀다.

도시에서는 모든 준비가 끝났다. 민림몬에서 핀나스 겔린까지, 심지어는 먼 해안까지 곤도르 전역에 소식이 퍼져서, 도시로 들어올 수 있는 사람들은 모두 서둘러 모여들었다. 도시는 인파로 홍수를 이루었다. 여인들과 아이들은 꽃을 들고 도시의 집으로 돌아왔다. 돌 암로스에서는 가장 숙련된 하프 연주자들이 찾아왔으며, 레벤닌 계곡에서는 비올과 플루트, 은제 뿔나팔 연주자들과 청명한 목소리의 가수들이 몰려왔다.

마침내 성벽에서 들판의 천막이 내려다보이는 저녁이 되었다. 그날 밤 사람들이 새벽을 기다리는 동안 밤새 불이 타올랐다. 맑은 아침에 더는 그림자가 드리워지지 않는 동쪽의 산들 위로 태양이 떠올랐을 때, 도시의 모든 종이 울리고 깃발이 바람에 나부꼈으며 성채의 백색탑 위에는 햇빛을 받아 눈처럼 빛나는 섭정의 은빛 깃발이 다른 문장이나 의장을 달지 않은 채 마지막으로 걸렸다.

이제 서부의 지휘관들은 대군을 이끌고 도시로 향했고, 사람들은 그들이 떠오르는 햇빛을 받아 눈부시게 반짝이고 또 은빛 물결처럼 파문을 일으키며 열을 맞춰 행진해 오는 것을 볼 수 있었다. 그들은 성문 앞 200미터 지점에서 멈추었다. 아직 성문은 다시 세워지지 않았고 그 자리에 임시 관문이 설치되어 그 양편에 은색과 검은색 갑옷으로 무장한 병사들이 긴 칼을 빼 든 채 서 있었다. 관문 앞에는 섭정 파라미르와 관문의 수장인 후린, 그리고 곤도르의 다른 지휘관들이 서 있었고, 그 옆에는 마크 왕의 경호대장인 엘프헬름 원수와 기사들을 대동한 로한의 에오윈 왕녀가 있었다. 그리고 관문 안 양쪽에는 형형색색의 옷을 입고 화관을 두른 사람들이 물밀듯 늘어서 있었다.

미나스 티리스 성벽 앞에는 넓은 공간이 있었는데, 각지에서 온 기사들과 곤도르와 로한의 병사들, 도시민들 그리고 전국 방방곡곡에서 온 사람들이 그곳을 에워쌌다. 은색과 회색 갑옷을 입은 두네다인이 행렬에서 걸어 나오자 사람들은 숨을 죽였다. 그들 앞으로 아라고른이 천천히 걸어왔다. 그는 은띠를 두른 검은 갑옷을 입었고 순백의 긴 망토를 걸쳤으며 멀리서도 그 빛이 보이는 커다란 녹색 보석으로 목 부분을 고정시켰다. 그는 머리에 아무것도 쓰지 않았고 다만 이마에 두른 가느다란 은띠에 별 모양의 장식을 달고 있었다. 그와 함께 백색 갑옷을 입은 로한의 왕 에오메르와 임라힐 대공, 간달프가 걸어왔고, 그 옆에 네 명의 자그마한 인물들이 같이 왔다. 많은 사람들이 그들을 보고 놀랐다. 군중 속에 섞여 있던 요레스는, 그들을 보고 놀라는 임로스 멜루이에서 온 친척 여자에게 말했다.

"아니야, 저들은 어린애가 아니야. 멀리 있는 반인족의 나라에서 온 페리안들이야. 그곳에서 상당히 명망 있는 귀족들이래. 내가 치유의 집에서 한 사람을 보살펴 주어서 잘 알아. 저들은 몸집은 작아도 아주 용감하다지. 그들 중 하나는 자기 종사만 데리고 암흑의 나라로 가서는 그 군주와 맞서서 혼자 싸웠다는 거야. 그리고 그 탑에 불을 질렀다지. 믿기 어려운 일이지만 도시에서는 그렇게들 얘기해. 요정석과 함께 걸어오는 이가 바로 그이일 거야. 그들은 아주 친한 사이라니까. 요정석 공께선 정말로 놀라우신 분이야. 말씀하시는 게 유약하지 않으면서도 속담에 나오듯 황금의 마음을 지니셨어. 게다가 그분은 치유의 손을 갖고 계시거든. '왕의 손은 치유의 손'이라고 내가 말했지. 그분이 왕이라는 사실이 그렇게 해서 밝혀진 거야.

미스란디르가 내게 이렇게 말했어. '요레스, 사람들이 당신의 말을 오래도록 기억할 거요.' 하고 말이야. 그리고……."

하지만 요레스는 시골에서 온 친척에게 새로운 사실을 계속 알려 줄 수 없었다. 갑자기 나팔이 울리고 사방이 쥐 죽은 듯 조용해졌던 것이다. 그러자 관문에 서 있던 파라미르와 후린이 앞으로 나갔고, 궁성 경비대의 높은 투구와 갑옷을 착용한 네 명의 기사가 은띠로 묶인 검은 레베스론 나무상자를 들고 그 뒤를 따랐다.

파라미르는 사람들이 둘러선 가운데서 아라고른과 마주했다. 그리고 나서 아라고른 앞에 무릎을 꿇고 말했다.

"곤도르의 마지막 섭정이 사직을 요청합니다."

그러면서 그는 흰 막대를 바쳤다. 그러나 아라고른은 막대를 쥐었다가 다시 건네주며 말했다.

"그 직무는 아직 끝나지 않았소. 내 혈통이 이어지는 한 그것은 그대와 그대 자손에게 영원히 지속될 것이오. 이제 그대의 임무를 수행하시오."

그러자 파라미르가 일어나 낭랑한 목소리로 외쳤다.

"곤도르인들이여, 이 도시 섭정의 말을 들으시오! 보시오! 마침내 왕권을 되찾으러 오신 분이 계십니다! 이분은 아라소른의 아드님 아라고른이시며 아르노르 왕국 두네다인의 대장이시자 서부대군의 총지휘관이시며 북방의 별을 보유하셨고 다시 벼려진 칼의 주인으로 전쟁의 승리를 가져오셨습니다. 또한 누메노르의 후계 엘렌딜의 아드님이신 이실두르의 아드님 발란딜 혈통으로 치유의 손길을 가지신 요정석, 즉 엘렛사르이십니다. 이분께서 도시에 입성하셔서 왕이 되셔야 하지 않겠소?"

그러자 전 대군과 모든 사람들이 일제히 "옳소!" 하고 외쳤다.

요레스는 친척에게 다시 말했다.

"저건 이 도시의 의식에 불과한 거야. 저분은 벌써 들어오셨거든.

저분이 내게 뭐라고 하셨느냐 하면……."

이때 파라미르가 다시 외쳤기에 그녀는 말을 멈춰야만 했다.

"곤도르인들이여, 전승학자들의 말에 의하면, 왕이 되기 위해서는 부왕이 서거하시기 전에 직접 왕관을 계승받거나 사정이 여의치 않으면 부왕의 능에 홀로 가서 그의 손에서 왕관을 가져오는 것이 관습이라고 합니다. 그러나 지금은 상황이 전혀 다르므로 내가 섭정의 권한으로 과거 우리 선조들의 시절에 통치하셨던 마지막 왕, 에아르누르 왕의 왕관을 라스 디넨에서 이리 가져왔습니다."

그러자 호위병들이 걸어 나왔고 파라미르가 상자를 열어 옛 왕관을 치켜들었다. 그것은 궁성 경비대의 투구와 같은 모양이었으나 더욱 고상한 순백색이었으며, 양쪽 날개는 바닷새의 날개를 본떠 진주와 은으로 만들어져 있었다. 이는 곧 대해를 건너온 왕의 상징이었다. 일곱 개의 보석이 이마를 두른 띠에 박혀 있고 제일 위에는 불꽃처럼 빛을 뿌리는 커다란 보석이 박혀 있었다.

아라고른은 왕관을 건네받은 다음 번쩍 치켜들고 외쳤다.

"에트 에아렐로 엔도렌나 우툴리엔. 시노메 마루반 아르 힐디냐르 텐 암바르멧타!"

이것은 엘렌딜이 바람의 날개를 타고 대해에서 왔을 때 한 말인데, "위대한 대해에서 난 이 가운데땅으로 왔노라. 나와 내 후손들은 이 세상의 종말이 올 때까지 여기 머물겠노라!"라는 의미였다.

그러나 아라고른은 놀랍게도 왕관을 머리에 쓰지 않고 다시 파라미르에게 주면서 말했다.

"많은 이들의 노고와 용기로 내가 다시 왕위를 계승하게 되었소. 이에 대한 감사의 표시로, 반지의 사자께서 왕관을 갖다주시고 미스란디르께서 씌워 주셨으면 하오. 그분이야말로 모든 성취를 일으키신 분이었으며, 이는 곧 그분의 승리라 할 수 있겠기 때문이오."

그러자 프로도가 앞으로 나와 파라미르에게서 왕관을 받아 간달프에게 갖다주었고, 간달프는 무릎을 꿇은 아라고른의 머리에 백색 왕관을 씌워 주며 말했다.

"이제 왕의 시대가 도래했소! 발라의 왕좌가 지속되는 한 축복이 있으라!"

아라고른이 일어섰을 때 그를 본 사람들은 모두 침묵 속에 응시했다. 이제 처음으로 그의 본모습이 드러난 것 같았기 때문이었다. 과거 바다의 왕들처럼 장신인 그는 주위의 사람들보다 훨씬 커 보였다. 고대의 인물들처럼 나이 들어 보이면서도 아직 한창때의 원기 왕성한 남성이었다. 그의 이마에는 지혜가, 손에는 힘과 치유력이, 주위에는 후광이 비치고 있었다. 그러자 파라미르가 외쳤다.

"왕을 보라!"

그 순간 모든 나팔이 울렸고, 엘렛사르 왕이 앞으로 나아가 관문에 이르자 관문의 수장 후린이 관문을 열었다. 하프와 비올, 플루트가 청아한 목소리의 노랫소리와 어우러지는 가운데 왕은 꽃으로 덮인 거리를 지나 궁성에 이르러 입성했다. 성수와 별이 그려진 왕의 기치가 가장 높은 탑 위에 펼쳐졌고, 엘렛사르 왕의 시대가 시작되었다. 이에 대한 노래는 그 후 수없이 만들어졌다.

그의 통치하에서 그 도시는 처음 영광을 누렸던 나날보다도 더 아름다워졌다. 나무들과 분수들이 도시를 가득 채웠고, 미스릴과 강철로 성문을 주조했으며, 거리를 흰 대리석으로 포장했다. 산에 사는 난쟁이들은 도시에 와서 재건을 도왔고, 숲에 사는 요정들은 크게 기뻐하며 도시를 찾아왔다. 모두 보수되고 깔끔해졌으며, 집집마다 남녀노소의 웃음소리로 가득 찼으며, 창문은 닫히지 않았고, 뜰은 사람들로 붐볐다. 제3시대가 끝난 후 새로운 시대에 이르기까지, 그 도시는 사라진 날들의 기억과 영광을 간직했다.

대관식이 끝난 후 며칠 지나자 왕은 궁전의 옥좌에 앉아 성명을 발표했다. 동부와 남부 그리고 서쪽의 던랜드와 어둠숲의 경계 지역 및 여타 수많은 지역과 부족이 사절단을 보내왔다. 왕은 스스로 굴복해 온 동부인들을 사면하고 석방했으며, 하라드림과 평화 협정을 맺었고, 모르도르의 노예들도 누르넨내해 근방에 땅을 주어 살게 했다. 또 용감한 행적을 남긴 많은 사람들에게 칭송과 보상을 내렸다. 마지막으로 궁성의 경비대장이 베레곤드를 데려와 판결을 받게 했다. 왕이 베레곤드에게 말했다.

"베레곤드, 그대는 그대의 칼로 살상이 금지된 구역, 성전에 피를 뿌렸다. 또한 섭정이나 지휘관의 허락 없이 그대의 직무 구역을 이탈했다. 예전이라면 이에 대한 마땅한 벌은 사형이었다. 이제 그대의 운명을 선고하겠다. 전장에서의 무용을 고려해, 그리고 그대의 행위가 파라미르 공에 대한 사랑에서 우러나온 것임을 고려해 형벌은 면제하기로 한다. 다만 즉시 궁성의 경비병 직책을 박탈할 것이며 당장 미나스 티리스를 떠나야 한다."

그러자 베레곤드의 얼굴에서 핏기가 가셨다. 그는 마음속 깊이 상처를 입고 고개를 숙였다. 왕은 말을 이었다.

"그렇게 시행되어야 한다. 그대는 이제 이실리엔의 대공 파라미르 공의 경비대인 백색기사단에 합류해야 하기 때문이다. 더구나 그대는 그 대장으로 임명되었다. 그 지휘관으로서 명예와 평화를 누리며 그대의 모든 것을 걸고 생명을 구해 드렸던 대공을 섬기면서 에뮌 아르넨에 살게 될 것이다."

그제야 베레곤드는 왕의 자비로움과 정의로움을 깨닫고 크게 기뻐하며 무릎을 꿇고 왕의 손에 입을 맞추었다. 그는 흡족하고 기쁜 마음으로 떠나갔다. 아라고른은 파라미르에게 이실리엔을 영지로 하시하고 니서 곤도르시가 보이는 에뮌 아르넨 언덕에 거주할 것을 명했다.

"왜냐하면 모르굴계곡의 미나스 이실은 완전히 파괴될 것이기 때문이오. 시간이 지나면 깨끗하게 정화되겠지만 상당한 기간 동안 아무도 그곳에 살 수가 없을 게요."

왕은 이렇게 말했다.

마지막으로 왕은 로한의 에오메르를 미소로 맞이하고 포옹하며 말했다.

"우리 사이에는 주고받는 보상이 있을 수 없겠지요. 그대와 나는 형제이니 말이오. 과거의 행복한 시절에 북쪽에서 에오를이 말을 달려온 이후 이보다 더 축복받은 동맹 관계는 없었소. 어느 쪽도 상대를 실망시키지 않았고 앞으로도 그럴 것이오. 자, 세오덴 왕을 성전에 안장했으니 그대가 동의한다면 그분은 곤도르의 왕들 사이에서 편안히 쉬실 수 있소. 하지만 그대가 원한다면 그분을 다시 로한으로 모시고 가 동족들 사이에서 쉬시게 하겠소."

그러자 에오메르가 대답했다.

"왕께서 평원에서 내 앞에 나타난 이후 난 왕을 사랑해 왔고 그 사랑은 실망을 주지 않을 것입니다. 하지만 지금은 잠시 우리 땅으로 돌아가 여러 가지를 정리하고 정비해야겠습니다. 그리고 모든 준비가 끝나면 서거하신 분을 모시러 다시 오겠습니다. 얼마간 그분을 여기서 쉬게 해 주십시오."

에오윈은 파라미르에게 말했다.

"이제 전 고향으로 돌아가 다시 오라버니의 일을 도와드리겠어요. 그리고 제가 아버지처럼 사랑했던 분이 편히 쉬시도록 안치되면 돌아오겠어요."

이렇게 즐거운 나날이 지나갔다. 5월의 8일째 되는 날 로한의 기사들은 출발 준비를 마친 후 북쪽 길로 떠나갔고, 엘론드의 아들들도 함께 떠났다. 성문에서 펠렌노르평원의 외벽까지 길마다 사람들이 늘어서서 그들에게 경의를 표했다. 멀리서 왔던 사람들은 기뻐하며 다시 고향으로 돌아갔고, 도시는 전쟁의 상처와 암흑의 기억을 지우고 새로 재건하려는 노력으로 분주했다.

호빗들은 레골라스, 김리와 함께 미나스 티리스에 계속 머물렀다. 아라고른이 그 동지들이 흩어지는 것을 원치 않았던 것이다. 아라고른이 그들에게 말했다.

"결국에는 우리의 연대도 끝을 맺어야겠지. 하지만 자네들을 좀더 오래 붙잡아 두고 싶네. 자네들이 동참했던 일이 아직 완전히 끝난 게 아니거든. 내가 어른이 된 후로 늘 바라마지 않았던 그날이 가까워지고 있네. 그날이 왔을 때 내 벗들이 곁에 있어 주기를 바라는 걸세."

하지만 아라고른은 그날에 대해서는 자세히 말하려 하지 않았다. 반지 원정대는 아름다운 집에서 간달프와 함께 머물며 내키는 대로 여기저기 다녔다. 프로도는 간달프에게 물어보았다.

"아라고른이 말하는 그날이 어떤 날인지 아세요? 우린 여기서 행복한 시간을 보내고 있고 또 떠나고 싶진 않지만, 하루하루 시간이 지나고 있고 빌보 아저씨도 기다리실 거예요. 또 우리 고향은 샤이어이잖아요."

"빌보도 그날을 기다리고 있고 자네들이 왜 지체되고 있는지 잘 알고 있네. 또 시간이 흘러가는 거야 이제 기껏해야 5월이고 아직 한여름이 시작되지도 않았잖아. 모든 것이 변해서 한 시대가 지난 것 같지만 사실 자네들이 원정을 떠난 지 아직 채 1년도 안 되었다네."

그러자 프로도는 피핀에게 말했다.

"피핀, 자넨 간달프가 전보다 속내를 잘 털어놓으신다고 말하지 않았어? 그땐 아마 노고에 지치셨던 모양이야. 이젠 회복하신 것 같은데."

그러자 간달프가 말했다.

"사람들은 식탁 위에 무엇이 차려질지 미리 알고 싶어 하지만 잔치를 준비하느라 애쓴 사람은 비밀을 간직하고 싶은 법이라네. 놀라움으로 인해 찬사가 더 커질 테니 말일세. 그리고 아라고른도 어떤 신호를 기다리고 있다네."

그러던 어느 날 간달프가 보이지 않았다. 그러자 원정대는 무슨 일인지 궁금했다. 간달프가 밤중에 아라고른과 함께 도시를 빠져나와 민돌루인산 남쪽 기슭으로 갔던 것이다. 그곳에서 그들은 몇 세대 전에 만들어진 길을 발견했다. 지금은 사람들이 겁이 나서 감히 따라가 볼 엄두도 내지 못하는 길이었다. 그 길은 높고 신성한 장소로 이어졌는데, 오로지 왕들만 걸을 수 있었다. 그들은 가파른 길을 따라 올라가 눈 덮인 높은 봉우리들 아래의 고원에 이르렀다. 그곳에서는 도시 뒤편의 절벽이 내려다보였다.

이제 아침이 되었다. 그들은 저 아래 도시를 내려다보았다. 도시의 탑들은 햇빛에 반사되어 하얀 연필처럼 보였고, 안두인유역의 골짜기는 정원 같았으며, 어둠산맥은 황금빛 안개로 휘장이 드리워진 듯했다. 그들의 시선이 회색의 에뮌 무일에 닿자 반짝이는 라우로스는 흡사 멀리 떨어져 있는 별의 광채처럼 보였다. 강은 펠라르기르까지 리본처럼 구불구불하게 풀려 나갔고, 그 너머 하늘가에는 은은한 빛이 감돌았다. 그곳은 바로 바다였다.

간달프가 입을 열었다.

"여기가 바로 당신의 영토이자, 앞으로 더 위대한 왕국의 심장부가 될 곳이오. 이제 제3시대는 종말을 고했고 새 시대가 시작되었소. 당신의 임무는 새 시대의 시작을 준비하고, 보존할 만한 것은 보존하는 것이겠지요. 파멸의 위험에서 구조된 것이 많이 있지만, 또한 많은 것들이 사라져야 합니다. 세 반지의 권능도 끝났소. 눈앞에 보이는 모든 대지가 이제 인간들의 거주지가 될 것이오. 지금부터는 인간들의 시대라서, 손위 종족들은 사라지거나 떠나게 될 것이오."

"내 소중한 친구 간달프, 나 역시 그것을 잘 알고 있습니다. 그렇지만 내겐 아직 당신의 조언이 필요합니다."

"아니, 이제 더 이상은 필요가 없소. 내 시대는 제3시대였소. 나는 사우론의 적이었고, 이제 내 일은 끝난 거요. 나는 곧 떠나겠소. 이제는 당신과 당신 백성들이 짐을 떠맡아야 하오."

"하지만 난 불사의 몸이 아닙니다. 나는 죽어야 하는 인간이고, 순수한 누메노르의 혈통을 지녔기에 보통 인간들보다 오래 살기는 하겠지만 그것도 짧은 시간에 불과할 겁니다. 지금 여인들의 배 속에 있는 아이들이 태어나 노년에 이를 때쯤이면 나 역시 노쇠하겠지요. 만일 내 소망이 이루어지지 않는다면, 내가 죽은 후 누가 곤도르와, 이 도시를 자신의 여왕처럼 여기며 사랑하는 자들을 다스리겠습니까? 분수의 궁정에 있는 성수는 여전히 시들어 말라 있습니다. 그것이 살아나리라는 징후를 언제 볼 수 있겠습니까?"

그러자 간달프가 말했다.

"푸르른 대지에서 눈을 돌려 저 황량하고 차갑게 보이는 곳을 보시오!"

아라고른이 몸을 돌리자, 그의 등 뒤로 눈 덮인 언덕 자락에서 내리뻗은 비탈진 돌길이 있었다. 유심히 바라보니, 그 황량한 곳에 무언가 성장하는 것이 홀로 서 있었다. 그는 그곳으로 기어올랐고, 눈 덮인 곳의 언저리에서 솟아난 1미터도 되지 않는 어린나무를 발견했다. 그것은 벌써 길고 맵시 있는 어린잎을 내밀고 있었다. 잎의 위쪽은 검고 아래쪽은 은색이었으며, 그 가느다란 꼭대기에 작은 꽃들이 무리 지어 한 송이를 달고 있었는데 그 흰 꽃잎이 햇빛을 받은 눈처럼 반짝거렸다.

아라고른은 큰 소리로 외쳤다.

"에! 우 투비에녜스! 찾았어요! 하! 최고 손위 나무의 자손이 여기 있군요! 그런데 어떻게 여기 있게 되었을까요? 이건 아직 수령이 7년도 안 된 것 같은데."

그러자 간달프도 따라와서 보며 말했다.

"틀림없이 이건 아름다운 님로스 계통의 나무요. 님로스는 갈라실리온의 묘목이었고, 갈라실리온은 여러 이름으로 불리던 텔페리온, 즉 '손위 나무'의 과실이었소. 이 나무가 어떻게 해서 정해진 시간에 이곳에서 싹을 틔웠는지 그 누가 말할 수 있겠소? 이곳은 오래된 성스러운 곳이니 아마도 왕의 가계가 끊기기 전에, 또 궁정의 성수가 시들기 전에 열매를 옮겨 심어 놓은 것 같소. 이 나무의 열매가 무르익는 것은 극히 드물지만, 그 안의 생명은 오랜 세월 잠을 자기도 하기에, 누구도 그 깨어나는 시간을 예측할 수 없다고 하오. 내 말을 명심하시오. 일단 열매가 익으면 그 계통이 끊어지지 않도록 반드시 심어 줘야 하오. 예전 엘렌딜의 혈통이 북쪽 황무지에 숨어 있었듯이 이 나무 역시 이 산에 숨어 있었던 거요. 하지만 님로스의 계보는 당신의 가계보다 더 오래되었소, 엘렛사르 왕."

그러자 아라고른은 부드럽게 그 어린나무에 손을 대었다. 그러자 아! 그것은 땅에 뿌리를 슬쩍 대고 있었기라도 한 듯 상처 하나 없이 들려 올라왔다. 아라고른은 그것을 궁성으로 가져갔다. 시든 성수는 뽑아냈지만 태워 버리지 않고, 정성을 다해 라스 디넨의 정적 속에 쉬도록 안치했다. 아라고른은 궁정 분숫가에 새 성수를 심었다. 성수는 아주 빠른 속도로 즐겁게 성장하기 시작했다. 그리고 6월에 들어서자 꽃이 만개했다.

"이제 신호가 왔으니 그날이 머지않겠군."

아라고른은 이렇게 말하고 성벽 위에 경비병을 배치했다.

하지 바로 전날 아몬 딘에서 전령이 도착했고, 한 무리의 가인(佳人)들이 북쪽에서 말을 타고 오고 있으며 이제 펠렌노르외벽 거의 가까이 왔다고 전했다. 그러자 왕은 말했다.

"마침내 그분들이 오셨군! 온 도시에 준비하도록 하라!"

하지 전날 저녁, 동쪽 하늘은 사파이어처럼 푸르렀고 하얀 별이 빛을 발했지만, 서쪽 하늘은 아직 황금빛에 물들어 있을 때였다. 말을 탄 사람들이 차갑고 향기로운 대기를 가르고 북쪽 길을 내려와 미나스 티리스의 성문으로 다가왔다. 제일 앞에는 은색 기를 든 엘로히르와 엘라단이 말을 몰고 있었고, 그 뒤를 글로르핀델과 에레스토르 그리고 깊은골의 온 가족이 따르고 있었다. 로슬로리엔의 영주 켈레보른과 갈라드리엘이 백마를 타고 그 뒤를 따랐으며, 그들과 함께 그 나라의 요정들이 머리에 흰 보석을 달고 회색 망토를 입고 왔다. 마지막으로 요정과 인간의 세계에서 가장 강력한 자 엘론드가 안누미나스의 홀을 든 채 말을 달렸고, 그 옆에서 그의 딸이자 요정들의 저녁별 아르웬이 회색 말을 타고 왔다.

이마에 별을 단 아르웬이 달콤한 향기를 풍기며 어슴푸레한 저녁빛 속에 다가오는 것을 본 프로도는 경이로운 기분으로 찬탄하며 간달프에게 말했다.

"우리가 왜 기다렸는지 이제야 알겠어요! 이것이 끝이군요. 이제는 낮 시간이 사랑스러울 뿐 아니라 밤도 아름답고 축복받는 시간이 될 거예요. 밤의 모든 두려움은 사라지고요."

왕은 손님들에게 환영의 인사를 건넸고, 그들은 말에서 내렸다. 엘론드는 안누미나스의 홀을 왕에게 건네주고 자기 딸의 손을 왕의 손에 올려놓았다. 그들은 함께 도시로 올라갔고, 하늘에는 모든 별들이 꽃을 피웠다. 엘렛사르 왕, 즉 아라고른은 하짓날에 왕의 도시에서 아르웬 운도미엘과 결혼식을 올렸다. 이로써 그들의 오랜 기다림과 노고의 이야기는 결실에 이르렀다.

Chapter 6
많은 이별

축하하며 기뻐한 날들이 지나자 마침내 반지 원정대도 각자의 고향으로 돌아가야겠다고 생각했다. 프로도가 왕을 만나러 갔을 때 그는 왕비 아르웬과 함께 궁정 분수 옆에 앉아 있었다. 아르웬이 발리노르의 노래를 부르는 동안 분숫가의 성수는 싹을 틔우고 꽃을 피웠다. 그들은 프로도를 환영하며 일어나 인사했다. 아라고른이 먼저 입을 열었다.

"자네가 무슨 말을 하러 왔는지 알고 있네. 고향으로 돌아가고 싶은 게지. 자, 내 친애하는 벗이여, 나무들도 그 조상의 땅에서 더 잘 자라는 법이지. 하지만 자네는 서부의 어느 땅에서나 환영을 받을 걸세. 자네의 종족은 위인들의 전설에서 큰 명성을 얻은 적이 별로 없었지만, 이젠 사라져 버린 수많은 넓은 나라들보다 자네의 고향이 더 큰 명성을 누릴 걸세."

그러자 프로도가 대답했다.

"샤이어로 돌아가고 싶은 것은 사실입니다. 하지만 먼저 깊은골로 가야겠어요. 이 행복한 나날에 부족한 것이 있다면, 빌보 아저씨가 없어서 섭섭했거든요. 엘론드의 가족들과 함께 오시지 않아서 무척 서운했어요."

그러자 아르웬이 말했다.

"그것이 놀라웠나요, 반지의 사자님? 당신은 이제 파괴된 그 반지의 권능을 알고 있잖아요? 그 마력으로 일어났던 일들이 이제 모두 사라져 가고 있어요. 그런데 당신의 친척은 그 반지를 당신보다 오래

지니고 계셨지요. 당신들 종족의 기준으로 보면 빌보 씨는 상당히 연로하신 편이고요. 빌보 씨는 당신을 기다리고 계세요. 마지막 여행을 빼고 다시는 긴 여행을 하지 않으려 하시니까요."

"그러면 곧 떠나도록 허락해 주시길 바랍니다."

그러자 아라고른이 대답했다.

"이레가 지나면 우리도 함께 갈 걸세. 멀리 로한의 땅까지 갈 생각이네. 이제 사흘 후에 세오덴 왕을 모셔 가서 마크에 안장하려고 에오메르 왕이 이리 오실 거라네. 우리도 돌아가신 분께 경의를 표하기 위해 함께 가기로 했네. 자네가 가기 전에, 우선 파라미르가 전에 자네에게 했던 약속을 확인시켜 주지. 자네와 자네 동료들은 곤도르의 어디든 자유롭게 다닐 수 있네. 자네의 장거(壯擧)에 값할 수 있는 선물이 있다면 무엇이라도 주겠네만. 자네가 원하는 것은 무엇이든 가져가도 좋다네. 또 자네는 명예롭게 이 땅의 대공으로 성장(盛裝)하고 말을 탈 걸세."

그러자 아르웬 왕비도 말했다.

"엘론드의 딸로서 당신에게 선물을 드리겠어요. 부친 엘론드께서 회색항구로 떠나실 때 난 같이 가지 않을 겁니다. 내 선택은 과거 루시엔의 선택과 같고, 나 또한 그녀처럼 좋은 일뿐 아니라 고통스러운 일도 선택했으니까요. 그렇지만 반지의 사자여, 때가 되고 당신이 원한다면 당신이 나 대신 가도 좋습니다. 만일 상처가 계속 아프고 그 짐에 대한 기억으로 마음이 무겁다면, 서쪽나라로 가서 당신의 고통과 피로를 모두 치유할 수 있을 겁니다. 하지만 지금은 당신의 삶과 인연을 맺은 요정석과 저녁별을 기념하기 위해 이것을 달아주세요."

그녀는 가슴에 걸고 있던 별 모양의 흰 보석이 달린 은사슬을 떼어 프로도의 목에 걸어 주었다.

"공포와 암흑의 기억이 당신을 괴롭힐 때 이것이 당신에게 도움이 될 거예요."

사흘이 지나자 왕이 말했던 대로 로한의 에오메르가 마크의 가장 훌륭한 기사들로 선별한 에오레드를 인솔하고 미나스 티리스로 왔다. 환영이 끝나고 모두 대연회장 메레스론드에 모여 식탁에 둘러앉았다. 에오메르는 아름다운 귀부인들을 보고 대단히 놀라워했다. 잠자리에 들기 전 그는 난쟁이 김리를 불러 말했다.

"글로인의 아들 김리, 그대의 도끼는 준비되었겠지?"

"아닙니다, 왕이시여. 하지만 필요하면 곧 가져오겠습니다."

"스스로 판단하게. 황금숲의 여주인에 관한 경박한 말이 우리 사이에 오갔었지? 자, 이제 난 그녀를 내 눈으로 보았네."

"그렇다면, 왕이시여, 무엇이라 말씀하시겠습니까?"

"안됐지만, 그녀가 살아 있는 여인들 중 가장 아름다운 여인이라고 말하진 못하겠군."

"그렇다면 제 도끼를 가지러 가야겠군요."

"하지만 우선 변명을 좀 해야겠네. 만일 내가 다른 사람들 사이에서 그녀를 보았다면 자네가 바라는 말을 기꺼이 했을 거라네. 하지만 지금은 저녁별 아르웬 왕비를 첫째로 꼽겠어. 그리고 내 말을 부정하는 자가 있다면 기꺼이 결투를 하겠고. 자, 내 칼을 가져오라고 할까?"

그러자 김리는 깊이 고개를 숙였다.

"아닙니다, 전하. 결투는 제가 포기하겠습니다. 전하는 저녁을 선택하셨지만, 저는 아침에 제 사랑을 바쳤습니다. 그리고 머지않아 그것이 영원히 사라져 버릴 거라는 예감이 듭니다."

마침내 출발의 날이 다가왔다. 위대하고 아름다운 일행이 북쪽으로 여행할 준비를 마쳤다. 곤도르의 왕과 로한의 왕은 성전으로 갔고, 라스 디넨의 무덤에서 세오덴 왕을 황금의 관에 옮기고는 침묵 속에 도시를 통과했다. 관은 커다란 마차에 실렸으며 로한의 기사들이 그 주위를 둘러싸고 경호했다. 앞에는 왕의 깃발이 나부꼈다. 메리는 세오덴의 기사였으므로 마차에 올라 왕의 무기를 지켰다.

다른 동료들에게는 체구에 따라 말이 준비되었다. 프로도와 샘와이즈는 아라고른 옆에서 말을 몰았고, 간달프는 샤두팍스에 탔다. 피핀은 곤도르의 기사들과 함께 말을 달렸고, 레골라스와 김리는 늘 그랬듯이 아로드에 함께 올라탔다.

아르웬 왕비, 켈레보른과 갈라드리엘, 엘론드와 그 아들들, 돌 암로스와 이실리엔의 대공들, 그 밖에 많은 지휘관들과 기사들이 함께 떠났다. 일찍이 마크의 어느 왕도 셍겔의 아들 세오덴만큼 장대한 행렬을 거느리고 고향에 돌아온 적이 없었다.

그들은 서두르지 않고 유유히 아노리엔을 지나 아몬 딘 아래 회색숲에 이르렀다. 그곳에선 살아 있는 것이라고는 하나도 찾아볼 수 없었지만, 언덕에서 아스라이 북소리가 들려왔다. 그러자 아라고른은 나팔을 불게 한 다음 전령으로 하여금 외치게 했다.

"자, 엘렛사르 왕께서 오셨다! 왕께서는 간부리간과 그 동족에게 드루아단숲을 영원히 하사하셨다. 이후로는 어느 누구도 그들의 허락 없이 이 숲에 들어가지 못하리라!"

그러자 북소리가 한층 크게 울렸다가 곧 잠잠해졌다.

마침내 보름간의 여행 후 세오덴의 마차는 로한의 푸른 들판을 지나 에도라스에 이르렀다. 여기서 그들은 휴식을 취했다. 황금궁전은 빛으로 가득했으며 아름다운 벽걸이로 장식되었고, 궁전이 건축된 이후 최고의 연회가 열렸다. 사흘 후 마크인들은 세오덴의 장례식을 준비했다. 돌아가신 왕은 생전에 소지했던 무기와 여러 가지 아름다운 물건들과 함께 돌무덤에 안장되었으며, 그 위에는 커다란

봉분이 쌓였다. 그리고 그 위는 푸른 잔디와 흰 영념화로 덮였다. 이
제 고분들판 동편에는 여덟 개의 봉분이 있었다.

왕의 직속 기사들은 백마를 타고 무덤 주위를 돌며 음유시인 글
레오위네가 지은 노래, 셍겔의 아들 세오덴 왕의 노래를 불렀다. 글
레오위네는 그 후 다른 노래를 전혀 짓지 않았다고 한다. 기사들의
느린 노랫소리는 그 언어를 이해하지 못하는 사람들에게도 감동을
주었다. 하지만 그 노랫말은 북쪽의 천둥 같은 말발굽 소리와 켈레
브란트평원의 전장에서 울부짖는 청년왕 에오를의 함성을 다시 들
려주어서 마크인들의 눈을 빛나게 했다. 왕들의 이야기가 계속 이어
졌고, 헬름의 뿔나팔 소리가 온 산에 요란하게 울렸으며, 마침내 암
흑이 닥쳐와 분연히 일어난 세오덴 왕이 암흑을 헤치고 불을 향해
질주하다 태양이 다시 민돌루인에 빛을 발할 무렵 장렬한 죽음을
맞이하는 부분에 이르렀다.

> 의혹을 넘어, 암흑을 넘어, 날이 밝을 때까지
> 햇빛 속을 노래하며 달리셨지, 칼을 빼 들고
> 희망의 불을 붙이시고, 희망으로 끝맺었지.
> 죽음을 넘어, 두려움을 넘어, 몰락을 넘어
> 상실을 넘어, 생명을 넘어, 영원한 영광으로!

메리는 초록 봉분의 바닥에 서서 울었다. 노래가 끝나자 그는 크
게 외쳤다.

"세오덴 왕이시여, 세오덴 왕이시여, 안녕히! 얼마간이었지만 아
버지와 다름없었던 분이시여! 안녕히!"

장례가 끝나고 여자들의 곡도 잠잠해져 마침내 세오덴만 무덤에
홀로 남겨졌다. 일행은 황금궁전에서 대연회를 베풀며 슬픔을 달랬

다. 세오덴은 장수를 누렸을 뿐 아니라 그의 위대한 선조들보다 더욱 명예로운 죽음을 맞았기 때문이다. 마크의 관습에 따라 왕들을 추모하고 건배할 시간이 되자, 햇살 같은 금발을 휘날리며 눈같이 흰 옷을 입은 에오윈이 에오메르에게 술이 가득 찬 잔을 건네주었다.

그러자 전승의 대가인 음유시인이 일어나 마크의 왕들을 차례로 읊기 시작했다. 청년왕 에오를, 황금궁전의 건립자 브레고, 불운한 발도르의 동생 알도르, 프레아, 프레아위네, 골드위네, 데오르, 그람, 그리고 마크의 위기 때 헬름협곡에 은거한 헬름. 이렇게 서쪽 아홉 개 봉분의 주인들이 거명되었다. 여기서 일단 직계가 끊기고 동쪽 봉분의 왕가가 이어진 것이었다. 헬름의 조카 프레알라프, 레오바, 왈다, 폴카, 폴크위네, 펭겔, 셍겔 그리고 마지막으로 세오덴이 그들이었다. 세오덴이 언급되자 에오메르는 잔을 비웠다. 그러자 에오윈은 시종들에게 잔을 채우라고 지시했고 모두 일어나 새로운 왕에게 건배하며 외쳤다.

"마크의 왕 에오메르 만세!"

연회가 끝날 무렵 에오메르가 일어나 말했다.

"지금 이 자리는 선왕 세오덴의 장례연입니다만, 헤어지기 전에 기쁜 소식을 전해 드리겠습니다. 선왕께서는 내 누이 에오윈에게 친아버님이나 마찬가지였으므로 제가 전해 드리는 이 소식을 기뻐하시겠지요. 이 궁전이 처음 맞이하는 여러 지방의 훌륭하신 분들이여, 내 말을 들어 주십시오. 곤도르의 섭정이자 이실리엔의 대공이신 파라미르 공께서 로한의 에오윈에게 청혼했고 그녀는 청혼을 기꺼이 받아들였습니다. 그러므로 그들은 여러분들 앞에서 혼약을 맺을 겁니다."

파라미르와 에오윈이 앞으로 나와 손을 잡자 모든 이들이 건배하며 축복을 보냈다. 다시 에오메르가 말했다.

"이렇게 해서 마크와 곤도르의 우정은 새로운 끈으로 엮였으니 그만큼 더 즐거운 일이 아니겠습니까."

그러자 아라고른도 말했다.

"에오메르, 그대의 나라에서 가장 아름다운 이를 곤도르에 기꺼이 내주다니 그대는 인색한 사람이 아니구려!"

그러자 에오윈은 아라고른의 눈을 바라보며 말했다.

"치유자이신 전하, 제게 축복을 내려 주십시오."

아라고른은 대답했다.

"그대를 처음 본 후로 늘 그대의 행복을 기원했소. 그대가 기뻐하는 것을 보니 내 마음 또한 치유되는 것 같소."

연회가 끝나자 떠나야 할 사람들은 에오메르 왕과 작별 인사를 나눴다. 아라고른과 그의 기사들, 로리엔과 깊은골에서 온 이들도 떠날 준비를 했다. 그러나 파라미르와 임라힐은 에도라스에 머물렀고, 저녁별 아르웬도 그대로 머물러 친지들과 작별했다. 그녀의 아버지 엘론드는 딸과 함께 언덕으로 올라가 오랫동안 이야기를 나누었다. 그들의 마지막 이별을 본 사람은 없었지만, 그들의 이별은 세상의 종말을 넘어서까지 지속될 쓰라린 것이었다.

손님들이 떠나기 전 에오메르와 에오윈은 메리에게 왔다. 에오메르가 먼저 말했다.

"자, 안녕, 샤이어의 메리아독이자 마크의 홀드위네여! 가서 행운을 찾고 곧 돌아와 우리의 환영을 받길 바라네. 옛날 왕들이라면 성널오름평원에서의 자네의 공적에 대해 마차에 다 실을 수 없을 만큼 선물을 주며 치하했겠지. 그런데 자네는 무기를 제외하곤 아무것도 받지 않겠다고 했다지. 그 말을 수락하겠네. 사실 내게는 그런 용맹한 행위에 값할 만한 물건이 없으니 말이야. 하지만 내 누이는, 아침을 알리는 마크의 나팔 소리와 데른헬름의 기념으로 이 작은 물건을 받아 주길 바란다네."

그러자 에오윈은 메리에게 오래된 나팔을 주었다. 그것은 작고 정교하게 만들어진 은나팔로 녹색 어깨띠가 달려 있었는데, 나팔 끝에서부터 입구까지 달리는 말에 탄 기사들이 일렬로 조각되어 있고 그와 더불어 위대한 미덕을 기리는 룬 문자가 새겨져 있었다. 에오윈은 말했다.

"이것은 우리 집안의 가보예요. 난쟁이들이 만든 것으로 용 샤다의 보물 창고에서 찾은 것입니다. 청년왕 에오를께서 북쪽 땅에서 가져오셨지요. 곤경에 처한 이가 불면 적의 마음에 두려움이 생기고 친구들의 가슴에는 즐거움이 넘쳐 도우러 올 거예요."

그것마저 거절할 수는 없었기에 메리는 나팔을 받고 에오윈의 손에 입을 맞췄다. 그들은 그를 포옹한 다음 얼마간 작별을 고했다.

이제 손님들은 떠날 준비가 끝나자 이별의 잔을 돌리고 찬사와 우정을 나눈 다음 길을 떠났다. 그들은 헬름협곡에 도착해 이틀간 쉬었다. 거기서 레골라스는 김리에게 한 약속을 지키느라 그와 함께 '찬란한 동굴'로 갔다. 돌아온 레골라스는 입을 다물었고, 김리만이 그 동굴을 제대로 묘사할 적절한 표현을 알 거라고 말했다.

"사실 말다툼에서 난쟁이가 요정을 이겨 본 적은 이제껏 없었지. 자, 이젠 팡고른으로 가서 묵은셈을 청산하기로 하지."

그들은 협곡분지에서 아이센가드로 달려가 그동안 엔트들이 분주하게 해낸 일들을 보았다. 원형으로 쌓여 있던 돌들은 모두 부서지고 제거되었으며 그 내부는 나무들이 가득 들어찬 과수원과 정원이 되었다. 그 사이로 시냇물이 흘러 중앙에 맑은 호수를 이루고 있었다. 그 가운데 난공불락의 첨탑 오르상크가 우뚝 서 있어, 맑은 호수에 그 검은 바위가 비추였다.

그들은 아이센가드의 옛 성문이 있던 자리에 잠시 앉았다. 오르상크에 이르는 길 입구에는 커다란 나무 두 그루가 파수병처럼 서 있었다. 그 너머 오르상크로 가는 길 양편에는 초록 풀이 돋아 있었다. 그들은 이런 변화에 놀라 어리둥절해하며 주위를 돌아보았다. 다른 생물은 전혀 보이지 않았다. 그러나 곧 "흠흠." 하는 소리가 들리더니 나무수염이 날쌘돌이를 데리고 성큼성큼 다가와 그들에게 인사했다.

"오르상크의 나무안뜰에 오신 것을 환영합니다. 오시는 것은 알았지만 아직 할 일이 많아 계곡 위에서 일을 하고 있었어요. 당신들도 동쪽과 남쪽에서 열심히 일했다고 하더군요. 내가 들은 소식은 다 좋은 것이었소."

나무수염은 그들의 위업을 이미 다 알고 있는 것 같았다. 이윽고 말을 멈추고는 간달프를 한참 바라보았다.

"자, 이리 오십시오. 당신이 가장 강력한 분이라는 것이 입증되었소. 당신의 모든 노력은 좋은 결실을 맺었지요. 자, 이제 어디로 가십니까? 여기는 어떻게 오셨소?"

그러자 간달프가 대답했다.

"당신의 일이 어떻게 되어 가는지 보려고 들렀소, 친구여. 그리고 이루어진 모든 일에 대한 당신의 도움에 감사드리러 왔소."

"흠, 공정하신 말씀. 분명 우리 엔트들도 한몫했지요. 여기 살던 그 저주받을 나무 도살자를 처리하는 일만이 아니었소. 그것들, 부라룸, 사악한눈에, 검은손에, 안짱다리에, 냉혹한 심장에, 날카로운 손톱에, 더러운 배에, 피에 굶주린 모리마이테싱카혼다, 흠, 이놈들이 쳐들어왔소. 물론 당신들처럼 성미 급하신 분들에게는 이 벌레 같은 오르크들의 이름이 오랜 세월 동안 고문을 받는 것처럼 너무 길 테지요. 그놈들은 강 건너 북쪽에서 내려왔는데 여기 계신 위대한 분들 덕분에 라우렐린도레난에는 들어갈 수 없었소."

그러면서 그는 로리엔의 영주 부부에게 절을 했다.

"그 더러운 놈들은 로한고원에서 우리를 만나게 되어 기절초풍했소. 우리에 대해 들어 본 적이 없었을 테니 말이지. 우리에 대해 모르기는 다른 종족들도 마찬가지겠지요. 하여간 우리를 기억할 놈들은 많지 않을 거요. 살아 도망친 놈들이 얼마 되지 않을뿐더러 그마저도 강물이 처리해 주었으니 말이오. 하여간 당신들에게는 잘된 일이었소. 그놈들이 우리를 만나지 않았더라면 로한의 왕은 멀리 나갈 수가 없었을 테고 아니면 돌아올 고향을 잃었을지도 모르지."

그러자 아라고른이 말했다.

"우리도 그것을 잘 알고 있소. 미나스 티리스와 에도라스는 그 일을 영원히 잊지 않을 거요."

"'영원'이란 우리 엔트들에게도 너무 긴 말입니다. 당신의 말은 당신 왕국이 지속되는 동안이란 뜻이겠지요. 어쨌든 당신 왕국은 우리 엔트들에게도 길게 느껴질 만큼 오래 지속될 거요."

그러자 간달프도 말했다.

"새로운 시대가 시작되었소. 그리고 이 시대는 인간의 왕국이 당신들보다 오래 지속된다는 것을 입증할 거요, 내 친구 팡고른. 그런데 말해 보시게. 내가 부탁한 일은 어떻게 되었소? 사루만은 어떻소? 그는 아직 오르상크에 싫증을 내지 않았소? 당신이 해 놓은 일을 창문으로 내다보고 경치가 더 좋아졌다고 생각하지는 않을 텐데?"

메리는 나무수염이 오랫동안, 엉큼하게도 보이는 시선으로 간달프를 쳐다본다고 생각했다.

"아! 당신이 그 얘기를 하리라 생각했소. 오르상크에 싫증이 났느냐고? 나중에야 무척 싫증이 났겠지요. 하지만 자기 탑보다는 내 목소리에 더 싫증이 났을 게요. 흠! 내가 긴 이야기를 들려주었지요. 아니, 적어도 당신들의 기준으로는 길게 여겨질 만큼 해 주었소."

"그런데 그는 왜 한참 머물며 당신의 이야기를 들었소? 당신이 오르상크로 들어갔었소?"

"흠! 오르싱크에 들어가다니! 그가 창가에 와서 들었지. 다른 방법으로는 소식을 들을 수가 없으니 말이오. 게다가 소식 내용은 대단히 싫어했지만 그럼에도 알고 싶어서 안달이 났었다오. 그래서 모든 이야기를 귀담아듣더군. 하지만 나는 그 소식에다 그가 생각해야 마땅할 여러 가지 것들을 덧붙여서 말해 주었소. 그는 몹시 싫증을 내더군요. 항상 성급하게 굴었소. 결국 그것이 그의 파멸이 되고 말았지만 말이오."

"내 친구 팡고른, 당신은 신중하게 '살았다'든가, '들었다'든가, '굴었다'라고 과거형을 골라 쓰시는구려. '현재'는 어떻게 된 거요? 그가 죽었소?"

"내가 아는 한, 죽지는 않았소. 그는 가 버렸소. 그렇소, 이레 전에 가 버렸소. 가게 내버려 두었지요. 기어 나왔을 때 보니 남은 것이 거의 없더군요. 그 벌레 같은 부하 놈은 창백한 그림자와 다를 바가 없었소. 자, 내가 그를 안전하게 지키겠다고 약속했다는 말은 하지 마시오, 간달프. 나도 알고 있으니까. 하지만 그 이후로 상황이 달라졌소. 난 그가 더는 해를 끼칠 위험이 없을 때까지 붙잡아 놓았던 겁니다. 난 생물을 감금하는 것을 무엇보다도 싫어한다는 것을 이해하셔야 하오. 그런 작자들이라 해도 꼭 필요한 경우가 아니라면 우리에 가둬두지 않겠소. 독니가 없는 뱀은 어디나 기어 다녀도 괜찮소."

"당신 말이 옳을지 모르지. 그렇지만 그 뱀에게는 아직 독니 하나가 남아 있소. 목소리의 독을 갖고 있지. 아마도 그가 당신 마음의 약한 부분을 알고 당신을, 나무수염마저 설복시킨 것 같소. 자, 그가 가 버렸다니 더 할 말은 없겠군. 이제 오르상크의 탑은 원래의 주인인 왕에게 돌아갈 것이오. 그것이 필요 없을지도 모르지만."

그러자 아라고른이 말했다.

"그것은 나중에 살펴보기로 합시다. 엔트들이 오르상크를 지키고 내 허락 없이는 아무도 들어가지 못하게 한다면 여기 모든 계곡을 엔트들에게 주겠소."

그러자 나무수염이 답했다.

"그 탑은 잠겨 있소. 사루만에게 잠그고 열쇠는 달라고 했소. 날쌘돌이가 갖고 있습니다."

날쌘돌이는 바람에 휘어지는 나무처럼 절을 하고는 아라고른에게 강철 고리로 연결된 두 개의 커다랗고 정교한 검은색 열쇠를 넘겨주었다. 아라고른이 말했다.

"그대들에게 다시 한번 감사를 드립니다. 이제 작별을 고해야겠소. 그대의 숲이 평화롭게 번창하기를! 이 계곡이 울창해지면 그대들이 한때 거닐었던 산 서쪽 편에도 남은 공간이 있을 거요."

나무수염은 슬픈 표정을 지었다.

"숲은 울창해지고 우거지겠지만 엔트들은 그렇지 않을 겁니다. 엔팅이 없으니 말이오."

"하지만 이제는 찾을 희망이 더 커졌을지 모르지요. 오랫동안 막혀 있던 동쪽 땅도 당신들에게 개방될 거요."

그러나 나무수염은 고개를 흔들며 말했다.

"그곳은 가기에 너무 멀고 또 인간들이 너무 많지요. 그나저나 내가 대접할 생각도 잊고 있었군그래! 여기서 잠깐 쉬어 가시지 않겠소? 팡고른숲을 관통함으로써 귀향길을 단축하려는 분이 혹시 계신지?"

그는 켈레보른과 갈라드리엘을 바라보았다.

하지만 레골라스를 제외하고는 모두 다 지금 출발해야 하고 남쪽이나 서쪽으로 떠나야겠다고 말했다. 레골라스는 김리에게 말했다.

"이리 와 봐, 김리. 팡고른이 허락해 주신다면, 나는 엔트숲의 오지로 들어가 가운데땅의 다른 곳에서는 볼 수 없는 나무들을 찾아볼 거야. 자네도 나와 같이 가서 약속을 지기는 게 어때? 그런 다음에 여행을 계속해서 어둠숲의 고향으로 돌아가세나."

썩 내키지는 않는 것 같았지만 김리는 이 말에 동의했다.

"그럼 마침내 여기서 반지 원정대의 행로는 끝나게 되었군. 하지만 약속한 대로 머지않아 날 도와주러 내 나라로 돌아와 주기 바라네."

아라고른이 말했다. 그러자 김리가 대답했다.

"우리 영주께서 허락하신다면 언제라도! 자, 호빗들, 안녕! 이제 자네들은 고향으로 안전하게 돌아갈 테고, 나도 자네들한테 위험이 닥칠까 염려되어 잠 못 이루는 밤은 없겠지. 가능한 한 소식을 보낼 테고 또 우리들 중 몇몇은 때로 만날 수도 있겠지. 하지만 우리 모두가 다시 모이는 일은 없을 것 같군."

그러고 나자 나무수염은 그들 모두에게 차례로 작별 인사를 했고, 켈레보른과 갈라드리엘에게는 경의를 표하며 천천히 세 번 절을 하고 말했다.

"우리가 그루터기나 바위 옆에서 만난 후 오랜 세월이 흘렀소. 아바니마르, 바니말리온 노스타리! 이처럼 마지막 순간에야 만나게 되다니 슬픈 일이오. 이제 세상은 변하고 있으니 말이지. 물과 땅, 공기에서 그것을 느낄 수 있소. 아마 다시는 만나지 못하겠구려."

그러자 켈레보른이 이렇게 말했다.

"나는 모르겠소, 연장자여."

그러나 갈라드리엘이 말했다.

"가운데땅에서는 만나지 못하겠지요. 파도 밑에 누워 있는 땅이 다시 솟아오를 때까지 말이에요. 그런 다음에 타사리난의 버드나무 숲에서 봄에 만나게 될 겁니다. 안녕히!"

마지막으로 메리와 피핀이 엔트에게 인사를 했고 엔트는 그들을 바라보면서 즐거운 표정을 지었다.

"자, 유쾌한 친구들, 가기 전에 나와 함께 한 모금 또 마시지 않겠나?"

"물론이지요."

그들이 대답하자 그는 그들을 데리고 나무 그늘로 갔다. 그곳에는 커다란 돌 항아리가 놓여 있었다. 나무수염은 대접 세 개에 음료를 가득 채워 하나씩 들고 마시게 했다. 그러면서 나무수염은 대접 너머로 그들을 야릇한 눈빛으로 쳐다보며 말했다.

"조심하게, 조심해! 내가 마지막으로 봤을 때보다 자네들은 벌써 키가 많이 자랐어."

그들은 웃으며 대접을 비웠다.

"자, 안녕! 자네들의 나라에서 엔트부인들의 소식을 듣게 된다면 꼭 전해 주어야 하네."

나무수염은 이렇게 말하며, 커다란 손을 흔들어 모든 이들에게 인사하고는 나무들 사이로 사라졌다.

여행자들은 이제 더 속도를 내어 달렸고 로한관문으로 향했다. 마침내 아라고른은 피핀이 오르상크 천리안의 돌을 들여다보았던 곳 근처에서 그들과 작별했다. 호빗들은 그 작별이 무척 섭섭했다. 아라고른은 호빗들을 실망시킨 적이 한 번도 없었고 수많은 위험 속에서 그들을 잘 이끌어 왔던 것이다.

"우리 친구들을 볼 수 있는 돌이 있다면 좋을 텐데. 그러면 멀리서도 친구들에게 말할 수 있잖아."

피핀이 이렇게 말하자 아라고른이 대답했다.

"자네가 사용할 수 있는 돌이 지금 하나 남아 있네. 미나스 티리스의 돌이 보여 주는 것은 자네가 보고 싶어 하지 않을 테니. 하지만 그 오르상크의 돌은 왕이 보관할 거라네. 내 영토에서 무슨 일이 일어나는지, 또 백성들이 무엇을 하는지 알아야 하니까 하지만 툭 집안 페레그린, 자네는 곤도르의 기사라는 사실을 잊지 말게나. 자네를 그 임무에서 풀어 준 것은 아니니 말일세. 자네는 지금 휴가를 받아서 가는 것이고, 난 곧 자네를 부를 걸세. 그리고 샤이어의 친구들, 내 영토는 북쪽에도 있고 언젠가는 내가 그곳에 가리라는 걸 기억해 주게."

그러고 나서 아라고른은 켈레보른과 갈라드리엘에게 작별 인사를 했다. 갈라드리엘이 그에게 말했다.

"요정석이여, 그대는 암흑을 헤치고 희망에 이르렀고 모든 소망을 이루었지요. 앞으로의 나날을 행복하게 보내세요."

켈레보른도 말했다.

"친족이여, 안녕히! 그대의 운명은 내 운명과 다르기를, 그대의 보석이 끝까지 그대와 함께하길 빌겠소."

이렇게 그들은 이별했다. 마침 일몰 시간이었다. 얼마 후 그들이 뒤돌아보았을 때 서부의 왕은 기사들을 거느리고 말 위에 앉아 있었다. 지는 석양빛이 그들을 비춰 마구는 붉은 금처럼 반짝였고 아라고른의 흰 망토는 불꽃처럼 타올랐다. 아라고른이 녹색의 돌을 들어 올리자 그의 손에서 녹색 불꽃이 솟아올랐다.

이제 얼마 남지 않은 동지들은 아이센강을 따라가다가 서쪽으로 방향을 돌려 로한관문을 통과했고, 그 너머 황야를 지난 다음에 북쪽으로 방향을 돌려서 던랜드경계를 통과했다. 요정들이 그 나라에 간 적이 거의 없었음에도 던랜드인은 그들을 두려워해 달아나고 숨었다. 하지만 여행자들은 아직 대규모 일행이었고 필요한 것을 충분히 구비하고 있었기에 별로 주의를 기울이지 않았다. 그들은 여유 있게 길을 가며 필요할 때마다 야영을 하고 쉬었다.

왕과 작별한 지 엿새째 되는 날에 그들은 오른쪽으로 안개산맥을 끼고 내려오는 숲을 통과하게 되었다. 해 질 무렵에 넓은 들판으로 다시 나오게 되었을 때 그들은 지팡이에 몸을 의지하고 걸어가는 노인을 따라잡게 되었다. 회색인지 더러워진 흰색인지 구별이 되지 않는 옷을 입은 노인의 발치에 또 다른 거지가 몸을 웅크린 채 낑낑거리며 따라가고 있었다. 간달프가 말을 걸었다.

"이보게, 사루만! 어디로 가는가?"

"대체 무슨 상관이야? 아직도 내게 오라 가라 명령하고 싶은가? 내 몰락에도 만족하지 못한단 말인가?"

"그 답을 잘 알 텐데. 둘 다 아니라네. 어찌 되었든 이제 내가 일할 시간은 끝나 가고 있네. 왕께서 짐을 떠맡으셨지. 당신이 오르상크에서 기다렸더라면 왕을 뵐 수 있었을 테고 그랬더라면 왕께서 지혜와 자비를 보여 주셨을 것을."

"그렇다면 빨리 떠나길 잘했군. 나는 왕에게 아무것도 바라지 않으니 말이야. 처음 질문에 대한 답을 듣고 싶다면 말해 주지. 난 그의 영토를 벗어나는 길을 찾고 있어."

"그렇다면 또다시 길을 잘못 들었군. 당신의 이 여행은 희망이 없어 보이네. 그런데 우리의 도움을 비웃을 텐가? 우리는 당신을 돕겠다고 제안하고 있네."

"나를? 흥, 제발 나를 보고 웃지나 마시지. 너희들의 찌푸린 얼굴이 더 좋으니까. 난 여기 계신 부인도 믿지 않아. 늘 나를 미워했고 너희를 위해 계략을 꾸며 왔으니까 말이야. 이 부인께서는 틀림없이 내 가난한 처지를 고소해하는 재미를 보려고 너희들을 이 길로 이끌었을 거야. 너희들이 쫓아온다는 걸 알았다면 난 절대로 그런 재미를 주지 않았을 텐데."

그러자 갈라드리엘이 말했다.

"사루만, 우리에겐 당신을 쫓아다니는 것보다 더 급박한 일과 걱정거리가 있어요. 오히려 당신이 행운을 잡았다고 말하는 편이 나을걸요. 이제 딩신에게 미지막 기회가 있으니까요."

"이번이 마지막이라면 다행이군. 또다시 거절하는 수고를 덜게 될 테니 말이야. 내 모든 희망은 사라졌지만 너희들의 희망을 나눠

갖진 않겠어. 너희들에게 혹시라도 희망이 있다면 말이지."

한순간 그의 눈에 불길이 일었다.

"꺼져 버려! 내가 헛되이 이런 문제를 오래도록 연구해 온 줄 아나? 너희들은 스스로를 몰락시켰고 그것을 잘 알고 있어. 나는 방랑하면서 너희들이 내 집을 무너뜨렸을 때 너희들의 집도 함께 무너졌다는 사실을 생각하며 위안을 얻을 거야. 자, 그 넓은 바다를 어떤 배로 건너갈 수 있을까?"

그는 조롱하듯 말을 이었다.

"아마 유령들이 가득한 회색의 배겠지?"

이렇게 말하며 그가 소리 내어 웃었는데, 갈라지고 소름 끼치는 목소리였다.

"이 바보야, 어서 일어서!"

그는 발치에 앉아 있던 거지에게 소리치며 막대기로 내리쳤다.

"돌아서! 이 고상하신 분들께서 우리 길로 가신다면 우린 다른 길로 가야지. 일어서. 안 그러면 저녁엔 빵 껍질 하나 주지 않을 거다."

그러자 그 거지는 몸을 돌렸고 구부정한 자세로 지나가며 낑낑거렸다.

"불쌍한 그리마! 불쌍한 그리마! 항상 얻어맞고 욕이나 먹고! 그를 몹시 증오해! 그를 떠나고 싶어!"

그러자 간달프가 말했다.

"그렇다면 그를 떠나라!"

하지만 뱀혓바닥은 공포에 질린 게슴츠레한 눈으로 간달프를 힐끗 보기만 했고, 발을 질질 끌며 재빨리 사루만 뒤로 가서 숨었다. 그 비참한 두 사람은 일행을 지나 호빗들 앞으로 왔다. 사루만은 발을 멈추고 호빗들을 빤히 쳐다보았다. 그들은 동정 어린 눈으로 사루만을 쳐다보았다.

"꼬마들아, 너희들도 고소한 꼴을 보려고 왔단 말이지? 너희들은 거지가 뭘 원하는지 관심도 없지, 안 그래? 필요한 건 다 갖고 있으니까. 음식에다 좋은 옷, 또 담뱃대에 넣을 최상품 연초도 갖고 있겠지. 그래, 맞아! 그 담배가 어디서 난 것인지 난 알고 있지. 너희들은 거지한테 연초 한 대도 주지 않겠지, 안 그래?"

"내게 있다면 주겠어요."

프로도가 이렇게 말하자 메리가 덧붙였다.

"잠깐 기다리시면 내게 남은 것을 드리지요."

그는 말에서 내려 안장에 걸린 쌈지를 뒤졌다. 그러고는 사루만에게 가죽 쌈지를 건네주었다.

"거기 든 것을 가지세요. 마음대로 피우세요. 이건 아이센가드에서 떠다니던 것이에요."

"내 거야, 내 거. 내가 비싸게 주고 산 거란 말이야!"

사루만은 주머니를 움켜잡으며 소리쳤다.

"너희들은 틀림없이 더 많이 가졌을 테니 기념으로 이걸 돌려주는 거겠지. 도둑이 거지 것을 빼앗아 눈곱만큼이라도 돌려준다면 그래도 거지는 고마워해야겠지. 네녀석들이 고향에 돌아갔을 때 생각보다 남둘레의 사정이 좋지 않다면 꼴좋을 게다. 너희들 고향에 오랫동안 연초가 부족하기를!"

그러자 메리가 말했다.

"고맙소. 그렇다면 나와 함께 긴 여행을 한 그 쌈지는 돌려주시지요. 그건 당신 것이 아니니까. 그 담배는 당신의 넝마에 싸시지요."

"도둑은 좀 도둑질을 당해도 싼 법이야."

사루만은 이렇게 말하고 나서 등을 돌리고 뱀혓바닥을 발로 차며 숲 쪽으로 가 버렸다. 피핀이 입을 열었다.

"참 놀랍군. 도둑이라니! 잠복해서 우리에게 상처를 입히 데다 오르크들을 시켜서 우리를 로한 전역으로 끌고 다닌 건 어떻게 되는 거야?"

그러자 샘이 말했다.

"아 참, 그런데 그가 '샀다'고 말했어요. 어떻게 샀을까요? 남둘레에 대한 그의 얘기가 마음에 걸리네요. 정말 고향으로 돌아갈 때가 되었어요."

"물론 그렇지만 빌보 아저씨를 만나야 하니까 더 빨리 갈 수는 없어. 무슨 일이 있든 먼저 깊은골로 가야 해."

프로도가 말하자 간달프가 이에 동의했다.

"그렇게 하는 게 좋겠지. 하지만 사루만은 정말 안됐군! 영 나아질 것 같지 않아. 완전히 쇠락하고 말았으니. 그렇더라도 난 나무수염의 생각에 동의할 수 없네. 아직은 조잡하고 치졸한 해악을 끼칠 수 있을 거야."

이튿날 그들은 던랜드 북부로 계속 이동했다. 지금은 사람이 살지 않지만 푸르고 쾌적한 지대였다. 9월이 되어서 금빛 찬란한 낮과 은빛이 감도는 밤이 이어졌고, 그들은 느긋하게 말을 달려 이윽고 백조강에 도착했고 오래된 여울을 보았다. 폭포 동쪽에서 강은 낮은 지대로 급히 흘러들었고, 멀리 서쪽으로 안개 속에 잠긴 호수와 작은 섬들 사이로 구불구불 이어져서 회색강으로 나아갔다. 그곳의 갈대숲에 수많은 백조들이 모여 살았다.

이렇게 해서 그들은 에레기온에 들어섰다. 마침내 어느 날, 아름다운 아침이 밝아 오면서 은은히 빛나는 안개 너머로 희미한 빛줄기가 퍼질 무렵, 그들은 낮은 언덕에 세워 둔 텐트에서 멀리 동쪽으로 햇살에 비친 세 개의 봉우리를 보았다. 떠다니는 구름 사이로 하늘을 찌를 듯이 높이 솟은 세 봉우리, 카라드라스, 켈레브딜, 그리고 파누이돌이었다. 이제 그들은 모리아의 문에 가까이 온 것이었다.

여기서 그들은 이레 동안 머물렀다. 아쉬운 작별의 시간이 또다시 다가왔기 때문이었다. 이제 곧 켈레보른과 갈라드리엘, 그들의 동족은 동쪽으로 돌아서 붉은뿔의 문을 지나 어둔내계단과 은물길강을 따라 그들의 고향으로 갈 것이다. 그들이 지금까지 서쪽 길로 멀리 돌아온 것은 엘론드와 간달프가 나눌 이야기가 많았기 때문이고, 그래서 그들은 여기서도 쉽게 떠날 수 없었다. 호빗들이 깊은 잠에 빠진 뒤에도 그들은 별빛 아래 함께 앉아서 지나간 시절들에 대해 이야기를 나누었고, 이 세상에서 자신들이 한 일과 즐거웠던 일들을 회상하거나 앞으로 다가올 나날에 대해 의논했다. 만일 어떤 방랑자가 우연히 이곳을 지나갔다면 눈에 보이거나 귀에 들리는 것이 거의 없었을 테고, 다만 돌로 깎은 회색 형체들을 보았다고 생각했을 것이다. 그리고 그것을 사람이 살지 않는 땅에서 지금은 잊힌 것들의 기념비로 여겼을 것이다. 왜냐하면 그들은 움직이거나 입으로 말하지 않았고, 마음으로 마음을 보았던 것이다. 생각이 오가는 동안 오로지 그들의 빛나는 눈이 흔들리거나 번뜩이는 빛을 발했다.

그러나 마침내 나눌 이야기가 끝났고, 그들은 '세 개의 반지'가 사라질 시간이 될 때까지 당분간 다시 헤어지게 되었다. 회색 망토를 걸친 로리엔의 요정들은 산 쪽으로 말을 달려 암석과 그림자 사이로 재빨리 사라졌다. 깊은골로 향하는 이들은 언덕에 앉아, 짙어 가는 안개 속에서 섬광이 반짝일 때까지 지켜보았다. 그 후로는 아무것도 보이지 않았다. 갈라드리엘이 작별의 표시로 반지를 높이 쳐들었다는 것을 프로도는 알았다. 샘은 돌아서면서 한숨을 쉬었다.

"나도 로리엔으로 돌아가면 좋겠어!"

마침내 어느 날 저녁 그들은 고원의 습지를 횡단했고, 여행자들에게 늘 그렇게 여겨지듯이 불쑥 나타난 벼랑에 이르렀다. 깊은골의 계곡으로 내려가는 벼랑에서 내려다보니 저 아래 엘론드의 저택에서 등불이 반짝이고 있었다. 그들은 골짜기를 내려가 다리를 건너 문 앞에 이르렀고 모든 이들이 엘론드 일행의 귀향을 기뻐하며 집집마다 불을 밝히고 노래를 불렀다.

호빗들은 식사도 목욕도 다 미루고, 심지어 망토를 벗을 여유도 없이 빌보를 찾아갔다. 빌보는 작은 방에 혼자 앉아 있었다. 종이와 펜, 연필이 흐트러져 있는 방에서 빌보는 작고 환한 등불 앞에 의자를 놓고 앉아 있었다. 매우 늙었지만 평화롭고 조금 졸린 모습이었다.

그들이 들어서자 그는 눈을 뜨고 올려다보았다.

"어이, 여보게들! 이제들 돌아왔나? 내일이 또 내 생일이라네. 자네들 참 잘했네. 내가 백스물아홉 살이 된다는 걸 알고 있나? 1년만 더 살 수 있으면 외할아버지 툭 노인과 비기는 걸세. 더 오래 살고 싶네만 두고 봐야지."

빌보의 생일잔치 후 호빗 네 명은 얼마간 더 깊은골에 머물렀다. 그들은 빌보와 함께 많은 시간을 보냈다. 빌보는 식사 때를 제외하면 거의 모든 시간을 자기 방에서 지내고 있었다. 그는 지금도 식사 시간만큼은 매우 잘 지켰고, 식사 시간에 맞춰 정확하게 깨어났다. 불가에 둘러앉아서 그들은 차례로 그들의 여행과 모험에서 기억나는 사건을 빌보에게 들려주었다. 처음에 그는 기록을 좀 하는 척했지만 종종 잠이 들었다. 그러다가 깨어나서는 "참 굉장하구먼! 정말 놀라워! 그런데 어디까지 했더라?" 하고 말했다. 그러면 그들은 빌보가 졸기 시작한 부분부터 다시 이야기를 이어 갔다.

빌보가 정말로 정신을 차리고 주의 깊게 들었던 것은 아라고른의 대관식과 결혼식에 관한 이야기였다.

"물론 나도 결혼식에 초대받았지. 아주 오랫동안 그것을 기다려 왔다네. 그런데 어찌 된 셈인지 막상 그 일이 다가오니 난 여기서 할 일이 많다는 생각이 들더군. 게다가 짐 싸는 게 아주 번거로운 일이라서."

두 주가 지났을 때 프로도는 창밖을 내다보고 밤새 서리가 내려

흰 그물처럼 보이는 거미줄을 바라보았다. 그러다 문득 빌보에게 작별 인사를 하고 떠나야 한다는 생각이 들었다. 사람들의 기억에 남을 정도로 아름다운 여름이 지난 후 날씨는 여전히 맑고 아름다웠으나 벌써 10월이 되었다. 곧 날씨가 변해서 비가 오고 바람이 불기 시작할 것이다. 게다가 아직 가야 할 길이 멀었다. 하지만 그의 마음이 불편했던 것은 사실 날씨 걱정 때문이 아니었다. 샤이어로 돌아가야 할 시간이라는 예감이 들었던 것이다. 샘도 그렇게 느꼈는지 전날 밤에 이렇게 말했다.

"프로도 씨, 우린 멀리 여행하고 많은 것을 봤지만 여기보다 더 좋은 곳은 있을 것 같지 않아요. 여기엔 모든 것이 조금씩 섞여 있어요. 샤이어, 황금숲 로슬로리엔, 곤도르, 왕들의 궁성과 주막, 초원과 산, 이 모든 것이 조금씩 있어요. 하지만 어찌 된 일인지 곧 떠나야 할 것 같아요. 솔직히 말하면 아버지도 걱정이 되고요."

"그래, 샘, 여기엔 모든 것이 다 있지. 바다를 빼놓고 말이야."

프로도가 대답했다. 그는 이제 혼자 중얼거렸다.

"바다를 빼놓곤 말이야."

그날 프로도는 엘론드에게 떠나겠다고 말했고, 다음 날 아침에 떠나기로 결정했다. 간달프는 기쁘게도 이렇게 말했다.

"나도 같이 가야 할 것 같네. 적어도 브리까지만이라도. 머위네를 보고 싶거든."

저녁 무렵에 그들은 빌보에게 작별 인사를 하러 갔다.

"그래, 자네들이 가야 한다면 가야겠지. 섭섭하네. 자네들이 몹시 그리울 거야. 하지만 자네들이 그곳에 있다는 것을 아는 것만으로도 족하지. 그런데 지금은 몹시 졸리는군."

그러고 나서 프로도에게 미스릴 갑옷과 스팅을 주었다 이미 주었다는 사실을 잊어버렸던 것이다. 그리고 세 권의 전승록을 건네주었다. 빌보가 여러 차례에 걸쳐 거미 같은 글씨체로 쓴 그 책들의 붉은 표지에는 '요정 문헌 번역. B.B.'라는 서명이 붙어 있었다.

샘에게는 금이 담긴 조그만 주머니를 주었다.

"용 스마우그에게서 뺏은 것 중에서 거의 마지막 남은 거란다. 자네가 결혼을 하려면 도움이 될 거야."

이 말에 샘의 얼굴은 발갛게 물들었다.

"자네 젊은 친구들한텐 충고밖에 줄 것이 없군."

그는 메리와 피핀에게 말했다. 그리고 모범이 될 만한 훌륭한 충고를 마친 후 샤이어의 관습대로 마지막 충고를 덧붙였다.

"모자에 비해 머리가 너무 커지지 않도록 조심하게나. 자네들이 성장을 곧 멈추지 않는다면 모자나 옷이 비싸다는 사실을 알게 될 걸세."

그러자 피핀이 말했다.

"하지만 어르신께서 툭 노인을 이기길 원하신다면, 저희도 황소 울음꾼을 이기려고 해 봐도 되잖아요?"

빌보는 웃으며 주머니에서 두 개의 예쁜 담뱃대를 꺼냈다. 그것은 부리가 진주로 장식된 섬세한 은세공품이었다.

"이것으로 담배를 피울 때마다 날 생각해 주게. 요정들이 날 위해 만들어 주었지만 난 이제 담배를 피우지 않거든."

그러다 갑자기 졸기 시작하더니 잠깐 잠이 들었다. 그는 다시 깨어나 말했다.

"그런데 어디까지 했더라? 그래, 선물을 주던 중이었지. 그러고 보니 생각나는데, 프로도, 네가 가지고 간 내 반지는 어떻게 되었지?"

"없애 버렸어요. 아저씨도 없애 버린 걸 아시잖아요."

"참 안됐구먼! 그걸 다시 한번 보고 싶었는데. 아니지, 왜 이렇게 정신이 없지, 그걸 없애려고 자네들이 갔었지? 하지만 모든 것이 너무 혼란스러워. 너무 많은 일들이 그 반지와 뒤섞여 있어서 말일세. 아라고른의 일이며 백색회의, 곤도르, 로한의 기사들, 남부인들과 올리폰트……. 그런데 샘, 자넨 정말로 그것을 보았나? 그리고 동굴과 탑, 황금 나무들, 기상천외한 것들 말이야.

 내가 여행에서 돌아올 땐 너무 직선거리로 왔어. 간달프가 세상 구경을 시켜 줄 수도 있었을 텐데. 하지만 그랬더라면 돌아오기 전에 내 집이 경매 처분되었을 테고 그러면 더 곤란해졌겠지. 어쨌든 지금은 너무 늦었어. 여기 앉아서 모험담을 듣는 것이 실은 더 편하다네. 따뜻한 불가는 안락하고 음식은 맛이 좋지. 또 원할 때는 요정들을 볼 수 있으니, 더 이상 뭘 바라겠나?”

> 길은 끝없이 이어지네.
>> 문을 나서면 길이 시작되지.
> 길은 저 멀리 아득히 끝 간 데 없고
>> 할 수 있는 이들은 길을 따라가겠지.
> 그들에게는 새로운 여행이 시작되지만,
>> 마침내 나는 지친 발을 이끌고,
> 불 켜진 여관으로 향한다오,
>> 저녁의 휴식과 수면을 위해서.

빌보는 마지막 말을 중얼거리며 고개를 숙이더니 곤히 잠들었다.

 저녁의 어스름이 짙게 깔리고 방 안의 불빛은 더 환하게 타올랐다. 그들은 잠든 빌보를 바라보며 그의 얼굴에 떠오르는 미소를 보았다. 얼마간 그들은 침묵을 지키며 앉아 있었다. 샘은 방을 둘러보고는 벽 위에 비친 그림자들을 보면서 조용히 말했다.

 “프로도 씨, 우리가 떠나 있는 동안 어르신이 글을 많이 쓰시지는 않은 것 같아요. 이세 우리 이야기는 안 쓰실 모양인가 봐요.”

 그 말에 빌보가 듣고 있었기라도 한 듯 한 눈을 뜨고 기지개를 켰다.

"보다시피 난 잠이 많아졌다네. 글을 쓸 시간이 있으면 오로지 시를 쓰고 싶구나. 사랑하는 프로도, 네가 가기 전에 이 방을 좀 정리해 주지 않겠니? 내 기록과 문서 들, 그리고 일기도 모아서 네가 좀 가져가거라. 난 자료를 모아 정리할 시간이 없거든. 샘의 도움을 받으면 되겠지. 그리고 네가 꿰맞춰서 제대로 형태를 갖춘 다음에 돌아오려무나. 그럼 내가 한번 훑어볼 테니. 내가 너무 까다롭게 평가하지는 않을 거야."

"당연히 제가 해야지요. 그리고 곧 돌아올 거예요. 이젠 더 이상 위험하지 않으니까요. 이젠 왕이 계시고, 그분이 곧 모든 길을 평정하실 거예요."

"고맙다, 사랑하는 프로도. 너는 정말 내 마음을 편안하게 해 주는구나."

이렇게 말하며 그는 다시 잠이 들었다.

다음 날 차가워진 바깥 날씨 때문에 간달프와 호빗들은 빌보의 방에서 그와 작별했다. 그러고 나서 엘론드와 그 친족들에게도 인사를 했다.

프로도가 문간에 서 있을 때 엘론드는 그에게 즐거운 여행을 빌어 주고 축복하며 말했다.

"프로도, 금방 돌아올 생각이 아니라면 아마 이곳으로 다시 올 필요는 없을 걸세. 이맘때쯤 낙엽이 지기 전, 나뭇잎이 황금빛으로 물들 무렵에 샤이어의 숲에서 빌보를 찾게나. 나도 그와 함께 있을 테니."

다른 사람들은 이 말을 듣지 못했고, 프로도 혼자서 이 말을 간직했다.

Chapter 7
고향 가는 길

마침내 호빗들은 고향으로 향했다. 그들은 이제 샤이어를 다시 보고 싶어 안달이 날 지경이었지만, 프로도의 몸이 불편해서 처음에는 말을 천천히 몰았다. 브루이넨여울에 도착했을 때, 프로도는 물속으로 들어가기를 꺼려하는 기색이었다. 한동안 그의 눈은 어느 누구도, 주위의 어떤 사물도 보지 못하는 것 같았다. 그날 그는 온 종일 침묵을 지켰다. 10월 6일이었다.

"자네 어디 아픈가, 프로도?"

간달프가 프로도 옆을 지나며 조용히 물었다.

"네, 어깨가 아파요. 상처가 쑤시고 암흑의 기억이 절 짓눌러요. 꼭 1년 전 오늘이었어요."

"정말 안타깝군! 완전히 나을 수 없는 상처도 있다네."

"제 경우가 그런 것 같아요. 이제 이전으로 돌아갈 수는 없어요. 제가 샤이어에 가더라도 과거와 똑같지는 않을 거예요. 제가 똑같지 않으니까요. 저는 칼과 독침과 이빨, 그리고 오랫동안 짊어졌던 짐으로 상처를 입었어요. 어디서 휴식을 얻을 수 있을까요?"

간달프는 아무 대답도 하지 않았다.

다음 날 저녁이 되자 통증과 불안감이 가라앉았고, 프로도는 전날의 암울함을 기억하시 못하는 듯 명랑해졌디. 그 후 여행은 순조로웠고 하루하루가 빠르게 지나갔다. 그들은 여유롭게 말을 달렸고, 가을 햇살에 나뭇잎이 빨갛고 노랗게 물든 아름다운 숲에서 종종 서성이며 시간을 보냈다. 마침내 그들은 바람마루에 도착했는데, 저녁 무렵이라 산 그림자가 길 위에 길고 어둡게 드리워져 있었다. 그러자 프로도는 일행들에게 빨리 가자고 재촉했고, 언덕을 바라보지 않고 고개를 숙여 망토로 온몸을 꼭꼭 감싼 채 그림자 속을 질주했다. 그날 밤 날씨가 갑자기 변해서 비를 동반한 바람이 서쪽에서 불어오더니 차가운 바람이 거세게 몰아쳤고 낙엽들은 공중에서 새처럼 선회했다. 그들이 쳇숲에 도착했을 때는 나뭇가지에 이파리가 거의 남지 않았고, 장대처럼 내리는 빗줄기에 가려 브리언덕은 잘 보이지 않았다.

그래서 사나운 바람이 불고 비가 내리는 10월 말의 어느 저녁에 다섯 명의 여행객은 오르막길을 지나 브리의 남쪽 문에 도착했다. 그런데 문이 꼭 잠겨 있었다. 빗줄기가 얼굴을 후려쳤고, 어두워지는 하늘에는 낮게 깔린 구름이 급히 지나갔다. 이보다는 나은 환영을 받으리라 기대했던 그들은 조금 실망했다.

몇 차례 소리를 지르고 나서야 문지기가 나왔는데 손에는 큰 곤봉이 들려 있었다. 그는 겁에 질린 의심스러운 눈길로 그들을 쳐다보았다. 일행에 간달프가 끼어 있고, 옷차림이 좀 이상스럽긴 하지만 그들이 호빗이라는 것을 알자 이내 얼굴을 펴고 일행을 환영했다. 그는 문을 열면서 말했다.

"들어들 오시오. 이 불한당 같은 날씨에 춥고 비가 내리는 곳에 서서 소식을 들을 수야 없지. 달리는조랑말 여관에 가면 보리 영감이 틀림없이 환영해 줄 거요. 거기서 들을 만한 이야기를 다 들을 수 있소."

"그리고 자네도 나중에 우리 이야기를 듣게 되겠지. 그런데 해리는 어떤가?"

간달프가 웃으며 이렇게 묻자 문지기는 얼굴을 찌푸리며 대답했다.

"가 버렸어요. 그 얘기는 보리아재에게 묻는 게 나을 거예요. 좋은 저녁이 되시길!"

"자네도 편안한 저녁 보내게!"

그들은 문을 지나 안으로 들어갔다. 생울타리 안쪽으로 길가에 길고 나지막한 오두막이 세워져 있고 많은 사람들이 나와서 담장 너머로 일행을 바라보고 있었다. 고사리꾼 빌의 집은 울타리가 부서지고 너저분했으며 창문은 모두 널빤지로 막혀 있었다.

"샘, 그때 던진 사과에 그가 맞아 죽었을까?"

피핀이 묻자 샘이 대답했다.

"아니, 그럴 가능성은 별로 없다고 생각해. 하지만 난 그 불쌍한 조랑말이 어떻게 됐을지 궁금해. 늑대가 으르렁대며 그 말을 둘러싼 광경이 자꾸 떠오르거든."

마침내 그들은 달리는조랑말 여관에 도착했다. 겉으로 보면 그리 달라지지 않은 것 같았다. 나지막한 창문의 붉은 커튼 뒤에서 불빛이 새어 나왔다. 그들이 벨을 누르자 놉이 문을 조금만 열고 슬쩍 내다보았다. 불빛 아래 서 있는 그들을 보고는 깜짝 놀라 소리쳤다.

"머위 씨, 머위 씨! 그들이 돌아왔어요!"

"그들이 돌아왔어? 그래, 그럼 내 본때를 보여 주지!"

머위네의 목소리가 들리더니 돌진하듯 뛰어나오는 모습이 보였다. 그는 곤봉을 쥐고 있었다. 그러나 그는 그들을 보고는 그 자리에 딱 멈춰 섰다. 험상궂게 찡그려졌던 얼굴이 놀라움과 기쁨으로 밝아졌다.

"놉, 이 얼간아! 옛 친구들을 이름으로 부를 수는 없냐? 몇 번씩이나 이렇게 날 놀라게 할 셈이야? 자, 그런데 당신들은 어디서 오시는 길이오? 다시 볼 수 있을 줄 몰랐는데. 정말 생각도 못 했어. 성큼걸이와 함께 황야로 떠났으니 말이야. 그 어둠의 인간들은 도처에 출몰하고. 하지만 당신들을 다시 만나니 반갑군. 특히 간달프, 당신을 만나서 말이에요. 들어오세요, 어서! 전에 쓰시던 방을 드릴까? 그 방은 비어 있어요. 요즘은 대부분의 방이 비어 있지요. 당신들도 곧 알게 될 테니 숨길 것 없이 얘기해야겠죠. 곧 저녁 식사를 준비하겠어요. 하지만 지금은 손이 비질 않아서 말이야. 놉, 굼벵아! 봅에게 말해라! 아참, 잊고 있었군. 봅은 밤에 집으로 가지. 자, 놉, 손님들 말을 마구간으로 끌고 가. 물론 간달프께서는 직접 마구간으로 가시겠지요. 처음 그 말을 보았을 때 말씀드렸지만, 정말 훌륭한 말이에요. 자, 어서 들어오셔서 편히 쉬세요."

적어도 머위네의 말투는 변하지 않았고, 여전히 숨가쁘게 부산을 떨었다. 하지만 주위에는 아무도 없었고 아주 고요했다. 연회실에서 두어 사람의 말소리가 들려왔다. 그가 들고 온 촛불 빛 아래서 자세히 살펴보니 주인의 얼굴은 전보다 주름살이 많아지고 수심을 띠고 있었다.

그들은 1년 전의 그 이상한 밤에 묵었던 응접실로 안내되었다. 그런데 그를 따라가며 은근히 불안해졌다. 보리아재는 용감한 얼굴을 하고 있었지만 고통을 받고 있음이 분명했던 것이다. 모든 것이 예전과 많이 달랐다. 하지만 그들은 아무 말 않고 기다렸다.

그들이 예상했던 대로 저녁 식사가 끝나자 머위네는 식사가 어땠는지를 물어보려고 응접실에 들어왔다. 실제로 음식은 좋았고, 조랑말 여관의 맥주나 음식 맛은 예전과 다름없었다.

"자, 오늘 밤은 연회실로 가시자고 하지 않겠어요. 다들 피곤하실 테니까요. 게다가 오늘 저녁 연회실에는 사람들도 별로 없어요. 하지만 잠자리에 들기 전에 30분만 할애해 주신다면 우리끼리 조용히 이야기를 나누고 싶은데 말씀이에요."

그러자 간달프가 말했다.

"우리도 바라는 바라네. 우린 피곤하지 않아. 한가롭게 왔거든. 좀 춥고 배고프고 옷이 젖었지만 그건 자네가 다 해결해 주지 않았나. 자, 앉게! 자네에게 담배가 있으면 좋겠네만."

"글쎄 다른 것을 요구하시면 기쁘게 드렸을 텐데, 저희에게 지금 담배가 달리거든요. 저희가 직접 경작한 것밖에 없는데 그것도 충분치 않아요. 요즘 샤이어에서 물건이 오지 않아요. 하지만 한번 구해 보지요."

그는 하루나 이틀 정도 피울 만큼의 자르지 않은 연초 다발을 들고 돌아왔다.

"남린치 거예요. 저희가 가진 것 중에는 최상품이지만 늘 말했듯이 남둘레산과는 비교가 안 되지요. 물론 다른 점에서는 브리가 훨씬 낫지만요."

그는 불가의 큰 의자에 앉았고 간달프는 맞은편에 앉았다. 호빗들은 그들 사이의 낮은 의자에 자리를 잡았다. 그러고 나서 그들은 머위네가 처음 말한 30분의 몇 배가 되는 긴 시간 동안 그간의 소식을 주고받고 이야기를 나눴다. 그들의 이야기는 대부분, 주인장에게 놀랍고도 혼란스럽고 상상을 뛰어넘는 것이었다. 그들의 이야기를 들으며 머위네는 자기 귀를 의심하듯 "설마, 그런 말씀은 아니겠지요?"라고 여러 차례 반복해서 말했다.

"골목쟁이 씨, 그런 얘기는 아니겠지요. 아니 언덕지기 씨인가? 너무 뒤죽박죽이 되었군요. 간달프, 그런 말씀은 아니겠지요? 내 참! 우리가 사는 시대에 그런 일이 일어나리라고 누가 상상이나 했겠어요!"

그는 자신의 이야기도 많이 했다. 상황이 아주 좋지 않다고 했다. 장사도 순조롭지 않을뿐더러 최악의 상태라는 것이었다.

"외부에서 브리로 오는 사람이 전혀 없어요. 브리 주민들도 대개 집 안에서 문을 걸어 잠그고 있지요. 기억하시겠지만 작년에 초록길을 올라온 낯선 사람들과 악당들 때문에 이런 일이 생긴 거예요.

그 후로 더 많은 사람들이 왔지요. 곤란을 피해 도망 온 불쌍한 사람들도 있었지만 대개는 도둑질과 나쁜 짓을 일삼는 악당들이에요. 여기 브리에서도 심각한 사건이 터졌지요. 한바탕 싸움이 벌어져 몇 명이 살해되었어요. 정말로, 죽었단 말이에요. 제 말을 믿을 수 없겠지요?"

그러자 간달프가 말했다.

"물론 믿지. 몇 명이나 그렇게 됐나?"

"셋하고 둘이지요."

머위네는 큰 종족과 작은 종족을 구분해 말했다.

"불쌍한 헤더발가락네 맷하고 사과나무네 라울리, 또 언덕 너머에서 온 가시뽑기네 톰, 멀리서 온 강둑네 윌리, 스태들 출신의 언덕지기 집안 한 사람이지요. 모두 좋은 사람들이었어요. 정말 안타까운 일이지요. 서문 문지기였던 염소풀네 해리하고 고사리꾼 빌은 외지에서 온 녀석들 편에 섰어요. 그리고 그 녀석들과 함께 떠나 버렸지요. 싸움이 벌어진 날 밤에 그놈들이 그 낯선 녀석들을 끌어들였을 거예요. 우린 연말에 그놈들을 성 밖으로 몰아냈거든요. 그런데 새해 초에 싸움이 벌어졌지요. 폭설이 내린 다음에 말이에요.

이제 그놈들은 강도가 되어서 아쳇 너머 숲과 북쪽 황야에 숨어 살아요. 옛날이야기에 나오는 험악한 시절과 마찬가지예요. 길을 다니기가 불안해서 누구도 멀리 가려고 하지 않고 또 일찌감치 문단속을 하지요. 마을 성벽에는 감시원을 세워 둬야 하고 밤이면 성문을 많은 사람이 지켜야 한다니까요."

그러자 피핀이 말했다.

"그렇지만 우리가 올 때 귀찮게 구는 자들이 없던데요? 우린 천천히, 전혀 경계하지 않고 왔는데 말이에요. 골치 아픈 일은 모두 뒤에 남겨 두고 온 줄 알았는데."

"그렇지 않으니 유감이지요. 사실 그놈들이 당신들을 건드리지 않은 것은 놀랍지 않은 일이죠. 칼과 투구, 방패로 무장한 일행은 공격진 않으니까요. 아마 그들은 무장한 당신들을 보고 주저했겠지요. 사실 나도 당신들을 처음 봤을 때 좀 놀랐으니까요."

그제야 호빗들은 주민들이 돌아온 자신들을 보고 놀란 것이 아니라 자신들의 무장을 보고 놀라서 쳐다보았다는 것을 알았다. 그들은 무장한 동료들과 전장에서 말을 모는 데 익숙해졌기 때문에, 자신들의 망토 자락 밑으로 엿보이는 빛나는 갑옷과, 곤도르와 마크의 투구, 방패에 새겨진 아름다운 전쟁의 문장이 고향에서 이상하게 보이리라는 것을 잊고 있었다. 게다가 간달프는 흰옷에 푸르고 은빛 나는 커다란 망토를 두르고 옆구리에 긴 칼 글람드링을 찬 채 거대한 회색 말을 타고 있지 않았던가.

간달프가 웃으며 말했다.

"그들이 겨우 우리 다섯을 두려워할 정도라면, 우리가 여행 중에 만난 적들에 비해 대단치 않은 놈들이겠군. 하지만 어쨌든 간에 우리가 머무는 동안에는 쳐들어오지 않겠어."

그러자 머위네가 물었다.

"얼마나 머무실 건데요? 얼마간이라도 저희와 함께 계셔 주시면 솔직히 말해서 정말 좋겠어요. 아시다시피 저흰 이런 일에 익숙하지 않아서요. 순찰자들은 모두 철수했다고 하더군요. 지금까지 우린 그들의 노고를 진정으로 고맙게 여기지 못했어요. 이 주변에 강도보다 더 위험한 것들이 많았죠. 지난겨울엔 울타리 너머에서 늑대들이 울부짖었고 숲에는 검고 무서운 그림자 같은 형체들이 어슬렁거렸어요. 생각만 해도 온몸이 얼어붙는 것 같아요. 정말 무시무시했어요. 제 말이 이해가 가시죠?"

간달프가 대답했다.

"그랬겠지. 요즘은 거의 어디나 아직도 상당히 혼란스럽지. 하지만 기운 내게, 보리아재! 자네들은 큰 골칫거리를 맞닥뜨렸지만 더 깊이 빠지지 않은 것이 다행이니. 이제 좋은 시절이 오고 있다네. 순찰자들도 돌아왔지. 우리가 함께 왔으니 말이야. 게다가 왕도 다시 돌아오셨으니 그분이 곧 여기에도 마음을 써 주실 거야.

초록길도 다시 통행할 수 있을 테고 왕의 사자들도 북쪽으로 가게 될 걸세. 그러면 다시 왕래가 자유로워지고 악의 무리들은 모두 황무지 밖으로 쫓겨나겠지. 시간이 지나면 황무지는 더 이상 황무지가 아닐 테고, 한때 버려졌던 땅에 사람들이 돌아와 밭을 일굴 걸세."

그러나 머위네는 고개를 저었다.

"물론 높은 분들이 몇 분 다니신다면 해로울 일이야 없겠지요. 하지만 우린 그 폭도들과 강도들에게 질렸어요. 브리에도, 또 근방에도 이방인이 아예 오지 않으면 좋겠어요. 우릴 그냥 내버려 두는 게 제일 좋지요. 낯선 이들이 여기저기에 막사를 치고 자리를 잡고서 우리 들판을 함부로 망치는 것을 원치 않거든요."

"보리아재, 누구도 자네를 간섭하지 않을 걸세. 아이센강과 회색강 사이에는 며칠이나 여행해야 브리에 당도할 만큼 충분한 땅이 있고, 또 브랜디와인 남쪽 연안에도 넓은 땅이 있지 않나. 예전에는 여기서 160킬로미터쯤 떨어진 북쪽 초록길 끝에서도 많은 사람들이 살았다네. 북구릉이나 저녁어스름호수 옆 말일세."

"'사자의 둔덕' 말인가요? 거긴 귀신이 나오는 곳인데요. 강도들 빼고는 아무도 가지 않아요."

머위네는 의심스럽다는 듯이 말했다.

"하지만 순찰자들은 간다네. 사자의 둔덕이라고 말했나? 오랫동안 그렇게 불려왔지만 사실 그곳의 원래 이름은 포르노스트 에라인, 즉 왕의 북성이었네. 왕께서 언젠가는 그곳에 오실 테고 그때쯤이면 귀인들이 말을 달릴 걸세."

"그건 좀 더 희망적으로 들리는군요. 그럼 틀림없이 제 장사에도 도움이 되겠지요. 그분이 브리를 그냥 내버려 두시기만 한다면 말이에요."

"그러실 걸세. 그분도 브리를 잘 알고 계시고 또 사랑하신다네."

"그러세요?"

머위네가 어리둥절한 표정으로 말했다.

"수백 킬로미터나 떨어진 커다란 성안의 높은 옥좌에 앉아 계시는 분이 어떻게 이 브리를 아실까요? 게다가 황금 잔으로 포도주를 드실 테니 이 달리는조랑말 여관이나 맥주 따위를 알고 계실 리 없잖아요. 물론 간달프, 저희 집 맥주야 맛이 좋지요. 작년 가을에 오셔서 좋은 말씀 해 주시고 가신 이래로는 비범한 맛이었지요. 요즘처럼 심란할 때 그나마 그것이 유일한 위안이지요."

그러자 샘도 말했다.

"하지만 그분은 당신의 맥주가 늘 맛이 좋다고 그러시던데요."

"그런 말씀을 하셨다고요?"

"물론이지요. 그분은 바로 성큼걸이예요. 순찰자들의 대장 말이에요. 아직도 모르시겠어요?"

이 말을 들은 머위네의 표정은 경악 그 자체였다. 넓적한 얼굴에 눈이 점점 둥그렇게 커지더니 마침내 입을 쩍 벌리고 헐떡거렸다. 그는 좀 진정되자 소리쳤다.

"성큼걸이라고! 그가 왕관과 그 모든 것, 황금의 잔을 갖게 되었다고! 도대체 우린 어디로 가고 있는 거지?"

그러자 간달프가 대답했다.

"더 좋은 시절로 가고 있지. 최소한 브리에서는 말이야."

"제발 그러면 좋겠어요. 이건 올 한 해 내가 들었던 얘기 중에서 가장 멋진 얘기군요. 오늘 밤에는 가벼운 마음으로 편안히 잘 수 있겠어요. 당신들이 생각할 거리를 많이 주었지만 내일까지 미뤄야겠어요. 전 이제 자러 갑니다. 여러분도 그러시는 게 좋으시겠지요? 자, 놉, 이 굼벵이야!"

그는 자기 이마를 치면서 중얼거렸다.

"놉! 가만있자, 그러니 뭐 생각나는 게 있는데."

"머위네 씨, 또 무슨 편지 전하는 걸 잊기라도 하셨나요?"

메리가 묻자 머위네는 이렇게 대답했다.

"아, 강노루 씨, 그 얘기는 이제 그만두세요. 이런, 당신 때문에 또 잊었군요. 뭐였더라? 놉, 마구간, 바로 그거야. 제가 보관하고 있는 게 있어요. 고사리꾼 빌과 말 도난 사건을 기억하시죠? 여러분이 그 놈한테 샀던 그 조랑말이 여기 있어요. 혼자서 돌아왔답니다. 어디 갔다 왔는지는 더 잘 아시겠지요. 마치 늙은 개처럼 텁수룩한 털에 옷걸이처럼 비쩍 말랐지만 살아 있더군요. 놉이 돌봐 주었지요."

그러자 샘이 외쳤다.

"뭐라고요! 내 빌 말이에요? 아버지가 뭐라 하시건 간에 난 억세게 운이 좋은 놈이에요. 또 하나의 희망이 실현되었으니까요. 그 녀석은 지금 어디 있지요?"

샘은 마구간으로 가서 빌을 보고 나서 잠을 자겠다고 고집을 부렸다.

여행자들은 다음 날 종일 브리에 머물렀다. 머위네는 더 이상 장사가 안 된다고 투정을 부릴 새가 없었다. 두려움보다 호기심이 앞선 사람들이 몰려와 그의 집이 북적거렸던 것이다. 호빗들은 예의상 저녁 무렵 연회실에 잠깐 들러 많은 질문에 대답했다. 브리 사람들은 기억력이 좋았기에 프로도에게 책을 썼느냐고 묻는 사람도 꽤 됐다.

"아직 못 썼어요. 고향에 가서 정리할 겁니다."

그는 사람들에게 브리에서 벌어진 놀라운 일들도 다루어서, 멀리 남쪽에서 벌어진, 그리 관련도 없고 중요하지도 않은 사건들을 다룰 그 책에 약간의 흥미를 불어넣겠다고 약속해야 했다.

그러자 젊은이들 중 한 명이 노래를 청했다. 그러나 모두들 침묵하며 인상을 찌푸리는 바람에 그 요청은 반복되지 않았다. 분명 사람들은 기괴한 사건을 또다시 보고 싶지 않았던 것이다.

일행이 머무는 동안 낮에는 아무 일도 없었고 밤에는 어떤 소음도 들리지 않아 브리의 평화는 깨지지 않았다. 다음 날 아침 그들은 일찍 일어났다. 여전히 비가 내리고 있었다. 밤이 되기 전에 샤이어에 도착하려면 말을 오래 달려야 했다. 브리 사람들은 모두 나와 그들을 전송했다. 그들은 지난 1년간 그 어느 때보다도 즐거운 듯했다. 예전에 무장한 여행자들을 보지 못했던 사람들은 그들의 무장을 보고 놀라서 입을 다물지 못했다. 흰 수염을 휘날리는 간달프는 구름에 가린 햇살처럼 푸른 망토 밑에서 어슴푸레 퍼져 나오는 듯한 빛으로 놀라움을 선사했고, 네 명의 호빗들은 잊힌 전설에 등장하는 무사 수행 중인 기사들 같았다. 왕에 관한 이야기를 비웃던 사람들도 그 이야기가 사실일지 모른다고 생각했다.

머위네가 입을 열었다.

"자, 여러분의 여행과 귀향에 행운이 있기를! 우리가 들은 소식이 사실이라면, 샤이어의 사정도 그리 좋지 않다고 미리 말씀드려야겠군요. 이상한 일이 일어나고 있다고 하더라고요. 그러나 한 가지 근심이 있으면 다른 근심을 몰아내는 법이지요. 전 제 문제로 시달리고 있었어요. 하지만 감히 말씀드리건대 여러분은 여행에서 많이 변해서 돌아오셨으니 골칫거리를 즉시 해결하시겠지요. 행운이 있길 빕니다. 이곳에 자주 들러 주시면 더욱 기쁘겠어요."

그들은 그에게 인사를 하고 출발해서 서문을 지나 샤이어로 향했다. 조랑말 빌이 그들과 함께 갔다. 그는 예전처럼 짐을 잔뜩 진 채 샘 옆에서 걸으며 만족스러워 보였다.

"보리아재가 귀띔한 게 무슨 일인지 궁금한데."

프로도가 말하자 샘이 우울한 얼굴로 대답했다.

"전 어느 정도 예상할 수 있어요. 전에 갈라드리엘의 거울에서 보았을 때 나무들이 모조리 잘리고 늙은 아버지는 골목아랫길에서 쫓겨나셨더군요. 좀 더 서둘러 돌아올걸 그랬어요."

그러자 메리도 말했다.

"남둘레에 무슨 일이 있는 게 분명해. 어디에나 연초가 부족하다니 말이야."

"무슨 일이건 간에 로소가 그 주범일 거야. 확실해."

피핀이 말하자 간달프도 끼어들었다.

"그가 깊이 관련되어 있더라도 주범은 아닐 걸세. 자네들은 사루만을 잊었나 보군. 그는 모르도르보다도 먼저 샤이어에 관심을 가졌거든."

"간달프께서 함께 계시니 어떤 문제라도 금방 해결이 될 텐데요, 뭘."

메리가 말하자 간달프는 고개를 저었다.

"지금은 같이 있지만 얼마 안 가 그렇지 않게 될 걸세. 난 샤이어로 가는 게 아니거든. 그러니 자네들 스스로 문제를 해결해야지. 바로 그런 일을 할 수 있도록 훈련받아 왔잖나. 아직 이해하지 못하겠나? 내 시대는 끝났다네. 이젠 일을 바로잡거나 바로잡게 도와주는 건 내 일이 아닐세. 그리고 이보게들, 자네들에겐 도움이 필요 없어. 자네들은 이제 성장했어. 아주 높이 성장했지. 자네들은 이미 위대한 인물들이야. 난 자네들 중 누구에 대해서도 조금도 불안하지 않다네.

자네들이 알고 싶어 할 테니 말해 주지. 난 이제 곧 다른 길로 가서 톰 봄바딜과 긴 이야기를 나눌 걸세. 내 평생 해 본 적이 없는 긴 이야기 말이지. 그는 이끼를 줍는 자였고 난 계속 구르는 운명을 지닌 돌이었지. 하지만 내가 굴러갈 날들이 끝나고 있으니 이제 서로에게 할 말이 많을 거야."

얼마 후 그들은 톰 봄바딜과 헤어졌던 동부대로에 이르렀다. 그곳에 다가가면서 톰 봄바딜이 거기 서서 지나가는 그들에게 인사를 건네길 바랐다. 얼마간은 기대도 했다. 하지만 그는 흔적조차 보이지 않았다.

남쪽으로 고분구릉에 잿빛 안개가 끼었고, 멀리 묵은숲 위에도 짙은 안개가 덮여 있었다. 그들은 멈춰 섰다. 프로도는 안타까운 듯 남쪽 방향을 바라보며 말했다.

"저희도 그 영감님을 무척 뵙고 싶어요. 그분은 어떻게 지내고 계실까요?"

"그는 틀림없이 전처럼 잘 지내고 있을 걸세. 조금도 시달리지 않았을걸. 아마 우리가 한 일이나 본 것에 대해서도 별 관심이 없을 거야. 아마도 엔트들을 만난 것만 빼고 말이지. 나중에 자네들은 그를 보러 갈 시간이 있을 걸세. 하지만 내가 자네들이라면 지금은 길을 재촉해 고향으로 가겠네. 그러지 않으면 문이 닫히기 전에 브랜디와인다리에 도착하지 못할 테니 말이야."

"하지만 그 길에는 문이 없는데요. 잘 아시잖아요. 물론 노룻골문이야 있지만 거긴 언제라도 들어갈 수 있는걸요."

메리가 이렇게 말하자 간달프가 대답했다.

"전에 없었다는 말이겠지. 이젠 문 몇 개를 보게 될 거야. 그리고 노룻골문에서도 자네가 예상했던 것보다 더 곤란을 겪게 될 거야. 하지만 자네들은 잘 처리해 나가겠지. 잘 기게, 친구들! 마지막 작별은 아닐세. 아직은 말이야. 잘들 가게!"

그는 샤두팍스에게 길을 벗어나게 했고, 그 거대한 말은 길옆으

435

로 나 있는 녹색 제방을 뛰어넘었다. 간달프가 소리를 지르자 말은 북풍처럼 고분구릉을 향해 사라져 갔다.

"자, 이제 함께 출발했던 우리 네 명만 남았군요. 나머지 사람들은 하나씩 하나씩 뒤에 남았고요. 마치 천천히 희미해지는 꿈 같은데요."

메리가 말하자 프로도는 고개를 저으며 대꾸했다.

"내게는 그렇지 않아. 다시 잠에 빠져드는 것 같아."

Chapter 8

샤이어 전투

비에 젖은 피곤한 몸으로 일행이 브랜디와인에 도착한 것은 해가 진 다음이었다. 그 길은 막혀 있었다. 다리 양끝에 대못이 박힌 커다란 문이 세워져 있었다. 강 저편에는 2층짜리 새 집들이 서 있었는데, 세로로 길고 좁은 창문에서 커튼도 없이 흐릿한 불빛이 새어 나오고 있어서 샤이어답지 않게 음울해 보였다.

그들이 바깥 성문을 꽝꽝 두드리며 소리쳐 불렀지만 처음에는 아무 대답도 없었다. 잠시 후 놀랍게도 누군가가 뿔나팔을 불더니 곧 창문의 불이 꺼졌다. 어둠 속에서 어떤 목소리가 소리쳤다.

"누구야? 꺼져 버려! 들어올 수 없어. '일몰과 일출 사이에는 출입 금지'라고 쓰인 경고문도 안 보여?"

그러자 샘이 소리쳐 대답했다.

"당연하지, 이 깜깜한 데서 어떻게 경고문을 읽을 수 있어? 하지만 샤이어의 호빗들이 이런 밤에 비를 맞으며 밖에 서 있어야 한다면 그 경고문을 보자마자 찢어 버리겠어."

이 말에 창문이 탁 닫히더니 한 무리의 호빗들이 초롱불을 들고 왼쪽 집에서 쏟아져 나왔다. 그들은 다리 저편의 문을 열었다. 몇 명은 다리를 건너왔다. 그들은 일행을 보고 겁에 질린 것 같았다. 메리는 그들 중 하나를 알아보고 소리를 질렀다.

"자, 이것 봐! 올짱지기네 홉! 자네가 날 몰라봤다면 이제 알아봐야지. 난 강노루네 메리야. 도대체 이게 무슨 소동이야? 또 자네 같은 노룻골 출신이 여기서 무슨 짓을 하고 있는 거야? 자넨 올타릿문에 있었잖아."

"맙소사! 틀림없는 메리 씨로군요! 더구나 완전 무장을 하다니. 당신은 죽었다고들 하던데. 묵은숲에서 실종됐다고 했어요. 어쨌든 당신이 살아 있는 걸 보게 되니 반갑군요."

"그럼 그렇게 입 벌리고 빗장 사이로 날 쳐다만 보지 말고 어서 문을 열게."

"미안하지만 메리 씨, 우린 명령을 받았거든요."

"누구 명령인데?"

"골목쟁이집에 계신 대장의 명령이지요."

그러자 프로도가 놀라 물었다.

"대장? 대장이라고? 로소를 말하는 건가?"

"그럴 겁니다, 골목쟁이 씨. 하지만 요즘엔 그냥 대장이라고 불러야 해요."

"아, 그러셔! 어쨌든 그가 골목쟁이란 성을 떼어 버렸다니 반갑군. 그렇지만 지금이야말로 골목쟁이 집안에서 그 녀석을 혼 좀 내서 정신을 차리게 해야겠어."

문 너머에 있는 호빗들은 입을 꾹 다물었다.

"이런 식으로 얘기해 봐야 아무 소용도 없어."

그들 중 누군가가 이야기했다.

"대장이 듣게 될 거야. 당신들이 시끄럽게 굴면 대장의 큰 인간을 깨우게 될 거야."

그러자 메리가 외쳤다.

"그럼 그가 깜짝 놀라서 벌떡 일어나게 해 주지. 만일 자네 말이 그 고귀하신 대장께서 황야의 악당들을 고용했다는 뜻이라면, 우리가 너무 일찍 돌아온 것은 아니구먼."

그는 말에서 뛰어내렸고, 초롱불을 비춰 경고문을 읽고는 떼어서 찢은 다음 문 너머로 던져 버렸다. 호빗들은 뒤로 물러섰고, 여전히 문을 열려고 하지 않았다.

"피핀, 이리 와! 우리 둘이면 충분해."

메리와 피핀이 문을 기어오르자 호빗들은 도망쳤다. 곧 조금 전과는 다른 나팔 소리가 들렸다. 오른편의 더 큰 집에서 몸집이 크고 육중한 인간이 문간의 불빛을 등지고 나타났다. 그는 앞으로 나서며 으르렁거렸다.

"이게 무슨 짓들이냐! 문을 부순다고? 꺼져 버려! 안 그러면 네놈들의 그 더럽고 조그만 모가지를 비틀어 버리겠다!"

그러나 그는 번쩍이는 칼들을 보고는 그 자리에 멈춰 섰다. 그를 본 메리가 외쳤다.

"고사리꾼 빌! 만일 10초 내로 문을 열지 않으면 후회하게 될 거다. 내 말을 듣지 않는다면 네 몸에 칼자국이 날 거야. 문을 열고 그 문으로 나가서 다시는 돌아오지 마라! 네놈은 악당에다 노상강도야."

고사리꾼 빌은 움찔하더니 발을 질질 끌고 와서 문을 열었다.

"열쇠를 이리 내놔!"

메리가 말하자 그 악당은 열쇠를 머리 위로 내던지고는 그대로 어둠 속으로 뺑소니쳤다. 그가 말 옆을 지날 때 한 마리가 뒷발질로 그를 걷어찼지만 그는 비명을 지르며 어둠 속을 그대로 달려갔다. 그 후로는 그에 관한 소문도 들을 수 없었다.

"잘했어, 빌!"

샘이 조랑말에게 말했다.

"자네가 말한 큰 인간은 그 정도로 됐고, 대장은 나중에 보기로 하지. 우리들은 우선 방이 필요한데, 자네들은 다리목 여관을 헐고 대신 이 음침한 집들을 지은 모양이지? 그렇다면 우린 여기 들어가야겠군."

메리가 이렇게 말하자 홉이 더듬거리며 대답했다.

"미안하지만 메리 씨, 그건 허용되지 않는 일이라서……."

"뭐가 허용되지 않는다는 거지?"

"낯선 사람을 받아들인다거나, 여분의 음식을 주는 것 등등이죠."

"도대체 무슨 일이 있었던 거야? 작년에 흉작이었나? 아니면 무슨 일이야? 작년 여름과 추수철은 날씨가 좋았을 텐데."

"날씨야 좋았지요. 농사도 많이 짓기는 했는데 그것이 어떻게 되었는지는 잘 알 수가 없어요. 수확량을 재고 실어서 보관소로 옮기는 '추수꾼들'과 '분배자들' 천지였거든요. 그런데 그들은 분배보다는 수확에 더 신경을 썼어요. 그래서 우리는 그 곡식들 대부분을 다시 보지 못했지요."

그러자 피핀이 하품을 하며 말했다.

"자, 이런 일이 오늘 밤 내게는 너무 성가시군. 먹을 것은 우리 자루에 있으니 드러누울 방이나 주게. 아무 방이나 줘도 지금껏 우리가 지내 왔던 많은 곳들보다는 나을 거야."

문에 섰던 호빗들은 여전히 불안해 보였다. 분명 어떤 규칙이 깨어지고 있었다. 그러나 전부 무장을 하고 있는 네 명의 노련한 여행자들의 요구를 거절할 수도 없는 노릇이었다. 특히 둘은 유달리 크고 건장해 보였다. 프로도는 문을 다시 잠그라고 명령했다. 주위에 불한당들이 득실거릴 테니 어쨌든 보초를 세우는 것이 합당한 일이었다. 그런 다음 네 명의 일행은 경비대 건물로 들어가 가급적 편히 쉬었다. 그곳은 가구도 없는 누추한 곳이었고 불이 잘 피지 않는 작고 초라한 벽난로가 있었다. 2층에는 딱딱한 침대들이 줄지어 놓였고 벽마다 경고문과 규칙 들이 붙어 있었다. 피핀은 그것들을 모조리 찢어 버렸다. 맥주도 없고 음식도 조금밖에 없었지만 일행이 가져온 것으로도 식사를 할 수 있었다. 피핀은 규칙 제4조를 어기고 다음 날분의 나무들을 불 속에 집어넣었다.

"자, 샤이어에 무슨 일이 있었는지 듣는 동안 담배 한 대 어떨까?"

그러자 홉이 대답했다.

"지금은 연초가 전혀 없어요. 대장 부하들한테만 조금 있지요. 재고가 다 사라져 버린 것 같아요. 연초를 실은 수레들이 옛날 길을 따라 남둘레에서 사른여울 쪽으로 내려갔다더군요. 그게 당신들이 떠난 다음이니까 작년 말 즈음이었어요. 하지만 그 이전에도 조금씩 몰래 빠져나갔지요. 그 로소가……."

다른 호빗 몇 명이 소리쳤다.

"입 닥쳐, 울짱지기네 홉! 그 얘기를 해선 안 된다는 걸 알잖아. 대장이 듣게 되면 우리 모두 곤란하게 될 거야."

그러자 홉은 화가 나서 말했다.

"우리 중 누군가가 고자질하지 않는다면, 그가 알게 될 리 없잖아."

샘이 말리듯 말했다.

"됐네, 됐어. 그걸로 충분해. 더는 듣고 싶지도 않아. 환영도 없고, 맥주도 담배도 없는 데다가 규칙투성이에 오르크들 같은 이야기나 하고 있다니! 이제 좀 쉬기를 바랐는데 앞으로도 해야 할 일뿐이로군! 우선 잠을 자고 아침까지는 잊어야겠어."

그 새로운 '대장'은 정보를 입수하는 수단이 있음이 분명했다. 다리에서 골목쟁이집까지는 족히 60킬로미터나 되는 거리였으나 누군가 급히 그 길을 다녀간 모양이었다. 프로도와 그 친구들은 곧 알게 되었다.

그들은 뚜렷한 계획을 세우지도 않았고, 처음엔 크릭구렁으로 함께 내려가서 휴식을 좀 취하려고 막연히 생각했었다. 그러나 이제 상황이 돌아가는 것을 보고는 호빗골로 곧장 가기로 작정했다. 그래서 이튿날 그들은 대로를 따라 출발했고 꾸준히 말을 달렸다. 바람은 자고 있었으나 하늘은 잿빛이었다. 땅은 슬프고 황량해 보였다.

어쨌든 벌써 11월 1일이었고 가을의 끄트머리였다. 이상하게도 주변 곳곳에서 불이 타오르며 연기를 내뿜고 있었다. 연기는 거대한 구름으로 피어올라 멀리 끝숲 쪽으로 흘러갔다.

저녁이 되자 그들은 다리에서 35킬로미터가량 떨어져 있는, 대로가 가로지르는 개구리늪이라는 마을에 이르렀다. 그들은 그곳에서 밤을 보내기로 결정했다. 개구리늪의 '표류하는 통나무'는 훌륭한 여관이었다. 그러나 그들이 마을 동쪽 끝에 도착했을 때 '길 없음'이라고 쓰인 커다란 팻말이 붙은 울타리가 눈에 띄었다. 그 뒤에는 깃털 달린 모자를 쓴 보안관들이 막대기를 들고 서 있었는데, 일견 위엄 있어 보이기도 하면서 겁에 질린 눈치였다. 프로도는 애써 웃음을 참으며 그들에게 물었다.

"이게 다 뭔가?"

"골목쟁이 씨, 보시는 대로입니다."

깃털을 두 개 단 보안관의 우두머리인 호빗이 말했다.

"당신들은 문 부수기, 규칙서 찢기, 문지기 공격, 불법 침입, 허락 없이 샤이어 건물에서 잠자기, 음식으로 보초 매수하기 혐의로 체포되었습니다."

"그 밖에 또 없나?"

"그것만으로도 체포하기엔 충분합니다."

그러자 샘이 말했다.

"내 몇 가지 더 덧붙여 주지. 너희 대장 이름 말하기, 여드름투성이 얼굴 한 대 치고 싶어 하기, 그리고 너네 보안관들이 참 미련하다고 생각하기."

"그만, 그만둬요. 조용히 따라오라는 대장의 명령입니다. 우린 당신들을 강변마을까지 데리고 가서 대장의 인간들에게 인계할 겁니다. 하고 싶은 말은 대장이 신문할 때 하면 됩니다. 하지만 감옥굴에 오래 있고 싶지 않다면 긴말을 안 하는 게 좋겠지요."

프로도와 그 동료들이 웃음을 터뜨리자 파수꾼들은 당황했다. 프로도가 말했다.

"웃기지 말게. 난 내가 가고 싶은 곳에, 그리고 마음 내킬 때 갈 거야. 난 마침 그 골목쟁이집에 갈 거네만, 자네들도 같이 가겠다고 우긴다면 마음대로 하게."

"좋습니다, 골목쟁이 씨. 하지만 당신들이 체포되었다는 사실을 잊지 마세요."

파수꾼의 우두머리는 울타리를 조금 열면서 말했다.

"절대로 잊지 않겠네. 하지만 자네를 용서하지. 오늘은 더 이상 길을 가고 싶지 않으니 표류하는통나무 여관까지 안내해 준다면 참 고맙겠군."

"그렇게는 할 수 없습니다, 골목쟁이 씨. 그 여관은 폐쇄되었거든요. 마을 저쪽 끝에 파수꾼들의 집이 있으니 그리 모셔다 드리지요."

"좋아, 앞장서게. 따라갈 테니."

샘은 파수꾼들을 바라보다가 그중 아는 호빗을 찾아냈다.

"이봐, 작은굴 로빈. 이리 와 봐! 나하고 얘기 좀 하세."

화가 나지만 감히 참견하지 못하는 우두머리를 겁먹은 눈으로 바라보며, 작은굴은 뒤로 처져 조랑말에서 내린 샘과 나란히 걸었다.

"이봐, 수탉 로빈! 자넨 호빗골 출신인데 이렇게 프로도 님과 그 친구들을 잡으러 오다니 좀 모자란 거 아닌가? 그건 그렇고 여관이 폐쇄되었다니 그게 무슨 소린가?"

"여관은 모조리 폐쇄됐어. 대장은 맥주를 못 마시게 하거든. 적어도 그렇게 해서 일이 시작됐지. 하지만 지금 와서 생각해 보니 맥주를 대장의 인간들이 몽땅 차지해 버린 것 같아. 그리고 대장은 주민들이 돌아다니는 것을 좋아하지 않아. 그래서 어디 가야 할 때면 꼭 파수꾼 처소에 가서 용무를 설명해야 하지."

"자네가 그런 어처구니없는 짓에 관련되어 있다니 부끄러운 줄 알게. 자넨 주막 바깥보다는 안을 더 좋아했잖아. 근무 중이건 비번이건 간에 항상 주막에 들락거렸지."

"할 수만 있다면 지금도 그렇게 하고 싶어. 하지만 날 너무 몰아세우진 말게. 어떻게 하겠어? 난 이미 7년 전에, 이런 일이 있기 전에 파수꾼이 되었다는 걸 잘 알잖아. 여기저기 돌아다니면서 주민들을 만나고 새로운 소식도 듣고 또 좋은 맥주가 어디 있는지 알 수도 있었지. 하지만 지금은 사정이 달라졌어."

"그렇다면 그 일을 그만둘 수도 있잖아. 점잖은 직업이 아니라면 아예 파수꾼을 그만두는 거야."

"그건 허용되지 않아."

"그 '허용되지 않아'란 말 한 번만 더 하면 화내겠어."

"화를 낸다고 해도 유감스럽게 여기진 않겠어."

로빈은 목소리를 낮춰 말했다.

"만일 우리가 다 같이 화를 내게 된다면 무슨 일이든 할 수 있을 텐데 말이야. 문제는 그 대장의 인간들이거든. 그들은 동네방네 돌아다닌단 말이야. 우리같이 작은 호빗이 권리를 찾겠다고 저항이라도 하면 곧장 감옥굴에 집어넣어 버리지. 처음엔 밀가루옹심이 영감님, 그러니까 큰말 시장인 하얀발 윌 노인을 끌고 갔고 다음엔 더 많은 호빗들을 끌고 갔어. 최근엔 사태가 더 악화되어 그들을 종종 때리기도 한다더군."

샘은 화가 나서 말했다.

"아니, 그렇다면 왜 자넨 그들을 위해 일하는 거야? 누가 자넬 개구리늪으로 보냈지?"

"누가 보낸 것이 아니라 우린 여기 파수꾼 처소에 머물고 있는 거야. 지금 우린 제1동둘레 부대야. 파수꾼은 전부 다 해서 수백 명이 되지만 새로운 규칙 때문에 더 필요하다고 하더군. 대부분은 어쩔 수 없이 여기 있지만, 물론 다 그런 건 아니야. 샤이어 주민들 중에도 허풍을 떨며 남의 일에 참견하길 좋아하는 작자들이 있으니까. 또 대장하고 그 인간들을 위해 첩자 노릇을 하는 자들도 있어."

"아, 그래서 자네가 우리 소식을 들었군!"

"그래 맞아. 지금 우린 소식을 서로 전하지 못하게 되었지만, 그들은 예전의 발 빠른 파발꾼 제도를 이용해서 각 지점마다 특별 전령을 대기시키거든. 어젯밤에 하얀굴에서 '비밀 전갈'을 갖고 온 녀석이 있었지. 여기선 또 다른 녀석이 그걸 받아 가지고 갔고. 그러더니 오늘 오후에 자네 일행을 체포해 곧장 감옥굴로 보내지 말고 강변마을로 데리고 오라는 전령이 내려온 거야. 대장이 자네 일행들을 직접 한번 보겠다는 거야."

"프로도 씨가 그와 담판을 내면 생각이 달라질걸."

개구리늪의 파수꾼 처소는 다리의 경비대 건물만큼이나 고약했다. 단층집에 똑같이 생긴 좁은 창문이 나 있고 추한 벽돌을 아무렇게나 쌓아 만든 집이었다. 실내는 습기가 차고 어두웠으며 몇 주 동안 닦지 않은 긴 식탁에 식탁보도 없이 저녁 식사가 차려져 있었다. 음식은 식탁과 방에 어울리는 것이었다. 일행은 그곳을 떠나게 된 것이 기뻤다. 강변마을까지는 약 30킬로미터 남았고 그들은 아침 10시에 출발했다. 좀 더 일찍 출발할 수도 있었지만 일부러 지체해서 파수꾼 대장의 화를 돋울 요량이었다. 서풍이 북풍으로 바뀌었고 날이 점점 차가워졌지만 비는 그쳤다.

마을을 출발하는 일행의 '희한한 차림새'를 보려고 나왔던 몇몇 호빗들은 웃음이 허용되는지 아닌지 알 수 없었지만 그 행렬을 보고 웃음을 참을 수 없는 것 같았다. 열두 명의 파수꾼이 죄수들을 '호송'한다고는 했지만, 메리가 선두에 섰고 그 뒤를 프로도와 그 친구들이 말을 타고 따라갔다. 메리와 피핀, 샘은 편히 앉아 이야기를 나누며 웃고 노래를 부르는 반면, 파수꾼들은 엄하고 진지한 표정을 지으려 애쓰며 터벅터벅 걸어가고 있었다. 그러나 프로도는 아무 말도 하지 않았고 왠지 슬프고 깊은 생각에 잠겨 있는 것 같았다.

그들 일행이 마지막으로 지나친 이는 울타리를 자르고 있던 건장한 시골 노인이었다.

"어이! 지금 누가 누구를 호송하는 거지?"

노인이 이렇게 조롱하자 두 명의 파수꾼이 열을 빠져나가 그에게로 갔다. 그러자 메리가 우두머리에게 외쳤다.

"이봐, 우두머리! 자네 부하들에게 돌아오라고 명령하게. 내가 저들을 어떻게 다루는지 보고 싶지 않다면 말이야."

두 명의 호빗은 우두머리에게 질책을 받고 실쭉해서 돌아왔다.

"자, 가세나!"

메리가 말하자 네 명의 여행자는 파수꾼들이 아무리 빨리 걸어도 따라잡기 힘들 정도로 조랑말들의 걸음을 재촉했다. 햇빛이 비치고 차가운 바람이 불어왔지만 그들은 이제 헉헉대며 땀까지 흘렸다.

세둘레 경계석에서 파수꾼들은 따라가기를 포기했다. 그들은 정오에 딱 한 번 쉬었을 뿐 거의 23킬로미터나 걸었던 것이다. 더욱이 오후 3시쯤 되자 배가 고프고 발도 아파서 도저히 보조를 맞출 수 없었다.

"자, 자네들은 편하게 오게나! 우린 먼저 갈 테니."

메리가 말하자 샘도 외쳤다.

"잘 가게, 수탉 로빈! 푸른용 주막 앞에서 기다리지. 그곳이 어딘지는 잊지 않았겠지. 오는 길에 빈둥거리지 말게!"

"당신들은 체포령을 어기고 있어요. 어기고 있다고요! 난 책임질 수 없어요!"

우두머리가 가련하게도 이렇게 외치자 피핀이 대답했다.

"앞으로 더 많이 여러 가지를 어기게 되겠지만 자네한테 책임져 달라고 부탁하지 않을 거야. 행운이 있기를!"

여행자들은 속보로 말을 몰았고, 태양이 멀리 서쪽 지평선 위에서 흰구름을 향해 가라앉기 시작할 때 강변마을의 넓은 연못가에 도착했다. 여기서 그들은 처음으로 고통스러운 충격을 맛보았다. 이곳은 프로도와 샘의 고향이었는데, 그들은 이곳을 이 세상 그 어느 곳보다도 사랑한다는 사실을 새삼 실감하게 되었다. 그들이 알고 있던 집들은 대부분 사라지고 없었다. 어떤 집은 불타 버린 듯했다. 연못 북쪽의 둑 위에 줄지어 늘어서 있던 쾌적하고 오래된 호빗들의 집은 버려진 채 황폐해졌으며, 물가로 곧장 이어지던 그들의 정원은 잡초가 무성했다. 그보다 더 기가 막힌 것은 연못가를 따라 추한 새 집들이 일렬로 늘어서 있었는데, 그곳은 호빗골도로가 강둑 가까이 뻗어 있던 지점이었다. 전에는 이곳에 가로수들이 늘어서 있었는데 지금은 모조리 사라지고 없었다. 경악한 눈으로 골목쟁이집 쪽의 길을 올려다보자 저 멀리 벽돌로 쌓은 커다란 굴뚝이 보였다. 그것은 저녁 하늘에 검은 연기를 내뿜고 있었다. 샘은 제정신이 아니었다.

"프로도 씨, 전 당장 가 봐야겠어요. 무슨 일인지 알아봐야겠어요. 우리 노친네도 찾아야 하고요."

"우선은 우리가 어떤 상황인지 알아야 해요, 샘. 아마 그 대장이란 놈이 악당들을 대기시켜 놓았을 거예요. 여기 상황이 어떤지 알려 줄 사람을 찾아야 하는데."

메리가 이렇게 말했으나 강변마을의 집과 굴의 문은 모두 다 굳게 잠겨 있었고 그들을 반기는 이는 아무도 없었다. 그들은 조금 의아하게 생각했지만 곧 그 이유를 알게 되었다. 호빗골에 가장 가까이 있는 푸른용 주막에 가 보니, 그 집은 인적도 없고 창문은 모두 깨어져 있었다. 그들은 주점 벽에 기대어 축 늘어져 있는 대여섯 명의 추악한 자들을 볼 수 있었다. 그자들은 사팔눈에 누르스름한 얼굴을 하고 있었다. 샘이 말했다.

"브리에 있던 고사리꾼 빌의 친구들 같은데."

그러자 메리도 중얼거렸다.

"아이센가드에서 많이 본 족속들 같아요."

불한당들은 손에 곤봉을 들고 허리에 뿔나팔을 차고 있었지만 다른 무기는 가진 것 같지 않았다. 일행이 길을 올라가자 그들은 벽에서 떨어져 걸어 나와서는 그들 앞을 가로막았다. 가장 크고 악랄하게 생긴 녀석이 먼저 입을 열었다.

"도대체 어딜 가고 있는 거냐? 더는 갈 수 없어. 그런데 그 귀하신 파수꾼들은 어디 있지?"

"열심히 걸어오고 있겠지. 발이 좀 아픈가 보던데. 우린 여기서 기다리겠다고 약속했어."

메리가 대답하자 그 악당은 자기 동료에게 말했다.

"거봐! 내가 뭐라고 했었어? 샤르키한테 그 조그만 바보들은 믿을 수가 없다고 그랬잖아. 우리 중 몇이 직접 갔어야 했는데."

그러자 메리가 다시 대답했다.

"하지만 무슨 차이가 있었을까? 우린 이 지역에서 노상강도를 본적이 없지만 그런 놈들을 어떻게 다뤄야 하는지는 잘 알고 있지."

"뭐, 노상강도? 네놈들이 그따위로 말한다고? 말버릇을 고치지 않으면 우리가 고쳐 주지. 네놈들, 조그만 바보들이 너무 거만해졌단 말이야. 우리 두목의 친절한 마음씨를 너무 믿지 않는 게 신상에 좋아. 이제 샤르키가 오셨으니 두목도 샤르키 말씀대로 할 거란 말이야."

그러자 프로도가 조용히 물었다.

"뭘 한다는 거지?"

"이 시골도 이제 잠에서 깨어나 모든 것을 정돈할 필요가 있단 말이지. 샤르키가 그렇게 하실 거야. 네놈들이 그렇게 건방지게 군다면 아마 그분도 인정사정 안 봐주실걸. 네놈들에겐 더 큰 두목이 필요해. 만일 더 문제를 일으키면 네놈들은 올해가 가기 전에 더 큰 두목을 뵙게 될 거다. 그러면 네놈들도 한두 가지 배우게 되겠지, 이 쥐새끼 같은 꼬마 놈들아."

"너희들 계획을 알게 되니 기쁘군. 난 지금 로소를 만나러 가는 길인데 그도 역시 너희들 계획을 듣는 데 관심이 있겠지."

프로도가 이렇게 말하자 악당은 웃음을 터뜨렸다.

"로소라고! 그는 다 잘 알고 있어. 걱정 말라고. 그는 샤르키가 말하는 대로 할 테니까. 우린 두목이 문제를 일으키면 갈아 치울 수도 있단 말이야. 알겠어? 만일 조그만 놈들이 쓸데없이 자꾸 끼어들려고 한다면 우린 그놈들을 해치울 수도 있다고. 알겠어?"

"그래, 알겠다. 우선 너희들이 이곳에서 시대에 뒤떨어지고 정보에도 어둡다는 것을 알겠어. 너희들이 남부를 떠난 뒤 많은 일들이 일어났지. 너희들 악당들의 시대는 끝났어. 암흑의 탑은 무너졌고 곤도르에는 왕이 돌아오셨지. 아이센가드도 파괴되었고 너희들의 소중하신 주인님은 황야의 거지가 되었어. 오는 도중에 만났거든. 이젠 아이센가드에서 깡패들이 오는 게 아니라 초록길을 따라 왕의 사신들이 오는 거야."

그러자 악당은 프로도를 보며 야비하게 웃었다.

"황야의 거지라고? 정말 그래? 어디 실컷 떠들어 봐라, 이 쪼그만 허풍쟁이야. 그렇다고 해서 네놈들이 오랫동안 빈둥거리고 살았던 이 기름진 땅을 우리가 떠날 줄 아느냐? 왕의 사신이라고? 칠뒀구면. 보게 되면 잘 기억해 두지."

그는 이렇게 말하며 손가락으로 프로도의 얼굴을 딱 쳤다.

그러자 피핀은 도저히 가만히 있을 수가 없었다. 그는 코르말렌 평원을 생각했다. 그런데 여기 이 사팔뜨기 악당 따위가 반지의 사자를 향해 쪼그만 허풍쟁이라고 부르고 있다니. 그는 망토를 뒤로 젖히고 번쩍이는 칼을 뽑았다. 그가 말을 몰고 달려 나가자 은색과 검은색의 곤도르 의장이 은은한 빛을 발했다. 그는 외쳤다.

"내가 바로 왕의 사자다! 네놈은 왕의 친구이며 서부에서 가장 유명한 이들 중 한 명과 말하고 있는 거다. 네놈은 악당일 뿐 아니라 바보로구나. 어서 무릎을 꿇고 용서를 빌어라. 아니면 이 트롤의 칼로 네놈을 처단하겠다."

서쪽으로 기울어 가는 햇살에 칼날이 번득였다. 메리와 샘도 칼을 뽑고 피핀을 지원하러 달려 나갔지만 프로도는 움직이지 않았다. 악당들은 뒤로 물러섰다. 브리 지방의 농부들을 겁주고 놀란 호빗들을 위협하는 것이 그들의 주된 일거리였다. 그러나 빛나는 칼을 겨눈 무서운 얼굴의 용감한 호빗들을 보고 놀라지 않을 수 없었다. 그리고 이 새로 온 호빗들의 목소리에는 이제껏 그들이 들어 보지 못한 어조가 실려 있었다. 그 어조는 그에게 공포를 주기에 충분했다. 이번에는 메리가 외쳤다.

"꺼져라! 만일 네놈들이 또다시 이 마을을 괴롭힌다면 후회하게 될 거다."

세 명의 호빗이 앞으로 나서자 악당들은 몸을 돌려 호빗골 도로 쪽으로 달아났다. 그들은 달아나면서 뿔나팔을 불었다.

"우리가 일찍 온 게 전혀 아닌데요."

메리가 말하자 프로도가 대답했다.

"하루도 일찍 오지 않았어. 어쩌면 너무 늦었는지도 모르지. 적어도 로소를 구하기엔 말이야. 불쌍한 바보 같으니. 정말 안됐어."

그러자 피핀이 말했다.

"로소를 구한다고요? 무슨 말씀을 하시는 거예요? 그를 파멸시킨다고 해야지요."

"자넨 상황을 잘 모르는 것 같군, 피핀. 로소는 사정이 이렇게까지 되길 바라진 않았을 거야. 그는 심성이 좋지 않은 바보였을 뿐이지. 아마 지금쯤은 그도 잡혀 있을 거야. 악당들은 꼭대기에 올라앉아 그의 이름으로 곡물을 약탈하고 강도질하고 협박해서 모든 걸 운영하고 파괴하고 있는 거야. 하지만 오랫동안 그의 이름을 빌리지는 않겠지. 내 생각에 그는 지금 골목쟁이집에 갇혀 있을 걸세. 아마도 겁에 질려 있겠지. 우리 힘으로 빨리 구해야 해."

"정말 어리둥절하군요. 여행의 막바지에 이런 일이 있을 줄은 꿈에도 생각 못 했어요. 바로 이 샤이어에서 절반은 오르크인 악당들과 싸워야 하다니. 그것도 여드름쟁이 로소를 구하기 위해서."

"싸운다고? 글쎄, 그렇게 되겠지. 하지만 기억해 두게. 호빗들이 적의 편으로 넘어갔더라도 호빗들을 죽여선 안 돼. 내 말은, 그저 겁이 나서 악당들의 명령에 복종하는 게 아니라 진심으로 그들의 편이 된 호빗이라도 마찬가지야. 샤이어에서는 지금까지 어떤 호빗도 고의로 다른 호빗을 죽인 적이 없었어. 지금도 그래. 그리고 피할 수만 있다면 어느 누구도 죽이지 않는 게 좋아. 성질을 누그러뜨리고 마지막 순간까지 검을 삼가게."

프로도의 말에 메리가 대꾸했다.

"하지만 이런 악당들이 많으면 틀림없이 싸워야 할 거예요. 프로도, 그저 충격받은 채 슬퍼하면서 로소나 샤이어를 구할 수는 없잖아요."

그러자 피핀도 거들었다.

"물론 안 되지. 그들을 두 번 겁주기는 쉽지 않을걸요. 지금 그놈들은 기습을 당한 것에 불과하니까요. 나팔 부는 소리를 들었죠? 분명 이 근처에 다른 악당들이 있을 거예요. 숫자가 늘면 더 대담해지겠죠. 게다가 우린 오늘 밤 어디서 묵어야 할지 생각해야 해요. 아무리 무장을 했더라도 우린 네 명밖에 안 되잖아요."

그러자 샘이 대답했다.

"내게 생각이 있어요. 우선 남쪽 오솔길로 내려가 초막골네 톰 영감 집으로 가는 거예요. 그분은 언제나 강건했어요. 그분의 아들이 여럿 있는데 모두 내 친구들이지요."

그러나 메리가 반대했다.

"안 돼요. 안전한 곳으로 숨어 봐야 소용이 없어요. 그건 사람들이 늘 해 온 일이고 또 악당들이 좋아할 일이죠. 그놈들은 우릴 무력으로 급습해서, 구석으로 몰아넣고, 우리를 쫓아내거나 태워 죽이려고 할 거라고요. 안 돼요. 우린 지금 당장 뭔가를 해야 해요."

"뭘 한다는 거지?"

피핀이 묻자 메리는 단호하게 말했다.

"샤이어를 봉기시키는 거지! 우리 동족을 깨우자고! 보다시피 그들도 이런 상황을 싫어하잖아. 한두 명의 악당이나, 우쭐대느라고 상황이 어떤지를 모르는 몇몇 바보들을 빼고 모두가 말이야. 샤이어의 주민들은 너무 오랫동안 편안하게 살아왔기 때문에 이럴 때 어떻게 해야 할지 모르는 거야. 하지만 도화선만 있어 봐. 그들 모두가 불처럼 타오를걸. 그 대장의 인간이란 놈들도 그걸 알고 있을 거야. 그러니까 우릴 될 수 있는 대로 빨리 짓밟아서 꺼 버리려고 하는 거지. 우린 시간이 얼마 없어.

샘, 의향이 있다면 초막골의 농장으로 빨리 가. 그분은 이 근방에선 최고위자이고 또 건장한 어른이니까. 어서 가! 난 로한의 나팔을 불어 악당들이 들어 보지 못한 음악을 들려주겠어."

그들은 마을 중앙으로 달려갔다. 샘은 방향을 바꿔 초막골의 집이 있는 남쪽 오솔길을 따라 전속력으로 말을 달렸다. 그리 멀리 가지 않았을 때 청명한 나팔 소리가 하늘을 울리며 멀리 언덕과 들판으로 메아리치는 것이 들려왔다. 그 부름의 소리에 너무도 강렬한 호소력이 있었기에 샘은 하마터면 말을 돌려 돌아갈 뻔했다. 그의 조랑말이 뒷다리로 일어서며 울부짖었다.

"자, 가자! 우린 곧 돌아갈 거야!"

잠시 후 메리의 나팔 음조가 달라졌고, 노룻골의 뿔나팔 소리는 대기를 흔들며 위로 퍼졌다.

깨어나라! 깨어나라! 공포와 불과 적이다! 깨어나라!
불이다! 적이다! 깨어나라!

샘의 뒤쪽에서 왁자지껄하는 소리와 함께 문이 쾅 닫히는 소리가 들려왔다. 앞쪽에서는 어스름 속에서 불빛이 켜지기 시작했고 개들이 짖으며 달려오는 발소리가 들렸다. 그가 오솔길 끝에 닿기도 전에 농부 초막골이 세 아들 톰, 졸리, 닉을 데리고 달려오고 있었다. 그들은 손에 도끼를 들고 길을 막았다.

"아니! 이건 악당이 아닌데. 크기로 보면 호빗이야. 그런데 기묘한 복장을 하고 있군."

샘은 농부의 목소리를 들었다.

"넌 누구냐? 이게 무슨 일이야?"

"샘이에요. 감지네 샘. 제가 돌아왔어요."

농부 초막골은 가까이 다가와 희미한 불빛 속에서 그를 자세히 쳐다보았다.

"그래, 목소리는 맞군. 얼굴도 예전과 다름없어. 그런데 그런 옷을 입은 자넬 길거리에서 보았다면 그냥 지나쳤겠는걸. 자넨 다른 지방에 있었던 모양이군. 우린 지네기 죽은 줄 알고 걱정했었지."

"죽지 않았어요. 프로도 씨도 아무 일 없고요. 친구들과 함께 왔어요. 그들은 지금 샤이어를 봉기시키려고 하고 있어요. 악당들과 그 대장을 몰아내려고요. 이제 시작이지요."

"훌륭하네, 훌륭해! 그래, 마침내 시작했군! 난 1년 내내 한바탕 사건을 일으켜 보려고 몸이 근질근질했지만 주민들이 도와주질 않더라고. 게다가 돌봐야 할 아내와 로지가 있지 않은가. 악당들이 무슨 짓을 저지를지 모르거든. 자, 가자 얘들아! 강변마을이 일어섰으니우리도 한몫 끼어야지."

"초막골 부인과 로지는 어떤가요? 그들만 내버려 두는 건 안전하지 않을 거예요."

"닙스가 함께 있어. 하지만 생각이 있다면 자네가 직접 가서 돌보게나."

초막골은 씩 웃으며 말하고는 아들들과 마을을 향해 달려갔다.

샘은 서둘러 초막골의 집으로 갔다. 넓은 안마당 계단 위 크고 둥근 문 옆에 초막골 부인과 로지가 서 있고, 그 앞에 닙스가 쇠스랑을 들고 서 있었다.

"나요! 감지네 샘! 그러니 닙스, 날 찌르진 말게. 하긴 갑옷을 입고 있으니 별 상관은 없지만 말이야."

그는 말에서 뛰어내려 계단을 올라갔다. 그들은 깜짝 놀라 아무 말도 못 하고 그를 쳐다보았다.

"안녕하세요, 초막골 부인! 안녕, 로지!"

로지가 말했다.

"안녕, 샘? 어디 갔었어요? 모두들 당신이 죽었다고 하던데. 하지만 난 봄부터 당신을 만나길 기대해 왔어요. 그런데 당신은 서둘러오지 않았지요. 안 그래요?"

샘은 수줍어하며 말했다.

"아마 그랬을 거야. 하지만 지금은 서두르고 있어. 우린 악당들을 처치하려고 하거든. 난 곧 프로도 씨께 돌아가야 해. 부인과 로지가어떻게 지내는지 잠깐 보려고 왔지."

"우린 잘 지내고 있네. 하지만 이 날강도 불한당 놈들만 없으면 더 잘 지내겠지."

초막골 부인이 말하자 로지도 외쳤다.

"자, 어서 가요. 지금껏 프로도 씨를 보살폈다면 이렇게 위험한 때에 그분을 두고 오면 어떻게 해요?"

샘에게 이 말은 너무 가혹한 질문이었다. 꼬박 일주일은 생각해야 대답할 수 있거나 아니면 도저히 답할 수 없는 질문이었다. 그는 몸을 돌려 조랑말에 올라탔다. 그가 막 달려가려 할 때 로지가 뛰어내려 왔다.

"샘, 정말 멋있어요. 이제 가세요! 하지만 몸조심하고 악당들을 물리치자마자 곧 돌아와야 해요."

샘이 돌아왔을 때는 이미 마을 전체가 봉기해 있었다. 많은 젊은이들 말고도 이미 백 명도 넘는 건강한 호빗들이 도끼와 망치, 긴 칼, 단단한 막대기를 들고 모여들었고, 몇 명은 사냥용 활을 가지고 있었다. 외진 농가에서 더 많은 호빗들이 몰려들고 있었다.

몇몇 주민은 큰불을 피웠다. 활기를 돋우기 위해서이기도 했지만 불 피우는 것을 대장이 금지해 왔기 때문이기도 했다. 밤이 깊어질수록 불은 더 환하고 크게 타올랐다. 메리의 지시에 따라 다른 호빗들은 마을 양끝 길을 가로질러 방벽을 쌓아 올렸다. 파수꾼들은 마을 끝에 도착해서는 너무 놀란 나머지 아무 말도 못 했다. 그러나 상황이 어떻게 돌아가는지 알게 되자 그들 대부분은 모자에서 깃털을 떼어 버리고 반란에 가담했다. 그렇지 않은 파수꾼들은 슬슬 꽁무니를 뺐다.

샘은 프로노와 그 친구들이 초막골네 톰과 이야기를 나누고 있는 모습을 보았다. 그들 주위를 강변마을 주민들이 둘러싼 채 경탄하며 바라보고 있었다. 농부 초막골이 물었다.

"자, 다음에 할 일은 뭔가?"

"사정을 더 알기 전에는 아직 어떻게 해야 할지 모르겠군요. 악당들은 얼마나 되지요?"

"그건 알기 어렵네. 그놈들은 이리저리 옮겨 다니거든. 호빗골로 가는 길가의 창고에도 한 50명 있더군. 하지만 그놈들은 '추수작업'이라고 부르는 도둑질을 하면서 이리저리 돌아다니고 있어서 확실하게 알 수 없네. 또 그놈들이 두목이라고 부르는 놈 주변에도 한 20명 넘게 있을 거야. 두목이란 놈은 골목쟁이집에 있지. 아니 적어도 전엔 거기 있었어. 하지만 실제로 한두 주일 전부터는 아무도 보지 못했다네. 그 부하란 놈들이 누구도 접근하지 못하게 하거든."

"그놈들이 호빗골에만 사는 건 아니겠죠?"

"아니지, 더 많이 있으니 유감이지. 지른골 남쪽과 사른여울 근처에도 꽤 여럿 있지. 끝숲에도 있고 삼거리마을엔 그놈들 창고가 있어. 또 감옥굴이라 부르는 곳도 있어. 큰말에 있던 그 곡물 창고 말이야. 놈들은 거길 감옥으로 만들어서 자기네한테 반항하는 호빗들을 가둬 두고 있지. 어쨌든 다 합해도 3백 명 이상은 되지 않을 거야. 우리가 뭉치기만 하면 쳐부술 수 있어."

그러자 메리가 물었다.

"놈들에게 무기가 있나요?"

"온갖 나쁜 짓을 할 때 사용하는 채찍과 칼, 곤봉이 있지. 지금까지 보여 준 건 그게 다야. 하지만 싸움이 시작되면 다른 무기가 나올지도 모르지. 어떤 놈들은 활도 갖고 있어. 그놈들이 우리 주민 한둘을 쏜 적이 있거든."

"그거 보세요, 프로도. 싸워야 한다고 말했잖아요. 그놈들이 먼저 살인을 시작했잖아요."

메리가 이렇게 말하자 초막골이 대답했다.

"정확히 말하면 그렇지는 않다네. 적어도 먼저 활을 쏜 건 툭 집안이었어. 페레그린 군, 자네 아버님은 처음부터 로소와 상대하지 않으셨고, 누군가 꼭 대장 노릇을 해야 한다면 그것은 적어도 적법한 샤이어의 사인이어야지, 벼락출세한 녀석은 안 된다고 말씀하셨지. 로소가 대장의 인간 놈들을 보냈을 때도 그분은 입장을 바꾸지 않으셨어. 툭 집안은 운이 좋아 초록언덕 지방이나 큰스미알 같은 곳에 큰 굴을 갖고 있어서 불한당들이 접근할 수가 없었어. 그리고 악당들이 절대로 땅에 발을 못 들여놓게 놈들이 접근하면 툭 집안사람들은 활을 쏘아 댔지. 그리고 기웃거리던 놈 셋을 쏘았어. 그 후로 악당들이 더 악랄해졌지. 그놈들은 툭 집안을 엄중하게 감시하고 있다네. 지금은 누구도 그곳에 들어가거나 나올 수가 없어."

그러자 피핀이 외쳤다.

"툭 집안 만세! 하지만 이젠 누군가 들어가야겠지요. 난 스미알로 가겠어요. 나하고 툭지구에 같이 갈 사람 없어요?"

피핀은 여섯 명의 젊은이와 함께 조랑말을 타고 달려가며 외쳤다.

"곧 다시 만납시다! 들판 너머 23킬로미터밖에 되지 않으니까 아침까지 우리 툭 집안 친척들 부대를 이끌고 오겠어요."

깊어 가는 어둠 속으로 그들이 질주해 가자, 메리는 뒤에 대고 나팔을 불어 댔고, 주민들은 환호했다.

프로도는 가까이 서 있는 주민들에게 말했다.

"어쨌든 난 살인은 원하지 않소. 악당들도 마찬가지고. 호빗을 해치지 못하게 막아야 하는 불가피한 경우가 아니라면 절대 죽여선 안 돼요."

그러자 메리가 말했다.

"좋아요! 하지만 호빗골의 강도들이 곧 올 거예요. 그놈들이 그저 이야기나 나누자고 오는 건 아니겠지요. 그놈들을 적절하게 다루려고 노력해야겠지만 최악의 사태에도 대비해야 할 거예요. 자, 저한테 전략이 있어요."

"훌륭하군. 그럼 자네가 준비를 맡게."

프로도가 말했다.

바로 그때 호빗골 쪽으로 보냈던 호빗들이 뛰어 돌아왔다.

"그놈들이 와요! 스무 명 정도 돼요. 그런데 두 놈은 서쪽으로 가던데요."

"아마 삼거리마을로 갔을 걸세. 악당들을 더 데리러 말이야. 가고 오는 데 각각 24킬로미터나 되니 아직은 그놈들을 걱정할 필요가 없어."

초막골이 말했다.

메리는 지시를 내리기 위해 황급히 뛰어다녔고, 초막골은 무기를 지닌 호빗을 빼놓고는 모두 집 안으로 들어가게 했다. 그들은 오래 기다리지 않아도 되었다. 곧 큰 목소리와 발소리가 들려왔다. 일단의 악당들이 길을 따라 내려왔다. 그들은 장벽을 보고 비웃었다. 이 작은 지역에 자신과 같은 인간 스무 명에게 대항할 호빗이 있으리라고는 상상도 못 했다.

호빗들은 장벽을 열고 옆으로 비켜섰다.

"고맙군! 이제 채찍에 얻어맞기 전에 집으로 가 잠이나 자!"

그들은 길을 따라 내려가며 소리를 질렀다.

"불을 꺼! 집 안에 들어가서 가만히 있으란 말이야! 그러지 않으면 네놈들 쉰 명을 붙잡아다 감옥굴에 1년간 처넣을 테니까. 들어가! 두목이 화를 내고 계신다!"

그러나 어느 누구도 그들의 명령에 귀를 기울이지 않았다. 악당들이 지나가자 그들은 조용히 그 뒤를 따라갔다. 악당들이 모닥불에 가까이 갔을 때 그곳에는 초막골 혼자 불을 쬐고 서 있었다. 우두머리가 그에게 말했다.

"네놈은 누구냐? 뭘 하고 있는 거야?"

그러자 초막골은 천천히 그를 쳐다보며 말했다.

"나도 네놈한테 그걸 물어보려던 참이다. 여기는 네놈들 땅이 아니고 또 네놈들은 필요 없어."

"그래? 하지만 우린 네놈이 필요한데. 얘들아, 저놈을 끌고 가자. 저놈을 감옥굴로 데려가라. 먼저 조용하게 만들어라."

인간들이 한 걸음 앞으로 나와 멈춰 섰다. 주위에서 갑자기 함성이 터지자 그들은 농부 초막골 하나만 있는 것이 아니라는 사실을 깨달았다. 그들은 둘러싸여 있었다. 그늘진 곳에서 기어 나온 호빗들이 불빛이 닿지 않는 어둠 속에서 원을 그리며 서 있었다. 숫자는 거의 2백 명이었고 모두 무기를 들고 있었다.

메리가 앞으로 나서며 우두머리에게 말했다.

"우린 좀 전에도 만났지. 분명 여기 돌아오지 말라고 경고했는데. 이제 다시 경고한다. 너희들은 불빛 속에 서 있고 사수들이 네놈들을 둘러싸고 있다. 만일 네놈들이 이분이나 또는 다른 누구에게든 손가락 하나 까딱한다면 네놈들을 모두 벌집처럼 쑤셔 놓을 테다. 가지고 있는 무기는 다 내려놔!"

우두머리는 주위를 둘러보았다. 그는 함정에 빠진 것이다. 하지만 부하들이 스무 명이나 되었기에 겁먹지는 않았다. 그리고 호빗들에 대해 너무도 모르고 있었기 때문에 자신이 처한 위험한 상황을 깨닫지 못했다. 어리석게도 그는 싸우기로 작정했다. 돌파하기 쉬울 것이다. 그는 외쳤다.

"저놈을 잡아라! 저놈들에게 한 방 먹여!"

왼손엔 긴 칼, 오른손엔 곤봉을 들고 그는 빙 둘러서 있는 호빗들에게 달려들면서 호빗골 쪽으로 뚫고 나가려고 했다. 그는 길을 가로막고 서 있는 메리를 향해 사납게 일격을 가하려 했으나 그 순간 날아든 네 대의 화살을 맞고 쓰러져 버렸다.

다른 놈들에게는 그것으로 충분했다. 우두머리의 죽음을 본 악당들은 바로 항복했다. 무기는 빼앗기고 밧줄에 묶여 자신들이 세웠던 텅 빈 오두막으로 끌려갔다.

호빗들은 그들의 손과 발을 묶어 가둬 놓고 보초를 세워 지켰다. 죽은 우두머리는 끌고 가 매장했다.

"끝나고 보니 너무 쉬운 것 같은데, 안 그래? 우리가 쳐부술 수 있다고 내가 말했잖아. 하지만 우리에겐 도화선이 필요했던 거야. 메리, 자네는 아슬아슬하게 때맞춰 돌아왔네."

초막골이 말하자 메리가 대답했다.

"아직 할 일이 남았어요. 만일 아까 계산하신 것이 맞는다면 우린 아직 놈들의 10분의 1도 처리하지 못한 셈이니까요. 다음 공격은 아침까지 기다려야 할 것 같군요. 그리고 나서 대장이란 놈을 만나 봐야겠어요."

"왜 지금은 안 된단 말이지? 6시가 지난 지 얼마 안 됐고 난 아버지를 보고 싶은데. 초막골 씨, 우리 노친네는 어떻게 지내시는지 아세요?"

샘이 묻자 초막골이 곧바로 대답했다.

"좋지도 나쁘지도 않으셔. 그놈들이 골목아랫길을 파낸 것은 그분께 큰 타격이었어. 그분은 지금 대장의 인간들이 불 지르고 약탈하다 남는 시간에 지은 새 집 중 한 채에 계신다네. 강변마을에서 1.5킬로미터쯤 되는 곳이야. 자네 아버님은 기회 있을 때마다 내게 오셨어. 다른 불쌍한 호빗들보다는 꽤 잘 드신 것 같더군. 물론 규칙에 반대한 호빗들 중에서 말이야. 난 그분을 우리 집에 계시게 하고 싶었지만 허용되지 않았어."

"고맙습니다, 초막골 씨. 결코 잊지 못할 거예요. 하지만 전 아버지를 뵙고 싶어요. 그놈들이 얘기하는 대장이라든지 샤르키라든지 하는 것들이 아침이 되기 전에 거기서 무슨 짓을 저지를지 모르잖아요."

"알겠네, 샘. 젊은 친구 한둘을 뽑아서 그분을 우리 집으로 모셔

오게. 물강 건너 옛 호빗골 가까이 갈 필요는 없을 거야. 여기 있는 졸리가 길 안내를 할 걸세."

샘은 출발했다. 메리는 밤새 마을 주위를 지킬 보초와 장벽을 지킬 경비원을 배정했다. 그러고 나서 그는 프로도와 함께 초막골네 집으로 가 따뜻한 부엌에서 가족들과 함께 식사를 했다. 초막골 가족은 예의 삼아 그들의 여행에 관해 몇 가지 물었지만 대답에 큰 관심을 보이지는 않았다. 그들에겐 지금 샤이어 상황이 더 큰 문제였던 것이다.

농부 초막골이 말했다.

"이 모든 일이 여드름쟁이 때문에 시작됐어. 프로도, 당신이 떠난 다음 이런 사태가 벌어졌소. 여드름쟁이 녀석이 우스꽝스러운 생각을 했던 거야. 모든 것을 다 차지하고 다른 주민들 위에서 군림하고 싶어 했지. 녀석은 사실 그때도 필요 이상으로 많은 재산을 소유하고 있었어. 그런데도 늘 더 많은 것을 움켜쥐려 했지. 그 녀석이 어디서 그 많은 돈을 얻게 되었는지는 모르지만 말이야. 방앗간도, 맥아 저장고도, 여관도, 농장도, 연초 농원도 모조리 차지해 버렸지. 아마 그 녀석은 골목쟁이집으로 오기 전에 이미 까끌이의 방앗간을 샀을 거야.

물론 그 녀석은 남둘레에서 제 아비가 물려준 많은 유산으로 시작했겠지. 그리고 제일 좋은 연초를 상당량 팔았던 것 같아. 한두 해 정도도 몰래 외부로 실어 날랐거든. 그런데 작년 말부터는 연초뿐 아니라 곡물도 상당량 내보내기 시작했어. 그러자 물건이 달리기 시작했고 겨울에는 더 심해졌다네. 주민들이 분개했지만 그 녀석은 이런 서런 번닝을 갖나 붙였지. 많은 인간들, 데기는 악당들이 커다란 수레를 끌고 와 남쪽으로 물건을 실어 갔고 일부는 아예 상주하게 되었지. 점점 더 많은 인간들이 몰려들었다네. 상황이 어떻게 돌아가는지 채 알아차리기도 전에 그놈들은 샤이어 전역에 퍼져서 멋대로 나무를 베고 땅을 파서 헛간이나 집을 지었지. 처음에는 곡물이나 그 밖의 손실에 대해 여드름쟁이가 보상을 했지만 얼마 안 있어 놈들이 주인 행세를 하며 멋대로 아무거나 가져가게 된 거야.

그러자 약간의 반발이 있었지만 대단하지는 않았지. 시장인 윌 영감이 골목쟁이집으로 항의하러 갔지만 거기까지 가지도 못했다네. 도중에 악당들이 붙잡아 큰말에 있는 굴속에 가둬 버렸거든. 아마 지금도 거기 있을 걸세. 그 후, 새해가 되고 얼마 지나지 않았을 때였어. 시장 자리가 계속 비어 있게 되자 여드름쟁이 녀석이 멋대로 스스로를 '대장 보안관' 아니면 그냥 '대장'이라고 부르기 시작했지. 누구든 그 녀석들 말로 '주제넘은' 짓을 하려 들면 윌과 같은 전철을 밟게 됐다네. 사태는 점점 더 악화되었고, 인간들한테 줄 것을 빼곤 담배도 남지 않게 되었어. 대장은 맥주도 금지해 버렸지. 물론 인간들에게는 예외였어. 모든 주점과 여관은 문을 닫았고 규칙은 점점 많아졌지만 물자는 점점 더 모자라게 되었지. 그 악당들이 소위 '공정한 분배'를 한답시고 곡물을 거둬들이는 동안, 자기 것을 조금도 숨겨 놓지 못한 이들은 특히 심했지. 그놈들의 공정한 분배란 자기들은 가지고 우린 가져선 안 된다는 뜻이었던 게야. 물론 파수꾼 초소에서 남은 것을 분배하긴 했지만 그건 먹을 수도 없는 거였지. 정말 최악의 상황이었어. 그런데 샤르키란 놈이 온 다음에는 그보다 더했지. 완전히 망해 버린 거야."

그러자 메리가 물었다.

"그 샤르키란 놈이 누구예요? 어떤 악당놈이 말하는 것을 들었는데요."

"그 악당들의 우두머리지. 우리가 그놈 얘기를 처음 들었던 것은 작년 9월 말 추수 무렵이었어. 우린 그놈을 본 적이 없지만 골목쟁이집에 있다네. 그놈이 지금 진짜 두목이라지. 악당들은 그놈이 시키는 대로 하고 있어. 그런데 시키는 일이라곤 대부분 모조리 파괴하고 불태우고 부숴 버리는 것이고, 이젠 살인까지 하지. 살인을 하면 나쁜 짓이라는 생각도 이젠 없어졌어. 놈들은 나무를 베어서 내버려 두고, 집을 태우고선 더 짓지도 않아.

까끌이의 방앗간을 좀 보라고. 여드름쟁이가 골목쟁이집에 오자마자 그걸 부숴 버렸어. 그러고는 더러운 인간들을 데려와 더 큰 방앗간을 짓고 바퀴와 기이한 기계장치들로 가득 채웠지. 그 얼뜨기 테드 녀석만이 그걸 기뻐하면서 한때 자기 아버지가 주인이었던 방앗간에서 인간들을 위해 바퀴를 닦아 주며 일했다네. 여드름쟁이가 그러는데 더 많은 곡물을 더 빨리 실어 갈 수 있을 거라더군. 그 녀석은 그 비슷한 다른 방앗간도 갖고 있었어. 하지만 제분하려고 해도 곡물이 있어야 하잖아. 새 방앗간이 생겼다고 해서 예전보다 할 일이 많아지는 것도 아니고. 그런데 샤르키란 놈이 온 다음부터는 더 이상 제분도 않는다네. 항상 망치질에 연기와 악취만 뿜어내고 있지. 그래서 호빗골은 밤에도 조용하지 않아. 그리고 놈들이 고의로 오물을 내다 부어서 믈강 하류를 온통 오염시켰지. 그건 브랜디와인까지 흘러갔어. 그놈들이 샤이어를 폐허로 바꿔 버릴 생각이라면 제대로 하고 있는 셈이지. 그 바보 같은 여드름쟁이가 이 모든 것을 꾸미고 있는 건 아닐 거야. 틀림없이 그 샤르키란 놈의 짓이지."

그러자 젊은이 톰이 끼어들었다.

"맞아요. 그놈들은 심지어 여드름쟁이의 늙은 모친 로벨리아도 끌고 갔어요. 아무도 그 노인네를 좋아하지 않았지만 여드름쟁이는 자기 어머니를 끔찍이 위했지요. 호빗골 주민 몇 명이 보았대요. 그녀가 낡은 우산을 가시고 오솔길을 내려오는데 악당들이 큰 수레를 끌고 올라가고 있었대요. 그녀가 먼저 '어디들 가는 길이야?' 하니까 '골목쟁이집으로.' 했다지요. 그러니까 '또 뭣하러?' 하니까 '샤르키를 위해 헛간 몇 채 짓게.' '누가 그렇게 시킨 거야?' '샤르키가 시켰다. 길을 비켜, 이 늙은 할망구야.' 하니까 '이 더러운 도둑놈들 아, 샤르키란 놈 꺼져 버리라고 해라!' 했다는 거예요. 그러면서 우 산을 번쩍 들고 자기 체구의 두 배는 되는 우두머리한테 덤볐다지 요. 그러자 놈들은 노파를 붙잡아 감옥굴에 가둬 버렸대요. 그 고령 의 노인네를 말이에요. 그놈들이 끌고 간 다른 호빗들을 더 안타깝 게 생각하는 이가 많지만, 어쨌든 그 노파가 누구보다도 큰 용기를 보여 주었다는 사실은 부정할 수 없지요."

이런 이야기를 나누는 도중에 샘이 자기 아버지와 함께 급히 들어 왔다. 감지 영감은 더 늙어 보이지는 않았지만 귀가 약간 먹었다.

"안녕하세요, 골목쟁이 씨! 이렇게 돌아오신 것을 뵙게 되니 정말 반갑습니다. 하지만 솔직히 말하자면 좀 따질 일이 있습니다. 제가 늘 말했듯이 골목쟁이집을 파시는 게 아니었어요. 거기서 모든 재 앙이 시작됐거든요. 샘의 말을 들으니 당신은 다른 지방에서 암흑 의 인간들을 쫓아 산 위를 헤매고 다녔다는데, 난 뭣 때문에 그러셨 는지는 잘 모르겠지만요, 그동안 놈들은 여기서 골목아랫길을 파내 고 내 감자밭을 엉망진창으로 만들어 버렸어요."

"감지 씨, 정말 죄송하게 됐습니다. 하지만 이제 돌아왔으니 최선 을 다해 보상해 드리지요."

"네, 아주 공정한 말씀입니다. 항상 말했듯이 골목쟁이 집안 프로 도는 진짜 신사이시거든. 그 성을 가진 다른 호빗에 대해서는 그렇 게 생각을 하지 않지만요. 그런데 우리 샘은 만족스럽게 잘 처신하 던가요?"

"더할 나위 없이 만족스러웠어요, 감지 씨. 믿으실지 모르겠습니 다만 샘은 이제 가운데땅 전역에서 가장 유명한 인물 중 하나랍니 다. 사람들이 여기에서 대해까지, 그리고 대하를 넘어서까지 그의 공적을 기리기 위한 노래를 만들고 있다니까요."

샘은 얼굴을 붉히며 고맙다는 듯이 프로도를 보았다. 로지가 눈을 반짝이며 그에게 미소를 보내고 있었던 것이다.

"샘이 이상한 무리들과 어울렸다는 것은 알겠지만 아직 믿기 어려운 것이 많군요. 옷은 어떻게 된 겁니까? 갑옷이 잘 어울리건 아니건 간에 난 갑옷 입는 건 반대랍니다."

농부 초막골 가족과 손님들은 다음 날 아침 일찍 일어났다. 밤새 아무 소리도 들리지 않았으나 얼마 안 있어 큰 소동이 벌어질 게 틀림없었다.

"골목쟁이집에는 악당이 한 놈도 남지 않은 모양인데. 하지만 삼거리마을에서 언제 몰려올지 모르지."

초막골이 말했다.

아침 식사 후 툭 집안에서 보낸 전령이 말을 타고 왔다. 그는 활기에 차 있었다.

"사인께서 저희 영지 주민들을 모두 부르셨어요. 소식은 불길처럼 퍼져 나가고 있답니다. 우리 영지를 감시하던 악당들 중에 살아남은 놈들은 모두 남쪽으로 달아났어요. 사인께서는 그 강도들을 멀리 쫓아내려고 뒤쫓아 가셨지요. 그러고도 보낼 수 있는 주민들은 모두 페레그린 씨한테 딸려서 이리 보내셨어요."

그러나 그다음 소식은 별로 좋지 않았다. 밤새 나가 있던 메리가 10시쯤 말을 타고 돌아왔다.

"6.5킬로미터쯤 떨어진 곳에 악당들이 상당수 있더군요. 그놈들은 삼거리마을에서 오는 중인데 흩어졌던 놈들도 거기 끼어든 모양이에요. 대략 백 명 정도 됩니다. 오면서 아무 데나 불을 지르고 있어요. 망할 놈들!"

그러자 초막골이 말했다.

"이제 그놈들은 대화고 뭐고 없이 무조건 죽이려 들 거야. 툭 집안에서 원병이 곧 도착하지 않는다면, 안전한 곳에 숨어서 볼 것도 없이 활을 쏘는 게 나을 거야. 일이 해결되려면 싸워야 할 거요. 프로도 씨!"

툭 집안의 호빗들은 빨리 도착했다. 피핀을 선두로 건장한 호빗 백여 명이 툭지구와 초록언덕 지방에서 행군해 왔다. 이때쯤 메리도 악당들을 상대할 만한 건장한 호빗들을 충분히 확보하고 있었다. 놈들이 가까이 왔다고 전령이 알려 왔다. 악당들은 온 마을이 자신들에 대항해 봉기한 것을 알고 있어서, 모반의 중심지인 강변마을부터 잔인하게 진압할 작정인 것 같았다. 하지만 놈들은 냉혹하긴 했지만 전술을 알 만한 지도자가 없었다. 그들은 전혀 경계도 하지 않은 채 접근해 왔다. 메리는 신속하게 전략을 세웠다.

악당들은 동부대로를 따라 터벅터벅 걸어왔고, 멈추지 않고 강변마을길로 접어들었다. 약간 경사진 오르막길의 양쪽에 높은 제방이 있었고 그 꼭대기에 나지막한 산울타리가 늘어서 있었다. 큰길에서 200미터쯤 올라가 굽은 곳을 돌았을 때 뒤집어진 농가의 낡은 수레들이 견고한 장벽을 이루고 있었다. 그들은 멈춰 섰다. 그 순간 그들은 자기들의 머리보다 약간 높은 양편 제방의 산울타리에 호빗들이 늘어서 있는 것을 알아차리게 되었다. 그들 뒤쪽에서 다른 호빗들이 들에 숨겨 놓았던 수레들을 이제 밀어 와서 퇴로를 막아 버렸다. 위쪽에서 메리가 외쳤다.

"자, 네놈들은 함정으로 걸어 들어왔다. 호빗골에서 왔던 네 동료들도 똑같았지. 한 놈은 죽었고 나머지는 포로가 됐다. 무기를 버려라! 그리고 스무 걸음 뒤로 가서 그 자리에 앉아라. 이탈하는 자에겐 무조건 활을 쏘겠다!"

그러나 악당들은 이제 이런 말에 쉽게 겁을 먹지 않았다. 몇몇은 따르려 했지만 곧 동료들이 전의를 북돋워 주는 것 같았다. 스무 명가량이 뒤로 물러서며 수레 방벽을 공격했다. 여섯이 화살에 맞았지만, 나머지는 그대로 돌격해 호빗 둘을 죽였다. 그러고 나서 끝숲 쪽으로 뿔뿔이 흩어져 달아났다. 달려가던 놈들 중 둘이 더 쓰러졌다. 메리가 뿔나팔을 크게 불자 멀리서 응답하는 소리가 들려왔다.

"저놈들은 멀리 못 갈 거야. 지금 이 지역은 온통 우리 사수들로 들끓고 있으니까."

피핀이 말했다.

오솔길 뒤쪽에 갇힌 인간들은 아직 여든 명가량이었는데 장벽과 제방을 기어오르려 했기 때문에 호빗들은 그들을 도끼로 베거나 활로 쏘아야 했다. 그러나 가장 힘세고 필사적인 놈들이 서쪽 제방을 뚫고 나왔고, 이제는 도망가기보다는 상대를 죽이는 데 열중해서 맹렬하게 호빗들을 공격했다. 몇 명의 호빗들이 쓰러졌고 나머지는 갈팡질팡하고 있을 때 동쪽 제방에 있던 메리와 피핀이 건너와 악당들을 공격했다. 메리는 혼자서 거대한 오르크처럼 생긴 사팔눈의 짐승 같은 우두머리를 해치웠다. 그러고는 자신의 통솔하에 있는 호빗들을 이끌어 왔고, 사수들을 넓은 원을 그리도록 배치함으로써 남아 있는 악당들을 포위했다.

마침내 전투는 끝이 났다. 일흔 명가량의 악당들이 죽어 들판에 쓰러졌고 열두 명은 포로로 사로잡혔다. 호빗 쪽은 열아홉 명이 죽고 서른 명가량이 부상당했다. 죽은 악당들을 수레에 싣고 근처의 오래된 모래 채취장에 묻었다. 나중에 그곳은 '전투매장지'로 불리게 되었다. 쓰러진 호빗들은 언덕 비탈의 무덤에 안장되었고, 나중에 큰 비석이 세워져 일대는 공원이 되었다. 그리하여 옛날에 북둘레에서 벌어졌던 1147년의 푸른벌판 전투 이후 샤이어에서 일어난 유일한 전투이자 마지막 전투인 1419년의 강변마을 전투가 끝이 났다. 다행히 인명 손실은 적었지만 이 전투는 『붉은책』의 한 장을 차지하게 되었고, 전투에 참가한 모든 호빗들의 이름은 명부에 기록돼 샤이어의 역사가들이 암기하게 되었다. 초막골 집안의 명성과 부는 이때부터 상당히 높아졌다. 하지만 어떤 명부에서도 가장 상위를 차지한 이름은 지휘관 메리아독과 페레그린이었다.

프로도는 전투에 참가했지만 칼을 빼진 않았고, 그의 중요한 역할은 동료들의 죽음에 격분한 호빗들이 항복한 적들을 살해하지 못하게 말린 것이었다. 전투가 끝나고 뒤처리를 맡긴 다음, 메리와 피핀, 샘은 프로도에게 갔고 초막골네와 함께 그들의 집으로 돌아갔다. 늦은 점심 식사를 마친 후 프로도는 한숨을 쉬며 말했다.

"자, 이제 그 대장을 처리할 때가 된 것 같네."

"물론이에요. 빠르면 빠를수록 좋아요. 너무 점잖게 대하지 마세요. 그놈이 악당을 끌어들였으니 놈들이 저지른 모든 해악에 책임이 있잖아요."

메리는 이렇게 말했다. 초막골은 스물네 명가량의 건장한 호빗들을 선발해 놓고 말했다.

"골목쟁이집에 악당이 남아 있지 않다는 것은 짐작일 뿐이야. 사실은 아무도 알 수 없으니까."

그들은 걸어서 출발했다. 프로도, 샘, 메리, 피핀이 앞장섰다.

이때가 그들의 인생에서 가장 큰 슬픔을 느낀 시간 중 하나였다. 그들의 눈앞에 거대한 굴뚝이 솟아 있었다. 믈강을 건너 옛 마을에 다가갔을 때 새로 지은 조잡한 집들 사이로 새로 지은 방앗간이 찌그러지고 더러운 모습으로 서 있는 것이 보였다. 그 거대한 벽돌 건물은 시냇물 위쪽에 위치하여 연기와 악취를 내뿜으며 물을 오염시키고 있었다. 강변마을길의 나무들은 모조리 베어지고 없었다.

다리를 건너 언덕을 올려다보았을 때 그들은 깜짝 놀라 숨을 멈췄다. 샘이 거울에서 본 환영도 지금 눈앞에 펼쳐진 광경을 예상하게 하지는 못했던 것이다. 서쪽 편의 오래된 농장은 부서졌고 그 자리엔 타르 칠을 한 헛간들이 일렬로 늘어서 있었다. 울창하던 밤나무는 몽땅 베어졌다. 제방과 울타리도 모조리 쓰러져 있었다. 풀도 없이 짓밟힌 들판에는 커다란 수레들이 제멋대로 나뒹굴었다. 골목아랫길은 뻥하니 입을 벌린 모래와 자갈 채석장이 되었다. 그 너머 골목쟁이집은 여기저기 멋대로 세운 오두막들 때문에 보이지도 않았다.

"놈들이 그걸 베어 버렸어! '잔치나무'를 베어 버렸단 말이야!"

샘은 이렇게 소리치며 예전에 빌보가 고별 연설을 할 때 그늘을 드리워 주었던 나무가 서 있던 곳을 가리켰다. 나무는 베어진 채 들판에 나동그라져 있었다. 이것이 불행의 마지막 강타이기라도 한 듯 샘은 울음을 터뜨렸다.

그때 웃음소리가 들렸다. 방앗간 마당의 나지막한 벽 위에서 심술궂게 생긴 호빗 한 명이 빈둥거리고 있었다. 그의 얼굴은 더럽고 손도 시커멨다. 그는 빈정대듯 샘에게 말했다.

"왜 맘에 들지 않니, 샘? 넌 항상 마음이 약했지. 네 녀석이 늘 주절거리던 대로 배를 타고 떠나 버린 줄 알았는데. 그래, 무엇 때문에 돌아온 거야? 이제 우리는 샤이어에서 할 일이 있어."

"그렇게 보이는군. 얼굴 씻을 시간은 없지만, 벽 위에 앉아 있을 시간은 있나 보지? 하지만 까끌이 씨, 이 마을에서 청산할 셈이 스무 개는 되는데, 네가 빈정거리면서 그걸 늘리지 않는 게 좋을걸. 그러지 않으면 네 지갑으로 감당 못 할 비싼 대가를 치러야 할 테니까."

까끌이네 테드는 벽에 침을 뱉었다.

"제기랄! 너희들은 날 건드릴 수 없어. 난 두목의 친구란 말이야. 너희들이 건방지게 굴면 두목이 손봐 주실 거야."

그러자 프로도가 말했다.

"샘, 저 바보에게 더 이상 말을 낭비할 필요 없어. 저렇게 망가진 호빗이 많지 않기만 바랄 뿐이네. 저건 악당들이 일으킨 온갖 피해보다 더 고약한 골칫거리로군."

그러자 메리가 소리쳤다.

"까끌이, 이 더럽고 무례한 녀석아. 게다가 셈도 할 줄 모르는 놈 같으니라고. 우린 지금 네놈의 그 고귀한 두목을 없애려고 언덕으로 올라가는 길이다. 벌써 그의 인간들은 다 처리했단 말이다."

테드의 입이 놀라 떡 벌어졌다. 바로 그 순간 그는 메리의 지시에 따라 행군해 오는 호빗들을 본 것이었다. 그는 방앗간으로 뛰어들며 나팔을 크게 불어 댔다.

"괜히 힘쓰지 말고 그만 불어라. 내게 더 좋은 게 있으니까."

메리가 웃으며 이렇게 말하고 은나팔을 꺼내 불자 그 청명한 소리는 언덕 너머로 울려 퍼졌다. 그러자 호빗골의 굴과 헛간, 초라한 집에서 호빗들이 쏟아져 나와 환호하며 일행을 따라 골목쟁이집으로 올라갔다.

오솔길 맨 위에 이르러 행렬은 멈춰 섰다. 프로도와 그 동료들만 계속 걸어가 마침내 과거에 사랑했던 옛집에 도착했다. 정원에는 오두막과 헛간들이 세워져 있었고 어떤 것들은 서쪽 창문 가까이에 세워져서 햇빛을 차단하고 있었다. 도처에 쓰레기가 쌓여 있었다. 문은 온통 흠집투성이였고, 초인종은 사슬이 풀린 채 늘어져 소리도 나지 않았다. 노크를 해도 아무 대답도 없었다. 기다리다 못해 문을 밀자 문은 그냥 열렸다. 온 집 안에 고약한 냄새가 진동했고 오물이 가득 차 있어 엉망진창이었다. 오랫동안 아무도 살지 않은 듯했다.

"그 형편없는 로소란 놈은 어디 숨은 거야?"

메리가 말했다. 그들은 방마다 샅샅이 찾아보았지만 쥐새끼들 말고는 살아 있는 것이 보이지 않았다.

"헛간을 좀 뒤져 보라고 할까?"

그러자 샘도 덧붙였다.

"이건 모르도르보다 지독한데요. 한 가지 점에서 훨씬 더 지독해요. 이른바 가슴에 사무치게 와 닿으니까요. 여긴 내 고향이고 난 예전의 아름다웠던 모습을 아직도 생생하게 다 기억하는데."

"그래, 이게 바로 모르도르라네. 모르도르가 만들어 낸 작품이니까 말이야. 사루만은 스스로를 위해 일하고 있다고 생각할 때도 실은 모르도르의 일을 하고 있었던 거야. 로소처럼 사루만에게 넘어간 자도 마찬가지지."

프로도가 말하자 메리도 혐오감을 느끼고 주위를 둘러보며 말했다.

"나갑시다. 그 작자가 일으킨 이 모든 재앙을 진작 알았더라면 내 쌈지를 사루만의 목구멍에다 처넣는 건데."

"물론, 물론이야! 하지만 그렇게 하지 않았으니 내가 너희들의 귀향을 이렇게 환영해 줄 수 있는 거지."

문가에 사루만이 서 있었다. 그는 배부르고 흡족한 듯이 보였으며 눈은 적의와 즐거움으로 이글거렸다.

갑자기 프로도는 이 모든 상황을 이해했다.

"샤르키!"

사루만은 웃으며 말했다.

"그래, 너도 그 이름을 들었나 보지? 아이센가드에서 부하들이 그렇게 불렀지. 아마 애정의 표시일 거야. ('샤르키'는 아마도 오르크어 '샤르쿠(노인)'에 어원을 둔 것 같다.) 그렇지만 날 여기서 보게 되리라곤 예상 못 했겠지."

"예상치 못했소. 하지만 이건 짐작할 수 있었지요. 비열한 방법으로 작은 해악을 끼칠 거라고. 간달프는 아직 당신에게 그 정도의 힘은 남아 있다고 경고했었소."

"물론 할 수 있지. 그리고 작은 해악 이상의 것도 일으킬 수 있고 말이야. 너희들은 날 웃겼어. 너희 시시한 호빗 영주들이 위대한 이들과 함께 말을 달리고 또 하찮은 자신들의 존재에 한심하게도 기뻐하는 꼴이라니. 너희들은 모든 일을 잘 끝냈으니 이제 느긋하게 돌아와 이 시골에서 편안하고 멋진 나날을 보내리라 생각했겠지. 사루만의 집은 파괴될 수 있고 사루만을 쫓아낼 수 있어도 너희들 집은 아무도 건드릴 수 없으리라 생각했단 말이지. 그래! 간달프가 돌봐줄 테니까.”

사루만은 다시 웃음을 터뜨리며 말을 이었다.

“그가 그렇게 해 줄 것 같아? 그는 너희 졸개들이 맡은 일을 끝내면 내던져 버리는 거야. 그런데도 네놈들은 그 뒤를 쫓아다니며 꾸물거리고 수다를 떨면서 필요 이상으로 두 배가 넘는 거리를 돌아왔지. 그래서 난 ‘저놈들이 저런 멍청이들이라면 내가 먼저 가서 한 수 가르쳐 줘야겠군. 한 가지 못된 짓을 저지르면 다른 못된 짓을 당하게 된다는 것을 말이야.’라고 생각했지. 시간과 인원이 좀 더 충분했다면 더 뼈저린 교훈을 줄 수 있었을 텐데. 하지만 이미 너희들이 평생 일해도 개선하거나 원상태로 복구할 수 없을 만큼 많은 일을 해 놨어. 그러니 그것을 생각하며 내가 입은 손해와 견주어 보면 즐거울 거야.”

“그런 일에서 즐거움을 느끼다니, 당신이 안쓰럽군요. 그저 기억의 즐거움에 지나지 않을 테니 말이지요. 이제 당장 떠나서 다시는 돌아오지 마시오!”

마을의 호빗들은 사루만이 어느 헛간에서 나오는 것을 보았고 즉시 골목쟁이집 문 앞에 몰려들었다. 그들은 프로도의 말을 듣고 분개하며 중얼거렸다.

“저놈을 그냥 가게 내버려 두면 안 돼! 저놈을 죽여야 해! 악당! 살인자! 저놈을 죽여!”

사루만은 호빗들의 적의에 찬 얼굴을 둘러보며 미소를 지었다. 그러고는 조롱하듯 말했다.

"죽이라고? 용감한 호빗들! 자신 있다면 죽여 보시지 그래!"

그는 가까이 다가가서 검은 눈으로 음흉하게 그들을 바라보았다.

"하지만 내가 가졌던 것을 다 잃었다고 해서 내 능력이 모조리 사라졌다고 생각하면 오산이야. 나를 쓰러뜨리는 자는 저주를 받을 것이다. 내 피가 샤이어에 얼룩진다면 이곳은 황폐해지고 다시는 치유되지 못할 것이다."

호빗들이 주춤했으나 프로도가 말했다.

"그의 말을 믿지 마시오! 그는 상대를 위협하고 속일 수 있는 목소리를 빼곤 모든 능력을 잃었소. 하지만 그를 죽여서는 안 됩니다. 복수를 복수로 갚는 것은 무익한 일이고, 또 어떤 것도 치유하지 못합니다. 가시오, 사루만. 가장 빠른 길로 떠나시오!"

"뱀! 뱀!"

사루만이 부르자 가까이 있는 오두막에서 뱀혓바닥이 개처럼 기어나왔다.

"다시 길에 나서게 됐다, 뱀! 이 멋진 분들과 영주들께서 우리를 또 내쫓으신단다. 가자!"

사루만이 가려고 돌아섰고, 뱀혓바닥은 발을 질질 끌며 그 뒤를 따랐다. 그러나 사루만이 프로도 옆을 지날 때 그의 손에서 칼이 번쩍였다. 그는 재빨리 프로도를 찔렀다. 그러나 칼날이 숨겨진 갑옷에 부딪혀 딱 부러지고 말았다. 샘이 이끄는 열두 명의 호빗이 고함을 지르며 앞으로 뛰어나와 악당을 땅에 내동댕이쳤다. 샘은 칼을 뽑았다. 그러나 그 순간 프로도가 소리쳤다.

"안 돼, 샘! 지금도 그를 죽여선 안 돼. 날 해치지 못했잖아. 난 어떤 경우라도 그가 이런 나쁜 방식으로 살해되는 걸 바라지 않아. 한때 위대한 자였고, 우리가 감히 손을 들어 공격할 수 없는 고귀한 출신이었어. 이제 그는 몰락했고, 그를 치유하는 것은 우리 능력 밖의 일이야. 하지만 나는 그래도 그의 목숨을 살려 주고 싶어. 스스로 치유하는 길을 찾기를 바라면서."

사루만은 일어서서 프로도를 바라보았다. 그의 눈에는 경이와 존경, 그리고 증오가 뒤섞인 미묘한 빛이 떠올랐다. 그는 입을 열었다.

"호빗, 많이 성장했구나. 그래, 대단히 많이 자랐어. 이제 현명해지고 또 잔인해졌군. 내 복수의 달콤함을 빼앗아 가고 거기다 자비의 빛을 더해 주니 말이야. 이제 나는 쓰라린 마음으로 가는 수밖에 없군. 너의 그 자비가 가증스러워! 자, 이제 떠나서 다시는 너를 괴롭히지 않겠다. 그렇지만 네게 건강과 장수를 빌어 줄 거라고 기대하진 마라. 너는 그 어느 것도 누리지 못할 테니까. 하지만 그건 내 소행이 아니야. 그저 예언할 뿐이지."

그는 걸음을 옮겼고, 호빗들은 그에게 길을 열어 주었다. 그러나 무기를 움켜쥔 그들의 손가락 관절은 너무 힘을 준 나머지 하얗게 되었다. 뱀혓바닥은 망설이다가 그의 주인을 따라갔다.

프로도가 그를 불렀다.

"뱀혓바닥! 당신은 따라갈 필요가 없소. 당신은 내게 악한 일을 하지 않았소. 좀 더 건강해져 당신의 길을 갈 수 있을 때까지 여기서 얼마간 음식도 먹고 쉴 수 있게 해 주겠소."

뱀혓바닥은 멈춰 서더니, 머물고 싶은 마음이 얼마간 있는지 뒤돌아보았다. 사루만이 돌아섰다.

"악한 일을 한 적이 없다고?"

그는 찢어지는 웃음소리를 냈다.

"아, 없겠지! 밤중에 살짝 밖에 나갔을 때도 그냥 별을 보러 간 거겠지. 그런데 불쌍한 로소가 어디 있는지 누가 물어보았던가? 뱀, 네놈은 알고 있지, 안 그래? 자, 말 좀 해 보실까?"

그 말에 뱀혓바닥은 겁을 먹고 훌쩍거렸다.

"안 돼, 안 돼요!"

"그렇다면 내가 말해 주지. 그 불쌍하고 조그만 녀석, 너희들의 친애하는 두목을 뱀혓바닥이 죽였지. 그렇지, 뱀? 틀림없이 잠자는 놈을 찔러 죽였을 거야. 제대로 매장이나 했는지 모르겠군. 뱀이 최근에 무척 굶주렸는데 말이야. 자, 뱀은 그다지 착한 놈이 아니야. 이 녀석은 내게 맡기는 게 좋을걸."

뱀혓바닥의 붉은 눈에 거친 증오의 빛이 떠올랐다.

"당신이 시켰잖아요, 당신이!"

그는 쉿쉿 소리를 냈다. 사루만은 비웃듯 말했다.

"넌 항상 샤르키가 말하는 대로 하지, 안 그래, 뱀? 자, 이제 그가 명령한다. 따라와!"

그러고 나서 그는 기어가는 뱀혓바닥의 얼굴을 발로 차 넘어뜨리고는 돌아서서 걸어갔다. 그러나 그 순간 딱 하는 소리가 났다. 갑자기 뱀혓바닥이 일어서더니 숨겨 두었던 칼을 꺼내 개처럼 으르렁거리며 사루만의 등으로 뛰어올라 그의 머리를 뒤로 잡아당겨 목을 자르고는 고함을 지르며 길을 달려갔다. 프로도가 정신을 차리고 뭐라 말하기도 전에 세 발의 호빗 화살이 시위를 울리며 날아가 뱀혓바닥의 몸을 꿰뚫었다.

주위에 모여 있던 호빗들은 경악했다. 그도 그럴 것이 사루만의 시신 주위에 회색빛 안개가 끼더니, 불에서 나온 연기처럼 천천히 높은 곳으로 올라가서, 수의를 입은 흐릿한 형상처럼 언덕 위에 어렴풋이 보였다. 잠시 그것은 흔들리며 서쪽을 바라보았으나 서쪽에서 차가운 바람이 불어오자 방향을 돌렸고 한숨 소리와 함께 흩어져서 사라져 버렸다.

프로도는 안쓰럽고 두려운 마음으로 시신을 내려다보았다. 그가 바라보는 동안 그 시신은 마치 오랜 세월이 지난 주검이 갑자기 모습을 드러낸 것처럼 오그라들었고, 쭈글쭈글한 얼굴은 두개골에 누더기가 된 살을 덮어 놓은 것처럼 보였다. 프로도는 그 옆에 아무렇게나 펼쳐진 더러운 망토 자락으로 시신을 덮고 몸을 돌렸다. 샘이 입을 열었다.

"자, 저렇게 종말을 맞았군요. 참 역겨운 종말이에요. 그런 꼴을 볼 필요가 없었더라면 더 좋았을걸. 하지만 시원하게 제거되었군요."

"이것이 전쟁의 마지막 끝일 거예요."

메리가 말하자 프로도 역시 한숨을 쉬며 말했다.

"나도 그렇기를 바라네. 이것이 마지막 일격이기를. 하지만 바로 여기 골목쟁이집의 문 앞에서 벌어지다니! 내 모든 희망과 두려움 속에서도 적어도 이런 일은 예상하지 못했어."

그러자 샘이 우울하게 말했다.

"전 이 아수라장을 깨끗이 정돈할 때까지 끝이라고 말하지 않겠어요. 많은 시간과 노력이 필요할 거예요."

Chapter 9
회색항구

그 아수라장을 다 정돈하려면 물론 많은 노력이 필요했지만, 샘이 우려했던 것만큼 시간이 오래 걸리지는 않았다. 전투 다음 날 프로도는 큰말로 가서 감옥굴의 죄수들을 풀어 주었다. 그들이 찾아낸 첫 번째 호빗은 이제는 뚱뚱하지 않은 뚱보 프레데가 볼저였다. 그는 스카리언덕 근처 오소리굴에 숨어 있다가 악당들이 굴에 연기를 피워 반역자들을 체포할 때 자기가 이끈 일단의 호빗 반역자들과 함께 잡혔던 것이다.

"자네도 우리와 같이 가는 편이 더 좋았을 텐데, 불쌍한 프레데가!"

너무 쇠약해져서 걸음을 옮기지 못하는 그를 부축하며 피핀이 말했다. 그는 간신히 한쪽 눈을 뜨고 용감하게 미소를 지으려 애쓰며 작은 소리로 말했다.

"아니, 이 목소리 큰 거인은 도대체 누구지? 꼬마 피핀이 아니잖아! 지금 자네 모자 치수가 어떻게 되나?"

그리고 로벨리아도 있었다. 불쌍하게도 좁고 어두운 감방에서 나온 그녀는 무척 늙고 여위었지만 그런데도 자기 발로 절뚝거리며 걷겠다고 고집을 부렸다. 그녀는 환영을 받았다. 여전히 우산을 잡은 채 프로도의 팔에 기대 걸어 나왔을 때 호빗들은 박수를 치며 환호했다. 그녀도 큰 감동을 받고 눈물을 흘렸다. 그녀는 평생 호빗들 사이에서 평판이 좋지 않았던 것이다. 그런데 로소가 살해되었다는 소식을 듣고는 충격을 받아 골목쟁이집으로 돌아가려 하지 않았다.

그녀는 골목쟁이집을 프로도에게 돌려주고 억센터의 조임띠네 친척들에게로 갔다.

이듬해 봄에 그 가엾은 노파가 죽었을 때(그녀는 이미 100살이 넘었다) 프로도는 무척 놀랐고 또 감동을 받았다. 그녀는 그 혼란으로 집을 잃은 호빗들을 위해 쓰라고 자신의 돈은 물론 로소의 재산 중에 남은 것 모두를 그에게 남겨 주었다. 그리하여 골목쟁이 가문의 불화는 끝이 났다.

하얀발네 윌 영감은 누구보다도 오래 감옥굴에 있었지만 다른 호빗들보다는 덜 가혹한 대우를 받은 것 같았다. 그러나 그도 시장의 임무를 다시 떠맡기 전에 충분히 회복할 시간이 필요했다. 그래서 하얀발이 건강을 되찾을 때까지 프로도가 그 대리인으로 일하기로 동의했다. 시장 대리로서 프로도가 한 일은 파수꾼들에게 본연의 임무를 되찾아 주고 그 수를 줄인 것뿐이었다. 악당들의 잔존 세력을 소탕하는 일은 메리와 피핀에게 맡겨졌는데, 그 일도 오래지 않아 끝났다. 남쪽의 강도들은 강변마을 전투 소식을 들은 후 사인에게 저항다운 저항도 못 하고 달아나 버렸다. 연말이 되기 전에 얼마 남지 않은 생존자들은 숲에서 체포되었고, 투항한 자들은 경계 지역으로 보내졌다.

그동안 복구 작업은 급속히 진행되었고, 샘은 아주 바쁘게 뛰어다녔다. 호빗들은 필요할 때면, 그리고 기분이 내키면, 꿀벌처럼 열심히 일할 수 있었다. 작지만 민첩한 호빗 소년소녀들의 손부터 닳고 각질이 있는 노인 손에 이르기까지 모든 연령대의 호빗 수천 명이 기꺼이 일손을 제공했다. 율(샤이어력에서 한 해의 첫날과 마지막 날. 이 이틀은 어느 달에도 속하지 않는다. ─ 역자 주)이 되기 전에 '샤르키의 부하'들이 지었던 오두막과 건물 들은 벽돌 한 장 남지 않고 흔적도 없이 사라졌고, 그 벽돌들은 오래된 토굴집들을 좀 더 안락하고 건조하게 복구하는 데 사용됐다. 헛간과 광, 버려진 토굴, 그리고 특히 큰말의 지하도와 스카리의 오래된 채석장에서 악당들이 숨겨 놓았던 많은 양의 음식과 맥주가 발견되었다. 그래서 그해 율은 예상보다 훨씬 활기에 넘쳤다.

새 방앗간을 헐어 내기 전에 호빗골에서 이루어진 첫 번째 일은 언덕과 골목쟁이집 주위를 치우고 골목아랫길을 복구하는 것이었다. 새 모래 구덩이의 앞쪽을 평평하게 다듬어 넓은 그늘진 정원을 만들었고, 남쪽에 새 굴들을 파서 굴의 뒤쪽이 언덕으로 들어가게 했고, 벽돌로 굴 안을 댔다. 샘의 아버지는 '3번지'를 되찾았다. 그는 누가 듣건 말건 상관하지 않고 이런 말을 했다.

"내가 늘 말했듯이, 역풍이 불어도 누군가에게는 이익이 되는 법이야. 그리고 끝이 더 좋으면 만사가 다 좋은 법이지."

새로 난 길에 어떤 이름을 붙여야 할지 토론이 벌어졌다. '전투정원'이라는 안도 있었고 '더 나은 스미알'이라는 안도 있었다. 그러나 분별 있는 호빗들이 으레 그렇게 해 왔듯이 그것은 얼마 후 그저 '새길'이라고 불렸다. 그것을 '샤르키의 말로'라고 부르는 것은 순전히 강변마을 주민들의 농담이었다.

이번 일로 가장 큰 손실과 피해를 입은 것은 나무였다. 샤르키의 명령에 따라 샤이어 전역에서 나무들이 무자비하게 베어졌던 것이다. 샘은 무엇보다도 이것을 슬퍼했다. 왜냐하면 이 손실은 복구하는 데만 오랜 세월이 걸릴 테고, 그의 증손자손녀 대가 되어야 샤이어의 본래 모습으로 돌아올 거라고 생각했던 것이다.

그는 몇 주간 너무도 바빠서 지나간 모험에 대해 생각할 겨를이 없었다. 그런데 어느 날 갑자기 갈라드리엘의 선물이 떠올랐다. 그는 그 상자를 꺼내 다른 여행자들(호빗들은 그들 일행을 이렇게 불렀다)에게 보여 주며 조언을 구했다.

"자네가 언제쯤 그것을 기억해 낼지 궁금했지. 열어 보게."

프로도가 말하자 샘은 상자를 열었다. 안에는 부드럽고 미세한 회색 가루가 가득 들어 있었고, 중앙에는 은빛 결이 있는 작은 호두처럼 생긴 씨앗이 하나 있었다.

"이것으로 무얼 할 수 있을까요?"

샘이 말하자 피핀이 제안했다.

"바람 부는 날 공중에다 뿌리고 어떻게 되는지 두고 보지요."

"어디에서?"

이 말에 이번에는 메리가 대답했다.

"한 곳을 묘목장으로 골라서 그곳 식물들이 어떻게 되나 보지요."

"하지만 이렇게 많은 주민들이 고통을 당했는데 이걸 모두 내 정원에다 뿌리면 갈라드리엘이 좋아하지 않으실 거야."

이번에는 프로도가 말했다.

"샘, 자네가 가진 모든 기지와 지혜를 다 발휘해 보게. 그러고 나서 자네의 작업에 도움이 되고 향상시키도록 그 선물을 사용하게나. 아주 아껴서 말이야. 많지는 않지만 알갱이 하나하나가 다 가치 있는 걸 거야."

샘은 특히 아름답고 사랑스러운 나무가 있던 곳들을 찾아다니며 묘목을 심고 흙 속 뿌리에 그 귀중한 가루를 조금씩 뿌렸다. 그는 이 일을 하느라 샤이어 전역을 오르내렸는데, 그가 호빗골과 강변마을에 특히 관심을 쏟았다고 해서 비난할 이는 아무도 없었다. 마침내 이제 소량의 가루밖에 남지 않았다. 샘은 샤이어의 중심이라 할 수 있는 세둘레 경계석으로 가서 축복을 하며 이 남은 가루를 공중에 날렸다. 그 조그만 은빛 씨앗은 과거에 잔치나무가 있었던 잔치정원에 심었다. 그는 어떤 일이 일어날지 궁금했다. 겨우내 최대한 참을성을 발휘했지만 무슨 일이 있는지 끊임없이 나가 보고 싶은 마음을 억제하느라 힘들었다.

그가 얼토당토 않은 희망을 품었더라도 봄이 되자 그것을 훨씬 능가하는 일이 벌어졌다. 그의 나무들은 마치 시간이 촉박해서 20년 동안에 할 일을 1년에 다 하려는 듯이 싹을 틔우고 자라나기 시작했다. 잔치정원에는 아름답고 싱싱한 나무가 솟아났다. 그 나무는 은빛 껍질과 기다란 잎사귀를 갖고 있었는데 4월이 되자 황금빛 꽃망울을 터뜨렸다. 그것은 정말로 말로른이었고, 그 지역의 명물로 여겨졌다. 그다음 해부터 더욱더 아름답고 품위 있게 자라나 그 나무는 널리 알려졌으며, 그것을 보기 위해 긴 여행을 오는 이들도 적지 않았다. 안개산맥 서쪽과 대해 동쪽에 있는 유일한 말로른이었으며, 세상에서 가장 아름다운 나무들 중 하나였다.

샤이어의 1420년은 참으로 경이로운 한 해였다. 제 시기에 맞춰 딱 적합한 햇볕이 내리쬐고 달콤한 비가 내렸을 뿐 아니라, 그 이상의 무언가가 있는 것 같았다. 풍요와 성장의 분위기가 무르익었고, 가운데땅에서 반짝이다 사라져 가는 여름의 아름다움을 능가하는 아름다운 빛이 감돌았다. 그해에 태어나거나 잉태된 아이들은(그 어느 해보다도 아이들이 많이 태어났는데) 모두 아름답고 건강했으며, 대체로 예전의 호빗들에게는 흔치 않았던 황금빛 머리카락을 가지고 있었다. 과일이 풍성하게 수확돼 어린 호빗들은 딸기와 크림으로 목욕을 할 지경이었다. 아이들은 자두나무 아래 풀밭에 앉아 한번 먹기 시작하면 산더미를 만들고서야 일어났다. 그건 마치 정복자가 적의 머리를 쌓아 놓은 모습 같았다. 병에 걸린 이도 없었고, 풀도 너무 잘 자라 제초를 담당한 호빗을 제외하곤 모두 좋아했다. 남둘레의 포도나무는 열매가 많이 달려 가지가 축 늘어졌으며 연초 생산량도 놀라웠다. 모든 곳에서 많은 곡물이 수확되어 추수기에는 헛간마다 빈 공간이 없었다. 북둘레의 보리는 특히 훌륭해 1420년산 맥주는 오랫동안 기억되었고 하나의 전설이 되었다. 실제로 한 세대가 지난 후에도 한 노인이 주막에서 자신의 누 ㄲ에 값하는 맛 좋은 맥주를 한 파인트 마시고는 한숨을 쉬며 "1420년산 맥주는 정말 훌륭했어."라고 말하는 소리를 들을 수 있었다.

샘은 처음에 프로도와 함께 초막골네 집에 머물렀다. 그러나 '새길'이 완성되자 아버지와 함께 옮겨 갔다. 다른 일 말고도 그는 골목쟁이집을 치우고 복구하는 일을 지휘하느라 바빴다. 종종 샤이어를 떠나 숲에서 일을 하기도 했다. 그래서 그는 3월 초에 집에 있지 않았고 프로도가 아프다는 사실을 알지 못했다. 그달 13일에 농부 초막골은 프로도가 침대에 누워 있는 것을 보았다. 그는 목걸이에 달린 흰 보석을 움켜쥐고 있었으며 반쯤 꿈을 꾸고 있는 듯했다. 그는 이렇게 중얼거렸다.

"영원히 가 버렸어. 이제 모든 것이 어둡고 텅 비었어."

그러나 이 증세는 곧 사라졌다. 25일에 샘이 돌아왔을 때 프로도는 회복되었고 자신에 대해 한마디도 말하지 않았다. 그동안 골목쟁이집은 정리가 끝났고, 메리와 피핀이 옛 가구와 가재도구를 다 가지고 크릭구렁에서 돌아와 그 오래된 굴은 곧 예전의 모습을 되찾았다.

마침내 모든 준비가 끝나자 프로도가 말했다.

"자넨 언제 이사를 해서 나와 같이 살 텐가, 샘?"

프로도의 말에 샘은 좀 난처한 표정이었다.

"자네가 원치 않는다면 아직은 올 필요 없어. 하지만 아버님이 가까이 계시니 좋지 않은가. 그리고 과수댁 럼블 부인이 아버님을 잘 보살펴 드릴 거야."

"그게 아니에요, 프로도 씨."

샘의 얼굴은 새빨개졌다.

"그렇다면 뭔가, 샘?"

"로지, 초막골네 로즈 말이에요. 그녀는 제가 다른 곳에 가는 것을 좋아하지 않는 것 같아요. 아직 제가 터놓고 말한 적이 없으니 그녀도 그런 말은 할 수 없었지만요. 그런데 제가 말하지 않았던 것은 먼저 할 일이 있었기 때문이에요. 그런데 이제 말을 했더니 이렇게 대답하더군요. '당신은 1년을 낭비했는데 왜 더 기다려야 해요?' 그래서 전 이렇게 말했어요. '낭비했다고? 나라면 그렇게 얘기하지 않겠어.' 하지만 그녀가 무슨 뜻으로 그런 소리를 했는지 저도 이해해요. 제 자신이 둘로 갈라진 느낌이 들어요."

"알겠네. 자넨 결혼하고 싶고, 그렇지만 나와 함께 골목쟁이집에 살고도 싶다고? 그렇다면 여보게, 얼마나 쉬운 일인가? 가급적 빨리 결혼하게. 그리고 로지와 함께 옮겨 오게. 자네가 아무리 대가족을 바라더라도 골목쟁이집의 방은 충분하니까 말이야."

그렇게 그 일은 결정되었다. 감지네 샘은 초막골네 로즈와 1420년 봄(수많은 결혼식이 있었던 해였기 때문에도 그해는 오래 기억되었다)에 결혼했고, 골목쟁이집에 와서 살았다. 샘이 스스로를 행운아라고 생각했다면, 프로도는 자신이 더 행운아라는 것을 알고 있었다. 왜냐하면 샤이어를 통틀어 자신처럼 정성스러운 보살핌을 받는 호빗은 없었기 때문이다. 복구 작업이 계획되고 진행되고 있을 동안 그는 조용히 지내면서 많은 글을 썼고 자신의 기록들을 살펴보았다. 그해 하지에 열린 '자유로운 선거 축제'에서 그는 시장 대리직을 사임했고, 하얀발 윌 영감이 다시 7년간 연회를 주관하는 임무를 맡았다.

메리와 피핀은 얼마간 크릭구렁에서 함께 살았고, 노릇골과 골목쟁이집 사이에는 꾸준한 왕래가 있었다. 두 젊은 여행자는 자신들의 노래와 이야기, 장신구와 경이로운 방문객들로 샤이어에서 이재로운 존재가 되었다. 주민들은 그들이 '귀족적'이라고 말했는데, 그말은 좋은 의미를 지닌 것이었다. 그들이 빛나는 갑옷을 입고 멋진 방패를 든 채 먼 곳의 노래를 부르며 말을 달리는 것을 보면 호빗들은 마음이 들떴다. 그들은 키가 컸고 건장해졌지만 다른 면에서는 별로 변하지 않았다. 그러나 예전보다 정중하고 더 명랑하고 쾌활해진 것이 달라졌다면 달라진 점이었다.

그러나 프로도와 샘은 필요할 때만 섬세하게 직조된 긴 회색 망토를 입고 아름다운 브로치로 목 부분을 고정시킬 뿐 평상시에는 일상적인 옷차림을 즐겼다. 프로도는 흰 보석이 달린 목걸이를 항상 목에 걸고 있었으며 종종 보석을 만졌다.

이제 모든 일이 순조롭게 풀려 나갔고 앞으로 더 나아지리라는 희망이 만연했다. 그리고 샘은 어느 호빗보다도 바쁘고 즐거웠다. 프로도에 대한 막연한 불안감을 제외하면 그해에는 어떤 근심거리도 없었다. 프로도는 샤이어에서 일어나는 모든 일에서 조용히 물러났다. 그래서 그가 고향에서 합당한 대우를 받지 못하는 것 같아 샘은 가슴 아팠다. 그의 공적이나 모험에 대해서 아는 이도 없었고, 또 알려고 하는 자도 없었다. 그들의 찬사와 존경은 대개 메리아독과 페레그린에게, 그리고 (샘 자신은 잘 모르고 있었지만) 샘에게 쏟아졌다. 가을이 되자 옛 고통의 그림자가 다시 드러났다.

어느 날 저녁 샘이 서재에 들어갔을 때 프로도가 왠지 아주 이상하게 보였다. 그는 매우 창백했으며 눈은 먼 곳을 바라보는 것 같았다.

"프로도 씨, 무슨 일이세요?"

"난 상처를 입었지. 상처를 입었어. 결코 치유될 수 없는 상처야."

그러나 그는 얼마 후 회복되었고, 고통도 사라진 것 같아 보였다. 한참 후에야 샘은 그날이 10월 6일이라는 것을 알았다. 2년 전 그날 그들은 바람마루 아래 작은 계곡에서 암울한 고통의 시간을 보낸 바 있었다.

시간이 흘러 1421년이 되었다. 프로도는 3월이 되자 다시 앓았지만, 신경 쓸 일이 많았던 샘에게 그 사실을 애써 숨겼다. 3월 25일 샘과 로지의 첫 아기가 태어났다. 샘은 그날을 기록해 두었다.

"저, 프로도 씨, 전 지금 곤란한 처지예요. 프로도 씨께서 허락하신다면 우린 첫 아기 이름을 프로도라 짓고 싶었어요. 그런데 사내애가 아니라 딸애가 태어났지 뭐예요. 다행히 저보다는 로즈를 많이 닮아서 아주 예뻐요. 그래서 어떻게 해야 할지 모르겠어요."

"샘, 옛 관습이 좋지 않을까? 로즈처럼 꽃 이름을 따게나. 샤이어의 여자아이들 가운데 절반은 꽃 이름을 따서 부르지 않나. 이보다 좋은 이름이 있을까?"

"프로도 씨 말씀이 옳아요. 여행 중에 아름다운 꽃 이름을 몇 가지 듣긴 했지만 그 이름들은 매일 부르고 쓰기에는 좀 거창한 것 같아요. 아버지는 늘 '이름은 짧게 지어라. 그래야 부르기 전에 다시 짧게 줄일 필요가 없으니까.' 하고 말씀하셨지요. 하지만 꽃 이름이라면 길어도 상관없어요. 물론 아름다운 꽃이어야 하지요. 제 생각엔 아기가 지금도 아주 예쁘지만 앞으론 더 아름다워질 것 같아요."

프로도는 잠깐 생각에 잠겼다.

"그럼, 샘, 엘라노르가 어떨까? 로슬로리엔의 초원에서 본 그 자그마한 금빛 꽃, 태양별이라는 뜻을 지닌 그 꽃 말이야."

"좋아요! 그게 바로 제가 원하던 거예요."

샘은 기뻐서 소리를 질렀다.

어린 엘라노르가 거의 6개월쯤 되었고 1421년도 가을에 접어들었을 무렵, 프로도는 샘을 서재로 불렀다.

"목요일이 빌보 아저씨 생신이라네, 샘. 그러면 그분은 툭 노인을 능가하는 거야. 백서른한 살이 되시니까."

"그렇군요. 정말 놀라운 분이세요."

"그런데 샘, 자네와 내가 함께 떠날 수 있도록 로즈 혼자 지낼 수 있을지 알아봐 주겠나? 물론 이제 자넨 멀리 갈 수도, 오래 떠나 있을 수도 없겠지만 말이야."

프로도는 약간 아쉬운 듯이 말했다.

"물론 그럴 수야 없지요, 프로도 씨."

"그렇겠지. 하지만 걱정 말게. 자네는 내가 가는 길을 볼 수 있을 걸세. 로즈에게 자네가 아주 오래 떠나 있지는 않을 거라고, 두 주 이상은 걸리지 않을 거라고 말해 주게. 자네는 아주 안전하게 돌아올 테고."

"전 당신과 함께 깊은골까지 가서 빌보 어른을 뵐 수 있으면 좋겠어요. 하지만 제가 진정으로 있고 싶은 곳은 바로 여기예요. 제 마음은 이렇게 둘로 갈라져 있어요."

"가엾은 샘. 그렇게 느껴지겠지. 하지만 곧 나아질 걸세. 자네는 충실하고 온전한 성품을 갖도록 태어났고, 앞으로도 그럴 걸세."

다음 하루 이틀 동안 프로도는 샘과 함께 자신의 원고와 글 들을 훑어보았고 그의 열쇠를 넘겨주었다. 무늬 없는 붉은 가죽 표지로 둘러싸인 큰 책이 있었는데, 그 긴 낱장들은 이제 거의 채워져 있었다. 처음에는 많은 낱장들이 가늘고 꾸불꾸불한 빌보의 필체로 채워져 있었지만, 대부분은 확고하고 유려한 프로도의 필체로 쓰여 있었다. 그 책은 여러 장(章)으로 나뉘어 있었는데 제80장은 완성되지 않았고, 그다음에는 빈 낱장들이 남아 있었다. 속표지에는 여러 제목이 쓰여 있었는데 하나씩 차례로 줄을 그어 지워졌다.

나의 일기. 나의 뜻밖의 여행. 그곳으로 그리고 다시 이곳으로. 그 이후 무슨 일이 벌어졌는가.

다섯 호빗의 모험. 위대한 반지의 이야기: 골목쟁이네 빌보가 자신의 관찰과 친구들의 기록을 토대로 편집함. 반지전쟁에서 우리는 무엇을 했는가.

여기서 빌보의 필체는 끝났고 다음은 프로도가 쓴 것이었다.

반지의 제왕의
몰락과
왕의 귀환

(작은이들이 본 바를 기록함.
샤이어의 빌보와 프로도의 회고록.
친구들의 기록과 현자들의 지식으로 보완되었음.)

깊은골에서 빌보가 번역한 '전승록'의 초록을 첨부함.

"아니, 거의 다 끝내셨군요, 프로도 씨! 끈기 있게 작업을 해 오셨네요."

샘은 경탄해 외쳤다.

"거의 끝냈어, 샘. 마지막 장은 자네를 위한 거라네."

9월 21일에 그들은 함께 출발했다. 프로도는 미나스 티리스에서부터 내내 그를 태우고 왔던, 지금은 성큼걸이라 불리는 조랑말을 탔고, 샘은 사랑하는 빌을 타고 떠났다. 아름다운 황금빛 아침이었고 샘은 어디로 가는지 묻지 않았다. 짐작할 수 있을 것 같았다.

그들은 가녘말길에 들어서 구릉들을 넘었고 끝숲을 향해 나아갔다. 조랑말들이 마음대로 걷도록 내버려 두었다. 초록언덕 지방에서 야영을 한 후 9월 22일 해가 기울어 갈 무렵 천천히 내려가서 숲의 입구에 들어섰다.

"어둠의 기사들이 처음 나타났을 때 바로 저 나무 뒤에 숨지 않았나요, 프로도 씨? 그 일이 지금은 꿈만 같아요."

샘은 왼쪽을 가리키며 말했다.

저녁이 되었다. 동쪽 하늘에서 별들이 반짝이고 있을 때 그들은 부러진 참나무를 지나 방향을 돌렸고 개암나무숲 사이의 언덕길을 따라 내려갔다. 샘은 말없이 기억에 잠겨 있었다. 이내 그는 프로도가 나지막하게 혼자 부르는 노래를 의식하게 되었다. 오래된 여행 노래였지만 가사는 똑같지 않았다.

> 아직 모퉁이를 돌면 기다리고 있을 거야,
>> 새로운 길이나 비밀의 문이.
> 종종 지나쳤지만
>> 언젠가 그날이 오면
> 달의 서쪽, 태양의 동쪽에 나 있는
>> 숨은 길을 따라갈 거야.

그런데 마치 그 노래에 응답하듯이 저 아래 계곡에서 길을 오르며 어떤 목소리들이 노래했다.

> 아! 엘베레스 길소니엘!
> 실리브렌 펜나 미리엘
> 오 메넬 아글라르 엘레나스
> 길소니엘, 아! 엘베레스!
> 우린 아직 기억한다네,
> 이 먼 땅에서 숲속에 거주하는 우리는,
> 서쪽바다에 비치는 별빛을.

프로도와 샘은 멈추었고 옅은 그늘에 말없이 앉았다. 마침내 여행자들이 그들을 향해 다가오면서 가물거리는 불빛이 보였다.

길도르를 비롯한 많은 아름다운 요정들이었다. 함께 말을 달려온 엘론드와 갈라드리엘을 보고 샘은 어리둥절했다. 엘론드는 회색 망토를 걸치고 이마에 별을 달았으며 하프를 손에 들고 있었다. 그의 손가락에는 크고 파란 돌이 박힌 반지가 끼여 있었는데, 바로 그 반지가 요정의 세 반지 중에서 가장 강력한 빌랴였다. 백마를 탄 갈라드리엘은 빛나는 흰옷을 입고 있었다. 그녀 자신이 부드러운 빛으로 반짝이는 듯이 보였기에 그녀의 옷은 달을 가린 구름 같았다. 그녀의 손가락에는 미스릴로 만든 반지, 네냐가 끼워져 있었는데, 그 반지에는 얼어붙은 별처럼 명멸하는 흰 돌 하나가 박혀 있었다. 뒤에서 작은 회색 조랑말을 타고 졸면서 천천히 따라오는 이가 바로 빌보였다.

엘론드는 그들에게 정중하고 우아하게 인사했고, 갈라드리엘은 미소를 지었다.

"자, 샘와이즈 군. 당신이 내 선물을 잘 사용한 것을 듣고 보았어요. 이제 샤이어는 전보다 더 축복받고 사랑스러운 곳이 될 거예요."

샘은 고개를 숙여 절을 했지만 무슨 말을 해야 할지 몰랐다. 그녀가 얼마나 아름다운지를 잊고 있었던 것이다.

그때 빌보가 잠에서 깨어 눈을 떴다.

"어이, 프로도! 자, 난 오늘로 툭 노인을 이겼단다. 그러니 시합은 끝난 거야. 이젠 난 다른 여행을 떠날 준비가 된 것 같아. 너도 함께 갈 거냐?"

"네, 저도 갈 거예요. 반지의 사자들은 함께 가야지요."

"어디 가시는 거예요, 프로도 씨?"

마침내 무슨 일이 일어날 것인지 알게 된 샘이 소리쳤다.

"항구로 간다네, 샘."

"그런데 저는 갈 수 없겠지요."

"그래, 샘. 어떻든 아직은 아니야. 항구 너머로는 갈 수 없어. 자네도, 잠시 동안이라도, 반지의 사자이긴 했지만. 자네에게도 때가 올 거야. 너무 슬퍼 말게나, 샘. 자네 마음이 늘 두 쪽으로 갈라질 수는 없잖은가. 앞으로 긴 세월 동안 자네는 하나이자 전체로 온전한 삶을 살아야지. 자네에게는 즐길 것도, 되어야 할 것도, 또 할 것도 아주 많이 있다네."

"하지만 그 큰 일을 이루신 프로도 씨께서도 샤이어에서 오랜 세월 즐거운 나날을 보내실 거라고 생각했는데."

샘은 눈물을 글썽이며 말했다.

"나도 한때 그렇게 생각했지. 하지만 내 상처가 너무 깊어, 샘. 난 샤이어를 구하려고 노력했고 샤이어를 구했지만, 날 위한 것은 아니었어. 위험한 상황에서 종종 이렇게 될 수밖에 없는 거야, 샘. 누군가는 포기하고 잃어버려야 다른 이들이 그것을 간직할 수 있지. 하지만 자넨 내 상속자라네. 내가 가진 모든 것과 갖게 될 모든 것을 자네에게 남기겠어. 또한 자네에겐 로즈와 엘라노르가 있잖은가. 이제 꼬마 프로도도 태어날 테고, 꼬마 로지와 메리, 골디락스, 피핀, 어쩌면 더 많은 아기들이 태어나겠지. 나는 볼 수 없겠지만. 자네의 손과 지혜는 어디에서나 필요할 거야. 물론 자네는 원하는 한 오랫동안 시장으로 지내면서 봉사하게 될 테고, 역사상 가장 유명한 정원사가 될 걸세. 또 자네는 『붉은책』에 나오는 사건들을 읽어 주고 지나간 시대의 기억을 되살려 주어서, 사람들이 그 '엄청난 위험'을 기억하고 자신들이 사랑하는 땅을 더 사랑하게 되겠지. 그 '이야기'의 자네 역할이 지속되는 한 자넨 그런 일들을 하며 누구보다도 바쁘고 행복할 거야.

자, 이제 함께 말을 달리세."

그러자 엘론드와 갈라드리엘은 계속 말을 달렸다. 제3시대는 끝났고, 반지들의 시대도 지나갔으며, 그 시절의 이야기와 노래도 결말에 이른 것이다. 이제 더 이상 가운데땅에 머물고 싶지 않은 고귀한 혈통의 많은 요정들이 그들과 함께 갔다. 그들과 함께 샘과 프로도, 빌보는 슬프기는 하지만 축복 속에서 쓰라리지 않은 슬픔을 느끼며 말을 달렸다. 그리고 요정들은 기뻐하며 그들에게 경의를 표했다.

그들은 저녁 내내, 그리고 밤새 샤이어의 한가운데를 말을 타고 지났지만 들짐승들을 제외하곤 아무도 그들을 보지 못했다. 다만 방랑자들만이 어둠 속 나무 밑을 재빨리 스쳐 지나가는 어렴풋한 빛을 보거나 달이 넘어갈 무렵 풀밭 사이로 흐르는 빛과 그림자를 보았을 뿐이다. 그들은 샤이어를 지나 흰구릉 남쪽 변방으로 갔고, 먼구릉과 탑들에 도착해서 멀리 바다를 바라보았다. 그러고는 룬강의 긴 하구에 위치한 미슬론드 곧 회색항구에 도착했다.

그들이 항구 입구에 이르자 조선공 키르단이 앞으로 나와 그들에게 인사했다. 그는 매우 큰 키에 수염이 길었고 별처럼 빛나는 눈을 빼곤 아주 늙어 보였다. 그가 인사하며 말했다.

"이제 모든 준비가 되었소."

그러고 나서 키르단은 그들을 항구로 안내했다. 부두에는 흰 배 한 척이 있었는데, 거대한 회색 말 옆에 선 흰색 옷을 입은 사람이 그들을 기다리고 있었다. 그가 몸을 돌려 다가올 때 프로도는 간달프를 알아보았다. 그는 이제 세 번째 반지인 '위대한 나라'를 훤히 드러나도록 손가락에 끼고 있었다. 반지에 박힌 돌은 불처럼 빨갰다. 이제 간달프와 함께 떠날 것이기에 배를 탈 사람들은 기뻐했다.

그러나 샘은 이제 마음속 깊이 슬픔이 번져 왔다. 그리고 작별이 쓰라린 것이라면 홀로 돌아가는 길은 더욱 침통할 것 같았다. 그런데 그들이 배 옆에 서 있고 요정들은 배에 오르고 모두들 떠날 준비를 하고 있을 때 메리와 피핀이 황급히 달려왔다. 눈물을 흘리면서도 피핀은 그 와중에 웃음을 터뜨리며 말했다.

"프로도 씨, 전에도 우릴 떼어 놓고 달아나려다 실패했었죠? 이번에는 거의 성공할 뻔했지만 또다시 실패예요. 하지만 이번에 우리에게 알려 준 것은 샘이 아니라 간달프예요."

그러자 간달프가 말했다.

"그랬지. 혼자 돌아가는 것보다는 셋이 함께 돌아가는 게 나을 것 같아서 말일세. 자, 내 친구들, 마침내 여기 해안에서, 가운데땅에서의 우리 원정대의 우정이 끝을 맺게 되었군. 부디 마음 편히 돌아가게나. 울지 말라고 하진 않겠어. 눈물이라고 해서 전부 다 나쁜 건 아니니까."

프로도는 메리와 피핀에게 입을 맞추고, 마지막으로 샘에게 입을 맞춘 다음 배에 올랐다. 돛이 펼쳐지고 바람이 불자 배는 회색빛으로 반짝이는 긴 하구를 따라 천천히 미끄러져 갔다. 프로도가 들고 있던 갈라드리엘의 유리병이 반짝이다가 사라졌다. 배는 드높은 대해로 들어서서 서녘으로 향했다. 이윽고 비가 내리는 어느 밤에 프로도는 공중에 퍼진 달콤한 향기를 맡으며 수면 위에 퍼지는 노랫소리를 들었다. 그러자 마치 톰 봄바딜의 집에서 꿈꾸었을 때처럼 회색빛 비의 장막이 은빛 유리로 변해 물러났고, 하얀 해안과 그 너머 재빨리 떠오르는 해 아래에 펼쳐진 녹색의 대지가 보였다.

그러나 항구에 서 있던 샘에게는 저녁이 점점 깊어지며 어두워졌다. 잿빛 바다를 바라보는 동안 물 위에 떠 있는 그림자 하나가 보였지만 그 그림자는 곧 서녘으로 사라져 버렸다. 그는 밤늦도록 그곳에 서 있었고, 가운데땅 해안에 부딪는 파도의 한숨 소리와 나직한 속삭임만이 들려왔다. 그 소리는 그의 가슴속 깊이 가라앉았다. 그의 곁에는 메리와 피핀이 서 있었는데 그들도 말이 없었다.

마침내 세 친구는 몸을 돌렸다. 그러고는 한 번도 뒤돌아보지 않고 집을 향해 천천히 말을 몰았다. 그들은 샤이어에 도착할 때까지 아무 말도 나누지 않았지만, 그 긴 회색 길에서 여정을 함께하는 친구에게 큰 위안을 얻었다.

마침내 그들은 넓은 고원을 지나 동부대로를 달렸고, 메리와 피핀은 노릇골로 갔다. 벌써 그들은 노래를 부르며 달려가고 있었다. 샘은 강변마을로 방향을 돌려서 달렸으며 해가 저물 무렵 언덕으로 올라갔다. 집에 도착하니 안에서는 노란 불빛이 새어 나오고 불이 활활 타고 있었다. 저녁 식사가 차려져 있었고, 그를 기다리고 있었다. 로즈는 그를 맞아들이고 의자에 앉힌 다음 꼬마 엘라노르를 그의 무릎에 앉혔다.

그는 긴 숨을 내쉬며 말했다.

"자, 이제 돌아왔어."

(끝)

반지의 제왕: 해설

APPENDIX

A. 왕과 통치자들의 연대기

이 해설편에 수록된 사항들(특히 A에서 D까지의) 대부분의 출처는 프롤로그의 '샤이어 기록에 관한 주' 말미에 있는 주석을 참조하면 된다. 해설 A의 III, 두린 일족은 필시 난쟁이 김리가 아는 바를 토대로 정리한 것이다. 그는 페레그린, 메리아독과 우정을 쌓았고 후에 곤도르와 로한에서 여러 차례 그들과 다시 만났다.

각 출처에 나오는 전설과 역사, 전승담은 매우 광범위하다. 여기서는 그 가운데서 가장 적절한 부분만을 요약해서 발췌하였다. 그 주된 목적은 반지전쟁과 그 기원을 설명하고 이야기의 큰 줄거리상의 빈틈들을 메우는 것이다. 빌보의 주요 관심사인 제1시대의 고대 전설은 엘론드와 누메노르의 왕들과 족장들의 가계(家系)에 관련된 것이어서 아주 간략하게만 언급된다. 길이가 긴 연대기와 이야기에서 발췌한 부분은 대괄호([ ])로 표시하고, 그보다 후대에 삽입한 내용은 낫표(「 」) 안에 집어넣었다. 대괄호 안의 기록은 출처에 나오는 그대로이고 그 밖의 것들은 편집을 거친 것이다.

여기에 표시된 연월일은 제2시대 또는 제4시대라고 표시되어 있지 않는 한 모두 제3시대의 것을 나타낸다. 제3시대는 세 반지가 떠나는 3021년 9월에 끝난 것으로 간주되지만 곤도르에선 기록상 제4시대가 3021년 3월 25일에 시작된다. 곤도르와 샤이어의 일자에 오차가 벌어지는 문제에 대해선 프롤로그와 해설 D를 참조하라. 명부에서 왕과 통치자들의 이름 다음에 나타나는 연대는 하나뿐인 경우 사망 연도를 뜻한다. † 표시는 그 사건의 연대기가 반드시 포함되지 않더라도 전사나 다른 이유로 요절했음을 나타낸다.

I
누메노르의 왕들

누메노르

페아노르는 엘다르 가운데 예술과 전승 지식에서 가장 뛰어났지만, 또한 가장 오만불손한 자이기도 했다. 그는 세 개의 실마릴 보석을 만들어 그 안에 발라의 땅을 밝혀 준 두 그루의 나무 텔페리온과 라우렐린의 광휘를 채웠다.[1]

호시탐탐 그 보석들을 노리던 대적 모르고스는 그것들을 훔치고 두 나무를 파괴한 다음 가운데땅으로 가져가 상고로드림의 거대한 요새 안에 엄중히 간직했다.[2]

페아노르는 발라의 뜻을 거역해 축복의 땅을 버리고 가운데땅으로 망명하면서 상당수의 동족을 이끌고 갔다. 그는 자존심이 강했기 때문에 무력으로 모르고스에게서 보석들을 되찾을 작정이었다. 그 결과 상고로드림에 맞선 엘다르와 에다인의 가망 없는 전쟁이 시작되었고, 거기서 그들은 끝내 완패하고 말았다. 에다인(아타니)은 가운데땅 서부 대해(大海) 연안에 제일 먼저 도착한 세 인간 민족으로서, 엘다르와 동맹하여 대적에게 대항했다.

엘다르와 에다인 사이에는 세 차례 혼사가 있었다. 루시엔과 베렌, 이드릴과 투오르 그리고 아르웬과 아라고른이 부부의 연을 맺은 것이다. 마지막 혼사에 의해 오랫동안 단절된 반(半)요정의 분파

---

[1] BOOK2 432쪽, BOOK6 395쪽 참조.
가운데땅에는 황금빛 나무 라우렐린과 유사한 것이 남아 있지 않았다.
[2] BOOK2 429쪽 참조.

들이 재결합되고 그 혈통이 부활하였다.

루시엔 티누비엘은 제1시대 도리아스의 회색망토 싱골 왕의 딸이었으나, 그녀의 어머니는 발라와 같은 종족인 멜리안이었다. 베렌은 에다인 첫 번째 가문의 바라히르의 아들이었다. 그들은 함께 모르고스의 강철 왕관에서 실마릴 하나를 탈취했다.[3] 루시엔은 영생을 상실했고, 요정들은 그녀를 영영 잃고 말았다. 디오르가 그녀의 아들이었고, 엘윙은 디오르의 딸이었다. 그리고 엘윙이 실마릴을 간수했다.

이드릴 켈레브린달은 숨겨진 도시 곤돌린의 왕 투르곤의 딸이었다.[4] 투오르는 에다인의 세 번째 가문이자 모르고스와의 전쟁에서 가장 명성을 떨쳤던 하도르 가문 후오르의 아들이었다. 항해가 에아렌딜이 그들의 아들이었다.

에아렌딜은 엘윙과 결혼해 실마릴의 권능으로 암흑을 지나[5] 아득한 서녘에 이르렀고, 요정과 인간 모두의 사절로서 도움을 얻어 내 모르고스를 물리쳤다. 에아렌딜은 필멸의 땅으로 돌아가는 것이 허락되지 않아, 실마릴을 실은 그의 배는 별이 되어 하늘을 항해하며 가운데땅에서 대적(大敵)과 그 부하들에게서 억압받는 이들에게 희망의 상징이 되었다.[6]

고대 발리노르를 비추던 두 나무의 빛은 모르고스가 그것들을 독살한 이후엔 실마릴에만 남아 있었다. 그러나 다른 두 개의 실마릴은 제1시대 말에 상실되고 말았다. 이에 관한 모든 이야기와 요정 및 인간에 관한 다른 많은 이야기는 『실마릴리온』에 기술되어 있다.

---

3) BOOK1 351쪽, BOOK4 542쪽 참조.
4) 『호빗』 chapter 3, 『반지의 제왕』 BOOK2 429쪽 참조.
5) BOOK2 412~417쪽 참조.
6) BOOK4 542, 556쪽, BOOK6 299, 311쪽 참조.

에아렌딜은 두 아들 엘로스와 엘론드를 두었는데 이들은 페레딜, 즉 반요정이었다. 제1시대 에다인의 영웅적 지도자의 혈통은 오로지 그들에게서만 보존되었다. 그리고 길갈라드의 죽음 이후[7] 가운데땅에서 높은요정의 왕통 또한 오직 그들의 후손에 의해서만 승계되었다.

제1시대 말에 발라들은 반요정들에게 그들이 어떤 종족에 속할 것인지에 대해 돌이킬 수 없는 선택을 하라고 했다. 엘론드는 요정으로 남을 것을 선택하고 지혜의 대가가 되었다. 따라서 그에게는 아직도 가운데땅에 남아 있는 높은요정들에게 주어진 것과 똑같은 은사(恩賜)가 주어졌다. 즉 그들은 필멸의 땅에 싫증이 나면 회색항구에서 배를 타고 아득한 서녘으로 들어갈 수 있게 된 것이다. 이 은사는 세상이 변한 뒤에도 존속되었다. 그런데 엘론드의 자식들에게도 선택의 과제가 주어졌다. 엘론드와 함께 세상의 둘레 너머로 떠나든지 아니면 가운데땅에 남아 영생을 잃고 결국에는 죽음을 맞을 것인지를 결정해야 했다. 그러므로 엘론드는 반지전쟁의 결말이 어떻게 되든 비애를 겪을 수밖에 없었다.[8]

엘로스는 인간이 되어 에다인과 함께 남았지만, 그에게는 하등한 인간들보다 몇 배나 긴 수명이 허락되었다.

모르고스에 대적하여 싸운 에다인이 겪은 수난에 대한 보상으로, 세상의 수호자인 발라들은 그들에게 가운데땅의 위험을 벗어나 살 수 있는 땅을 선사했다. 그리하여 그들은 바다를 건너 에아렌딜 별의 인도를 받아 모든 필멸의 땅 중에서 가장 서쪽에 있는 거대한 섬 엘렌나에 당도했다. 거기서 그들은 누메노르 왕국을 세웠다.

그 땅의 한가운데에 우뚝한 산 메넬타르마가 있었는데, 눈이 밝

---

7) BOOK1 337쪽, BOOK2 429~430쪽 참조.
8) BOOK6 399, 404쪽 참조.

은 자는 그 정상에서 에렛세아에 위치한 엘다르항구의 백색탑을 볼수 있었다. 그곳에서 엘다르가 에다인에게 와서 지식과 갖가지 선물로 그들을 풍요롭게 해 주었으나, 이와 함께 누메노르인들에게 '발라의 금제(禁制)'라는 명령도 전했다. 그 명령에 의해 그들은 자신들의 땅이 보이지 않는 곳까지 서쪽으로 항해하는 일과 불사의 땅에발을 들여놓는 일이 금지되었다. 비록 처음에는 하등한 인간들의세 배에 이르는 긴 수명이 주어졌지만, 그래도 그들은 언젠가는 죽지 않으면 안 되었다. 발라도 그들에게서 인간의 선물(훗날 인간의 운명이라 불리게 되었다)을 빼앗을 수는 없었기 때문이다.

엘로스는 누메노르의 초대 왕이 되었고 후에 높은요정의 시호를받아 타르미냐투르로 불렸다. 그의 후손들은 장수를 누렸으나 죽음을 피할 수는 없었다. 훗날 강성해졌을 때 그들은 선조의 선택을 못마땅하게 여기고, 엘다르의 운명인 이 세상에서의 영생을 탐해 금제에 대해 불평을 늘어놓았다. 이렇게 하여 그들의 반역이 시작되었는데, 그 뒤에는 사우론의 사악한 교사가 있었다. 『아칼라베스』에 기록된 대로 이는 누메노르의 몰락과 고대 세계의 멸망을 가져왔다.

누메노르의 왕과 여왕은 다음과 같다. 엘로스 타르미냐투르, 바르다미르, 타르아만딜, 타르엘렌딜, 타르메넬두르, 타르알다리온, 타르앙칼리메(최초의 여왕), 타르아나리온, 타르수리온, 타르텔페리엔(두 번째 여왕), 타르미나스티르, 타르키랴탄, 타르아타나미르 대왕, 타르앙칼림몬, 타르텔렘마이테, 타르바니멜데(세 번째 여왕), 타르알카린, 타르칼마킬, 타르아르다민.

아르다민 이후로 왕들은 누메노르어(아두나이어)로 왕호를 썼다. 아르아두나코르, 아르짐라손, 아르사칼소르, 아르기밀조르, 아르인질라둔. 인질라둔은 선왕들의 이런 방식을 유감스럽게 여겨 자신의왕호를 '천리안'이란 뜻의 타르팔란티르로 바꾸었다. 그의 딸이 네 번째 여왕 타르미리엘이 되어야 했지만 왕의 조카가 왕권을 찬탈해 황금왕 아르파라존이 되었고, 그가 누메노르의 마지막 왕이었다.

타르엘렌딜 재위 시에 누메노르의 첫 번째 선단(船團)이 가운데 땅으로 돌아왔다. 그의 맏자식은 딸 실마리엔이었다. 그녀의 아들은 발란딜이다. 그는 서쪽나라의 안두니에 가문의 첫 번째 영주였는데, 이 가문은 엘다르와의 친교로 유명했다. 그에게서 마지막 영주 아만딜이 나왔고, 아만딜의 아들이 장신의 엘렌딜이었다.

6대 왕은 후사가 딸 하나밖에 없었기에 그녀가 첫 번째 여왕이 되었다. 이를 계기로 남녀를 구분하지 않고 왕의 맏이가 왕권을 물려받는 것이 왕가의 법도로 정해졌다.

누메노르 왕국은 제2시대 말까지 존속되어 그 권세와 호사는 날로 더해 갔고, 제2시대 중반에 이르기까지 누메노르인들은 지혜와 여기(餘技)에서도 번성을 누렸다. 그들에게 어둠의 첫 징후가 드리운 것은 11대 왕 타르미나스티르 재위 시였다. 길갈라드를 돕기 위해 막대한 원군을 보낸 이가 바로 그였다. 그는 엘다르를 사랑했지만 동시에 시기했다. 누메노르인들은 이제 위대한 항해자들이 되어 동쪽의 모든 바다를 탐험하고는 서녘과 금단의 수역까지 가 보고 싶어 했다. 삶이 즐거워질수록 그들은 엘다르의 영생을 더욱 갈망하기 시작했다.

더구나 미나스티르 이후 왕들은 부와 권력에 혈안이 되었다. 애초에 누메노르인들은 사우론에게 고통받는 하등한 인간들의 교사이자 친구로서 가운데땅에 온 것인데, 이제 그들의 항구는 드넓은 해안 지역을 속령으로 삼는 요새가 되었다. 아타나미르와 그의 후계자들은 과중한 조공을 부과해 누메노르의 배들은 노획물을 가득 싣고 돌아가곤 했다.

금제에 대해 처음으로 공공연히 반기를 든 왕은 타르아타나미르로서, 그는 엘다르의 영생이 당연히 자신들의 것이어야 한다고 선언했다. 이렇게 해서 어둠이 깊어지고 죽음에 대한 생각이 사람들의 마음을 어둡게 했다. 그 후로 누메노르인들은 분열되었다. 한편에는 엘다르와 발라들에게 등을 돌린 왕과 그를 추종하는 세력이 있었고, 다른 한편에는 스스로를 충직한자들이라고 부르는 소수의 무리가 있었다. 그들은 대개가 그 땅의 서쪽에 살고 있었다.

왕과 그의 추종자들은 차츰 엘다르어를 사용하지 않아 마침내 20대 왕은 왕호를 누메노르어로 바꿔 스스로를 아르아두나코르, 즉 '서부의 군주'라 칭했다. 이는 충직한자들에겐 불길한 징조로 보였다. 왜냐하면 여태껏 그들은 그 칭호를 발라들 중 하나에게, 또는 '노왕(老王)' 만웨에게만 바쳤기 때문이었다.[9] 실제로 아르아두나코르는 충직한자들을 박해하기 시작했고 공공연히 요정어를 쓰는 자들을 처벌했다. 그리하여 엘다르는 더 이상 누메노르를 찾아오지 않았다.

그럼에도 불구하고 누메노르인들의 권세와 부는 계속 증대되었다. 그러나 죽음에 대한 공포가 커지면서 그들의 수명 역시 줄어들어 부귀를 누림에도 불구하고 기쁨은 사라졌다. 타르팔란티르는 해악을 고쳐 보려고 했으나 이미 때가 너무 늦어 누메노르에는 반역과 투쟁이 일어나기 시작했다. 그가 죽자 반역을 주도한 그의 조카가 왕권을 차지해 아르파라존 왕이 되었다. 황금왕 아르파라존은 역대의 모든 왕 가운데서 가장 오만하고 강성했는데, 그의 야망은 전 세계의 제왕이 되는 것이었다.

그는 가운데땅의 패권을 잡기 위해 막강한 사우론에게 도전하기로 결심했다. 그리하여 마침내 왕이 친히 거대한 함대를 이끌고 옴

---

9) BOOK2 416쪽 참조.

바르에 상륙했다. 누메노르인들의 세력과 광휘가 너무도 대단하여 사우론의 부하들도 주인을 저버리고 달아났다. 그래서 사우론은 스스로를 낮추어 신하의 예를 표하며 용서를 구했다. 아르파라존은 오만에 빠져 어리석어진 나머지 사우론을 포로로 삼아 누메노르로 끌고 왔다. 오래지 않아 그는 왕을 홀려 왕의 수석 고문이 되었고, 이윽고 얼마 남지 않은 충직한자들을 제외한 모든 누메노르인의 마음을 사로잡아 어둠으로 이끌었다.

사우론은 왕에게 거짓으로 간하여 영생은 '불사의 땅'을 차지하는 자의 것이 될 것이며, 금제는 오로지 인간의 왕들이 발라들을 능가하지 못하게 하기 위해 부과된 것일 뿐이라고 단언했다. "그러나 위대한 왕들은 자신의 권리를 찾는 법이죠." 하고 그는 왕께 아뢰었다.

결국 아르파라존은 이 간언에 넘어가고 말았다. 그는 자신의 수명이 얼마 남지 않았음을 느낀 데다 죽음에 대한 공포로 정신을 제대로 가누지 못한 것이다. 그는 전대미문의 대규모 군대를 동원해 만반의 준비를 갖춘 후 출정 나팔을 불고 함대를 출동시켰다. 그는 발라의 금제를 어기고 서부의 군주들로부터 영생을 빼앗기 위한 전쟁에 나섰다. 그러나 아르파라존이 축복의 땅 아만의 해안에 발을 들여놓자, 발라들은 그들의 수호자 역할을 그만두고 유일자에게 호소하였고 세상은 일변하였다. 누메노르는 내던져져 바닷속에 잠겼고, '불사의 땅'은 세상의 둘레 너머로 영원히 분리되었다. 누메노르의 영광은 이렇게 끝났다.

충직한자들의 마지막 지도자인 엘렌딜과 그의 아들들은 아홉 척의 배를 이끌고 파멸에서 탈출했다. 그들의 배에는 님로스의 묘목한 그루와 일곱 개의 '천리안의 돌'이 실렸는데, 그것들은 엘다르가 그들 가문에 준 선물이었다.[10] 아홉 척의 배는 엄청난 폭풍에 밀

10) BOOK6 395~396쪽 참조.

려 가운데땅의 해안에 표착했다. 그 뒤로 그들은 가운데땅의 서북부에 누메노르인의 망명 왕국인 아르노르와 곤도르를 세웠다.[11] 엘렌딜은 대왕이 되어 북쪽의 안누미나스를 거처로 삼았고, 남부의 통치는 두 아들 이실두르와 아나리온에게 맡겼다. 그들은 모르도르의 경계에서 그리 멀지 않은 곳인 미나스 이실과 미나스 아노르 사이에 오스길리아스를 건설했다.[12] 파멸에서 가까스로 빠져나온 그들은 적어도 그 와중에서 사우론도 불귀의 객이 되었을 것이라고 믿고 있었다.

그러나 실은 그렇지 않았다. 사우론이 누메노르의 파멸에 갇힌 것은 사실이고 그 때문에 오랫동안 거하던 육신은 소멸되었지만, 그는 증오의 망령이 되어 어두운 바람을 타고 다시 가운데땅으로 달아났다. 그는 다시는 인간을 홀릴 만한 형체를 취할 수 없게 되었지만, 그 때문에 더욱 사악하고 가증스러운 존재가 되었다. 그 후로 그의 권능은 오로지 공포를 통해서만 드러났다. 그는 모르도르에 다시 들어가 한동안 잠자코 은거했다. 그러나 그가 가장 증오하는 엘렌딜이 자기 손아귀에서 빠져나가 바로 자신의 땅과 접한 곳에서 왕국을 호령하고 있다는 것을 알고는 격노했다.

그래서 그는 얼마 후 망명 왕국들이 채 뿌리를 내리기 전에 전쟁을 벌였다. 오로드루인 화산이 다시 한번 화염을 뿜었고, 곤도르에서는 그것을 아몬 아마르스, 즉 '운명의 산'이라고 불렀다. 그러나 사우론의 공격은 너무 섣불렀다. 그가 세력을 채 정비하지도 못한 데 반해, 길갈라드는 그의 부재중에 꾸준히 세력을 키운 것이다. 결국 사우론에 맞서 '최후의 동맹'이 결성되었고 사우론은 패했고 절대반지를 빼앗겼다.[13] 이렇게 해서 제2시대는 막을 내렸다.

---

11) BOOK2 428쪽 참조.
12) BOOK2 431~432쪽 참조.
13) BOOK2 428~429쪽 참조.

망명 왕국들

북왕조 : 이실두르의 후계자들

아르노르 _ 엘렌딜 제2시대 †3441, 이실두르 †2, 발란딜[14] 249, 엘다카르 339, 아란타르 435, 타르킬 515, 타론도르 602, 발란두르 †652, 엘렌두르 777, 에아렌두르 861.

아르세다인 _ 포르노스트의 암라이스[15](에아렌두르의 장남) 946, 벨레그 1029, 말로르 1110, 켈레파른 1191, 켈레브린도르 1272, 말베길[16] 1349, 아르겔레브 1세 †1356, 아르벨레그 1세 1409, 아라포르 1589, 아르겔레브 2세 1670, 아르베길 1743, 아르벨레그 2세 1813, 아라발 1891, 아라판트 1964, 최후의 왕 아르베두이 †1975. 북왕국의 종말.

족장들 _ 아라나르스(아르베두이의 장자) 2106, 아라하엘 2177, 아라누이르 2247, 아라비르 2319, 아라고른 1세 †2327, 아라글라스 2455, 아라하드 1세 2523, 아라고스트 2588, 아라보른 2654, 아라하드 2세 2719, 아랏수일 2784, 아라소른 1세 †2848, 아르고누이 2912, 아라도르 †2930, 아라소른 2세 †2933, 아라고른 2세 제4시대 120.

---

14) 이실두르의 넷째 아들인 그는 임라드리스에서 출생했다. 그의 형제들은 창포벌판에서 전사했다.

15) 에아렌두르 이후 왕들은 더는 높은요정식의 왕호를 쓰지 않았다.

16) 말베길 이후 포르노스트의 왕들은 다시 아르노르 전역의 통치권을 주장하며, 그 징표로서 왕호 앞에 '아르' 또는 '아라'라는 접두사를 붙였다.

남왕조: 아나리온의 후계자들

곤도르의 왕들 _ 엘렌딜, (이실두르와) 아나리온 제2시대 †3440, 아나리온의 아들 메넬딜 158, 케멘두르 238, 에아렌딜 324, 아나르딜 411, 오스토헤르 492, 로멘다킬 1세(타로스타르) †541, 투람바르 667, 아타나타르 1세 748, 시리온딜 830. 그 뒤로 네 명의 '선박왕'이 이어졌다. 타란논 팔라스투르 913. 그는 후사가 없던 최초의 왕이었으며, 조카 타르키랸이 왕위를 승계했다. 에아르닐 1세 †936, 키랸딜 †1015, 햐르멘다킬 1세(키랴헤르) 1149. 이때 곤도르는 전성기를 누렸다.

아타나타르 2세 '영화대왕(榮華大王)' 알카린 1226, 나르마킬 1세 1294. 후사가 없는 두 번째 왕으로 아우가 그 뒤를 이었다. 칼마킬 1304, 미날카르 (1240~1304 섭정으로서), 1304년 로멘다킬 2세로 재위에 올라 1366년 서거, 발라카르 †1432. 그의 재위 시에 곤도르 최초의 재앙인 친족분쟁이 시작되었다.

발라카르의 아들 엘다카르(처음에 비닛하랴라고 불렸음) 1437년 폐위됨. 찬탈왕 카스타미르 †1447. 엘다카르 복위 후 1490년 서거.

알다미르(엘다카르의 차남) †1540, 햐르멘다킬 2세(비냐리온) 1621, 미나르딜 †1634, 텔렘나르 †1636. 텔렘나르와 그의 자식들 전부가 역병으로 사망하여 미나르딜의 차남인 미나스탄의 아들, 즉 왕의 조카가 대를 이었다. 타론도르 1798, 텔루메흐타르 움바르다킬 1850, 나르마킬 2세 †1856, 칼리메흐타르 1936, 온도헤르 †1944, 온도헤르와 그의 두 아들은 전사했다. 1년 후인 1945년 텔루메흐타르 움바르다킬의 후손인 개선장군 에아르닐에게 왕관이 수여되었다. 에아르닐 2세 2043, 에아르누르 †2050. 여기서 왕통이 끊어졌다가 3019년 엘렛사르 텔콘타르에 의해 복구된다. 그사이 왕국은 섭정들이 통치했다.

곤도르의 섭정들 _ 후린 가문: 펠렌두르 1998. 그는 온도헤르 사후 1년 동안 통치했고, 곤도르로 하여금 아르베두이의 왕권 주장을 물리치도록 조언했다. 사냥꾼 보론딜 2029.[17] '확고부동'의 마르딜 보론웨가 통치를 맡은 최초의 섭정. 그의 후계자들은 더 이상 높은요정식의 왕호를 사용하지 않았다.

통치 섭정들 _ 마르딜 2080, 에라단 2116, 헤리온 2148, 벨레고른 2204, 후린 1세 2244, 투린 1세 2278, 하도르 2395, 바라히르 2412, 디오르 2435, 데네소르 1세 2477, 보로미르 2489, 키리온 2567. 그의 재위 시에 로한인들이 칼레나르돈에 들어왔다.

할라스 2605, 후린 2세 2628, 벨렉소르 1세 2655, 오로드레스 2685, 엑셀리온 1세 2698, 에갈모스 2743, 베렌 2763, 베레곤드 2811, 벨렉소르 2세 2872, 소론디르 2882, 투린 2세 2914, 투르곤 2953, 엑셀리온 2세 2984, 데네소르 2세. 그는 마지막 통치 섭정이었으며, 에뮌 아르넨의 영주인 차남 파라미르(사망 연도 제4시대 82)가 뒤를 이어 엘렛사르 왕의 섭정이 되었다.

에리아도르, 아르노르
그리고 이실두르의 후계자들

〔에리아도르는 안개산맥과 청색산맥 사이의 전 지역을 지칭하는 옛 명칭으로, 남쪽으로 회색강, 그리고 사르바드를 넘어 그 강에 합류하는 글란두인강에 인접해 있었다.

전성기의 아르노르는 깊은골과 호랑가시나무땅이 자리한 회색강 및 큰물소리강의 동쪽 땅과 룬강 너머의 지역을 제외한 에리아도르 전 지역을 포괄했다. 룬강 너머는 푸르고 조용한 요정들의 나라로, 인간의 발길이 닿은 적이 없었다. 그러나 난쟁이들은 청색산

---

17) BOOK5 28쪽 참조. 전설에 따르면, 당시 여전히 룬해 부근에서 발견되던 흰 들소는 사냥꾼 발라 아라우의 들소의 후손이라고 한다. 상고대에 발라 가운데서 그만이 자주 가운데땅을 찾아왔다. 그의 이름을 높은요정식으로 표기하면 '오로메'가 된다.

맥의 동편에, 특히 룬만(灣)의 남쪽 지역에 살았고 지금도 그곳에 살고 있다. 그들은 그곳에 아직도 쓸모가 있는 광산들을 갖고 있다. 이러한 이유로 그들은 우리들이 샤이어에 오기 전 오랜 세월 동안 그래 온 것처럼 대로를 따라 동쪽으로 통행하곤 했다. 회색항구에는 조선공 키르단이 살았는데, 마지막 배가 서녘을 향해 출항할 때까지 계속 그곳에 살았다고 전해진다. 열왕들의 시대에 아직도 가운데땅에 남아 있던 높은요정들 대부분은 키르단과 함께 지내거나 린돈의 해안에서 살았다. 지금까지 가운데땅에 남아 있는 요정들이 있다 해도 그 수는 미미할 것이다.〕

북왕국과 두네다인

엘렌딜과 이실두르 이후 아르노르에는 여덟 명의 대왕이 있었다. 에아렌두르 이후에는 아들들 간의 알력으로 인해 왕국은 아르세다인, 루다우르, 카르돌란으로 분할되었다. 서북쪽에 자리잡은 아르세다인은 브랜디와인강과 룬강 사이의 지역과, 바람산맥에 이르기까지 대로 이북 지역을 점유했다. 동북쪽의 루다우르는 에튼황야, 바람산맥 그리고 안개산맥 사이에 자리 잡았고, 흰샘강과 큰물소리강 사이의 두물머리 땅을 포괄했다. 남쪽의 카르돌란은 브랜디와인강과 회색강 그리고 대로를 그 경계로 했다.

이실두르의 혈통은 아르세다인에서는 유지된 채 지속되었으나, 카르돌란과 루다우르에선 곧 끊어지고 말았다. 이들 왕국 사이에는 빈번한 분쟁이 일어났는데 이 때문에 두네다인의 쇠퇴가 가속화되었다. 분쟁의 주된 이유는 브리를 향해 뻗은 서쪽 지역과 바람산맥의 소유권이었다. 루다우르와 카르돌란은 모두 자국의 변경에 위치한 아몬 술(바람마루)을 차지하고 싶어 했다. 왜냐하면 아몬 술의 탑에 북방의 팔란티르가 있었기 때문이었다. 나머지 두 개의 팔란티르는 아르세다인에 보관되어 있었다.

〔아르노르에 화가 닥친 것은 아르세다인의 말베길 재위 초기였다. 그 당시에 에튼황야 너머의 북방에서 앙마르 왕국이 발흥한 것이다. 앙마르의 영토는 산맥의 양쪽에 걸쳐 있었는데, 그곳으로 온갖 사악한 인간들과 오르크들 그리고 다른 사나운 족속들이 몰려들었다. 「그 나라의 영주는 '마술사왕'이라고 불리었는데, 곤도르가 강성하던 시절에 아르노르 왕국들이 분열될 조짐을 보고 두네다인을 파멸시키기 위해 북쪽으로 온 반지악령들의 우두머리가 바로 그였다는 것이 훗날에 가서야 밝혀졌다.」〕

말베길의 아들 아르겔레브의 시절에 다른 두 왕국에 이실두르의 후손이 남아 있지 않다는 이유로 아르세다인 왕은 다시금 아르노르 전 영토에 대한 통치권을 주장했다. 루다우르는 그 주장에 거세게 반발했다. 당시 루다우르에는 두네다인들이 별로 없었고, 앙마르와 비밀리에 손잡은 고지인들의 사악한 영주가 통치권을 잡고 있었다. 따라서 아르겔레브는 바람산맥을 요새화했지만,[18] 루다우르와 앙마르와의 전투에서 전사하고 말았다.

아르겔레브의 아들 아르벨레그는 카르돌란과 린돈의 도움을 얻어 바람산맥에서 적을 몰아냈고, 이후 오랜 세월 동안 아르세다인과 카르돌란은 바람산맥과 대로 그리고 흰샘강 기슭을 따라 경계선을 구축했다. 이 무렵에 깊은골은 포위되었다고 전해진다.

1409년 앙마르의 대군이 강을 건너 카르돌란으로 진입하여 바람마루를 포위했다. 이때 두네다인이 격퇴되고 아르벨레그가 살해되었다. 아몬 술의 탑은 불에 타 무너졌지만 팔란티르는 화를 면해 퇴각 길에 포르노스트로 이송되었다. 루다우르는 앙마르에 복속된 사악한 인간들에 의해 점령되었고,[19] 거기 남아 있던 두네다인은

---

18) BOOK1 336쪽 참조.
19) BOOK1 363쪽 참조.

살해되거나 서쪽으로 도주했다. 카르돌란은 무참하게 유린되었다. 아르벨레그의 아들 아라포르는 아직 성년에 이르지 못했지만 용맹했고, 키르단의 도움을 받아 포르노스트와 북구릉에서 적들을 몰아냈다. 카르돌란의 두네다인 가운데 잔존한 충신들도 튀른 고르사드(고분구릉)에서 항전하거나 뒤편 묵은숲에 은거했다.

앙마르는 한때 린돈과 깊은골에서 온 요정들에 의해 정복되었다고 전해진다. 엘론드가 산맥 너머의 로리엔으로부터 원군을 부른 것이다. 바로 이 무렵 흰샘강과 큰물소리강 사이의 두물머리 땅에 살던 풍채 혈통이 서쪽과 남쪽으로 피난했다. 전쟁과 앙마르에 대한 두려움과, 에리아도르, 특히 동부 지역의 기후와 풍토가 갈수록 악화되어 살기에 적합하지 않았기 때문이었다. 그중 일부는 야생지대로 돌아가 창포강변에 살면서 고기잡이를 생업으로 삼았다.

아르겔레브 2세 시절에 동남쪽으로부터 에리아도르에 역병이 돌아 카르돌란 사람들 대부분이 죽었는데, 특히 민히리아스에서 피해가 혹심했다. 호빗들과 다른 많은 종족들이 큰 화를 입었으나, 역병은 북쪽으로 갈수록 그 기세가 약해져 아르세다인 북부 지역은 거의 피해가 없었다. 이때, 카르돌란의 두네다인이 종말을 맞았고 앙마르와 루다우르의 악령들이 인적 없는 흙무덤들로 들어와 살게 된 것이 그때였다.

〔옛날에 튀른 고르사드라 불리던 고분구릉의 무덤들은 아주 오래된 것으로, 제1시대 때 에다인의 선조들이 청색산맥을 넘어 지금은 린돈만이 남아 있는 벨레리안드로 들어오기 전에 그중 대부분을 축조했다고 한다. 따라서 두네다인은 돌아온 후에 그 언덕들을 경배했고 많은 왕과 영주의 시신을 그곳에 안치했다. 「반지의 사자가 감금돼 있던 고분이 1409년 전사한 카르돌란의 마지막 대공의 무덤이라는 설도 있다.」〕

〖1974년 앙마르의 세력이 다시 크게 일어나 겨울이 다 가기 전에 마술사왕이 아르세다인을 습격했다. 그는 포르노스트를 점령하고 남아 있던 두네다인 대부분을 룬강 너머로 축출했다. 쫓겨난 이들 가운데는 왕자들도 있었다. 그러나 아르베두이 왕은 최후까지 북구릉에서 항전하다가 호위병 몇 명과 함께 북쪽으로 피신했다. 그들은 빠른 말 덕분에 간신히 탈출할 수 있었다.

한동안 아르베두이 왕은 산맥 맨 끝에 있던 난쟁이들의 오래된 광산 갱 속에 숨어 있었으나, 결국에는 굶주림을 견디지 못하고 포로켈의 설인족 롯소스에게 도움을 청했다.[20] 그는 해안에서 야영 중인 한 무리의 설인을 찾았지만, 그들은 왕을 도우려 하지 않았다. 왕에게는 그들에게 줄 만한 것이 없었기 때문이다. 왕이 갖고 있던 몇 개의 보석은 그들에게 아무 쓸모가 없었다. 또한 그들은 앙마르의 마술사왕을 두려워했다. 그들은 마술사왕이 자기 마음대로 서리를 내리기도 하고 녹이기도 할 수 있다고 믿었다. 하지만 그들 중 일부는 왕과 그 부하들의 수척한 모습이 딱해서, 또 일부는 그들이 지닌 무기가 두려워서 왕 일행에게 약간의 음식을 주고 눈으로 오두막을 지어 주었다. 타고 온 말들이 모두 죽었기 때문에, 아르베두이 왕은 그곳에서 남쪽으로부터의 도움의 손길이 오기만을 바라며 기다릴 수밖에 없었다.

아르베두이의 아들 아라나르스에게 왕이 북쪽으로 피신했다는 소식을 들은 키르단은, 즉시 포로켈로 배를 보내 왕을 찾도록 했다. 그 배는 맞바람 때문에 여러 날을 지체한 후 겨우 그곳에 이르렀는

---

20) 〔낯설고 비우호적인 이들은 포로드와이스 고대인의 잔존 주민으로, 모르고스가 지배하는 땅의 혹독한 추위에 익숙하다. 그 땅은 샤이어에서 북쪽으로 500여 킬로미터보다 더 멀지는 않을 텐데도 어진히 흑한이 기승을 부린다. 롯소스는 눈 속에 집을 짓고 살며, 뼈로 발을 감싸 얼음 위를 달리고 바퀴 없는 수레를 끌고 다닌다고 한다. 그들은 대부분 넓은 포로켈만(灣)으로 서북쪽이 차단되어 적이 근접할 수 없는 거대한 포로켈곶에 사는데, 종종 산맥 기슭에 위치한 만의 남쪽 물가에서 야영을 한다.〕

데, 선원들은 실종자들이 용케 꺼뜨리지 않고 살려 놓은 작은 장작불을 멀리서 볼 수 있었다. 그러나 그해 겨울은 물러갈 기미를 보이지 않고 오래도록 기승을 부렸다. 때가 벌써 3월이었는데도 그제야 녹기 시작한 얼음장이 해안 멀리까지 깔려 있었다.

설인들은 배를 보고 크게 놀라며 겁을 먹었다. 그들은 생전에 그런 선박이 바다에 떠 있는 것을 본 적이 없었던 것이다. 이제 그들은 전보다 훨씬 우호적인 태도로 왕과 살아남은 일행을 썰매에 태워 얼음판 위로 갈 수 있는 데까지 모셔 갔다. 이렇게 해서 그들은 배에서 내려진 보트에 닿을 수 있었다.

그러나 설인들은 불안했다. 그들은 대기 속에서 위험의 낌새가 감지된다고 느꼈다. 롯소스의 족장이 아르베두이에게 말했다.

"이 바다괴물에 올라타지 마시오! 저 선원들이 갖고 있다면, 저들에게 필요한 음식과 물건들을 가져오게 하고 당신은 마술사왕이 돌아갈 때까지 이곳에 머무는 게 좋겠소. 여름이 되면 그자의 권능도 시들해질 테니 말이오. 하지만 지금은 그자의 숨결이 치명적인 데다가 그의 팔은 무척 길다오."

그러나 아르베두이는 그의 충고를 받아들이지 않았다. 왕은 족장에게 사의를 표하고 반지를 주며 말했다.

"이것은 당신으로선 짐작도 못 할 만큼 귀한 물건이오. 그 오랜 연륜만으로도 말이오. 이 반지에는 아무 힘도 없지만 우리 가문을 사랑하는 자들은 이것을 크게 공경하오. 이것이 당신에게 당장 도움이 되진 않겠지만 행여 당신이 곤경에 처했을 때 나의 동족이 그대가 바라는 것으로 후하게 반지 값을 쳐줄 것이오."[21]

그런데 우연인지 선견지명인지는 몰라도 롯소스 족장의 충고는

---

21) 〔이렇게 해서 이실두르 가문의 반지가 무사하게 되었다. 두네다인은 후일 값을 치르고 그 반지를 되찾았다. 전해지기로는 그것이 바로 나르고스론드의 펠라군드가 바라히르에게 주었고 베렌이 엄청난 위험을 무릅쓰고 되찾은 그 반지라고 한다.〕

옳았다. 배가 바다 한복판에 이르기도 전에 엄청난 폭풍이 일고 북방에서 앞을 볼 수 없을 만큼 거센 눈보라가 몰아쳤다. 폭풍에 밀려 배가 도로 얼음장 위에 얹히고 주위로 얼음 더미가 쌓였다. 키르단의 선원들이라 할지라도 속수무책이었다. 밤이 되자 얼음 때문에 선체가 부서지며 배가 침몰했다. 최후의 왕 아르베두이는 이렇게 종말을 맞았고, 그와 함께 팔란티르들도 바다에 묻혔다.[22]

난파 소식은 오랜 후에야 설인들을 통해 전해졌다.〕

샤이어 주민들은 전란에 휩쓸렸지만 살아남았다. 대부분이 달아나서 숨었던 것이다. 그들도 왕을 돕기 위해 궁수들을 보냈지만 돌아온 자는 아무도 없었다. 또 일부는 앙마르를 물리친 전투에 가담하기도 했다(그 내용은 남부 연대기에 자세히 기술되어 있다). 후에 평화가 도래하자 샤이어 주민들은 스스로를 통치하며 번성했다. 그들은 왕을 대신하여 사인(Thain)을 선출하고 그것으로 만족했다. 그렇지만 오랫동안 많은 이들이 왕의 귀환을 기대했다. 그러나 마침내 그 기대는 잊혀, 다만 이루어질 수 없는 어떤 좋은 일이나 고칠 수 없는 어떤 나쁜 일이 있을 때 쓰는 '왕께서 돌아오신다면'이라는 말 속에서만 그 희망의 흔적을 찾아볼 수 있게 되었다. 제1시대 최초의 사인은 구렛들 출신의 부카였는데, 노루아재 가문은 자기네가 그 후예라고 주장했다. 부카는 우리네 셈법으로 379년(1979년)에 사인이 되었다.

아르베두이의 죽음으로 북왕국은 종말을 고했다. 이제 두네다인

---

22) 〔그것들은 안누미나스와 아몬 술에 있던 돌들이었다. 이제 북방에 남은 돌은 룬만이 내다보이는 에뮌 베라이드 탑에 있는 것뿐이었다. 그 돌은 요정들이 지키고 있었는데, 우리들은 결코 몰랐지만, 키르단이 엘론드가 떠나는 배에 실을 때까지 그곳에 있었다(BOOK1 102쪽). 그러나 우리가 듣기에, 그 돌은 다른 것들과 다르며, 그것들과 연결되어 있지 않고 오로지 바다만 보였다고 한다. 돌을 그곳에 둠으로써 엘렌딜은 사라진 서녘의 에렛세아를 '곧은 방향으로' 되돌아보려 한 것이다. 그러나 누메노르는 저 아래 '굽은 바다'에 영원히 잠겨 있었다.〕

도 거의 남지 않은 데다 에리아도르의 모든 민족들이 현저하게 감소한 것이다. 그러나 왕통은 두네다인의 족장들에 의해 계승되었고, 아르베두이의 아들 아라나르스가 첫 지도자였다. 그의 아들 아라하엘은 깊은골에서 양육되었으며, 그 후 지도자들의 모든 아들들이 그 전철을 따랐다. 그곳에는 바라히르의 반지, 나르실의 부러진 조각, 엘렌딜의 별, 안누미나스의 홀(笏) 등 그들 가문의 가보도 함께 보존되어 있었다.[23]

【북왕국이 종말을 고하자 두네다인은 어두운 곳으로 잠행하여 은밀한 방랑자들이 되었다. 그들의 행적과 노고가 노래나 기록으로 전해지는 일도 없었다. 엘론드가 떠난 이후 이제 그들에 대한 기억은 거의 남지 않았다. 불안한 평화가 끝나기 전에도 사악한 무리가 다시 에리아도르를 공격하거나 은밀히 침입하기 시작했지만, 두네다인 족장들은 대개 장생을 누렸다. 아라고른 1세는 늑대들에 의해 살해되었다고 전해지는데, 그들은 그 후로도 내내 에리아도르의 위험으로 남았고 그 위험은 아직도 끝나지 않았다. 아라하드 1세 때, 오르크들이 갑자기 나타났다. 나중에야 밝혀진 것이지만, 이들은 오래전부터 에리아도르로 넘어가는 고개를 차단하기 위해 안개산맥에 비밀리에 요새를 구축해 오고 있었다. 2509년 엘론드의 아내 켈레브리안이 로리엔으로 여행하던 중 붉은뿔 고개에서 오르크들

---

23) 〔왕께서 우리에게 일러 주시길, 누메노르에서는 홀이 왕권의 으뜸가는 상징이었다고 한다. (여기서 왕은 아라고른 2세를 가리킨다.—역자 주) 왕들이 왕관을 쓰지 않고 엘렌딜의 별인 엘렌딜미르라는 하얀 보석이 하나 박힌 은빛 머리띠를 이마에 두른 아르노르에서도 마찬가지였다(BOOK1 270쪽, BOOK5 210쪽 참조). 빌보는 왕관에 대해 말할 때 분명 곤도르의 경우에 한정했다(BOOK2 437쪽 참조). 그는 아라고른의 혈통에 관해 정통해진 것 같다.〔누메노르의 홀은 아르파라존과 더불어 사라졌다고 한다. 안누미나스의 홀은 안두니에 영주들의 은빛 막대였는데, 그것이 지금은 가운데땅에 보존된 것 가운데 인간의 손으로 만들어진 가장 오래된 물건일 것이다. 엘론드가 그것을 아라고른에게 넘겨주었을 때 벌써 5천 년이나 된 것이었다(BOOK6 397쪽 참조). 곤도르의 왕관은 누메노르인의 투구 모양을 본뜬 것이었다. 그것은 처음에는 진짜 평범한 투구였고, 이실두르가 다고를라드 전투에서 쓴 것도 그런 형태였다고 전해진다(아나리온의 투구는 바랏두르에서 날아온 돌팔매에 그가 맞아 죽었을 때 부서졌다). 그러나 아타나타르 알카린 재위 시에 그것이 보석으로 장식된 투구로 바뀌었다가 아라고른의 대관식 때 사용되었다.〕

에게 기습을 당했다. 갑작스러운 공격에 호위병들은 뿔뿔이 흩어지고 그녀는 붙잡혀 끌려갔다. 엘라단과 엘로히르가 뒤쫓아가 그녀를 구출했으나 이미 고문을 당하고 독으로 상처를 입은 뒤였다.[24] 그녀는 임라드리스로 돌아와 엘론드의 손길로 육신은 치유되었으나, 가운데땅에서의 온갖 기쁨을 잃어버리고는 이듬해 회색항구로 가서 대해를 건넜다. 훗날 아랏수일의 시대에 안개산맥에서 수가 크게 불어난 오르크들이 그 땅을 유린하기 시작하자, 두네다인과 엘론드의 아들들이 그들과 전투를 벌였다. 큰 무리의 오르크가 서쪽 멀리까지 침범해 샤이어에까지 이르렀으나, 툭 집안 반도브라스에 의해 격퇴된 것도 이 무렵의 일이었다.[25]〕

15대이자 마지막 지도자이며 다시금 곤도르와 아르노르 양국의 왕이 된 아라고른 2세 이전에 열네 명의 지도자가 있었다. 〔우리는 그를 우리의 왕이라 부른다. 그가 북쪽으로 복구된 안누미나스의 궁전으로 와서 한동안 저녁어스름호숫가에 머무르자 샤이어의 모든 이들이 매우 기뻐했다. 그러나 그는 샤이어에 들어오지 않았는데, 그것은 큰사람들은 누구라도 그 경계를 넘어서는 안 된다는 자신이 만든 법령을 스스로 굳게 지킨 것이다. 그러나 그는 자주 많은 아름다운 이들을 동반하고 대교(大橋)까지 나들이하여 거기서 친구들을 포함해 자신을 만나고자 하는 모든 이들을 만나곤 했다. 그 중 몇몇은 그와 함께 떠나 그의 궁전에서 원하는 기간만큼 머물기도 했다. 사인인 페레그린이 여러 차례 왕의 궁전에 갔고, 샘와이즈 시장도 그랬다. 그의 딸인 가인 엘라노르는 저녁별 왕비의 시녀가 되었다.〕

---

24) BOOK2 402쪽 참조.
25) 프롤로그 36쪽, BOOK6 467쪽 참조.

세력이 미약해지고 백성의 수가 줄었음에도 많은 세대에 걸쳐 아버지에서 아들로의 왕위 계승이 끊어지지 않은 것은, 북왕조의 자랑이자 놀라움이었다. 또한 왕통이 끊긴 이후 곤도르의 쇠퇴가 가속화되면서 가운데땅에서 두네다인의 수명이 점차 줄어들었음에도 불구하고, 북왕국의 많은 지도자들은 여전히 여느 사람들보다 두 배나 장수했고, 우리들 가운데 가장 나이 많은 이들보다도 훨씬 오래 살았다. 실제로 아라고른은 아르베길 왕 이후 왕가에서 누구보다 장수해 210세까지 살았다. 엘렛사르 아라고른에게서 옛 왕들의 위엄이 되살아났다.

곤도르 그리고 아나리온의 후계자들

바랏두르 앞에서 전사한 아나리온 이후로 곤도르에는 서른한 명의 왕이 있었다. 비록 국경에서 전쟁이 끊이지 않았지만, 남부의 두네다인은 영화대왕 알카린이라 불린 아타나타르 2세 때까지 천 년이 넘도록 바다와 육지에서 권세와 부를 키워 갔다. 그러나 쇠퇴의 조짐은 그때부터 이미 나타나고 있었다. 남부의 귀인들은 결혼을 늦게 하여 자식을 얼마 두지 못한 것이다. 팔라스투르는 후사가 없던 최초의 왕이었고, 두 번째는 아타나타르 알카린의 아들 나르마킬 1세였다.

미나스 아노르를 재건한 이는 7대 오스토헤르 왕이었으며, 그 후로 왕들은 여름철이면 오스길리아스보다 그곳에 거했다. 그의 재위 시에 곤도르는 동부의 야만인들로부터 처음으로 공격을 받았다. 그러나 그의 아들 타로스타르가 그들을 격퇴해 '동부의 승리자'라는 로멘다킬의 칭호를 얻었다. 그러나 그는 후에 동부의 새로운 무리들과의 전투에서 살해되었다. 그의 아들 투람바르가 부왕의 원수를 갚아 동쪽의 여러 곳에서 승리를 거두었다.

12대 타란논 왕으로부터 선박왕의 시대가 열려 왕들은 함대를 구축하여 안두인하구의 서해안과 남해안을 따라 곤도르의 지배권을 확장했다. 대군의 사령관으로 거둔 승리를 기리기 위해 타란논은 '해안의 영주'라는 팔라스투르 칭호로 왕위에 올랐다.

그의 조카 에아르닐 1세가 왕위를 이어받아 옛 항구 펠라르기르를 재정비하고 거대한 해군을 양성했다. 그는 바다와 육지에서 움바르를 포위 공격하여 점령했는데, 그곳은 이후 곤도르군의 거대한 항구 겸 요새로 쓰였다.[26] 그러나 에아르닐은 승리를 오래 누리지는 못했다. 그는 움바르연안에서 엄청난 폭풍우를 만나 많은 전함과 병사들과 함께 목숨을 잃었다. 그의 아들 키랸딜이 전함 건조를 계속했으나, 움바르에서 쫓겨난 영주들의 지휘 아래 하라드인들이 거대한 군세로 요새를 공격하여 키랸딜은 하라드지역에서의 전투에서 쓰러지고 말았다.

여러 해 동안 움바르는 포위당했지만 곤도르의 강성한 해군력 때문에 함락되지는 않았다. 키랸딜의 아들 키랴헤르는 때를 기다리다가 군세가 갖추어지자 마침내 바다와 육지를 통해 북쪽에서 급습했다. 그의 대군이 하르넨강을 건너 하라드인들을 철저히 궤멸시켰다. 결국 하라드의 왕들도 곤도르의 왕권을 인정하지 않을 수 없었다 (1050년). 키랴헤르는 이 쾌거로 '남부의 승리자' 햐르멘다킬이라는 칭호를 얻었다.

그의 오랜 재위 기간 중에 햐르멘다킬의 막강한 권세에 감히 도전하려는 적이 없었다. 그는 134년 동안 왕위에 있었는데, 이는 아나리온의 왕가 전체에서 한 명을 제외하고는 가장 긴 기간이었다. 그

---

26) 움바르의 거대한 곶과 육지로 둘러싸인 하구는 예로부터 누메노르인의 땅이었다. 그곳은 '왕의 사람들'의 요새였는데, 후날 그들은 사우론에게 넘어가 거의 누메누르인들이라 불렸다. 그들은 무엇보다 엘렌딜의 추종자들을 증오했다. 사우론의 몰락 후 그들의 일족은 급속히 수가 줄어 가운데땅의 인간들과 섞였지만, 그럼에도 곤도르에 대한 증오만은 여전했다. 따라서 움바르를 점령하는 데는 크나큰 대가를 치러야 했다.

의 재위 시에 곤도르의 위세는 절정에 달했다. 그 당시 곤도르의 영토는 북쪽으로는 켈레브란트평원과 어둠숲의 남단, 서쪽으로는 회색강, 동쪽으로는 룬의 내해, 남쪽으로는 하르넨강, 그리고 거기서부터 해안을 따라 움바르반도와 항구에까지 뻗쳤다. 안두인계곡의 인간들도 그 권세를 인정했고, 하라드의 왕들도 신하의 예를 표했으며, 그들의 아들들은 볼모로 곤도르의 궁전에서 살아야 했다. 모르도르는 황량했으나 막강한 요새를 구축하여 그 길목을 지키며 엄히 감시했다.

햐르멘다킬을 마지막으로 선박왕의 시대는 끝났다. 그의 아들 아타나타르 알카린은 대단한 호사를 누렸는데, "귀한 보석도 곤도르에서는 아이들이 갖고 노는 공깃돌에 불과하다."는 말이 나돌 정도였다. 그러나 아타나타르 왕은 안락에 탐닉해 자신이 물려받은 권세를 유지하는 데는 완전히 손을 놓아 버렸고, 그의 두 아들도 기질이 아버지와 같았다. 왕이 죽기 이전부터 이미 곤도르는 쇠퇴하기 시작했는데, 이를 적들이 눈치채지 못했을 리가 없었다. 모르도르에 대한 감시도 소홀해졌다. 그럼에도 불구하고 곤도르에 최초로 큰 재앙이 닥친 것은 발라카르 왕에 이르러서였다. 그건 다름 아닌 친족분쟁이었는데, 그로 인해 야기된 막대한 손실과 황폐는 결코 회복될 수 없는 것이었다.

칼마킬의 아들 미날카르는 혈기왕성한 인물이었다. 1240년 나르마킬 왕은 국사의 번거로움을 피하려는 마음에서 그를 왕국의 섭정으로 삼았다. 그때부터 그는 아버지의 자리를 물려받을 때까지 왕을 대신하여 곤도르를 다스렸다. 그의 주된 관심사는 북부인이었다.

북부인들은 곤도르의 권세로 인해 평화가 지속되자 크게 수를 불렸다. 왕들은 그들에게 호의를 베풀었는데, 이는 그들이 하등한 인간들 중에서는 그래도 두네다인에 가장 가까운 친족이기 때문이었다(그들 대부분은 옛 에다인 선조들의 후예였다). 그들에게 안두인대하 너머 초록큰숲 남쪽의 넓은 땅을 주어 동부인들에 대한 방비책으로 삼았다. 과거에 동부인들의 침략은 대개 내해와 잿빛산맥 사이의 평원을 통해 이루어지곤 했기 때문이었다.

비록 처음에는 소소했으나 나르마킬 1세 때 그들의 공격이 다시 시작되었다. 그러나 섭정은 북부인들이 언제까지나 곤도르에 충성을 바치지는 않을 것이며, 그들 중 일부는 전리품에 대한 욕심 때문이든 아니면 그쪽 왕자들 간의 반목 때문이든 간에 동부인들과 손을 잡으리라는 것을 깨닫게 되었다. 그리하여 1248년 미날카르는 대병력을 이끌고 나가 로바니온과 내해 사이에서 동부인들의 대군을 격파하고, 바다 동쪽의 적의 진영과 거주지를 모조리 파괴했다. 그 전공으로 그는 로멘다킬이라는 칭호를 얻었다.

로멘다킬은 개선 후 안두인대하 서안을 맑은림강의 하구까지 요새화하고 어떤 이방인도 에뮌 무일 너머 대하로 내려오는 것을 금했다. 넨 히소엘의 입구에 아르고나스의 돌기둥들을 세운 이도 바로 그였다. 그러나 그는 군사가 필요한 데다 곤도르와 북부인들 사이의 유대를 강화하고 싶었기 때문에, 많은 북부인들을 휘하에 들여 일부에게는 군대 내의 높은 자리를 주었다.

로멘다킬은 전쟁에서 자신을 도와준 비두가비아에게 특별한 호의를 베풀었다. 스스로를 로바니온의 왕이라 칭한 그는 초록숲과 켈두인강[27] 사이에 영지를 두고 있었지만, 실제로 북부의 대공들 가운데 가장 강력한 인물이었다. 1250년 로멘다킬은 아들 발라카르를 비두가비아에게 대사로 보내 잠시 그곳에 살면서 북부인들의 언어와 풍습, 정책을 익히도록 했다. 하지만 발라카르는 아버지의 의도를 훨씬 뛰어넘어 버렸다. 그는 북부의 땅과 사람들을 사랑하

---

27) 일명 '달리는강'.

게 되었고, 급기야는 비두가비아의 딸 비두마비와 결혼했다. 그것은 그가 본국으로 귀환하기 몇 년 전의 일이었다. 훗날 친족분쟁은 이 결혼에서 비롯되었다.

【이미 곤도르의 고관들은 자기네와 섞여 사는 북부인들을 곱지 않은 눈길로 바라보고 있었다. 더구나 왕위 후계자나 왕의 아들이 하찮고 이질적인 민족과 결혼한다는 것은 전대미문의 일이었다. 발라카르 왕이 늙자 남부 일대에서 벌써 반란이 일어났다. 왕비는 아름답고 고귀한 이였으나, 하등한 인간들의 운명대로 단명했다. 그러자 두네다인은 그녀의 자손들도 단명해서 인간 왕들의 위엄을 실추시킬까 봐 우려했다. 또한 그들은 지금은 엘다카르라고 불리지만 이국에서 태어나 어린 시절 어머니 쪽 나라 사람들의 이름처럼 비닛하랴라고 불린 왕자를 군주로 섬기는 것을 달가워하지 않았다.

따라서 엘다카르가 부왕을 계승하게 되자 곤도르는 내란에 휩싸였다. 그러나 엘다카르를 왕위에서 몰아내기는 쉽지 않은 일이었다. 그에게는 곤도르의 혈통뿐 아니라 북부인의 대담무쌍한 정신도 있었던 것이다. 그는 준수하고 용맹한 데다 부왕에 비해 조로(早老)하는 기미를 전혀 보이지 않았다. 왕가 후예들이 주도한 모반이 일어나자 그는 있는 힘을 다해 그 무리에 맞서 싸웠다. 그는 오스길리아스에서 포위를 당하고도 오랫동안 버텼으나, 결국 굶주림과 반란군의 대공세를 이기지 못하고 화염에 휩싸인 도성에서 쫓겨났다. 그 포위 공격과 화재의 와중에서 오스길리아스의 궁전 탑이 파괴되었고, 팔란티르도 물속에 잠겨 버렸다.

그러나 엘다카르는 적에게서 벗어나 친족이 있는 북부 로바니온으로 갔다. 거기서 그는 곤도르를 섬긴 북부인들과 영토 북쪽에 있던 두네다인을 규합했다. 많은 두네다인이 그를 존경했으며, 더 많은 이들은 찬탈자를 증오하게 되었다. 왕위 찬탈자는 로멘다킬 2세의 동생인 칼리메흐타르의 손자 카스타미르였다. 그는 왕위에 가장 가까운 친족 중 하나였을 뿐 아니라, 반란군 중에서 가장 많은 추종자를 갖고 있었다. 그는 함대의 총사령관이었기에 해안지방과 펠라르기르 및 움바르대항구의 사람들로부터 지지를 받고 있었다.

카스타미르가 왕위에 오른 지 얼마 되지 않아 거만하고 무자비한 성격이 드러났다. 처음 오스길리아스 점령에서 보여 주었듯이 그는 잔인한 인물이었다. 그는 당시 생포된 엘다카르의 아들 오르넨딜을 사형에 처했다. 또한 그의 명령으로 도성에서 자행된 학살과 파괴는 전쟁 시 필수불가결하게 발생할 수밖에 없는 정도를 훨씬 뛰어넘는 것이었다. 미나스 아노르와 이실리엔의 백성들은 이런 일을 잊지 않았다. 카스타미르가 백성들을 별로 신경 쓰지 않고 오로지 함대만 생각하며, 펠라르기르로 궁전을 옮기려 한다는 것이 드러나자, 그에 대한 애정은 시간이 흐를수록 줄어 갔다.

이렇게 해서 그가 왕이 된 지 10년밖에 안 되었을 때, 때를 기다리던 엘다카르가 북방에서 대군을 이끌고 쳐들어오자, 칼레나르돈과 아노리엔, 이실리엔에서 백성들이 그에게로 몰려들었다. 레벤닌의 에루이여울목에서 큰 전투가 벌어져 곤도르의 아까운 인재들이 무수히 피를 흘렸다. 엘다카르도 전투에서 카스타미르를 칼로 베어 아들 오르넨딜의 원수를 갚았다. 그러나 카스타미르의 아들들은 무사히 탈출해 친족들과 함대를 이끌고 펠라르기르에서 오래도록 항전했다.

그들은 거기서 가능한 모든 병력을 모아 (엘다카르에게는 바다에서 그들과 싸울 만한 전함이 없었다) 바다로 나가 움바르에 터를 잡았다. 그들은 그곳을 왕의 반대파를 위한 피신처로 만들고 독자적인 왕권을 세웠다. 움바르는 그 후로도 오랜 세월 동안 곤도르와 전쟁을 벌이면서 해안 지역과 바다로 나가는 모든 통로를 위협하는 존재가 되었다. 그곳은 엘렛사르 시대에 이르러서야 비로소 완전히 평정되는데, 그사이에 남곤도르에서는 움바르 해적들과 왕군 사이의 분쟁이

끊이지 않았다.】

　【곤도르에게 움바르의 상실은 통탄할 만한 것이었다. 그것은 단지 남부에서 영토가 줄어들고 하라드인들에 대한 통제력이 느슨해졌기 때문만이 아니라, 그곳이 바로 누메노르 최후의 왕인 황금왕 아르파라존이 상륙하여 사우론의 힘을 무력화한 곳이기 때문이었다. 비록 나중에 악의 거대한 세력이 다시 떨쳐 일어나긴 했지만, 엘렌딜의 추종자들조차도 아르파라존의 대군이 아득한 대해로부터 나타난 것을 자랑스럽게 기억했다. 당시 그들은 항구가 내려다보이는 곳의 가장 높은 언덕에 거대한 흰 돌기둥으로 기념비를 세워 놓았다. 그 돌기둥의 꼭대기에 놓인 수정 구슬은 햇빛과 달빛을 받아 눈부신 별처럼 빛나 맑은 날이면 곤도르 해안이나 서쪽바다 멀리서도 볼 수 있었다. 그 돌기둥은 최근 사우론이 두 번째로 세력을 일으킬 때까지 그렇게 서 있었다. 사우론의 치욕을 나타내는 기념비인 그 기둥은, 움바르를 점령한 그의 수하들에 의해 파괴되었다.】

　엘다카르의 귀환 후 왕가와 두네다인의 다른 가문들의 혈통은 점점 더 하등한 인간들의 피와 섞이게 되었다. 많은 귀인들이 친족 분쟁에서 목숨을 잃은 것이다. 반면 엘다카르는 자신이 왕관을 되찾는 데 도움을 준 북부인들에게 호의를 베풀어 로바니온에서 온 많은 자들이 곤도르의 백성으로 충원되었다.

　처음에는 우려한 것과는 달리 이처럼 피가 섞인 결과가 두네다인의 쇠퇴 촉진으로 나타나지는 않았다. 그렇지만 두네다인의 몰락은 이전부터 그래 온 것처럼 서서히 진행되었다. 의심할 바 없이 그것은 무엇보다도 가운데땅 그 자체에 원인이 있었고, 또 별의 땅이 침몰한 이후 누메노르인에게 주어진 선물들이 하나씩 서서히 빛을 잃어 갔기 때문이었다. 엘다카르는 235년의 수명을 누렸고, 망명 기간 10년을 포함해 58년 동안 재위했다.

곤도르에 두 번째이자 가장 큰 재앙이 닥친 것은 26대 왕 텔렘나르가 통치할 때였다. 그의 아버지는 미나르딜이었다. 미나르딜은 엘다카르의 증손자로, 펠라르기르에서 움바르의 해적들에게 살해되었다.[28] 「카스타미르의 증손자인 앙가마이테와 상가햔도가 당시 해적들을 지휘했다.」 곧이어 동쪽에서 음산한 바람과 함께 무서운 역병이 들이닥쳤다. 왕과 그의 모든 자손이 죽었고 엄청난 수의 곤도르 백성이 목숨을 잃었는데, 특히 오스길리아스의 피해가 컸다. 그로 인해 기력이 소진되고 병사도 태부족이어서 모르도르변경에 대한 감시가 중단되고 길목을 지키던 요새의 병력도 철수했다.

훗날 밝혀진 바에 따르면, 바로 이 때 초록숲의 어둠이 깊어지고 사악한 것들이 다시 나타났으며, 이것은 바로 사우론 준동의 조짐이었다는 것이다. 곤도르의 적들 역시 역병으로 피해를 입었다. 그렇지 않았다면 그들은 곤도르가 쇠약해진 기회를 놓치지 않고 제압했을 것이다. 그러나 사우론은 기다렸다. 아마도 당시 그의 최우선 목표는 모르도르로 들어가는 길을 여는 일이었을 것이다.

텔렘나르 왕이 죽자 미나스 아노르의 백색성수 또한 시들어 죽었다. 그러나 왕위를 승계한 조카 타론도르가 궁성에 다시 묘목을 심었다. 왕궁을 영원히 미나스 아노르로 옮긴 이도 바로 그였다. 오스길리아스는 이제 부분적으로 사람이 살지 않아 폐허로 변하기 시작한 것이다. 역병을 피해 이실리엔이나 서쪽 계곡들로 피신한 사람들 가운데 돌아오려는 자는 아주 미미했다.

어려서 왕위에 오른 타론도르는 곤도르의 왕들 가운데 가장 오래도록 재위했다. 그러나 그는 자국 영토를 재정비하고 힘을 조금씩

---

28) 원문에 미나르딜이 엘다카르의 아들이라고 되어 있지만, 미나르딜은 엘디기르의 아들이 아닌 증손자이다(아나리온의 후계자들의 목록을 보라). 이러한 오류를 하퍼콜린스에 메일을 보내, 미나르딜이 엘다카르의 증손자임을 인정하는 답장을 받아 (Wild, 네이버 카페 '중간계로의 여행') 이 책에 정정 수록한다.—편집자 주

기르는 것 이상으로 무엇을 이루어 내지는 못했다. 하지만 그의 아들 텔루메흐타르는 미나르딜의 죽음을 잊지 않은 데다, 안팔라스에 이르기까지 해안을 침략하는 해적들의 방자함에 격분해 1810년 병력을 모아 움바르를 급습했다. 그 전쟁에서 카스타미르의 마지막 후손들이 비명에 사라졌고, 움바르는 한동안 다시 왕의 지배 아래 놓였다. 텔루메흐타르에게는 움바르다킬이라는 칭호가 덧붙었다. 그러나 곧이어 곤도르에 닥친 새로운 재앙 때문에 움바르는 또다시 상실되어 하라드인들의 수중으로 들어갔다.

세 번째 재앙은 전차몰이족의 침공이었다. 이들은 거의 백 년 동안이나 전쟁을 벌임으로써 그러지 않아도 쇠퇴 일로를 걷던 곤도르의 힘을 완전히 소진시켰다. 전차몰이족은 동방에서 온 하나의 족속이거나 여러 족속들의 동맹군이었는데, 이전에 출현한 어떤 적보다 강성하고 무장이 잘 되어 있었다. 그들은 대형 마차를 몰고 진격했고, 대장들은 전차를 타고 싸웠다. 나중에야 밝혀진 것이지만, 그들은 사우론의 밀사들로부터 부추김을 받아 곤도르를 급습한 것이었다. 나르마킬 2세는 1856년 안두인대하 건너에서 그들과 맞서 싸우다 전사했다. 그로 인해 로바니온의 동부와 남부의 백성들은 노예가 되었고, 한동안 곤도르의 국경은 안두인대하와 에뮌 무일까지로 밀려났다. 「이 무렵에 반지악령들이 모르도르로 재입성한 것으로 생각된다.」

나르마킬 2세의 아들 칼리메흐타르는 로바니온에서의 봉기에 힘입어 1899년 다고를라드에서 동부인들에게 큰 승리를 거둠으로써 아버지의 원수를 갚았다. 그래서 그 후 한동안 위험에서 벗어났다. 오랫동안의 침묵과 소원함을 종식하고 두 왕국이 다시 함께 머리를 맞댄 것은 북왕국에서는 아라판트가, 남왕국에서는 칼리메흐타르의 아들 온도헤르가 집권하던 때였다. 어떤 단일한 힘과 의지가 누메노르의 생존자들을 향해 여러 방면에서 공세를 집중시키고 있다는 것을 마침내 깨달은 것이다. 아라판트의 후계자 아르베두이가 온도헤르의 딸 피리엘과 결혼한 것도 이때였다(1940년). 그러나 두 왕국은 서로에게 원군을 보낼 처지는 못 되었다. 왜냐하면 전차몰이족이 막강한 군세로 재등장한 것과 때를 같이하여 앙마르가 아르세다인에 대한 공격을 재개했기 때문이었다.

이제 대다수의 전차몰이족은 모르도르 남쪽을 지나 칸드와 근하라드의 사람들과 동맹을 맺었다. 북쪽과 남쪽으로부터 퍼부어진 엄청난 공세를 맞아 곤도르는 멸망 위기에 처했다. 1944년 온도헤르 왕과 그의 두 아들 아르타미르와 파라미르가 모란논 북쪽 전투에서 쓰러지자, 적은 이실리엔으로 쏟아져 들어왔다. 그러나 남부군의 사령관 에아르닐이 남이실리엔에서 대승을 거두고 포로스강을 건너온 하라드군을 궤멸시켰다. 그는 서둘러 기수를 북쪽으로 돌려 퇴각 중이던 북부군을 최대한 규합하여 전차몰이족의 본진을 습격했다. 그들은 곤도르가 전복되어 이제 전리품을 챙기는 일만 남은 줄 알고 연회와 환락에 빠져 있었다. 에아르닐은 적진을 급습하여 전차들에 불을 지르고 적군을 크게 물리쳐 이실리엔에서 몰아냈다. 그의 군대 앞에서 달아나던 자들의 대다수는 죽음늪에서 목숨을 잃었다.

〔온도헤르와 그 아들들이 죽자 북왕국의 아르베두이는 이실두르의 직계 후손이자 온도헤르의 자식 중에서 유일하게 살아남은 피리엘의 남편 자격으로 곤도르의 왕권을 이어받겠다고 주장했다. 그러나 그 주장은 거부당했다. 그 일에 주축을 맡은 인물은 온도헤르 왕의 섭정 펠렌두르였다.

곤도르의 각의는 다음과 같이 답변했다. "곤도르의 왕관과 왕권은 오로지 이실두르에게서 이 왕국을 양도받은 아나리온의 아들

메넬딜의 후계자들 것이다. 곤도르에서 왕위는 오로지 아들들에게
만 상속된다. 우리는 아르노르의 법도가 이와 다르다고 들은 적이
없다."

이에 대해 아르베두이는 이렇게 대꾸했다. "엘렌딜에게는 두 아
들이 있었는데, 그중에서 이실두르가 장자로서 부왕의 후계자였다.
우리는 오늘날까지도 엘렌딜의 이름이 곤도르 왕통의 제일 앞자리
에 있음을 알고 있다. 그분이야말로 두네다인 전역을 다스린 대왕이
셨기 때문이다. 엘렌딜이 생존해 계셨을 때 남왕국은 두 아들이 공
동으로 통치하도록 위임되었다. 그러나 엘렌딜이 서거했을 때 이실
두르는 부왕의 고귀한 왕권을 이어받으러 떠났고, 남왕국의 통치는
부왕이 그런 것처럼 아우의 아들에게 위임했다. 그분은 곤도르의
왕권을 양도한 것이 아니며, 또 엘렌딜의 왕국을 영원히 분할하려
는 뜻을 품은 것도 아니었다.

더구나 예로부터 누메노르에서는 국왕의 홀이 남녀를 불문하고
왕의 장자에게 전해져 왔다. 이러한 법도가 끊임없이 전쟁에 시달
린 망명지에서 지켜지지 않은 것은 사실이다. 그러나 이것이 우리 백
성들의 법도이며, 따라서 이제 우리는 온도헤르의 아들들이 후사
없이 돌아가셨다는 사실을 말하고자 하는 바이다."[29]

이에 대해 곤도르에서는 회답이 없었다. 개선장군 에아르닐이 곤
도르의 왕관을 자기 것이라 주장했고, 그가 왕가의 일원이었기에
곤도르의 모든 두네다인은 그 주장을 승인했다. 그는 나르마킬 2세
의 아우 아르키랴스의 아들 칼림마킬의 아들 시리온딜의 아들이었
다. 아르베두이는 자신의 주장을 밀어붙이지는 않았다. 그에게는 곤
도르 두네다인이 내린 선택에 반대할 힘도, 그럴 의지도 없던 것이

---

29) 〔(왕께서 알려 주신 바에 따르면) 그 법은 제6대 타르알다리온 왕이 후사로 딸 하나만을 남
겼을 때 누메노르에서 만들어졌다. 그 왕녀가 최초의 통치 여왕 타르앙칼리메였다. 그러나 그 이전
에는 법도가 달랐다. 제4대 타르엘렌딜 왕은 딸 실마리엔이 장자였음에도 아들 타르메넬두르에게
왕위를 물려주었다. 그러나 엘렌딜의 혈통은 실마리엔으로부터 이어져 내려온 것이었다.〕

다. 그러나 아르세다인의 왕권이 소멸되어 버린 뒤에도 그의 후손들은 그 주장을 결코 잊지 않았다. 이제 북왕국이 종말을 맞을 시간이 다가오고 있던 것이다.

아르베두이는 그 이름이 뜻하듯 실제로 마지막 왕이었다. 이 이름은 그가 태어났을 때 예언자 말베스가 지은 것으로, 그는 아르베두이의 부친에게 이렇게 말했다고 한다.

"왕자를 아르베두이라고 불러야 합니다. 그가 아르세다인의 마지막 왕이 될 것이기 때문입니다. 두네다인에게 선택권이 돌아가겠지만, 그들이 다른 선택을 한다면 왕자는 이름을 바꾸고 거대한 왕국의 왕이 될 것입니다. 그러나 그렇게 될 희망은 별로 없습니다. 그렇다면 두네다인은 다시 발흥하여 통합을 이룰 때까지 많은 슬픔과 희생을 겪을 것입니다."

곤도르에서도 에아르닐을 뒤이은 왕은 하나뿐이었다. 만일 왕관과 홀이 하나로 통합되었다면 왕권이 유지되고 많은 해악을 피할 수 있었을 것이다. 그러나 비록 에아르닐이 현자이고 거만한 사람이 아니었을지라도, 그 역시 대부분의 곤도르인처럼 아르세다인의 영토가 그곳의 유구한 왕통에도 불구하고 대수롭지 않은 것으로 느꼈던 것이다.

그는 아르베두이에게 자신이 남왕국의 법도와 필요에 따라 곤도르의 왕관을 썼음을 알리는 전언에서 다음과 같이 말했다. "그러나 나는 아르노르의 정통성을 잊지 않으며, 우리의 친족관계를 부인하지 않을 것이오. 나는 엘렌딜의 왕국들이 서로 소원해지는 것을 바라지 않소. 그대가 도움을 필요로 할 때 힘닿는 데까지 도움을 드리겠소."

그러나 에아르닐이 약속한 것을 이행할 때가 되었다고 여기기까지는 그리 오랜 시간이 걸리지 않았다. 아라판트 왕은 점차 쇠해 가는 군세로 앙마르의 공세를 막느라 분투했으며, 왕위를 이어받은 아르베두이 또한 같은 노력을 기울였다. 그런데 마침내 1973년 가을 아르세다인이 크나큰 곤경에 처했으며, 마술사왕이 최후의 일격을 준비하고 있다는 전갈이 곤도르에 전해졌다. 그러자 에아르닐은 할애할 수 있는 최대의 군사를 동원해 아들 에아르누르의 지휘하에 함대를 최대한 신속하게 북으로 보냈다. 그러나 때는 너무 늦었다. 에아르누르가 린돈항에 도착하기도 전에 마술사왕은 아르세다인을 정복했고, 아르베두이는 사망하고 말았다.

그러나 에아르누르가 회색항구에 도착하자 요정들과 인간들은 기뻐하며 크게 놀랐다. 그의 함대가 워낙 대규모여서 하를론드와 포를론드 두 항구를 가득 채우고도 정박할 곳이 모자랄 정도였던 것이다. 전함들에서는 위대한 왕들의 전쟁에 걸맞은 물자와 식량을 비롯하여 엄청난 군대가 내려왔다. 이는 곤도르 전 병력 가운데 소규모 파견대에 지나지 않았지만 북왕국 사람들에게는 엄청나 보였다. 무엇보다도 군마들이 찬사의 대상이었는데, 그도 그럴 것이 많은 말들이 안두인계곡에서 온 데다 헌칠한 기수들과 로바니온의 의기 높은 영주들이 대동한 것이었다.

그리하여 키르단은 린돈이나 아르노르에서 가능한 모든 병력을 소집하여 출정 준비가 끝나자 룬강을 건너 북쪽으로 행군해 앙마르의 마술사왕에게 도전했다. 그 무렵 마술사왕은 사악한 무리들을 가득 모아, 그곳 왕들의 궁전과 법도를 유린하며 포르노스트를 거점으로 삼고 있었다. 그는 자만심에 찬 나머지 요새에서 적의 공격을 기다리지 않고, 예전에 그런 것처럼 그들을 일거에 룬강으로 쓸어 버릴 요량으로 적군을 맞으러 달려 나왔다.

그러나 서부의 대군이 저녁어스름언덕에서 뛰쳐나와 그를 덮치면서 네누이알과 북구릉 사이의 평원에서 일대 격전이 벌어졌다. 구릉을 돌아온 기병의 주력부대가 북쪽에서 쏟아져 내려 자신들 진영을 유린하자 앙마르의 군세는 이미 전의를 상실해 포르노스트를 향해 퇴각하기 시작했다. 마술사왕은 간신히 살아남은 패잔병을 이끌고 자신의 영토인 앙마르를 향해 북쪽으로 도주했다. 그러나 카른 둠의 피신처에 도달하기도 전에 그는 에아르누르가 선봉에 선 곤도르의 기병대들에게 따라잡혔다. 동시에 요정 영주 글로르핀델 휘하의 군대가 깊은골에서 몰려왔다. 앙마르는 철저히 궤멸되어 산맥 서쪽에는 앙마르의 인간이나 오르크가 단 한 명도 살아남지 못했다.

그러나 전해지는 이야기에 따르면, 모든 것을 잃은 뒤에 마술사왕 자신이 검은 옷차림에 검은 복면을 쓴 채 검은 말을 타고 갑자기 나타났다고 한다. 그의 모습을 본 이들은 모두 겁에 질렸다. 하지만 증오에 찬 그는 오로지 곤도르의 대장만을 노리고 오싹한 괴성을 지르며 곧장 달려들었다. 에아르누르는 그와 맞서고자 했으나, 어떻게 해보기도 전에 그의 말이 그 무시무시한 돌격을 견디지 못하고 길에서 벗어나 그대로 달아났다.

그러자 마술사왕이 웃음을 터뜨렸다. 그 소리를 들은 이들은 그 소름 끼치는 웃음 소리를 결코 잊지 못했다. 그러나 그때 글로르핀델이 백마를 타고 다가서자 마술사왕은 웃음을 거두고 도주하여 어둠 속으로 사라졌다. 전장에 어둠이 깔렸기에 그의 종적을 알 수 없었고, 그가 어디로 갔는지 아는 이는 아무도 없었다.

에아르누르가 다시 말을 타고 돌아왔을 때 글로르핀델은 짙어 가는 어둠 속을 응시하며 이렇게 말했다.

"그자를 뒤쫓지 마시오! 그는 이 땅에 돌아오지 않을 것이오. 그의 운명의 날은 아직 한참 멀었소. 그리고 그는 사내의 손에는 결코 쓰러지지 않소."

많은 이들이 이 말을 기억했다. 그러나 자신의 치욕을 갚고 싶은 일념뿐이었던 에아르누르는 분해서 몸을 떨었다.

앙마르의 사악한 왕국은 이렇게 종말을 맞았다. 그리고 이렇게 해서 곤도르의 대장 에아르누르는 마술사왕의 증오를 샀다. 그러나 그 증오가 겉으로 드러나기까지는 수많은 세월이 흘러야만 했다.】

　나중에서야 밝혀진 바지만, 이렇게 해서 마술사왕은 에아르닐의 재위 시에 북쪽으로부터 모르도르로 도주했다. 거기서 그는 다른 반지악령들을 불러모았으며, 그들 중 그가 우두머리였다. 그러나 그들이 모르도르에서 키리스 웅골의 관문을 지나 미나스 이실을 포위 공격한 것은 2000년이 되었을 때였다. 그들은 미나스 이실을 2002년에 점령하고 탑 안에 있던 팔란티르를 수중에 넣었다. 제3시대가 지속되는 동안 누구도 그들을 그곳에서 축출하지 못했다. 이제 미나스 이실은 공포의 땅이 되었고, 이름도 미나스 모르굴로 바뀌었다. 아직 이실리엔에 남아 있던 사람들 대부분이 그곳을 버리고 떠났다.

　【에아르누르는 부왕과 같은 용맹함을 지녔으나 지혜로는 부왕에 미치지 못했다. 그는 강건한 신체와 격렬한 기질의 소유자였다. 유일한 낙이 전투를 벌이거나 무용을 닦는 것이었기에, 아내를 얻으려 하지 않았다. 그의 무용은 아주 대단해서 곤도르에서는 어느 누구도 그의 기쁨인 무술에서 그를 능가할 수 있는 이가 없었다. 그는 대장이나 국왕이라기보다는 투사처럼 보였고, 여느 사람들보다 훨씬 오래도록 용맹함과 무예를 유지했다.】

　2043년 에아르누르가 왕위를 계승하자 미나스 모르굴의 왕은 그가 과거 북방 전투에서 감히 자기 앞에 나서지 못했다고 조롱하며 1대 1로 싸우자고 도전했다. 그때는 섭정 마르딜이 왕의 분노를 진정시켰다. 텔렘나르 왕의 시대 이래로 왕국의 수도이자 궁성의 소재지인 미나스 아노르는 이제 모르굴의 사악한 힘을 밤낮 없이 경계하기 위해 미나스 티리스로 개칭되었다.

에아르누르가 왕위에 오른 지 7년이 되었을 때, 모르굴의 영주는 나약한 젊은이가 이제는 노쇠해지기까지 했다고 빈정거리며 다시 도전해 왔다. 이번에는 마르딜도 더 이상 왕을 만류할 수 없었다. 왕은 소수의 기사들만 호위대로 대동하고 미나스 모르굴의 성문으로 달려갔다. 그러나 그들 일행에 대한 소식은 두 번 다시 들리지 않았다. 곤도르에서는 그 사악한, 수없는 적이 왕을 함정에 빠뜨렸고, 왕이 미나스 모르굴에서 고통스러운 최후를 맞았을 것이라고 믿었다. 그러나 왕의 죽음을 목격한 이가 아무도 없었기에 섭정 마르딜은 오랜 세월 동안 왕을 대신하여 곤도르를 다스렸다.

이제 왕가의 후손은 거의 남아 있지 않았다. 친족분쟁으로 왕족의 수가 엄청나게 줄어든 것이다. 더욱이 내분 이후로 왕들은 근친을 시기하고 경계해 왔다. 이따금 의심의 눈초리를 받은 왕족들이 움바르로 달아나 반군에 가담하는 일이 심심찮게 있었다. 다른 한편에서는 더 이상 혈통을 지키지 못하고 누메노르 혈통이 아닌 여인을 아내로 맞는 이들도 있었다.

그리하여 순수한 혈통을 지녔거나 모두가 인정할 만한 왕위 주창자는 더 이상 찾아볼 수 없었다. 게다가 모든 사람들이 친족분쟁을 유념하며 노심초사했다. 그와 같은 분쟁이 다시 일어난다면 곤도르가 멸망할 것이란 걸 알고 있었던 것이다. 그 결과 오랜 세월이 흘렀음에도 불구하고 섭정이 계속 곤도르를 통치했으며, 엘렌딜의 왕관은 에아르누르가 남겨 놓은 그대로 사자(死者)의 집에 누운 에아르닐 왕의 무릎 위에 놓여 있었다.

섭정들

섭정의 가문은 후린가로 불렸다. 그들은 미나르딜 왕(1621~1634)의 섭정이자 누메노르 귀족 혈통을 지닌 에뮌 아르넨의 후린의 후손들이기 때문이다. 후린 이후 왕들은 언제나 그의 후손 가운데서 섭정을 선택했다. 그리고 펠렌두르의 시대 이후로 섭정권 또한 왕권과 마찬가지로 아버지에게서 아들로, 또는 가장 가까운 친족에게로 세습되었다.

실제로 새로 섭정이 되는 이들은 저마다 "국왕이 귀환할 때까지 그의 이름을 빌려 나라를 다스린다."라는 서약을 하고서 취임했다. 그러나 이러한 서약은 곧 유명무실한 요식 행위가 되고 말았다. 섭정들은 왕으로서의 전권을 행사한 것이다. 그렇지만 많은 곤도르인들은 왕이 언젠가 돌아올 것이라고 여전히 믿었다. 일부는 아직도 어둠 속에 살아 있다는 풍문이 도는 북왕국의 고대 혈통을 기억하기도 했다. 그러나 통치 섭정들은 그와 같은 생각들을 못마땅하게 여겼다.

그럼에도 불구하고 섭정들은 고대의 왕좌에 앉지 않았고 왕관을 쓰거나 홀을 들지도 않았다. 그들은 직권의 표시로 하얀 막대기만 지녔고, 깃발은 아무 문장도 없이 그냥 하얀색이었다. 반면에 왕의 깃발은 검은 바탕에 일곱 개의 별 아래 꽃이 만개한 하얀 나무가 그려져 있었다.

통치 섭정 혈통의 시조로 여겨지는 마르딜 보론웨 이후 곤도르에는 26대이자 마지막 섭정이던 데네소르 2세 때까지 스물네 명의 통치 섭정이 있었다. 처음에 그들은 별다른 일없이 조용히 다스렸다. 왜냐하면 당시는 사우론이 백색회의의 권세 앞에서 움츠러들고, 반지악령들도 모르굴 계곡에 숨어 있던 불안한 평화의 시절이었기 때문이다. 그러나 데네소르 1세 이후 다시는 완전한 평화가 없었고, 곤도르가 크고 공공연한 전쟁을 치르지 않을 때도 그 국경은 끊임없는 위협 속에 있었다.

데네소르 1세의 만년에 검고 힘센 오르크들인 우루크들이 처음

모르도르에서 출몰하더니, 2475년에는 이실리엔을 휩쓸고 오스길리아스를 점령했다. 당시 데네소르의 아들 보로미르(반지 원정대의 일원인 보로미르는 그에게서 이름을 딴 것이다)가 그들을 격파하고 이실리엔을 수복했다. 그러나 오스길리아스는 돌이킬 수 없이 파괴되었고, 그 거대한 석교도 부서졌다. 이후 그곳에는 아무도 살지 않게 되었다. 보로미르는 위대한 장수여서 마술사왕조차도 그를 두려워했다. 그는 고귀하고 준수한 용모에 신체와 의지가 강한 인물이었으나, 그 전쟁에서 모르굴로부터 입은 상처 때문에 명대로 살지 못하고 고통으로 쇠해져 부친 사후 열두 해 만에 세상을 떠나고 말았다.

보로미르 이후 키리온의 오랜 통치가 시작되었다. 그는 경계심이 많고 신중했다. 그러나 그의 재위 기간 중 곤도르의 힘이 미치는 범위가 현격하게 줄어들어, 그는 자국 국경을 방비하는 것 외에 다른 일을 할 여력이 없었다. 반면 적들은(또는 그들을 움직이는 힘은) 그를 칠 준비를 했는데, 그로서는 막을 도리가 없었다. 해적들이 해안을 습격했지만 정작 큰 위험은 북쪽에 있었다. 그 당시 어둠숲과 달리는강 사이의 드넓은 로바니온 땅에는 돌 굴두르의 전적인 후원을 받는 사나운 족속이 살고 있었다. 그들이 종종 숲을 지나 침략해 오자 급기야는 창포강 남쪽의 안두인 유역에 인적이 드물어졌다. 이들 발크호스는 동부에서 들어온 유사한 무리의 합세로 그 수가 끊임없이 불어났지만, 칼레나르돈에 살고 있던 백성들의 수는 줄어들었다. 키리온은 안두인대하의 경계를 지키기도 버거웠다.

〔키리온은 적의 습격을 내다보고 북으로 원병을 청했지만 이미 때는 늦었다. 그해(2510년) 안두인대하 동쪽 해안에 수많은 함선과 뗏목을 건조해 놓은 발크호스가 벌떼처럼 대하를 건너 수비대를 휩쓸어 버린 것이다. 남쪽에서 진군해 온 지원부대는 진로를 차단당한 채 맑은림강 너머 북으로 밀려났다가, 갑자기 산맥에서 쏟아져 나온 오르크 무리로부터 급습을 받고 안두인대하 쪽으로 쫓겨났다.

그때 북쪽에서 전혀 기대치 않던 원군이 도착했다. 곤도르 땅에 로한인의 나팔 소리가 처음으로 울려 퍼졌다. 청년왕 에오를이 기병들을 이끌고 와서 적을 쓸어 버리고 칼레나르돈평원 위로 발크호스를 추격하여 몰살시켰다. 키리온은 에오를에게 그 땅을 거주지로 내주었고, 에오를은 키리온에게 곤도르 영주들이 곤경에 처할 때면 우정의 도움을 주겠노라고 서약했다.)

19대 섭정 베렌의 시절에 한층 큰 위기가 곤도르에 닥쳤다. 오랫동안 준비한 막강한 세 함대가 움바르와 하라드로부터 쳐들어와 곤도르 해안을 급습했다. 적은 북으로 아이센강 하구에 이르기까지 수많은 곳에 상륙했다. 동시에 로한도 서쪽과 동쪽에서 공격을 받아 영토가 유린되고 그들은 백색산맥의 계곡으로 쫓겨났다. 그해(2758년) 북쪽과 동쪽에서 불어닥친 추위와 폭설과 함께 긴 겨울이 시작되어 거의 다섯 달이나 지속되었다. 로한의 헬름 왕과 그 아들들이 그 전쟁에서 사망했다. 에리아도르와 로한은 재난과 죽음으로 뒤덮였다. 그러나 산맥 이남의 곤도르는 상황이 그렇게 처참하지는 않아 봄이 오기 전 베렌의 아들 베레곤드가 침략자들을 물리쳤다. 그는 즉각 로한에 원군을 보냈다. 그는 보로미르 이래 곤도르가 낳은 가장 위대한 장수였다. 그가 아버지를 계승하자(2763년) 곤도르는 예전의 위세를 되찾기 시작했다. 하지만 로한은 전쟁의 상처에서 쉽게 회복되지 못했다. 바로 그런 이유 때문에 베렌은 사루만을 흔쾌히 받아들여 그에게 오르상크의 열쇠를 주었다. 그해(2759년)부터 사루만은 아이센가드에 살게 되었다.

안개산맥에서 난쟁이와 오르크 사이의 전쟁(2793~2799년)이 벌어진 것은 바로 베레곤드가 재위할 때였다. 남쪽으로는 전쟁에 대한 소문만 전해졌는데, 이윽고 난두히리온에서 도주한 오르크들이 로한을 가로질러 백색산맥에 터를 잡으려고 했다. 그 위험을 제거하기까지 오랜 세월 동안 그 계곡에서 전투를 벌여야 했다.

21대 섭정 벨렉소르 2세가 죽자 미나스 티리스에 있던 백색성수도 죽었다. 그러나 아무 데서도 묘목을 구할 수가 없었기에 그 나무는 '국왕이 귀환할 때'까지 죽은 채 그대로 서 있었다.

투린 2세 때 곤도르의 적들이 다시 움직이기 시작했다. 다시 강성해진 사우론이 떨치고 일어날 때가 다가오고 있었던 것이다. 모르도르의 오르크들이 창궐하기 시작했기 때문에, 가장 대담한 이들을 빼고는 모든 백성들이 이실리엔을 버리고 안두인대하 너머 서쪽으로 이주했다. 투린은 이실리엔에 병사들을 위한 비밀 은거지를 만들었는데, 그중에서 헨네스 안눈이 가장 오랫동안 병사들이 남아 지키던 곳이었다. 그는 또한 아노리엔을 방어하기 위해 카이르 안드로스섬[30]을 다시 요새화했다. 그러나 곤도르의 진짜 위험은 남쪽에 있었다. 그쪽에서는 하라드인들이 남곤도르를 점령한 데다 포로스강을 따라 수많은 전투가 벌어졌다. 이실리엔이 대규모 병력의 침공을 받자 로한의 폴크위네 왕은 많은 병사를 보내 에오를의 서약을 이행하고, 아울러 과거 베레곤드에게서 받은 원조에 대한 빚을 갚았다. 그 도움에 힘입어 투린은 포로스강의 여울목에서 승리를 거두었으나, 폴크위네의 두 아들은 모두 그 전투에서 전사했다. 기병들은 자기네 방식대로 그들을 묻었다. 두 왕자는 쌍둥이였기에 하나의 무덤에 같이 뉘였다. 그 무덤 '하우드 인 과누르'는 오래도록 강변 위에 우뚝 솟아 곤도르의 적들은 그곳을 지나치기를 두려워했다.

투르곤이 투린의 뒤를 이었다. 그의 재위 기간에 기억할 만한 주요 사건은, 그가 죽기 이태 전 사우론이 다시 떨치고 일어서 공개적

---

30) 이 이름은 '긴 거품의 배'를 뜻한다. 그 섬은 높다란 뱃머리가 북쪽을 가리키는 거대한 함선처럼 생겼고, 뱃머리에 해당하는 날카로운 바위에 안두인대하의 물결이 하얀 거품을 일으키며 부서졌다.

으로 자신의 존재를 선언하고, 오랫동안 자신을 기다리고 있던 모르도르로 재입성했다는 것이다. 그 후 바랏두르는 다시 한번 일어섰고, '운명의 산'은 화염을 내뿜었다. 이실리엔에 마지막으로 남아 있던 이들도 모두 멀리 달아났다. 투르곤이 죽자 사루만은 아이센가드를 자기 것으로 차지하여 요새로 만들었다.

〔투르곤의 아들 엑셀리온 2세는 현명한 인물이었다. 그는 아직 남아 있는 병력으로 모르도르의 공격에 대비하여 영토의 수비를 강화했다. 그는 원근에서 모든 인재를 끌어 모아 휘하에 두었고, 신뢰할 만한 이들에게는 걸맞은 지위와 보상을 해 주었다. 그는 국사의 많은 부분에 있어 자신이 누구보다도 아끼는 한 위대한 장수의 도움과 조언을 얻었다. 곤도르인들은 그를 소롱길, 즉 '별의 독수리'라고 불렀다. 그는 민첩하고 눈이 날카로운 데다 망토에 은빛 별 하나를 달고 다녔기 때문이다. 그러나 그의 본명과 출생지를 아는 이는 아무도 없었다. 그는 로한의 셍겔 왕 아래에서 일하다가 엑셀리온에게 왔지만 그렇다고 로한인도 아니었다. 그는 육지에서든 바다에서든 위대한 지휘자였다. 하지만 그는 엑셀리온의 시대가 끝나기도 전에 자신이 온 어둠 속으로 떠나 버렸다.

소롱길은 종종 엑셀리온에게 움바르 반란군의 세력이 곤도르에 크나큰 위험이며 만일 사우론이 전쟁을 벌이고 나선다면 남부의 영지에도 치명적인 위협이 될 것이라고 조언했다. 마침내 그는 섭정의 허락을 얻어 소규모 함대를 준비한 뒤에 적이 예기치 못한 야간에 움바르에 잠입해 해적들의 함선 대부분을 불태웠다. 그는 부두에서 벌어진 전투에서 항구의 대장을 죽인 후 경미한 손실만 입고 함대를 이끌고 귀환했다. 그러나 펠라르기르로 돌아온 그는 슬프고 놀랍게도 크나큰 영예가 기다리고 있는 미나스 티리스로 돌아가지 않으려 했다.

그는 엑셀리온에게 다음과 같은 작별의 말을 전했다. "영주시여, 이제 제게는 해야 할 다른 일들이 있습니다. 제가 운명에 따라 다시 곤도르에 오기까지 앞으로 오랜 세월이 흐를 것이고, 곤도르에는 많은 위험이 닥칠 것입니다." 그가 해야 할 일들이 무엇인지 또 그가 누구의 부름을 받았는지에 대해 그 누구도 헤아릴 길이 없었지만 그가 어느 쪽으로 갔는지는 전해졌다. 그는 배를 타고 안두인대하를 건넌 다음 거기서 동지들과 작별하고 혼자 길을 나선 것이다. 그를 마지막으로 보았을 때 그는 어둠산맥을 향하고 있었다.

소롱길이 떠났다는 소식은 도성 안 사람들에게 큰 실망감을 안겨 주었다. 엑셀리온의 아들 데네소르에게는 그렇지 않았을지 모르나, 그것은 도성의 모든 백성에게는 큰 손실로 여겨졌다. 이제 섭정 자리에 올라도 될 만큼 장성한 데네소르는 4년 후 아버지가 죽자 섭정직을 물려받았다.

데네소르 2세는 장신에 용맹하고 의기 높은 인물로 곤도르가 지난 여러 세대 동안 겪은 그 어떤 이보다 왕다운 풍모를 지녔다. 또 그는 지혜롭고 선견지명이 있으며 높은 학식을 갖추었다. 사실 그는 가장 가까운 친족에 못지않게 소롱길과 흡사했으나, 백성들의 사랑과 부친의 평가에서는 언제나 그 이방인의 아래에 놓였다. 실제로 소롱길은 데네소르와 우열을 겨룬 적이 없고, 그 부친의 신하 이상으로 스스로를 높게 여긴 적이 없음에도 불구하고 많은 사람들은 소롱길이 경쟁자가 영주가 되기 전에 떠난 것이라고 생각했다. 그들 두 사람이 섭정에게 드린 조언 중 서로 어긋난 것은 딱 한 가지뿐이었다. 소롱길은 종종 엑셀리온에게 아이센가드의 백색의 사루만을 믿지 말고 대신 회색의 간달프를 맞아들여야 한다고 조언했다. 그러나 데네소르와 간달프는 그다지 사이가 좋지 않아서 엑셀리온의 시대가 끝나자 미나스 티리스에서는 회색의 순례자를 별로 반기지 않았다. 따라서 모든 일이 명료하게 드러난 훗날에 많은 이들은, 예민

하고 선견이 있으며 그 시대의 누구보다도 통찰이 깊던 데네소르가 이방인 소롱길의 정체를 알아내고 그와 미스란디르가 자신의 지위를 찬탈하려고 작당했다고 의심을 품은 것이라고 여겼다.

데네소르는 섭정이 되자(2984년) 모든 지배권을 한 손에 장악하는 강력한 군주가 되었다. 그는 말수가 적었고 간언에는 귀를 기울였지만 결정은 자기 생각대로 내렸다. 그는 늦게 결혼해(2976년) 돌 암로스의 아드라힐의 딸 핀두일라스를 아내로 맞이했다. 그녀는 빼어난 미모와 부드러운 심성을 지녔으나 결혼한 지 채 12년이 안 되어 세상을 뜨고 말았다. 데네소르는 자기 나름의 방식대로이긴 하지만 그녀가 낳아 준 장남을 제외하고는 다른 어느 누구보다도 그녀를 애틋하게 사랑했다. 세인들이 보기에 그녀는, 바다를 내다보는 계곡의 한 송이 꽃이 불모의 바위 위로 옮겨진 것처럼 견고하게 방비된 도성에서 시들어 죽은 것 같았다. 동쪽 어둠이 그녀의 마음을 공포에 떨게 했고, 그녀는 바다가 그리워 언제나 남쪽으로 시선을 보내곤 했다.

아내가 죽은 후 데네소르는 예전보다 더 음울하고 과묵해졌으며, 자기 시대에 모르도르의 공격이 닥칠 것을 예견하며 깊은 상념에 잠겨 탑 속에 오래도록 홀로 앉아 있는 시간이 많아졌다. 훗날 세인들은 그가 비록 지식이 필요했지만, 자만과 스스로의 의지에 대한 과신으로 인해 무모하게도 백색탑의 팔란티르를 들여다본 것이라고 믿었다. 미나스 이실이 함락되고 이실두르의 팔란티르가 적의 수중에 들어간 후로 그때까지 그 어떤 섭정이나 에아르닐과 에아르누르 왕들조차 감히 이 돌을 사용하려고 한 적은 없었다. 왜냐하면 미나스 티리스의 돌은 곧 아나리온의 팔란티르로, 사우론이 차지한 것과 매우 긴밀하게 연결되어 있기 때문이었다.

이런 방법으로 데네소르는 자신의 영토 안과 멀리 국경 너머에서 일어난 일들을 소상하게 알고 있었기에, 많은 이들이 놀라움을 금치 못했다. 그러나 그는 그 지식의 대가를 톡톡히 치러야 했다. 즉 그는 사우론과 의지력을 겨루느라 때 이르게 노쇠했다. 그 결과 데네소르의 마음속에는 절망감과 더불어 자만심이 점차 커져 갔다. 마침내 당대의 모든 일 가운데 백색탑의 영주와 바랏두르의 영주 사이의 투쟁만을 유일한 것으로 여기고, 자신을 섬기지 않으면 사우론에 대적하는 다른 모든 세력들까지도 불신했다.

이런 가운데 반지전쟁이 임박하면서 데네소르의 아들들도 장성해 갔다. 동생보다 다섯 살 위로 아버지의 사랑을 한 몸에 받은 보로미르는 용모와 자존심에서는 아버지를 닮았으나 다른 면에서는 그렇지 않았다. 오히려 그는 과거의 에아르누르 왕처럼 아내를 들이지 않고 오로지 무예에만 탐닉하는 부류의 인물이었다. 그는 두려움을 모르고 강건했으나, 옛 전투담을 빼고는 학문에 관심이 없었다. 아우 파라미르는 용모는 형과 흡사했지만 심성은 전혀 달랐다. 그는 부친과 마찬가지로 사람들의 마음을 날카롭게 읽어 냈다. 하지만 그것으로 그들을 경멸하기보다는 측은하게 여겼다. 그는 행동거지가 온화했고 학문과 음악을 사랑했다. 그래서 당대에는 그의 용맹이 형만 못하다고 여기는 사람들이 많았다. 그러나 실상은 그렇지 않았다. 그는 쓸데없이 위험에 몸을 내맡기면서까지 영광을 추구하는 행동을 하지 않았을 뿐이었다. 그는 간달프가 도성에 올 때면 크게 반기고 그의 지혜에서 많은 것을 배웠다. 다른 많은 일이 그랬듯이 이 일도 부친의 심기를 거슬렀다.

그러나 형제 사이의 우애는 매우 돈독했다. 보로미르가 늘 파라미르를 도와주고 돌보아 준 어린 시절 이래로 둘의 우애는 내내 그러했다 아버지의 촛애나 사람들의 평가에도 불구하고 둘 사이에는 시기나 경쟁심이 생기지 않았다. 파라미르가 보기에 곤도르의 어느 누구도 데네소르의 후계자이자 백색탑의 대장인 보로미르와 겨룰

자가 없었고, 보로미르 또한 마찬가지로 생각했다. 그러나 막상 시험에 닥치자 그렇지 않다는 것이 드러났다. 반지전쟁에서 이 세 인물에게 일어난 일들에 대해서는 다른 곳에서 소상하게 기술되어 있다. 어쨌든 반지전쟁 이후 통치 섭정들의 시대는 종말을 고했다. 이실두르와 아나리온의 후계자가 돌아와 새로이 왕권을 확립하고, 엑셀리온 탑에서 다시금 백색성수의 깃발이 휘날리게 된 것이다.〕

아라고른과 아르웬의 이야기 한 토막

〔아라도르는 왕의 조부다. 그의 아들 아라소른은 아라나르스의 후손 디르하엘의 딸인 가인(佳人) 길라엔과 결혼하고자 했다. 그러나 디르하엘이 이 결혼에 반대했다. 길라엔이 아직 어린 나이여서 두네다인 여인들의 결혼 적령기에 이르지 못했다는 것이 그 이유였다. 디르하엘은 이렇게 말했다.

"더군다나, 아라소른은 나이가 찬 준엄한 인물이고 예상보다 빨리 지도자가 될 테지만, 내 생각엔 아무래도 단명할 것 같소."

그러자 그에 못지않은 선견지명을 지닌 그의 아내 이보르웬은 이렇게 대꾸했다.

"그러니 더 서둘러야죠! 폭풍 전의 어둠이 다가오고 있고 엄청난 일들이 벌어질 거예요. 만일 이 두 사람이 지금 결혼한다면 우리 백성들에게 희망이 생겨날 수 있어요. 그렇지만 결혼을 미룬다면 이 시대가 다하도록 희망이 없을 거예요."

아라소른과 길라엔이 결혼한 지 겨우 1년이 지났을 때 아라도르가 깊은골 북쪽 얼어붙은벌판에서 산악 트롤들에게 사로잡혀 살해되었다. 그리하여 아라소른이 두네다인의 지도자가 되었다. 이듬해 길라엔이 아들을 낳았는데 그 이름을 아라고른이라 했다. 그런데 아라고른이 겨우 두 살이 됐을 때 아라소른은 엘론드의 아들들과 함께 오르크들과의 싸움에 나섰다가 오르크의 화살이 눈을 관통하여 전사했다. 그때 그의 나이가 예순이었는데, 그 일족의 수명에 비할 때 단명한 것이었다.

이제 이실두르의 후계자가 된 아라고른은 어머니와 함께 엘론드의 궁전에서 살았다. 엘론드는 아버지 역할을 맡아 그를 친아들처럼 사랑해 주었다. 그러나 엘론드의 지시에 따라 그는 '희망'이라는 뜻의 에스텔이라는 이름으로 불렸고, 본명과 가계는 일체 비밀에 부쳐졌다. 당시 '현자들'은 이 땅에 혹시라도 남아 있을 이실두르의 후예를 색출하려고 대적이 눈에 불을 켜고 있다는 걸 알고 있었기 때문이다.

에스텔은 갓 스물이었을 때 엘론드의 아들들과 더불어 큰 공을 세우고 깊은골로 돌아왔다. 엘론드는 그를 보고 매우 기뻐했다. 그는 아라고른이 비록 육체와 정신 양면에서 완전히 성숙하지는 못했지만, 이미 아름답고 고귀한 성인으로 자란 것을 깨달았다. 그리하여 그날 엘론드는 그를 다시 본명으로 부르며, 그가 누구이며 누구의 아들인가를 일러 준 다음 가문의 가보들을 전해 주었다.

"여기 바라히르의 반지가 있다. 예로부터 내려온 우리 친족의 징표지. 또 이것은 나르실의 조각들이다. 이것들을 가지고 너는 위대한 공적을 이루게 될 것이다. 너에게 화가 닥치지 않고 시험을 만나 극복한다면 너는 인간들보다 훨씬 긴 수명을 누릴 것이다. 그러나 시험은 길고도 힘들 것이다. 네가 차지할 수 있는 자격을 갖출 때까지 안누미나스의 홀은 내가 보관하겠다."

이튿날 해 질 무렵 아라고른은 숲속을 홀로 거닐고 있었다. 그는 더할 나위 없이 기분이 좋았다. 가슴은 희망으로 가득 찼고 온 세상이 아름다웠기에 노래를 흥얼거렸다. 그런데 노래를 부르던 중 그는 갑자기 자작나무의 하얀 줄기들 사이로 풀밭을 거니는 한 여인을 보았다. 그는 자신이 꿈의 세계로 들어섰거나, 아니면 노래하는 이의 눈앞에 노래 속의 내용을 현실로 만들 수 있다는 요정 시인의 재능을 선물 받은 게 아닐까 생각하며 놀라 걸음을 멈추었다.

그도 그럴 것이 아라고른은 그때 루시엔과 베렌이 넬도레스의 숲에서 만나는 장면을 묘사한 루시엔의 노래를 부르고 있었던 것이다. 그런데 놀랍게도 깊은골에 있는 그의 눈앞에 은청색 망토를 두르고 요정 나라의 황혼처럼 아름다운 모습으로 루시엔이 거닐고 있는 것이 아닌가! 그녀의 검은 머리칼은 갑자기 불어온 바람에 휘날리고 이마에는 별처럼 반짝이는 보석들이 달려 있었다.

아라고른은 잠시 동안 말없이 그녀를 응시했다. 그러다가 그녀가 그대로 사라져 다시는 보지 못하게 될까 봐 두려운 나머지 "티누비엘, 티누비엘!" 하고 불렀다. 먼 옛날 상고대에 베렌 역시 그렇게 소리쳤었다.

그러자 그 처녀가 그에게로 돌아서 미소를 지으며 말했다.

"당신은 누구세요? 그리고 왜 절 그런 이름으로 부르시나요?"

그 말에 아라고른이 이렇게 대답했다.

"난 그대가 내가 부르고 있던 노래의 루시엔 티누비엘이라고 믿었어요. 하지만 그렇지 않다 해도 그대의 걸음걸이는 그녀와 참으로 흡사하군요."

"많은 분들이 그렇게 말씀하시지요."

그녀가 차분하게 말했다.

"하지만 그건 제 이름이 아니에요. 제 운명이 그녀와 다르지 않을지 모르지만 말이에요. 그런데 당신은 누구신가요?"

"지금까지 에스텔이라고 불렸지만 본명은 아라고른입니다. 이실두르의 후계자이자 아라소른의 아들이고 두네다인의 영주이지요."

그러나 이렇게 말하는 순간 그는 그토록 자랑스러웠던 자신의 고귀한 혈통이 이젠 하찮기 그지없고, 위엄 있고 아름다운 그녀에 비해 아무것도 아니라는 느낌이 들었다.

그러자 그녀는 명랑하게 웃으며 말했다.

"그럼 우린 먼 친척이군요. 전 엘론드의 딸 아르웬인데 운도미엘이라고도 불리지요."

"위험한 시절에는 가장 귀한 보물을 숨겨 두는 일이 흔히 있지요. 그렇더라도 엘론드 님과 그대의 오라버니들은 놀라운 분들이군요. 제가 어릴 적부터 이 집에서 살아왔지만, 그대에 관한 말을 단 한 마디도 들어 본 적이 없으니까요. 어떻게 지금껏 그대를 한 번도 만나지 못했을까요? 부친께서 그대를 보고(寶庫) 속에 가둬 놓지는 않으셨을 텐데."

"그건 아니에요."

그녀는 이렇게 말하며 동쪽에 솟아 있는 산맥을 올려다보았다.

"전 한동안 어머니의 친척이 계시는 저 먼 로슬로리엔에서 살았어요. 최근에 아버님을 뵈러 다시 온 거죠. 임라드리스의 땅을 거닐어 본 지 참으로 오랜만이군요."

이 말을 듣고 아라고른은 의아한 심정이 들었다. 그녀는 이제 가운데땅에서 스무 해밖에 살지 않은 자기보다 더 나이 들어 보이지 않았기 때문이다. 그러자 아르웬이 아라고른의 눈을 들여다보며 말했다.

"이상하게 생각하실 건 없어요! 엘론드의 자식들은 엘다르의 수명을 누리니까요."

아라고른은 겸연쩍었다. 그는 그녀의 두 눈에서 요정의 빛과 함께 오랜 세월의 지혜를 본 것이다. 그러나 바로 그 순간부터 그는 엘론드의 딸 아르웬 운도미엘을 사랑하게 되었다.

그로부터 며칠 동안 아라고른은 말이 없었다. 그의 어머니는 그에게 무언가 이상한 일이 생겼다는 것을 알아챘다. 마침내 그는 어머니의 집요한 물음에 굴복해 석양이 비치는 숲속에서 만난 여인에 대해 털어놓았다. 그러자 길라엔이 말했다.

"아들아, 네가 아무리 열왕의 후손이라 하더라도 그건 너무 높은 목표로구나. 그녀는 이 세상에 살아 있는 이들 중 가장 아름답고 고귀한 여인이란다. 그리고 죽음을 피할 수 없는 인간이 요정과 결혼하는 것도 어울리지 않는 일이야."

"그렇지만 우린 어느 정도 요정의 피를 갖고 있지 않습니까. 제가 들은 저의 조상들의 이야기가 사실이라면 말입니다."

"그건 사실이다. 하지만 그건 우리 종족이 쇠퇴하기 전 다른 시대 때의 일이란다. 그래서 걱정이 되는구나. 엘론드 님의 호의가 없다면 이실두르의 후계자는 이내 종말을 맞을 테니 말이야. 그런데 이 문제에 있어선 엘론드 님의 호의를 얻지 못할 것 같구나."

"그렇다면 제 인생은 쓰라린 것이 될 겁니다. 홀로 황야를 떠돌아다니겠지요."

"사실은 그게 네 운명일 것이다."

길라엔은 이렇게 말했다. 그녀는 자기 핏줄 특유의 선견지명을 갖고 있었지만, 아들에게 자신의 예감에 대해선 더 이상 말하지 않았다. 또 아들에게서 들은 말을 다른 이에게 하지도 않았다.

그러나 엘론드는 많은 일들을 알고 있었고, 사람들의 마음을 읽을 수 있었다. 그래서 가을이 되기 전 어느 날, 아라고른을 자기 방으로 불렀다.

"아라소른의 아들이며 두네다인의 영주인 아라고른이여, 내 말을 잘 듣게! 거대한 운명이 자네 앞에 놓여 있네. 엘렌딜의 시대 이후 그대 조상들의 그 모든 영화를 능가하느냐 아니면 남아 있는 자네 동족 모두와 암흑 속으로 떨어지느냐 하는 걸세. 자네 앞에는 시련의 세월이 가로놓여 있네. 자네의 시대가 오고, 그 시대를 이끌 만한 자네의 역량이 입증될 때까지 자네는 아내를 얻어서도 안 되며, 또 어떤 여인과도 서약을 맺을 수 없네."

그 말에 난감해진 아라고른이 이렇게 물었다.

"제 어머니께서 이 일에 대해 말씀하셨나요?"

"그런 게 아니야. 자네 눈에 다 쓰여 있네. 그렇지만 난 내 딸만 놓고 말하는 게 아닐세. 자네는 아직 그 어떤 이의 자녀와도 혼약을 맺어선 안 되네. 한편 임라드리스와 로리엔의 공주이자 우리 동족의 저녁별인 가인(佳人) 아르웬에 대해 말하자면, 그 애는 자네보다 훨씬 고귀한 혈통인 데다 이미 오랫동안 세상을 살았다네. 그 애에 비하면 자네는 여러 차례의 여름을 넘긴 젊은 자작나무 곁으로 삐져나온 1년생 어린 가지에 지나지 않는다네. 그 애는 자네보다 격이 한참이나 높지. 그 애도 아마 그렇게 여길 거야. 그렇지만 설사 그 애가 그렇게 생각하지 않고 자네에게 마음이 기울어졌다 하더라도 나로서는 비탄을 금할 수 없을 걸세. 그건 우리 앞에 가로놓인 운명 때문이라네."

"그건 어떤 운명입니까?"

"내가 여기 머무는 한 그 애는 엘다르의 젊음을 누릴 것이라는 거지. 그리고 내가 여기를 떠날 때 그 애는 나와 함께 갈 걸세. 그렇게 선택한다면 말이야."

"알겠습니다. 제가 저 옛날 베렌이 갈구하던 싱골의 보물만큼이나 소중한 보물에 눈길을 돌린 모양이군요. 그게 제 운명인가 봅니다."

아라고른은 다음 순간 돌연 그의 핏줄 특유의 예지가 솟아나 이렇게 말했다.

"하지만 엘론드 님! 당신이 여기에 계실 날도 얼마 남지 않았으니 이제 곧 당신의 자녀분들도 선택을 해야겠군요. 당신과 함께 떠날지 아니면 가운데땅에 남을지 말입니다."

"그렇다네. 아마 인간의 시간으로 볼 때는 긴 세월일지 모르나 우리 생각에는 곧 그날이 올 걸세. 그러나 만일 자네, 아라소른의 아들 아라고른이 우리 둘 사이에 끼어들어 자네나 나 둘 중 하나로 하여금 세상 끝 너머의 쓰라린 이별을 하도록 하지 않는다면, 내 사랑하는 아르웬에게는 선택의 여지가 없을 것이네. 자네는 아직 자네가 내게서 뭘 바라는 건지도 모르고 있어."

그는 한숨을 짓더니 잠시 후 그 젊은이를 근엄하게 바라보며 다시 말을 이었다.

"세월의 흐름을 지켜볼밖에. 오랜 시간이 지날 때까지는 이 문제를 더 이상 거론하지 말도록 하세. 시절이 암울해져 가고 있으며, 앞으로 많은 재앙이 다가올 것이네."

그리하여 아라고른은 엘론드와 정겹게 작별을 나누었다. 이튿날 그는 어머니와 엘론드의 가속들, 그리고 아르웬에게 작별을 고하고 황야로 나섰다. 그로부터 그는 거의 30년 동안이나 사우론에 대항하여 분투했다. 또 그는 현자 간달프와 친분을 맺고 그에게서 많은 지혜를 배웠다. 그는 간달프와 함께 많은 모험에 나섰으나 세월이 흐르면서 점차 혼자 돌아다니게 되었다. 그의 길은 멀고도 험했으며, 그의 얼굴은 어쩌다 웃는 경우를 제외하고는 좀 험상궂어 보였다. 그렇지만 그가 자신의 참된 모습을 숨기지 않을 때는 망명 중인 왕으로서의 위엄이 드러났다. 그는 여러 모습으로 변장하고 다녔고, 또한 여러 이름으로 명성을 얻었다. 그는 로한의 기사들과 함께 말을 달리기도 했고, 곤도르의 영주를 위해 바다와 육지에서 싸우기도 했다. 그러다가 승리의 순간이 되면 서부인들 모르게 사라져 홀로 멀리 동쪽과 남쪽 땅 깊숙이 들어가서 악인과 선인들을 만나고, 사우론 부하들의 음모와 술책을 적발하기도 했다.

이렇게 해서 그는 마침내 기예와 학식에 통달하여 살아 있는 인간들 가운데서 가장 강인한 자가 되었고, 어느 인간도 그에게 필적할 수 없었다. 그는 요정의 지혜를 지녔을 뿐 아니라 두 눈에서는 범인이 똑바로 쳐다볼 수 없는 빛이 감돌았다. 그에게 주어진 운명으로 인해 그의 얼굴은 비장하고 준엄해 보였다. 그러나 그의 마음 깊숙한 곳에는 내내 희망이 자리하고 있었고, 바위에서 샘물이 솟듯 그 희망에서 때때로 환희의 감정이 일곤 했다.

사우론이 다시 돌아와 해악을 꾸미느라 분주한 모르도르의 음산하고 위험한 국경에서 아라고른이 돌아왔을 때, 그의 나이는 마흔아홉이었다. 그는 지쳤기에 다시 먼 나라로 여행을 떠나기 전에 깊은골로 돌아가 잠시 쉬고 싶었다. 돌아가는 길에 로리엔의 경계에 이른 그는 갈라드리엘에게 금단의 땅으로 들어와도 좋다는 허락을 받았다.

그는 알지 못했지만 그 무렵 아르웬 운도미엘도 어머니의 친척과 한동안 지내려고 그곳에 와 있었다. 인간의 세월은 그녀에게 아무런 영향을 주지 못하기에 그녀는 거의 변하지 않았다. 그렇지만 그녀의 얼굴은 더 엄숙해졌고, 이제 여간해서는 웃음소리를 듣기도 어려웠다. 그러나 아라고른은 이제 정신과 육체가 완전히 성숙했다. 갈라드리엘은 여행으로 해진 그의 옷을 은색과 하얀색 의복으로 갈아입히고 회색의 요정 망토를 둘러 준 다음 이마에 빛나는 보석을 달아 주었다. 그러자 어떤 인간 왕보다 빼어난 모습이 드러났고 흡사 서쪽 섬나라에서 온 요정 영주처럼 보였다. 이렇게 해서 아르웬은 오래전 이별한 후 처음으로 아라고른의 모습을 대하게 되었다. 그가 황금빛 꽃이 만발한 카라스 갈라돈의 숲 아래 서 있는 그녀에게로 걸어갈 때, 그녀의 마음은 정해졌고 아울러 그녀의 운명도 결정되었다.

그들은 그가 떠날 때까지 로슬로리엔의 숲속 오솔길을 거닐며 한 계절을 보냈다. 하짓날 저녁 아라소른의 아들 아라고른과 엘론드의 딸 아르웬은 로슬로리엔 한가운데의 아름다운 언덕 케린 암로스에 올라 엘라노르와 니프레딜이 피어 있는 불멸의 풀밭을 맨발로 거닐었다. 그들은 언덕 위에 서서 어둠에 잠긴 동쪽과 황혼이 지는 서쪽을 바라보며 기쁜 마음으로 혼인을 언약했다.

아르웬이 말했다.

"저기 음험한 어둠이 깔려 있지만 제 마음은 기쁨으로 넘쳐요. 에스텔, 당신이 저 어둠을 깨뜨릴 위대한 용사 중 한 분이니까요."

그러나 아라고른이 답했다.

"아! 저는 앞날을 볼 수 없습니다. 앞으로 어떻게 되는지 내게는 가려져 있어요. 하지만 그대의 희망으로 나도 희망을 품을 겁니다. 그리고 저는 저 어둠을 철저히 거부할 것입니다. 하지만 내겐 저 황혼도 마찬가집니다. 난 죽음을 피할 수 없는 인간이니까요. 저녁별, 그대가 나와 함께 하겠다면, 그대가 저 황혼도 단념해야겠지요."

그러자 그녀는 흰 나무처럼 고요히 서서 서쪽을 응시하더니 이윽고 이렇게 말했다.

"전 당신에게 충실하겠어요, 두나단. 그리고 저 황혼에서 돌아서겠어요. 하지만 저기에 내 동족의 땅이 있고, 내 모든 친척들의 오랜 고향이 있죠."

그녀는 아버지를 지극히 사랑한 것이다.

딸의 선택을 알게 된 엘론드는 무척 상심했으나 아무 말도 하지 않았다. 오랫동안 우려해 온, 그 누구도 쉽게 견딜 수 없는 운명이 닥쳤음을 안 것이다. 아라고른이 깊은골로 돌아왔을 때 엘론드는 그를 불러 이렇게 말했다.

"내 아들이여, 희망이 사라지는 시절이 올 것이야. 그 이상은 나로서도 잘 알 수가 없어. 이제 우리 사이에는 그림자가 가로놓였네. 어쩌면 나의 상실을 통해서 인간의 왕권이 회복되도록 정해진 건지도 몰라. 따라서 자네를 사랑하지만 이 말은 해야겠네. 아르웬 운도미엘이 보잘것없는 명분 때문에 삶의 품위가 손상되는 일이 있어선 안 되네. 인간이 그녀를 신부로 맞으려면 곤도르와 아르노르 양국의 왕 정도는 되어야 해. 그렇다고 해도 우리의 승리는 나에게 단지 슬픔과 이별을 가져다줄 뿐이야. 자네에겐 잠시나마 기쁨의 희망을 안겨 줄 테지만. 아, 내 아들이여! 종국에 아르웬에게 인간의 운명이 너무도 가혹한 일이 될 것 같아 두렵네."

이 일은 엘론드와 아라고른 사이를 가로막는 장벽이 되어 그들은 더 이상 이에 대해 거론하지 않았다. 아라고른은 다시 위험과 고역의 여행길에 나섰다. 사우론의 힘이 커 가고 바랏두르가 한결 강대해지면서 세상이 어두워지고 가운데땅에 공포가 깔리는 동안, 아르웬은 깊은골에 머물렀다. 아라고른이 떠나고 없을 때 그녀는 멀리서나마 마음속으로 그를 지켜보았다. 또한 그녀는 희망을 잃지 않고 그를 위해 누메노르인의 왕권을 이은 엘렌딜의 후계자만이 휘두를 수 있을 거대한 왕의 깃발을 만들었다.

몇 년 후 길라엔은 엘론드와 작별하고, 에리아도르의 동족에게로 돌아가 그곳에서 혼자 살았다. 아라고른이 오랜 세월 동안 먼 나라에서 지냈기에 그녀는 아들을 거의 볼 수 없었다. 그러나 언젠가 한번 북방으로 온 아라고른이 어머니를 찾아왔을 때, 그녀는 아들이 떠나기 전에 이렇게 말했다.

"내 아들 에스텔아, 이것이 우리의 마지막 이별이구나. 난 근심으로 하등한 인간들만큼이나 늙고 말았다. 게다가 이제 난 가운데땅에 밀려드는 어둠을 더 이상 견딜 수가 없구나. 이제 곧 세상을 떠나게 될 것 같아."

아라고른이 어머니를 위로하려고 애쓰면서 말했다.

"그렇지만 어둠 너머에는 빛이 있을지도 모릅니다. 정말 그렇다면 어머니께서 그 빛을 보고 기뻐하도록 해 드리겠습니다."

그러나 길라엔은 이런 린노드로 답할 뿐이었다.

"오넨 이-에스텔 에다인, 우-케빈 에스텔 아님." [31]

아라고른은 무거운 마음으로 어머니와 작별했다. 길라엔은 이듬해 봄이 되기 전에 세상을 떠났다.

세월이 흘러 드디어 반지전쟁이 닥쳐왔다. 어떻게 예기치 못한 방법으로 사우론이 타도되었고, 어떻게 희망을 걸 수 없는 상황에서 희망이 달성되었는가에 대해서는 다른 곳에 좀더 자세히 서술되어 있다. 패배가 임박했을 때 아라고른은 바다에서 나와 펠렌노르평원의 전투에서 아르웬이 만든 깃발을 펼쳤고, 그날 처음으로 백성들이 그를 왕이라 부르며 맞아들였다. 마침내 모든 일이 끝났을 때 그는 선조의 유산을 승계하여 곤도르의 왕관과 아르노르의 홀을 얻게 되었다. 그리고 사우론이 몰락한 그해 하짓날 그는 아르웬 운도미엘의 손을 잡고 열왕의 도성에서 결혼식을 치렀다.

제3시대는 이렇게 승리와 희망 속에서 막을 내렸다. 그러나 그 시대의 많은 비애 가운데서도 참으로 가슴 아픈 것은 엘론드와 아르웬의 이별이었다. 그들은 세상의 끝 너머로 운명과 대해에 의해 갈라진 것이다. 절대반지가 무로 돌아가 세 반지가 힘을 잃게 되자, 엘론드는 마침내 지쳐 가운데땅을 떠나 다시는 돌아오지 않았다. 그러나 아르웬은 죽음을 피할 수 없는 여인이 되었을 뿐 아니라, 자신이 얻은 것을 모두 잃고 나서야 죽을 수 있는 운명이었다.

요정들과 인간들의 왕비로서 그녀는 아라고른과 함께 120년간 크나큰 영광과 축복 속에서 살았다. 마침내 아라고른은 말년이 다가오고 있음을 깨달았다. 여느 인간들보다 훨씬 긴 생애였지만 자신이 살아 있을 날이 끝나 가고 있음을 안 것이다. 아라고른은 아르웬에게 말했다.

---

31) 난 두네다인에게 '희망'을 주었으나, 나에게는 아무 희망도 남기지 않았네.

"이 세상에서 가장 아름답고 가장 사랑스러운 저녁별이시여. 마침내 내 삶도 저물고 있어요. 보시오! 우리가 만나 함께 시간을 보냈으니 이제 되갚을 때가 가까워졌군요."

아르웬은 그에 말에 담긴 뜻을 잘 알고 있었고, 오랫동안 예견해 왔다. 그럼에도 불구하고 그녀는 슬픔을 이길 수 없었다.

"그렇다면 왕이시여, 당신은 때가 되기도 전에 당신의 말에 의지해 사는 백성들 곁을 떠나시려는 건가요?"

"때가 되기 전이 아니라오. 지금 가지 않는다면 틀림없이 조만간 떠밀려서 갈 테니까요. 우리의 아들 엘다리온은 왕위에 오를 만큼 원숙한 장부가 되었어요."

그런 다음 아라고른은 적막의 거리[32]에 있는 열왕의 묘역으로 가서 자신을 위해 마련해 둔 긴 침상에 몸을 눕혔다. 그곳에서 그는 엘다리온에게 작별을 고하고, 날개 달린 곤도르의 왕관과 아르노르의 홀을 그에게 건네주었다. 그러자 아르웬을 제외한 모든 이들이 물러났다. 아르웬 홀로 그의 침상 곁에 서 있었다. 그녀는 고귀한 혈통으로 태어나 온갖 지혜를 갖고 있음에도 그에게 좀 더 머물러 달라고 간청하지 않을 수 없었다. 그녀의 나날에는 아직 삶의 권태가 드리우지는 않았으나, 자기가 받아들인 유한한 생명의 쓰라림을 이렇게 맛보게 된 것이었다.

"운도미엘이여, 정녕 괴로운 시간이오. 그렇지만 그건, 지금은 아무도 거닐지 않는 엘론드의 정원 하얀 자작나무들 아래서 우리가 만났을 때 이미 정해진 것이었지요. 그리고 케린 암로스의 언덕에서 어둠과 황혼을 모두 거부했을 때 우리는 이 운명을 받아들였어요. 사랑하는 이여, 잘 생각해 보시오. 내가 노쇠하여 무기력하고 노망난 채 왕좌에서 쓰러질 때까지 머물러 있기를 정녕 원하는지, 신

---

32) BOOK5 149쪽 참조.

중히 생각해 보시오. 아니요, 부인. 나는 마지막 누메노르인이자 상고대의 마지막 왕이오.[33] 내게는 가운데땅의 여느 사람들보다 세 배나 긴 수명뿐 아니라, 내 뜻대로 이 세상을 떠나 그 선물을 되돌릴 수 있는 은총도 주어졌어요. 그러니 이제 난 잠을 청하여야 하오.

그대에게 위로의 말은 하지 않겠어요. 그런 고통에 위안이 될 것은 이 세상의 둘레 안에는 없으니 말이지요. 이제 그대에게는 궁극적인 선택이 남아 있군요. 지난 선택을 후회하고 항구로 가서 우리가 함께 지낸 날들의 기억을 안고 서녘으로 갈 것인지, 아니면 인간의 운명을 감수할 것인지 말이오. 그 기억은 늘 푸르겠지만 한낱 기억에 머물고 말겠지요."

"아닙니다, 사랑하는 왕이시여. 그 선택은 이미 오래전에 끝났어요. 이젠 나를 태우고 갈 배도 없으니 좋든 싫든 인간의 운명을 감수해야지요. 상실과 적막감을. 그러나 누메노르인의 왕이시여, 전 지금까지 당신의 일족과 그들의 몰락에 대한 이야기를 이해하지 못했습니다. 그들을 어리석은 바보라고 조롱했지만, 마침내 그들을 동정하게 되었어요. 엘다르가 말하듯 이것이 진정 유일자께서 인간에게 주는 선물이라면, 실로 받아들이기 쓰라린 선물이니까요."

"그런 것 같소. 그러나 오래전에 어둠과 반지를 거부한 우리인 만큼 최후의 시험에 넘어가지 않도록 합시다. 우리는 슬픔 속에서 헤어지지만 결코 절망은 아니오. 보시오! 우리는 이 세상의 둘레 안에 영원토록 묶여 있지 않아요. 이 세상 너머에 기억 이상의 것이 있으니. 그럼 안녕히!"

"에스텔, 에스텔!"

아르웬이 울음을 터뜨렸다. 그는 그녀의 손을 잡고 입을 맞추고는

---

33) 저자의 시대 구분에 따르면 상고대(Elder Days)는 대개 제1시대까지를 지칭하지만, 드물게 제4시대의 시점에서 제3시대까지 이전의 모든 시대를 가리킬 때가 있음. 이 대목의 상고대는 바로 후자에 해당한다.—역자 주

이내 잠에 빠져들었다. 그러자 그에게서 위대한 아름다움이 드러났다. 후에 조문하러 온 사람들은 그 모습을 보고 모두 경이롭게 여겼다. 젊음의 우아함과 성년의 용맹함과 함께 노년의 지혜와 위엄이 한데 결합된 모습을 본 것이다. 그는 이 세상이 허물어지기 전에는 희미해지지 않을 영광에 싸인 인간 왕의 찬란한 모습으로 오랫동안 거기에 누워 있었다.

그러나 왕의 묘역에서 나온 아르웬의 눈에서는 빛이 사라졌다. 백성들의 눈에 그녀는 별 하나 없는 겨울의 해 질 녘처럼 차갑고 늙어 보였다. 이윽고 그녀는 엘다리온과 딸들 그리고 사랑하는 모든 이들에게 작별을 고하고, 미나스 티리스의 도성을 떠나 로리엔의 땅으로 가서 겨울이 올 때까지 시들어 가는 나무들 아래서 홀로 지냈다. 갈라드리엘과 켈레보른이 떠나 버린 그 땅은 고적하기만 했다.

마침내 말로른 잎이 지고 봄이 아직 오지 않았을 때[34] 그녀는 케린 암로스 언덕 위에 누웠다. 그녀의 푸른 무덤은 세상이 변할 때까지 거기에 있었다. 후세의 사람들은 그녀의 삶을 완전히 잊었고, 바다 동쪽에서는 엘라노르와 니프레딜이 더 이상 꽃을 피우지 않았다.

남부에서 우리에게 전해진 이 이야기는 여기서 끝난다. 저녁별의 죽음과 함께 이 책에서는 더 이상 옛 시대의 이야기가 나오지 않는다.)

---

34) BOOK2 581~582쪽 참조.

II
에오를 왕가

〔청년왕 에오를은 에오세오드 인간들의 군주였다. 그들의 땅은 안두인대하의 수원에 인접한 곳으로 안개산맥의 먼 쪽 끝과 어둠숲 북단 사이에 있었다. 에오세오드족은 에아르닐 2세 때 바우바위와 창포강 사이의 안두인계곡을 떠나 이 지역으로 이주했는데, 그 혈통은 베오른족 및 숲 서편에 사는 인간들과 가까웠다. 에오를의 조상들은 자신들이 전차몰이족 침공 이전에 어둠숲 저편에 자리했던 로바니온 왕가의 후손이라고 주장했다. 따라서 그들은 스스로를 엘다카르의 후손이자 곤도르 왕들의 친족이라 여겼다. 그들은 무엇보다 평원을 사랑했고 말타기와 온갖 마상무용을 즐겼다. 그러나 그 시절 안두인계곡 중부에는 많은 인간들이 살았고, 돌 굴두르의 어둠이 점점 확산되고 있었다. 그들은 마술사왕이 패배했다는 소식을 접하자 북방에서 더 넓은 영토를 확보하기 위해 산맥 동쪽에 있던 앙마르의 잔당들을 축출했다. 그러나 에오를의 아버지인 레오드의 시대에 이르러 인구가 크게 불어나 그 영토만으로는 옹색함을 면할 수 없었다.

제3시대 2510년에 새로운 위험이 곤도르를 위협했다. 거대한 무리의 야만인들이 동북쪽에서 로바니온을 휩쓸고 갈색평원에서 내려와 뗏목을 타고 안두인대하를 건너온 것이다. 우연인지 계획적인지 모르나 그와 동시에 오르크들(당시는 오르크들이 난쟁이들과 전쟁을 벌이기 전이어서 아주 막강한 세력을 갖추고 있었다)이 산맥에서 밀고 내려왔다. 침략자들이 칼레나르돈을 유린하자 곤도르의 섭정 키리온은 북쪽으로 원군을 요청했다. 안두인계곡의 인간들과 곤도르인들은 오랜 우의를 유지해 왔다. 그러나 계곡의 사람들은 이제 수가 얼마 되지 않는 데다 뿔뿔이 흩어져 있었기에 원군을 보내는 일은 더딜 수밖에 없었다. 마침내 에오를에게 곤도르의 위급함이 전해졌을 때, 그는 때가 이미 늦었지만 대병력의 기마대를 이끌고 출병했다.

이렇게 해서 그는 켈레브란트평원의 전투로 달려갔다. 당시 은물길강과 맑은림강 사이의 푸른 땅을 켈레브란트라고 불렀다. 거기에 곤도르 북부군이 위험에 처해 있었다. 이미 로한고원에서 패하고 남쪽으로 길이 차단된 상태에서 그들은 쫓겨서 맑은림강을 건넜는데, 그때 갑자기 오르크 무리의 습격을 받아 안두인대하 쪽으로 밀리게 되었다. 모든 희망이 사라졌을 때 뜻밖에도 북쪽에서 기병들이 달려와 적의 후미를 덮쳤다. 당장 전세가 역전되었고 적군은 대거 살육 당하며 맑은림강 너머로 퇴각했다. 에오를은 병사들을 이끌어 추격에 나섰다. 북부 기병들의 위세가 워낙 살기등등했기에 로한고원의 침략자들은 겁에 질려 우왕좌왕했다. 기병들은 칼레나르돈평원에서 적들을 몰아냈다.〕

그 지역은 역병이 돈 이후 주민 수가 크게 준 데다 남아 있던 주민들마저 대부분이 야만적인 동부인들에게 학살당했다. 따라서 키리온은 원조에 대한 보답으로 안두인강과 아이센강 사이의 칼레나르돈평원을 에오를과 그 백성들에게 주었다. 그들은 처자와 살림살이를 옮겨 와 그 땅에 정착했다. 그들은 그곳을 새로 기병들의 마크라고 이름 짓고, 스스로를 에오를족이라 칭했다. 그러나 곤도르에서는 그 땅을 로한이라 부르고, 백성들을 로히림(말의 명인들)이라 불렀다. 이렇게 해서 에오를은 마크의 첫 번째 왕이 되었으며, 영토의 남쪽 장벽인 백색산맥 발치의 푸른 언덕을 처소로 삼았다. 그 후로 로한인들은 그곳에서 독자적인 왕과 법도를 갖춘 자유민으로 살았으며 곤도르와는 영원한 동맹을 맺었다.

〔아직도 북방을 기리는 로한의 노래에는 수많은 영주와 전사, 아

름답고 용감한 여인 들이 등장한다. 백성을 에오세오드로 이끈 족장의 이름은 프룸가르였다고 한다. 그의 아들 프람은 에레드 미스린의 거대한 용 샤다를 죽였고, 그 후로 백성들은 용들의 위협에서 벗어나 평화를 누렸다고 한다. 그 결과 프람은 막대한 부를 얻었으나, 샤다의 보고를 자기 것이라 주장하는 난쟁이들과는 반목하게 되었다. 프람은 그들에게 한 푼도 내주려 하지 않았다. 그는 대신 샤다의 이빨을 목걸이로 만들어 보내면서 이렇게 말했다.

"이런 보석은 쉽게 구할 수 없는 것이니, 그대들의 보고에 이에 필적할 만한 것은 없으리라."

일부에서는 이 모욕 때문에 난쟁이들이 프람을 살해했다고 한다. 어쨌든 에오세오드족과 난쟁이들은 사이가 좋지 않았다.

레오드는 에오를의 아버지였다. 그는 야생마 조련사였는데, 당시만 해도 그 땅에는 야생마가 많았다. 그는 흰 망아지 한 마리를 포획했는데, 망아지는 강하고 아름답고 의기 높은 말로 성장했다. 그러나 아무도 그 말을 길들일 수가 없었다. 레오드가 백마에 올라타자 말은 그를 태우고 질주하다 마침내 내팽개쳐 버렸다. 레오드는 바위에 머리를 부딪히고 죽고 말았다. 그때 그는 마흔두 살에 불과했고, 그의 아들은 열여섯 살이었다.

에오를은 아버지의 원수를 갚겠다고 맹세했다. 그는 오랫동안 그 말을 쫓아다니다가 마침내 백마를 발견했다. 그의 수행원들은 백마가 사거리 내에 들어오면 그가 활을 쏘아 죽일 것이라고 예상했다. 그러나 둘 사이의 거리가 가까워졌을 때 에오를은 벌떡 일어서 큰 소리로 외쳤다.

"인간의 재앙이여, 이리 와서 새 이름을 받으라!"

그러자 놀랍게도 말이 에오를 쪽을 쳐다보더니 다가와 그 앞에 섰다. 에오를이 다시 말했다.

"너를 펠라로프라 부르겠노라. 너는 네 자유를 사랑한 것이니 그걸 탓하진 않겠다. 그러나 이제 너는 내게 큰 빚을 졌으니 생명이 다할 때까지 네 자유를 내게 바쳐야 한다."

그런 다음 에오를이 올라타자 펠라로프는 순종했다. 에오를은 재갈도 고삐도 없이 말을 타고 집으로 돌아왔으며, 그 후에도 늘 마구를 갖추지 않고 타고 다녔다. 그 말은 인간이 말하는 모든 걸 이해했지만 에오를 외에는 누구도 태우려 하지 않았다. 에오를이 켈레브란트평원으로 타고 간 것도 펠라로프였다. 그 말은 인간만큼이나 오래 살았고, 그 후손들도 마찬가지였다. 그 말들이 바로 메아르종(種)으로 그들은 샤두팍스의 시대가 올 때까지 마크의 왕과 그 아들들을 빼고는 누구도 태우려 하지 않았다. 사람들은 베마(엘다르는 그를 오로메라 부른다)가 대해 너머 서녘에서 그 말들의 선조를 데려온 것이라고 했다.

에오를에서 세오덴에 이르기까지 마크의 왕들 중에서 가장 명망 높은 이는 무쇠주먹 헬름 왕이었다. 그는 아주 강인하고 단호한 인물이었다. 그 당시 던랜드인의 피가 많이 섞이고 머리칼이 검었음에도 불구하고, 스스로를 프레아워네 왕의 후예라고 주장하던 프레카라는 인물이 있었다. 그는 아도른강[35] 양안에 드넓은 땅을 소유한 부호로 권세가 대단했다. 그는 강의 수원 부근에 요새를 짓고 왕을 우습게 여겼다. 헬름은 그를 신임하지 않았지만 어전 회의에는 불렀는데, 그는 내킬 때만 참석하곤 했다.

한번은 프레카가 많은 수행원을 거느리고 회의에 참석하러 와서는 자기 아들 울프에게 헬름 왕의 딸을 달라고 요청했다. 그 말에 헬름은 이렇게 말했다.

"그대는 지난번에 왔을 때보다 배포가 많이 커졌군그래. 하지만

---

35) 이 강은 에레드 님라이스의 서쪽에서 아이센강으로 흘러든다.

짐작건대 대부분 뱃살만 는 것 같군."

그 말을 듣고 사람들이 웃음을 터뜨렸다. 프레카는 허리춤이 원체 넓었던 것이다. 그러자 격노한 프레카는 왕에게 욕설을 퍼붓고는 이런 말까지 했다.

"지팡이를 주겠다는데도 거절하는 늙은 왕은 나중에 무릎으로 기게 될 것이오."

그 말에 헬름이 응수했다.

"자, 그대 아들의 결혼은 사소한 일이야. 그 문제는 차후에 나와 담판을 짓도록 하지. 당장 어전 회의에서 다루어야 할 중요한 일들이 있으니 말이야."

회의가 끝나자 헬름은 자리에서 일어나 프레카의 어깨에 큼직한 손을 얹고 말했다.

"왕은 궁전에서 소란 피우는 것을 용납하지 않는다. 그러나 밖에서라면 얘기가 다르지."

그리고는 프레카를 앞세워 에도라스를 나와 들판으로 갔다. 왕은 따라오려는 프레카의 수하들에게 말했다.

"물러서라! 우리는 청중이 필요치 않다. 우린 단둘이서 사적인 일을 의논할 것이다. 가서 내 수하들에게도 그렇게 전하라!"

프레카의 수하들은 왕의 수하들과 심복들의 수가 자신들보다 훨씬 많은 것을 보고 물러섰다.

"자, 던랜드인이여, 이제 자네는 무장하지 않은 헬름 한 사람만 상대하면 된다. 그렇지만 자네는 벌써 많이 떠벌렸으니 이번엔 내가 말할 차례야. 프레카, 네 우둔함은 네 뱃살과 더불어 두둑해졌구나. 네가 지팡이 운운했겠다! 헬름은 떠밀려 받는 비뚤어진 지팡이가 마음에 들지 않으면 그냥 부러뜨리지. 이렇게 말이야!"

그 말과 함께 그는 주먹으로 프레카를 한 대 후려쳤는데, 그 주먹이 너무도 강해 프레카는 혼절해 뒤로 넘어지더니 곧 죽고 말았다.

그다음 헬름이 프레카의 아들과 친족을 왕의 적으로 선언하고 곧바로 많은 군사를 서쪽 변경으로 진군시키자 그들은 모두 달아나 버렸다.〕

그로부터 4년 후(2758년) 로한에 큰 우환이 닥쳤다. 곤도르에서는 원군을 보낼 수가 없었다. 해적들의 세 함대가 곤도르를 공격해 해안 전역에서 전쟁이 벌어졌기 때문이다. 같은 무렵 로한은 동쪽으로부터 침공을 당했고, 기회를 노리던 던랜드인들이 아이센강을 넘어 아이센가드에서부터 밀고 내려왔다. 그들의 지휘자가 울프라는 사실이 곧 밝혀졌다. 그들은 레브누이강과 아이센강 하구에 상륙한 곤도르의 적들과 합세했기에 대단히 막강한 군세였다.

로한인들은 패배했고 영토는 유린되었다. 살해되거나 포획되지 않은 자들은 산맥 골짜기로 몸을 피했다. 헬름은 아이센여울목에서 막대한 손실을 입고 퇴각하여 나팔산성과 그 뒤편 골짜기(이곳이 훗날 헬름협곡으로 알려진 곳이다)에 은신했다. 그곳에서 왕은 포위 공격을 당했다. 울프는 에도라스를 점령하고 메두셀드궁에 앉아 스스로를 왕이라 칭했다. 헬름의 아들 할레스는 그곳에서 최후까지 성문을 사수하다 쓰러지고 말았다.

〔곧이어 '긴겨울'이 시작되었고, 로한은 근 다섯 달 동안(2758년 11월부터 이듬해 3월까지)이나 눈에 덮여 있었다. 로한인들과 적들 모두 추위와 그보다 훨씬 더 긴 기근으로 막심한 고통을 겪었다. 율(연말) 이후 헬름협곡에는 기아가 극심했다. 둘째 왕자 하마가 자포자기에 빠져 부왕의 충고를 무시하고 병사들을 이끌고 기습 출격에 나섰다가 눈 속에서 실종되었다. 헬름은 기근과 비통함 때문에 흉포해지고 섬뜩하도록 수척해졌다. 헬름 왕에 대한 두려움은 그것만으로도 나팔산성을 지키는 데 많은 병사들 몫을 했다. 그는 새하얀 차림을 하고 단신으로 밖으로 나가, 눈(雪)트롤처럼 적의 진지로 성큼성

큼 들어가 많은 적을 맨손으로 죽이곤 했다. 그가 무기를 갖지 않으면 어떤 무기도 그의 몸에 상처를 입힐 수 없다고 사람들은 믿었다. 던랜드인들은 그가 먹을 것이 없을 때는 인육을 먹는다고 말했다. 그 이야기는 오랫동안 던랜드에 전해 내려왔다. 헬름은 커다란 뿔나팔을 가지고 있었는데, 그가 출격할 때마다 뿔나팔을 세차게 불어 협곡 전체를 진동시켰기에, 얼마 지나지 않아 그게 왕의 출정 신호로 알려지게 되었다. 그럴 때면 적들은 엄청난 공포에 휩싸여 세력을 모아 그를 붙잡거나 죽일 생각을 못 하고 험준한 골짜기 아래로 달아나기 바빴다.

어느 날 밤, 뿔나팔 소리는 들렸지만 헬름은 돌아오지 않았다. 아침이 되자 오랜만에 처음으로 밝은 햇빛이 비쳤다. 병사들은 방죽 위에 꼼짝 않고 홀로 서 있는 하얀 형체 하나를 보았다. 던랜드인들은 감히 접근하지 못했다. 그것은 돌처럼 죽어 있는 헬름이었는데, 그의 무릎은 구부러지지 않은 채 뻣뻣했다. 그러나 사람들은 아직도 협곡에서 뿔나팔 소리가 들리며, 그럴 때마다 헬름의 유령이 로한의 적군 사이를 누비며 그들을 두려움에 질려 죽게 만든다고 여겼다.

얼마 후 겨울이 끝났다. 그러자 헬름의 누이 힐드의 아들인 프레알라프가 많은 사람이 피신해 있던 검산오름에서 내려왔다. 그는 소규모 결사대를 이끌고 메두셀드의 울프를 급습해 살해하고는 에도라스를 되찾았다. 눈이 녹으면서 큰 홍수가 지자 엔트개울의 계곡은 거대한 늪이 되었다. 동부의 침략자들은 죽거나 철수했다. 그즈음 마침내 곤도르로부터 산맥의 동서 양쪽 길을 통해 원병이 당도했다. 그해(2759년)가 지나기 전에 던랜드인들은 심지어 아이센가드에서도 축출되었다. 그런 다음 프레알라프가 왕이 되었다.

헬름의 시신은 나팔산성에서 옮겨져 아홉 번째 능에 묻혔다. 그 뒤로 내내 그의 능에는 하얀 심벨뮈네가 무성하게 피어나 흡사 눈으로 뒤덮인 것 같았다. 프레알라프가 죽자 새로운 능들이 줄지어

들어섰다.)

로한인은 전쟁과 기근, 소와 말의 손실로 인해 그 수가 크게 줄어들었다. 몇 년 동안 그들에게 큰 위험이 닥치지 않은 것은 다행스러운 일이었다. 그들이 예전의 위세를 회복한 것은 폴크위네 왕에 이르러서였다.

사루만이 선물을 가지고 나타나 로한인들의 용맹을 극구 찬양한 것은 프레알라프의 대관식 때였다. 모든 이들이 그를 반가운 손님으로 생각했다. 곧이어 그는 아이센가드를 거처로 삼았다. 이는 곤도르의 섭정 베렌이 허락한 것이었다. 곤도르는 당시까지도 아이센가드를 로한의 일부가 아니라 자기 영토의 요새로 간주했다. 베렌은 또한 사루만에게 오르상크의 열쇠를 맡겼다. 그 탑은 여태껏 어떤 적도 부수거나 침입할 수 없는 난공불락의 요새였다.

이런 식으로 사루만은 인간들의 영주로 행세하기 시작했다. 처음에 그는 섭정의 대리인이자 탑의 감독자로 아이센가드를 차지했다. 그런데 프레알라프 또한 베렌 못지않게 그 일을 기껍게 받아들였고, 아이센가드가 강력한 친구의 손에 맡겨져 있다고 믿고 마음든든히 여겼다. 사루만은 오랫동안 친구처럼 보였고, 아마 처음에는 진짜 친구였을 수도 있었다. 물론 나중에 가서는 사루만이 아이센가드에 간 것이, 아직 그곳에 있을 팔란티르 돌을 찾고 자신의 세력을 구축할 속셈 때문이었다는 것을 사람들이 알게 되었지만 말이다. 마지막 백색회의(2953년) 이후 지금까지 숨겨 온 로한에 대한 그의 의도가 사악한 것이었음이 분명해졌다. 그 후 그는 아이센가드를 자기 것으로 여겨, 바랏두르와 겨루기라도 하듯 잘 방비된 힘과 공포의 요새로 만들기 시작했다. 그는 인간이든 또는 훨씬 사악한 족속이든 가리지 않고 곤도르와 로한을 증오하는 자는 모두 자신의 친구와 수하로 끌어들였다.

마크의 왕들[36]

제1왕가

2485~2545 제1대 청년왕 에오를. 그에게 이런 별칭이 붙은 것은 그가 젊어서 부친의 뒤를 이었을 뿐 아니라, 말년까지도 노란 머리칼에 혈색이 불그레했기 때문이다. 그의 수명은 동부인들의 새로운 공격에 의해 단축되었다. 에오를이 로한고원 전투에서 쓰러지자 최초의 왕릉이 세워졌다. 펠라로프도 거기에 같이 묻혔다.

2512~2570 제2대 브레고. 그가 로한고원에서 적을 몰아낸 후 로한은 오랫동안 다시는 공격당하지 않았다. 2569년 그는 거대한 메두셀드궁을 완공했다. 그 축연에서 그의 아들 발도르가 '사자의 길'을 밟고 지나가겠다고 맹세했으나 돌아오지 못했다.[37] 브레고는 이듬해 비통함을 이기지 못하고 세상을 떠났다.

2544~2645 제3대 노왕(老王) 알도르. 그는 브레고의 차남이었다. 그가 노왕으로 불린 것은 장수한 데다 재위 기간이 75년이나 되었기 때문이다. 그의 시대에 로한인은 그 수가 불어나 아이센강 동쪽에 아직도 남아 있던 던랜드인들을 축출하거나 복속시켰다. 검산계곡과 여타 계곡들에도 백성들이 정착했다. 그다음 세 왕에 대해서는 로한이 평화와 번영을 구가했기에 언급할 만한 사건이 거의 없다.

2570~2659 제4대 프레아. 알도르의 네 번째 자식으로 장남이었다. 즉위했을 때 그는 이미 노년이었다.

---

36) 연도는 제3시대 곤도르력에 따른 것이다. 표시된 숫자는 생몰 연도를 나타낸다.
37) BOOK5 99쪽 참조.

2594~2680   제5대 프레아위네.

2619~2699   제6대 골드위네.

2644~2718   제7대 데오르. 그의 시대에 던랜드인들이 아이센 강을 넘어 침략하곤 했다. 2710년 그들이 인적 없는 원형 요새 아이센가드를 점령했는데 몰아내지 못했다.

2668~2741   제8대 그람.

2691~2759   제9대 무쇠주먹 헬름. 그의 통치 말기에 로한은 침략과 '긴겨울'로 막대한 손실을 입었다. 헬름과 그의 두 아들 할레스와 하마가 모두 죽자 헬름 누이의 아들 프레알라프가 왕이 되었다.

제2왕가

2726~2798   제10대 프레알라프 힐데손. 그의 시대에 던랜드인들이 축출된 아이센가드에 사루만이 들어와 자리를 잡았다. 처음에 로한인들은 기근과 뒤이은 쇠퇴기에 사루만의 우정에서 도움을 얻었다.

2752~2842   제11대 브륏타. 백성들은 그를 레오바라고 불렀는데, 그것은 그가 온 백성들로부터 사랑받았기 때문이다. 그는 관대하여 모든 궁핍한 이에게 도움을 베풀었다. 그의 재위 시에 북방에서 쫓겨나 백색산맥에서 피난처를 구하려는 오르크들과 전쟁이 벌어졌다.[38] 왕이 사망했을 때 사람들은 오르크들이 모조리 소탕되

---

38) 해설 A 534~535쪽 참조.

었으리라 생각했지만 실상은 그렇지 않았다.

2780~2851　제12대 왈다. 그가 왕위에 있던 기간은 9년밖에 되지 않았다. 그는 검산오름에서 산길을 따라 달려오다가 오르크들의 함정에 빠져 수행원 전원과 함께 살해되었다.

2804~2864　제13대 폴카. 그는 뛰어난 사냥꾼이었으나 로한에 오르크가 하나라도 남아 있는 한 맹수를 쫓지 않겠다고 맹세했다. 마지막 오르크의 요새를 발견해 파괴해 버린 뒤에 그는 피리엔숲 속으로 에버홀트의 거대한 멧돼지를 사냥하러 갔다. 그는 멧돼지를 죽였으나 멧돼지 어금니에 받힌 상처 때문에 세상을 떠나고 말았다.

2830~2903　제14대 폴크위네. 그가 왕이 되었을 때 로한은 국력을 회복했다. 그는 던랜드인들이 점거한 서쪽 변경(아도른강과 아이센강 사이)을 재정복했다. 로한은 어렵던 시절 곤도르로부터 막대한 도움을 받았다. 따라서 하라드인들이 엄청난 군세로 곤도르를 침공한다는 소식을 듣자 그는 섭정을 돕기 위해 많은 군사를 보냈다. 그는 친히 군사들을 이끌고 싶었으나 주위의 만류로 단념하고, 쌍둥이 아들 폴크레드와 파스트레드(2858년생)를 대신 출정시켰다. 그들은 이실리엔 전투에서 나란히 전사했다(2885년). 곤도르의 투린 2세는 그 피에 대한 보상으로 폴크위네에게 막대한 황금을 보냈다.

2870~2953　제15대 펭겔. 그는 폴크위네의 네 번째 자식이자 셋째 아들이었다. 그는 사람들의 기억에 영예롭게 남지 못했다. 그는 음식과 황금을 탐했고, 대장들은 물론 자식들과도 끊임없이 불화를 일으켰다. 그의 셋째 자식이자 외아들인 셍겔은 성인이 되자 로한을 떠나 곤도르에 오랫동안 머물렀으며, 투르곤을 받들어 명성을

떨쳤다.

2905~2980 제16대 셍겔. 그는 늦게까지 아내를 들이지 않다가 2943년 17세 연하인 곤도르 롯사르나크땅의 모르웬과 결혼했다. 그녀는 곤도르에서 세 자녀를 낳았는데, 그중 둘째가 외아들 세오덴이었다. 펭겔이 죽자 로한인들은 그를 불러들였고, 그는 마지못해 돌아왔다. 그는 훌륭하고 지혜로운 왕이었다. 그러나 궁정에서 곤도르어가 사용되었는데, 모든 신하들이 그것을 좋게만 보지는 않았다. 모르웬은 로한에서 두 딸을 더 낳았다. 그중 노년에 얻은(2963년) 막내 세오드윈이 가장 아름다웠다. 그녀의 오빠는 그녀를 지극히 사랑했다.

셍겔이 귀국한 지 얼마 되지 않았을 무렵부터 사루만은 스스로를 아이센가드의 영주로 선언했다. 그는 로한의 국경을 침범하고 그 적들을 지원하는 등 로한에 근심을 끼치기 시작했다.

2948~3019 제17대 세오덴. 그는 로한의 구전에 부활한 세오덴이라 불렸는데, 그것이 그가 사루만의 마법에 걸려 쇠약해졌다가 간달프에 의해 치유되었기 때문이다. 또한 생의 마지막 해에 떨치고 일어나 군사를 이끌고 나팔산성에서 승리를 거두었고, 그 직후에는 제3시대 최대의 전투인 펠렌노르평원으로 달려갔기 때문이다. 그는 성널오름성문 앞에서 전사했다. 한동안 그의 시신은 자신이 태어난 나라인 곤도르의 선왕들 사이에 안치되었다가 에도라스로 이장되어 제2왕가의 여덟 번째 능에 묻혔다. 그 뒤로 새로운 왕가가 시작되었다.

제3왕가

2989년 세오드윈은 마크의 대원수인 이스트폴드의 에오문드와 결혼했다. 그녀의 아들 에오메르는 2991년에, 딸 에오윈은 2995년에 태어났다. 그 무렵 사우론이 다시 발호하면서 모르도르의 어둠이 로한땅까지 미쳤다. 오르크들이 동부 지역으로 침략하여 말들을 죽이거나 훔쳐 가기 시작했다. 안개산맥에서 다른 적들도 내려왔는데, 그중 다수가 오래전부터 수상쩍게 여긴 사루만 휘하의 거대한 우루크족이었다. 에오문드의 주된 관할구역은 동쪽 변경이었다. 그는 말을 매우 사랑하고 오르크를 증오했다. 오르크들이 침략했다는 소식이 들리면, 그는 분격한 나머지 충분히 경계하지도 않고 소수의 부하만 대동하고 맞서 싸우러 달려 나가곤 했다. 3002년 그가 전사했을 때도 그런 경우였다. 그는 적의 소부대를 에뮌 무일의 경계까지 추격하다가 바위 뒤에 매복하고 있던 대부대의 급습을 받은 것이다.

그로부터 얼마 되지 않아 세오드윈이 병에 들어 죽자 왕은 더할 나위 없는 슬픔에 잠겼다. 그는 누이의 아이들을 궁전으로 데려와 친아들딸처럼 키웠다. 그에게는 자식이 하나밖에 없었는데, 아들 세오드레드는 당시 스물네 살이었다. 왕비 엘프힐드가 출산 중에 세상을 떠난 이후 왕은 재혼하지 않았다. 에오메르와 에오윈은 에도라스에서 성장하며 세오덴의 궁정에 어두운 그림자가 덮이는 것을 보았다. 에오메르는 선조들을 닮았으나 에오윈은 가냘프고 키가 컸다. 그녀는 로한인들이 강철의 빛이라 부른 롯사르나크땅의 모르웬에게서 이어받은 남부인의 기품과 당당함을 갖추고 있었다.

2991~제4시대 63년(3084년) 에오메르 에아디그. 그는 젊은 나이에 마크의 원수가 되어(3017년) 부친이 맡던 동쪽 변경을 수비했

다. 세오드레드는 반지전쟁 때 아이센여울목에서 사루만과 싸우다 전사했다. 그래서 세오덴은 펠렌노르평원에서 죽기 전에 에오메르를 후계자로 삼아 그를 왕이라 칭했다. 바로 그날 에오윈 역시 변장을 하고 그 전투에 참가하여 명성을 얻었다. 후일 그녀는 마크에서 '방패팔의 여인'이라 불렸다.[39]

에오메르는 위대한 왕이 되었고 세오덴을 승계했을 때 아직 젊은 나이였기에 65년 동안이나 통치했다. 그것은 노왕 알도르를 제외하고는 어떤 선왕보다도 긴 재위 기간이었다. 반지전쟁에서 그는 엘렛사르 왕 및 돌 암로스의 임라힐과 깊은 우정을 맺어 자주 곤도르를 방문했다. 제3시대 마지막 해에 그는 임라힐의 딸 로시리엘과 결혼했다. 그들의 아들 가인(佳人) 앨프위네가 그 뒤를 이어 나라를 다스렸다.

에오메르 시대에 마크의 백성들은 소망하던 평화를 누렸기에 계곡과 평원 모두에서 인구가 증가했고 말의 숫자도 크게 불어났다. 곤도르는 이제 엘렛사르 왕이 다스렸는데, 그는 아르노르땅도 통치했다. 그는 로한을 제외한 과거의 모든 영토에서 왕권을 행사했다. 그는 키리온 섭정이 로한을 양여한 사실을 새로이 인정했고, 에오메르 또한 에오를의 맹세를 다시금 확인했다. 그는 때때로 그 맹세를 이행했다. 비록 사우론은 사라졌지만 그가 심어 놓은 증오와 악은 완전히 사라지지 않았으며, 백색성수가 평화롭게 자랄 때까지 서부의 왕은 아직 많은 적들을 정복해야 했다. 엘렛사르 왕이 전쟁을 치

---

39) 〔방패를 들고 있던 그녀의 팔이 마술사왕의 철퇴를 맞아 부러졌기 때문이다. 그러나 마술사왕은 그 싸움에서 결국 무(無)로 돌아갔다. 그리하여 오래전 글로르핀델이 에아르누르 왕에게 말한 대로 실현되었다. 마술사왕은 인간 남자의 손에 쓰러지지 않는다는 말이 적중한 것이다. 마크의 노래에 따르면, 에오윈은 이 무공에서 세오덴 왕의 시종에게 도움을 받았다고 하는데, 그 또한 인간이 아닌 먼 나라에서 온 반인족이었다고 한다. 에오메르는 그에게 마크의 영예와 홀드위네라는 이름을 하사했다. 「이 홀드위네가 바로 노룻골의 영주, 위대한 메리아독이다.」〕

르러 가는 곳이면 어디에나 에오메르 왕도 함께 갔다. 룬대해 너머와 남부의 먼 들판에서도 마크 기병대의 우레와 같은 함성이 울려 퍼졌고, 에오메르가 늙을 때까지 녹색 배경에 흰말이 그려진 그들의 깃발이 곳곳에서 바람에 나부꼈다.

III
두린 일족

난쟁이들의 시초에 대해서는 엘다르와 난쟁이들 자신의 입에서 나온 기이한 이야기들이 전해진다. 그러나 그 이야기들은 우리 시대로부터 까마득히 먼 옛날 일이기에 여기서는 언급되지 않는다. 두린이란 난쟁이들이 자기 종족의 일곱 선조들 중 최연장자를 일컫는 이름으로, 그는 모든 긴수염 왕들의 선조였다.[40] 그는 시간의 심연 속에서 홀로 잠들어 있다가, 그 종족이 깨어날 때가 되자 아자눌비자르로 와서 안개산맥 동편의 크헬레드자람 위의 동굴을 거처로 삼았다. 그곳이 바로 후일 노래 속에서 모리아광산으로 유명해진 곳이다.

그가 그곳에서 아주 오래 살았기에 그는 불사의 두린으로 널리 알려졌다. 그러나 결국 그도 상고대가 끝나기 전에 죽었고, 그의 무덤은 크하잣둠에 있었다. 하지만 그의 혈통은 끊어지지 않았다. 그의 가문에서 다섯 차례나 그 선조를 쏙 빼닮은 후계자가 태어나 두린이라는 이름을 받았다. 난쟁이들은 불사의 두린이 환생한 것으로 여겼다. 그들은 이 세상에서의 자신들과 자신들의 운명에 대해 많은 기이한 이야기와 믿음을 간직하고 있던 것이다.

제1시대가 끝난 후 크하잣둠의 권세와 부가 크게 늘어났다. 청색산맥의 노그로드와 벨레고스트에 있던 고대 도시들이 상고로드림의 붕괴로 폐허가 되었을 때에도, 그곳은 많은 백성과 풍부한 학식과 기예로 번성했다. 모리아의 권세는 암흑기와 사우론의 위세가 대

---

40) 『호빗』 chapter 3 참조.

단하던 시절에도 지속되었다. 에레기온이 파괴되고 모리아의 성문이 굳게 닫혔어도 크하잣둠의 궁성은 너무도 깊고 강고하였다. 그리고 백성의 수가 많고 용맹하여 사우론이 외부에서 정복할 수 없었던 것이다. 그래서 백성의 수가 감소하기 시작했을 때도 그곳의 부는 오랫동안 약탈되지 않은 채 남아 있었다.

제3시대 중반에 여섯 번째로 두린이라는 이름을 사용하는 이가 왕이 되었다. 모리아 쪽을 향한 숲에 깔린 어둠은 아직 그 정체가 드러나지 않았지만, 모르고스의 수하 사우론의 권세는 다시 강성해지고 있었다. 온갖 사악한 것들이 꿈틀대기 시작했다. 그 무렵 난쟁이들은 해가 갈수록 구하기 어려워지는, 값을 헤아릴 수 없을 만큼 귀한 금속 미스릴을 찾아 바라진바르의 땅 밑을 깊숙이 파고 있었다.[41]

그러던 중에 그들은 서부의 대군이 몰려온 이후 상고로드림에서 날아와 대지의 밑바닥에 숨어 있던 공포의 존재를 잠에서 깨우고 말았다.[42] 그것은 다름 아닌 모르고스의 발로그였다. 두린이 그것의 손에 살해되었고, 이듬해에는 그의 아들 나인 1세도 희생되었다. 그 후 모리아의 영광은 사라졌고, 그 백성들은 궤멸되거나 멀리 달아났다.

모리아에서 탈출한 난쟁이들 대부분은 북쪽으로 길을 잡았고, 나인의 아들 스라인 1세는 어둠숲 동쪽 기슭 인근의 외로운산 에레보르에 와서 새 역사를 시작하여 산아래의 왕이 되었다. 그는 에레보르에서 '산의 심장'이며 진귀한 보석인 아르켄스톤을 발견했다.[43]

---

41) BOOK2 553~554쪽 참조.

42) 또는 감옥에서 풀어 놓았다고도 할 수 있다. 아마 그것은 사우론의 악의 때문에 이미 깨어나 있었을 것이다.

43) 『호빗』 chapter 12 참조.

그러나 그의 아들 소린 1세가 북쪽 먼 곳의 회색산맥으로 터전을 옮기자, 두린의 일족 대부분이 그를 따라 모여들었다. 그 산맥은 광물이 풍부한 데다 거의 손길이 닿지 않은 상태였다. 하지만 그 너머 황무지에는 용들이 살고 있었다. 오랜 세월이 지나면서 다시 강력해지고 수가 불어난 용들은, 난쟁이들과 전쟁을 벌이고 그들의 노고 어린 재물을 약탈했다. 결국 다인 1세는 차남 프로르와 함께 자신의 궁전 문가에서 거대한 냉룡(冷龍)에게 희생되었다.

그로부터 얼마 지나지 않아 두린의 일족은 회색산맥을 버리고 떠났다. 다인의 아들 그로르는 많은 추종자들과 함께 철산으로 갔다. 그러나 다인의 후계자 스로르는 숙부 보린을 비롯해 살아남은 백성을 이끌고 에레보르로 돌아왔다. 스로르는 아르켄스톤을 스라인 왕의 대궁전으로 가져왔고, 그와 그의 백성들은 번성하여 부유해졌다. 그들은 인근의 모든 인간들과 우의를 나누었다. 그들은 경이롭고 아름다운 물건뿐만 아니라 대단히 값진 무기와 갑옷과 투구를 만들 수 있었다. 또한 그들은 철산에 자리 잡은 친족들과도 왕성하게 광석을 거래했다. 그리하여 켈두인(달리는강)과 카르넨(붉은강) 사이에 살던 북부인들이 강성해져 동방의 모든 적을 몰아내게 되었다. 난쟁이들은 풍요롭게 살았고, 에레보르의 궁전에서는 연회와 노랫가락이 끊이지 않았다.[44]

에레보르의 막대한 부에 대한 소문은 널리 퍼져 나가 용들의 귀에까지 들어가게 되었다. 마침내 당대 최고라는 황금빛 스마우그가 떨치고 일어나 불시에 스로르 왕을 덮치고 온 산을 불태웠다. 얼마 지나지 않아 모든 영토가 파괴되고 부근의 너른골도 폐허가 되어 버렸다. 스마우그는 대궁전으로 들어가 황금침대 위에 누웠다.

스로르의 친족들은 대부분 약탈과 화재에서 무사히 빠져나왔다.

---

44) 『호빗』 chapter 1 참조.

스로르와 그의 아들 스라인 2세가 비밀문을 통해 궁전에서 맨 마지막으로 나왔다. 그들은 남쪽으로 가솔을 이끌고 길고도 정처 없는 유랑길에 올랐다.[45] 그들의 친족과 충직한 추종자가 그들과 동행했다.

몇 년 후 이제 늙고 가난하며 절망에 빠진 스로르는 그때까지 간직하고 있던 유일한 보물인 일곱 반지 중 마지막 반지를 아들 스라인에게 건네주고는 나르라는 이름의 늙은이 하나만을 벗 삼아 어디론가 떠났다. 그는 헤어질 때 스라인에게 그 반지에 대해 이렇게 말했다.

"비록 하찮게 보일지 몰라도 이 반지는 언젠가 새로운 부귀의 기반이 될 것이다. 하지만 황금을 늘리려면 밑천이 될 황금이 필요한 법이지."

"아버님께서는 설마 에레보르로 돌아가시려는 건 아니겠지요?"

"내 시대에서는 그럴 수 없지. 스마우그에 대한 복수는 너와 네 아들들에게 남기겠다. 그러나 난 가난과 인간들의 조소에 넌더리가 났다. 가서 뭘 찾을 수 있을지 살펴봐야지."

그는 어디로 가는지 끝내 말하지 않았다. 어쩌면 그는 노령과 불행, 그리고 선조들이 모리아에서 누린 영화롭던 시절을 지나치게 생각하느라 정신이 좀 오락가락한 건지도 몰랐다. 아니면 주인이 잠을 깬 이때 반지가 행악에 착수하여, 그를 어리석음과 파멸의 길로 몰아간 것일 수도 있다. 그는 당시 거하고 있던 던랜드를 떠나 나르와 함께 북쪽으로 갔다. 그들은 붉은뿔 고개를 지나 아자눌비자르로 내려갔다.

스로르가 모리아에 도착해 보니 성문이 열려 있었다. 나르가 조

---

45) 그중에는 스라인 2세의 자식들인 소린(참나무방패)과 프레린, 디스가 있었다. 소린은 당시 난쟁이들의 기준으로 볼 때 어린애였다. 후에 알게 된 것이지만, 처음 생각한 것보다 더 많은 종족들이 산 밑에서 무사히 빠져나왔다. 그러나 그들 대부분은 철산으로 갔다.

심해야 한다고 간청하다시피 했지만, 그는 전혀 귀를 기울이지 않고 돌아온 후계자답게 당당하게 걸어 들어갔다. 그러나 그는 그 문을 살아서 나오지 못했다. 나르는 몇 날 며칠이고 가까운 곳에 숨어 그를 기다렸다. 어느 날 요란한 고함과 함께 나팔 소리가 울리더니 계단 아래로 시체 하나가 굴러떨어졌다. 그는 혹시 스로르가 아닐까 두려워하며 가까이 기어갔다. 그때 성문 안에서 누군가의 목소리가 들려왔다.

"어서 오너라, 이 수염쟁이야! 우린 네놈을 다 볼 수 있어. 하지만 오늘은 두려워할 것 없다. 네놈을 전령으로 쓸 테니까."

나르가 다가가 보니 그건 정말 스로르의 시체였다. 그러나 목이 잘려 얼굴이 땅을 보고 누워 있었다. 나르가 무릎을 꿇자 어둠 속에서 오르크의 웃음소리가 터져 나오고, 좀 전의 목소리가 다시 들려왔다.

"거지가 문간에서 기다리지 않고 몰래 기어들어서 훔치려 한다면 이런 꼴이 된다고. 네 족속 중 누구라도 그 더러운 수염을 여기 다시 들이민다면 똑같은 꼴을 당할 거야. 어서 가서 그렇게 일러라! 저놈의 가족이 지금 이곳의 임자가 누구인지를 알고 싶어 한다면 그놈 얼굴을 보면 된다. 내가 거기에 이름을 써 놓았어! 내가 그놈을 죽였다! 내가 이곳의 주인이야!"

나르가 잘린 머리를 돌려 보니 이마에 난쟁이들의 룬 문자로 아조그라는 낙인이 찍혀 있었다. 그 이름은 나르의 가슴에, 그리고 후에 모든 난쟁이의 가슴에 깊이 각인되었다. 나르가 몸을 굽혀 머리를 안아 들려고 하자 아조그의 목소리가 들려왔다.[46]

"그건 거기 놔두고 꺼져 버려! 네 수고비는 여기 있다, 수염 거지야."

그 소리와 함께 작은 꾸러미가 그에게 던져졌다. 그 안에는 아무

---

46) 아조그는 볼그의 아버지였다. 『호빗』 chapter 1 참조.

짝에도 쓸모없는 동전 몇 닢이 들어 있었다.

나르는 울면서 은물길강변을 달려 내려왔다. 도중에 한 번 돌아보니 오르크들이 성문에서 나와 도끼로 시체를 난도질하여 그 조각들을 시커먼 까마귀들에게 던져 주고 있었다.

나르는 스라인에게 이 이야기를 전했다. 스라인은 수염을 잡아뜯으며 울부짖더니 이윽고 잠잠해졌다. 이레 동안 그는 꼼짝 않고 앉아 아무 말도 하지 않았다. 마침내 그는 벌떡 일어나 부르짖었다.

"이건 도저히 참을 수 없는 일이다!"

이것이 난쟁이와 오르크 간의 그 길고도 무시무시한 전쟁의 시초였다. 그 전쟁은 대부분 땅 밑 깊은 곳에서 치러졌다.

스라인은 곧장 북쪽과 동쪽과 서쪽으로 전령들을 보내 그 이야기를 전했다. 그러나 난쟁이들이 군세를 결집하는 데는 3년이 걸렸다. 두린 일족은 가능한 모든 무리를 끌어모았고, 다른 선조들의 가문들에서도 대규모 부대를 보내 주었다. 자기네 종족 최연장자의 후계자가 당한 그런 치욕에 난쟁이들은 몸을 떨며 격분했다. 모든 준비가 갖추어지자 그들은 공격을 개시해 군다바드에서 창포강까지 발견된 오르크의 모든 요새들을 하나하나 파괴해 나갔다. 양쪽 모두 무자비했고, 밤낮없이 죽음과 잔혹한 행위가 벌어졌다. 그러나 결국 강한 전력과 무적의 병기, 그리고 타오르는 분노로 무장한 난쟁이들이 승리를 거두었다. 그들은 산 아래의 모든 동굴을 뒤지며 아조그를 찾았다.

마침내 난쟁이들에게 쫓긴 모든 오르크들이 모리아에 몰려들었고, 난쟁이들의 대군도 그들을 쫓아 아자눌비자르에 당도했다. 그곳은 크헬레드자람 호수에 인접한 산맥들 사이에 자리 잡은 거대한 계곡으로, 옛날에는 크하잣둠 왕국의 일부였다. 언덕 중턱에 위치한 옛 궁전의 성문을 보자 난쟁이들은 천둥 같은 함성을 질렀다. 그 소리는 계곡에 울려 퍼졌다. 그러나 엄청난 규모의 적군이 그들 머리 위의 경사지에 포진해 있었고, 아조그가 최후의 결전을 위해 아껴 둔 수많은 오르크들이 성문 밖으로 쏟아져 나왔다.

처음에는 전황이 난쟁이들에게 불리했다. 해도 없는 음침한 겨울이어서 오르크들은 주저하지 않은 데다 수적으로도 난쟁이들을 압도했고, 고지를 점하고 있었던 것이다. 이렇게 해서 아자눌비자르 전투(요정어로는 난두히리온 전투라고 한다)가 시작됐는데, 지금도 그때의 이야기가 나오면 오르크들은 몸을 떨고 난쟁이들은 흐느껴 운다. 첫 공격에 나선 스라인의 선두부대는 손실을 입고 퇴각했고, 스라인은 크헬레드자람에서 멀지 않은 거대한 숲으로 쫓겨났다. 거기서 그의 아들 프레린이 전사했고, 친척 푼딘과 많은 병사들 그리고 스라인과 소린 둘 다 부상을 당했다.[47] 다른 곳에서도 전투는 밀고 밀리며 계속되어 엄청난 사상자를 냈다. 그러던 중 마침내 철산에서 달려온 난쟁이들이 전세를 결정지었다. 전투에 막 참가해 힘이 넘치는 갑옷의 전사들은 그로르의 아들 나인의 선도하에 적진을 마구 헤집어 오르크들을 모리아의 문턱까지 몰아붙였다. 그들은 "아조그! 아조그!"를 외치며 거치적거리는 자들은 모조리 자귀로 내려쳤다.

이윽고 나인이 성문 앞에 서서 우렁찬 소리로 외쳤다.

"아조그! 안에 있거든 썩 나오너라! 계곡에서의 싸움을 보니 겁이 난단 말이냐?"

그 말에 즉시 아조그가 나타났다. 그는 머리에 엄청나게 큰 무쇠 투구를 쓴 오르크로, 몸집이 거대하면서도 민첩하고 강인했다. 그와 함께 비슷하게 생긴 다수의 호위병들이 나와 나인의 부하들과 교전

---

47) [전설에 의하면, 소린은 방패가 깨지자 내던지고 도끼로 참나무 가지를 베어 왼손에 들고 적의 공격을 막기도 하고 곤봉처럼 휘두르기도 했다고 한다. 그래서 그에게 참나무방패라는 별칭이 붙었다.]

을 벌였다. 그때 아조그가 나인에게로 몸을 돌려 이렇게 말했다.

"뭐야? 또 다른 거지가 문간에 와 있어? 네놈에게도 낙인을 찍어 줄까?"

그 말과 함께 그가 나인에게 돌진하여 격전이 벌어졌다. 그런데 나인은 분노로 반쯤 제정신이 아닌 데다가 연이은 전투로 지쳐 있던 반면, 아조그는 팔팔할 뿐 아니라 사납고 아주 교활했다. 나인은 남은 힘을 다해 크게 칼을 휘둘렀지만, 아조그는 날렵하게 옆으로 비키며 나인의 다리를 걸어찼다. 자귀는 아조그가 서 있던 바위에 부딪혀 산산조각이 났고 나인은 앞으로 비틀거렸다. 그러자 아조그가 재빨리 칼을 휘둘러 그의 목을 베었다. 나인의 목을 둘러싼 철갑이 칼날을 막아 내긴 했으나 워낙 강력한 타격이어서 나인은 목이 부러져 죽고 말았다.

그걸 보고 아조그는 통쾌한 웃음을 터뜨리며 고개를 쳐들고 승리의 우렁찬 함성을 내지르려 했다. 그러나 그 함성은 목구멍 밖으로 나오지 못했다. 자신의 전 부대가 계곡에서 패주하는 광경을 본 것이다. 난쟁이들은 산지사방으로 추격하여 닥치는 대로 내리쳤고, 간신히 살아남은 오르크들은 비명을 지르며 남쪽으로 부리나케 달아나고 있었다. 바로 곁에는 그의 호위병들이 전부 죽어 널브러져 있었다. 그는 몸을 돌려 성문을 향해 달아났다.

그 뒤를 쫓아 난쟁이 하나가 붉은 도끼를 들고 계단을 뛰어올랐다. 바로 나인의 아들 무쇠발 다인이었다. 그는 성문 바로 앞에서 아조그를 따라잡아 단칼에 그의 머리를 베어 버렸다. 실로 대단한 무훈(武勳)이었다. 다인은 난쟁이들의 기준으로 볼 때 아직 풋내기에 불과했다. 그는 그 후로 장수를 누리며 수많은 전투를 치렀다. 마침내 반지전쟁에서 노령에도 불구하고 끝까지 굴하지 않고 싸우다가 전사했다. 그런데 그는 강인하고 분기충천해 있었음에도 불구하고 성문에서 내려올 때 그의 얼굴은 엄청난 공포에 휩싸인 사람처럼 잿빛이었다고 한다.

　마침내 전투를 승리로 장식하고 살아남은 난쟁이들은 아자눌비자르에 집결했다. 그들은 아조그의 머리를 가져와 입속에 푼돈이 든 꾸러미를 처박은 다음 말뚝에 꽂았다. 그러나 그날 밤에는 어떤 연회나 노래도 없었다. 슬퍼할 수조차 없을 만큼 전사자의 수가 너무 많았던 것이다. 전하는 바에 의하면, 전군의 겨우 절반 정도가 겨우 설 수 있거나 치유의 희망이 있는 부상자였다고 한다.

　그렇지만 이튿날 아침이 밝자 스라인이 그들 앞에 나섰다. 그는 한쪽 눈이 영영 멀어 버렸고, 다리에 입은 부상으로 절뚝거렸다. 그가 말문을 열었다.

　"훌륭했어! 우린 승리했다. 크하잣둠은 우리 것이다!"

　그러나 난쟁이들은 이렇게 대답했다.

　"당신이 두린의 후계자일지는 모르나, 아무리 한쪽 눈밖에 남지 않았다 하더라도 사태를 좀 더 또렷하게 봐야 할 거요. 우리는 복수를 위해 이 전쟁을 치렀고, 결국 원수를 갚았소. 그러나 결과는 유쾌하지 못하오. 만일 이런 것이 승리라면 우린 어떻게 받아들여야 할지 난감할 따름이오."

　두린 일족이 아닌 난쟁이들도 이렇게 말했다.

　"크하잣둠은 우리 선조의 터전이 아니었소. 보물이 있으리라는 희망이 아니라면 그게 우리에게 무슨 의미가 있겠소? 이제 우리가 아무런 보상이나 대가도 없이 떠나야 한다면, 되도록 빨리 우리 땅으로 돌아가는 것이 좋을 것 같소."

　그러자 스라인이 다인을 보고 말했다.

　"설마 친족인 자네마저 날 저버리진 않겠지?"

　"그럼요. 당신은 우리 일족의 큰 어른이시고, 우리는 당신을 위해 피를 흘렸으며 앞으로도 그럴 것입니다. 그러나 우린 크하잣둠에 들어가지 않겠습니다. 당신도 들어가서는 안 됩니다. 성문 안으로 어둠만이 보일 뿐입니다. 오직 저만이 문 너머의 어둠을 보았습니다. 그 어둠 너머에서 아직도 당신을 기다리고 있는 게 있습니다. 바로 두린의 재앙입니다. 세상이 바뀌고 우리가 아닌 다른 힘이 나와야만 비로소 두린 일족이 다시 모리아를 거닐 수 있을 겁니다."

이렇게 해서 난쟁이들은 아자눌비자르에서 다시 흩어졌다. 그러나 떠나기 전에 그들은 고된 작업이지만 오르크들이 와서 가져가지 못하도록 전사자들의 많은 무기와 갑옷을 회수했다. 그 전쟁터에서 돌아온 모든 난쟁이는 무거운 짐으로 허리가 휠 정도였다고 한다. 그다음 그들은 곳곳에 장작을 쌓아 동지들의 시신을 화장했다. 그 때문에 계곡에 있던 나무를 무수히 베어 그 후로도 오랫동안 그 숲은 헐벗은 채로 남아 있었다. 시신을 태우는 연기는 저 멀리 로리엔에서도 보일 정도였다.[48]

무시무시한 불길이 사그라들어 잿더미만 남자 동맹군은 제각기 자신의 나라로 돌아갔다. 무쇠발 다인은 부친의 일족을 이끌고 철산으로 돌아갔다. 그때 아조그의 머리가 꽂힌 거대한 말뚝 곁에 서 있던 스라인이 참나무방패 소린에게 말했다.

"이 머리통 하나를 얻고자 값비싼 대가를 치렀다고 생각하는 자들도 있을 것이야! 적어도 우린 이것 때문에 왕국을 내던진 셈이니까. 너는 나와 함께 대장간으로 돌아가겠느냐, 아니면 부잣집 문간에서 빵을 구걸하겠느냐?"

---

48) 〔죽은 이들을 이런 식으로 처리한 것에 대해 난쟁이들은 비통해했을 것이다. 화장은 그들의 장례 방식이 아니었다. 그러나 그들의 관습에 따라 무덤을 만들었다면(그들은 시신을 땅에 묻지 않고 돌집을 세워 안치한다) 여러 해가 걸렸을 것이다. 따라서 그들은 동족의 시신을 야수나 새 또는 썩은 고기를 먹는 오르크의 먹이가 되도록 방치하느니 차라리 화장하기로 했던 것이다. 하지만 아자눌비자르에서 전사한 자들은 영예롭게 기억되어 오늘날까지도 난쟁이들은 그런 자신의 선조를 두고 '화장되신 분'이라고 자랑스럽게 말하곤 한다. 그 한 마디로 족한 것이다.〕

"대장간으로 가겠습니다. 연장을 만드느라 망치를 두드리다 보면 팔뚝이라도 튼튼해질 테고, 그러면 다시 더 날카로운 연장을 휘두를 수 있겠지요."

스라인과 소린은 살아남은 추종자들(그중에는 발린과 글로인이 있었다)을 데리고 던랜드로 돌아갔다. 그들은 얼마 후 그곳을 떠나 에리아도르를 방랑하던 중 드디어 룬강 건너편 에레드 루인의 동쪽에 망명 왕국을 세웠다. 당시 그들이 벼려 낸 광물은 대부분 철이었으나 그럭저럭 번성했고, 인구도 조금씩 불어났다.[49] 그러나 스로르가 말한 대로 반지가 황금을 늘리려면 먼저 황금이 필요했다. 그렇지만 그들에게는 황금은커녕 다른 귀금속도 거의 없었다.

여기서 이 반지에 대해 밝혀 두어야 할 것이 몇 가지 있다. 두린 일족의 난쟁이들은 그것이 일곱 반지 가운데서 맨 처음 벼려진 것이라 믿었다. 또한 그들은 사우론이 아니라 보석세공요정들이 그것을 크하잣둠의 왕 두린 3세에게 준 것이라고 말한다. 일곱 반지 모두를 벼리는 데 사우론이 한몫을 했으므로, 그 반지에도 분명 사우론의 사악한 힘이 들어 있었다. 그러나 그 반지를 가진 자가 그것을 드러내 보이거나 그것에 대해 말하는 법이 없었고, 죽음이 임박하기 전에는 누구에게 넘겨주는 법도 좀체 없었기에, 다른 이들은 그것이 누구에게 증여되었는지 확실히 알지 못했다. 만일 발견되어 약탈되지 않았다면 크하잣둠의 비밀스러운 왕릉에 그대로 남아 있으리라고 생각하는 이들도 있었다. 두린 후계자의 친족들 중에는 스로르가 경솔하게 크하잣둠으로 돌아갔을 때 반지를 꼈다고 믿었는데, 그것은 사실이 아니었다. 그다음에 반지가 어떻게 되었는지는 아무도 알

---

49) 그들에게는 여자가 아주 적었다. 스라인의 딸 디스도 거기 있었는데, 그녀는 에레드 루인에서 필리와 킬리를 낳았다. 소린에게는 아내가 없었다.

지 못했다. 아조그의 몸에서는 반지가 나오지 않은 것이다.[50]

그럼에도 불구하고 난쟁이들이 오늘날 믿고 있는 것처럼 사우론이 술수를 부려 소재가 파악되지 않던 이 마지막 반지를 누가 갖고 있는지 알아냈으며, 두린의 후계자들에게 닥친 불행도 주로 사우론이 품은 앙심 때문이었을 수 있다. 난쟁이들은 반지라는 수단을 통해서도 길들여지지 않은 것이다. 반지가 난쟁이들에게 발휘하는 유일한 힘은 그들의 가슴에 황금과 귀금속에 대한 탐욕을 불러일으켰다는 것뿐이다. 그래서 만일 그들에게 그런 것들이 없으면 다른 모든 유익한 것들이 무익하게 보이고, 그것들을 빼앗아 간 모든 자들에 대한 분노와 복수심이 가슴에 꽉 차도록 만들었다. 그러나 그들은 천성적으로 어떠한 압제에도 아주 완강하게 저항하도록 창조된 종족이었다. 비록 난쟁이들을 살해하거나 패배시킬 수는 있어도, 다른 의지에 굴복하는 그림자들로 만들 수는 없었다. 같은 이유로 그들의 생명은 어떤 반지에 의해서도 영향을 받지 않았다. 그것 때문에 수명이 연장되거나 단축되는 일이 없었던 것이다. 그렇기에 사우론은 더더욱 반지 소유자들을 증오하고 그들에게서 반지를 빼앗고 싶어했다.

그러므로 몇 년 후에 스라인이 안절부절못하고 불만에 싸이게 된 것은 부분적으로 반지의 악의 때문이라 할 수 있을 것이다. 그의 가슴속에는 내내 황금에 대한 갈망이 자리하고 있었다. 마침내 더 이상 갈망을 견딜 수 없게 되자 그는 에레보르로 돌아가기로 결심했다. 그는 소린에게 자신의 심중을 전혀 알리지 않고, 발린과 드왈린을 비롯하여 몇몇 난쟁이들을 데리고 작별 인사를 하고 떠났다.

그 후 그가 어떻게 되었는가에 대해서는 거의 알려진 바가 없다.

---

50) BOOK2 474쪽 참조.

이제야 추정컨대 그가 몇몇 동료들과 길을 떠나자마자 사우론의 밀사들에게 쫓긴 것 같다. 늑대들의 추격을 받고 오르크들에게 습격당하고 기분 나쁜 새들이 앞길에 그림자를 드리웠을 것이다. 그리고 북으로 가려고 애쓸수록 더 많은 불행이 그를 가로막았을 것이다. 그와 동료들이 안두인대하 너머의 땅에서 방황하고 있을 때 어두운 밤이 닥쳤고, 그들은 검은 비에 쫓겨 어둠숲의 처마 밑으로 몸을 피했다. 아침이 됐을 때 야영지에서 스라인이 없어졌다. 동료들이 찾아 보았지만 허사였다. 그들은 몇 날 며칠을 찾다가 결국 포기하고 그곳을 떠나 소린에게 돌아왔다. 오랜 뒤에야 스라인이 생포되어 돌굴두르의 구덩이로 끌려갔다는 사실이 알려졌다. 그는 그곳에서 고문 끝에 반지를 빼앗기고 목숨을 잃고 말았다.

이렇게 하여 참나무방패 소린이 두린의 후계자가 되었지만, 그에겐 아무 희망도 없었다. 스라인이 실종되었을 때 소린은 아흔다섯으로 위풍당당한 위대한 난쟁이였다. 그럼에도 그는 에리아도르에 머무는 데 만족한 듯 보였다. 그는 그곳에서 오랫동안 힘들여 일하고 교역을 해서 웬만큼 부를 이루었다. 그가 서쪽에 터전을 마련했다는 소식을 듣고 방랑하던 두린 일족이 찾아와 백성의 수도 크게 늘었다. 이제 그들은 산중에 아름다운 집을 짓고 많은 재화를 모았다. 그들의 삶은 그리 고달파 보이지 않았지만, 그들은 노래 속에서 내내 저 멀리 있는 외로운산을 그리워했다.

세월이 많이 흘렀다. 자기 가문에 가해진 행악들과 과업으로 물려받은 용에 대한 복수를 곰곰이 생각하면서 소린의 가슴에 묻혀 있던 불씨가 다시 뜨겁게 달아오르기 시작했다. 그는 대장간에서 커다란 망치를 두드리면서 무기와 군대와 동맹에 대해 생각했다. 그러나 군대는 흩어져 버렸고, 동맹은 깨졌으며, 백성들의 무기도 얼마 되지 않았다. 모루 위에 벌겋게 단 쇠를 내려치는 그의 가슴속에는 아무 희망도 없는 거대한 분노가 이글거렸다.

그러다 두린 가문의 모든 운명을 바꾸어 놓을 뿐만 아니라 더욱 중대한 결과를 초래한 사건이 우연히 벌어졌다. 그것은 바로 간달프와 소린의 만남이었다. 언젠가[51] 소린은 여행을 떠났다가 서쪽으로 돌아오던 중 브리에서 하룻밤을 묵게 되었다. 그곳에는 간달프도 있었다. 간달프는 거의 스무 해 동안이나 찾지 못한 샤이어로 가는 길이었다. 그는 지쳤기에 거기서 잠시 휴식을 취할 생각이었다.

많은 근심거리 가운데서도 그는 북방의 위태로운 형세가 걱정이었다. 그는 사우론이 전쟁을 획책하고 있으며, 힘을 충분히 모았다고 생각하면 즉시 깊은골을 공격할 것이라는 사실을 이미 알고 있었기 때문이다. 그런데 앙마르의 땅과 산맥의 북쪽 고개들을 되찾으려는 동부의 시도를 저지할 수 있는 것은 이제 철산의 난쟁이들뿐이었다. 그리고 철산 너머에는 용이 사는 황무지가 있었다. 사우론은 용을 무시무시한 용도로 쓸 수 있을 것이었다. 그렇다면 스마우그를 어떻게 처치할 수 있을 것인가?

마침 간달프가 자리에 앉아 이 일을 궁리하고 있을 때 소린이 그의 앞에 다가와 이렇게 말했다.

"간달프 선생, 척 보고도 당신인 것을 알겠소. 이렇게 당신과 이야기를 나누게 되어 정말 반갑구려. 이상하게도 당신을 꼭 만나야 할 것처럼 요즘 들어 당신 생각이 자주 났소. 사실 당신이 어디 계신지만 알았더라면 벌써 당신을 찾아갔을 것이요."

간달프는 놀란 눈길로 그를 쳐다보았다.

"이것 참 이상한 일이오, 참나무방패 소린. 나 역시 당신을 생각했으니 말이오. 지금 난 샤이어로 가는 길이지만, 그 길이 또한 당신의 궁전으로 통한다는 것도 염두에 두고 있었소."

"궁전이라고 부르고 싶다면 그러시지요. 망명지의 누추한 처소에

---

51) 2941년 3월 15일.

불과하지만 말이오. 그렇지만 당신이 오신다면 크게 반길 것이오. 사람들이 말하기를 당신은 현자이시고 세상 일에 대해 어느 누구보다 많은 것을 알고 계신다니 말이오. 난 생각하는 것이 많아서 당신의 조언을 꼭 듣고 싶소이다."

"찾아가겠소. 짐작건대 우린 적어도 한 가지 고민을 공유하고 있으니까 말이오. 에레보르의 용이 늘 마음에 걸린다오. 내 생각인데 스로르의 손자도 그 용을 잊을 순 없을 거요."

그 만남의 성과에 대해서는 다른 곳에 기술되어 있다. 즉 간달프가 소린을 돕기 위해 세운 이상한 계획과, 소린과 그 동지들이 샤이어로부터 예측치 못한 위대한 결과를 낳은 외로운산으로의 원정에 나서게 된 사연은 다른 곳에서 알 수 있다. 여기서는 단지 두린 일족과 직접 관련된 일만 되새겨 본다.

용은 에스가로스의 바르드에 의해 처치되었지만, 너른골에서는 전투가 벌어졌다. 난쟁이들이 돌아왔다는 소식을 듣자마자 오르크들이 에레보르를 습격한 것이다. 그들의 지휘자는 볼그였는데, 그는 다인이 젊은 시절에 쓰러뜨린 아조그의 아들이었다. 그 첫 너른골 전투에서 참나무방패 소린은 치명상을 입고 전사했다. 그는 가슴에 아르켄스톤을 올려놓은 채 산 아래 무덤에 안치되었다. 그의 조카 필리와 킬리도 그 전투에서 쓰러졌다. 그러나 그의 또 다른 조카로서 소린을 돕고자 철산에서 온 정당한 후계자 중 하나인 무쇠발 다인이 다인 2세로 즉위하여 산아래 왕국은 재건되었다. 그것은 간달프가 원하던 바였다. 다인은 위대하고 현명한 왕이어서 난쟁이들은 그의 시대에 다시 번성을 누리고 강성해졌다.

그해(2941년) 늦여름 간달프가 마침내 사루만과 백색회의를 납득시켜 돌 굴두르를 공격토록 하자, 사우론은 퇴각하여 모든 적들로부터 안전하리라고 생각한 모르도르로 갔다. 이렇게 하여 드디어 전쟁이 시작되자 공격은 남쪽으로 집중되었다. 그렇다 하더라도 만일 다인 왕과 브란드 왕이 진로를 막지 않았더라면, 사우론은 오른팔을 길게 뻗어 북방에 크나큰 해악을 끼쳤을 것이다. 훗날 미나스 티리스에 한동안 함께 머물면서 간달프가 프로도와 김리에게 말했듯이 말이다. 그것은 먼 곳의 소식이 곤도르에 당도한 지 얼마 되지 않았을 때였다.

"난 소린의 죽음이 무척 가슴 아팠다네. 그런데 이제 우리가 여기서 싸우고 있는 사이에 너른골에서도 다시 전투가 벌어져 다인이 쓰러졌다는 소식을 듣게 되는군. 그건 정말 막대한 손실이야. 그런 노령에도 어둠이 닥칠 때까지 여전히 에레보르의 성문 앞에서 브란드 왕의 시신을 지키고 선 채 그처럼 힘차게 도끼를 휘두를 수 있었으니 말이야.

하지만 사태는 전혀 다르게 그리고 훨씬 나쁘게 진전될 수도 있었어. 펠렌노르평원의 대전투를 생각할 때 너른골에서의 전투와 용맹한 두린 일족을 잊어선 안 돼. 그들이 없었다면 일이 어떻게 됐을지 생각해 보라고. 용의 화염과 에리아도르 야만인들의 칼날들, 깊은 골의 밤을 말이야. 그랬더라면 곤도르에 왕비도 없었을 거야. 우린 지금 여기서 승리를 거두긴 했지만 돌아갈 곳은 폐허와 잿더미밖에 없을 것이고 말이야. 그러나 실제론 그런 사태를 면했지. 내가 어느 봄날 브리에서 참나무방패 소린을 만났기 때문이지. 그건 가운데땅에서 흔히 말하듯 우연한 만남이었다네."

디스는 스라인 2세의 딸이었다. 그녀는 여기에서 기술되는 역사에 거명되는 유일한 여자 난쟁이다. 김리의 말에 따르면 여자 난쟁이는 수가 아주 적어서 아마 전 인구의 3분의 1밖에 되지 않을 것이라 한다. 그들은 아주 급한 용무가 아니면 좀체 밖으로 나가지 않는다. 그들은 목소리와 용모, 그리고 여행을 떠나야 할 경우에는 옷차림까지 남자들과 너무나 흡사하기에 다른 종족들의 눈과 귀로는 남녀를 구별할 수가 없다. 이 때문에 인간들 사이에서는 여자 난쟁이는 없으며 '난쟁이는 돌에서 태어난다'라는 바보 같은 생각도 나돈다.

난쟁이들의 인구가 더디게 증가하며, 안정된 거처가 없을 때는 멸족의 위기에 처하기도 하는 것은 이처럼 여자의 수가 적기 때문이다. 난쟁이들은 평생 한 명의 아내나 남편만을 취하는데, 다른 모든 일에서와 마찬가지로 이 일에서도 질투심이 많다. 실제로 결혼하는 남자의 수는 전체의 3분의 1이 채 안 된다. 또한 모든 여자가 남편을 취하는 것도 아니다. 그중에는 아예 남편을 원치 않는 여자도 있고, 얻을 수 없는 남자를 남편으로 취하고 싶어 해서 다른 남자들은 원치 않는 여자도 있다. 남자들의 경우에도 아주 많은 수가 기예에 푹 빠져 결혼을 원치 않는다.

글로인의 아들 김리는 반지와 함께 길을 떠난 아홉 원정대원의 일원으로 유명한데, 그는 반지전쟁 내내 엘렛사르 왕의 무리와 함께 있었다. 그는 스란두일 왕의 아들 레골라스와 나눈 깊은 우정과 갈라드리엘 귀부인에 대한 존경 때문에 요정의 친구라고 불렸다.

사우론의 몰락 후 김리는 에레보르의 난쟁이들 일부를 남쪽으로 데리고 가서 찬란한 동굴의 영주가 되었다. 그와 그의 백성들은 곤도르와 로한에서 위업을 이루었다. 그들은 마술사왕이 파괴해 버린 미나스 티리스의 성문을 미스릴과 강철로 다시 주조한 것이다. 그의 친구인 레골라스 역시 초록숲에서 요정들을 데리고 남하하여 이실리엔에 정착했다. 덕분에 그곳은 서부의 모든 숲 가운데서 가장 아름다운 곳이 되었다.

그러나 엘렛사르 왕이 세상을 뜨자 레골라스는 마침내 마음속의 염원을 좇아 대해 너머로 항해했다.

이제 '붉은책'의 마지막 기록들 중 하나가 이어진다.

전해지는 바에 의하면, 레골라스가 글로인의 아들 김리를 그 항해에 동반한 것은 일찍이 난쟁이와 요정 사이에 맺어진 바 있는 그 어떤 우정보다도 더 두터운 우정 때문이었다고 한다. 만일 이것이 사실이라면 정녕 기이한 일이다. 난쟁이가 어떤 사랑 때문에 기꺼이 가운데땅을 떠나려고 한다거나, 엘다르가 그런 그를 받아들인다거나, 또는 서녘의 군주들이 그것을 허락한다는 것이 모두 쉽게 납득이 되지 않기 때문이다. 그러나 혹자는 김리는 아름다운 갈라드리엘을 다시 보고자 떠난 것이라고 한다. 따라서 엘다르 중에서도 영향력이 큰 갈라드리엘이 그를 위해 이런 은총을 얻어 준 것일 수도 있다. 이 일에 대해서는 더 이상 알려진 바가 없다.

글로인의 아들 김리가 엘렛사르 왕에게 설명한
에레보르 난쟁이 왕들의 가계

*불사의 두린
(제1시대)

*두린 6세
1731-1980†

*나인 1세
1832-1981†

*스라인 1세
1934-2190

*소린 1세
2035-2289

*글로인
2136-2385

*오인
2238-2488

*나인 2세
2338-2585

*다인 1세 2440-2589†　　　보린 2450-2711

*스로르 2542-2790†　프로르 2552-2589†　그로르 2563-2805　　파린 2560-2803

*스라인 2세 2644-2850†　　　나인 2665-2799†　푼딘 2662-2799†　그로인 2671-2923

*소린 2세 참나무방패 2746-2941†　프레린 2751-2799†　디스 2760　　*다인 2세 무쇠발 2767-3019†　발린 2763-2994†　드왈린 2772-3112　오인 2774-2994†　글로인 2783-F.A.15

필리 2859-2941†　킬리 2864-2941†

*소린 3세 돌투구 2866
:

김리 요정의 친구 2879-3141 F.A.120

(두린 7세 마지막 왕)

망명 중이든 아니든 두린 일족의 왕으로 간주된 이들의 이름에는 *표시가 되어 있다. 에레보르로의 여행에 나선 참나무방패 소린의 다른 동료들 가운데 오리와 노리와 도리 역시 두린 가계의 일원이었다. 소린과는 거리가 더 먼 친척들이었던 비푸르, 보푸르, 봄부르는 모리아 난쟁이들의 후손들이지만, 두린 가계에 속하지는 않았다. †표시에 대해서는 해설 A의 첫머리 설명을 참조하라.

연표

1999	에레보르 창건
2589	다인 1세, 용에게 살해됨.
2590	에레보르로 귀환
2770	스마우그의 에레보르 약탈
2790	스로르, 아조그에게 살해됨
2790~2793	난쟁이족 대집결
2793~2799	난쟁이족과 오르크족의 전쟁
2799	난두히리온 전투
2841	스라인, 유랑길에 오름
2850	스라인의 죽음과 반지 실종
2941	다섯군대 전투와 소린 2세의 죽음
2989	발린, 모리아로 가다

B. 연대기(서부의 연표)

제1시대는 발리노르의 대군이 상고로드림을 파괴하고[52] 모르고스를 타도한 대전투와 더불어 끝났다. 그리고 놀도르 요정 대부분은 먼 서녘으로 돌아와[53] 발리노르가 눈에 보이는 에렛세아에 터를 잡았으며, 다수의 신다르 요정도 대해를 건넜다.

제2시대는 모르고스의 수하인 사우론을 처음으로 격파하고 절대반지를 탈취하면서 끝났다.

제3시대는 반지전쟁으로 막을 내렸다. 그러나 제4시대는 엘론드가 떠나고 가운데땅에서 인간들의 지배가 시작되고 '말하는 민족들'은 쇠퇴하면서 비로소 시작된 것으로 간주된다.[54]

제4시대에 이전의 시대들은 흔히 상고대라 불렸지만, 본래 이 명칭은 모르고스 축출 이전의 시기만 가리켰다. 그 시대의 이야기는 여기에 기록되어 있지 않다.

---

52) BOOK2 429쪽 참조.
53) BOOK3 338~339쪽 참조.
54) BOOK6 394쪽 참조.

제2시대

이 시대는 가운데땅의 인간들에게는 암흑의 세월이었으나 누메노르에게는 영광의 시대였다. 이 시대에 가운데땅에서 일어난 사건들에 대해서는 기록이 미미하고 간략한 데다 일시도 불분명하다.

　이 시대 초기에는 여전히 많은 높은요정들이 남아 있었다. 이들 대부분은 에레드 루인 서쪽의 린돈에 거주했다. 그러나 바랏두르가 건설되기 전에 다수의 신다르가 동쪽으로 이동했고 일부는 멀리 떨어진, 숲요정들이 사는 삼림에 터전을 잡았다. 초록큰숲 북방의 스란두일 왕도 그중 하나였다. 룬만 북쪽 린돈에는 망명한 놀도르 열왕의 마지막 후계자인 길갈라드가 거했다. 그는 서부요정들의 대왕으로 인정받는 인물이었다. 룬만 남쪽 린돈에는 싱골의 친족 켈레보른이 한동안 자리 잡았다. 그의 아내가 요정 여인들 가운데 가장 위대한 갈라드리엘이었다. 그녀는 한때 나르고스론드의 왕이었던 핀로드 펠라군드의 누이였는데, 그는 인간의 친구로서 바라히르의 아들 베렌을 구하기 위해 목숨을 바쳤다.

후일 놀도르의 일부는 안개산맥 서편, 모리아 서문에 인접한 에레기온으로 갔다. 그들이 거기로 이주한 것은 모리아에서 미스릴이 발견되었다는 것을 알았기 때문이다.[55] 놀도르는 뛰어난 장인(匠人)들로 신다르보다는 난쟁이들에게 우호적이었다. 그럼에도 불구하고 두린 일족과 에레기온의 보석세공 요정들 사이에 자라난 우정은 두 종족 간의 역사에서 전대미문의 것이었다. 켈레브림보르가 에레기온의 영주이자 가장 위대한 장인이었다. 그는 페아노르의 후손이었다.

---

55) BOOK2 553~554쪽 참조.

연표

1년	회색항구와 린돈의 창건.
32년	에다인, 누메노르에 도착하다.
40년경	많은 난쟁이들이 에레드 루인의 옛 도시들을 떠나 모리아로 이주하고 인구가 불어나다.
442년	엘로스 타르미냐투르가 죽다.
500년경	가운데땅에서 사우론이 다시 준동하기 시작하다.
521년	누메노르에서 실마리엔 탄생.
600년	누메노르인들의 배가 처음으로 연안에 나타나다.
750년	놀도르, 에레기온을 창건하다.
1000년경	누메노르인들의 증대하는 세력에 놀란 사우론이 자신의 요새를 만들 곳으로 모르도르를 택하고 바랏두르를 건설하기 시작하다.
1075년	타르앙칼리메, 누메노르 최초의 통치 여왕으로 등극하다.
1200년	사우론이 엘다르 요정들을 유혹하려고 하나 길갈라드는 그와 거래하기를 거부하다.
	에레기온의 대장장이들이 그의 유혹에 넘어가다.
	누메노르인들, 영구적인 항구를 건설하기 시작하다.
1500년경	사우론의 가르침을 받은 보석세공요정들의 기예가 최고조에 달해 힘의 반지들을 주조하기 시작하다.
1590년경	에레기온에서 세 반지가 완성되다.
1600년경	사우론이 오로드루인에서 절대반지를 주조하고 다른 한편으로 바랏두르를 완성하다.
	켈레브림보르, 사우론의 계략을 간파하다.
1693년	요정들과 사우론이 전쟁이 시작되다.
	세 반지는 숨겨지다.
1695년	사우론의 군대가 에리아도르를 침공하다.

길갈라드가 엘론드를 에레기온으로 파견하다.

1697년 에레기온이 황폐화되다. 켈레브림보르 사망. 모리아의 성문이 닫히다.

엘론드가 생존한 놀도르를 이끌고 임라드리스에 피난처를 건설하다.

1699년 사우론이 에리아도르를 장악하다.

1700년 타르미나스티르가 누메노르에서 린돈으로 대규모 함대를 파견하다.

사우론, 패배하다.

1701년 사우론, 에리아도르에서 축출되다. 서부에 오랫동안 평화가 깃들다.

1800년경 이 무렵부터 누메노르인들이 해안의 지배권을 장악하기 시작하다.

사우론, 동쪽으로 세력을 확장하다.

누메노르에 어둠이 덮이다.

2251년 타르아타나미르의 사망. 타르앙칼림몬이 왕홀을 승계받다.

누메노르인들 사이에 모반과 분열이 시작되다.

이 무렵 아홉 반지의 노예인 나즈굴 또는 반지악령들이 처음으로 모습을 드러내다.

2280년 움바르, 누메노르의 강력한 요새로 화하다.

2350년 펠라르기르가 건설되어 충직한 누메노르인들의 주요 항구가 되다.

2899년 아르아두나코르가 왕홀을 계승하다.

3175년 타르팔란티르의 회한. 누메노르에 내전이 발발하다.

3255년 황금왕 아르파라존의 즉위.

3261년 아르파라존, 항해하여 움바르에 상륙하다.

3262년 사우론, 포로가 되어 누메노르에 끌려오다.

3262년에서 3310년 사이에 사우론이 왕을 유혹하고 누메노르인들을 타락시키다.

3310년 아르파라존, 대군 양성을 시작하다.

3319년 아르파라존, 발리노르를 공격하다.

누메노르의 멸망. 엘렌딜과 그의 아들들이 탈출하다.

3320년 망명 왕국 아르노르와 곤도르의 창건.

팔란티르 돌들이 분산되다(BOOK3 339~340쪽).

사우론, 모르도르로 돌아오다.

3429년 사우론, 곤도르를 공격하여 미나스 이실을 점령하고 백색성수를 불태우다.

이실두르, 안두인대하를 타고 탈출하여 북방의 엘렌딜에게로 가다.

아나리온, 미나스 아노르와 오스길리아스를 지켜 내다.

3430년 요정들과 인간들의 최후의 동맹이 맺어지다.

3431년 길갈라드와 엘렌딜이 임라드리스로 동진하다.

3434년 동맹군, 안개산맥을 넘다.

다고를라드 전투와 사우론의 패배.

바랏두르 공성(攻城)이 시작되다.

3440년 아나리온의 피살.

3441년 엘렌딜과 길갈라드가 사우론을 타도하나 그들은 사우론의 손에 죽다.

이실두르, 절대반지를 탈취하다.

사우론은 사라지고 반지악령들은 어둠 속에 묻히다.

이로써 제2시대가 끝나다.

제3시대

이 시대는 엘다르가 점점 쇠미해지는 시기였다. 사우론이 잠들고 절대반지가 실종된 사이에 그들은 세 반지를 활용하며 오랫동안 평화를 누렸다. 그러나 그들은 과거의 기억 속에 잠긴 채 어떤 새로운 일도 시도하지 않았다. 난쟁이들은 자신들의 보고(寶庫)를 지키며 깊은 곳에 은거했다. 그러나 악이 다시 준동하기 시작하고 용들이 다시 나타나자, 난쟁이들은 고래의 보물을 하나하나 약탈당하고는 방랑족이 되었다. 모리아는 오랫동안 안전했으나 백성은 나날이 수가 줄어들어 많은 대저택이 어둡고 텅 비어 버렸다. 누메노르인들의 지혜와 긴 수명도 범상한 인간들과 섞이게 되면서 이울어갔다.

거의 천 년의 세월이 지나고 초록큰숲에 첫 어둠이 드리웠을 때 이스타리 또는 마법사들이 가운데땅에 나타났다. 후에 알려지기로는 그들은 사우론의 힘을 견제하고 그에게 저항하려는 모든 세력을 규합하도록 먼 서녘에서 파견된 사자(使者)들이었다고 한다. 그러나 그들은 사우론의 힘에 힘으로 맞서거나 강제와 위협으로 요정들과 인간들을 지배하는 것은 금지되어 있었다.

따라서 그들은 인간의 형체를 띠고 왔다. 하지만 그들은 결코 젊지 않고 아주 천천히 늙어 가며 정신과 육체적으로 많은 권능을 지니고 있었다. 그들이 본명을 밝히는 경우는 아주 드물었으며[56] 그냥 다른 이들이 붙여 준 이름을 썼다. 이 집단(모두 다섯 명으로 이루어졌다고 한다)에서 가장 서열이 높은 두 마법사를 엘다르 요정들은 '장인(匠人)' 쿠루니르와 '회색 순례자' 미스란디르라 불렀지만 북부인들은 이들을 각각 사루만과 간달프라 불렀다. 쿠루니르는 자주 동쪽으로 여행했지만 결국에는 아이센가드에 자리를 잡았다. 미스

---

56) BOOK4 467쪽 참조.

란디르는 엘다르와 깊은 친분을 맺고 주로 서부를 방랑할 뿐 결코 영구적인 거처를 마련하지는 않았다.

　제3시대를 통틀어 세 반지의 소재는 오직 그 소지자들만 알고 있었다. 그러나 결국 세 명의 가장 위대한 요정, 즉 길갈라드, 갈라드리엘과 키르단이 처음 세 반지를 소지했다는 것이 알려졌다. 길갈라드는 죽기 전에 반지를 엘론드에게 주었다. 키르단은 후에 자신의 반지를 미스란디르에게 넘겨주었다. 키르단은 가운데땅의 어느 누구보다도 더 멀고 깊게 사태를 내다보았던 것이다. 그가 어디에서 왔으며 어디로 돌아갈지 아는 키르단은 회색항구에서 미스란디르를 반가이 맞이했다.

　"이 반지를 받으십시오. 그대는 이제 버거운 노고를 치러야 할 테니 말입니다. 이 반지가 그대가 떠맡은 어려움에 도움을 줄 것입니다. 이 반지는 불의 반지이니, 이 반지를 통해 그대가 세상의 싸늘하게 식은 마음에 다시 불을 지필 수 있을지도 모릅니다. 하지만 제 마음은 대해와 함께 있습니다. 그러니 저는 마지막 배가 떠날 때까지 이 회색 해안에 머물 것입니다. 그대를 기다리겠습니다."

연표

2년	이실두르, 미나스 아노르에 백색성수 묘목을 심고 메넬딜에게 남왕국을 넘겨 주다.
	창포벌판의 참화. 이실두르와 그의 장남, 차남, 삼남이 살해되다.
3년	오흐타르가 나르실의 조각을 임라드리스로 가져오다.
10년	발란딜이 아르노르의 왕이 되다.
109년	엘론드가 켈레보른의 딸 켈레브리안과 결혼하다.
130년	엘론드의 아들 엘라단과 엘로히르 탄생.
241년	아르웬 운도미엘 탄생.

420년	오스토헤르 왕이 미나스 아노르를 재건하다.
490년	동부인의 최초 침공.
500년	로멘다킬 1세, 동부인을 격파하다.
541년	로멘다킬의 전사.
830년	팔라스투르가 곤도르의 선박왕 시대를 열다.
861년	에아렌두르의 죽음과 아르노르의 분열.
933년	에아르닐 1세, 움바르를 점령하여 곤도르의 요새로 삼다.
936년	에아르닐, 바다에서 실종되다.
1015년	키랸딜 왕이 움바르 공성에서 전사하다.
1050년	햐르멘다킬, 하라드를 정복하다.
	곤도르가 전성기에 달하다. 이 무렵 초록숲에 어둠이 덮여 사람들이 그곳을 어둠숲이라 부르기 시작하다.
	에리아도르에 털발 혈통이 도래하면서 페리안나스(호빗)가 처음 기록에 언급되다.
1100년경	현자들(이스타리와 유력 엘다르), 사악한 세력이 돌 굴두르에 요새를 만들었음을 알다. 나즈굴 중 하나의 소행으로 추정되다.
1149년	아타나타르 알카린의 통치가 시작되다.
1150년경	하얀금발 혈통, 에리아도르에 들어가다.
	풍채 혈통, 붉은뿔 고개를 넘어 두물머리 또는 던랜드로 이주하다.
1300년경	사악한 세력이 다시 증식하기 시작하다.
	수가 불어난 안개산맥의 오르크들이 난쟁이들을 공격하다.
	나즈굴이 다시 나타나다.
	나즈굴의 우두머리가 북쪽 앙마르로 가다.
	페리안나스는 서부로 이동하고 그중 다수가 브리에 정착하다.
1356년	아르겔레브 1세, 루다우르와의 전투에서 전사하다.
	이 무렵 풍채 혈통은 두물머리를 떠나고 일부는 야생지대로 돌아가다.
1409년	앙마르의 마술사왕, 아르노르를 침공하다.

아르벨레그 1세, 전사하다.

포르노스트와 튀른 고르사드는 방어되다. 아몬 술의 탑이 붕괴되다.

1432년 곤도르의 발라카르 왕이 서거하면서 친족분쟁이 시작되다.

1437년 오스길리아스가 불타고 팔란티르가 실종되다.

엘다카르가 로바니온으로 달아나고 그의 아들 오르넨딜이 살해되다.

1447년 엘다카르가 귀환해 찬탈자 카스타미르를 축출하다.

에루이여울목 전투가 벌어지다. 펠라르기르 공성.

1448년 반란군이 탈주하여 움바르를 강탈하다.

1540년 알다미르 왕이 하라드인 및 움바르 해적들과의 전쟁에서 전사하다.

1551년 햐르멘다킬 2세, 하라드인들을 격멸하다.

1601년 페리안나스 다수가 브리에서 이주해 아르겔레브 2세로부터 바란두인 너머의 땅을 양여받다.

1630년경 던랜드에서 온 풍채 혈통이 그들과 합류하다.

1634년 해적들이 펠라르기르를 약탈하고 미나르딜 왕을 살해하다.

1636년 대역병이 곤도르를 휩쓸다.

텔렘나르 왕과 그 자녀들이 사망하다.

미나스 아노르의 백색성수가 죽다.

역병이 북쪽과 서쪽으로 퍼져 에리아도르의 많은 지역이 버려지다.

바란두인 너머의 페리안나스는 살아남았지만 막대한 손실을 입다.

1640년 타론도르 왕이 왕궁을 미나스 아노르로 옮기고 백색성수 묘목을 심다.

오스길리아스는 폐허가 되기 시작하다.

모르도르는 방비되지 않은 채 방치되다.

1810년 텔루메흐타르 움바르다킬 왕이 움바르를 탈환하고 해적들을 몰아내다.

1851년 전차몰이족의 곤도르 공격이 시작되다.

1856년 곤도르가 동쪽 영토를 잃고 나르마킬 2세는 전사하다.

1899년 칼리메흐타르 왕, 다고를라드에서 전차몰이족을 격파하다.

1900년	칼리메흐타르 왕이 미나스 아노르에 백색탑을 건설하다.
1940년	곤도르와 아르노르가 교섭을 재개하면서 동맹을 맺다.
	아르베두이, 곤도르 온도헤르의 딸 피리엘과 결혼하다.
1944년	온도헤르, 전사하다.
	에아르닐, 남이실리엔에서 적을 격파하다. 그다음 그는 진지의 전투에서 승리하고 전차몰이족을 죽음늪으로 몰아내다.
	아르베두이, 곤도르의 왕권을 주장하다.
1945년	에아르닐 2세 즉위.
1974년	북왕국의 종말.
	마술사왕이 아르세다인을 쳐부수고 포르노스트를 점령하다.
1975년	아르베두이, 포로켈만에서 익사하다.
	안누미나스와 아몬 술의 팔란티르들이 소실되다.
	에아르누르, 린돈으로 함대를 이끌고 오다.
	마술사왕이 포르노스트 전투에서 패배하고 에튼황야까지 쫓긴 후 북방에서 사라지다.
1976년	아라나르스, 두네다인의 지도자 칭호를 받다.
	아르노르의 전래 가보는 엘론드가 보관하다.
1977년	프룸가르, 에오세오드족을 북방으로 이끌고 가다.
1979년	구렛들의 부카, 샤이어의 초대 사인이 되다.
1980년	마술사왕이 모르도르에 와서 나즈굴을 끌어모으다.
	모리아에 발로그가 출현해 두린 6세를 살해하다.
1981년	나인 1세 살해되다.
	난쟁이들이 모리아에서 달아나다.
	로리엔의 많은 숲요정들이 남쪽으로 달아나다.
	암로스와 님로델이 실종되다.
1999년	스라인 1세, 에레보르에 와서 '산아래'의 난쟁이 왕국을 창건하다.
2000년	나즈굴, 모르도르에서 출정하여 미나스 이실을 포위 공격하다.

2002년	미나스 이실이 함락되고 그 후 미나스 모르굴로 알려지다.
	팔란티르, 적의 수중에 들어가다.
2043년	에아르누르, 곤도르의 왕이 되고 마술사왕의 도전을 받다.
2050년	에아르누르, 재차 도전을 받고 미나스 모르굴로 달려간 뒤 실종되다.
	마르딜, 최초의 통치 섭정이 되다.
2060년	돌 굴두르의 힘이 강성해지다.
	'현자들'은 사우론이 다시 모습을 드러낸 것이 아닌가 우려하다.
2063년	간달프, 돌 굴두르로 가다.
	사우론, 후퇴하여 동부에 은신하다. 불안한 평화가 시작되다.
	나즈굴, 미나스 모르굴에서 조용히 머물다.
2210년	소린 1세, 에레보르를 떠나 북쪽의 회색산맥으로 가다.
	그곳에 두린족의 잔존자 대부분이 집결하다.
2340년	이섬브라스 1세, 13대 사인에 오르고 툭 혈통으로는 첫 사인이 되다.
	노루아재 집안이 노룻골을 점유하다.
2460년	불안한 평화가 끝나다.
	사우론, 증강된 세력을 이끌고 돌 굴두르에 귀환하다.
2463년	백색회의가 구성되다. 이 무렵 풍채 혈통 데아골이 절대반지를 발견하고 스메아골에게 살해되다.
2470년	이 무렵 스메아골-골룸이 안개산맥으로 은신하다.
2475년	곤도르에 대한 공격이 재개되다.
	오스길리아스가 완전히 폐허가 되고 석교(石橋)가 무너지다.
2480년경	오르크들이 에리아도르로 이르는 모든 관문을 차단하기 위해 안개산맥에 비밀 요새들을 만들기 시작하다.
	사우론, 모리아를 그의 종복들로 가득 채우다.
2509년	로리엔으로 여행하던 켈레브리안이 붉은뿔고개에서 습격받아 독상(毒傷)을 입다.
2510년	켈레브리안, 바다 너머로 떠나다.

오르크와 동부인들이 칼레나르돈에 발호하다.

청년왕 에오를이 켈레브란트평원 전투에서 승리를 거두다.

로한인들이 칼레나르돈에 정착하다.

2545년	에오를이 로한고원 전투에서 쓰러지다.
2569년	에오를의 아들 브레고가 황금궁전을 완공하다.
2570년	브레고의 아들 발도르가 금단의 문으로 들어가 실종되다.

용들이 북방 끝에 다시 나타나 난쟁이들을 괴롭히기 시작하다.

2589년	다인 1세, 용에게 살해되다.
2590년	스로르, 에레보르에 돌아오다. 그의 아우 그로르가 철산으로 가다.
2670년경	토볼드가 남둘레에서 '연초'를 심다.
2683년	아이센그림 2세가 10대 사인이 되어 큰스미알의 굴착 공사를 시작하다.
2698년	엑셀리온 1세가 미나스 티리스에 백색탑을 재건하다.
2740년	오르크들이 에리아도르에 대한 침공을 재개하다.
2747년	툭 집안 반도브라스가 북둘레에서 오르크들을 격퇴하다.
2758년	로한이 서쪽과 동쪽에서 공격받고 유린당하다.

곤도르는 해적 선단의 공격을 받다.

로한의 헬름이 헬름협곡에 피신하다.

울프가 에도라스를 강점하다.

2758~2759년에 걸쳐 '긴겨울'이 이어지다.

에리아도르와 로한이 막심한 고통과 인명 손실을 입다.

간달프, 샤이어 주민들을 도우러 오다.

2759년	헬름의 죽음.

프레알라프, 울프를 격퇴하고 마크의 제2왕가 혈통을 열다.

사루만, 아이센가드에 터전을 잡다.

2770년	용 스마우그, 에레보르를 습격하다. 너른골이 파괴되다.

스로르가 스라인 2세, 소린 2세와 더불어 탈출하다.

2790년　　스로르, 모리아에서 오르크에게 살해되다.

난쟁이들이 복수의 전쟁을 위해 집결하다.

훗날 툭 노인으로 알려진 제론티우스가 태어나다.

2793년　　난쟁이와 오르크의 전쟁이 시작되다.

2799년　　모리아의 동문 앞에서 난두히리온 전투가 벌어지다.

무쇠발 다인, 철산으로 돌아가다.

스라인 2세와 그의 아들 소린은 서쪽으로 방랑하다.

그들은 샤이어 너머 에레드 루인 남쪽에 정착하다(2802년).

2800~2064년　북방 오르크들이 로한을 괴롭히다.

왈다 왕이 그들에게 살해되다(2851년).

2841년　　스라인 2세, 에레보르를 다시 방문하기 위해 출발했다가 사우론의

수하들에게 추격당하다.

2845년　　난쟁이 스라인이 돌 굴두르에 감금되고 일곱 반지 중 마지막 반지를

빼앗기다.

2850년　　간달프, 다시 돌 굴두르에 들어가 그 지배자가 정말로 사우론이며,

모든 반지를 모으고 절대반지와 이실두르의 후계자에 대한 소식을

찾고 있다는 걸 알아내다.

간달프, 스라인을 발견하고 에레보르의 열쇠를 받다.

스라인, 돌 굴두르에서 죽다.

2851년　　백색회의가 열리다. 간달프는 돌 굴두르 공격을 주장하였으나 사루

만이 그 주장을 파기하다.[57]

사루만, 창포벌판 근방을 수색하기 시작하다.

2872년　　곤도르의 벨렉소르 2세의 죽음.

백색성수가 죽지만 묘목을 구하지 못하다. 죽은 나무는 그 자리에

그대로 방치되다.

---

[57] 나중에 밝혀진 대로 사루만은 이때쯤 절대반지를 소유하고 싶은 욕망을 갖기 시작했고, 한 동안 사우론을 그냥 내버려 두면 반지가 주인을 찾아 모습을 드러낼 것이라고 기대했다.

2885년	사우론의 밀사에게 부추김을 받아 하라드인들이 포로스강을 건너 곤도르를 공격하다. 로한의 폴크위네의 아들들이 곤도르를 위해 싸우다 전사하다.
2890년	샤이어에서 빌보가 태어나다.
2901년	모르도르 우루크들의 공격 때문에 이실리엔에 남아 있던 주민 대부분이 이실리엔을 버리고 떠나다. 헨네스 안눈의 은거지가 구축되다.
2907년	아라고른 2세의 어머니 길라엔 출생.
2911년	혹한의 겨울. 바란두인 및 다른 강들이 얼어붙다. 흰 늑대들이 북방에서 에리아도르를 침범하다.
2912년	대홍수가 에네드와이스와 민히리아스를 휩쓸다. 사르바드가 폐허화되어 버려지다.
2920년	툭 노인이 사망하다.
2929년	두네다인 아라도르의 아들 아라소른이 길라엔과 결혼하다.
2930년	아라도르, 트롤들에게 살해되다. 엑셀리온 2세의 아들 데네소르 2세가 미나스 티리스에서 태어나다.
2931년	아라소른 2세의 아들 아라고른 3월 1일 출생.
2933년	아라소른 2세가 살해되다. 길라엔, 아라고른을 임라드리스로 데려가다. 엘론드, 아라고른을 양자로 받아들여 에스텔(희망)이라는 이름을 지어 주다. 그의 혈통은 비밀에 부쳐지다.
2939년	사루만, 사우론의 부하들이 창포벌판 근처 안두인대하를 수색하고 있으며, 따라서 사우론이 이실두르의 최후에 대해 알고 있다는 것을 깨닫다. 그는 몹시 놀랐으나 백색회의에 일절 알리지 않다.
2941년	참나무방패 소린과 간달프가 샤이어의 빌보를 방문하다. 빌보, 스메아골-골룸을 만나 반지를 발견하다. 백색회의가 열리다.

사루만, 이제 사우론의 대하 수색을 막고 싶어 돌 굴두르 공격에 찬성
하다. 사우론, 이미 계획을 세워 놓았기에 돌 굴두르를 포기하다.

너른골에서 다섯군대 전투가 벌어지다. 소린 2세의 사망.

에스가로스의 바르드가 스마우그를 죽이다.

철산의 다인이 산아래 왕국의 왕이 되다(다인 2세).

2942년 빌보가 반지를 가지고 샤이어로 돌아오다.

사우론, 비밀리에 모르도르로 돌아가다.

2944년 바르드, 너른골을 재건하고 왕이 되다.

골룸, 산맥을 떠나 반지 '도둑' 수색에 나서다.

2948년 로한 왕 셍겔의 아들 세오덴 출생.

2949년 간달프와 발린이 샤이어의 빌보를 방문하다.

2950년 돌 암로스 아드라힐의 딸 핀두일라스 출생.

2951년 사우론, 공공연히 자기 존재를 드러내고 모르도르에 세력을 집결시
키다. 아울러 바랏두르 재건에 착수하다. 골룸, 모르도르로 향하다.

사우론, 나즈굴 셋을 보내 돌 굴두르를 다시 장악하다.

2952년 엘론드, '에스텔'에게 본명과 가계를 알려 주고 나르실의 남은 조각을
건네다. 로리엔에서 갓 돌아온 아르웬이 임라드리스의 숲에서 아라고
른을 만나다.

아라고른, 황야로 나서다.

2953년 백색회의의 마지막 회합. 반지들에 대해 논의하다. 사루만, 절대반지
가 안두인대하를 타고 대해로 흘러든 것을 알아낸 것처럼 가장하다.

사루만, 자기 터전으로 삼은 아이센가르드로 물러나 그곳을 요새화하다.
그는 간달프를 시기하고 두려워하여 그의 일거수 일투족을 감시하도
록 첩자들을 붙이고, 그가 샤이어에 관심을 갖는 것에 주목한다.

사루만은 곧 브리와 남둘레에 앞잡이들을 두기 시작한다.

2954년 운명의 산이 다시 불꽃을 내뿜다.

이실리엔에 최후까지 거주하던 이들이 안두인대하를 넘어 도망가다.

2956년	아라고른이 간달프를 만나고 그들의 우정이 시작되다.
2957~2980년	아라고른, 대장정과 무사 수업 편력에 나서다. 소롱길이라는 이름으로 신분을 숨기고 로한의 셍겔과 곤도르의 엑셀리온 2세를 섬기다.
2968년	프로도 출생.
2976년	데네소르, 돌 암로스의 핀두일라스와 결혼하다.
2977년	바르드의 아들 바인이 너른골의 왕이 되다.
2978년	데네소르 2세의 아들 보로미르 출생.
2980년	아라고른, 로리엔에 들어가 아르웬 운도미엘을 다시 만나다. 그는 그녀에게 바라히르의 반지를 주었고 둘은 케린 암로스 언덕에서 부부의 연을 맺기로 약속을 하다. 이 무렵 골룸은 모르도르의 경계에 이르러 쉴로브와 알게 되다.
	세오덴이 로한의 왕이 되다.
	샘와이즈 출생.
2983년	데네소르의 아들 파라미르 출생.
2984년	엑셀리온 2세의 죽음. 데네소르 2세가 곤도르의 섭정이 되다.
2988년	핀두일라스 요절하다.
2989년	발린, 에레보르를 떠나 모리아로 들어가다.
2991년	에오문드의 아들 에오메르 로한에서 출생.
2994년	발린이 죽고 난쟁이들의 거류지가 파괴되다.
2995년	에오메르의 누이 에오윈 탄생.
3000년경	모르도르의 어둠이 길게 뻗치다.
	사루만, 감연히 오르상크의 팔란티르를 사용했다가 이실에 있던 돌을 가진 사우론의 함정에 빠지다. 그는 백색회의의 배신자가 되다. 그의 첩자들은 샤이어가 순찰자들에 의해 엄중하게 방비되어 있다고 보고하다.
3001년	빌보의 송별연.

간달프, 빌보의 반지가 절대반지가 아닌가 의심하다.

샤이어에 대한 방비가 배가되다.

간달프, 골룸에 대한 소식을 구하며 아라고른에게 도움을 청하다.

3002년   빌보, 엘론드의 손님이 되어 깊은골에 정착하다.

3004년   간달프, 샤이어의 프로도를 방문하다.

그 후 4년 동안 이따금씩 그를 방문하다.

3007년   바인의 아들 브란드가 너른골의 왕이 되다.

길라엔의 죽음.

3008년   가을에 간달프가 프로도를 마지막으로 방문하다.

3009년   간달프와 아라고른, 이후 8년 동안 수시로 안두인계곡, 어둠숲, 로바니온을 거쳐 모르도르의 경계까지 골룸 추적을 재개하다. 그사이 언젠가 골룸은 대담하게도 모르도르로 들어갔다가 사우론에게 붙잡혔다.

3016년   산맥과 모든 대지가 위험해지고 있던 까닭에 엘론드는 아르웬을 임라드리스로 불러들이다.

3017년   골룸, 모르도르에서 풀려나다. 그는 죽음늪에서 아라고른에게 붙잡혀 어둠숲의 스란두일에게 이송된다.

간달프, 미나스 티리스를 방문해 이실두르의 두루마리를 읽다.

위대한 해들

3018년

4월

12일 간달프, 호빗골에 도착하다.

6월

20일 사우론, 오스길리아스를 공격하다. 거의 동시에 스란두일이 공격을 받고 골룸이 달아나다.

한가운뎃날

간달프가 라다가스트를 만나다.

7월

4일 보로미르, 미나스 티리스에서 출발하다.
10일 간달프, 오르상크에 감금되다.

8월

골룸의 종적이 묘연해진다. 이 무렵 요정들과 사우론 부하들의 추격을 받던 그는 모리아에 은신한 것으로 생각된다. 그는 마침내 서문으로 이르는 길을 발견했지만 빠져나오지는 못하다.

9월

18일 간달프, 이른 시간에 오르상크를 탈출하다. 암흑의 기사들이 아이센강의 여울목을 건너다.
19일 간달프, 거지 행색으로 에도라스에 와서 입성을 거부당하다.

20일 간달프, 에도라스에 입성하다. 세오덴이 그에게 떠날 것을 명하다. "아무 말이든 타고 내일이 오기 전에 사라져라!"라는 명령이 떨어지다.

21일 간달프, 샤두팍스와 마주쳤으나 말이 접근을 허용치 않다. 그는 샤두팍스를 쫓아 들판 너머 멀리 나간다.

22일 암흑의 기사들, 저녁에 사른여울에 이르러 순찰자들의 방비를 격퇴시키다. 간달프, 샤두팍스를 따라잡다.

23일 네 명의 암흑기사가 동트기 전 샤이어에 들어가다. 나머지 기사들은 동쪽으로 순찰자들을 추적한 다음 돌아와 초록길을 감시하다. 황혼 녘에 암흑의 기사 하나가 호빗골에 이르다. 프로도, 골목쟁이집을 떠나다. 간달프, 샤두팍스를 길들여 타고 로한을 떠나다.

24일 간달프, 아이센강을 건너다.

26일 묵은숲. 프로도, 봄바딜을 만나다.

27일 간달프, 회색강을 건너다. 프로도, 봄바딜과 이틀째 밤을 보내다.

28일 호빗들, 고분구릉에서 고분악령에게 사로잡히다. 간달프, 사른여울에 이르다.

29일 프로도, 밤중에 브리에 도착하다. 간달프, 감지 영감을 방문하다.

30일 이른 시간에 크릭구렁과 브리의 여관이 습격당하다. 프로도, 브리를 떠나다. 간달프, 크릭구렁을 지나 밤에 브리에 도착하다.

10월

1일 간달프, 브리를 떠나다.

3일 간달프, 밤중에 바람마루에서 공격을 받다.

6일 바람마루 아래 야영지가 한밤에 공격받아 프로도가 부상을 당하다.

9일 글로르핀델, 깊은골을 떠나다.

11일 글로르핀델, 미세이셀다리에서 암흑의 기사들을 물리치다.

13일 프로도, 다리를 건너다.

18일 글로르핀델, 어스름 무렵 프로도를 발견하다. 간달프, 깊은골에 도착하다.

20일 브루이넨여울을 건너 달아나다.

24일 프로도, 회복되어 깨어나다. 보로미르, 밤중에 깊은골에 당도하다.

25일 엘론드의 회의.

12월

25일 반지 원정대, 어스름에 깊은골을 떠나다.

3019년

1월

8일 원정대, 호랑가시나무땅에 도착하다.

11~12일 카라드라스에 눈이 내리다.

13일 이른 시간에 늑대들의 습격을 받다. 원정대, 해 질 녘에 모리아의 서문에 이르다. 골룸, 반지 사자의 뒤를 밟기 시작하다.

14일 21호실에서의 밤.

15일 크하잣둠 다리에서 간달프가 추락하다. 원정대, 밤늦게 님로델에 당도하다.

17일 원정대, 저녁에 카라스 갈라돈에 이르다.

23일 간달프, 지락지길 봉우리까지 발로그를 추격하다.

25일 간달프, 발로그를 내던지고 죽다. 그의 시신이 산꼭대기에 방치되다.

2월

15일 갈라드리엘의 거울. 간달프, 소생하여 혼수상태로 누워 있다.

16일 로리엔에 작별을 고하다. 골룸, 서쪽 제방에 숨어 출발을 지켜보다.

17일 과이히르, 간달프를 로리엔으로 실어 가다.

23일 사른 게비르 부근에서 밤중에 배들이 공격받다.

25일 원정대, 아르고나스를 통과하여 파르스 갈렌에서 야영하다. 아이센여울 목의 1차 전투. 세오덴의 아들 세오드레드가 전사하다.

26일 원정대의 붕괴. 보로미르의 죽음. 그의 뿔나팔 소리가 미나스 티리스에 들리다. 메리아독과 페레그린이 포로가 되다. 프로도와 샘와이즈, 동쪽 에뮌 무일로 들어서다. 아라고른, 저녁 무렵 오르크들 추적에 나서다. 에오메르, 오르크 무리가 에뮌 무일에서 내려왔다는 소식을 접하다.

27일 아라고른, 해 뜰 녘 서쪽 벼랑에 이르다. 에오메르, 세오덴의 명령을 거슬러 한밤중에 이스트폴드를 떠나 오르크 추격에 나서다.

28일 에오메르, 팡고른숲 바로 바깥에서 오르크들을 따라잡다.

29일 메리아독과 피핀, 탈출해 나무수염을 만나다. 로한인들, 동틀 무렵 오르크들을 공격하여 궤멸시키다. 프로도, 에뮌 무일에서 내려와 골룸을 만나다. 파라미르, 보로미르의 시신을 실은 배를 보다.

30일 엔트뭇이 시작되다. 에오메르, 에도라스로 돌아가던 중 아라고른을 만나다.

3월

1일 프로도, 새벽에 죽음늪 횡단을 시작하다. 엔트뭇이 계속되다. 아라고른, 백색의 간달프를 만나다. 그들은 에도라스로 출발하다. 파라미르, 사명을 띠고 미나스 티리스를 떠나 이실리엔으로 가다.

2일 프로도, 늪을 통과하다. 간달프, 에도라스에 이르러 세오덴을 치유하다. 로한의 기사들, 사루만과 싸우기 위해 서쪽으로 달려가다. 2차 아이센여울목 전투. 에르켄브란드, 패배하다. 엔트뭇이 오후에 끝나다. 엔트들이 아이센가드로 행군해 밤중에 도착하다.

3일 세오덴, 헬름협곡으로 퇴각하다. 나팔산성 전투가 시작되다. 엔트들이 아이센가드를 철저하게 파괴하다.

4일 세오덴과 간달프, 헬름협곡을 출발해 아이센가드로 향하다. 프로도, 모란논의 폐허 언저리의 화산재언덕에 도달하다.

5일 세오덴, 정오에 아이센가드에 도착하다. 오르상크에서 사루만과 화평교섭을 벌이다. 날개 달린 나즈굴이 돌 바란의 야영지 위를 지나가다. 간달프,

페레그린을 대동하고 미나스 티리스로 출발하다. 프로도, 모란논의 시야로부터 숨어 있다가 어스름 녘에 떠나다.

6일 아라고른, 이른 시간에 두네다인과 조우하다. 세오덴은 나팔산성에서 검산계곡을 향해 출발하다. 아라고른은 나중에 출발하다.

7일 프로도, 파라미르에 의해 헨네스 안눈으로 끌려가다. 아라고른, 저녁 무렵 검산오름에 도착하다.

8일 아라고른, 동틀 녘에 사자의 길로 들어서 한밤중에 에레크에 도착하다. 프로도, 헨네스 안눈을 떠나다.

9일 간달프, 미나스 티리스에 당도하다. 파라미르, 헨네스 안눈을 떠나다. 아라고른, 에레크를 출발해 칼렘벨에 이르다. 프로도, 어스름 녘에 모르굴 도로에 이르다. 세오덴, 검산오름에 당도하다. 모르도르에서 어둠이 퍼져 나오기 시작하다.

10일 '새벽없는 날'. 로한군의 소집. 로한의 기사들이 검산계곡에서 출격하다. 파라미르, 도성 성문 밖에서 간달프에게 구조되다. 아라고른, 링글로를 건너다. 모란논에서 나온 적군이 카이르 안드로스를 점령하고 아노리엔으로 진입하다. 프로도, 십자로를 지나 모르굴의 대군이 출격하는 광경을 목격하다.

11일 골룸, 쉴로브를 찾아갔으나 프로도의 잠든 모습을 보고 마음을 돌이킬 뻔하다. 데네소르, 파라미르를 오스길리아스로 보내다. 아라고른, 린히르에 도착해 레벤닌으로 건너가다. 동로한이 북쪽으로부터 침공당하다. 로리엔에 대한 첫 번째 공격.

12일 골룸, 프로도를 쉴로브의 소굴로 인도하다. 파라미르, 방벽대로의 요새로 퇴각하다. 세오덴, 민림몬 아래서 야영하다. 아라고른, 적을 펠라르기르로 몰아내다. 엔트들이 로한을 침공한 무리를 격퇴하다.

13일 프로도, 키리스 웅골의 오르크들에게 사로잡히다. 펠렌노르평원을 장악당하다. 파라미르, 부상당하다. 아라고른, 펠라르기르에 도착해 적의 함대를 노획하다. 세오덴, 드루아단숲에 거하다.

14일 샘와이즈, 탑에서 프로도를 찾아내다. 미나스 티리스가 포위 공격을 받다. 로한인들이 야인들의 인도를 받아 회색숲으로 오다.

15일 이른 시각에 마술사왕이 미나스 티리스의 성문을 부수다. 데네소르, 장작더미에 올라 스스로를 화장시키다. 첫 새벽에 로한인들의 뿔나팔 소리가 들리다. 펠렌노르평원의 전투. 세오덴이 살해되다. 아라고른, 아르웬이 만든 깃발을 치켜올리다. 프로도와 샘와이즈, 탈출해 모르가이를 따라 북으로의 행군을 시작하다. 어둠숲에서의 전투. 스란두일, 돌 굴두르의 적군을 물리치다. 로리엔에 대한 두 번째 공격.

16일 지휘관들의 토론. 프로도, 모르가이에서 적진 너머로 운명의 산을 내다보다.

17일 너른골 전투. 브란드 왕과 무쇠발 다인 왕이 쓰러지다. 많은 난쟁이들과 인간들이 에레보르에 피신하나 포위 당하다. 샤그랏, 프로도의 망토, 갑옷 그리고 칼을 바랏두르로 가져가다.

18일 서부대군이 미나스 티리스에서 출정하다. 프로도, 아이센마우스가 보이는 곳에 다다르나, 두르상에서 우둔으로 가는 길에서 오르크들에게 따라잡히다.

19일 서부대군, 모르굴 계곡에 이르다. 프로도와 샘와이즈, 탈출하여 바랏두르를 향한 행군을 재개하다.

22일 무시무시한 밤. 프로도와 샘와이즈, 길을 벗어나 운명의 산이 있는 남쪽으로 방향을 돌리다. 로리엔에 대한 세 번째 공격.

23일 서부대군, 이실리엔을 통과하다. 아라고른, 심약한 병사들을 돌려보내다. 프로도와 샘와이즈, 무기와 장구를 벗어 던지다.

24일 프로도와 샘와이즈, 운명의 산 기슭까지 마지막 행군을 하다. 서부대군, 모란논의 폐허에서 야영하다.

25일 서부대군, 화산재언덕에서 포위되다. 프로도와 샘와이즈, 삼마스 나우르에 도착하다. 골룸, 반지를 부여잡고 운명의 틈 속으로 추락하다. 바랏두르의 붕괴와 사우론의 소멸.

암흑의 탑이 붕괴되고 사우론이 사라진 후 그에게 대적했던 모든 이들의 가슴을 누르던 어둠은 걷혔지만, 그의 부하들과 동맹자들에게는 공포와 절망이 엄습했다. 로리엔은 세 번이나 돌 굴두르의 공격을 받았다. 그러나 그 땅 요정들의 용맹은 차치하더라도 그 땅에 깃든 권능이 너무도 막강하여, 사우론이 직접 공격해 오지 않는 한 어느 누구도 범할 수 없었다. 변경의 아름다운 숲들이 통탄할 만한 손상을 입기는 했지만 적의 공격은 매번 격퇴되었다. 어둠이 물러가자 켈레보른이 로리엔의 대군을 이끌고 많은 배에 태워 안두인대하를 건너갔다. 그들이 돌 굴두르를 점령했고, 갈라드리엘이 그 성벽을 부수고 지하 요새를 파헤치니 숲이 깨끗하게 정화되었다.

북방에서도 전쟁과 재앙이 있었다. 스란두일의 영토가 침공당했고 숲은 긴 전쟁에 따른 전화(戰火)들로 크게 황폐해졌다. 그러나 결국에는 스란두일이 승리를 거두었다. 요정들의 새해 첫날에 켈레보른과 스란두일은 숲 한가운데서 만나 어둠숲을 개명하여 에륀 라스갈렌 즉 '초록잎의 숲'이라고 했다. 스란두일은 숲속에 우뚝 솟은 산맥에 이르기까지 북부 지역 전체를 자기 영토로 삼았고, 켈레보른은 숲허리 아래의 남쪽 숲 전체를 차지하고 그곳을 동로리엔이라 불렀다. 두 영토 사이의 광대한 모든 숲이 베오른족과 숲속사람들에게 주어졌다. 그러나 몇 해 뒤 갈라드리엘이 떠나고 난 뒤 켈레보른은 자신의 왕국에 싫증을 느끼고는 임라드리스로 가서 엘론드의 아들들과 함께 살았다. 숲요정들은 초록숲에서 평화롭게 살았지만, 로리엔에서는 예전의 주민들 가운데 얼마 안 되는 이들만이 처량하게 남아 살고 있었고 카라스 갈라돈에는 더 이상 불빛과 노래를 찾아볼 수 없었다.

적의 대군이 미나스 티리스를 포위했을 무렵과 동시에 오랫동안 브란드 왕의 국경을 위협해 왔던 사우론의 동맹군이 카르넨강을 건너자 브란드 왕은 너른골로 쫓겨났다. 거기서 그는 에레보르 난쟁이들의 도움을 받았다. 그리하여 산기슭에서 일대 격전이 벌어졌다. 전투는 사흘간 계속되었으나, 결국 브란드 왕과 무쇠발 다인 왕이 전사하고 동부인들이 승리를 거두었다. 하지만 그들은 성문을 탈취할 수는 없었다. 수많은 난쟁이들과 인간들이 에레보르에 피신하여 거기서 공격에 저항했다.

남쪽에서의 대승 소식이 전해지자 사우론의 북군은 온통 당혹감에 휩싸였다. 포위되었던 이들이 몰려나와 그들을 무찌르자 잔존 병력이 동쪽으로 달아나 더 이상 너른골을 괴롭히지 못했다. 브란드의 아들 바르드 2세가 너른골의 왕이 되었고, 다인의 아들 돌투구 소린 3세가 산아래 왕국을 다스렸다. 그들은 엘렛사르 왕의 대관식에 사절을 보냈으며, 이후 두 왕국과 곤도르의 우호관계는 그들이 존속하는 한 영원히 지속되었다. 그들은 서부왕의 왕권과 보호 아래로 들어갔던 것이다.

바랏두르의 붕괴에서 제3시대 종말까지의 주요 일지[58]

3019년—샤이어력 1419년

3월 27일   바르드 2세와 돌투구 소린 3세, 너른골에서 적을 몰아내다.

3월 28일   켈레보른, 안두인대하를 건너 돌 굴두르 파괴에 착수하다.

4월 6일   켈레보른과 스란두일의 만남.

4월 8일   반지의 사자들, 코르말렌평원에서 영예로운 찬양을 받다.

5월 1일   엘렛사르 왕의 대관식. 엘론드와 아르웬, 깊은골을 출발하다.

5월 8일   에오메르와 에오윈, 엘론드의 아들들과 함께 로한으로 떠나다.

5월 20일   엘론드와 아르웬, 로리엔에 당도하다.

5월 27일   아르웬 일행이 로리엔을 떠나다.

6월 14일   엘론드의 아들들, 아르웬 일행을 만나 아르웬을 에도라스로 안내하다.

6월 16일   곤도르를 향해 출발하다.

6월 25일   엘렛사르 왕, 백색성수 묘목을 발견하다.

리세 1일   아르웬, 도성에 도착하다.

한가운뎃날   엘렛사르와 아르웬이 혼인하다.

7월 18일   에오메르, 미나스 티리스로 돌아오다.

7월 22일   세오덴 왕의 장례 행렬이 출발하다.

8월 7일   장례 행렬이 에도라스에 당도하다.

8월 10일   세오덴 왕의 장례식.

8월 14일   조문객들이 에오메르 왕과 작별하다.

8월 15일   나무수염이 사루만을 풀어 주다.

8월 18일   일행, 헬름협곡에 이르다.

8월 22일   일행, 아이센가드에 도착하여 해 질 녘 서쪽나라의 왕과 작별하다.

---

58) 여기에 제시된 일자는 샤이어력에 따른 것이다.

8월 28일 일행, 사루만과 조우하다. 사루만은 샤이어로 향하다.

9월 6일 일행, 모리아의 산맥이 보이는 곳에 멈추다.

9월 13일 켈레보른과 갈라드리엘이 떠나고 나머지는 깊은골로 출발하다.

9월 21일 일행, 깊은골에 돌아오다.

9월 22일 빌보의 129번째 생일. 사루만, 샤이어에 당도하다.

10월 5일 간달프와 호빗들, 깊은골을 떠나다.

10월 6일 일행, 브루이넨여울목을 건너다. 프로도, 통증 재발을 처음으로 느끼다.

10월 28일 일행, 저녁 무렵 브리에 도착하다.

10월 30일 일행, 브리를 떠나다. '여행자들', 어둠이 깔릴 때 브랜디와인다리에 당도하다.

11월 1일 일행, 개구리늪에서 체포되다.

11월 2일 일행, 강변마을에 도착해 샤이어 주민들을 봉기시키다.

11월 3일 강변마을 전투. 사루만의 사멸. 이로써 반지전쟁이 끝나다.

3020년—샤이어력 1420년, 풍요의 해

3월 13일 프로도, 앓다(쉴로브에게 독침을 맞은 날).

4월 6일 잔치 마당에 말로른 나무가 꽃을 피우다.

5월 1일 샘와이즈, 로즈와 결혼하다.

한가운뎃날 프로도, 시장 자리를 사임하고 하얀발 윌이 다시 시장이 되다.

9월 22일 빌보의 130번째 생일.

10월 6일 프로도, 다시 앓다.

3021년—샤이어력 1421년, 제3시대 마지막 해

3월 13일 프로도, 다시 앓다.

3월 25일   샘와이즈의 딸, 가인(佳人) 엘라노르 출생.[59] 곤도르력으로는 이날부터 제4시대가 시작되었다.

9월 21일   프로도와 샘와이즈, 호빗골을 떠나다.

9월 22일   둘은 끝숲에서 마지막 여행길에 오른 반지 수호자들과 해후하다.

9월 29일   일행, 회색항구에 도착하다. 프로도와 빌보, 세 반지 수호자들과 함께 대해 건너로 떠나다. 제3시대의 종막.

10월 6일   샘와이즈, 골목쟁이집으로 돌아오다.

반지 원정대원에 관한 이후의 사건들

샤이어력

1422년   이해부터 샤이어에서도 제4시대가 시작되지만 샤이어력의 연도는 계속 쓰였다.

1427년   하얀발 윌, 시장직을 사임하다. 샘와이즈, 샤이어의 시장으로 선출되다. 툭 집안 페레그린, 칼벼랑 출신의 다이아몬드와 결혼하다. 엘렛사르 왕, 인간들은 샤이어에 들어가서는 안 된다는 칙령을 공표하고 샤이어를 '북부의 홀'의 보호 아래 자유의 땅으로 삼다.

1430년   페레그린의 아들 파라미르 출생.

1431년   샘와이즈의 딸 골디락스 출생.

1432년   위대한 메리아독이 노룻골의 수장이 되다. 에오메르 왕과 이실리엔의 에오윈 왕녀가 풍성한 선물을 보내다.

1434년   페레그린, 툭 집안의 장(長)이자 사인이 되다. 엘렛사르 왕은 사인, 노룻골 수장 및 시장을 북왕국의 고문으로 삼다.

---

59) 그녀가 '가인'으로 알려진 것은 그 아름다움 때문이었다. 많은 이들이 말하기를, 그녀는 호빗이라기보다는 요정 처녀처럼 보인다고 했다. 그녀는 금발이었는데, 금발은 샤이어에서 아주 희귀했다. 샘의 다른 두 딸 역시 금발이었으며 이 무렵에 태어난 많은 아이들이 금발이었다.

샘와이즈, 시장에 재선되다.

1436년 엘렛사르 왕, 북쪽으로 가서 잠시 저녁어스름호수 근처에 머물다. 브랜디와인다리로 가서 친구들을 만나다. 샘와이즈 시장에게 두네다인의 별을 수여하고 엘라노르를 아르웬 왕비의 명예로운 시녀로 삼다.

1441년 샘와이즈, 세 번째로 시장이 되다.

1442년 샘와이즈와 그의 아내, 그리고 엘라노르가 곤도르로 가서 1년 동안 체류하다. 초막골 집안 톨만이 시장 대리를 맡다.

1448년 샘와이즈, 네 번째로 시장이 되다.

1451년 가인 엘라노르, 먼구릉에 있는 초록섬 마을의 파스트레드와 결혼하다.

1452년 왕의 선물로 먼구릉에서 탑언덕(에뮌 베라이드)에 이르는 서끝말이 샤이어 영토에 추가되다.[60] 많은 호빗들이 그곳으로 이주하다.

1454년 파스트레드와 엘라노르의 아들 이쁘동이 집안 엘프스탄 출생.

1455년 샘와이즈, 다섯 번째로 시장이 되다.

1462년 샘와이즈, 여섯 번째로 시장이 되다. 그의 요청에 따라 사인이 파스트레드를 서끝말의 읍장으로 삼다. 파스트레드와 엘라노르, 탑언덕의 탑아래 지역에 거처를 마련하고 거기서 탑마을 이쁘동이 집안이 대대로 살다.

1463년 툭 집안 파라미르, 샘와이즈의 딸 골디락스와 결혼하다.

1469년 샘와이즈, 일곱 번째이자 마지막으로 시장이 되며 1476년 아흔여섯의 나이에 은퇴하다.

1482년 샘와이즈 시장의 부인 로즈 여사가 한가운뎃날 사망하다. 9월 22일 샘와이즈, 골목쟁이집을 떠나다. 탑언덕으로 가서 마지막으로 엘라노르를 만나 『붉은책』을 주었고, 그 책은 이후 이쁘동이 집안 후손들에 의해 보존된다. 엘라노르의 입을 통해 후손들 사이에서는 샘와이즈가 탑들을 지나 회색항구로 가서 반지의 사자로서는 마지막으로 대해를

---

60) 프롤로그 44, 48쪽 참조.

건너갔다고 전해진다.

1484년 이해 봄, 에오메르 왕이 홀드위네를 다시 한번 보길 원한다는 전갈이 로한에서 노릇골에 당도하다. 메리아독은 당시 늙었지만(102세) 여전히 정정했다. 그는 친구인 사인과 의논한 후 자신들의 재산과 직위를 아들에게 물려주고 사른여울을 건넜으며, 다시는 샤이어에서 볼 수 없었다. 후에 전해지기론 메리아독은 에도라스에 당도해 이해 가을 에오메르 왕이 죽기 전에 왕과 함께 지냈다고 한다. 그 후 그와 사인 페레그린은 곤도르로 가서 얼마 안 되는 여생을 보낸 다음, 곤도르의 위인들이 잠들어 있는 라스 디넨에 안치되었다.

1541년 이해[61] 3월 1일 마침내 엘렛사르 왕이 사망하다. 위대한 왕의 시신이 메리아독과 페레그린의 자리 곁에 안치되었다고 한다. 그러자 레골라스는 이실리엔에서 회색 배를 건조하여 안두인대하를 타고 내려가 대해를 건너갔다. 그와 함께 난쟁이 김리도 떠났다고 한다. 그리고 그 배가 사라지면서 가운데땅에서의 반지의 우정도 끝이 났다.

---

61) 제4시대(곤도르력) 120년.

C. 가계도

다음의 가계도에 나오는 이름들은 많은 것 가운데서 선별된 일부에 불과하다. 그 대부분이 빌보의 송별연에 참석했던 하객이거나 그 직계 조상이다. 잔치에 하객으로 참석한 이들은 이름 밑에 밑줄이 그어져 있다. 언급된 사건에 관련된 몇몇 인사들의 이름도 제시되어 있다. 아울러 훗날 영향력 있는 명사가 된 정원사네 가문의 비조 샘와이즈에 관한 계보적 정보도 얼마간 제공된다.

이름 밑의 숫자는 출생 연도를 나타낸다(사망 연도도 일부 표시되어 있다). 주어진 모든 연도는 샤이어력 1년(제3시대 1601년) 마르초와 블랑코 형제가 브랜디와인강을 건넜을 때를 기점으로 산정된 샤이어력에 따른 것이다.

호빗골의 골목쟁이 집안

골목쟁이네 발보
1167
= 베릴라 보핀

뭉고
1207-1300
= 토박이네 로라

팬지
1212
= 볼저네 파스톨프

붕고
1246-1326
= 툭 집안
벨라돈나

벨바
1256-1356
= 볼저네
루디가

롱고
1260-1350
= 자룻골네
카멜리아

린다
1262-1363
= 자랑발네
보도

빙고
1264-1360
= 토실이네
치카

골목쟁이집의 빌보
1290

자룻골골목쟁이네 오소
1310-1412
조임띠네 로벨리아

자랑발네
오도
1304-1405

토실골목쟁이네
팔코
1303-1399

로소
1364-1419

[올로]
1346-1435

포피
1344
= 필리버트 볼저

[산초]
1390

폰토 1216-1311 = 번스네 미모사	라르고 1220-1312 = 나팔수네 탄타	릴리 1222-1312 = 헌칠이네 토고

로자
1256
= 툭 집안
힐디그림   폴로

포스코
1264-1360
= 볼저네 루비

포스코
1302
= 갈빛머리네
길리   프리스카
1306
= 볼저네
윌리발드

도라
1302-1406   드로고
1308-1380
= 강노루네
프리뮬라   두도
1311-1409

폰토
1346   포르토
1348   피오니
1350
= 굴집네
마일로

안젤리카
1381

프로도
1368

데이지
1350
= 보핀네
그리포

[**모스코**
1387   **모로**
1391   **머틀**
1393   **민토**]
1396

[**페레그린**   **메리아독**]

[헌칠이네
여러 후손들]

벗지개울의 볼저 집안

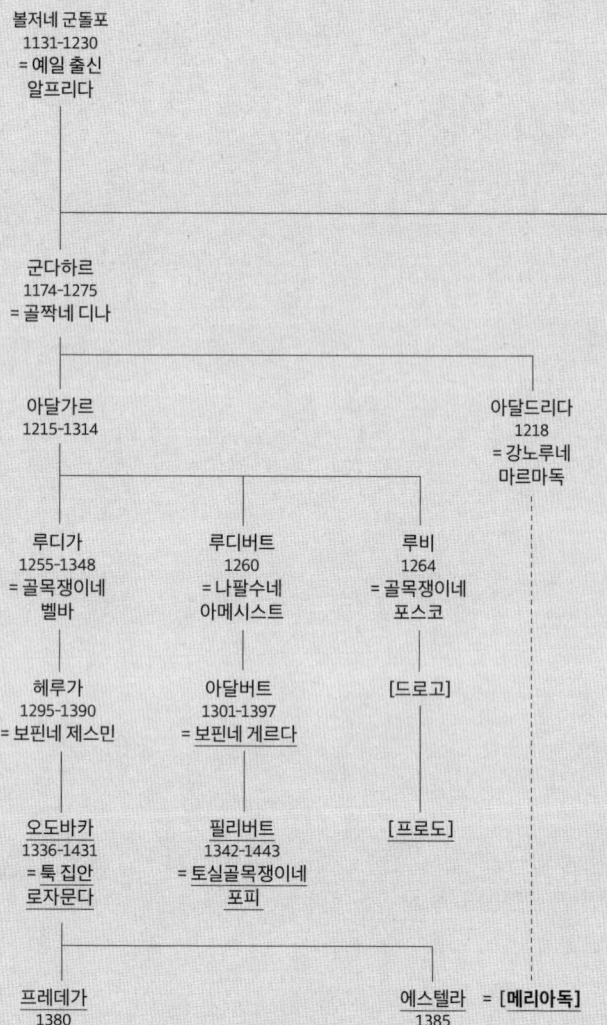

볼저네 군돌포
1131-1230
= 예일 출신
알프리다

군다하르
1174-1275
= 골짝네 디나

아달가르
1215-1314

아달드리다
1218
= 강노루네
마르마독

루디가
1255-1348
= 골목쟁이네
벨바

루디버트
1260
= 나팔수네
아메시스트

루비
1264
= 골목쟁이네
포스코

헤루가
1295-1390
= 보핀네 제스민

아달버트
1301-1397
= 보핀네 게르다

[드로고]

오도바카
1336-1431
= 툭 집안
로자문다

필리버트
1342-1443
= 토실골목쟁이네
포피

[프로도]

프레데가
1380

에스텔라
1385

= [메리아독]

예일의 보핀 집안

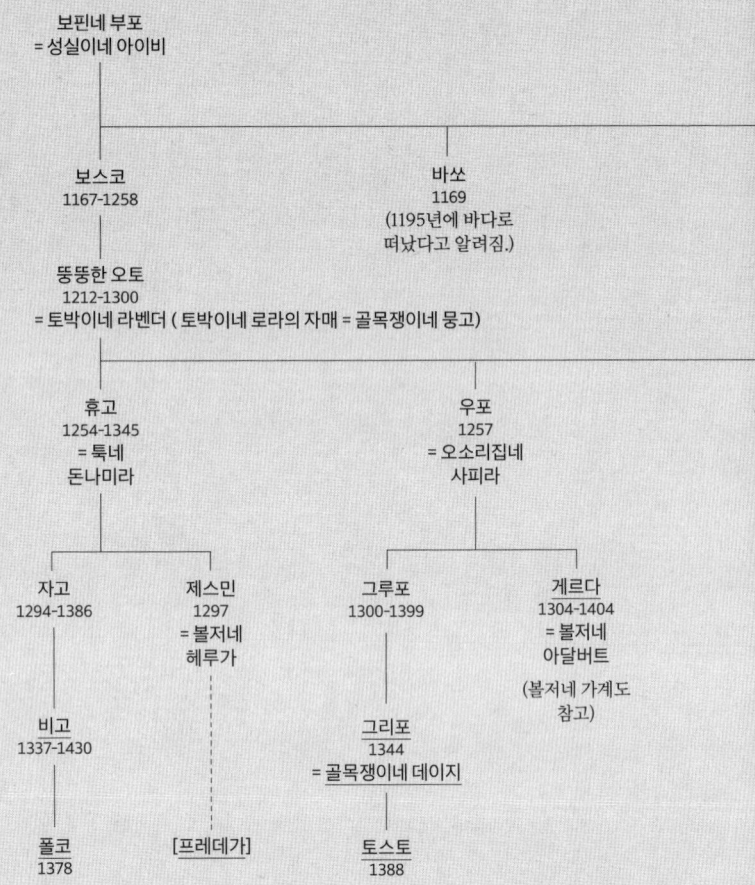

보핀네 부포
= 성실이네 아이비

보스코
1167-1258

바쏘
1169
(1195년에 바다로
떠났다고 알려짐.)

뚱뚱한 오토
1212-1300
= 토박이네 라벤더 (토박이네 로라의 자매 = 골목쟁이네 뭉고)

휴고
1254-1345
= 툭네
돈나미라

우포
1257
= 오소리집네
사피라

자고
1294-1386

제스민
1297
= 볼저네
헤루가

그루포
1300-1399

게르다
1304-1404
= 볼저네
아달버트

(볼저네 가계도
참고)

비고
1337-1430

그리포
1344
= 골목쟁이네 데이지

폴코
1378

[프레데가]

토스토
1388

브리포 1170 (1210년에 브리로 이주)	베릴라 1172 = 골목쟁이네 발보

[뭉고]　　[라르고]

롤로 1260 = 굴집네 드루다	프림로즈 1265 = 조임띠네 블랑코

[조임띠네 브루노]
1313-1410

[로벨리아]
1318-1420
= 자룻골 골목쟁이네
오소

[빌보]

[조임띠네 휴고]
1350

[힐다]
1354
[= 강노루네
세레딕]

[자룻골 골목쟁이네
로소]

[프로도]

(여러 후손들)

큰스미알의 툭 집안

* 아이센그림 2세
(툭 혈통의 열 번째 사인)
1020-1122

* 이섬브라스 3세
1066-1159

* 페럼브라스 2세   반도브라스
1101-1201   (황소울음꾼)
                   1104-1206

* 포틴브라스 1세   칼벼랑의
1145-1248   북부 툭 집안을 포함한
                    많은 후손들

* '툭 노인' 제론티우스
1190-1320
= 토실이네 아다만타

* 아이센그림 3세   힐디가드   이섬브라스 4세   힐디그림   아이셈볼드   힐디폰즈
1232-1330   (요절함.)   1238-1339   1240-1341   1242-1346   1244
(자녀 없음.)   = 골목쟁이네   (여행을 떠나
                                     로자   돌아오지 않았음.)

        * 포틴브라스 2세   아달그림   (많은 후손들)
        1278-1380   1280-1382

* 페럼브라스 3세   세 딸   * 팔라딘 2세   에스메랄다
1316-1415   1333-1434   1336
(결혼하지 않음)   = 강둑네 에글란틴   = 강노루네
                                     사라독

펄   핌퍼넬   페르빈카   * 페레그린 1세   [메리아독]
1375   1379   1385   1390
                         = 칼벼랑 출신
                          다이아몬드
                          1395

                    * 파라미르 1세
                     1430
              = 샘와이즈 시장의 딸 골디락스

아이셈바드	힐디브란드	벨라돈나	돈나미라	미라벨라	아이센가
1247-1346	1249-1334	1252-1334	1256-1348	1260-1360	1262-1360
		= 골목쟁이네	= 보핀네	= 강노루네	(젊었을 때
		붕고	휴고	고르바독	바다로 갔다고
				(강노루네	전해짐.)
				가계도 참고)	

플람바드 / 시기스몬드 / [빌보]
1287-1389 / 1290-1391

아델라드 / 로자문다 / 퍼디난드 / [여섯 자녀] / [프리뮬라]
1328-1423 / 1338 / 1340
= 볼저네 오도바카

레지나드 / 두 딸 / [프레데가] / 퍼디브란드 / [프로도]
1369 / 1380 / 1383

[에스텔라]
1385

에버라드
1380

노룻골의 강노루 집안

740년경 구렛들의 노루아재 집안 고르헨다드가 강노루 저택 건축을 시작하고
성을 강노루로 고침.

'깊이파는이' 고르마독
1134-1236
= 왕고집네 말바

'당당한목' 마독
1175-1277
= 금동이네 한나

'능수능란' 마르마독
1217-1310
= 볼저네 아달드리다

'넓은띠' 고르바독
1260-1363
= 툭 집안 미라벨라

'황금아비' 로리막   아마란스   사라다스   도디나스
(로리 노인)   1304-1398   1308-1407
1302-1408
= 황금네 메네길다

'금뿌리기' 사라독   메리막   세레딕
1340-1432   1342-1430   1348
= 툭네   = 조임띠네 힐다
에스메랄다   베릴락
              1380

'위대한' 메리아독   도더릭   일베릭   셀란딘
1382   1389   1391   1394
= 볼저네 에스텔라
1385

사독
1179

마록
1182

(많은 후손들)

두 아들

(여러 후손들)

살비아
1226
= 볼저네 군다바드

(두 딸)

오르굴라스
1268

아스포델
1313-1412
= 굴집네 루퍼스

디노다스

프리뮬라
1320-1380
= 골목쟁이네
드로고

고르불라스
1308

마르마다스
1343

굴집네 마일로
1347
= 골목쟁이네
피오니]

[골목쟁이네
프로도]

메리마스
1361

멘사
1363

멜릴롯
1365

샘와이즈 시장 집안의 대계보

(언덕의 정원사 집안과 탑마을 이쁘동이 집안의 발흥도 함께 보여 줌.)

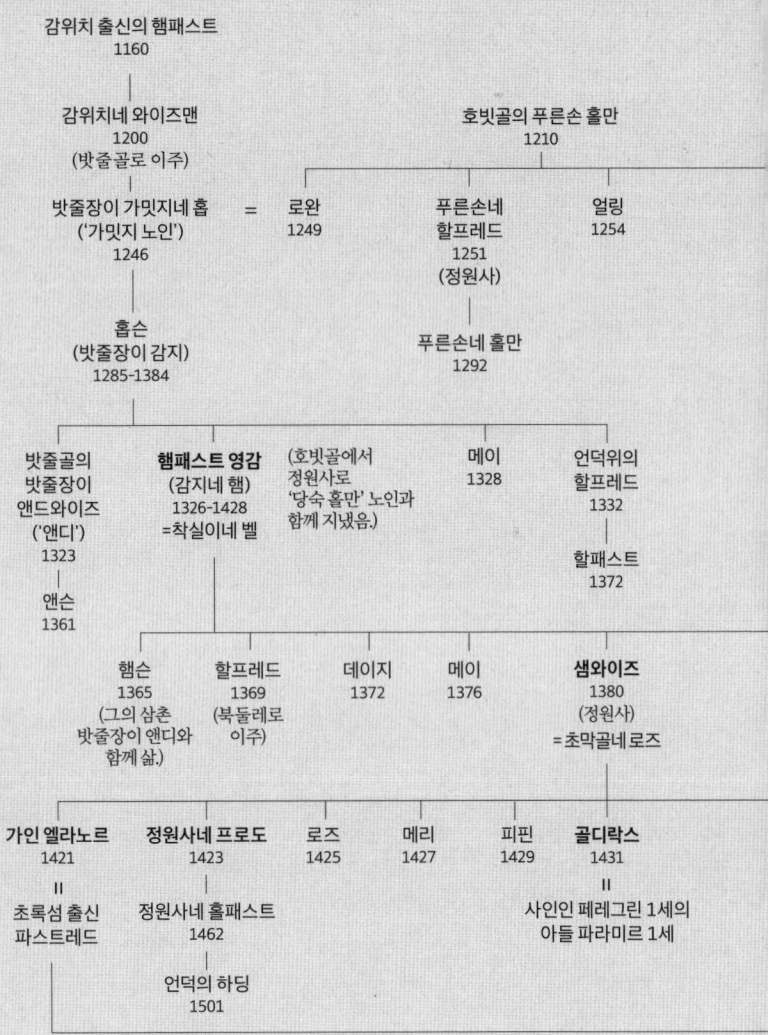

감위치 출신의 햄패스트
1160

감위치네 와이즈맨
1200
(밧줄골로 이주)

호빗골의 푸른손 홀만
1210

밧줄장이 가밋지네 홉
('가밋지 노인')
1246
= 로완
1249

푸른손네
할프레드
1251
(정원사)

얼링
1254

홉슨
(밧줄장이 감지)
1285-1384

푸른손네 홀만
1292

밧줄골의
밧줄장이
앤드와이즈
('앤디')
1323

햄패스트 영감
(감지네 햄)
1326-1428
=착실이네 벨

(호빗골에서
정원사로
'당숙 홀만' 노인과
함께 지냈음.)

메이
1328

언덕위의
할프레드
1332

할패스트
1372

앤슨
1361

햄슨
1365
(그의 삼촌
밧줄장이 앤디와
함께 삶.)

할프레드
1369
(북둘레로
이주)

데이지
1372

메이
1376

샘와이즈
1380
(정원사)
=초막골네 로즈

가인 엘라노르
1421
||
초록섬 출신
파스트레드

정원사네 프로도
1423

정원사네 홀패스트
1462

로즈
1425

메리
1427

피핀
1429

골디락스
1431
||
사인인 페레그린 1세의
아들 파라미르 1세

언덕의 하딩
1501

| | | 코타 1220 | |
| | | | |

| 헨딩 1259 | 로즈 1262 = | 코트만 1260 | 칼 1263 |

강변마을의
초막골네 홀만
('키다리 홈')
1302

| 초막골네 톨만 ('톰') 1341-1440 =갈빛네 릴리 | 윌컴 ('윌') 1346 |

| 마리골드 1383 = | 톨만 (톰) 1380 | 로즈 1384 =감지네 샘 | 윌컴 (졸리) 1384 | 보만 (닉) 1386 | 칼 (닙스) 1389 |

| 햄패스트 1432 | 데이지 1433 | 프림로즈 1435 | 빌보 1436 | 루비 1438 | 로빈 1440 | 톨만(톰) 1442 |

그들은 먼구릉과 탑언덕 사이 엘렛사르 왕이 선사한 새 정착지인 서끝말로 이주했다. 이들로부터 서끝말의 읍장인 탑마을 이쁘동이 집안이 시작되었는데, 그 집안에서 『붉은책』을 물려받아 여러 가지 주석과 내용을 추가하여 몇 개의 판본을 만들었다.

D. 책력(샤이어력)

한 해는 한 주의 첫째 날인 토요일에 시작되어 마지막 날인 금요일에 끝났다. 1년의 한가운뎃날과 윤년마다 돌아오는 리세우수릿날에는 별도의 요일명이 없었다. 한가운뎃날 전의 리세는 리세 1일로, 후의 리세는 리세 2일로 불렀다. 한 해를 마감하는 날인 율은 율 1일, 한 해의 시작은 율 2일로 불렀다. 리세우수릿날은 특별한 축제일이었으나, 위대한 반지의 역사상 중요한 해에는 리세우수릿날이 들어 있지 않았다. 1420년에 리세우수릿날이 있었는데 그해는 풍성한 수확과 아름다운 여름으로 유명하며, 그해의 잔치는 역사상 가장 성대했다고 전해진다.

(1)율다음달						(4)아스트론						(7)리세다음달						(10)윈터필스				
율	7	14	21	28		1	8	15	22	29		리세	7	14	21	28		1	8	15	22	29
1	8	15	22	29		2	9	16	23	30		1	8	15	22	29		2	9	16	23	30
2	9	16	23	30		3	10	17	24	—		2	9	16	23	30		3	10	17	24	—
3	10	17	24	—		4	11	18	25	—		3	10	17	24	—		4	11	18	25	—
4	11	18	25	—		5	12	19	26	—		4	11	18	25	—		5	12	19	26	—
5	12	19	26	—		6	13	20	27	—		5	12	19	26	—		6	13	20	27	—
6	13	20	27	—		7	14	21	28			6	13	20	27			7	14	21	28	—

(2)솔마스						(5)스리밋지						(8)웨드마스						(11)블롯마스				
—	5	12	19	26		—	6	13	20	27		—	5	12	19	26		—	6	13	20	27
—	6	13	20	27		—	7	14	21	28		—	6	13	20	27		—	7	14	21	28
—	7	14	21	28		1	8	15	22	29		—	7	14	21	28		1	8	15	22	29
1	8	15	22	29		2	9	16	23	30		1	8	15	22	29		2	9	16	23	30
2	9	16	23	30		3	10	17	24	—		2	9	16	23	30		3	10	17	24	—
3	10	17	24	—		4	11	18	25	—		3	10	17	24	—		4	11	18	25	—
4	11	18	25	—		5	12	19	26	—		4	11	18	25	—		5	12	19	26	—

(3)레세						(6)리세전달						(9)할리마스						(12)율전달				
—	3	10	17	24		—	4	11	18	25		—	3	10	17	24		—	4	11	18	25
—	4	11	18	25		—	5	12	19	26		—	4	11	18	25		—	5	12	19	26
—	5	12	19	26		—	6	13	20	27		—	5	12	19	26		—	6	13	20	27
—	6	13	20	27		—	7	14	21	28		—	6	13	20	27		—	7	14	21	28
—	7	14	21	28		1	8	15	22	29		—	7	14	21	28		1	8	15	22	29
1	8	15	22	29		2	9	16	23	30		1	8	15	22	29		2	9	16	23	30
2	9	16	23	30		3	10	17	24	리세		2	9	16	23	30		3	10	17	24	율

한가운뎃날
(리세우수릿날)

달력

샤이어의 달력은 여러 면에서 우리의 달력과는 판이했다. 물론 한 해의 길이는 지금과 같았다.[62] 이제 인간의 연도와 삶으로 계산해 보면 그 시대가 먼 옛날처럼 보일지 몰라도, 대지의 기억에 따르면 그 시절도 그다지 오래된 옛날은 아니었던 것이다. 호빗들의 기록에 의하면 그들은 유랑족이었을 때 주(週)를 사용하지 않았고, 달에 영향받은 월(月)을 사용하고 있었다. 하지만 날짜와 시간 계산은 모호하고 부정확했다. 호빗은 에리아도르의 서쪽 땅에 정착하게 되면서 처음으로 두네다인 제왕력을 썼으며, 그것은 엘다르 책력에 기원을 두고 있는 것이었다. 그러나 샤이어의 호빗들은 몇 가지 사소한 점을 수정하여 사용했다. 소위 '샤이어력'이라 불리는 이 달력은 나중에는 브리에서도 사용되었고, 샤이어로 이주한 해를 원년으로 지정한 것을 제외하고는 동일했다.

옛날이야기와 전통적인 설화에서 당대 사람들이 잘 알고 있었으며 당연하게 여긴 일들(예컨대 문자의 이름이라든가 요일명, 월(月)의 길이와 이름 등)에 대한 정확한 정보를 알아내기란 쉬운 일이 아니다. 그러나 호빗들은 대체로 계보학에 대해 관심을 가지고 있었고, 반지전쟁 이후 식자층이 고대 역사에 대한 관심을 갖게 된 덕분에, 샤이어의 호빗들은 정확한 날짜에 관심을 쏟게 된 듯하다. 그들은 심지어 자기들의 달력 체계와 다른 종족의 체계 간의 관계를 보여 주는 복잡한 도표를 만들기도 했다. 나는 이런 문제에는 전문가가 아니기 때문에 적지 않은 오류를 범했을지도 모른다. 그러나 어쨌든 역사적으로 결정적인 해인 샤이어력 1418년과 1419년의 연대기는 『붉은책』에 아주 자세히 기록되어 있으므로, 그 당시의 날짜와 시간에

---

62) 365일 5시간 48분 46초.

대해서는 의심할 바가 없을 것이다.

샘와이즈의 말처럼 가운데땅에서 '한가한 시간이 많던' 엘다르는 보다 긴 단위로 시간을 나누었음이 분명하다. 종종 '해'로 번역되는 퀘냐 '옌'(BOOK2 654쪽)은 실제로는 오늘날의 144년에 달하는 긴 기간을 의미한다. 엘다르는 가능한 한 6과 12를 단위로 하여 계산하기를 좋아했다. 그들은 태양의 '하루'를 '레'라고 불렀으며, 일몰부터 다음 일몰까지의 시간을 의미했다. '옌'은 52,596일을 뜻한다. 엘다르는 6일을 한 주일로 정하고 그것을 '엥퀴에'라고 불렀는데, 실제적인 목적이 있어서라기보다는 의식용으로 지켜 나갔다. 따라서 옌을 처음부터 끝까지 연속적으로 계산할 경우 모두 8,766번의 엥퀴에가 있던 셈이다.

가운데땅에서 엘다르는 옌보다 짧은 주기 혹은 태양년을 관측하기도 했다. 그것을 다소 천문학적 개념으로 고려할 때는 '코라나르' 또는 '태양주회'라고 불렀다. 그러나 일반적으로 요정들이 그러했듯이 식생의 계절적 변화를 우선적으로 고려할 때는 '성장'이라는 의미에서 '로아'라고 불렀고, 이 용어는 특히 서북쪽의 나라들에서 많이 쓰였다. 로아는 다시 달보다는 길고 계절보다는 짧은 기간으로 세분되었다. 이 기간은 물론 지역에 따라 달랐을 것이다. 그런데 호빗들이 제공하고 있는 정보는 오로지 임라드리스 책력에 관련된 것이다. 그 책력에 의하면 이런 '계절'은 모두 여섯 개가 있었는데, 퀘냐로는 각각 투일레, 라이레, 야비에, 퀠레, 리베, 코이레였고 각기 봄, 여름, 가을, 쇠퇴기, 겨울, 활동기로 해석된다. 신다린으로는 에수일, 라에르, 야바스, 피리스, 리우, 에쿠이르였다. 쇠퇴기는 낙엽을 뜻하는 '랏세란타'로 불리기도 했으며, 신다린으로는 태양이 이운다는 의미로 '나르벨레스'라고 불리기도 했다.

라이레와 리베는 각각 72일이었고, 나머지 계절은 각각 54일씩이었다. 로아는 투일레 바로 전날인 '예스타레'에 시작되어 코이레 다음 날인 '멧타레'에 끝났다. 야비에와 퀠레 사이에는 3일의 '엔데레'들, 즉 가운뎃날이 끼어 있었다. 그렇게 해서 한 해는 365일이 되고 여기에 12년마다 엔데레를 두 배로 늘림으로써(3일을 더 보태서) 보완했다.

이런 계산에서 비롯되는 부정확함을 어떻게 처리했는지는 확실치 않다. 만약 그 당시의 한 해가 지금과 같은 길이였다면, 옌은 하루 이상 길어졌을 것이다. 계산에 부정확한 점이 있다는 사실은 『붉은 책』의 책력에 관한 주석에서, '깊은골의 책력'에서 세 번째 옌마다 마지막 해에서 3일씩을 감했다는 기록이 남아 있는 것으로 미루어 알 수가 있다. 그해에는 3일의 엔데레를 두 배로 늘리는 일이 생략되었는데, 기록에는 "그러나 우리 시대에는 그럴 일이 없었다."는 것이다. 이것 말고 다른 부정확함을 어떻게 조정했는지에 관한 기록은 남아 있지 않다.

누메노르인들은 이 방법을 개선했다. 그들은 로아를 보다 짧고 규칙적인 단위의 기간으로 세분했으며, 한겨울에 한 해를 시작하는 관습을 고수했다. 그것은 자신들의 선조인 제1시대 서북부의 인간들이 사용하던 관습이었다. 훗날 누메노르인들도 1주를 7일로 계산했고, 일출(동쪽 바다의 일출)에서 다음 일출까지의 시간을 하루로 삼았다.

누메노르에서 사용되었고 제왕의 시대가 끝날 때까지 아르노르와 곤도르에서도 사용된 누메노르 체계는 '제왕력'이라 불렸다. 보통의 한 해는 365일이었다. 한 해는 12개의 '아스타르(달)'로 세분되었으며, 아스타르 중 10개는 30일이고 나머지 2개는 31일이었다. 긴 아스타르는 1년 한가운데에 위치한 달들로 대략 지금의 6월과 7월에 해당된다. 한 해의 첫날은 '예스타레', 한가운뎃날(183번째 날)은 '로엔데', 마지막 날은 '멧타레'라 불렸는데, 이 3일은 어느 달에도 속하지 않았다. 한 세기의 마지막 해('하라녜')을 제외하고는 4년마다 로엔데 대신 이틀간의 엔데레, 즉 가운뎃날을 넣었다.

누메노르 책력은 제2시대 1년부터 시작되었다. 한 세기의 마지막 해에서 하루를 감함으로써 야기되는 부족분으로 인해서 천 년의 마지막 해가 될 때쯤에는 4시간 46분 40초의 '천 년 부족분'이 생겨났다. 이 부족분은 제2시대 1000년, 2000년, 3000년에 각기 보완되었다. 제2시대 3319년의 멸망 이후 망명자들은 계속해서 그 체제를 따랐으나, 제3시대에 새 계산법이 실시되면서 대부분 혼란을 겪게 되었다. 제2시대 3442년이 제3시대 1년이 된 것이다. 제3시대 3년(제2시대 3444년)이 아니라 제3시대 4년을 윤년으로 삼게 되면서, 한 해의 길이가 365일인 짧은 해가 1년 더 끼어들고 그에 따라 5시간 48분 46초라는 부족분이 생겨났다. 천 년마다 시간을 보태던 일은 441년 늦게, 다시 말해서 제3시대 1000년(제2시대 4441년)과 제3시대 2000년(제2시대 5441년)에 이루어졌다. 그 결과 발생한 착오와 천 년 부족분의 누적 오차를 줄이기 위해 섭정 마르딜은 제3시대 2059년(제2시대 5500년)에 별도로 이틀을 더하고 난 뒤 누메노르 체제가 시작된 이후의 5,500년을 종결짓고 제3시대 2060년부터 발효된 개정 책력을 발표했다. 그러나 이렇게 하고도 여전히 8시간가량이 부족했다. 하도르는 2360년에 다시 하루를 더했으나 이 때에는 부족분이 채 하루가 되지 않았다. 그 이후로는 더 이상 조정이 이루어지지 않았다(제3시대 3000년에는 임박한 전쟁에 대한 위협으로 이런 일에 신경을 쓸 여유가 없었다). 그로부터 다시 660년이 더 지나 제3시대가 끝날 때까지도 부족분은 아직 하루에 미치지 못했다.

마르딜이 도입한 개정 책력은 섭정력이라 불렸는데, 결국에는 서부어를 사용하는 이들 가운데 호빗을 제외하고 거의 대부분이 이 책력을 채택했다. 모든 달은 30일로 이루어졌고 어느 달에도 속하지 않은 이틀이 별도로 끼어들었는데 하루는 세 번째와 네 번째 달 (3월과 4월) 사이에, 하루는 아홉 번째 달과 열 번째 달(9월과 10월) 사이에 들어갔다. 그리하여 어느 달에도 속하지 않는 다섯 날, 즉 예스타레, 투일레레, 로엔데, 야비에레, 멧타레는 공휴일이었다.

호빗들은 보수적이었으며 자기들의 관습에 맞도록 제왕력을 수정하여 계속 사용했다. 그들의 경우에도 달의 길이는 모두 같으며 각각 30일씩이다. 그렇지만 샤이어에서는 6월과 7월 사이에 리세 또는 리세날이라고 불리는 여름날이 3일 있었다. 한 해의 마지막 날과 다음 해의 첫날은 율날이라 불렸다. 율날과 리세날은 어느 달에도 속하지 않았기 때문에 1월 1일은 한 해의 첫째 날이 아니고 둘째 날이 되었다. 세기의 마지막 해를 제외하고[63] 4년마다 리세날을 나흘로 늘려 잡았다. 리세날과 율날은 중요한 축제일이어서 성대한 잔치를 벌이곤 했다. 추가되는 리세날은 한가운뎃날 바로 뒤에 놓였다. 그리하여, 윤년의 184번째 날은 리세우수릿날이라 부르고 특별히 흥겨운 잔치를 벌였다. 율 축제는 매년 마지막 3일과 처음 3일이 포함되어 6일 동안 계속되었다.

샤이어 주민들은 그들 나름대로 책력의 일부를 약간 수정하여 샤이어 개정판이라 불렀다(이것이 나중에는 브리에서도 채택되었다). 그들은 매년 날짜에 따라 요일 이름을 바꾸는 것이 어수선할 뿐 아니라 불편하다는 것을 깨달았다. 그래서 아이센그림 2세 때 연속성에 어긋나는 날들에는 요일명을 부여하지 않기로 했다. 그 이후로 한가운뎃날과 리세우수릿날은 그 이름으로만 불렸으며 주일에 속하지 않게 되었다.[64] 이렇게 개정한 결과 한 해는 언제나 주의 첫 번

---

63) 샤이어에서의 원년은 제3시대 1601년에 해당하는 반면, 브리에서는 원년이 제3시대 1300년이었다. 각각은 그 세기의 첫 해였다.

64) BOOK1 310쪽 참조.

637

째 날에 시작되어 주의 마지막 날에 끝나게 되었다. 또한 연도가 달라지더라도 특정한 날짜의 요일명은 동일했으므로 샤이어 주민들은 더 이상 편지나 일기에 요일명을 써 넣는 수고를 하지 않아도 되었다.[65] 이런 책력은 고향에서 쓰기에는 매우 편했지만, 브리보다 먼 곳으로 여행할 때는 다소 불편했다.

본문에서와 마찬가지로 앞에 나온 주에서도 나는 달과 요일을 가리키는 데 현대에 통용되는 명칭을 사용했다. 물론 엘다르나 두네다인, 호빗들이 실제로 그 명칭들을 사용한 것은 아니다. 혼란을 피하기 위해서 서부어 명칭을 번역해야만 했는데, 우리가 사용하는 명칭들의 계절적 함의는 그 무렵과 대체로 동일하다. 적어도 샤이어에서는 그러했다. 그런데 한가운뎃날은 가능한 한 하지에 일치하도록 맞춰진 것으로 보인다. 그 경우 샤이어의 날짜는 실제로는 우리보다 약 열흘가량 앞섰고, 우리의 새해 첫날은 샤이어에서는 1월 9일쯤에 해당된다.

서부어에서는 퀘냐의 월명(月名)이 여전히 통상적으로 쓰이고 있었는데, 그것은 오늘날 라틴어로 된 명칭들이 외국어로서 폭넓게 통용되고 있는 것과 마찬가지다. 그 월명은 나르비녜, 네니메, 술리메, 비렛세, 로텟세, 나리에, 케르미에, 우리메, 야반니에, 나르퀠리에, 히시메, 링가레였다. 두네다인만 사용했던 신다르식 이름은 나르와인, 니누이, 과에론, 귀리스, 로스론, 노루이, 케르베스, 우루이, 이반네스, 나르벨레스, 히수이, 기리스론이라 불렸다.

그러나 이 명명법에 있어서 샤이어와 브리의 호빗들은 서부인들의 관용적 어법에서 벗어나 자기들의 구식 방언을 고수했는데, 그

---

65) 샤이어 달력을 보면 금요일에 시작하는 달이 없다는 것을 알 수 있을 것이다. 그리하여 샤이어에서는 '1일 금요일에'라는 말이 일종의 농담이 되었다. 그 말은 존재하지 않는 날을 의미하거나, 돼지들이 날아다닌다거나, (샤이어에서) 나무들이 걸어 다니는 등 거의 있을 수 없는 사건을 지칭하게 되었다. 그 표현을 자세히 기록하자면 '서머필스달의 1일 금요일에'였다.

것은 저 아득한 옛날 안두인계곡의 인간들에게서 유래된 것인 듯하다. 어떻든 유사한 명칭들이 너른골과 로한에서도 발견되었다. 그런데 호빗들은 인간들이 창안한 이 명칭들의 의미를, 처음에 알고 있었든 몰랐든, 이미 오래전에 잊었다. 그 결과 명칭의 형태가 모호해지고 말았다. 예를 들면 몇몇 달의 이름에 붙은 '마스(math)'란 실제로는 '먼스(month)'의 축약된 형태인 것이다.

샤이어에서 쓰던 월명은 책력에 표시되어 있다. '솔마스'는 보통 '소마스'로 발음되었고 때로 그렇게 표기되기도 했다. '스리밋지'는 종종 '스리미치'(좀 더 고어체로는 '스리밀치')로 표기되었다. '블롯마스'는 '블로드마스'나 '블롬마스'라고 발음되었다. 브리에서 통용되는 월명들은 이와 달라서 프레리, 솔마스, 레세, 치싱, 스리밋지, 리드, 여름날, 미드, 웨드마스, 추숫달, 윈트링, 블로팅, 율달이라고 했다. 프레리, 치싱, 율달이라는 명칭은 동둘레에서도 쓰였다.[66]

호빗들의 요일명은 두네다인에게서 유래한 것인데, 그것은 옛날 북왕국 시대에 쓰인 요일명(궁극적으로는 엘다르에서 유래한 것)을 번역한 것이었다. 엘다르의 여섯 요일은 각기 순서대로 별, 해, 달, 두 그루의 나무, 하늘, 발라(또는 권능들)에게 바쳐지거나 그 이름을 따서 붙여졌으며, 마지막 요일이 한 주의 가장 중요한 날이었다. 퀘냐로 그 이름은 각각 엘레냐, 아나랴, 이실랴, 알두야, 메넬랴, 발라냐(또는 타리온)이었다. 신다린으로는 오르길리온, 오라노르, 오리실, 오르갈라다드, 오르메넬, 오르벨라인(또는 로뒈)이었다.

---

66) 브리에서는 농담으로 '(진흙투성이) 샤이어의 윈터필스'라고 말하곤 했다. 그러나 샤이어 주민들에 따르면 브리에서 쓰던 위트릴이란 말은 옛 표현이 브리식으로 바뀐 것으로, 본래 단어는 겨울이 오기 전에 한 해를 '채우는' 혹은 완결 짓는다는 의미를 가지고 있었다. 이것은 제왕력을 완전히 받아들이기 전, 추수가 끝난 다음을 한 해의 시작으로 여겼던 시절로부터 전해져 온 것이다. (브리의 농담은 윈터필스(Winterfilth)의 filth를 현대적 의미, 즉 '더러움, 오물'로 해석한 결과이다. 반면 샤이어에서는 filth를 fill(채우다, 완성하다)의 명사형으로 해석하고 있다.—역자 주)

누메노르인들은 요일명의 의미와 순서를 유지했지만 네 번째 날은 백색성수만을 뜻하는 알데아(오르갈라드)로 바꾸었다. 누메노르의 궁정에서 자라던 님로스는 바로 그 백색성수의 후손으로 여겨졌다. 또한 일곱 번째 요일을 만들고 싶어 했으므로 위대한 선원이던 그들은 하늘의 날 다음에 '바닷날', 에아레냐(오라에아론)를 끼워 넣었다.

호빗들은 이 요일명을 그대로 받아들였으나 그 번역된 의미는 곧 잊혔든가 아니면 더 이상 관심을 끌지 못했다. 그리고 그 형태는 특히 일상적인 발음에 있어서 상당히 축소되었다. 누메노르의 명칭이 처음 번역된 것은 아마도 제3시대가 끝나기 2천 년 전쯤 북부의 인간들이 두네다인의 요일명을 받아들였을 때일 것이다(이방인들이 두네다인의 책력에서 가장 먼저 채택한 것이 요일명이었다). 당시 서부어가 쓰이던 다른 지역에서는 퀘냐 명칭이 쓰이고 있었지만, 호빗들은 월명에 있어서와 마찬가지로 요일명도 누메노르의 번역어를 고수했다.

샤이어에 보존된 고문서의 수는 그리 많지 않았다. 제3시대가 끝날 무렵 가장 눈에 띄는 고문서는 툭지구의 연감인 『노란책』[67]이다.

그 최초의 항목은 프로도 시대보다 9백 년 이전쯤에 기입된 것으로 추정되며, 『붉은책』의 연표와 계보에서 여러 번 인용되고 있다. 이 연감을 보면 고대 형태의 요일명을 알 수 있는데, 그중 가장 오래된 것은 다음과 같다. (1)스테렌데이, (2)순넨데이, (3)모넨데이, (4)트레웨스데이, (5)헤베네스데이, (6)메레스데이, (7)히흐데이. 반지전쟁 시대에는 이 요일명이 스터데이, 선데이, 먼데이, 트류스데이, 헤벤스데이(헨스데이), 머스데이, 하이데이로 바뀌었다.

나는 이 명칭들을 일요일과 월요일(선데이와 먼데이, 이 두 요일은 샤

---

67) 툭 집안의 출생과 결혼, 사망을 기록해 놓았을 뿐 아니라 토지 매매와 같은 샤이어의 다양한 사건들도 기록되어 있다.

이어에서도 현재와 같은 명칭이 쓰였다)을 선두로 하여 나머지 요일을 배열하고 이름을 번역했다. 그런데 이런 요일명이 연상시키는 의미가 샤이어에서는 전혀 달랐다는 사실에 주목할 필요가 있다. 한 주의 마지막 날인 금요일(하이데이)은 가장 중요한 날로 휴일(정오 이후)이었고 저녁에는 잔치를 벌였다. 따라서 토요일은 오늘날의 월요일에 더 가깝고, 목요일은 오늘날의 토요일에 해당되었다.[68]

정밀한 책력에서는 사용되지 않았지만 시간을 지칭하는 명칭들로 다음과 같은 몇 가지를 언급할 수 있을 것이다. 보통 사용되는 계절명은 투일레(봄), 라이레(여름), 야비에(가을 또는 수확기), 리베(겨울)이었다. 하지만 이 명칭들은 각각 뚜렷이 구분되는 것은 아니었으며, 퀠레 또는 랏셀란타는 늦가을과 초겨울을 지칭하는 용어로 쓰였다.

북쪽 지역의 엘다르는 주로 별이 지거나 뜨는 시간, 즉 박명에 특별히 관심을 두었다. 따라서 이 시간대를 지칭하는 용어가 여럿 있었는데, 틴도메와 운도메가 가장 많이 쓰였다. 틴도메는 새벽 무렵을, 운도메는 저녁 무렵을 지칭했다. 신다린으로는 우이알이라고 했는데 각각 미누이알과 아두이알로 규정될 수도 있었다. 샤이어에서는 각각 그것들을 모로우딤(아침 미명)과 이븐딤(저녁어스름)이라 불렀다. 예를 들어 저녁어스름호수는 네누이알의 번역어이다.

반지전쟁의 이야기에서는 오로지 샤이어의 책력과 날짜만이 중요한 의미를 지닌다. 『붉은책』에서는 모든 요일명이나 월명, 그리고 날짜가 샤이어 용어로 번역되었거나 각주에서 샤이어식으로 표기되어 있다. 따라서 이 책 전반에 걸쳐서 거론되는 달과 요일은 샤

---

68) 그러므로 나는 빌보의 노래(BOOK1. 290~292쪽)에서 목요일과 금요일 대신에 토요일과 일요일을 사용했다.

이어 책력을 따른 것이다. 우리들의 달력과 샤이어 책력 간의 차이는 이 이야기의 결정적 시기에서 중요해진다. 바로 3018년 말과 3019년 초(샤이어력 1418년, 1419년)이다. 그 중요한 차이란 다음과 같다. 1418년 10월은 30일밖에 없고, 1월 1일은 1419년의 둘째 날이며, 2월 역시 30일이다. 따라서 우리의 연도가 같은 계절적 주기에서 시작했다면, 바랏두르가 몰락한 3월 25일은 오늘날의 3월 27일에 해당되리라는 점이다. 그러나 제왕력과 섭정력에서는 그 날짜가 3월 25일이었다.

신책력은 왕국이 복원된 제3시대 3019년부터 시작되었다. 그것은 엘다르의 로아와 마찬가지로 봄의 시작에 맞춰 개정된 제왕력으로 돌아갔음을 의미했다.[69]

신책력에서는 사우론의 몰락과 반지 사자들의 업적을 기리는 뜻에서 구력 3월 25일에 한 해가 시작되었다. 과거에 쓰이던 월명은 그대로 쓰였으나 1년의 시작은 비렛세(4월)부터가 되었으며, 각 달은 이전보다 닷새가량 빨라진 기간을 지칭하게 되었다. 모든 달은 30일이었다. 야반니에(9월)와 나르퀠리에(10월) 사이에는 사흘간의 엔데레 또는 가운뎃날(그 중 둘째 날은 '로엔데'라고 했다)이 끼어 있었으며, 그것은 구력으로 9월 23, 24, 25일에 해당됐다. 그러나 프로도를 기리기 위해 그의 생일인 9월 22일(구책력)에 해당하는 야반니에 30일이 축제일로 정해졌고, 윤년의 경우 이 잔칫날을 두 배로 연장하여 '코르마레', 즉 반지의 날이라 불렀다.

제4시대는 원래 3021년 9월 엘론드가 가운데땅을 떠난 사건과 더불어 시작되었지만, 왕국의 기록을 위해 신책력에서 제4시대의 원년은 구책력 3021년 3월 25일에 해당하는 날짜에 맞추어 시작되었다.

---

69) 하지만 실제로 신책력의 예스타레는 임라드리스 책력보다 일찍 시작되었다. 후자는 샤이어 책력으로 4월 6일경에 해당된다.

이 책력은 엘렛사르 왕의 재위기에 걸쳐 그의 영토 어느 곳에서나 채택되었다. 그러나 아직 구책력이 존속하고 샤이어력이 계속 쓰이던 샤이어는 예외였다. 따라서 제4시대의 원년은 1422년이 되었다. 호빗들이 시대의 변화를 설명할 필요가 있을 때에는 전해 3월이 아니라 1422년 율2일을 새 시대의 시작으로 삼았다.

샤이어 주민들이 3월 25일이나 9월 22일을 기념했다는 기록은 남아 있지 않다. 그러나 서둘레, 그중에서도 호빗골 언덕 주변 지역에서는 날씨가 좋을 경우 4월 6일 잔치 마당에서 축제를 열고 춤을 추는 것이 관례가 되었다. 어떤 이는 그날이 정원사 샘의 생일이라고 하고, 또 어떤 이들은 1420년 황금나무가 처음 꽃을 피운 날이라고 하고, 혹은 요정의 새해 첫날이라고 했다. 노룻골에서는 매년 11월 2일 해 질 무렵 마크의 뿔나팔 소리가 울려 퍼지면 큰 화톳불을 피우고 잔치를 열었다.[70]

---

70) 그것은 3019년 샤이어에 처음으로 뿔나팔 소리가 울려 퍼진 사건을 기념하는 축제였다.

E. 글쓰기와 철자

I
단어와 이름의 발음

서부어 또는 공용어는 모두 그에 상응하는 영어로 번역되었다. 호빗의 이름들과 특별한 낱말들도 모두 그에 따라 발음이 되도록 표기했다. 예를 들어 볼저(Bolger)의 g는 bulge에서와 같은 음가를 가지며, 매돔(mathom)은 패돔(fathom)과 운이 같다.

고대 문서를 옮겨 쓰는 과정에서 나는 되도록 원음(확인할 수 있는 한)을 아주 정확하게 나타내려고 했으며, 동시에 현대의 글자로도 조야하게 보이지 않도록 단어와 이름들을 만들었다. 높은요정들이 사용한 퀘냐는 음가가 허용하는 한 되도록 라틴어처럼 표기되었다. 이런 이유로 해서 엘다르의 두 언어 모두에서 k보다는 c를 선호했다.

이러한 세부적인 사항에 관심이 있는 이들이라면 다음에 나오는 점들을 살펴보기 바란다.

자음

C   e와 i 앞에 오는 경우에도 언제나 〔k〕 음가를 지닌다. 따라서 celeb는 '켈레브'로 발음되어야 한다.

CH   영어의 church가 아니라 독일어 또는 웨일스어의 바흐(bach)와 비슷한 소리를 표기하는 데만 사용되었다. 단어의 끝과 t의 앞에 오는 경우를 제외하면 곤도르의 언어에서 이 소리는 〔h〕로 약화되었는데, '로한(Rohan)'과 '로히림(Rohirrim)' 같은 몇몇 단어에서 이러한 변화를 찾아볼 수 있다. ('임라힐(imrahill)'은 누메노르식 이름이다.)

DH 영어의 these 나 clothes의 유성음(연음) th를 나타낸다. 대개 이 철자는 d와 관련되는데, 예를 들어 신다린의 '갈라드(galadh, 나무)'는 퀘냐의 '알다(alda)'에 해당된다. 그러나 때로는 n+r로부터 파생되는 경우도 있다. '카라드라스(Caradhras, 붉은뿔)'는 카란-라스(caran-rass)에서 파생된 단어이다.

F 단어 끝에 오는 경우를 제외하면 [f] 음가를 표시한다. 단어 끝에서는 영어의 of처럼 [v] 음가를 갖는다. '닌달브(Nindalf)'와 '플라드리브(Fladrif)' 등이 그 예이다.

G 이것은 give, get의 [g] 음가를 나타낸다. '길도르(Gildor)', '길라엔(Gilraen)', 오스길리아스(Osgiliath)의 '길(gill, 별)'은 영어의 gild와 같은 음으로 시작된다.

H 다른 자음과 같이 쓰이지 않을 경우 house, behold의 h와 같은 음가를 갖는다. 퀘냐에서 ht는 독일어의 echt, acht와 같이 cht의 음가를 가진다. 예를 들어 오리온자리를 가리키는 '텔루메흐타르(Telumehtar)'와 같은 단어가 있다.[71] 더 자세한 설명은 CH, DH, L, R, TH, W, Y 항목을 참조하라.

I 신다린의 경우에 다른 모음 앞에 첫 글자로 쓰였을 때 you, yore의 y와 같은 자음 음가를 갖는다. 예를 들어 '요레스(Ioreth)', '야르와인(Iarwain)' 등이 있다. Y 항목을 참조하라.

---

71) 보통 신다린으로는 메넬바고르(BOOK1 165쪽 참조), 퀘냐로는 메넬마카르라 했다.

K 이 철자는 요정어가 아닌 다른 언어에서 파생된 이름에 쓰였으며 c와 같은 음가를 갖는다. 따라서 kh는 오르크어의 '그리슈나크(Grishnákh)'나 아두나이어(누메노르어)의 '아두나코르(Adûnakhôr)'의 ch처럼 발음된다. 난쟁이들의 언어(크후즈둘)는 해설 E를 참조하라.

L 이것은 let의 경우처럼 영어에서 첫 글자로 쓰이는 l과 다소 비슷한 소리를 나타낸다. 그러나 e, i와 자음 사이, 또는 e, i 다음에 마지막으로 쓰일 때는 어느 정도 구개음화되었다(엘다르족이라면 영어의 bell, fill을 아마도 beol, fiol로 적었을 것이다). 무성음일 경우(보통 첫 글자 sl-에서 파생된 경우)에는 LH로 이 음가를 표시한다. 퀘냐의 고어에서 이 음의 철자는 hl이었지만, 제3시대에 보통 l로 발음되었다.

NG finger의 ng에 해당하는 음가를 갖는다. 다만 단어 끝에서는 영어의 sing과 같이 발음된다. 후자의 발음은 퀘냐 어두에서도 나타났으나 표기할 때는 제3시대의 발음에 따라 n으로 쓰였다. 예를 들어 놀도(Noldo)의 경우가 그렇다.

PH 이것은 f와 같은 음가를 갖는다. 이 철자가 사용되는 경우는 (1) '알프(alph, 백조)'에서처럼 단어 끝에 f 음이 붙을 때, (2) f 음가가 p와 관련되거나 p에서 파생된 경우(예를 들면 반인족을 의미하는 단수형 페리안perian의 군집복수형 이페리안나스i-Pheriannath)일 때, (3) 에펠(Ephel, 외곽 벽)처럼 일부 단어의 중간에서 장음 ff를 표시하기 위한 경우일 때, (4) 아르파라존(Ar-Pharazôn, 황금을 뜻하는 pharaz의 파생어) 같은 아두나이어와 서부어에서 볼 수 있다.

QU   이 철자는 cw의 대용으로 사용되었는데, 신다린에서는 찾아볼 수 없지만 퀘냐에서는 빈번하게 나타난다.

R   이 철자는 어느 위치에 쓰이든 간에 전동음 r을 표시한다. 즉, 영어의 part와는 달리 자음 앞에 올 때도 그 소리는 소실되지 않는다. 오르크족과 일부 난쟁이들은 r을 혀뿌리나 목젖에서 발음했다고 하는데, 엘다르는 그 소리를 불쾌하게 여겼다. RH는 무성음 r을 표시하며 보통 예전의 첫 글자 sr-에서 파생되었다. 퀘냐에서는 hr로 표기되었다. L 항목을 참조하라.

S   이것은 영어의 so, geese처럼 언제나 무성음이다. z 음은 당대의 퀘냐와 신다린에는 존재하지 않았다. 서부어와 난쟁이어, 오르크어에 쓰인 SH는 영어의 sh와 비슷한 음가를 나타낸다.

TH   이 철자는 영어의 thin이나 cloth에서처럼 무성음 th와 같은 음가를 표시한다. 구어 퀘냐에서는 s의 음가를 가졌으나 필기할 때는 여전히 s와 다른 글자로 쓰였다. 달을 뜻하는 퀘냐는 이실(Isil)이고 신다린으로는 이실(Ithil)이다.

TY   이 철자는 영어의 tune에 나오는 t와 유사한 음가를 표시한다. 이 철자는 주로 c+y 또는 t+y에서 파생된 것이다. 서부어에서 흔히 발견되는 영어의 ch 음가는 주로 이 음가가 변한 결과이다. Y 항목의 HY를 참조하라.

V   이것은 영어의 v 음가를 가지지만 단어 끝에서는 쓰이지 않았다. F 항목을 참조하라.

W 영어의 w 음가를 갖는다. HW는 영어의 (영국 북부 발음에서) white처럼 무성음 w이다. 이 책에는 그 예가 나오지 않지만 퀘냐에서 이 음가가 단어 처음에 쓰이는 경우는 드물지 않다. 퀘냐의 철자가 라틴어와 유사하지만 퀘냐를 표기할 때는 라틴어와 달리 v와 w 둘 다 사용되었다. 그 두 음은 비록 기원은 다르지만 퀘냐에서 모두 사용되었기 때문이다.

Y 영어의 you처럼 퀘냐에서도 자음 y로 쓰인다. 신다린에서 y는 모음이다. (다음 페이지의 모음 설명 참조) HY와 y의 관계는 HW와 w의 관계와 같으며, HY는 영어의 hew, huge에서 종종 들을 수 있는 음가를 표시한다. 퀘냐의 eht, iht의 h는 같은 음가를 가진다. 이 hy는 서부어에서 영어의 sh음가로 바뀌었다. 위의 TY 항목을 참조하라. HY는 보통 sy-와 khy-에서 파생된 것인데, 어느 쪽이든 이와 관련된 신다린 단어는 첫 글자가 h이다. 퀘냐 '햐르멘(Hyarmen, 남쪽)', 신다린 '하라드(Harad)'의 경우가 그러하다.

tt, ll, ss, nn처럼 자음을 중첩시키는 경우는 긴 두 개의 자음을 표시한다. 음절의 수가 둘 이상인 낱말 끝에서 같은 자음이 중첩되었을 때는 대개 축약되었다. 예를 들어 Rochann(고대의 형태는 Rochand)은 Rohan으로 축약되었다.

엘다르 언어의 초기 단계에서 특히 선호된 ng, nd, mb 같은 자음의 조합은 신다린에서 다양한 변화를 겪었다. mb는 어느 경우에나 m으로 바뀌었지만 강세를 위해 긴 자음으로 간주되었다. (다음 페이지의 모음 설명 참조) 그에 따라 강세가 분명하게 보이지 않을 경우

mm$^{72)}$으로 표기했다.

ng는 단어의 처음과 마지막에서 단순한 콧소리(영어의 sing에서처럼)로 바뀐 경우를 제외하면 변하지 않았다. 엔노르(Ennor, 가운데땅), 즉 퀘냐의 엔도레(Endóre)에서 볼 수 있는 것처럼 nd는 대체로 nn으로 바뀌었으나, 손드(thond, 뿌리. 모르손드[Morthond, 검은 뿌리]를 참조하라)처럼 단음절로 충분히 강세가 주어지는 단어의 끝이나, 안드로스(Andros, 긴 거품)처럼 r 앞에서는 그대로 쓰였다. 이 nd는 나르고스론드(Nargothrond), 곤돌린(Gondolin), 벨레리안드(Beleriand)의 예에서 볼 수 있듯이 그 이전 시대에서 비롯된 옛 명칭에서도 찾아볼 수 있다.

제3시대에 이르러 긴 단어 끝의 nd는 nn에서 n으로 바뀌었다. 이실리엔(Ithilien), 로한(Rohan), 아노리엔(Anórien)에서 그 예를 찾아볼 수 있다.

모음

모음으로는 i, e, a, o, u가 쓰였으며, 신다린에서만 y도 모음으로 쓰였다. 물론 지역에 따른 다양한 변이는 탐지할 수 없지만, 확인할 수 있는 바에 의하면 이 글자들이 나타내는 소리(y를 제외하고)는 통상적으로 쓰인 음이었다. 즉 그 소리들은 음절의 장단과 상관없이 영어 단어 machine, were, father, for, brute 각각에 나오는 i, e, a, o, u의 음과 대략 비슷했다.

신다린의 경우 장모음 e, a, o는 단모음에서 비교적 나중에 파생되었으므로 같은 음가를 가졌다(반대로 옛 é, á, ó는 다른 발음으로 변

---

72) 가령 갈라드렘민 엔노라스(galadhremmin ennorath, BOOK2 420쪽 참조) '가운데땅의 나무들로 뒤얽힌 땅'에서 그러했다. 렘미라스(Remmirath, BOOK1 165쪽 참조)는 rem '그물'을 포함하며 퀘냐로는 rembe + mîr '보석'을 조합한 말이다.

했다). 퀘냐의 경우 장모음 é와 ó는 엘다르족이 정확하게 발음할 경우[73] 단모음보다 좀 더 혀끝을 긴장시켜서 내는 폐모음으로 소리 났다.

당대의 언어 가운데 유독 신다린만이 프랑스어 륀(lune)의 u와 다소 비슷하게 '움라우트 현상으로 변이된' 전설음 u를 갖고 있었다. 그것은 일부는 o와 u가 음운 변화를 일으킨 것이었으며 부분적으로는 예전의 이중모음 eu, iu에서 파생된 것이었다. 이 음을 표시하기 위해 고대 영어에서처럼 y가 쓰였다. 뤼그(lyg 뱀. 퀘냐는 레우카 leuca) 또는 에뮌(emyn 언덕들. 아몬amon의 복수형)에서 볼 수 있다. 곤도르에서는 이 위(y) 발음이 보통 이(i)로 발음되었다.

장모음은 보통 양음 부호(ˊ)로 표시되었으며, 이것은 페아노르식 표기법 중 일부에서 볼 수 있다. 신다린에서 강세가 붙은 단음절의 장음은 곡절 부호(ˆ)가 붙는데, 이런 경우에는 특별히 길게 발음되는 경향이 있었기 때문이다.[74] Dúnadan과 비교해 볼 때 dûn은 특히 길게 발음된다. 아두나이어나 난쟁이어와 같이 다른 언어에서 곡절 부호를 사용하는 것은 별다른 의미가 없었으며, k를 쓰는 것과 마찬가지로 단지 그 낱말이 외래어라는 사실을 나타내는 데 지나지 않는다.

단어 끝에 쓰인 e는 영어의 경우처럼 묵음이 되거나 단순히 장음을 표시하는 것이 아니다. 이 마지막 e를 표시하기 위해 종종 ë가 쓰

---

73) 서부어에서 그리고 서부어 화자가 퀘냐의 명칭을 발음할 경우 장모음 é와 ó는 영어의 say, no처럼 '에이'와 '오우'로 발음하는 것이 널리 퍼져 있었으며, 이 발음은 'ei'와 'ou'(또는 당대의 필사본에서 그에 해당하는 철자)로 표기되었다. 이것은 부정확하거나 촌스럽다고 여겨졌으나, 사이어에서는 그러한 발음이 통상적으로 쓰였다. 그러므로 véni únótime(무수히 긴 세월)를 영어식으로, 즉 '베이니 우노우티미'라고 발음한다면 빌보와 메리아독, 페레그린보다 뒤떨어지는 발음은 아닐 것이다. 프로도는 '외국어 발음에 뛰어난 재주'가 있었다고 전해진다.

74) 안눈(Annûn, 일몰)과 암룬(Amrûn, 일출)도 관련된 단어 둔(dûn, 서쪽)과 룬(rhûn, 동쪽)의 영향을 받아 아주 길게 발음되었다.

였는데 일관된 것은 아니었다.

단어 끝이나 자음 앞에 나오는 er, ir, ur 들은 영어의 fern, fir, fur 처럼 발음되는 것이 아니라 영어의 air, eer, oor 쪽에 가깝게 발음되었다.

퀘냐의 ui, oi, ai와 iu, eu, au는 한 음절로 발음되는 이중모음이었다. 나머지 모음쌍들은 모두 음절이 분리되었다. 이럴 경우에는 종종 ëa(Eä), ëo, oë로 표기되곤 했다.

신다린에서 이중모음은 ae, ai, ei, oe, ui, au로 기록되었다. 다른 조합은 이중모음이 아니다. 단어 맨 끝에 au 대신에 aw를 쓰는 것은 영어의 관례에 일치하는데, 실제로 페아노르식 철자에서 드문 것이 아니었다.

이 모든 이중모음은 첫 음에 강세가 붙고 이어서 단모음이 나오는, 하강하는 이중모음이었다.[75] 따라서 ai, ei, oi, ui는 영어의 rye(ray가 아니라), grey, boy, ruin 처럼 발음이 되었다. au(aw)는 laud나 haw가 아니라 loud, how에서와 같이 발음된다.

영어에는 ae, oe, eu에 근접하는 모음이 없으며, ae와 oe는 대략 ai, oi처럼 발음될 것이다.

강세

엘다르어에서는 악센트나 강세의 위치가 단어의 형태에 따라 결정되기 때문에 그 위치는 표시되지 않았다. 두 음절어에서 강세는 거의 모든 경우 첫 번째 음절에 주어진다. 그보다 긴 단어에서는 끝에서 두 번째 음절에 강세가 주어진다. 이때 해당 음절의 모음은 장모

---

75) 원래는 그러했다. 그러나 제3시대에 이르러 퀘냐의 iu는 영어의 yule 의 yu처럼 보통 상승 이중모음으로 발음되었다.

음 또는 이중모음이거나, 두 개 이상의 자음 앞에 있어야 한다. 끝에서 두 번째 음절이 짧은 모음 다음에 자음이 없거나 한 개만 나오는 경우(종종 그렇다) 강세는 그 앞 위치인 끝에서 세 번째 음절에 주어진다. 이런 형태의 단어는 엘다르어 특히 퀘냐에서 많이 쓰였다.

다음에 나오는 예에서 강세가 주어진 모음은 대문자로 표시해 놓았다.

이실두르(isIldur), 오로메(Orome), 에렛세아(erEssëa),
페아노르(fËanor), 앙칼리메(ancAlime), 엘렌타리(elentÁri),
데네소르(dEnethor), 페리안나스(periAnnath),
엑셀리온(ecthElion), 펠라르기르(pelArgir), 실리브렌(silIvren).

엘렌타리(elentÁri, 별의 여왕)처럼 복합어가 아니라면, 퀘냐에서는 é, á, ó에 강세가 오는 경우는 드물다. 오히려 안두네(andÚne, 일몰, 서쪽)처럼 í, ú에 강세가 오는 경우가 훨씬 많다.

신다린에서는 복합어가 아닐 경우 이런 유형의 단어가 나오지 않는다. 신다린의 dh, th, ch가 단자음이며 원래의 문자 표기법에서는 단일 철자임을 주목하라.

주

엘다르어가 아닌 다른 언어에서 유래한 명칭에서, 위에서 특별히 언급된 경우가 아니라면, 각 문자에 대해 같은 음가가 주어지도록 의도되었다. 난쟁이어는 예외인데, 난쟁이어는 위에서 언급한 th와 ch(kh)로 표시되는 소리가 없었다. th와 kh는 기식음, 즉 backhand, outhouse의 경우처럼 t나 k 다음에 h가 따라오는 소리였다.

z로 나타내려는 음가는 영어의 z와 같다. 암흑어와 오르크어에서 gh는 '후설 마찰음'을 표시하며 이 음은 dh와 d의 관계처럼 g와 관련이 있다. 예를 들어 '가쉬(ghâsh)'와 '아그(agh)'와 같은 단어가 있다.

난쟁이들의 외래적 또는 인간어 이름은 북부의 형태를 띠고 있지만, 그 문자의 음가는 위에서 말한 바와 동일하다. 또한 현대식으로 바뀌지 않은 로한의 인명 및 지명의 경우에도 마찬가지이다. 다만 여기서 éa와 éo는 이중모음이었으며, ea는 영어의 bear, eo는 Theobald의 음가를 의미한다고 볼 수 있고, y는 u의 변이된 형태이다. 현대식으로 바뀐 형태는 쉽게 알아볼 수 있으며 영어에서와 동일하게 발음된다. 그런 단어는 대부분 지명이며 Dúnharg에서 발전한 검산오름(Dunharrow)의 경우에서 찾아볼 수 있다. 샤두팍스(Shadowfax)와 뱀혓바닥(Wormtongue)은 예외이다.

II
문자 기록

제3시대의 문자 표기법과 글자는 모두 궁극적으로는 엘다르 문자에 그 기원을 두고 있으며, 그 당시에도 이미 상당히 오래된 것이었다. 글자는 완전히 발달한 단계에 도달했지만, 오직 자음만 완전한 문자로 나타내던 과거의 표기법이 아직도 사용되고 있었다.

알파벳은 기원이 서로 다른 두 종류가 있었다. 하나는 '텡과르' 또는 '티우'라고 불리며 여기서 '문자'로 번역된다. 다른 하나는 '케르타르' 또는 '키르스'로서 그것은 '룬 문자'로 번역된다. 텡과르는 붓이나 펜으로 쓸 수 있게끔 고안된 글자로서, 네모진 서체의 경우에는 필기 형식에서 파생된 것이다. 케르타르는 대부분 긁거나 조각하여 새기는 경우를 위해 고안되고 사용되었다.

그중 텡과르가 더 오래된 것이었다. 그 문자는 이런 일에 가장 재주 있던 엘다르의 혈족 놀도르가 망명하기 오래전에 개발한 것이기 때문이다. 가장 오래된 엘다르 문자인 '루밀의 텡과르'는 가운데땅에서는 사용되지 않았다. 후기의 문자인 '페아노르의 텡과르'는 어느 정도 루밀 문자에 바탕을 두고 있긴 했지만 대체로 새로 고안된 것이었다. 그 문자는 망명한 놀도르에 의해 가운데땅에 도입되어 에다인과 누메노르인들에게 알려지게 되었다. 제3시대에 이르러 그 문자는 공용어가 쓰이던 전 지역에 전파되고 사용되었다.

키르스 문자는 원래 벨레리안드에서 신다르 요정들이 창안한 것으로서, 오랫동안 나무나 돌 위에 이름이나 간단한 기념문을 새기는 경우에만 사용되었다. 이러한 이유로 그 문자는 각진 형태가 되었고, 오늘날의 룬 문자와 흡사해 보인다. 하지만 세부적인 사항에서는 차이가 있었고 배열에 있어서는 전혀 달랐다. 제2시대에 보다 오래되고 단순한 키르스 문자의 형태가 동쪽으로 전파되어 인간과 난쟁이, 오르크 들에게도 알려지게 되었다. 그들은 저마다의 목적과 나름대로의 재주에 따라서 그 문자를 변화시켜 사용했다. 너른 골의 인간들은 이런 단순한 형태를 계속 사용했고, 로한인들도 이와 비슷한 문자 형태를 썼다.

그러나 제1시대가 채 끝나기 전에 벨레리안드에서 키르스 문자는 어느 정도 놀도르의 텡과르 문자의 영향을 받게 되면서 재배열되고 보다 발전하게 되었다. 키르스 문자의 가장 풍부하고 규칙적인 형태는 '다에론 알파벳'이라 불렸다. 요정들에게 구전되는 이야기에 따르자면 도리아스의 싱골 왕 시대의 음유시인이자 전승학자인 다에론이 그 문자를 고안했기 때문에 이렇게 불렀다고 한다. 엘다르 사이에서는 다에론 알파벳이 필기체로 발전되지 못했는데, 요정들이 글을 쓸 때 페아노르 문자를 채택했기 때문이다. 사실상 서부의 요정들은 대개의 경우 룬 문자를 전혀 쓰지 않았다. 그러나 에레기온 지역에서는 다에론 알파벳이 계속 사용되었고 그곳에서 모리아로 전파되면서 난쟁이들이 가장 선호하는 문자가 되었다. 다에론 알파벳은 그 후에도 난쟁이들 가운데서 계속 사용되었으며 그들과 함께 북쪽으로 이동했다. 후세에 그 문자는 종종 '앙게르사스 모리아' 또는 '모리아의 긴 룬 배열'이라고 불리게 되었다. 난쟁이들은 말할 때와 마찬가지로 글씨를 쓸 때에도 당대 널리 쓰이던 문자 표기법을 사용했으며 페아노르 문자를 능숙하게 쓸 수 있는 난쟁이들도 상당수가 있었다. 그러나 자신들의 언어에 관한 한 난쟁이들은 키르스 문자를 고수하여 펜으로 쓰는 키르스 서체를 개발했다.

페아노르 문자

텡과르 문자

	I	II	III	IV
1	1	2	3	4
2	5	6	7	8
3	9	10	11	12
4	13	14	15	16
5	17	18	19	20
6	21	22	23	24
	25	26	27	28
	29	30	31	32
	33	34	35	36

앞의 표에는 제3시대 서부 지역에서 공통적으로 사용된 모든 문자의 공식적인 서체 형태가 제시되어 있다. 이러한 배열이 그 당대에 가장 보편적인 것이었고 각 글자의 이름도 당시에는 보통 이 순서로 열거되었다.

이 문자는 원래 '알파벳', 즉 독자적인 음가를 가진 문자들을 그 형태나 기능과 상관없이 전통적인 순서에 따라서 임의로 열거해 놓은 문자들의 연속 체계가 아니었다.[76) 그것은 오히려 유사한 모양과 형식을 가진 자음 기호 체계였으며, 엘다르족이 사용하거나 창안한 자음의 음가를 나타내기 위해 편의에 따라 선택적으로 적용할 수 있었다. 이 글자들 중에 어느 것도 그 자체가 고정된 음가를 갖고 있지 않았다. 그렇지만 그 문자들 사이의 일정한 관계가 순차적으로 인식되었다.

이 체계에는 24개의 기본 문자 1~24까지 4개의 테마(열)에 따라 배열되고, 그 각각의 열은 다시 6개의 텔레(급)를 가지고 있었다. 또한 추가문자가 있었는데, 25부터 36까지가 그 예이다. 그중에서 27과 29만 엄밀하게 독립적인 문자이고 나머지는 다른 문자의 변형이다. 또한 다양한 용도로 쓰이는 테흐타(부호)도 많이 있었다. 그것들은 이 표에는 나와 있지 않다.[77)

기본 문자는 각각 텔코(줄기)와 루바(활)로 구성된다. 1~4에서 볼 수 있는 형태가 표준적인 것이었다. 줄기는 9~16에서 볼 수 있듯이 위로 뻗을 수도 있고, 17~24에서 볼 수 있듯이 줄어들 수도 있었다. 활은 I열과 III열에서처럼 열린 상태일 수도 있고, II열과 IV열에서처

---

76) 현대 영어 알파벳에서 엘다르 요정들이 이해할 수 있는 유일한 연관 관계는 P와 B의 관계이다. 그런데 그 두 문자가 서로 떨어져 있고 F, M, V와도 떨어져 있다는 것이 그들에게는 불합리하게 보였을 것이다.

77) 테흐타들 가운데 많은 예를 속표지와 반지에 새겨진 글(BOOK1 111쪽, 독음은 BOOK2 449쪽)에서 찾아볼 수 있다. 테흐타들은 주로 모음을 표기하기 위해 쓰였는데, 퀘냐에서는 보통 모음은 자음을 꾸며 주는 것으로서 인식했다. 또한, 가장 빈번하게 쓰이는 자음의 조합 몇 가지를 보다 간단하게 표현하는 데에도 쓰였다.

럼 닫힌 형태를 취할 수도 있었다. 어느 경우에든 5~8에서처럼 활을 두 번 겹쳐 쓸 수도 있었다.

이 문자를 적용하는 방식은 이론적으로는 자유였으나, 제3시대에 이르러서는 I열은 일반적으로 치음(齒音) 또는 t 계열(팅코테마)에 적용되었고, II열은 순음(脣音) 또는 p 계열(파르마테마)에 적용하는 것이 일반적이었다. III 열과 IV 열은 상이한 언어들의 필요 조건에 따라 다양하게 적용되었다.

오늘날의 ch, j, sh과 같은 자음을 대단히 많이 사용한 서부어 같은 언어에서는[78] III열이 대개의 경우 그 발음들에 적용되었으며, 그런 경우에 IV 열은 표준적인 k 계열(칼마테마)에 적용되었다. 퀘냐는 칼마테마 이외에도 구개음 계열(텔페테마)과 순음화 계열(퀫세테마)이 있었으며, 구개음은 '따라오는 y'를 의미하는 페아노르식 구분 부호(보통 아래쪽에 점 두 개를 찍는다)로 나타냈다. 반면에 IV 열은 kw 계열을 의미했다.

일반적으로 이와 같이 적용될 때 다음과 같은 관계를 관찰할 수 있었다. 1급에 속하는 표준 문자는 무성 폐쇄음 t, p, k 등에 적용되었다. 겹쳐 쓴 활은 유성음화를 나타낸다. 따라서 1, 2, 3, 4가 t, p, ch, k(또는 t, p, k, kw)라면 5, 6, 7, 8은 d, b, j, g(또는 d, b, g, gw)가 된다. 위로 솟은 줄기는 자음을 개방하여 마찰음으로 발음할 것을 지시한다. 그리하여 1급의 음가가 위와 같다면 3급(9~12)의 음가는 th, f, sh, ch, 4급(13~16)의 음가는 dh, v, zh, gh(아니면 dh, v, gh, ghw/w)가 된다.

원래의 페아노르식 체계에는 위아래 양쪽으로 줄기가 확장된 급도 있었다. 이것들은 대개의 경우 기식자음(예를 들어 t+h, p+h, k+h)

---

78) 여기서 음가의 표시는 소리를 옮기는 데 사용되었고 위에서 설명한 것과 동일하다. 다만 여기서 ch는 영어의 church의 ch 음가를 나타내며, j는 영어의 j 음가를, zh는 azure와 occasion에 나타나는 음가를 각각 표시한다.

을 나타냈지만, 경우에 따라 자음의 또 다른 변용을 표시한 것일 수도 있다. 이 문자 체계를 사용한 제3시대의 언어에서 이러한 것들은 필요하지 않았다. 그러나 이와 같은 확장된 형태는 3급과 4급의 변형체(1급과 명확히 구별되는)에 많이 쓰였다.

5급(17~20)은 보통 비음에 적용되었다. 따라서 17과 18은 n과 m을 나타내는 기호로 가장 흔하게 쓰였다. 위에서 관찰된 원칙에 따르면 6급(21~24)은 무성 비음을 표시하는 데 쓰였어야 한다. 하지만 이런 소리(웨일스어의 nb나 고대 영어의 hn이 예시하는 바)는 관련 언어에서 거의 쓰이지 않았기 때문에, 6급은 대개 각 열에서 가장 약하거나 반모음적 자음을 나타내는 데에 쓰였다. 그것은 기본 문자 가운데 가장 작고 단순한 형태의 문자들로 구성되었다. 따라서 21은 종종 약음의(떨리지 않는) r을 표시하는 데 쓰였다. 그 음은 원래 퀘냐에서 사용되는 음으로 그 언어 체계에서는 팅코테마의 가장 약한 자음으로 간주되었다. 22는 w의 음을 나타내는 데 널리 사용되었다. III열이 구개음 계열로 사용되는 경우에 23은 보통 자음의 y로 이용되었다.[79]

4급의 자음 가운데 몇 가지는 발음할 때 약화되면서 (위에서 묘사된 대로) 6급의 자음에 근접하거나 융합되는 경향이 있었다. 그래서 6급의 문자 가운데 많은 것들은 엘다르어에서 명확한 기능을 갖지 않게 되었고, 이런 글자들에서 모음을 표시하는 글자들이 생겨나게 되었다.

---

79) 모리아 서문에 새겨진 글은 '표기법'의 한 예시이다. 이 표기법은 신다린을 표기하던 것으로, 6급이 기본 비음을 나타내고 5급은 '두 배가 된', 즉 장음이 된 비음을 나타낸다(17=nn, 21=n). 이는 신다린에서 많이 사용하던 방식이었다.

주

퀘냐의 표준 철자법은 위에서 언급한 것과는 다른 방식으로 갈라졌다. 2급 문자는 nd, mb, ng, ngw에 쓰였고 이들 모두는 빈번히 쓰이는 발음들이었는데 그것은 b, g, gw가 이들 조합에서만 나타났기 때문이다. rd, ld의 경우에는 별도로 26, 28의 특별한 문자가 사용되었다(lw가 아닌 lv의 경우 많은 화자들, 특히 요정들은 lb를 사용했다. 이 음가는 27+6으로 표시되었는데, lmb는 있을 수 없기 때문이었다). 이와 유사하게 4급의 문자는 극히 빈번하게 사용되는 조합인 nt, mp, nk, nqu에 사용되었다. 그것은 퀘냐에 dh, gh, ghw가 없고 또 v에 대해서는 22번 문자를 썼기 때문이다. 해설 664~666쪽의 '글자의 이름'을 참조하라.

추가문자

27번 문자는 언제나 l을 표시하는 데 널리 쓰였다. 25번(그 기원에 있어서 21번의 변형)은 완전한 떨림음 r을 표시하는 데 쓰였다. 26번과 28번은 이 두 문자의 변이된 형태이다. 그것들은 각각 무성음 r(rh)과 l(lh)에 사용되었다. 그러나 퀘냐에서 이 문자들은 rd와 ld에 쓰였다. 언어에 따라서 필요한 경우에 29번은 s를, 31번(29번 문자를 두 번 쓴)은 z를 나타냈다. 29번과 31번을 뒤집어 놓은 형태인 30번과 32번은 개별적인 기호로 사용될 수 있었음에도 불구하고 대개의 경우 글쓰기를 편리하게 하기 위해서 29번과 31번의 단순한 변형으로 쓰였다. 그것들은 위에 얹힌 테흐타가 있는 경우에 쓰이곤 했다.

33번은 본래 11번의 (약화된) 변이를 나타내는 변형체였다. 제3시대에 그것은 h를 나타내는 문자로 가장 많이 사용되었다. 34번은 쓰이는 경우가 거의 없었지만 쓰일 경우에는 대개 무성음 w(hw)로 사용되었다. 35번과 36번은 자음으로 쓰일 때는 대부분 각각 y와 w에 적용되었다.

모음

모음은 여러 표기법에서 보통 자음 위에 붙는 테흐타로 표시되었다. 대부분의 낱말이 모음으로 끝나는 퀘냐 같은 언어에서 테흐타는 선행 자음 위에 위치했다. 하지만 대부분의 낱말이 자음으로 끝나는 신다린 같은 언어에서는 테흐타를 후속 자음 위에 표시했다. 필요한 위치에 자음이 없을 때 테흐타는 보통 위에 점이 없는 i 자 형태의 '짧은 받침' 위에 위치했다. 언어에 따라 모음 부호로 쓰이는 테흐타는 수없이 많았다. 보통 e, i, a, o, u(또는 이것들의 변형)에 가장 통상적으로 적용되는 부호는 주어진 보기에 예시되어 있다. a 발음을 나타내는 데 가장 많이, 정석으로 쓰이던 점 세 개(∴)는 필기체에서는 다양하게 변형되었으며 종종 곡절 부호(^)와 같은 형태를 사용하기도 했다.[80] 점 한 개(·)와 '예음 부호'(´)는 흔히 i와 e에 대응해 쓰였으며 어떤 경우에는 e와 i에 대응해 쓰이기도 했다. 예음 부호가 굽은 형태는 o와 u에 해당했다. 반지에 새겨진 글에서 오른쪽으로 트인 굽은 부호는 u를 나타내는 데 사용되었다. 그러나 속표지에서는 같은 부호가 o를 나타내고, 왼쪽으로 트인 굽은 부호가 u에 사용되었다. 우측 방향의 굽은 부호가 선호되었으나 그 적용 방식은 관련 언어에 따라 달랐다. 암흑어에서는 o가 거의 쓰이지 않았다.

  장모음은 대개 '긴 받침' 위에 테흐타를 쓰는 것으로 표시되었는

---

80) 퀘냐에서 a가 아주 빈번하게 사용되었으므로, a 모음 부호는 종종 완전히 생략되기도 했다. 따라서 'calma' 대신 'clm'이라고 쓸 수도 있었다. 왜냐하면 퀘냐에서는 첫 글자 조합으로 cl은 가능하지 않았고, m이 단어 끝에 나오는 경우도 없었으므로 이 단어는 자연히 칼마라고 읽혔을 것이다. '칼라마(calama)'라고 읽는 것도 가능하겠지만 이런 단어는 존재하지 않았다.

데, 가장 흔히 쓰인 모양은 점이 없는 j와 비슷했다. 테흐타를 중복해서 쓸 수도 있었다. 그러나 이 방법은 굽은 부호의 경우에만 자주 쓰였고, 예음 부호는 이따금씩 그렇게 썼다. 점 두 개는 장모음보다는 y가 뒤따른다는 것을 나타내는 부호로 자주 이용되었다.

서문에 새겨져 있던 글은 모음을 별도의 글자들로 표시하는 '모두쓰기' 표기법의 예시이다. 신다린에서 사용된 모든 모음 글자가 거기에 나와 있다. 30번을 모음 y의 기호로 사용한 사실은 주목할 만하다. 또한 뒤따르는 y를 표시하는 테흐타를 모음 글자 위에 놓음으로써 이중모음을 표현한 것 역시 주의 깊게 살펴봐야 한다. au, aw의 표현을 위해서 필요한, 뒤따르는 w를 뜻하는 부호는 이 표기법에서는 u 굽은부호 또는 그것의 변형인 ~였다. 그러나 이중모음은 예시처럼 모두쓰기 된 경우가 많았다. 이 표기법에서 모음의 길이는 보통 예음 부호에 의해 표시되었으며, 이 경우 그것을 '안다이스(장음 부호)'라 불렀다.

이미 언급된 것들 외에도 다른 테흐타들이 많았는데 주로 글쓰기를 단축하는 데 이용되었으며, 특히 자주 쓰이는 자음 조합을 생략하여 표현하는 경우에 잘 쓰였다. 그중에서 자음 위에 막대(또는 스페인어에서 쓰이는 '틸데', 즉 '~' 모양의 부호)를 덧붙임으로써 그 앞에 동일 계열의 비음이 선행한다는(nt, mp나 nk에서처럼) 사실을 알려 주는 경우가 많았다. 그러나 비슷한 부호를 문자 밑에 덧붙이면 그 자음이 길거나 이중자음이라는 사실을 보여 주는 것이다. 활에 붙은, 아래로 향한 고리 모양(속표지의 마지막 단어인 hobbits의 경우처럼)은 특히 퀘냐에 종종 쓰이는 ts, ps, ks(x)의 조합에서 뒤따르는 s를 지시하는 데 사용되었다.

물론 영어를 표현하기 위한 표기법은 존재하지 않았다. 음성학적으로 적절한 표기법을 페아노르 체계로부터 고안해 낼 수는 있었을 것이다. 원서의 속표지에 주어진 짤막한 예는 그것을 보여 주려는 시도는 아니다. 그것은 오히려 곤도르인이 자신의 표기법에서 친숙한 문자의 음가와 전통적인 영어식 철자 사이에서 머뭇거리면서 만들어 낼 수도 있었을 어떤 것의 예시에 불과하다. 아랫점(그 용도 중의 한 가지는 약하고 분명치 않은 모음을 표시하는 것이었다)은 여기서 강세가 없는 and를 나타내는 데 사용되고 있지만, 또한 here라는 단어 끝의 묵음 e를 표시하는 데도 쓰이고 있다는 사실을 주목할 수 있을 것이다. the와 of, 그리고 of the는 생략어(각각 확장된 dh와 확장된 v, 그리고 아래에 줄이 그어진 v)로 표시되어 있다.

글자의 이름

어느 표기법에서나 각각의 문자와 부호는 이름을 갖고 있었다. 그러나 이 이름들은 각각의 특정한 표기법에서 음성학적 용법에 적합하게, 또는 그 용법을 묘사하기 위해서 고안된 것이다. 하지만 다른 표기법에서 쓰이는 글자들의 용도를 기술할 때는 각 글자 모양 자체에 붙은 이름이 필요하다고 여겨졌다. 이런 목적에서 퀘냐의 '완전한 이름'들이 종종 사용되었는데, 그 이름들은 퀘냐의 고유한 용법을 지칭하는 경우에도 쓰였다. 각각의 '완전한 이름'은 해당 글자를 포함하고 있는 퀘냐의 실제 단어였다. 가능한 경우, 해당 단어의 첫 음이 그 글자가 되었다. 글자가 나타내는 음 또는 음의 조합이 첫 번째 위치에 나오지 않을 경우에는 첫 번째 모음의 바로 다음에 오는 단어를 그 글자의 이름으로 선택했다. 텡과르 문자표에 나오는 문자의 이름들은 다음과 같다.

제1급 팅코(금속), 파르마(책), 칼마(등불), 퀫세(깃털); 제2급 안도(문), 움바르(운명), 앙가(쇠), 웅궤(거미줄); 제3급 쑬레 또는 술레(영혼), 포르멘(북쪽), 하르마(보물) 또는 아하(분노), 훼스타(미풍); 제4급 안토

(입), 암파(갈고리), 앙카(턱), 웅퀘(구멍); 제5급 누멘(서쪽), 말타(금), 놀도 또는 그 구형태인 응올도(놀도르 한 명), 놀메 또는 그 구형태인 응왈메(고문); 제6급 오레(마음), 발라(천사의 힘), 안나(선물) 빌랴(공기, 하늘. 구형태로는 월랴); 로멘(동쪽), 아르다(지역), 람베(혀), 알다(나무); 실메(별빛), 실메 누퀘르나(뒤집어진 s), 아레(햇빛) 또는 엣세(이름), 아레 누퀘르나; 햐르멘(남쪽), 휘스타 신다린와, 얀타(다리), 우레(열기). 이름이 달라진 경우는 망명 요정들이 사용하던 퀘냐에 영향을 미친 어떤 변화들이 일어나기 전에 이 이름들이 주어졌기 때문이다. 그 결과 11번은 어느 위치에서나 마찰음 ch를 표시하던 때에는 하르마라 불렸지만, (비록 단어 중간에 오는 경우 ch 발음이 남아 있었을 때였음에도) 어두의 ch가 h로 바뀌면서 '아하'라는 이름이 고안되었다.[81]

아레는 원래 아제였으나, 이 z가 21번 글자와 합쳐지게 되자, 그 기호는 퀘냐의 아주 흔한 음가인 ss를 나타내는 데 쓰이게 되었고 거기에 엣세라는 이름이 붙었다. '휘스타 신다린와' 또는 '회색요정의 hw'에 그런 이름이 붙은 것은 퀘냐의 12번 문자가 hw의 음을 가지고 있었고, chw와 hw를 나타내는 다른 기호가 필요하지 않았기 때문이다. 가장 널리 알려지고 쓰인 글자들은 17번의 n, 33번의 hy, 25번의 r, 10번의 f였다. 다시 말해서 누멘, 햐르멘, 로멘, 포르멘(서, 남, 동, 북)이었다(신다린으로는 둔 또는 안눈, 하라드, 룬 또는 암룬, 포로드였다). 이 글자들은 보통 전혀 다른 용어를 사용하는 언어들에서도 각기 서, 남, 동, 북의 방위점을 나타냈다. 서부 지역에서는 방위가 서쪽으로부터 시작하여 돌아가는 순서로 붙여졌다. 따라서 인간의

---

81) 무성음 h를 표기하기 위해 퀘냐는 원래 옆에 활이 달리지 않고 단순히 솟아오른 줄기 모양의 기호를 사용했으며 그것을 할라(높은)라고 불렀다. 이것이 자음 앞에 놓이면 그 자음이 무성음이며 기음이라는 사실을 가리켰다. 무성음 r과 l이 보통 이런 식으로 표현되었으며 hr과 hl로 옮겨 표기되었다. 후에 33번 문자는 독자적인 h를 표기하는 데 사용되었고, hy의 (예전) 음가는 후속 y를 표기하는 테흐타를 덧붙임으로써 나타낼 수 있었다.

언어에서 쓰이는 배열과 반대로, 햐르멘과 포르멘은 사실 왼쪽 지역과 오른쪽 지역을 의미했다.

키르스 문자

'케르사스 다에론'은 원래 신다린의 음가만을 표시하기 위해 만들어진 것이었다. 가장 오래된 키르스 문자는 1, 2, 5, 6; 8, 9, 12; 18, 19, 22; 29, 31; 35, 36; 39, 42, 46, 50번이었으며 13번과 15번 사이에서 변하는 케르스가 하나 있었다. 음가의 지정은 체계적이지 못했다. 39, 42, 46, 50번 문자는 모음이었으며, 그 이후에도 계속해서 모음으로 발달했다. 13, 15번은 35번이 s나 h로 쓰임에 따라 각기 h 또는 s로 쓰였다. 이런 식으로 s와 h의 음가를 지정하는 데 주저하는 경향은 그 이후의 배열에서도 계속 이어졌다. '줄기'와 '가지'로 구성되는 글자들, 즉 1~31번까지의 글자들에서 '가지'는 한쪽 방향에만 붙을 경우 보통 오른쪽에 붙었다. 반대의 경우도 희귀하지는 않았지만 음성학적 의미가 없었다.

이 케르사스를 확장하고 정교하게 다듬은 옛 형태를 '앙게르사스 다에론'이라 불렀다. 그것은 다에론이 과거의 키르스 문자에 문자를 첨가하여 재조직했다고 인정되기 때문이다. 그러나 두 가지 새로운 문자군, 즉 13~17번과 23~28번을 도입하고 첨가한 중요한 업적은 실제로는 에레기온의 놀도르에 의해 이루어졌을 가능성이 높은데, 그 이유는 그것들이 신다린에서 발견되지 않는 소리를 표시하는 데 쓰였기 때문이다.

앙게르사스의 재배열에 있어서 다음과 같은 몇 가지 원칙들을 관찰할 수 있다(그것은 분명 페아노르식 체계의 영향을 받은 것이다). (1) 가지에 획을 더하여 유성음을 표시함, (2) 케르스를 반전시킴으로써 마찰음으로서 개구음을 나타냄, (3) 줄기의 양쪽에 가지를 달아서 유성 비음을 나타냄. 이러한 원칙은 한 가지 점만 예외로 하고 일정하게 시행되었다. (고대) 신다린의 경우 마찰음 m(또는 비음 v)의 기호가 필요했으며, 이 경우 가장 좋은 방법은 m의 기호를 반전시키는 것이기 때문에 반전시킬 수 있는 6번 문자로 m의 음가를 표시했으나, 5번 문자에는 hw의 음가가 주어졌다.

이론상으로 z의 음가를 가진 36번 문자는 신다린 또는 퀘냐의 철자에서는 ss에 대응해 쓰였다. 페아노르 문자 31번을 참조하라. 39번은 i 또는 (자음) y 중의 하나에 쓰였으며, 34번과 35번은 어느 쪽이든 s에 쓰였다. 38번 문자는 자주 사용되던 연속음 nd에 쓰였지만, 그 형태상 명백히 치음과 관련된 것은 아니었다.

음가표에서 음가가 —로 나뉘어 있을 경우 왼쪽이 고대 앙게르사스 음가를 의미한다. 오른쪽에 있는 것이 난쟁이들의 '앙게르사스 모리아'의 음가이다.[82]

여기에서 볼 수 있듯이 모리아의 난쟁이들은 37, 40, 41, 53, 55, 56번 같은 몇 가지 새로운 키르스를 추가했을 뿐 아니라 음가의 비체계적인 변화를 상당수 도입했다. 음가의 혼란은 주로 다음 두 가지 원인에 기인한다. (1) 34, 35, 54번의 음가를 각각 h와 '(크후즈둘에서 모음으로 시작하는 단어의 '명료한' 혹은 성문음 두음) 그리고 s로 변경시킨 것, (2) 14번과 16번을 버리고 29번과 30번으로 대체한 것이 그것이다. 그에 따라서 r 대신에 12번을 사용하고, n에 대해서 53번을 새로 만들어 내고(그리하여 22번과 혼란을 일으키고), s 음가를 가진 54번과 어울리도록 17번을 z의 용도로 쓰고, 그에 따라 36번을 ŋ으로 쓰고, ng에 대해서 새로운 키르스 37번을 만들어 냈다는 것 또한 관찰될 수 있을 것이다. 새로 도입된 55, 56번은 원래 46번을

---

82) 괄호 안에 있는 것은 요정어에서만 발견되는 음가이다(해설 670쪽 참조). ★ 기호는 난쟁이족만 사용한 키르스를 표시한다.

반으로 나눈 형태였으며, 난쟁이어와 서부어에 빈번히 나타나는 영어의 butter에 나오는 모음을 표시하는 데 사용했다. 소리가 약화되거나 사라지는 경우 그 모음들은 종종 줄기가 없이 단순한 획 하나로 축소되어 쓰이곤 했다. 이 앙게르사스 모리아는 묘비의 비문에 쓰였다.

　에레보르의 난쟁이들은 이 체계를 더욱 변화시켜 사용했고, 그것은 에레보르 표기법이라고 알려져 있으며 마자르불의 책에 예시되어 있다. 그 주된 특징은 43번을 z로 사용하며, 17번을 ks(x)로 쓰고, 두 개의 새로운 키르스 57번과 58번을 ps와 ts에 대응시킨 것이다. 또한 j, zh의 음가에 대해 14번과 16번을 다시 도입했지만, 29번과 30번은 g, gh의 대용으로 또는 19번과 21번의 단순한 변형으로 사용했다. 이러한 특이 사항은 에레보르의 키르스인 57, 58번을 제외하면 앞의 표에 포함시키지 않았다.

앙게르사스

앙게르사스

1	p	16	zh	31	l	46	e
2	b	17	nj—z	32	lh	47	ē
3	f	18	k	33	ng—nd	48	a
4	v	19	g	34	s—h	49	ā
5	hw	20	kh	35	s—'	50	o
6	m	21	gh	36	z—ŋ	51	ō
7	(mh) mb	22	ŋ—n	37	ng*	52	ö
8	t	23	kw	38	nd—nj	53	n*
9	d	24	gw	39	i (y)	54	h—s
10	th	25	khw	40	y*	55	*
11	dh	26	ghw,w	41	hy*	56	*
12	n—r	27	ngw	42	u	57	ps*
13	ch	28	nw	43	ū	58	ts*
14	j	29	r—j	44	w		+h
15	sh	30	rh—zh	45	ü		&

APPENDIX

I
제3시대의 언어와 종족

이 이야기에서 영어로 옮겨진 언어는 제3시대 가운데땅의 서쪽 땅에서 쓰이던 '서부어' 또는 '공용어'였다. 이 시대가 진행되는 동안 그 언어는 옛 아르노르와 곤도르 왕국의 국경 내에 거주하던 거의 모든 사람들(요정을 제외하고)의 자국어가 되었다. 그 언어는 움바르에서 해안선을 따라 북쪽으로 포로켈만에 이르기까지, 그리고 내지로 들어가서는 멀리 안개산맥과 에펠 두아스까지 퍼져 나갔다. 또한 안두인대하의 북쪽으로 퍼져 나가서 대하의 서쪽 지대와 창포벌판에 이르는 안개산맥의 동쪽지방에서도 사용되었다.

제3시대 말 반지전쟁이 일어날 무렵 에리아도르지방은 버려져 있었고, 창포벌판과 라우로스폭포 사이의 안두인유역에는 사람이 거의 살지 않았지만 이 언어는 여전히 이 지역들을 언어적 경계로 하여 그 안에서 사용되었다.

아노리엔의 드루아단숲에서는 아직도 고대 야인들이 일부 숨어 지냈고, 던랜드의 구릉에는 예전에 곤도르에 널리 퍼져 거주하던 옛 부족의 후손들이 남아 있었다. 이들은 자신들의 언어를 고수했다. 한편 로한의 평원에는 약 5백 년 전에 그곳으로 옮겨 온 북부인들, 즉 로한인들이 거주하고 있었다. 그러나 그럼에도 서부어는 요정들을 포함하여 자신들의 언어를 여전히 가지고 있는 모든 종족들이 교류할 때 쓰는 제2의 언어로 사용되었다. 그것은 아르노르와 곤도르 지역뿐만 아니라 안두인계곡 전역과 동쪽으로 어둠숲의 언저리에 이르기까지 퍼져 있었다. 다른 종족을 멀리한 야인들과 던랜드인들 중에서도 서부어를 어설프게나마 말할 줄 아는 자들이 있었다.

요정

요정은 상고대(Elder Days)에 크게 두 갈래로 나뉘었는데, 하나는 서부 요정(엘다르)이며 다른 하나는 동부 요정이다. 어둠숲과 로리엔의 요정들 대부분이 동부 요정에 속해 있었다. 그러나 이 이야기에는 동부 요정들의 언어가 등장하지 않으며, 모든 요정의 명칭과 단어는 엘다르어의 형태를 따른다.[83]

엘다르의 언어 중에서 이 책에서 쓰인 것은 두 가지이다. 하나는 높은요정어인 퀘냐이며, 다른 하나는 회색요정어인 신다린이다. 높은요정어는 대해 건너 엘다마르의 고대어로서 문자로 기록된 최초의 언어였다. 그 언어는 이제 더 이상 어느 누구에게도 모국어가 아니었으나 사실상 일종의 '요정 라틴어'로서, 제1시대 말 가운데땅으로 망명해 온 높은요정들에 의해 제식이나 학문과 노래 같은 곳에 사용되었다.

회색요정어는 그 기원으로 볼 때 퀘냐와 동족어이다. 그것은 가운데땅의 해안에 당도했을 때 대해를 건너지 않고 벨레리안드의 해안지방에 머무른 엘다르의 언어였기 때문이다. 그곳에서는 도리아스의 회색망토 싱골이 그들의 왕이었고, 오랜 여명기를 거치면서 그들의 언어는 필멸의 땅의 변화무쌍함에 영향을 받아 변화하여 바다 건너편의 엘다르어와는 동떨어진 것이 되었다.

망명 요정들은 수적으로 우세한 회색요정들 사이에 끼어 살면서 신다린을 일상어로 사용했으며, 그 이후로 그 언어가 이 이야기에

---

83) 그 당시 로리엔에서는 비록 독특한 억양이 있기는 했지만 신다린을 사용했다. 그곳 거주민 대부분이 높은요정에 기원을 두고 있었기 때문이다. (곤도르의 어떤 주석가가 『사임의 책』에서 지적하고 있는 바와 같이) 프로도는 이 억양과, 신다린에 대한 자신의 제한적 지식 때문에 판단을 그르치기도 했다. BOOK2의 chapter 6, 7, 8에서 인용되는 요정어는 모두 실제로는 신다린이며, 지명과 인명도 대부분 그러하다. 그러나 로리엔, 카라스 갈라돈, 암로스, 님로델 같은 말은 아마도 숲요정어에 기원을 두고 있는 이름들로서, 신다린에 맞게 고쳐졌을 것이다.

등장하는 모든 요정 및 요정 군주들의 언어가 되었다. 그것은 이들이 모두 엘다르 종족이었기 때문이다. 그들이 보다 열등한 친족을 통치하고 있을 때도 마찬가지였다. 그중에서도 가장 고귀한 요정은 피나르핀 왕가의 후예이며 나르고스론드의 왕인 핀로드 펠라군드의 누이인 갈라드리엘이었다. 망명 요정들의 마음에 자리한 대해에 대한 그리움은 결코 진정되지 않는 설렘과도 같았다. 회색요정들의 가슴속에서 그 설렘은 잠들어 있었으나 일단 일깨워지면 두 번 다시 가라앉힐 수 없었다.

인간

서부어는 비록 요정어의 영향을 받아 풍부해지고 부드러워지긴 했지만 원래 인간의 언어였다. 그것은 그 기원에 있어서 엘다르족이 '아타니' 또는 '에다인', 즉 '인간의 조상'이라 일컬은 민족의 언어였다. 그 명칭은 특히 제1시대에 서쪽 벨레리안드로 이주한 '요정의 친구들'인 세 가문을 의미했는데, 그들은 북부의 암흑의 권능에 대항하여 치른 '위대한 보석 전쟁'에서 엘다르를 도와주었다.

　암흑의 권능이 전복되고 난 후 벨레리안드는 대부분 물에 잠기거나 파괴되어 버렸다. 이 요정의 친구들에 대한 보답으로서 그들 역시 엘다르와 함께 대해 건너 서쪽으로 가도록 허용되었다. 그러나 '불사의 땅'은 인간들에게는 금지된 곳이었기 때문에 그들에게는 필멸의 땅 중에서 최서단에 위치한 거대한 섬이 주어졌다. 그 섬의 이름은 '누메노르(서쪽나라)'였다. 그리하여 요정의 친구들은 대부분 누메노르에 정착하게 되었으며, 그곳에서 위대하고 강대한 세력을 형성했고 명성이 자자한 뱃사람들로서 많은 배를 소유했다. 그들은 아름다운 얼굴에 장신이었으며, 수명이 가운데땅 인간의 세 배에 달했다. 바로 이들이 요정들이 '두네다인'이라 일컬은 인간들의 왕 누메노르인이었다.

인간의 모든 민족들 가운데 두네다인만이 요정어를 이해하고 말할 줄 알았다. 그들의 조상이 신다린을 배웠고, 그들은 그 언어를 자식들에게 전승했으며, 오랜 세월이 지나도 그 언어를 변화시키지 않았기 때문이다. 그중에서 학식이 깊은 자들은 높은요정들의 말인 퀘냐도 익혔으며, 다른 언어들을 능가하는 최고의 언어로 그것을 존중했다. 그들은 숭배할 만한 유명한 곳들과 왕족 및 위대한 명성을 떨친 사람들의 이름을 퀘냐로 지었다.[84]

그러나 누메노르인의 모국어는 대체로 선조들이 사용하던 인간들의 언어, 즉 아두나이어였다. 그 전성기의 후반부에 인간의 왕들과 영주들은 엘다르와의 오랜 친분을 여전히 유지하고 있던 극소수를 제외하고는 모두 요정어를 버리고 아두나이어로 돌아갔다. 누메노르인들은 강성하던 시절에 선박의 운항을 돕기 위해 가운데땅 서부 연안에 요새와 항구를 많이 건설하고 유지했다. 그 가운데 중요한 요새지가 안두인강 어귀에 가까운 펠라르기르에 있었다. 그곳에서는 아두나이어가 통용되었는데, 저급한 인간들의 다른 여러 언어와 뒤섞이면서 공용어가 되었다. 그 이후 그곳으로부터 연안지방을 따라서 서부인들과 교섭하던 모든 사람들에게 퍼져 나갔다.

누메노르가 몰락한 후에 엘렌딜은 '요정의 친구들'의 잔존 세력을 이끌고 가운데땅의 서북부 연안으로 돌아갔다. 그곳에는 누메노르의 혈통을 완전히 또는 부분적으로 이어받은 이들이 이미 상당수 거주하고 있었지만 그들 중에 요정어를 기억하는 이는 거의 없었다. 따라서 전체적으로 볼 때 두네다인은 장수를 누리며 막강한

---

84) 예를 들어 누메노르(생략되지 않은 형태는 '누메노레'), 엘렌딜, 이실두르, 아나리온 같은 이름들과 엘렛사르(요정석)를 포함한 곤도르 왕가의 이름들은 모두 퀘냐이다. 아라고른, 데네소르, 길라엔과 같이 두네다인의 다른 남녀의 이름들은 대부분 신다린 형태를 가지고 있으며, 베렌, 후린과 같은 제1시대의 노래와 이야기에서 기억되는 요정들과 인간들의 이름들도 종종 신다린이었다. '보로미르'처럼 혼합된 형태의 이름도 있었다.

힘과 지혜를 갖춘 지배자였지만 그들이 함께 살며 통치하던 저급한 인간들에 비해 처음부터 수적으로 열세였다. 그러므로 그들은 다른 종족들과 교류하고 넓은 영토를 통치하면서 공용어를 사용했으며, 요정어에서 유래한 많은 어휘들로 공용어를 확대하고 풍부하게 만들었다.

그 덕분에 누메노르 왕들이 통치하던 시절에는 품위를 갖춘 이 서부어가 널리 퍼져 심지어 그들의 적들 사이에서도 쓰이게 되었다. 서부어는 두네다인 자신들에 의해서도 점점 더 많이 쓰여 반지전쟁 때는 곤도르인들 가운데 소수만이 요정어를 알고 있었고, 그것을 일상으로 상용하는 이는 그보다 더 적었다. 그러한 사람들은 주로 미나스 티리스 및 인접 마을에 살았으며, 또한 두네다인 피가 섞여 있는 돌 암로스의 귀족들도 해당되었다. 그러나 곤도르 영토 안의 거의 모든 지명과 인명은 요정어의 형태와 의미를 가지고 있었다. 그중 몇 가지는 그 기원이 잊혔는데, 그것들은 틀림없이 누메노르의 선박이 대해를 항해하기 이전 시대부터 내려온 것이다. 이런 단어들 가운데 움바르, 아르나크, 에레크 같은 말도 있고, 에일레나크, 림몬 같은 산 이름도 있다. 포를롱 역시 같은 종류의 이름이었다.

서부의 북쪽 지역에 거주하는 인간들 대부분은 제1시대의 에다인 또는 그 가까운 혈족의 후예들이었다. 그러므로 그들의 언어는 아두나이어와 관계가 있었고, 어떤 언어는 공용어와 유사한 형태를 보존하고 있었다. 그런 부류 중에는 안두인강의 상류 계곡에 사는 민족, 즉 베오른족과 서부 어둠숲의 삼림족이 있었고, 그보다 동북쪽으로 더 먼 지역에는 긴호수와 너른골의 인간들도 있었다. 창포벌판과 바우바위 사이의 땅에서 곤도르인들이 로히림(로한인), 즉 '말의 명인들'이라고 부른 민족이 등장했다. 그들은 여전히 자신 조상의 언어를 쓰고 있었으며, 새 왕국의 거의 모든 지명에 그들의 언어로 새 이름을 붙여 주었다. 그들은 스스로를 에오를족(Eorlingas), 또는 리더마크의 인간이라 불렀다. 그러나 그 민족의 영주들은 공용어를 유창하게 구사했으며, 동맹국 곤도르의 예법에 따라 고상하게 말했다. 공용어의 발상지인 곤도르에서 서부인들은 여전히 우아하고 고풍스러운 방식을 고수하고 있었기 때문이다.

드루아단삼림지에 사는 야인의 언어는 완전히 이질적인 것이었다. 던랜드인의 언어 역시 이질적이거나 아주 희미한 유사성밖에 없었다. 이들은 과거에 백색산맥의 계곡에 살던 민족의 잔류민이었다. 검산오름의 사자(死者)들이 바로 그들의 혈족이다. 그러나 암흑의 시대에 나머지 사람들은 안개산맥의 남쪽 계곡으로 이주했으며, 이후 그중 일부가 고분구릉이 있는 먼 북쪽의 아무도 살지 않는 지역으로 옮겨 갔다. 브리 사람들은 그들에게서 유래했다. 그러나 이들은 오래전 북왕국 아르노르의 백성이 되면서 서부어를 받아들였다. 오직 던랜드의 이 부족만이 자신의 고대 언어와 풍습을 고수했는데, 이들은 두네다인에 대해 비우호적이었고 로한인을 증오하는 비밀스러운 부족이었다.

이 책에는 그들이 로한인에게 붙인 이름인 '포르고일('밀짚 머리'를 뜻한다고 한다)'만이 언급되고, 그들의 언어에 대해서는 아무것도 나오지 않는다.

'던랜드'와 '던랜드인(Dunlending)'이란 명칭은 로한인이 그들에게 붙인 이름인데, 그것은 그들의 피부가 까무잡잡하고 머리카락이 검은색이었기 때문이다. 따라서 서쪽을 의미하는 회색요정어 '둔(서쪽)'과 이 말은 아무런 관련이 없다.

호빗

샤이어와 브리의 호빗들은 이 당시 아마도 천여 년 이전부터 공용어를 채택해 사용해 왔다. 그들은 자신들 나름의 방식대로 공용어를 임의로 자유롭게 바꾸어 가면서 사용했다. 하지만 그들 가운데 학식이 깊은 이들은 아직도 필요한 경우가 생기면 공식적인 언어를 유창하게 구사할 수 있었다.

호빗들에게 고유 언어가 있었다는 기록은 어디에도 나와 있지 않다. 고대에 그들은 인접한 지역에서 또는 함께 어울려서 살던 인간의 언어를 언제나 사용한 것처럼 보인다. 그리하여 그들이 에리아도르에 이주한 후에는 재빨리 공용어를 채택했고, 브리에 정착할 무렵에는 이미 과거의 언어를 잊어버리기 시작한 듯하다. 이것은 분명 안두인강 상류의 인간들이 사용한 언어로서 로한인들의 언어와 유사했다. 그러나 남쪽의 풍채 혈통은 북쪽 샤이어로 오기 전에 던랜드어와 유사한 언어를 쓰고 있던 것처럼 보인다.[85]

프로도 시대에는 이런 언어들의 흔적이 아직도 남아 있었는데, 지방의 사투리와 명칭들 가운데 많은 것들은 너른골이나 로한에서 쓰이는 이름들과 대단히 유사했다. 가장 주목할 만한 것은 요일, 달, 계절의 명칭이었다. 같은 종류의 다른 단어들('매돔'과 '스미알'과 같은)도 역시 공통적으로 사용되었으며, 브리와 샤이어의 지명에는 훨씬 많은 흔적이 남아 있었다. 호빗의 이름들 또한 독특했는데, 그 대부분은 고대로부터 유래한 것이었다.

'호빗'이란 샤이어 주민들이 보통 자신의 종족을 총칭하여 붙인 명칭이었다. 인간은 그들을 '반인족'이라 했고, 요정들은 '페리안나스'라고 불렀다. '호빗'이라는 단어의 기원을 기억하고 있는 사람은 거의 없다. 그러나 그것은 원래 하얀금발 혈통과 풍채 혈통이 털발 혈통에 붙여 준 이름에서 시작하여 더 잘 보존된 형태의 로한어 단어 '홀뷔틀라'를 거쳐 마모된 결과인 것 같다.

---

[85] 야생지대로 돌아간 두물머리의 풍채 혈통은 이미 공용어를 채택했다. 그러나 '데아골'과 '스메아골'은 창포벌판 근방에 살던 인간의 언어에 나오는 명칭이다.

다른 종족들

엔트

제3시대에 살아남은 종족들 가운데 가장 오래된 종족은 '오노드림' 또는 '에뉘드'라 불린 종족이다. '엔트'라는 말은 그들의 이름을 로한어로 옮긴 것이다. 고대에 엘다르는 그들의 존재를 알고 있었으며, 엔트들은 실제로 엘다르에게서 그들의 언어를 배워 오지는 않았지만 말에 대한 욕구를 얻게 되었다. 그들이 만든 언어는 어떤 언어들과도 전혀 달랐다. 느리고 울림이 있으며 한 덩어리로 뭉치고 반복적이며 호흡이 매우 길었다. 또한 미세한 차이를 지니는 다양한 모음들과 독특한 음조 및 음질로 구성되어 있었기 때문에 엘다르의 전승학자들도 엔트어를 글로 써 보려는 시도조차 하지 않았다. 엔트들은 자기들 사이에서만 엔트어를 사용했다. 그들은 그 언어를 비밀로 유지할 필요조차 없었는데, 다른 종족은 그 언어를 배울 수도 없었기 때문이다.

그러나 엔트들 자신은 언어에 대한 재능이 있었기 때문에 다른 언어를 쉽게 배웠고 결코 잊어버리지 않았다. 그들은 무엇보다도 엘다르의 언어를 좋아했으며, 특히 고대의 높은요정어를 가장 좋아했다. 따라서 나무수염과 다른 엔트들이 사용한 것으로 호빗들이 기록해 놓은 이상한 어휘와 이름들은 사실은 요정어였으며, 그렇지 않으면 요정어의 단편들을 엔트식으로 엮어 놓은 것들이다.[86] 어떤 말들은 퀘냐도 있었는데, '타우렐릴로메아-툼발레모르나 툼발레타우레아 로메아노르'는 '그늘진숲깊고검은골짜기 깊은골짜기숲

---

86) 이런 경우를 제외하고 호빗들은 엔트들의 짧은 중얼거림이나 상대방을 부르는 소리를 표기하려고 시도한 듯이 보인다. 예를 들어 '아-랄라-랄라-룸바-카만다-린드-오르-부루메'는 요정어가 아니며, 실제 엔트어를 단편적으로 표기하려는 (아마도 매우 부정확한) 시도로 유일하게 남아 있는 것이다.

어두운땅' 정도로 옮길 수 있다. 나무수염이 이 말로써 전하려 한 의미는 '숲이 우거진 깊은 골짜기에 검은 그림자가 덮여 있었다.'라는 것이다. 또한 신다린도 있었는데, '팡고른(나무의 수염)', '핌브레실(가느다란 너도밤나무)' 등이 그것들이다.

오르크와 암흑어

'오르크'라는 말은 다른 종족들이 로한어로 이 사악한 족속을 부른 이름이다. 신다린으로는 '오르크(orch)'였다. 이 말은 틀림없이 암흑어의 '우루크'와 관련이 있었지만, 우루크는 대개의 경우 이 무렵 모르도르와 아이센가드에서 배출된 몸집이 큰 오르크 병사들에게만 적용되는 명칭이었다. 특히 우루크하이들은 그보다 작은 족속들을 '스나가(노예)'라고 불렀다.

오르크족은 원래 상고대에 북쪽의 암흑의 권능에 의해 번식되었다. 그들에겐 원래 독자적인 언어가 없었으며, 다른 종족의 언어에서 택할 수 있는 것을 취하여 자기들 좋을 대로 변형시켜 사용했다고 한다. 하지만 그들은 저주의 말과 욕설은 빼더라도 야만적인 용어를 만들어 썼는데, 저희들의 필요에 따라 사용하기에도 충분치 않았다. 그리고 악의로 가득한 이 피조물들은 자신들의 종족에 대해서도 증오심을 가졌으며, 그들 무리나 소굴 수만큼이나 다양한 야만적 사투리를 발전시켰다. 그래서 다른 부족들이 모여 교섭할 경우에는 오르크어가 사용되는 일이 거의 없었다.

따라서 제3시대에 이르러 오르크족은 부족들 간의 의사소통을 위해서 서부어를 쓰지 않을 수 없었다. 그리고 북부와 안개산맥에 여전히 남아 있던 족속처럼 매우 오래된 부족의 상당수는 오랫동안 서부어를 모국어처럼 사용해 왔다. 물론 그 경우에도 오르크어에 못지않게 불쾌한 방식으로 바꾸어 썼다. 이들의 용어에서 '타르

크(곤도르인)'는 원래 서부어로 누메노르인의 후예를 의미하는 퀘냐 '타르킬'의 타락한 형태였다.[87]

암흑어는 암흑시대에 사우론이 만든 것으로서, 원래 자신에게 봉사하는 모든 족속들의 언어로 만들려고 했다고 한다. 그러나 그는 이러한 목적에서 실패했다. 하지만 암흑어에서 많은 말들이 파생되어 왔으며 '가쉬(불)'와 같이 제3시대에 오르크들 사이에 널리 퍼진 말들도 있었다. 하지만 사우론이 첫 번째 멸망한 이후로 이 언어의 고대 형태는 나즈굴을 제외하고는 어느 누구도 기억하지 못했다. 사우론이 다시 세력을 얻게 되자 암흑어는 다시 바랏두르와 모르도르 대장들의 언어가 되었다. 반지에 새겨진 글은 고대의 암흑어로 쓰여 있으며, 반면 모르도르 오르크의 욕설[88]은 그리슈나크 대장이 지휘하는 암흑탑 병사들이 사용하던 보다 타락한 형태의 오르크어이다. 이 언어에서 '샤르쿠'는 늙은이를 의미했다.

트롤

'트롤'은 원래 신다린의 '토로그'를 옮긴 단어였다. 상고대의 여명기에도 존재한 이 종족은 처음에 둔감하고 육중한 존재로서 언어에 대해서는 짐승과 마찬가지로 아는 바가 없었다. 그러나 사우론이 그들을 이용하기 위해 그들이 배울 수 있는 얼마 되지 않는 것을 가르치고 사악한 술수로 그들을 더 영리하게 만들었다. 그리하여 트롤은 오르크들에게서 그들이 구사할 수 있는 언어를 습득했고, 서부의 돌트롤들은 타락한 형태의 공용어를 구사했다.

그러나 제3시대가 끝날 무렵에 이전에는 본 적이 없는 트롤족이 어둠숲 남부와 모르도르의 산맥 경계선에 등장했다. 그들은 암흑

---

87) BOOK6 284쪽 참조.

88) BOOK3 72쪽 참조.

어로 '올로그하이'라고 불렸다. 그들이 어떤 계통에서 나온 것인지는 알 수 없지만 사우론이 그들을 양성했다는 사실은 의심할 여지가 없다. 그들이 원래 트롤이 아니라 덩치 큰 오르크라고 주장하는 이들도 있지만, 올로그하이는 신체의 생김새나 마음에 있어서 가장 큰 오르크 분파와도 전혀 달랐으며, 그들보다 크기와 힘에서 월등했다. 그들은 트롤이었으나 그들의 주인이 심어 준 사악한 의지로 가득 차 있었다. 그들은 강하고 민첩하며 사납고 교활하면서도 돌보다 더 단단한 잔인한 종족이었다. 여명기의 다른 오래된 종족들과 달리 그들은 사우론의 의지가 그들을 지배하는 한 햇빛도 견딜 수 있었다. 그들은 거의 말을 하지 않았으며, 그들이 알고 있는 유일한 말은 바랏두르의 암흑어뿐이었다.

난쟁이

난쟁이는 별개의 종족이다. 그들의 이상한 기원과, 그들이 요정 및 인간과 닮았으면서도 전혀 다른 이유에 대해서는 『실마릴리온』에 나와 있다. 그러나 가운데땅의 예사 요정들은 이 이야기에 대해서 아는 바가 없었고, 훗날 인간의 이야기에서는 다른 종족들에 대한 기억과 혼동되고 있다.

그들은 대부분 강인하고 괴팍한 종족으로 비밀스럽고 근면하며 손해를 (또는 은혜를) 입은 일을 잘 기억했다. 그들은 돌과 보석을 사랑했고, 살아 있는 생명체보다는 장인들의 손으로 형체를 갖출 수 있는 것들을 사랑했다. 그들은 천성적으로 악하지 않으며, 인간들의 이야기에서 뭐라고 주장하든지 간에, 자유 의지를 억압하는 적에게 봉사한 난쟁이들은 거의 없었다. 과거의 인간은 난쟁이의 부와 그들이 만들어 낸 물건들을 탐냈기 때문에 서로의 사이에는 반목과 불화가 있던 것이다.

그러나 제3시대에 인간과 난쟁이 사이에는 여러 지역에서 친밀한 관계가 맺어졌다. 난쟁이들이 그들의 옛 저택들이 파괴된 후에 여러 나라를 돌아다니며 일하고 교역하면서 어울려 살던 인간들의 언어를 사용한 것은 그들의 성격에 맞는 일이었다. 하지만 그들은 은밀하게(난쟁이들은 요정들과는 달리 친구들에게조차 그 비밀을 기꺼이 드러내려 하지 않았다) 자기들만의 이상한 언어를 사용했으며, 그 언어는 세월이 흘러도 거의 변화를 겪지 않았다. 그 언어는 태어나면서부터 배우는 언어가 아니라 전승된 지식이 되었기 때문이며, 그들은 그 언어를 과거의 보물로 여기고 소중하게 가꾸고 지켜 왔다. 다른 종족들은 아무도 난쟁이들의 언어를 배우지 못했다. 이 이야기에서 그 언어는 김리가 동료들에게 드러내 밝혀 주는 지명들과, 나팔산성의 포위 공격에서 외친 전투의 고함 소리에 잠깐 나올 뿐이다. 적어도 그 말은 비밀이 아니었으며, 세상이 아직 젊었던 때 이래로 수많은 전쟁터에서 들을 수 있던 말이었다. "바룩 크하자드! 크하자드 아이메누!(난쟁이의 도끼를 받아라! 난쟁이가 나가신다!)"

하지만 김리와 그의 친척들의 이름은 모두 북쪽(인간들)의 언어에 그 기원을 두고 있다. 난쟁이들은 그들 자신이 은밀하게 사용하는 내부 이름, 즉 진짜 이름을 다른 종족에게는 절대로 밝히지 않았다. 심지어는 무덤에도 그 이름을 새겨 넣지 않았다.

II
번역에 관하여

『붉은책』의 내용을 오늘날의 독자가 읽을 만한 역사로 제시하는 데 있어서, 언어적 설정 자체를 가능한 한 우리 시대의 용어로 번역했다. 다만 공용어에 이질적인 언어들은 원래의 형태로 남겨 두었으며 그것들은 대체로 인명과 지명에 나타난다.

호빗의 언어이자 그들의 서사를 기록한 언어로서 공용어는 불가피하게 현대 영어로 바꾸어 놓았다. 그 과정에서 서부어에서 관찰할 수 있는 여러 다양한 용법들 간의 차이가 줄어들게 되었다. 그래서 그 다양성을 표현하기 위해 영어를 다양하게 변형시켜 사용하려고 어느 정도 시도하기도 했다. 하지만 발음과 어법상에 있어서, 샤이어에서 사용된 서부어와 요정이나 곤도르의 고관들이 사용한 서부어 사이에는 이 책에서 보여 주는 것보다 훨씬 더 큰 차이점이 있었다. 실제로 호빗들은 대부분 거친 사투리를 구사한 반면 곤도르와 로한에서는 보다 고풍스러운 언어를 훨씬 격식에 맞고 간결하게 사용한 것이다.

그러한 차이점 가운데 한 가지를 여기서 언급하는 것이 좋을 것이다. 중요한 사항이긴 하지만 도저히 이야기 속에서는 표현할 수 없었기 때문이다. 그것은 서부어의 2인칭 대명사에서 (때로 3인칭 대명사에도) 수와 상관없이 예사말 형태와 높임말 형태가 구별되어 있었다는 점이다. 그런데 샤이어의 어법 가운데 한 가지 특징은 이러한 경어 형식이 구어체 용법에서 사라져 버렸다는 점이다. 경어 형식은 촌사람들, 특히 서둘레의 마을 사람들 사이에만 남아 있었고,

그들은 이 형식을 친근감의 표시로 사용했다. 이것은 곤도르인들이 말하던 여러 가지 호빗 말의 기이한 점들 중 하나였다. 예를 들어 툭 집안 페레그린은 미나스 티리스에 체류하는 처음 며칠 동안 데네소르 공을 포함하여 모든 서열의 사람들에게 예사말 형식을 구사했다. 연로한 섭정은 이것을 재미있게 여겼을지 몰라도 섭정의 신하들은 무척 놀랐을 것이다. 페레그린이 자기 나라에서 대단히 높은 신분을 지닌 인물일 거라는 소문이 퍼져 나간 데에는 의심할 바 없이 그가 이처럼 예사말을 거리낌 없이 구사했다는 사실도 일조했을 것이다.[89]

프로도 같은 호빗과 간달프와 아라고른 같은 다른 이들이 언제나 같은 말투를 쓰지 않는다는 점은 주목할 필요가 있다. 이것은 의도적인 것이다. 호빗들 가운데 보다 학식이 높고 유능한 인물은 샤이어에서 말하는 식으로 하자면 '책 말'을 어느 정도 구사할 줄 알았다. 그들은 자신들이 만나는 사람들의 말투를 재빨리 파악하여 채택하곤 했다. 어쨌든 여행을 자주 하는 사람들이 자신들이 마주친 자들의 말투를 따른다는 것은 어느 정도 자연스러운 일이다. 특히 아라고른처럼 자신의 정체와 임무를 감추려는 이들의 경우에는 더욱 그러했다. 그러나 그 당시에 적과 대립하는 모든 세력들은 다른 문제뿐 아니라 언어에서도 옛것을 흠모했기에 자신들의 지식이 미치는 한 예스러운 말투를 구사하기를 즐겼다. 엘다르는 특히 언어에 재능을 갖추고 있었으므로 여러 가지 말투를 구사할 줄 알았지만, 자신들의 언어에 가장 근접한 말투로 말할 때 가장 자연스러웠

---

89) 한두 군데에서 일정하지는 않지만 'thou'를 씀으로써 예사말과 높임말의 차이를 암시하려는 시도가 이루어졌다. 지금은 이 인칭대명사는 흔치 않고 고풍스럽기 때문에 주로 격식 차린 언어 사용을 나타내는 데 사용된다. 그러나 you에서 thou/thee로 전환되는 것은 격식(혹은 일반적인 남녀 사이)에서 비격식으로 형식이 바뀌었음을 보여 주려는 의도를 가지고 있다. 다른 방식으로는 이러한 중요한 변화를 나타낼 수 없었다. (과거에는 영어에서 you는 높임말을, thou는 낮춤말에 해당했으나, 현대에 이르러 thou는 탈락했다.—편집자 주)

고 그것은 곤도르의 언어보다 훨씬 더 고풍스러웠다. 난쟁이족 역시 재주가 뛰어나 일행의 말투를 쉽게 받아들여 쓰곤 했지만, 그들의 발성은 어떤 사람들에게는 거칠고 후음이 많이 섞인 듯이 들렸다. 그러나 오르크족과 트롤족은 말이나 사물에 대한 애정이 없이 자기들 내키는 대로 말했고, 그들의 언어는 실제로는 이 책에 제시해 놓은 것보다 훨씬 더 타락하고 더러운 것이었다. 그 어휘의 예를 찾기는 쉬운 일이지만, 그들의 언어를 좀 더 세밀하게 묘사해 주기를 바라는 사람은 없을 것이다. 지금도 오르크의 마음을 가진 자들에게서 똑같은 종류의 말투를 얼마든지 들을 수 있다. 불쾌하고 반복적이며 증오와 경멸에 차 있고, 너무나 오랫동안 선과 격리되어 있던 나머지 어떠한 언어의 활력도 찾아볼 수 없다. 물론 더러운 소리들만 잘 듣는 귀에는 그렇지 않겠지만 말이다.

이런 식으로 번역하는 것은 물론 통상적인 것이다. 과거를 다룬 서사에 있어서는 불가피하기 때문이다. 그리고 그 이상으로 나아가는 경우는 드물다. 하지만 나는 그 범위를 넘어섰다. 서부어의 고유 명사들을 그 의미에 따라서 모두 번역해 놓은 것이다. 이 책에 영어식 명칭이나 직함이 나올 경우 그것은 공용어의 명칭들이 그 당시 외래어(대개 요정어)와 나란히 또는 그 외래어 대신에 통용되었음을 의미한다.

서부어의 명칭들은 대체로 과거의 명칭들을 번역해 놓은 것으로서, 깊은골, 흰샘강, 은물길강, 긴해안, 대적, 암흑탑 등이 있다. 어떤 명칭은 의미상 번역어를 달리한 경우도 있다. 예를 들어 '오로드루인(Orodruin, 불타는 산)' 대신에 '운명의 산'을 쓰거나 '타우르 엔다에델로스(Taure-Ndaedelos, 엄청난 공포의 숲)' 대신 '어둠숲'이라고 쓴 것이다. 요정의 명칭을 변형한 것도 몇 가지 있다. '룬강(Lune)'과 '브랜디와인강(Brandywine)'은 룬(Lhûn)과 바란두인(Baranduin)에서 파생한 단어들이다.

이런 식으로 진행한 것에 대해서는 아마도 어느 정도 해명이 필요할 것이다. 모든 명칭을 원래의 형태로 제시한다면 호빗의 시선으로 인지한(나는 호빗의 관점을 보존하려고 애썼는데) 당대의 본질적인 특징을 불명료하게 만들어 버릴 것이라고 생각했다. 즉 오늘날 영어가 우리에게 그렇듯이 그들에게 일상적이고 습관적으로 쓰이며 널리 퍼져 있는 언어와 훨씬 오래되고 존경스러운 언어의 유산 사이에 빚어진 대조를 흐려 놓을 것이라 본 것이다. 모든 명칭들을 단순히 소리 나는 대로 옮겨 적는다면 현대의 독자들에게는 똑같이 낯설게 여겨질 것이다. 예를 들어 요정어 명칭인 '임라드리스(Imladris)'와 그것의 서부어 번역인 '카르닝굴(Karningul)'을 모두 바꾸지 않고 그대로 두었다면 독자들에게 둘 다 생경하게 여겨질 것이다. 그렇지만 두 지명이 같은 곳을 가리킨다 하더라도, 깊은골을 임라드리스라고 하는 것은 윈체스터를 지금 카멜롯이라고 하는 것과 (같은 곳인지는 확실치 않지만) 마찬가지이다. 하지만 깊은골에는 아서왕이 지금 윈체스터에 살아 있다고 할 때의 나이보다 훨씬 나이가 많고 명망 있는 영주가 살고 있었다.

그리하여 샤이어(Sûza, 수자)라는 이름과 호빗의 다른 지명들은 모두 영어화되었다. 이것은 별로 어렵지 않은 일이었다. 왜냐하면 이 지명들은 더욱 소박한 영어 지명에 쓰인 것과 비슷한 요소로 구성되었기 때문이다. 언덕(hill)이나 들판(field)같이 그 당시에도 통용된 단어들이 있었으며, 고을(town)에서 나온 골(ton)처럼 약간 마모된 단어도 있었다. 그러나 앞에서 지적했듯이 더 이상 쓰이지 않는 과거의 호빗어에서 파생된 것도 있었는데, 그것들은 유사한 옛 영어로 표현되었다. 위치(wich)나 보틀(bottle)은 '주거지'로 또 미첼(michel)은 '크다'는 단어로 나타냈다

그러나 인명의 경우 샤이어와 브리의 호빗들은 그 당시 특이한 이름을 쓰고 있었다. 그것은 무엇보다도 수백 년 전부터 대대로 이

어져 온 가문의 이름을 물려받았기 때문이다. 대부분의 성은 명확한 의미(당대의 언어로 우스꽝스러운 별명이나 지명, 또는 특히 브리의 경우 식물과 나무의 이름에서 유래하는)를 가지고 있었다. 이런 이름들의 번역은 어렵지 않은 일이었다. 하지만 그 의미가 잊힌 옛날 이름도 한두 가지 있었으며, 그것들에 대해서는 철자를 영어화하는 데 만족해야 했다. 예컨대 Tûk은 Took으로, Bophîn은 Boffin으로 고쳐 썼다.

호빗의 이름에 대해서도 되도록 같은 방식으로 다루었다. 호빗들은 여자아이에게 흔히 꽃이나 보석의 이름을 달아 주었다. 사내아이들에게는 대개 일상용어로 볼 때 아무 의미도 없는 이름을 달아 주곤 했으며, 몇몇 여자 이름들도 그와 비슷했다. 빌보, 붕고, 폴로, 로소, 탄타, 니나 등은 이런 종류의 이름에 속한다. 또한 오늘날 우리가 쓰고 있거나 알고 있는 이름과 유사한 이름들도 적지 않았다. 그 유사성은 필연적이겠지만 우연적이기도 한 것으로, 이러한 이름에는 오소, 오도, 드로고, 도라, 코라 등이 있었다. 이런 이름들은 그대로 두었다. 다만 호빗의 이름에서 아(a)는 남성형의 어미이고, 오(o)와 에(e)는 여성형이기 때문에 보통 이 이름들의 어미를 바꾸어 영어식으로 철자를 고쳤다.

그런데 오랜 전통을 지닌 집안, 특히 툭 집안과 볼저 집안처럼 하얀금발 혈통에 기원을 둔 집안에서는 거창하게 들리는 이름을 붙이는 관습이 있었다. 이런 이름들 대부분은 호빗들은 물론 인간의 옛 전설로부터 끌어온 듯이 보이고, 이 이름들 대다수가 당대의 호빗들에게는 아무 의미도 없었지만 안두인계곡이나 너른골 또는 마크의 인간들의 이름과 아주 흡사했기 때문에 나는 그 이름들을 대체로 프랑크족과 고트족에 기원을 둔 옛 이름(현재에도 쓰이고 있거나 역사에도 종종 등장하는 이름들)으로 바꾸어 놓았다. 아무튼 이렇게 해서 호빗들도 충분히 의식하고 있던 이름과 성의 익살스러운 대조를 그대로 보존할 수 있었다. 고전에 기원을 둔 이름은 거의 사용되지 않았다. 샤이어에 전승된 전통적 지식에서 라틴어와 그리스어에 가장 버금가는 것은 요정어일 텐데, 호빗들은 이름을 지을 때는 요정어를 거의 사용하지 않았다. 어느 시대에도 그들 표현으로 '왕들의 언어'를 알고 있는 호빗은 거의 없던 것이다.

노룻골 주민들의 이름은 샤이어의 다른 호빗들의 이름과 달랐다. 전해지는 바에 따르면 구렛들 사람들과 브랜디와인강 건너에 사는 그들의 분파는 여러 가지 면에서 특이했다고 한다. 그들은 자신들의 대단히 기묘한 이름들을 남쪽의 풍채 혈통의 옛 언어에서 물려받은 것이다. 나는 이 이름들을 손대지 않고 그대로 놔두었는데, 오늘날에도 그 이름들이 기묘하게 보인다면 그 당시에도 역시 그렇게 여겨졌을 것이기 때문이다. 그 이름들은 우리들이 막연히 '켈트어' 같다고 느끼는 그런 형태를 갖고 있었다.

풍채 혈통과 브리인들이 사용하던 옛 언어의 흔적이 남은 것은 영국에서 켈트어의 흔적이 남게 된 것과 비슷하기 때문에, 나는 종종 켈트어를 모방하여 번역했다. 따라서 브리(Bree), 우묵골(Combe), 골짜기(Coomb), 아쳇(Archet), 쳇숲(Chetwood)은 각각의 의미에 따라 캘트어를 선택한 영국식 명명법의 흔적에 기반을 두고 있다. 즉 둔덕이라는 의미의 '브리'와 숲이라는 의미의 '쳇(chet)'을 선택하여 만든 것이다. 하지만 인명 중에서 이런 식으로 바꾼 것은 하나밖에 없다. 메리아독이란 이름은 본래 그 인물의 축약된 이름 '칼리'가 서부어로 '명랑하고 쾌활하다'를 뜻하기 때문에 그것에 맞도록 선택되었다. 실제로 '칼리(Kali)'는 이미 의미를 상실한 노룻골식 이름 '칼리막(Kalimac)'의 축약형이었다.

나는 이름을 번역할 때 히브리어나 그와 비슷한 기원을 가진 이름을 쓰지 않았다. 호빗의 이름들 중에는 오늘날의 이런 이름들의 그러한 요소들과 상응하는 것이 없다. 샘, 톰, 팀, 맷 같은 짤막한 이름들은 톰바, 톨마, 맛타 등의 실제 호빗 이름들의 축약형으로 흔히 쓰였다. 그런데 샘과 그의 부친 햄은 실제로는 '반'과 '란'이라고 불렸다. 이 이름들은 원래 별명이던 바나지르(Banazîr, 아둔하고 단순한 이)와 라누가드(Ranugad, 집구석에서 뭉개는 이)를 줄인 말인데, 구어체에서 쓰이지 않게 되면서 어떤 집안에서는 전통적인 이름으로 남게 되었다. 그러므로 나는 의미가 가깝게 일치하는 고대 영어 삼위스(samwís)와 햄패스트(hámfæst)를 현대화하여 샘와이즈(Samwise)와 햄패스트(Hamfast)를 씀으로써 이러한 특징들을 살리려 했다.

호빗의 언어와 이름을 현대화하고 친숙한 것으로 바꾸는 과정에서 나는 한 단계 더 나아가게 되었다. 서부어와 관련된 인간들의 언어는 영어와 관련된 형태로 바뀌어야 할 것 같았다. 따라서 나는 로한어를 고대 영어와 흡사한 것으로 바꾸었다. 로한어가 좀 더 멀게는 공용어와, 아주 가깝게는 북부 호빗들의 옛 언어와 관련되어 있었고, 서부어와 비교해 보면 고풍스러웠기 때문이다. 『붉은책』에서 호빗들이 로한의 말을 들을 때 그 단어들을 상당 부분 알아들으며 그 언어가 자기들의 언어와 비슷하다는 느낌을 받는다고 여러 군데서 기록하고 있으므로, 로한어로 기록된 이름과 단어를 완전히 이질적인 형태로 내버려 둔다면 불합리할 것 같았다.

몇몇 경우에 나는 로한어로 된 지명의 형태와 철자를 현대화했다. '검산오름(Dunharrow)'이나 '눈내(Snowbourn)'가 그러한 경우이다. 하지만 일관되게 하지는 않았는데 그것은 호빗들의 선례를 따랐기 때문이다. 호빗들은 자기들이 들은 이름이 알아들을 수 있는 요소로 구성되어 있거나 샤이어의 지명과 비슷한 이름일 경우에 이와 같은 방식으로 로한의 지명을 바꾸었다. 그러나 에도라스(궁정)처럼 많은 이름들은 바꾸지 않고 그대로 두었으며, 나도 그에 따라서 그렇게 했다. 같은 이유로 샤두팍스(Shadowfax)나 뱀혓바닥

(Wormtongue) 같은 몇몇 인명도 현대화했다.[90]

이런 식으로 동화시키고 나자 북쪽에서 유래한 호빗 특유의 사투리를 표현하기가 편리해졌다. 그 단어들은 만약 그것들이 오늘날까지 이어져 왔다고 가정할 경우 과거의 영어 단어가 취했을 형태를 띠었다. 이렇게 해서 매돔(mathom)은 고대 영어 마듬(máthm)을 연상시키도록 만들어졌고, 그 단어에 해당하는 실제의 호빗어 카스트(kast)는 로한어 카스투(kastu)와의 관계를 보여 주게 되었다. 이와 유사하게 굴을 뜻하는 스미알(smial) 또는 스마일(smile)은 고대 영어 스뮈겔(smygel)이 전해져 내려왔다면 취했을 법한 형태이며, 실제 호빗어 트란(trân)과 로한어 트라한(trahan) 사이의 관계를 잘 드러낸다. 같은 방식으로 스메아골(Sméagol)과 데아골(Déagol)은 북부어의 트라할드(Trahald, 굴 파기, 파고 들어가기)와 나할드(Nahald, 비밀) 같은 이름에 대응하여 만들어진 것이다.

좀 더 북쪽에 위치한 너른골의 언어는 이 책에서는 난쟁이들의 명칭에서만 찾아볼 수 있다. 난쟁이들은 그 지역 출신으로서 그곳의 인간들 언어를 사용하면서 그 언어의 '외래어' 명칭을 받아들인 것이다. 비록 사전에 따르면 난쟁이(dwarf)의 복수형은 dwarfs이지만, 『호빗』에서와 마찬가지로 이 책에서도 dwarves가 쓰였다는 사실을 알아차릴 수 있을 것이다. 만약 단수형과 복수형이 각각 변천을 겪었다면 man과 men, goose와 geese가 그렇듯이 그 형태는 dwarrows(또는 dwerrows)가 되어야 한다. 그러나 오늘날 우리는 사람들이나 심지어 거위에 대해서 이야기하는 정도로도 난쟁이에 대한 이야기를 하지 않는다. 그리고 지금은 (최소한 일말의 진실이 보존되어 있는) 민담이나, 아니면 마침내 (난쟁이들이 그저 웃기는 인물들로

---

90) 이러한 언어의 처리 과정은 토한닌늘이 고대 영국인들과 밀접하게 닮았다는 것을 암시하는 것은 아니다. 굳이 유사성을 찾자면 문화와 예술, 무기나 전투 방식 등 다른 면에서가 아니라, 더 단순하고 원시적인 종족이 더욱 수준 높고 훌륭한 문명과 접촉한다든가 또는 한때 그 문명의 영토이던 지역을 점유하고 있다는 상황의 일반적 유사성을 찾을 수 있을 것이다.

등장하는) 허튼 이야기에나 남게 된 그 종족의 특수한 복수형을 기억할 만큼 인간들의 기억이 생생한 것도 아니다. 그러나 제3시대는 이미 약간 퇴색하기는 했으나 그들의 고유한 특성과 힘을 아직은 어느 정도 엿볼 수 있던 시절이었다. 그들은 상고대 나우그림의 후예였으며, 그들의 가슴속에서는 아직도 대장장이 아울레의 태곳적 불길이 타오르고 있었고, 요정에 대한 해묵은 원한이 잔불로 타고 있었다. 또한 그들의 손에는 어느 누구와도 견줄 수 없는 석공술이 살아 있었다.

이러한 사실에 주목하기 위해서 나는 과감하게 dwarves의 형태를 사용했으며, 난쟁이들을 후세의 어리석은 이야기들로부터 조금이나마 떼어 놓으려고 했다. 어쩌면 dwarrows가 더 나았을지도 모르지만, 나는 이 형태를 난쟁이들의 저택(Dwarrowdelf)이라는 이름에서만 썼다. 그것은 모리아의 공용어 이름, '푸루나르기안(Phurunargian)'을 나타내기 위한 것이었고, '난쟁이굴(Dwarfdelving)'이라는 의미를 가진 그 단어는 이미 고어 형태를 띠고 있었기 때문이다. 하지만 '모리아'는 요정어 명칭이며 애정이 깃들인 이름이 아니다. 왜냐하면 엘다르는 비록 암흑의 권능과 그 하수인들과의 치열한 전쟁을 치르면서 필요에 의해 지하 요새를 만들긴 했지만 선택을 할 수 있다면 그런 지하에 살 이들이 아니었기 때문이다. 그들은 푸른 땅과 하늘의 빛을 사랑하는 종족이었다. 그들의 언어로 '모리아'는 '검은 갈라진 틈'을 뜻한다. 그러나 난쟁이들은 그곳을 '크하잣둠(크하자드의 저택)'이라 불렀고 최소한 이 이름은 비밀에 부치지 않았다. 그것이 바로 난쟁이들이 자기 종족을 가리키는 명칭이었다. 아득한 태곳적 난쟁이족이 형성되어 가던 시절에 아울레가 그 이름으로 자신들의 종족을 지칭한 이후로 지속된 것이다.

요정(elves)이라는 말은 높은요정어로 그들 종족 모두를 아우르는 명칭이던 '퀜디(말하는 자)'와, 불사의 영토를 찾아서 탐색한 끝에 결국 태초에 그곳에 이른(신다르만 제외하고) 세 민족의 명칭이던 '엘다르', 이 두 가지를 번역하기 위해 사용되었다. 이 옛 단어는 실제 적용할 수 있는 유일한 어휘였으며, 한때는 인간들이 요정에 대해 간직하고 있는 기억에 적용하기에 딱 들어맞았고, 또한 당시 인간들이 요정에게 가졌던 생각과 유사한 인상을 불러일으키는 데에도 적합한 명칭이었다. 그러나 그 어휘는 점점 위축되어서 지금은 많은 사람들에게 귀엽거나 어리석은 환상을 의미하게 되었다. 이런 의미와 옛날의 퀜디 사이에는 나비와 날랜 매만큼이나 엄청난 차이가 있다. 그렇다고 해서 퀜디에게 날개가 있었다는 말은 아니다. 그들에게 날개가 있었다면 사람에게와 마찬가지로 부자연스러웠을 것이다. 그들은 고귀하고 아름다운 종족이었으며, 이 세상의 다른 종족들보다 더 오래전부터 살던 자들이다. 그들 가운데 왕족과도 같았던 엘다르는 이제 모두 떠나갔다. 그들은 위대한 원정의 종족이었고 별의 종족이었다. 그들은 키가 크고 피부가 희며 회색 눈을 가졌고, 피나르핀의 황금빛 궁전에 살던 이들을 제외하면 머리카락은 모두 검었다.[91] 그들의 목소리는 오늘날 들을 수 있는 어떤 인간의 목소리보다도 더 풍부한 선율을 가지고 있었다. 그들은 용맹했지만 가운데땅으로 망명한 이들의 역사는 비극적이었다. 또한 아득한 과거에 선조들의 운명과 서로 마주친 적이 있기는 해도, 그들의 운명은 인간들의 운명과는 다른 것이었다. 그들의 통치 시대는 이미 오래전에 지나갔고 현재 그들은 세상의 둘레 너머에 살면서 세상으로 돌아오지 않고 있다.

---

91) 이런 표현은 사실 놀도르의 얼굴과 머리칼을 묘사할 때만 사용된 말들이다. 『The Book of Lost Tales, Part One』 참조.

호빗, 감지, 브랜디와인에 관한 주

호빗

'호빗'은 만든 말이다. 서부어에서는 이 종족을 언급할 때 '바나킬 (banakil, 반인족)'이란 단어를 사용했다. 그러나 당시 샤이어와 브리 의 주민들은 '쿠둑(kuduk)'이라는 말을 썼는데, 그 단어는 다른 곳에 서는 찾아볼 수 없는 말이다. 그러나 메리아독은 로한의 왕이 '쿳두 칸 (kûd-dûkan, 굴 속에 사는 자)'이라는 말을 썼다고 기록하고 있다. 이 미 살펴보았듯이 호빗들은 한때 로한인들과 밀접하게 관련된 언어 를 사용했기 때문에 '쿠둑'은 '쿳두칸'의 마모된 형태일 가능성이 높 다. 앞서 설명한 이유로 나는 후자의 단어를 '홀뷔틀라'로 번역했다. '호빗'이라는 말은 '홀뷔틀라'가 우리의 고대 언어에 있는 단어였다 면 그것이 마모되어 줄어든 형태였을 법한 단어이다.

감지

『붉은책』에 서술된 가족 계보에 따르면 '갈바시(Galbasi)' 또는 그 축 소된 형태인 '갈프시(Galpsi)'라는 성은 '갈라바스(Galabas)'라는 마을 이름에서 유래했다. 그 이름은 사냥감을 뜻하는 '갈라브(galab)'와 영 어의 wick, wich와 동등한 옛 요소인 '바스(bas)'에서 파생되었을 것 으로 짐작된다. 따라서 '감위치'라고 발음되는 Gamwich는 상당히 괜찮은 번역으로 보인다. 그러나 '갈프시'를 표시하기 위해 '감위치' 를 '감지(Gamgee)'로 줄이는 과정에서 샘와이즈와 초막골 집안과의 관계를 언급하려는 의도가 있던 것은 아니다.[92]

---

92) 감지(Gamgee)는 톨킨의 어린 시절에 유명했던 솜을 만드는 회사 이름이었다. 회사 이름이 상품을 대표하게 된 호치키스(스테이플러)의 사례처럼, 감지는 솜(Cotton-wool)을 뜻했다. 재미 있게도 감지네 샘은 초막골(Cotton, 오두막 마을이란 뜻)네 로즈와 결혼하게 되었으나, 이와는 관 계없다는 설명이다. ─편집자 주

하지만 그들의 언어에서 어떤 근거라도 찾을 수 있다면 그런 종류의 농담은 호빗들에게는 충분히 가능한 일이다.

실제로 초막골은 샤이어에서 아주 흔한 마을 이름으로서, '로스(hloth, 방 두 개짜리 집이나 굴)'와 '란(ran)' 또는 '라누(ranu, 언덕 비탈에 자리 잡은 이런 집들의 군락)'에서 파생된 '로스란(Hlothran)'을 나타낸다. 성으로서 그것은 촌락 사람을 뜻하는 '로스람(Hlothram)' 또는 '로스라마(Hlothrama)'의 변형일 가능성이 있다. 이 책에서 코트만으로 번역한 '로스람'은 농부 초막골네의 할아버지의 이름이었다.

브랜디와인

이 강의 호빗 이름은 요정어 '바란두인('란'에 강세가 있음)'의 변형이며, 바란두인은 '금갈색'을 의미하는 '바란'과 '큰 강'을 뜻하는 '두인'에서 온 것이다. 브랜디와인은 바란두인이 자연스럽게 변형된 현대적 형태로 보였다. 실제로 더 오래된 호빗어에서는 그 강을 '브란다닌(경계를 이루는 강)'이라고 불렀는데, 그것을 '끝말강(Marchbourn)'이라고 옮겼으면 더욱 정확했을 것이다. 하지만 호빗들은 그 색깔 때문에 이 강을 가리켜 흔히 '브랄다힘(취기를 오르게 하는 맥주)'이라고 불렀으며, 이러한 농담은 관습적이 되었다.

하지만 노루아재(자라감바) 일족이 그들의 이름을 강노루네(브란다감바)로 바꾸었을 때 그 단어의 첫 부분은 '경계지'라는 의미였고, 아마도 '끝말노루(Marchbuck)'가 거기에 더 가까웠을 것이라는 사실은 분명히 인식되어야 한다. 아주 대담한 호빗이 아니라면 노룻골의 수장이 듣는 곳에서 그를 감히 '브랄다감바'라고 부를 수는 없었을 것이다.

(끝)

옮긴이 소개

김보원

서울대학교 인문대학 영어영문학과를 졸업하고 동대학원에서 문학박사 학위를 받았다. 현재 한국방송통신대학교 영어영문학과 교수로 재직 중이다. 옮긴 책으로 톨킨의 작품 『반지의 제왕』 『실마릴리온』 『후린의 아이들』 및 데이빗 데이의 연구서 『톨킨 백과사전』이 있고, 『번역 문장 만들기』 『영국소설의 이해』 『영어권 국가의 이해』 등을 썼다.

김번

서울대학교 인문대학 영어영문학과를 졸업하고 18세기 영국소설 연구로 동대학원에서 문학박사 학위를 받았다. 현재 한림대학교 영어영문학과 교수로 재직 중이다. 옮긴 책으로 『반지의 제왕』 『위대한 책들과의 만남』 『미국 대통령 취임사』 등이 있다.

이미애

현대 영국 소설 전공으로 서울대학교 영문학과에서 박사 학위를 받았고 동 대학교에서 강사와 연구원으로 활동했다. 조지프 콘래드, 존 파울즈, 제인 오스틴, 카리브 지역의 영어권 작가들에 대한 논문을 썼다. 옮긴 책으로 버지니아 울프의 『자기만의 방』 『등대로』, 제인 오스틴의 『엠마』 『설득』, 조지 엘리엇의 『아담 비드』, J. R. R. 톨킨의 『호빗』 『반지의 제왕』 『위험천만 왕국 이야기』 『톨킨의 그림들』, 토머스 모어의 서한집 『영원과 하루』, 리처드 앨틱의 『빅토리아 시대의 사람들과 사상』 등이 있다.

네이버 톨킨

반지의 제왕

1판 1쇄 발행 2021년
2판 2쇄 발행 2023년

지은이 | J.R.R. Tolkien
옮긴이 | 김보원 김번
펴낸이 | 김영곤
펴낸곳 | (주)북이십일

책임편집 | 장현주
교정교열 | 이지희 김
표지 및 본문 디자인

아르테출판사업본부
출판마케팅영업본부
출판영업팀 | 최명열
마케팅2팀 | 나은경
제작팀 | 이영민 권겸

출판등록 | 2000년
주소 | (우10881)
대표전화 | 031-95
이메일 | book21@

ISBN 978-89-50
978-89-50

책값은 뒤표지에 있
이 책 내용의 일부
잘못 만들어진 책은